죽음을 선택한 남자

TEREX

죽음을 선택한 남자

데이비드 발다치 장편소설
이한이 옮김

북로드

탁월한 출판인이자 멋진 친구인
제이미 라브에게,
당신의 미래에 즐거움과 성공이 가득 넘치기를 바랍니다!
지난 20년간 당신이 베풀어준 모든 도움에 감사드려요.
난 항상 당신의 가장 열성적인 팬일 거예요!

그곳은 지구상에서 가장 안전한 장소 중 한 곳이었다.

하지만 오늘은 아니었다.

J. 에드거 후버 빌딩은 전 세계 FBI의 거점이었다. 1975년에 세워진 건물은 심하게 노후했다. 벌집 모양의 창문들과 긴 벽돌들이 박힌 콘크리트 벽은 허물어져 가고, 화재경보기는 작동하지 않았으며, 화장실은 고장 난 상태였다. 심지어 건물 꼭대기에는 추락 방지망이 둘러쳐져 있었다. 콘크리트 조각이 길가로 떨어져 일어나는 사고를 미연에 방지하기 위한 조치였다.

연방수사국은 1만 1천 명의 직원들을 수용할 새 건물을 지으려고 계획했지만, 부지는 아직 결정되지 않은 상태였다. 새 본부를 개관하는 데는 약 20억 달러와 7년이라는 세월이 소요될 예정이었다.

그런 이유로, 아직까지는 이곳이 홈그라운드였다.

키가 큰 남자가 가로수가 늘어선 보도를 따라 성큼성큼 걸어 내려오고 있었다. 월터 대브니였다. 그는 우버 택시를 타고 길 아래 커피숍에 가서 약간의 먹을거리를 주문한 후, 이제 목적지를 향해 가는 중이었다. 옆머리가 가느다래지고 듬성듬성 희끗희끗 세어가고 있는 그는 60대로 보였다. 얼마 전 이발을 한 듯한 말끔한 머리 뒤쪽이 살짝 뻗쳐 있었다. 값비싼 맞춤 양복은 약간 살집이 있는 그의 몸에 꼭 맞았다. 어두운 색의 양복 앞쪽에는 화려한 색깔의 네모난 주머니가 달려 있었다. 목에는 후버 빌딩으로 들어갈 수 있는 차량의 출입증을 착용했다. 그의 녹색 눈이 기민하게 움직였다. 단호한 걸음걸이 때문에 손에 들린 서류 가방이 진자처럼 흔들렸다.

반대편에서는 한 여자가 걸어오고 있었다. 앤 버크셔였다. 그녀는 지하철을 타고 이곳에 왔다. 50대 후반의 왜소한 체구를 가진 그녀의 길고 동그스름한 얼굴을 하얗게 세어가는 머리카락이 둥글게 감싸고 있었다. 후버 빌딩이 가까워지자 그녀는 왠지 망설이는 기색을 보였다. 목에 출입증은 걸려 있지 않았다. 그녀가 가진 신분증이라고 해봐야 지갑 속에 있는 운전면허증뿐이었다.

아침이 훨씬 지난 시각이었다. 거리에는 출근 시간대보다 행인이 적었지만, 아직도 꽤 많은 사람들이 지나다니고 있었다. 주변을 오가는 차량들과 후버 빌딩 지하 주차장으로 들어가려는 차량들이 내는 소리가 거리를 채웠다.

대브니는 조금 더 속도를 내서 걷기 시작했다. 앨런 에드먼드 윙팁 구두가 얼룩진 보도에 또각또각 소리를 내며 부딪쳤다. 그가 쾌활하게 휘파람을 불기 시작했다. 세상 무엇도 개의치 않는 듯한 모습이었다.

버크셔 역시 속도를 높여 더 빨리 걷고 있었다. 그녀의 시선이 왼쪽을 향하더니 다시 오른쪽으로 휙 하고 넘어왔다. 시선이 닿은 모든 것을 담아두려는 듯한 표정이었다.

대브니에게서 약 18미터쯤 뒤에서, 에이머스 데커가 혼자 느릿느릿 걸어오고 있었다. 거의 2미터에 달하는 키에, 한때 미식축구 선수로 활동했을 정도로 체구가 탄탄했다. 몇 달 동안 다이어트를 감행해서 한 덩어리 정도 몸무게를 덜어내기는 했지만, 여전히 조금 더 살을 빼야 했다. 입고 있는 카키색 바지는 끝단이 얼룩덜룩했고, 오하이오 주를 상징하는 엉덩이를 덮는 긴 스웨터는 구깃구깃했다. 허리춤에 찬 권총집에는 글록41 젠4 권총이 꽂혀 있었다. 13구경 매그넘 탄환이 전부 장착된 총은 무게가 1킬로그램이나 되었다. 320밀리미터의 큰 신발이 보도를 철벅철벅 찼다. 머리는, 좋게 말해서, 헝클어져 있었다. 데커는 FBI 합동 작전 부서에서 일했다. 지금은 회의에 참석하러 후버 빌딩으로 가는 중이었다.

그는 별다른 기대를 품지 않았다. 변화가 일어나고 있다는 건 느껴졌다. 그는 변화를 좋아하지 않았다. 지난 2년간 변화라면 충분히 겪었으니까. 평생 계속될 만한 그런 변화였다. 그는 이제 막 FBI에서의 새로운 일상에 적응한 터였고, 그 일상이 그대로 유지되길 바랐다. 그러나 보아하니 그건 그가 마음대로 할 수 있는 일은 아니었다.

보도에서 거리 중간쯤까지 공사용 바리케이드가 설치되어 있었다. 그는 그 옆으로 돌아갔다. 맨홀 뚜껑이 열려 있고, 그 주위로 오렌지색 그물망이 둘러쳐져 있었다. 인부들이 모여 있었다. 안전모를 쓴 인부 하나가 열린 맨홀 구멍 위로 올라와 다른 인부로부터 연장을 건네받았다. 주위에 둘러선 인부들은 커피를 마시거나 잡담을 나누고 있었다.

나도 잘할 수 있을 것 같은데. 데커는 생각했다.

그리고 자기 앞에서 걷고 있는 대브니를 쳐다보았지만, 딱히 그에게 관심을 기울인 건 아니었다. 시선을 멀리까지 두지 않은 탓에 버크셔는 보지 못했다. 그는 주차장 출입구를 지나가면서 보도 옆 작은 보안 초소 안에 있는 FBI 보안 요원에게 고개를 까닥여 인사했다. 꼬챙이처럼 반듯하게 선 남자가 목례로 답했다. 선글라스에 가려진 그의 눈이 의무적으로 거리를 훑었다. 오른손은 권총집 위에 올려놓은 상태였다. FBI가 침투 작전에서 사용하는 스피어골드닷 G2 9연발 권총이었다. '한 번에 한 놈씩'이 그놈의 신조였다. 의도한 표적이 제 위치에 있다면, 총알이란 게 응당 그래야 하는 법이지만.

새 한 마리가 데커의 앞을 휙 날아가 가로등 위에 앉더니 호기심에 찬 눈으로 행인들을 바라보았다. 공기가 차가웠다. 두꺼운 스웨터를 입고 있음에도 데커는 몸을 살짝 떨었다. 해는 구름 뒤로 숨어버렸다. 한 시간쯤 전에 지평선 너머로 햇빛을 내보내던 구름이 포토맥 강을 지나 워싱턴 위에 회색 돔처럼 드리워졌다.

앞에서 걷던 대브니는 거의 골목 끝까지 가더니, 거기서 왼쪽으로 방향을 틀었다. 그쪽에는 '사업상 약속'으로 FBI를 드나드는 사람들이 들어오는 출입구가 있었다. 몇 년 전 일반인들의 관람이 허용되었을 때만 해도 사람들은 그곳으로 들어와 그 유명한 FBI 연구실을 비롯해 요원들이 사격 연습장에서 표적에 총구를 겨누는 모습을 구경할 수 있었다.

하지만 테러의 시대에 들어서자 일반인 관람은 더 이상 허용되지 않았다. 9·11 테러 이후로 일반인 관람은 사라졌다가 2008년에 들어서야 재개되었다. FBI는 심지어 방문객들을 위한 교육센

터까지 마련했다. 그렇다고는 해도 방문 요청서를 최소한 한 달 전 까지는 제출해야 한다. FBI에서 견학 요청자의 배경을 조사하기 위한 조치다. 대부분의 연방정부 건물들은 요새 같았다. 들어가기도 어렵지만 나오기는 더더욱 어려웠다.

모퉁이까지 왔을 때 대브니의 걸음이 느려졌다.

버크셔는 반대로 걸음을 재촉했다.

데커는 길을 따라 성큼성큼 계속 걸어갔다. 보폭이 큰 발걸음이 땅을 잡아먹을 듯이 내리쳤다. 이제 그와 대브니 사이의 거리는 10미터도 안 될 정도로 가까워졌다.

버크셔는 대브니의 맞은편으로 5미터 정도 떨어져 있었다. 거리가 반으로 줄어들었다. 그리고 또 몇 걸음 만에 둘 사이의 거리는 1미터 정도로 줄었다.

이제 데커의 시야에도 버크셔가 들어왔다. 버크셔가 대브니 쪽으로 매우 가까이 다가와 있어서 두 사람이 다 보였다. 데커는 두 사람 뒤로 3미터 정도 떨어져 있을 뿐이었다. 그 역시 막 모퉁이를 돌려던 참이었다.

버크셔의 시선이 대브니를 슬쩍 지나쳤다. 그가 거기 있다는 걸 처음 알아챈 듯한 시선이었다. 대브니는 처음에는 고개를 돌려 그녀를 보지 않았다.

몇 초 후 그는 자신을 응시하고 있는 버크셔의 시선을 알아챘다. 그는 미소를 지었다. 모자라도 쓰고 있었다면 그녀에게 예의를 표하기 위해 모자를 벗어 보였을지도 모른다.

버크셔는 대브니의 미소에 반응을 보이지 않았다. 그녀의 손이 지갑으로 향하더니 지갑을 단단히 움켜쥐었다.

대브니의 발걸음이 더 느려졌다.

길 건너편에 있던 데커는 아침거리로 부리토를 파는 푸드트럭을 보았다. 회의 전에 부리토를 하나 사 갈 시간이 될지 가늠해보았다. 하지만 허릿살을 더 빼야 한다는 생각에 그만두기로 했다. 그 순간 버크셔와 대브니가 나란히 섰다.

데커는 그 장면을 보았지만 특별한 의미를 두지는 않았다. 그저 두 사람이 서로 아는 사이이고, 어쩌면 그곳에서 만나기로 했을지도 모르겠다고 생각했을 뿐이다.

그는 시간을 확인하려고 손목시계를 보았다. 회의에 늦는 건 바라지 않았다. 자신의 인생이 변하려 한다면 그때 제시간에 있길 바랐다.

그 순간 데커는 뒤를 돌아보았고, 그대로 얼어붙고 말았다.

대브니가 여자 뒤로 두 발짝 물러섰다. 버크셔는 아무것도 모르는 표정이었다. 그가 그녀의 뒤통수에 베레타 권총을 겨누었다.

데커는 자신의 총으로 손을 뻗었다. 그리고 보안 요원을 소리쳐 부르려는 바로 그 순간 대브니가 방아쇠를 당겼다.

총알이 그녀의 뒤통수 아래에서부터 위로 뚫고 지나가자, 그녀의 몸이 앞으로 홱 움직였다. 총알이 그녀의 머리를 날려버렸다. 머리를 관통하고, 핀볼처럼 두개골을 쾅 때리고는, 코를 통과해 나왔다. 총알이 만들어낸 운동에너지가 총알 크기만 한 구멍 세 개를 남겼다. 그녀의 몸이 앞으로 쓰러졌다. 얼굴은 거의 남아 있지 않았다. 콘크리트 바닥에 그녀의 피가 마구 퍼졌다.

데커는 총을 뽑고는, 비명을 지르며 도망치는 행인들을 뚫고 앞으로 달려나갔다. 대브니는 여전히 총을 들고 있었다.

심장이 쿵쿵 거세게 뛰었다. 데커는 글록을 대브니에게 겨누고 소리쳤다. "FBI다! 총 내려놓아, 당장!"

대브니가 그에게로 몸을 돌렸다. 여전히 손에 총을 든 채였다.

데커의 뒤에서 우르르 달려오는 발소리가 들려왔다. 보안 요원이 초소에서 나와 총을 뽑아 든 채 그들 앞으로 전력 질주하고 있었다.

재빨리 옆을 힐끗 본 데커는 그들을 발견하고 손을 들어 보였다. "난 FBI에서 일하는 사람입니다. 저 남자가 여자를 쐈어요."

그는 자신의 출입증을 넘겨주고는 두 손으로 총격 자세를 취했다. 그의 총구는 대브니의 가슴을 향하고 있었다. FBI 제복을 입은 남자가 그의 옆에 서서 역시 대브니를 향해 총을 뽑았다. "총 내려놓아, 어서!" 보안 요원이 소리쳤다. "마지막 기회다. 총을 내려놓지 않으면 발포한다."

총구 두 개가 한 사람을 향했다. 그 답은 분명해 보였다. 총을 내려놓지 않으면, 네가 쓰러지게 될 거야.

대브니의 시선이 보안 요원에게로 향했다가 데커에게로 옮겨갔다.

그리고 그가 미소를 지었다.

"안 돼!" 데커가 소리쳤다.

월터 대브니가 총구를 자기 턱 아래에 대고 두 번째이자 마지막 방아쇠를 당겼다.

어둠. 마지막 순간, 어둠은 우리를 기다리고 있다. 모두에게 공평하게. 의자에 앉아 시신을 응시하며 에이머스 데커는 생각에 잠겼다.

앤 버크셔의 시신은 FBI 시신 안치소 철제 테이블 위에 놓여 있었다. 조사를 위해 옷은 모두 벗겨져 증거 봉투 속에 담겼다. 시트 아래에 그녀의 벌거벗은 몸이 있었다. 다 부서진 얼굴을 덮은 시트는 얼굴 조직들과 피로 얼룩졌다.

무슨 일이 일어났는지 사인은 분명했지만 법적 절차에 따라 검시가 이루어졌다.

월터 대브니는 큰 부상을 당하긴 했지만 죽지는 않았다. 어쨌든, **아직은.** 그가 실려간 병원의 의사들은 그가 회생하거나 의식을 되찾을 가능성은 없다고 진단했다. 총알이 뇌를 똑바로 관통했다. 즉사하지 않은 것이 기적이었다.

민간인과 FBI 요원으로 이루어진 FBI 합동 작전 본부의 알렉스 재미슨과 로스 보거트, 그러니까 데커의 직장 동료 두 사람은 지금 대브니를 치료 중인 병원에 가 있었다. 대브니가 의식을 회복한다면 그를 체포해서 왜 거리에서 버크셔를 살해하고 자살하려 했는지 설명을 들어야 하기 때문이다. 대브니가 회복될지에 대해 문자 의사들은 그럴 가능성이 없다고 일축했다.

그래서 이제 데커는 어둠 속에 홀로 앉아서 시트에 덮인 시신을 응시했다.

그가 느끼기에 시신 안치소는 그다지 어둡지 않았다.

그곳은 영묘하고 밝은 푸른빛을 띠었다. 미식축구장에서 들이받혀 목숨을 잃을 뻔한 사건으로 그의 감각들은 마구 뒤섞여 소위 공감각이라는 상태에 빠지게 되었다. 그에게 죽음은 푸른빛으로 대변되었다. 대브니가 버크셔를 죽일 때 그 거리에서 그는 푸른빛을 보았다.

그리고 지금도 푸른빛을 보고 있었다.

현장에서 보안 요원이 합류했을 때, 데커는 D.C.의 경찰과 FBI에게 진술했다. 많은 말을 할 것도 없었다. 대브니는 총을 들었고, 버크셔를 쐈으며, 그러고 나서 그 자신도 쐈다. 그것은 너무나 분명한 사실이었다. 분명하지 않은 것은, **왜** 그가 그런 짓을 저질렀느냐였다.

머리 위의 전등이 켜지고, 하얀 실험실 가운을 입은 여자가 걸어들어왔다. 그녀는 자신을 검시관 린 와인라이트라고 소개했다. 40대로 보이는 그녀는 입을 굳게 다문 채 한 인간이 다른 인간에게 가한 온갖 종류의 폭력을 목도한 경험이 있는 사람이 지을 법한 다소 근심 어린 표정을 짓고 있었다. 자리에서 일어난 데커는 그녀에게 신분증을 보여주고, FBI에서 일한다고 자신을 소개했다. 그는 또한 이번 살인 사건의 증인이기도 했다.

합동 작전 본부의 네 번째 팀원인 토드 밀리건이 검시실로 들어오자 데커는 그쪽으로 시선을 돌렸다. 다섯 번째 팀원인 임상심리학자 리사 대본포트는 팀으로 돌아오지 않고, 시카고의 개인 연구로 돌아간 상태였다.

30대 중반의 밀리건은 180센티미터 정도의 키에 바싹 깎은 머리를 하고 화강암에 끌로 새긴 것 같은 조각 같은 몸매의 남자였다. 데커는 초반에 그와 으르렁댔지만, 이제는 다른 사람과 지내는 것만큼이나 평범하게 어울리게 되었다.

데커는 사람과 관계 맺는 것을 어려워했다. 늘 그랬던 건 아니었다. 예전에 일어난 어떤 사건 이후로 그는 완전히 다른 사람이 되어버렸다.

내셔널 풋볼 리그에서 미식축구 선수로 활약했던 무척이나 짧은 시기에 데커는 엄청나게 강한 타격을 받았다. 그때의 충격으로 뇌 손상을 겪은 후 생긴 공감각 덕분에 그는 과잉기억증후군, 그러니까 완벽한 기억력을 소유하게 되었다. 그 사건은 그의 인격도 바꾸어놓았다. 사교적이고 유머를 사랑하던 그가 냉담하고, 보통 사람들이 당연하게 인지하는 사회적 신호들을 읽지 못하는 사람이 된 것이다. 처음 그를 만난 사람들은 그에게 자폐증 증세가 있는 것은 아닌지 의심할 정도였다.

그리고 이후로도 그에 대한 사람들의 생각은 크게 바뀌지 않았을 것이다.

"어때요, 데커?" 밀리건이 말했다. 그는 늘 그렇듯이 티끌 하나 없는 빳빳한 흰 셔츠에 줄무늬 타이, 어두운 색깔의 양복을 갖춰 입고 있었다. 그의 옆에서 낡아빠진 옷차림을 하고 있는 데커는 거의 노숙인처럼 보였다.

"이 여자분보다는 나아요." 데커가 버크셔의 시신을 가리켰다. "이 여자에 대해 어디까지 알아냈어요?"

밀리건이 코트 안주머니에서 작은 노트북을 꺼내서 화면을 스크롤했다. 그러는 동안 데커는 와인라이트가 버크셔의 시신에서 시트를 벗겨내고 부검을 하기 위해 필요한 도구들을 준비하는 모습을 지켜보았다.

"앤 메러디스 버크셔. 59세. 미혼. 페어팩스 카운티의 가톨릭 학교 대체 교사. 레스턴에 살고 있거나 살았던 걸로 보여요. 연락해 온 친인척은 없는데, 계속 알아보는 중이에요."

"후버 빌딩으로는 왜 왔답니까?"

"모르겠어요, 그건. 이 여자가 거기로 올 일이 있었는지조차 모르겠어요. 어쨌든 오늘은 수업이 없었어요."

"월터 대브니는요?"

"61세. 기혼. 장성한 딸 넷이 있어요. 정부를 상대로 하는 꽤 잘나가는 민간 도급업자예요. FBI를 비롯해 다른 정부 기관들과도 거래하고 있어요. 전에 NSA에서 10년 동안 일했고요. 맥린에 살아요. 대저택이죠. 자기 일에 관한 한 무척 일을 잘해왔더라고요."

"자기 일에 관한 한 **그랬었죠**." 데커가 덧붙였다. "아내와 자식들은요?"

"부인과 이야기하는 중입니다. 무척이나 흥분한 상태예요. 자식들은 각지에 흩어져 살고 있어요. 한 사람은 프랑스에 살더라고요. 다들 이리로 오는 중이에요."

"가족 중에 왜 그가 이런 짓을 저질렀는지 알 만한 사람은 없답니까?"

"아직 다 면담을 한 건 아니라서요. 하지만 그 이상 뭔가가 튀어 나올 것 같진 않아요. 다들 엄청나게 충격을 받은 상태예요."

데커는 가장 큰 의문을 입에 올렸다. "버크셔와 대브니 사이에 무슨 관계는 없습니까?"

"이제 막 조사를 시작했는데, 아직까지 딱히 드러난 건 없어요. 그냥 자살하기 전에 다른 누군가를 쏜 게 아닐까요? 이 여잔 하필 그때 가까이에 있었던 거죠."

"분명 아주 가까이에 있었죠. 하지만 당신이 자살한다고 생각해 봐요. 왜 근처에 있는 무고한 사람을 같이 데려가겠어요? 그게 무 슨 소용이라고."

"어쩌면 미쳤는지도 모르죠. 배경 조사를 하다 보면, 그가 왜 폭 주했는지를 설명해줄 뭔가를 찾아낼 수 있을 거예요."

"대브니는 서류 가방과 신분증을 가지고 있었어요. 후버 빌딩으 로 향하고 있는 것 같았다고요. 회의가 있었습니까?"

"네. 확인했어요. 그 사람의 회사가 FBI 일을 맡고 있어서, 프로 젝트 회의에 참석하러 오는 길이었어요. 늘 있던 일이었죠."

"그런데 그 사람이 갑자기 분노가 폭발했다? 양복을 입고 **일상적 인 회의**를 하러 시내로 오다가?"

밀리건이 고개를 끄덕였다. "말이 안 된다는 건 나도 알아요. 하 지만 그럴 가능성도 있죠."

"그렇지 않다고 밝혀지기 전까진, 모든 게 가능성이 있죠." 데커 가 대꾸했다.

데커가 걸어가 와인라이트 옆에 섰다. "살인 무기는 베레타 9구 경입니다. 목 아래를 뚫고 들어가 위쪽으로 나왔어요. 강한 타격으 로 죽었죠."

와인라이트는 스트라이커 톱을 들어 버크셔의 두개골을 열기 시작했다. "분명 내부 흔적이 그 설명과 일치하는군요."

"대브니가 죽는다면 그 시신도 선생님이 부검하나요?"

그녀가 고개를 끄덕였다. "대브니가 FBI의 민간 도급업자라서 FBI가 이 사건을 맡고 있어요. 게다가 이건 FBI 문 앞에서 일어난 일이니까요. 그러니까 내가 그 일을 할 거라고요."

데커가 그녀에게서 몸을 돌리고 밀리건에게 말했다. "이 사건, 담당이 정해졌습니까?"

밀리건이 고개를 끄덕였다.

"어느 팀이죠? 그 사람들 알아요?"

"무척 잘 알죠. 바로 **우리니까요.**"

데커가 눈을 깜빡였다. "뭐라고요?"

"보거트의 팀이라고요. 그러니까 우리 팀 말이에요. 우리가 이 사건을 맡게 되었어요."

"우린 미제 사건만 맡잖아요."

"음, 오늘 아침 회의에서 결정된 게 그거예요. 상부에서 우리 직무를 변경했어요. 미제 사건에서 진행 중인 사건으로요. 당신이 이 사건의 목격자니까, 우리가 이 일을 하는 게 당연한 거죠. 그래서 우리가 하게 됐어요."

"내가 목격자인데도요?"

"무슨 일이 일어났는지 아무 의심의 여지가 없어 보이잖아요, 데커. 그 사람이 무슨 짓을 저질렀는지 본 목격자가 엄청 많아요. 그러니까 당신까지 나설 필요는 없어요."

"하지만 난 **미제** 사건들 때문에 여기 온 거잖아요." 데커가 반박했다.

"자자, 우리는 그걸 결정할 권한이 없어요. 위에서 결정한 대로 따를 뿐이죠."

"위에서 이렇게 그냥 우리에게 지원을 중단할 수 있단 말인가요? 아무 설명도 없이?"

밀리건은 미소를 지어 보이려고 했지만 데커의 뒤숭숭한 표정을 보고는 그만두었다. "관료 사회잖아요, 데커. 우리는 명령을 따라야 한다고요. 최소한 로스랑 난 그래요. 당신과 재미슨은 언제든지 그만둔다고 할 수 있지만, 난 어쨌든 여기에서 경력을 쌓아야 한단 말입니다." 그가 잠시 말을 멈췄다. "어쨌든 우리는 계속 나쁜 놈들을 쫓고 있는 거예요. 그저 좀 더 최근의 범죄자들로 바뀐 것뿐이죠. 어쨌든 당신이 잘하는 걸 하면 돼요."

데커는 고개를 끄덕였지만, 밀리건의 말을 납득한 것처럼 보이지는 않았다. 그는 버크셔의 시신을 내려다보았다. 푸른 박동이 온갖 사방에서 그를 죄어 들어왔다. 살짝 속이 거북해졌다.

와인라이트가 데커를 응시하고는 그의 신분증에 있는 이름을 적어 넣었다. "잠깐만 기다려요, **에이머스** 데커 씨. 당신이 어떤 것도 잊어버리지 못하는 바로 그 남자인가요?"

데커가 반응을 보이지 않자, 밀리건이 재빨리 대답했다. "그래요. 데커가 바로 그 사람이에요."

와인라이트가 말했다. "당신들이 지난 몇 달 동안 해묵은 사건들을 꽤 많이 해결했다고 들었어요. 특히 멜빈 마스 사건이요."

"팀 작업이었습니다." 밀리건이 말했다. "하지만 데커가 없었다면 해내지 못했겠죠."

데커가 몸을 움직여 버크셔의 손등에 있는 보랏빛 얼룩을 가리켰다. "이건 뭡니까?"

"좀 봅시다." 와인라이트가 확대경을 쥐고는 그 자국 위에 가져다 댔다. 그러고는 전등을 켜 죽은 여자의 손에 빛을 비추었다. 확대경을 들여다보면서 그녀가 말했다. "뭔가 도장 같아 보이네요."

데커가 확대경을 들여다보았다. "도미니언 호스피스." 그가 밀리건 쪽을 바라봤을 때 밀리건은 이미 노트북 자판을 치고 있었다.

밀리건이 모니터 화면에 뜬 내용을 읽었다. "찾았어요. 레스턴 병원 근처예요. 말기 환자들이 가는 곳 같아요."

데커가 버크셔를 내려다보았다. "이 도장 자국이 손에 남아 있는 걸 보면 오늘 거기 갔다 온 것 같아요. 샤워를 했다면 지워졌을 테니까요."

"이 여자가 누군가를 만나러 거기에 갔을 거라고 생각해요?" 밀리건이 물었다.

"음, 대브니가 죽이기 전까지는 분명 임종 직전의 상태는 아니었으니 그랬겠죠."

데커가 아무 말도 없이 불쑥 걸어 나갔다.

갑작스럽게 데커가 나가는 것을 본 와인라이트가 밀리건에게 눈을 치켜떴다.

"저 친구가 저래요……. 자주요." 밀리건이 말했다. "전 이제 익숙해졌죠."

"당신은 나보다 성격이 좋군요." 와인라이트가 대꾸했다. 그러고는 스트라이커 톱을 들었다. "지금처럼 내 앞에서 나가버리는 꼴을 보면, 난 이걸로 그 몸을 장식해줬을 테니까요."

0 003

월터 대브니의 가슴이 경련하듯 오르내렸다. 이 세상에 오래 남아 있지 못할 사람이 내보이는 전형적인 반응이었다. 영혼이 육신을 빠져나가려고 준비하는 동안, 폐가 후위에서 그것을 단단히 붙잡고 있는 듯했다.

알렉스 재미슨은 집중치료실 병상 오른편에 앉아 있었다. 20대 후반으로, 키가 크고 날씬한 체구에 황갈색 머리를 기른 귀여운 외모였다. 약간 희끗희끗해진 어두운 색깔의 머리를 잘 빗어 넘긴 40대 후반의 FBI 특수 요원 로스 보거트는 병상 왼편에 꼿꼿하게 서 있었다. 그의 손가락은 침대 난간을 움켜잡고 있었다.

병상에 누운 대브니의 몸에는 의학적 처치를 위해 수많은 선과 튜브 들이 복잡하게 연결되어 있었다. 그의 오른쪽 눈은 빈 구멍이었다. 그가 턱 아래에서 쏜 총알이 그 부분에서 폭발하고는 뇌를 조각조각 부수며 사출된 것이다. 붓지는 않았지만 거의 시체 같은 얼굴은 흙빛이었고, 모세혈관들이 터지면서 보랏빛으로 변한 피부는 얼룩덜룩했다. 호흡은 불규칙했고, 모니터가 전신의 바이털 상태가 변화하는 것을 보여주었다. 집중치료실은 가장 위중하고 치명적인 부상을 입은 환자들을 치료하는 곳이다.

하지만 월터 대브니는 그냥 부상당한 것이 아니었다. 죽어가는 중이었다.

그날 그 병실을 들락거린 의사들은 모두 대브니의 뇌가 심장에 펌프질을 멈추게 하는 건 시간문제일 거라고 확인해주었다. 그리고 그들이 달리 할 수 있는 일은 아무것도 없었다. 어떤 약물로도, 어떤 수술로도 그를 회생시킬 수는 없었다. 그저 죽음에 이르기까지 시간만 셀 수 있을 따름이었다.

엘리라는 애칭으로 불리는 엘리너 대브니는 FBI의 연락을 받은 뒤 30분 만에 도착했다. FBI는 그녀를 심문해야 했지만, 그녀는 지금 당장은 그저 곧 미망인이 될 슬픔에 빠진 여인일 뿐이었다. 그녀는 화장실로 달려가 구토를 하고 있었다. 간호사 한 명이 그녀를 살펴주었다.

보거트가 재미슨을 쳐다보았다. 그의 시선을 알아차린 재미슨이 눈을 들었다.

"데커한테서는 아무 연락 없어?" 그가 조용히 물었다.

휴대전화를 확인한 재미슨이 고개를 저었다. "버크셔의 시신이 있는 시체 안치소로 갈 거라던데요." 그녀가 엄지손가락으로 메시지를 입력하고 그에게 보냈다. "토드에게도 똑같이 보냈어요."

보거트가 고개를 끄덕였다. "좋아. 그 친구가 데커를 따라가겠지."

데커가 늘 의사소통을 제대로 하지 않는다는 걸 두 사람은 알고 있었다. 사실대로 말하자면, 무슨 연락을 해도 데커는 거의 다 씹었다.

보거트가 대브니를 다시 내려다보았다. "기록상으로는, 이 남자가 이런 짓을 저지를 만한 그 어떤 이유도 찾을 수가 없어. 버크셔와 어떤 관계가 있는지도 아직 모르겠고."

재미슨이 말했다. "완전히 무차별 살인이 아니라면, **뭔가가** 반드시 있을 거예요. 하지만 이해 안 되는 게 너무 많아요."

동의의 표시로 고개를 끄덕여 보인 보거트는 모니터를 응시했다. 죽어가는 남자의 심박 수와 호흡이 불타는 석탄 위에서 맨발로 춤추는 사람처럼 이리저리 날뛰었다.

"아무 말도 남기지 않고 죽어갈 가능성이 많지."

"혹시 뭔가를 말한다고 할 경우에 대비해 우리가 여기에 있는 거고요." 재미슨이 대답했다.

화장실 문이 열리고 간호사와 엘리 대브니가 나왔다. 큰 키에 넓은 어깨, 긴 다리와 잘록한 허리, 작은 엉덩이가 무척 매력적인 외모의 소유자였다. 턱은 우아한 모양새였고, 높은 광대뼈는 단호해 보였으며, 눈은 크고 기분 좋은 밝은 푸른색이었다. 긴 머리칼은 자연스러운 은발을 유지했다. 젊은 시절에 운동깨나 했을 것처럼 보였다. 이제 60대 초반의 그녀는 장성한 네 자녀의 어머니이자 세 명의 손주를 둔 할머니였다. 그리고 그녀의 남편은 치명상을 입은 상태였다. 실제로 죽지는 않겠지만, 거의 죽어가다시피 할 만큼 여인은 고통스러워 보였다.

보거트는 재미슨이 자리에서 일어나자 간호사의 부축을 받은 엘리 대브니가 의자에 앉을 수 있도록 침대 옆에 의자를 가져다주었다. 그녀는 앉는다기보다는 거의 의자 위로 무너져 내렸다.

모니터를 확인한 간호사는 보거트에게 불길한 시선을 한 번 던졌다. 그러고 나서 뒤에 있는 문을 닫고 병실을 나갔다. 엘리가 손을 뻗어 남편의 손을 쥔 채로 침대 난간 위에 이마를 댔다.

보거트는 뒤로 물러섰고, 재미슨 역시 자기 자리로 돌아가 앉았다. 여인이 조용히 흐느껴 우는 소리를 들으며 두 사람은 시선을 교환했다.

"대브니 부인, 자녀분들이 시내에 도착하면 이곳까지 올 수 있도록 교통편을 마련해드리겠습니다." 잠시 후 그가 말했다.

한동안 아무런 반응을 보이지 않던 그녀가 마침내 고개를 끄덕였다.

"그 일로 저희에게 알려주실 거나, 어느 분이 오시는지……."

그녀는 고개를 들었지만 그를 쳐다보지도 않고 말했다. "딸애가, 줄스가, 줄스가…… 알 거예요." 그리고 주머니에서 휴대전화를 꺼내 번호 몇 개를 검색하더니 보거트에게 건넸다. 보거트가 전화번호를 옮겨 적고는 엘리에게 휴대전화를 되돌려주었다. 그리고 병실에서 나갔다.

재미슨이 여인의 어깨에 손을 올렸다. "정말 유감입니다, 대브니 부인."

"이이가…… 월터가 정말로 누굴 다, 다치게 했나요? FBI가…… FBI가…… 그러던데……."

"지금으로선 뭐라 말씀드릴 수가 없습니다."

눈물로 범벅이 된 엘리의 얼굴이 재미슨에게로 향했다. "이이가 그랬을 리 없어요. 다른 사람이 이이를 쏘지 않은 게 확실해요? 그러니까, 월터는 어떤 것도 해를 끼칠 사람이 아니에요. 이이는…… 이이는……." 그녀의 목소리가 잦아들었다. 그녀가 침대 난간에 이마를 다시 기댔다.

모니터가 삐빅 하고 소리를 내기 시작했다. 두 사람이 황급히 고개를 들자, 모니터는 다시 잠잠해졌다.

"확실합니다, 대브니 부인. 그렇지 않다고 말씀드릴 수 있다면 좋겠네요. 하지만 목격자가 많습니다."

엘리가 코를 풀고는 단호한 목소리로 말했다. "이이가 회복되진 않겠지요?"

"의사들 말로는 가망이 없다고 하더군요."

"난…… 난…… 이이가 총을 가지고 있는지도 몰랐어요."

잠시 여자의 얼굴을 살펴본 재미슨이 물었다. "최근에 남편분이 어딘가 달라진 것을 느끼진 않으셨나요?"

"어떻게요?" 엘리가 멍하게 말했다.

"분위기랄지, 회사 일에 문제가 있다든지, 식욕이 줄었다든지요. 평소보다 술을 더 드시진 않았나요? 우울해한다든가요?"

의자에 깊숙이 몸을 묻은 엘리는 손 안에 티슈를 말아 쥐고는 가만히 자기 무릎만 응시했다.

문밖에서 발소리들이 들려왔다. 갑작스럽게 뛰어가는 소리, 모니터 경고음, PA 간호사들 너머로 들리는 목소리들, 장비와 환자를 실은 침대들이 복도를 따라 달음박질하는 소리. 늘 그렇듯이 공기 중에서 병원 냄새가 났다. 소독약 냄새. 그리고 이 공기는 영원히 차가울 것이다. 집중치료실 안에도 역시 불길하고 팽팽한 긴장감이 감돌았다. 모니터의 갑작스러운 경고음만이 죽음으로부터 삶을 분리시키는 듯했다.

"월터는 집에서는 일 얘길 하지 않았어요. 집에선 술도 마시지 않았고요. 제가 알기론 일 때문에 저녁 약속이 있을 때나 사업상 행사가 있을 때, 뭐 그런 때에만 마셨어요. 저도 이이를 따라 몇 번 그런 자리에 참석한 적이 있었죠. 이이는 사교나 거래처와의 자리,

계약 같은 걸 딸 때 마시는 걸로 충분하다고 생각했어요."

"그렇군요. 재정상 문제는 없으셨나요?"

"제가 아는 한으로는 없었어요. 하지만 재정 문제는 월터가 전적으로 맡았어요. 집에선 어떤 청구서도 전혀 볼 수 없었죠. 이런 걸 말하는 거라면요."

"최근 남편분의 분위기가 변하진 않았고요?"

그녀가 눈두덩을 꾹 누르고는 잠시 날카로운 시선으로 남편을 쏘아보더니 곧바로 시선을 돌렸다. 남편을 바라보는 눈빛에 마치 낯선 사람을 보는 듯한 불편한 느낌이 그대로 드러났다. "이이는 기분 변화가 심했어요. 무척 열심히 일했죠. 일이 잘 풀릴 때는 무척 행복해했고, 잘 안 되면 곧장 침울해했어요. 하지만 다른 사람들도 그렇잖아요."

"그럼 평소와 다른 점은 없으셨나요?"

엘리는 휴지를 다시 한 번 더 뭉쳐서 쓰레기통에 던져 넣었다.

단호한 몸짓으로.

그녀가 참을성 있게 기다리고 있는 재미슨에게로 몸을 돌렸다. 에이머스 데커 주위에 있으면서 재미슨이 배운 건, 바로 이것일 터였다. 인내하는 것. 좋은 이유에서든 나쁜 이유에서든.

"이이가 최근 여행을 다녀왔어요."

"어디로요?"

"평소랑 달랐어요. 어디로 가는지 말하지 않았거든요. 전에는 그런 적이 한 번도 없었어요."

"얼마나 다녀오셨죠?" 재미슨이 물었다.

"나흘쯤인 거 같아요. 어쩌면 그보다 더 있었을 수도 있고요. 뉴욕에 먼저 갔다가 그리로 출발했거든요. 전화가 왔어요. 갑자기 일이 생겨서 갈 데가 있다고 했어요. 얼마나 가 있을지는 자기도 확실히 말할 수 없다고 했죠."

"비행기로 갔나요, 기차로 갔나요? 다른 나라였습니까?"

"모르겠어요. 그냥 고객이 될 사람과 일할 게 있다고만 했어요. 뭔가 수습해야 한다고요. 그렇게 큰일은 아니라는 식으로 말하긴 했어요. 전 그이 사무실에서 출장 준비를 해준 줄 알았죠."

"알겠습니다. 남편분이 언제 돌아올지는 전혀 말씀이 없으셨단 거지요?"

"전혀요. 전 그저 업무와 관련된 일일 거라고만 생각했어요. 하지만 그날부터였어요. 뭔가가 있었던 것 같아요, 그게 뭔지는 모르겠지만요."

"그게 언제였습니까?"

"한 달쯤 전이었어요."

"그리고 남편분은 정부 일을 하는 도급업체를 운영하셨죠?"

엘리가 고개를 끄덕였다. "월터 대브니 앤드 어소시에이츠예요. 레스턴에 있죠. 그 회사에서 하는 일은 전부 기밀 사항이에요. 제 남편이 혼자 시작했는데, 지금은 직원이 70명쯤 되죠. 회사에는 이사들이 있어요. 하지만 월터가 회장이고, 재무와 관련된 사항도 그이가 전부 관리하죠." 그녀의 눈이 갑자기 커졌다. "오, 이런, 이제 제가 그 회사를 소유하게 되겠네요." 그녀는 기겁한 표정으로 재미슨을 바라보았다. "그건 제가 회사를 운영해야 한다는 소리잖아요? 전 그이의 사업에 대해선 아무것도 몰라요. 기밀 정보 사용 허가를 받아본 적도 없다고요."

재미슨이 그녀의 손을 잡아주었다. "지금 당장은 그 일에 대해 걱정하실 필요가 없을 것 같습니다, 대브니 부인."

조금 더 침착해진 엘리가 남편에게로 시선을 돌렸다. "그 사람 이름이 뭐였더라? 그러니까 월터가……? 들었는데, 생각이 나질 않는군요. 지금은 모든 게 그냥 혼란스러워요."

"앤 버크셔예요. 페어팩스에 있는 가톨릭 고등학교 대체 교사였어요. 아는 분입니까?"

엘리가 고개를 저었다. "들어본 적도 없는 이름이에요. 어떻게 월터가 그 여자분을 알았는지도 모르겠고요. 고등학교 교사라고요? 월터와 전 아이를 일찍 낳았어요. 제일 큰애인 줄스는 서른일곱 살이에요. 큰 손주는 이제 겨우 초등학교 1학년이 되었고요. 어쨌든 그 애들이 버지니아에 사는 것도 아니고요. 우리는 가톨릭 신자도 아니에요. 장로교파라고요."

"알겠습니다. 말씀 감사드립니다. 정말 많은 도움을 주셨어요."

"변호사가 필요할까요?" 엘리가 불쑥 내뱉었다.

재미슨이 불편한 시선으로 바라보았다. "거기에 대해 제가 뭐라고 조언해드릴 만한 입장은 아니군요. 부인이나 남편분께서 변호사를 고용하신다거나 상담을 하고 싶으시다면, 직접 알아보셔야 할 겁니다."

엘리는 말없이 고개를 끄덕이고는, 침대 난간으로 손을 뻗어 다시 한 번 남편의 손을 잡았다.

잠시 후 보거트가 돌아왔다. "다 처리했습니다, 대브니 부인. 따님 말로는, 내털리만 빼고 모두 오늘 밤까지는 도착할 거라더군요."

"내털리는 파리에 사니까요. 그 애에게 전화를 했는데 안 받더라고요. 음성을 남기거나 이메일을 보내는 걸…… 못했네요."

"따님인 줄스가 그쪽에 연락해서 상황을 설명했답니다. 내털리도 가급적 빨리 항공편으로 온다고 하네요."

"정말이지, 이런 일이 일어나다니, 믿을 수가 없어요." 엘리가 말했다. "월터가 오늘 아침 집을 나설 때만 해도 모든 게…… 완벽했는데, 그런데 지금은…….." 그녀가 두 사람을 올려다보았다. "모든 게 다 사라졌어요. 갑자기 말이에요."

갑자기라, 재미슨은 생각에 잠겼다.

004

그들은 시체들로 채워진 공간에서 죽어가는 사람들로 채워진 공간으로 옮겨갔다.

안내 데스크에서 몇 가지를 문의한 뒤, 데커와 밀리건은 도미니언 호스피스 원장인 샐리 파머에게 안내되었다. 앤 버크셔가 죽었다는 소식에 여자는 충격을 받았다.

"오늘 아침에도 왔었는데요." 작고 비좁은 사무실 책상 너머에서 그녀가 그들의 얼굴을 마주 보며 말했다.

"그랬을 거라고 생각했습니다. 그래서 여기에 온 겁니다. 버크셔 씨의 손에 이곳 도장이 찍혀 있더군요." 데커가 말했다.

"네, 그건 보안 절차 가운데 하나예요."

"이런 곳에서 보안이 철저해야 할 필요가 있나요?" 밀리건이 물었다.

파머가 단호한 눈빛으로 그를 쳐다보았다. "저희 환자들은 여러 가지 심각한 치료를 받고 있는 매우 취약한 분들이에요. 스스로를 보호하기가 어렵죠. 그들을 보호하는 일은 저희 책임이고, 저희는 그걸 엄청나게 중요한 문제로 간주하고 있어요. 모든 방문객들은 입구의 안내 데스크에서 몇 가지 절차를 거치죠. 손도장은 눈에 쉽게 뜨이도록 만들었고, 도장 색깔은 매일 바뀌어요. 저희 직원이 슬쩍 보기만 해도 허가받은 방문객인지 아닌지 알 수 있죠."

데커가 물었다. "버크셔 씨는 여기 환자분의 가족인가요? 오늘 아침 여기에 온 것도 가족 때문인가요?"

"오, 아니에요. 앤은 자원봉사자예요. 몇몇 환자들을 방문해서 자주 함께 시간을 보냈어요. 가족들이 가까운 곳에 살지 않는 환자들도 있고, 찾아오는 사람이 별로 없는 환자들도 있거든요. 저희 병원에는 그런 자원봉사자들이 있습니다. 물론 꼼꼼하게 확인 절차를 거친 사람들이죠. 그분들은 환자들과 대화를 나누기도 하고, 책을 읽어드리기도 하고, 그냥 가만히 옆에 앉아만 있어주기도 해요. 죽는다는 게 쉬운 일은 아니잖아요. 혼자 죽어가는 건 더욱 어렵죠."

"버크셔 씨는 오늘 어떤 분과 대화를 나눴습니까?" 밀리건이 물었다.

"제가 찾아볼 수 있을 거예요. 잠시만 기다리세요."

파머가 일어나 자리를 떴다.

밀리건은 휴대전화를 꺼내서 메시지를 확인했다. "대브니의 아내가 지금 남편 병실에 와 있다는군요. 알렉스 말로는 남편이 의식을 회복할 수 없을 거라네요."

"부인이 뭔가 말을 했습니까?"

"앤 버크셔를 모른대요. 그리고 남편도 모를 게 확실하고요. 또 남편의 사업에 대해서는 아는 게 없고, 왜 남편이 이런 일을 저질렸는지 짐작도 가지 않는다고 했답니다. 알렉스가 다시 문자 할 거예요. 대브니 부인의 말로는, 남편이 한 달쯤 전에 아무 설명 없이 여행을 간 적이 있는데, 그 뒤로 전과 좀 달라 보였답니다."

"어떤 점에서요?"

"외견상 분위기가 달라졌대요. 그리고 어디에 갔었는지 부인에게도 말 안 했답니다."

"알았어요."

밀리건이 작은 사무실을 둘러보았다. "정말 우리가 여기에서부터 사건을 시작해야 한다고 생각해요?"

"살인 사건의 범인이 낯선 사람인 경우도 있죠. 하지만 대개 범인은 아는 사람이에요."

"그거참, 위안이 되는군요." 밀리건이 뚱하게 말했다.

잠시 후 파머가 돌아올 때까지 두 사람은 침묵 속에 빠져들었다.

"버크셔 씨는 오늘 아침 일찍 세 분의 환자를 만나고 가셨어요. 도로시 비터스, 조이 스콧, 앨버트 드루 씨예요."

"평소에 방문하는 환자들인가요?"

"네, 맞아요."

"버크셔 씨가 오늘 아침 일찍 방문했다고 하셨죠. 늘 그 시간에 옵니까?"

"음, 아니에요. 가만있자, 보통 정오쯤에 왔어요. 저희 환자들은 보통 그때쯤에야 정신이 맑아지거든요."

"그분들과 몇 마디 나눌 수 있을까요?" 데커가 물었다.

파머가 경계의 눈초리로 쳐다보았다. "그분들이 여러분과 대화를 나눌 만한 상태일지 모르겠군요. 무척 상태가 안 좋거든요."

데커가 일어났다. "죄송합니다만, 앤 버크셔는 오늘 아침 살해당했습니다. 그 이유를 찾는 게 저희 일이라서요. 그녀는 평소와 다른 시간에 여기를 잠깐 다녀갔다가 시내에서 살해당했어요. 그렇다면 우리는 이곳에서부터 시작해서 단서를 찾아야 해요. 이해하시리라 생각합니다."

밀리건이 재빨리 덧붙였다. "가능한 한 조심스럽게 하겠습니다."

"앤이 죽었다고 환자들에게 말씀하실 건가요? 환자들이 엄청나게 동요할 거예요."

밀리건이 말했다. "그러지 않도록 최선을 다하겠습니다."

데커는 아무 말도 하지 않았다. 그의 시선은 이미 복도를 향해 있었다.

도로시 비터스는 80대 후반으로, 극도로 연약해 보였고, 쪼글쪼글했다. 지금 누워 있는 침대는 그녀의 마지막 침대가 될 게 분명했다. 환자의 개인정보 보호 수칙 때문에 파머는 도로시의 병명에 대해서는 두 사람에게 알려주지 않았다. 파머가 두 사람을 문 앞에 데려다주고 사무실로 돌아갔다. 데커는 문 앞에 서서 가구가 드문드문 놓인 작은 방을 둘러보았다.

"괜찮아요?" 밀리건이 목소리를 낮춰 물었다.

데커는 정말이지, 전혀 괜찮지 않았다.

이곳은 그에게 죽음이 느껴질 때 보이는 푸른 불꽃이 아니라, 남색으로 보였다. 그가 처음 받은 인상이 그랬다. 죽음의 끝자락에 있는 환자인 비터스를 보았을 때, 그는 그 이유를 알 수 있었다. 임박한 죽음이 그의 마음속에서 또 다른 느낌의 푸른빛으로 나타난 것이다.

그래, 흥미로운 일이야. 변화된 내 정신이 예기치 않은 상황으로 나를 계속 몰아넣고 있어.

그는 비터스가 죽는 순간 이곳에 있길 바라지 않았다. 남색 빛이 갑작스럽게 푸른 불꽃으로 변하지 않기를 바랐다.

"괜찮아." 마침내 그가 말했다.

그는 방 안으로 들어가 의자를 침대 옆으로 끌어다 앉았다. 밀리건이 그의 옆에 섰다.

"비터스 여사님, 전 에이머스 데커라고 합니다. 이쪽은 토드 밀리건이고요. 앤 버크셔 씨에 대해 여쭙고 싶은 게 있어서 왔습니다. 오늘 아침에 앤 버크셔 씨가 이곳에 와서 여사님을 뵙고 갔다고 들었어요."

비터스가 쑥 들어간 눈으로 그를 올려다보았다. 그녀의 피부는 옅은 회색빛이었다. 눈에는 물기가 그렁그렁했고, 숨은 얕았다. 쇄골 근처에 매달린 포트 하나에 여러 개의 관이 이어져 있고, 그곳을 통해 약물이 주입되고 있었다.

"앤이 왔었지." 그녀는 느린 말투로 말했다. "평소보다 너무 빨리 와서 좀 놀랐어."

"무슨 말씀을 나누었는지 기억나십니까?"

"당신은 누구요?"

밀리건이 제지했지만 데커는 신분증을 꺼내 보였다. "저흰 앤의 친구입니다. 그녀가 오늘 다시 와서 여사님과 대화를 나누고 싶은데 그럴 만한 시간이 없을 것 같다고, 저희에게 들러봐 달라고 부탁해서요."

물기 어린 눈에 경계심이 비쳤다. "앤은…… 앤은 괜찮아? 어디가 아픈 건 아니지?"

"아픈 데는 없습니다." 데커가 정말이지 진심을 담아 말했다. 비터스 부인에게 들어가는 약이 무엇이든, 그것이 그녀의 인지 과정을 다소 둔화시키고 있었다. 그녀는 그들이 말하고 있는 걸 전혀 이해하지 못하는 듯 보였다.

"아, 맞아, 그냥 평소와 똑같았어. 날씨 얘기. 책도 읽어주고, 이 야기도 해주었지. 내 고양이 얘기도 했어."

"고양이요?" 밀리건이 말했다.

"서니는 지금은 죽고 없어. 오, 벌써 10년이나 되었네. 하지만 앤 은 고양이를 좋아했어."

"그것 말고 다른 건 없습니까?" 데커가 물었다.

"없어, 기억나는 게 없군. 오래 있지는 않았어."

"앤의 상태는 괜찮아 보였습니까? 기분이 언짢다거나 하진 않았 고요?"

그녀의 목소리가 다소 날카로워졌다. "앤이 괜찮은 거 확실해? 왜 그런 걸 묻는 거요? 죽어가고 있지만, 난 멍청하진 않다우."

물기 어린 눈에서 불꽃이 튀었지만, 이내 점멸했다.

"진실을 알고 싶으시다면, 사실……."

밀리건이 그의 말을 잘랐다. "여사님이 어리석은 분이 아니라는 건 저희도 잘 알고 있습니다. 제 친구의 말은, 그러니까 앤이 오늘 넘어져서 머리를 다쳤어요. 곧 괜찮아질 거예요. 그런데 약간 단기 기억상실 증상이 있어서요. 휴대전화 번호랑 아파트 경보 시스템, 컴퓨터 비밀번호를 생각해내야 하는데 말이죠. 그래서 그녀가 대 화를 나누었던 사람을 찾아가서, 기억을 되살릴 만한 걸 말해줄 수 있는지 알아보라고 우리를 보냈어요. 의사들이 그렇게 해야 한다 고 하더라고요."

비터스는 안도하는 듯 보였다. "아, 이런, 넘어지다니, 가엾어라."

데커가 밀리건을 잠시 바라보고는 비터스에게로 시선을 옮겼다.

"뭔가 저희에게 말씀해주실 게 있다면 부탁드리겠습니다."

"글쎄, 보자, 이야기를 많이 한 건 아니라서. 그런데, 앤은 뭔가에 정신이 팔린 것 같았어. 평소에는 앤이 주로 대화를 이끌었는데, 오늘은 내가 몇 번이나 무슨 말을 하고 있었는지 일깨워줘야 했지."

밀리건이 데커에게 날카로운 눈빛을 던졌다. 하지만 데커의 시선은 비터스에게서 떨어지지 않았다.

"앤에게 무슨 일 있냐고 묻지는 않으셨습니까?"

"물어봤지. 그랬더니 다 괜찮다고 하더라고. 마음에 걸리는 게 하나 있는 것 같았는데, 그게 뭔지는 말하지 않더군."

"앤이 오늘 방문해서 첫 번째로 만난 사람이 여사님인가요, 아니면 여사님을 만나기 전에 다른 분을 만나고 왔습니까? 혹시 아시나요?"

"아마 내가 앤이 만난 마지막 사람이었을 거야. 날 만나고 나서 가봐야 한다고 말했거든. 어딘가 갈 데가 있다고 했어."

"어디로 가는지는 말 안 했고요?"

"아무 말 안 했어."

데커가 일어나서 자리를 뜨려고 몸을 돌렸다.

밀리건이 황급히 말했다. "도움 말씀 감사드립니다. 저희가 부인에게 뭐 해드릴 수 있는 게 없을까요?"

비터스가 으스스한 미소를 지었다. "저 위에 있는 사람한테 내 말이나 잘 해줘요."

병실을 떠나면서 밀리건이 속삭였다. "이봐요, 데커. 이분들에게는 좀 편안하게 다가가라고요, 알겠어요? 죽어가는 분들이잖아요."

그는 데커를 앞질러 갔다. 데커는 몸을 돌려 침대에서 죽어가고 있는 비터스를 바라보았다. 그녀는 눈을 감고 있었다. 그는 되돌아가 그녀를 내려다보았다. 머릿속에 떠오른 남색이 점차 푸른 불꽃으로 변해가고 있었다. 자신이 누군가의 죽음을 예측할 수 있다고는 믿지 않았지만, 그의 정신은 임종 환자인 비터스에 대해 논리적인 비약을 보이고 있었다.

그는 손을 뻗어 여인이 편안한 자세를 취하도록 베개 위치를 조정해주었다. 여인의 흰머리를 살짝 쓰다듬고는 낮은 목소리로 말했다. "죄송해요, 비터스 부인."

그는 출입구에서 자신을 바라보고 있는 밀리건에게 시선을 주지 않았다. 데커가 모퉁이를 돌기 직전에 FBI 요원이 허둥지둥 그의 뒤를 따라갔다.

조이 스콧을 방문한 일은 도로시 비터스를 방문했을 때보다 더 슬펐다.

데커와 밀리건은 파머와 함께 출입구에 서 있었다. 스콧은 고작 열 살밖에 되지 않았지만, 그의 짧은 생은 이제 거의 끝자락에 다다라 있었다. 두 사람을 병실로 안내해준 파머는 환자의 개인정보 보호 수칙을 떠올렸지만, 그들의 멍한 표정을 보고 이렇게 말했다. "백혈병이에요. 불치병이죠."

밀리건이 말했다. "그런데 버크셔 씨가 왜 이 친구를 방문했습니까? 아이 부모가 찾아오지 않나요?"

파머가 화가 난다는 듯이 말했다. "위탁 가정에서 입양 수속을 밟던 아이였어요. 애가 아프자 예비 양부모가 파양했죠. 건강한 아이를 원했던 것 같아요." 그녀가 불쾌하다는 듯이 덧붙였다. "어떻게 그럴 수가 있는 걸까요. 앤은 최소한 일주일에 두 번은 이 아이를 보러 왔어요. 정말이지, 조이에겐 앤이 전부였죠."

이 말을 끝으로 그녀는 그 자리를 떠났다. 돌아서는 그녀의 얼굴에는 비통함이 가득했다.

데커는 침대에 누운 어린 소년을 내려다보았다. 아이를 보자 한때 살아 있었던 딸 생각이 떠올랐다. 몰리는 열 번째 생일을 맞기 직전에 살해당했다. 데커는 집에서 죽어 있는 딸과 아내를 발견했다. 과잉기억증후군 때문에 늘 그 비극은 지금 이 순간 일어난 사건인 것처럼 낱낱이 생생하게 떠올랐다.

데커에게 살해당한 가족을 발견한 것보다 더 끔찍하고 절망적인 일은 없을 것이다. 하지만 죽어가는 소년의 모습을 보는 것 역시 별반 다르지 않았다.

그는 소년 옆에 앉았다. 소년이 천천히 눈을 떴다. 정맥 주사 줄과 모니터와 연결된 선들이 비쩍 마른 소년의 몸 전체를 가로지르고 있었다.

밀리건을 재빨리 훑은 데커가 말했다. "안녕, 조이. 난 에이머스야. 여긴 내 친구 토드고."

조이가 손을 들어 올려 약하게 흔들어 보였다.

"앤이 네 친구라고 알고 있는데, 오늘 여길 다녀갔지?"

조이가 고개를 끄덕였다.

"이야기 잘 나눴니?"

"책을 읽어줬어요." 조이가 작은 소리로 말했다.

"책?"

그가 고개를 끄덕였다. "《해리 포터와 아즈카반의 죄수》요. 저기 선반에 있어요. 아줌마가 내일이면 다 읽을 거라고 말해줬어요."

데커는 손을 뻗어 책을 잡아채고는 몇 장 넘겨보았다. 마지막 페이지에서 10장 정도 남은 곳에 책갈피가 끼워져 있었다. 그가 밀리건을 바라보고는 조이에게로 시선을 돌렸다.

"멋진 책이구나. 앤 아줌마가 책만 읽어주었니?"

조이가 고개를 저었다. "이야기도 조금 했어요."

"무슨 얘기를 했니?"

"아저씨는 앤 아줌마 친구인가요?"

데커가 말했다. "오늘 아침에 앤을 봤단다. 그래서 우리가 널 보러 여기에 온 거야. 앤이 우리한테 여기에 있는 자기 친구를 만나고 와달라고 부탁했거든."

"아, 그렇군요."

밀리건이 말했다. "여기 얼마나 있었니, 조이?"

조이가 그를 올려다보려 눈을 깜빡였다. "모르겠어요."

밀리건이 한 걸음 물러나 벽에 손을 짚었다. 그의 절망적인 시선이 데커를 향했다.

데커가 말했다. "앤과 무슨 이야길 나눴는지 기억나니? 책에 대해서라든가 말이야."

"태양이 떠오르는 걸 본 적이 있냐고 물어봤어요."

데커가 커다란 창문을 쳐다보았다. 창문은 동쪽으로 향해 있었다. 그는 천천히 조이에게로 시선을 돌렸다. "본 적 있니?"

조이가 고개를 끄덕였다. "아주 멋졌어요."

"어릴 때 나도 일찍 일어나서 태양이 떠오르는 걸 종종 지켜보았단다." 데커가 말했다. 밀리건이 놀라는 표정을 지었다. "오하이오에서 자랐는데, 그곳은 여기보다 태양이 늦게 뜨지."

침대 옆 스탠드 위에 사진 액자가 하나 놓여 있었다. 데커가 그것을 집어 들었다. 페이튼 매닝의 사진이었다.

"매닝을 좋아하니?"

조이가 고개를 끄덕였다. "미식축구를 자주 봤어요. 아프기 전엔 하기도 했고요."

"나도 미식축구를 했단다."

조이의 시선이 데커의 거대한 몸집을 빠르게 훑었다. "아저씬 미식축구 선수 같네요. 저도 커서 아저씨처럼 거대한 몸을 갖고 싶었어요."

밀리건이 눈가를 훔쳤다. 평정을 되찾고 나서 그가 말했다. "조이, 여기 데커 아저씨는 내셔널 풋볼 리그에서 뛰기도 했어. 클리블랜드 브라운스 소속이었지."

소년의 눈이 휘둥그레지고, 얼굴에는 작은 미소가 슬금슬금 번졌다. "정말요?"

데커가 고개를 끄덕였다. "아주 잠깐이라서 달콤함을 느낄 새도 없었지만." 그가 액자를 다시 제자리에 올려두었다. "전엔 오하이오 선수였지. 그때가 인생 최고의 순간이었어."

"와, 페이튼 매닝도 아세요?"

"아니, 하지만 그가 최고 중 하나란 건 알지. 명예의 전당 입성이 확실하잖니." 그가 편하게 자세를 고쳐 앉았다. "앤과 다른 얘기를 하지는 않았니?"

소년의 미소가 사그라들었다. "별로요."

"너를 만나고 나서 어디로 간다는 소리는 안 했니?"

조이가 고개를 저었다.

데커가 자리에서 일어나더니 밀리건을 한 번 쳐다보고 말했다. "고맙다, 조이. 큰 도움이 되었어."

"별말씀을요."

밀리건이 아이를 내려다보았다. "친구, 널 다시 만나러 와도 되겠니?"

"물론이죠. 앤 아줌마랑 같이 오셔도 되겠네요."

"그래, 또 보자." 밀리건이 주머니에서 명함을 한 장 꺼내 페이튼 매닝의 사진 액자 옆에 두었다. "뭐든 필요하면, 여기 있는 번호로 전화하렴, 알겠니?"

"알겠어요."

"고맙다."

"악수해도 돼요?" 조이가 데커를 보며 물었다. "내셔널 풋볼 리그 선수를 한 번도 본 적이 없거든요."

데커가 손을 내밀어 소년의 손을 천천히 감싸 쥐었다. 고래가 송사리를 삼키는 것 같은 모습이었다.

"만나서 영광이었습니다, 조이 군." 데커가 책을 선반 위로 되돌려놓고 밀리건을 따라 나갔다.

"젠장." 밀리건이 말했다. "다시 웃을 수 있을지 모르겠어요."

"그럴 수 있을 거예요." 데커가 말했다. "하지만 기분이 안 좋아지면, 조이를 생각해요. 그러면 당신이 좀 더 괜찮게 여겨질 테니."

* * *

앨버트 드루는 40대 남자로, 췌장암 말기에 들어선 상태였다. 창백하고, 말랐으며, 피부는 청어처럼 푸르스름하고, 황달기가 있었다.

"증상을 느꼈을 때는 빌어먹게 너무 늦었죠." 두 사람이 자기소개를 하고 신분증을 보여주자 그가 말했다. "화학요법, 방사능 요법, 그런 것들 때문에 완전히 진이 빠졌어요. 그리고 나서 두 달 정도는 차도가 있었어요. 그러다 다시 폭풍이 몰아쳤고, 지금은 이 꼴이죠."

그가 잠시 말을 멈추고 힘겹게 숨을 들이쉬었다. 말을 잠깐 하는 것만으로도 지치는 듯했다.

폐가 진정되자 그가 다시 말을 이었다. "지금 날 보러 오다니 행운이군요. 진통제가 습격해오면 못 일어나거든요. 모르핀 말이오. 그거 없이 뭘 할 수 있을지 모르겠어요. 고통이…… 음, 좋진 않죠." 그가 체념하듯 덧붙였다.

"귀찮게 해서 죄송합니다, 드루 씨." 데커가 말했다.

드루가 손을 휘저었다. "여기 누워서 죽음을 기다리는 것 말고는 어차피 할 일도 없는걸요."

"앤 버크셔 씨가 오늘 여기 와서 드루 씨와 이야기를 나누고 갔다고 알고 있는데요."

"아침이었죠. 무슨 일입니까?"

데커는 진실을 말하기로 결심했다. "그녀가 오늘 아침 여기를 떠나자마자 D.C.에서 총에 맞아 피살됐습니다."

"뭐라고요?" 드루가 헐떡이며 팔을 들어 올렸다. 기침이 터져 나왔다. 밀리건이 침실 스탠드에 놓인 물병을 가져다 잔에 물을 따르고는 드루에게 마시게 했다. 그러고는 괴로운 눈으로 데커를 쏘아보고는 빈 잔을 도로 가져다놓았다.

마침내 진정되자 드루가 무력한 눈빛으로 그들을 응시했다. 그가 헐떡였다. "앤이, 총에 맞았다고? 어떻게요? 왜?"

"저희도 진상은 모릅니다. 그래서 여기 온 거죠."

"하지만 난 아는 게 없어요."

"아마 선생님이 생각하시는 것보다는 많이 아실 겁니다." 데커가 말했다. "두 분이 오늘 무슨 대화를 나누셨죠?"

그가 눈썹을 모으고 잠시 생각에 잠겼다. "앤은 멋진 여자였죠. 4주쯤 전부터 제 병실에 오기 시작했어요. 우린 그저…… 그냥 이 야기를 나눴어요. 특별한 대화는 아니에요. 중요한 것도 전혀 없고요. 그냥 시간을 때웠을 뿐이죠. 제 생각을…… 제 상황에서 떼놓을……."

"그녀가 자기 얘기를 한 적은 없나요?"

"가끔요. 학교 선생이라고 했어요. 결혼은 안 했고, 애도 없다고 했죠."

"선생님은 아프기 전엔 뭘 하셨습니까?" 밀리건이 물었다.

"전 소프트웨어 엔지니어였어요. 지역 IT 회사에서 일했죠." 그가 눈을 감고 깊게 숨을 쉬기 시작했다.

"괜찮으세요?" 밀리건이 물었다.

드루가 눈을 뜨고는 툭 말을 뱉었다. "아니, 안 괜찮아요! 난 말기 환자라고, 그래요! 죽어가고 있다고!"

"죄송합니다, 드루 씨. 그런 뜻으로 한 말이 아닙니다. 죄송합니다." 밀리건이 사과하는 어조로 덧붙였다.

데커는 드루를 찬찬히 살펴보았다. "전에 무슨 일을 하셨는지 버크셔 씨에게 말씀하신 적이 있나요?"

"아뇨. 요점이 뭐죠?"

"잡담만 하셨습니까?"

"네. 그리고 그것도 아주 오래전 일처럼 느껴지네요. 잘 기억나지도 않는군요."

"선생님은 미혼이시죠."

"그걸 어떻게 알죠?"

"손가락에 반지가 없으니까요. 반지를 꼈던 흔적도 없고요."

잠시 후 그가 체념한 투로 말했다. "괜찮은 여잘 만난 적이 없거든요."

"부모님은 살아 계신가요?"

드루가 고개를 저었다. "남동생이 하나 있는데, 호주에 살아요. 내가 병을 얻은 뒤 한동안 여기 와서 지내다 갔지요. 그리고 돌아갔어요. 애가 다섯이죠." 드루가 잠시 말을 멈추었다. "장례식을 할 때나 오겠지요. 그 애가 제 상속인이죠. 전 화장할 겁니다. 어느 모로 보나 그게 낫죠."

드루가 눈을 감았다. 입술이 떨리고 있었다. 하지만 다시 눈을 뜨고 두 사람을 바라본 뒤 한숨을 내쉬었다. "다가오는 자신의 죽음에 대해 솔직히 말할 수 있다는 게 어떤 건지 상상도 못 할 겁니다. 하지만 그것밖에 달리 선택할 수가 없다면, 그럼, 그냥…… 그래야 하는 거지요."

"의사는 뭐라고 합니까?" 데커가 물었다.

드루가 어깨를 으쓱했다. "그때가 내일 같은 느낌이 들면 때가 온 것일 수도 있겠지요. 그 조만간이 내일이 되길 **바랄 뿐입니다.**"

"실례가 많았습니다, 드루 씨. 도움에 감사드립니다."

데커가 자리에서 일어나자 드루가 손을 들어 가볍게 그의 손가락을 쥐었다. 남자의 손이 얼음장처럼 찼다.

"앤은 정말 좋은 사람이었어요. 그녀는 여기 오는 일도, 하던 일도, 하고 싶은 일도 못 하게 됐군요. 당신들이…… 당신들이…… 그런 짓을 한 자를 꼭 잡아줬으면 좋겠습니다."

"범인은 이미 찾았습니다, 드루 씨." 데커가 말했다. "이제 그가 **왜** 그런 짓을 저질렀는지를 알아내야죠."

"대체 교사가 이렇게 산다고요?" 데커가 말했다.

그는 레스턴 타운 센터 길 건너편 고급 빌딩 꼭대기에 있는 앤 버크셔의 호화 아파트를 둘러보았다.

밀리건이 고개를 끄덕였다. "자료에 따르면 그래요."

"우리 집보다 훨씬 좋네요. 밀리건, 이런 집을 살 수 있을 것 같나요?"

밀리건이 집을 둘러보았다. 높은 창들, 높은 천장, 원목 바닥, 전문가의 손길로 꾸며진 900제곱미터 정도 되는 공간, 한눈에 내다보이는 전망, 온수 욕조가 구비된 커다란 개인 발코니.

"2백만 달러, 아니 그 이상 되겠군요."

"건물 관리 회사 말로는, 지하 차고에는 메르세데스 SL600이 주차되어 있다더군요."

"10만 달러는 족히 넘을 텐데." 밀리건이 말했다.

"상속받은 게 있나?"

"거기에 대해선 몰라요. 이제 캐봐야죠."

"교사 일을 한 지가 얼마나 됐답니까?"

"대체 교사로 4년쯤 일했어요."

"그전에는요?"

"3년 정도 애틀랜타에 살았더군요."

"뭘 하고요?"

"직업에 대해서는 정보가 없어요. 주소만 있죠."

"그전에는요?"

"시애틀에 살았어요."

"역시 직업은 없고?"

"찾지 못했어요."

"그전에도요?"

"이 여자에 대해 찾아낸 게 없어요."

"그 자료는 언제 적 내용까지 있어요?"

"다 합해서, 10년 정도 되는 기간의 기록만 있어요."

"버크셔는 거의 예순이 다 되었어요. 그렇다면 그녀에 대해서는 40대 후반 이후로만 정보가 있다는 말이군요. 그전에는 어땠죠?"

"아무것도 못 찾았어요. 하지만 더 캐내기엔 시간이 부족하기도 했어요. 뭔가가 더 나오겠죠. 자금 출처 쪽을 더 캐봐야겠어요. 사고를 당해서 거금을 손에 쥐었을 수도 있고, 업무상 횡령 소송에 걸려 있을 수도 있고요. 제길, 복권이라도 당첨됐나?"

데커가 납득할 수 없는 표정을 지어 보였다.

"무척 깔끔한 사람이군요." 밀리건이 지적했다.

"미니멀리스트라고 해야 될 것 같은데요." 여분의 가구들을 가리키며 데커가 말했다. 그리고 안방 침실로 가서 사람도 드나들 만한 크기의 거대한 옷장을 살펴보았다.

"신발 네 켤레, 지갑이랑 핸드백 몇 점, 보석류는 안 보이네요. 그런 걸 보관할 금고도 없고." 그가 밀리건을 쳐다보았다. "아무리 좋게 말해도 우리 집이 부유하다고 할 수는 없지만, 아내는 신발이 서른 켤레쯤 있었죠. 지갑이랑 핸드백도 많았고요. 보석도 좀 갖고 있었고."

밀리건이 고개를 끄덕였다. "제 아내도 그래요. 버크셔가 그냥 특이한 사람인 걸까요, 아님 뭔가가 더 있을까요?"

"사진 한 장도 없네요. 다른 사람 사진은 물론이고, 자기 사진도요. 가족사진이나 친구 사진도 없어요. 아무것도 없어요. 이 집은 전체적으로 모델하우스 같아요. 버크셔는 가구 딸린 집을 산 거예요. 여기 있는 것 중 그녀의 것은 아무것도 없다고 장담하죠."

"그게 뭘 의미하는 건데요?"

"버크셔가 보이는 그대로의 사람이 아니라는 거죠."

"그럼 대브니는 이 여자가 누군지 알고 있었던 걸까요?"

"어쩌면요. 그리고 버크셔가 FBI로 오고 있었던 건지는 확인됐나요? 그녀가 거기 있어서 난 그렇게 생각했어요. 하지만 이제 그 가정 이상의 것이 필요하죠."

"후버 빌딩에서 누굴 만나기로 한 건 아닌 걸로 확인됐어요. 견학하러 오는 방문객들은 미리 신청서를 접수해야 하고, 관리처는 방문객들의 배경을 조사하죠. 그녀가 신청한 기록은 없어요."

데커가 침대에 앉아서 방을 둘러보았다. "버크셔는 여기를 떠나서 호스피스에 갔다가 시내로 향했죠. 지갑에는 지하철 카드가 있었고, 카드 기록을 보면 연방 삼거리 정류장에서 내렸어요. 살해당하기 10분쯤 전에요."

"CCTV 하나에 그녀가 역에서 떠나는 모습이 찍혔어요."

"그리고 대브니가 그녀를 쐈죠."

밀리건이 데커를 응시했다. "대브니가 계획적으로 버크셔를 쏜 거라면, 그녀가 그 시간에 거기 올 거라는 사실을 어떻게 알았을까요? 아니면 그녀가 어쨌든 거기 왔을 거라는 건가요?"

"어쩌면 그녀가 거기에 온 이유가 **그 사람 때문일 수도** 있죠." 데커가 의견을 제시했다.

"흠, 그 사람이 버크셔에게 FBI 빌딩 바깥에서 만나자고 연락했다고?"

"어쩌면요."

"휴대전화, 이메일, 문자 메시지, 팩스, SNS 죄다 뒤졌지만, 두 사람이 접촉한 증거는 발견하지 못했어요."

"직접 만나서 약속했을지도 모르죠. 그랬다면 기록으로는 찾을 수 없겠죠. 그녀가 거기로 오는 걸 그 사람이 미리 계획한 것이 아니라면, 설명할 수 있는 건 두 가지뿐이에요. 다른 수단을 통해 그녀가 거기 오리라는 걸 알고 있었든지, 아니면……."

"……우연의 일치겠죠." 밀리건이 말을 맺었다. "그리고 버크셔는 다른 누구보다 죽이기 쉬웠고요."

"그렇다면, 이유가 뭘까요? 왜 그렇게 무작위로 낯선 사람을 죽였을까요? 미쳐서?"

밀리건이 고개를 저었다. "단서가 없어요."

데커가 침대에서 일어나 차 열쇠 한 벌을 집어 들었다. "메르세데스 열쇠들이에요. 옷장 서랍 속에 있었어요. 한번 보러 갑시다."

버크셔의 메르세데스는 은색 컨버터블로, 엘리베이터 근처 자리에 주차되어 있었다. 데커가 무선 전자 열쇠로 차 문을 열자, 밀리건이 안을 살펴보기 시작했다. 차가 너무 작아서 거구의 데커가 조사하기는 무리였던 것이다. 밀리건이 글러브박스에서 꾸러미 하나를 꺼내 데커에게 건네준 뒤 수색을 재개했다.

5분 후 차에서 나온 밀리건이 고개를 저어 보였다. "아무것도 없어요. 그냥 복권 냄새만 나는데요."

데커는 밀리건이 건네준 봉투 하나를 열어보았다. "등록증은 3년 전에 발급된 거네요. 몇 킬로미터나 운행했는지 봅시다."

밀리건이 확인했다. "8천 킬로미터 정도네요."

"그렇다면 거의 운행을 안 했군요. 어떻게 출근했을까요. 대중교통을 이용했나?"

"여기에는 걸어서 갈 만한 거리에 지하철역이 없어요. 버크셔가 일하는 학교도 마찬가지고요. 왜 이 사랑스러운 아가를 몰지 않고 버스를 탄 거죠, 앤?"

"지금 질문 말고도 우리가 알아봐야 할 이상한 점들이 한두 가지가 아니에요."

밀리건이 차 문을 닫자 데커가 전자 열쇠로 문을 잠갔다.

밀리건이 시계를 확인했다. "늦었네요. 자, 이제 어디로 갈까요?"

"죽어가는 또 다른 남자한테 가야죠."

0 007

호흡이 점점 느려지고 있었다. 다음 숨이 마치 마지막 숨인 것처럼.

데커는 월터 대브니를 잠시 내려다보았다. 그의 마음이 그날 아침으로 날아갔다. 이 남자가 앞에서 걸어가고 있었고, 자신은 별 주의를 기울이지 않았다. 그가 총을 꺼내 들어 자기 앞으로 열댓 명의 사람들 사이에 있는 앤 버크셔를 살해하기 전까지는. 데커의 완벽한 기억은 그 장면을 하나씩 하나씩 되짚고 있었다. 끝까지 다 살펴보았지만, 뭔가 그전처럼 반짝하고 나타나는 건 없었다.

엘리 대브니는 전에 앉았던 의자에 앉아 있었다. 밀리건은 문 옆에 서 있었다. 보거트와 재미슨은 침대 반대편 가장자리에 서 있었다. 엘리는 여전히 남편의 손을 쥐고 있었다.

치명적인 손상을 입은 남자는 아무 말도 하지 않았다. 의식을 회복하지 못한 것이다.

데커는 엘리 옆에 무릎을 꿇고 앉았다. "대브니 부인, 남편분이 아침에 집을 나갔을 때 부인은 일어나 계셨나요?"

그녀가 고개를 끄덕였다. 남편의 손을 쥔 손이 살짝 풀어졌다. "제가 커피를 내려주었는걸요. 아침도 먹었어요. 달걀, 베이컨, 구운 감자, 토스트를 먹었죠." 그녀가 희미하게 미소를 지었다. "그보다 더 나은 아침거리는 준비하지 못했어요."

"남편분이 잘 드셨습니까?"

"전부 먹었어요. 커피도 석 잔이나 마셨어요."

"총을 본 적은 없으십니까?"

엘리가 고개를 저었다. "서류 가방은 이미 싸놓은 상태였어요. 거기에 총이 들어 있었을 거라고 생각되지만, 보진 못했어요. 다른 요원들에게도 말했지만, 전 이이가 총을 가지고 있다는 것도 몰랐어요. 제가 아는 한 이이는 총을 좋아하지 않았어요. 확실해요. 우리 애들이 어렸을 때, 총을 가진 이웃이 있었어요. 어느 날인가 우리 애들이 그 집에 가서 놀았는데, 그 집 주인이 총을 두고 나가는 바람에 그 집 애 하나가 우발적으로 자기 여동생을 쐈어요. 그 앤 그 사고로 죽었죠. 월터와 전 기겁을 했어요. 그때 우리가 생각한 건 하나뿐이에요. 그 일이 우리 애들에게 일어났을지도 모른다는 거였죠."

"그렇군요. 자, 그럼, 이 질문도 받으셨을 거라고 생각되지만, 오늘 아침에, 남편분이 특별히 화가 나 있다거나 뭔가 잘못된 것 같은 느낌은 못 받으셨습니까?"

"아니요. 이이는 회의가 있다고 나갔어요. 전 FBI 일일 거라고 생각했죠. FBI 쪽 일도 하고 있다는 걸 알았거든요. 제게 작별 키스를 해주고 나갔어요."

"그러니까 평소와 달랐던 점은 없습니까?" 데커가 계속 질문을 했다.

엘리의 얼굴이 살짝 굳었다. "음, 가만있어 보자, 음, 제게 저녁 때 보자는 말을 안 했어요." 그녀가 데커를 쳐다보았다. "늘 제게 저녁때 보자고 말하거든요. 그 말은 그 사람이 시내에 있을 거고, 중요한 약속은 없다는 뜻이었어요. 그래서 전 오늘은 아닌가 보다 했죠."

"그러니까 남편분이 오늘 밤 보자는 말을 안 하셨단 거군요?" 데커가 말했다.

"네." 그녀가 지친 듯이 고개를 저었다. "사소한 일이지만, 저는 그 말을…… 좋아했어요. 왜 지금까지 그 점을 떠올리지 못했는지 모르겠네요."

"신경 쓰셔야 할 일이 많으니까요, 대브니 부인."

"그러니까 그 사람은 자기가 집으로 돌아오지 않으리라는 걸 알았다는 거네요." 그녀가 멍하니 말했다. "난 그걸 못 알아챈 거고요." 그녀가 갑자기 홱 일어섰다. "이런, 내가 알았더라면……." 그녀는 흐느끼기 시작했다.

보거트가 건너가서 그녀의 팔에 손을 얹었다. "무슨 일을 하셨어도 부인께서는 이 일을 막지 못하셨을 겁니다."

데커가 일어나서 보거트를 쳐다보았다. FBI 요원이 말했다. "대브니 부인, 이런 말씀을 드릴 때는 아닌 줄 알지만, 댁으로 요원 몇 명이 가서 수색을 할 겁니다. 남편분 사무실도요."

엘리는 이의를 제기하지 않았다. 그저 고개를 끄덕이고는 남편의 손을 꼭 쥐어짜듯 잡았다. "줄스가 언제쯤 도착할지 알 수 있을까요?"

"따님이 탄 비행편이 1시간 후에 도착한답니다. 저희가 바로 이

쪽으로 모시고 오도록 사람을 보냈습니다."

"고맙습니다." 그녀가 멍하니 말했다.

데커는 병실 한구석으로 가서 보거트에게 오라고 손짓을 했다. 그리고 낮은 소리로 말했다. "요원들이 집과 사무실을 조사하러 갈 때 나도 같이 가고 싶어."

보거트가 고개를 끄덕였다. "토드가 나와 함께 여기 있어줄 거야. 자네는 알렉스와 함께 가. 버크셔의 집에서 뭐 좀 흥미로운 건 나왔나?"

"그녀는 말기 환자들이랑 시간을 보냈어. 모두들 그녀에 대해 좋은 말을 하더군. 그런데 대체 교사 봉급으로는 감당할 수 없을 것 같은 집에 살았더라고. 그리고 그 집은 실제로 아무도 살지 않는 집처럼 보였고. 또 10년 이전의 행적은 알아낼 수가 없어."

"그거 이상하군. 아무리 잘 봐줘도."

"어떻게 봐도 좀 특이하지." 데커가 지적했다.

"그게 그녀가 특별히 대브니의 표적이 된 이유라고 생각하나?"

데커가 어깨를 으쓱했다. "그런 말을 하기는 좀 이르고. 하지만 무차별 살인의 희생자가 한순간 벼락부자가 됐다? 모르겠어. 우연일 수도 있지만, 왜 그녀가 살해당했는지 단서를 찾는 데 그것이 출발점이 될 수도 있지."

"그 말은 대브니가 그녀와 어떤 관계가 있다는 건가?"

데커가 다시 한 번 어깨를 으쓱했다. "어떤 소송에서 이겼거나 유산을 받은 게 아니라면, 뭔가 관계가 있을 수도 있어. 하지만 그게 뭔지는 잘 모르겠어. 두 사람 사이에 개인적인 일이 있을 수도 있고."

"대브니 부인은 남편이 버크셔를 몰랐다고 확신해."

"하지만 보거트, 그 부인이 남편 사업에 대해서는 아는 게 **없다고** 자네가 말했잖나. 그녀가 모르는 직업적 관계가 있을 수도 있지."

"그의 사무실에서 일하는 누군가가 알 수도 있을 거야." 보거트가 지적했다.

"그러길 바라야지."

데커가 재미슨을 보고 말했다. "갑시다."

* * *

월터 대브니 앤드 어소시에이츠는 버지니아 주 레스턴의 페어팩스 카운티 파크웨이에서 좀 떨어진 곳에 위치했다. 록히드 마틴의 거대한 건물부터 개인 사업자에 이르기까지 정부와 관련된 일을 하는 수많은 민간 도급업자들의 사무실이 있는 지역이었다. 대브니의 회사는 〈포천〉 지 500대 기업에 속하지는 않았지만, 유리와 철제로 된 현대적인 6층 빌딩 꼭대기 층에 있었다. 데커와 재미슨은 밝고, 탁 트이고, 멋진 가구들이 들어찬 안내 데스크로 걸어 들어갔다. 대브니가 엄청나게 성공적인 사업체를 구축했음을 분명히 보여주는 건물이었다. 늦은 시간이었지만, 지역적, 전국적 정보망을 타고 소식들이 속속 들어오고 있었고, 직원들은 평소처럼 퇴근하지 않은 상태였다. 창백하고 혼란스럽고 심란해 보이는 얼굴들이 복도를 지나다니고 있었다.

데커와 재미슨이 신분증을 제시하자, 젊은 여성이 작은 회의실로 그들을 안내했다. 몇 분 후 30대 후반의 여성이 문을 열고 들어왔다. 걸어 들어오는 속도가 시속 55킬로미터쯤 될 것 같았다. 달리기 선수처럼 늘씬한 체격에 붉은 기가 도는 금발은 어깨까지 내려왔고, 주근깨 많은 얼굴에는 사각테 안경을 쓰고 있었다.

"페이 톰슨입니다. 이 회사의 이사예요. 그런데······ 그게 정말인 가요?"

데커가 말했다. "유감스럽게도 사실입니다."

"사장님은······?"

"아직 살아 계십니다. 예후가 좋진 않지만요." 재미슨이 말했다.

데커가 말했다. "몇 가지 의문이 있어서요."

"물론 대답해드려야죠. 앉으세요. 뭐 드시겠어요? 커피? 생수?"

재미슨은 물을, 데커는 블랙커피를 요청했다. 톰슨은 뜨거운 차를 택했다.

비서가 마실 것을 가져오고 문을 닫고 나가자, 데커는 커피를 한 모금 홀짝이고 말했다. "월터 대브니 씨에 대해 말씀해주시죠."

재미슨이 주머니에서 작은 녹음기를 꺼내서 테이블 위에 올려놓았다. "녹음해도 괜찮으시죠?"

톰슨이 고개를 젓고는 등을 뒤로 기댔다. "어디서부터 말씀드려야 할지 모르겠군요. 사장님은 훌륭한 분이에요. 전 대학을 졸업하고 1년쯤 지나서 입사했어요. 여기서 15년을 일했고, 8년 전에 이사가 되었어요. 사장님은 멋진 멘토이자, 친구였죠. 그리고 제가 만난 그 누구보다 멋진 남성이고요. 이런 일이 일어났다니 믿을 수가 없어요."

"왜 그분이 그런 일을 했는지, 뭐 생각나는 건 없습니까?" 데커가 물었다.

"사장님이 길거리에서 총을 꺼내 누굴 쏜다고요? 아뇨. 절대요. 생각할 수조차 없는 일이에요."

"그분이 오늘 아침 FBI 빌딩에 회의가 있어서 시내로 왔다는 건 알고 있습니다. 그 일은 아십니까?"

"네. 저희 회사는 FBI에서 하는 몇 가지 프로젝트에 컨설팅을 하고 있어요. 몇 가지 대형 계약을 같이하고 있는데, 저희는 FBI가 가장 유리한 선택을 할 수 있도록 최상의 전문가들을 파견하고, 최고로 일을 해낼 수 있게 상황을 만들죠."

데커가 말했다. "어쨌든 그게 공식적인 견해라는 말씀이군요."

톰슨이 그를 도전적으로 노려보았다. "진실이기도 하죠. 우리는 우리 분야에서 손꼽히는 기업입니다. 최고의 명성을 지닌 회사입니다."

"그럼, 대브니 씨는 오늘 사무실에 안 나온 겁니까?" 데커가 물었다.

"그건 모르겠어요. 저희 공식 출근 시간은 8시 30분이에요. 하지만 다들 출입 카드를 가지고 있어서 원하는 때에 들어오고 나갈 수 있죠."

"그럼 대브니 씨가 여기 왔다면, 보안 시스템에 기록이 남아 있겠군요?"

"그럼요. 제가 확인해드릴 수 있어요."

"감사합니다. 대브니 씨가 어제는 사무실에 있었습니까?" 데커가 물었다.

"네. 제가 만나기도 했는걸요. 제가 해외 출장을 갔다가 막 돌아왔거든요. 사장님이 제 일을 대신 해주고 계셨어요. 아직 시차 적응도 못 했는데. 그리고 지금 이런 일이 생긴 거죠."

"어디에 다녀오셨습니까?'

그녀가 입술을 꽉 다물었다. "그게 이 일과 무슨 상관이라도 있나요?"

"어쩌면 없을 수도 있죠. 하지만 저희가 다 알아야 해서요."

톰슨이 그를 계속 쳐다보다가 차 한 모금을 홀짝였다. "중동이 요. 최대한 자세히 말씀드릴 수 있는 건 이 정도예요."

"사장님이 진행하고 있는 프로젝트가 오늘 아침 사건과 관계있 을까요?"

"그렇지 않을 거라고 생각해요. 그렇지 않았으면 좋겠고요. 저희 가 참여한 프로젝트 대부분은 기밀이에요. 직원 대부분과 이사들 전부는 보안 등급이 가장 높죠. 당신 보안 등급은 어떤가요?"

"제가 살고 있는 곳에는 보안 **시스템** 자체가 없어서요."

톰슨이 눈썹을 치켜떴다. 그리고 재미슨에게 시선을 던졌다. "그 래서 알고 싶은 게 또 뭔가요?"

재미슨이 말했다. "어제 사장님 모습이 어땠나요? 평소와 같았 습니까? 걱정이 있어 보이지는 않았나요?"

"평소와 같았어요."

"뭔가 미심쩍은 건 없었습니까?"

"어떤 면에서요?"

데커가 말했다. "이상한 말을 했다든가, 초조해 보인다든가, 정 신이 없어 보인다든가요."

"아니요. 전혀 그렇지 않았어요."

"사장님이 약을 하진 않나요?"

그녀의 안색이 바뀌었다. "사장님이요? 장담컨대 절대로요. 그분 은 술도 이따금 와인 한 잔 정도 드실 뿐이라고요!"

"회사에서 오늘 회의에 참석하는 사람이 사장님 한 분뿐이었습 니까?" 데커가 물었다.

"네. 회사에서 기술적인 부분을 가장 잘 아는 사람이 바로 사장님이셨어요. 오늘 회의는 최고위 수준의 전략이었어요. 사장님은 종종 혼자 일하세요. 특히 클라이언트 측의 최고위급 인사를 만나실 때는 더 그랬어요."

"지난달이나 뭐 그 전에 평소와 다른 행동을 하지는 않으셨나요?" 재미슨이 물었다.

"그런 것 같진 않아요. 딱히 주목할 만한 일은 없었어요."

"아내분 말로는 대브니 씨가 지난달에 알 수 없는 여행을 가셨다고 하더군요. 돌아와서도 어디를 다녀왔는지 말씀 안 하셨다고요. 그게 평소와 달랐다고요."

이 말에 톰슨이 놀란 표정을 지었다. "한 달 전요? 사장님이 어디를 가셨는지 전 모르겠군요. 저희는 출장을 가면 보고서를 작성하거든요."

"확인해주시면 감사하겠습니다." 재미슨이 말했다.

"당연한 일인걸요." 그녀가 휴대전화를 꺼내 메시지를 입력했다. "연락했어요. 확인되는 대로 알려드리죠."

데커가 자리에서 일어나 회의실 안을 서성였다. 톰슨이 그 모습을 지켜보았다.

"엄청나게 성공한 회사인 건 틀림없군요." 데커가 지적했다.

"저흰 열심히 일합니다, 네 그래요. 급여도 후한 편이에요. 단독으로 큰 계약을 두 건 따내서, 올해 수익은 전년도보다 두 배 이상이 될 거예요."

데커가 그녀를 바라보았다. "대브니 씨가 안 계시면, 회사는 어떻게 됩니까?"

톰슨이 무슨 말이냐는 듯 쳐다보았다. "저희는 유한회사예요. 하지만 사장님이 지분 대부분을 가진 대주주예요. 서류상 언어로 말하자면, 그분이, 그분이⋯⋯ 돌아가시면, 아 머리가 안 돌아가서 뭐라 말해야 할지 모르겠네요. 우리 회사 고문들이 알 거예요."

"저희도 그런 서류를 선호하죠." 데커가 말했다.

"그분이 그런 짓을 저지른 이유와 그게 관련 있다는 건가요?" 톰슨이 물었다.

"그렇지 않다고 밝혀지기 전까지는 모든 가능성을 열어둬야죠." 데커가 대답했다.

그의 전화가 웅웅거렸다. 그가 문자를 확인하고 재미슨에게 고개를 까딱여 보였다. 그녀가 자리에서 일어나 녹음기를 챙겼다. "감사합니다. 톰슨 씨. 연락드리겠습니다."

"그리고 대브니 씨가 오늘 아침 사무실에 들르셨는지 확인 부탁드립니다." 데커가 말했다.

톰슨이 짧게 쏘아붙였다. "전 기억력이 엄청 좋답니다, 데커 요원님."

"저도 그렇습니다." 데커가 대답했다. "그래서 꼭 그렇게 해주십사 하고요."

두 사람은 밖으로 나와 엘리베이터를 기다리며 섰다.

"무슨 일이에요?" 재미슨이 말했다.

"대브니가 죽었대요."

"이런. 그런데, 예상 못 한 일은 아니잖아요."

"그런데 죽기 전에 의식이 돌아왔었대요."

"뭔가 말했대요?" 그녀가 흥분해서 물었다.

"예."

"뭐라고 했대요?" 재미슨이 열을 내며 물었다.

"한 문장 정도였는데, 거기 있던 누구도 전혀 이해할 수 없는 말이었대요."

"횡설수설했단 거예요? 뇌 손상 때문에?"

"그게, 뇌 손상으로 고생해본 내 경험에 비춰보자면, 누군가가 횡설수설하는 건, 다른 사람에 대해 뭔가 폭로할 게 있어서죠."

0 008

12번. 데커는 대브니의 마지막 말이 담긴 녹음본을 12번이나 들었지만 아무것도 떠오르는 것이 없었다. 드러난 건 아무것도 없었다. 희미한 단서조차 없었다.

그는 후버 빌딩의 사무실 한곳에 앉아서 녹음기를 노려보았다. 맞은편에는 재미슨과 밀리건이 앉아 있었다.

밀리건은 타이를 느슨하게 잡아 빼고는 평소의 꼿꼿한 자세를 약간 무너뜨린 채 의자에 몸을 파묻었다. "앞으로 10년 동안 이걸 들어도 아무것도 이해하지 못할 거예요. 이 남자는 머리가 날아가 버렸어요. 이성적인 사고를 할 능력이 없다고요, 데커. 아무 의미도 없어요."

"대브니 부인이 곁에 있었어요?" 그가 물었다.

"네. 끝까지요."

"부인도 전혀 이해하지 못했어요? 뭔가 그녀만 아는 게 없었어요? 아주 개인적인 거라든지."

"음, 그가 입을 열었을 때 부인이 너무 울어대서, 실제로 뭔가 들은 게 있는지 말하기가 어렵더라고요. 이 녹음본에서도 부인이 우는 소리를 제거해야 했다고요."

"진정된 다음에는요?" 데커가 끈질기게 물었다. "그때도 건진 게 없어요?"

"그녀는 남편이 침대에 일어나 앉아서 자신에게 뭔가 말하기 시작할 거라고 생각했던 것 같아요. 그러고 나서 그 사람이 숨을 멈췄어요. 기계들은 미친 듯이 울려대고, 전담팀이 소생을 시도했지만, 소생시키지 못했죠. 그냥 죽어버렸다고요."

로스 보거트가 들어와서 데커의 맞은편에 앉았다. "뭐 나온 거 없어?"

데커가 말했다. "지금 당장은 살인자보다 희생자가 더 흥미로워. 수백만 달러짜리 아파트에 살고 있고, 거의 운행도 하지 않는데 10만 달러도 넘는 차를 샀어. 대체 교사 봉급으로 말이야. 앤 버크셔의 기록은 10년 전에서 뚝 끊기고."

"그 말 지난번에 했어. 무차별 살인의 희생자라고 말하기엔, 엄청난 우연이지?"

"그리고 앤 버크셔는 이름도 바꾼 것 같아요." 재미슨이 의견을 냈다. "그래서 10년 전 그녀에 대해서는 아무것도 찾을 수 없는 거예요."

"분명 이름을 바꿨어요." 데커가 말했다. "중요한 건 왜 그랬느냐는 거죠."

보거트가 말했다. "자넨 멜빈 마스의 부모가 증인 보호 프로그램에 있었다고 생각했지. 버크셔도 그런 게 아닐까."

"그렇다면 우리가 그걸 밝혀내야지. 그녀가 다른 신분을 갖고 있었다면, 과거에 대브니와 어떤 관계가 있었을지도 몰라. 그게 그가 그녀를 범행 대상으로 삼은 이유를 설명해주겠지."

"그 사건 때문에 몇 사람 좀 만나보고 오겠네." 보거트가 자리에서 일어나 회의실을 나갔다.

재미슨이 밀리건에게 말했다. "그런데 우리 부서가 공식적으로 콴티코에서 D.C.에 있는 워싱턴 본부로 이동한다고 하던데요."

"맞아요."

녹음기를 응시하던 데커가 눈을 떼고 밀리건을 바라보았다. "워싱턴으로 옮긴다고?"

밀리건이 말했다. "우리가 더 이상 미제 사건을 수사하지 않게 되었으니까, 콴티코에서 워싱턴으로 이동하는 거예요. 사실상 업그레이드된 거죠. 우리가 해낸 일들에 대해 상부에서 감사 표시를 한 거라고 할 수 있죠."

데커가 말했다. "잠깐만요, 그 말은 우리가 더 이상 콴티코에 살 수 없단 말이잖아요?"

"매일 통근하고 싶지 않다면요." 밀리건이 말했다. "95번 주간 고속도로는 죽여주잖아요. 스프링필드에 살아서 정말 다행이지 뭐예요. 안 그랬으면 매일 교통체증을 겪었을 거예요. 이제 북쪽으로 오는 오만 가지 교통체증을 겪게 될 테지만요. 로스는 D.C.에 사니까 출퇴근하기 무척 편하겠네요."

데커가 말했다. "난 다른 덴 살 집이 없는데요."

재미슨이 목소리를 높였다. "그렇게 말하다니 재밌네요."

"뭐가 재밌어요?" 데커가 날카롭게 물었다.

"적절한 때가 되면 당신에게 말해주려고 했거든요. 하지만 또 이렇게 무척 우연히도 기회가 찾아왔네요."

"그래서 그 빌어먹을 말이 뭔데요?" 데커가 짜증을 냈다.

"좋아요, 화내지 마시고."

"**이미** 화났어요."

"내가 부업으로 다른 일을 하면 얼마나 벌 수 있을지, 그냥 한번 해봤는데요."

밀리건의 미소가 확 사라졌다. "뭐요, FBI 일만으로는 성에 안 차던가요?"

"부업이라고요?" 데커가 말했다.

"애너코스티아에 건물이 하나 있어요."

"**건물이라!**" 데커가 감탄사를 내뱉었다.

"네, 그래요, 고백하자면, 지난 두 달 동안 오래된 건물들을 보고 다녔어요. 그리고 완벽한 물건을 발견했죠."

"건물을 보고 다녔다고요?" 데커가 느릿하게 말했다. "난 건물 필요 없어요. 방 하나면 돼요. 작은 걸로요. 그나저나 왜 당신은 건물을 보고 다닌 거예요?"

"투자예요. 그게 좋은 방법이니까요."

"그래서 지금 그 얘길 하는 건가요?"

"그러니까, 당신한테 조만간 말하려고 했어요. 우린 최근에 그 건물을 낙찰받았어요."

"그 건물을 낙찰받았다고요? 그 **우리**가 누군데요?"

"그러니까, **그가** 낙찰받은 거죠."

"도대체 누굴 말하는 거예요?" 밀리건이 물었다.

"잠깐만요." 데커가 말했다. "당신은 건물에 투자할 만한 돈이 없을 텐데요. 늘 차 한 대 끌고 다니기도 벅차다고 불평했잖아요."

"그러니까 공유의 힘이죠." 재미슨이 말하고는 어색하게 밀리건에게로 시선을 주었다. "전 그저 그의 대리인일 뿐이에요."

"누구의 대리인인데요?" 밀리건이 물었다.

진실을 깨달았다는 듯이 데커의 표정이 풀렸다. "멜빈이군요. 그렇죠?"

"멜빈?" 밀리건이 말했다. "멜빈 마스?"

데커가 재미슨을 똑바로 응시했다. "그가 건물을 산 거죠? 그렇죠? 정부에서 합의금을 받은 돈을 약간 운용한 거죠."

재미슨이 고개를 끄덕였다. "네, 그래요. 하지만 내가 그 물건을 찾아냈으니 가능해진 거죠."

"그게 다 언제 벌어진 일인데요?" 밀리건이 물었다.

"멜빈은 돈을 가졌지만, 그걸 어떻게 써야 할지 몰랐어요. 그래서 내가 돈도 불리고, 사람들도 도울 수 있는 방법을 제안한 거예요. 그가 정말로 원한 일이기도 하죠."

"건물을 사는 게 어떻게 사람들을 돕는다는 거예요?" 밀리건이 물었다.

"그 건물에는, 그러니까 세입자들이 살고 있어요. 그 사람들은 집세를 내죠."

"그래서요?" 밀리건이 물었다. "내 마누라랑 나도 집세를 내요. 정부에서 지원금 따위는 안 나온다고요. 비싸다는 말이죠."

"그곳은 조금 달라요. 우리는 엄청난 돈을 주고 그걸 샀어요. 물론 약간의 수리가 필요하긴 하죠. 우린 그곳을 임대할 거예요. 음, 그러니까 그런 곳의 집세를 낼 여력이 없는 사람들에게 말이죠."

"저소득층을 말하는 거군요." 밀리건이 말했다.

"뭐 그런 셈이죠. 하지만 소위 멜빈은 법적인 필요가 있어서 그 일을 하는 게 아니에요. 멜빈은 다른 건물주들처럼 갑자기 떼돈을 버는 데는 관심이 없으니까요. 우리는 합리적인 수준의 돈을 그에게 되돌려주고, 거기 살 만한 여력이 없는 사람들도 거기 살 수 있게 되고, 서로 윈윈이죠."

"그럼 거기에 세입자들이 있단 말이로군요." 데커가 말했다. "그런데 **난** 어디에 살게 되나요?"

"그 **건물이요**. 꼭대기 층이에요. 당신이 쓸 방 하나가 있어요. 그리고 저도요. 우린 욕실 딸린 침실도 있다고요. 사무실도 있고, 커다란 주방도 있죠. 사실은 엄청 넓어요."

데커가 그녀를 가만히 응시했다.

그녀가 황급히 덧붙였다. "우리가 콴티코에서 D.C.로 가게 될지는 나도 몰랐어요. 하지만 그래도 우리가 거기 사는 건 그거랑 상관없다고 봐요. 콴티코로 출근한다고 해도 교통체증이 일어나는 방향과는 반대쪽으로 움직이는 거잖아요. 그런데 심지어 더 가까워지는 거라고요."

"지금 우리가 **같이** 살 거라고 말하는 겁니까?" 데커가 그녀가 막한 말을 듣지 못한 것처럼 천천히 물었다.

"그러니까, 같이 **사는** 건 아니에요. 우린 룸메이트가 될 거예요. 대학 때처럼 말이에요."

"대학 시절 내 룸메이트는 불쾌한 라인맨이었죠. 내가 작아 보일 정도로 덩치가 큰." 데커가 말했다. "너저분하고 역겨운 친구였어요. 그래도 남자였다고요."

"뭐, **여자**라 미안하네요. 하지만 난 요리도 할 줄 알아요, 이건 어때요?" 재미슨이 쏘아붙였다.

"요리를 한다고요?" 데커가 미심쩍은 투로 말했다.

"음, 뭐 조금요."

그가 그녀를 뚫어져라 쳐다보았다.

"전자레인지는 훨씬 잘 쓴다고요." 그녀가 땍땍거렸다.

데커는 눈을 감은 채 아무 말도 하지 않았다.

재미슨이 밀리건에게로 관심을 돌렸다. "무엇보다도, 멜빈이 그 물건을 관리하는 대가로 에이머스와 제겐 집세를 받지 않기로 했단 말이에요." 그녀가 덧붙였다. "그러니 FBI 일과 함께할 수 있는 부업이죠."

데커가 눈을 크게 뜨고 단호히 말했다. "난 그 건물을 관리하지 **않을** 거예요. 내가 룸메이트와 함께 살고 싶은지도 모르겠고. 그건 내게 너무 큰 변화라고요." 그가 방어적인 투로 덧붙였다.

"하지만 난 이미 우리가 그 건물을 관리할 거라고 말했는걸요, 데커. 멜빈한테 약속했다고요."

"그럼 **당신이** 해요." 데커가 말했다. "난 이 직업 하나로도 벅차니까."

그녀가 평가하는 눈으로 그를 쳐다보았다. "좋아요, 당신이 따로 지낼 곳을 찾고 싶다면, 그건 당신 맘이에요. D.C.가 전국에서 가장 부동산 가격이 비싼 곳이란 점만 명심해요. 그리고 차 없이는 외곽에서 출퇴근은 못 할 거예요. 그러면 임대료 대출을 받아야 할 거고요. 그런 거죠."

데커가 그녀에게로 시선을 돌렸다.

"이봐요, 내가 세입자들을 관리할 수 있어요. 다른 것들도 전부 다 할게요. 당신이 실제로 할 일은 그리 많지 않을 거예요."

밀리건이 말했다. "거절할 수 없는 제안으로 들리네요, 데커."

데커는 잠시 아무 말도 하지 않았다. "결정하기 전에 그 집 좀 가서 볼 수 있어요?"

"물론이죠. 당장 볼 수 있어요. 일단 가서 보면 좋아질 거예요. 무척 멋진 곳이라고요."

"엄청 고칠 게 많다는 소리로 들리는데요?"

"다정한 보살핌이 좀 필요하긴 하죠." 그녀가 인정했다. "하지만 멜빈이 전문가를 고용해서 집을 고쳐도 된다고 허락했어요."

데커가 재미슨을 바라보았다. "**또** 말 안 한 건 더 없나요?"

"내가 아는 한은요." 재미슨이 그의 시선을 피했다.

"그렇게 자신 있는 대답은 아니군요." 그가 심술궂게 말했다.

0 009

데커는 달빛이 비치는 건물을 바라보았다.

재미슨이 옆에 서서 그를 가까이 관찰했다.

마침내 데커가 그녀에게 몸을 돌리자 그녀는 눈길을 돌렸다. "그거 봐요, 내가 전부 다 말했잖아요." 그녀가 슬그머니 미소를 지으며 땅바닥을 바라봤다.

"말하지 않은 부분이 좀 남아 있긴 하네요." 데커가 무뚝뚝하게 대답했다.

거대한 창문이 있는 오래된 벽돌 건물은 한때 창고로 쓰이던 것이었다. 재미슨은 그에게 이 건물이 현재 아파트로 개조되어 있다고 말했다. 데커는 숨을 깊게 들이쉬었다. 인근 애너코스티아 강에서 풍기는 냄새가 폐부를 찔렀다. 창고 한쪽 끝부분은 방치된 폐건물이었다. 다른 쪽 끝은 허물어져 가는 구조물 상태였다. 길 건너편에는 100년은 됨직한 집들이 줄지어 늘어서 있었다. 그 집들은 서로에게 기댄 채 기울어진 상태였고, 사람은 살지 않는 것 같았다.

예전에 창고 주차장이었던 곳은 아스팔트 도로변보다 금이 훨씬 많이 간 상태였고, 잡초가 이리저리 바닥을 뚫고 올라오고 있었다. 오래된 쇠사슬로 된 울타리가 건물을 둘러싸고 있었는데, 그마저도 다 부서져 떨어진 상태였다. 문은 어디로 갔는지 녹슨 경첩만 남아 있었다. 건물 앞에 차 몇 대가 주차되어 있었는데 가장 최신식 차조차 족히 20년은 되어 보였다. 창문이 깨진 두 대의 차 안에는 테이프로 봉해놓은 쓰레기봉투가 던져져 있었다.

"멜빈이 여길 본 적은 있어요?" 그가 물었다.

"사진으로 봤어요. 나한테 둘러보았냐고 묻기에 그렇다고 했죠. 내가 여길 발견했어요."

그가 그녀를 뚫어져라 쳐다보았다. "그러니까 당신이 여길 얼마나 '둘러본' 거죠?"

"데커, 멜빈은 부촌에 건물을 사고 싶어 한 게 아니에요. 그럴 만한 돈이 있는데도 말이죠. 그는 자신이 다르게 바꾸어놓을 수 있는 곳을 원했어요. 이 지역의 임대료는 평균보다 훨씬 낮아요. 여기 사는 사람들은 다들 직업을 가지고 있죠. 대부분의 사람들은 두세 가지 일을 해요. 그들은 아주 열심히 일해요. 자기와 가족들에게 더 나은 삶을 살 수 있게 하려고 애쓴다고요. 여긴 정말이지 괜찮은 곳이에요. 새로 생긴 레스토랑들이 늘어선 골목도 있고, 작은 가게들도 곳곳에 있는데, 다 걸어서 갈 수 있는 거리죠. 교회도, 공원도 있고요……." 데커가 아무런 반응을 보이지 않자 그녀의 목소리가 차츰 줄어들었다.

재미슨이 덧붙였다. "그러니까, 당신은 별로예요? 나도 여기가 타지마할이 아니란 건 안다고요."

"난 월마트 주차장에 박스를 가져다두고 살았던 적도 있고, 허름

한 여인숙에서 방 하나를 얻어 산 적도 있어요. 방에 화장실만 딸려 있어도 엄청나게 출세한 거죠."

"여기 콜?" 그녀가 머뭇거렸다. "그래서 맘에 든단 거죠?"

"세입자는 몇 사람이나 돼요?"

"열다섯 가구가 임차 중이에요. 두 가구는 혼자 살고, 나머지는 가족들과 함께 살아요."

"만나봤어요?"

"네. 멜빈에게 자산 실사 조사를 하지 않고 추천하지는 않았다고요. 그는 자기 돈이 좋은 일에 쓰이길 바라죠. 하지만 난 절대 그가 투자 손실을 보게 하진 않을 거라고요. 그래서 괜찮은 걸 얻어냈죠. 일단 수리가 끝나고 나면, 정말 괜찮아질 거예요. 나도 지금은 여기가 그렇게 괜찮아 보이지 않는다는 건 알지만, 그런데 정말이지 주변 지역이 괜찮아지기 시작했다고요. 아까 말한 것처럼, 레스토랑들이 들어서고 있고, 이것과 비슷한 건물들은 개보수 작업에 들어갔어요. 모두 고급형으로요."

"그렇다는 건 임대료가 오를 거고, 세금도 오를 거라는 얘기죠. 당신이 도우려고 하는 사람들은 그 이상을 지불할 여력이 없다는 말이고요."

"그러니까 우리 임대료는 **안 오를** 거예요. 그리고 지자체와 협상도 했어요. 정부는 멜빈에게 세금 경감과 각종 장려금 혜택을 줬어요. 그러니까 멜빈은 도움이 필요한 사람들을 도울 수 있다고요."

"세금 경감과 장려금이라고요? 정확히 언제 그 일을 모두 다 처리한 겁니까?"

"남는 시간에요. 우리가 처음 만났을 때 나 기자였잖아요, 데커. 내 마음속엔 늘 이런 일들이 잡다하게 자리 잡고 있었다고요."

데커는 고개를 끄덕이고는 건물을 뒤돌아봤다. "그래서 우리 집은 어디입니까?"

"말했잖아요. 꼭대기 층이에요. 전망이 끝내줘요. 다 갖춰져 있고요."

"가구가 딸린 집이라는 겁니까, 쇼핑을 해야 한단 겁니까?"

"내가 몇 가지를 좀 갖추어놓았죠. 맘에 안 들면, 다시 꾸밀 수도 있고요."

"앉을 자리와 잘 자리도 있어요?"

"네."

"그럼 괜찮을 것 같네요."

"안에 들어가볼래요?"

그는 그녀에게 앞장서라고 말했다.

재미슨이 출입구 옆에 설치된 보안함에 비밀번호를 누르자 문이 열렸다. 데커가 그녀의 뒤를 따라 들어가자 눈앞에 계단이 나타났다.

"걸어서 올라가야 해요." 그녀가 설명했다. "엘리베이터가 없거든요."

여섯 층을 올라가자 그들 앞에 문이 나타났다. 재미슨이 문을 여는 동안 데커는 벽에 기대서서 숨을 골랐다. 그녀가 뒤돌아보았다.

"그동안 죽 운동을 한 거 아니에요?"

"그러긴 했죠."

그는 그녀 뒤를 따라 들어가다 걸음을 멈췄다. 철제 가로대가 노출된 천장은 6미터 높이로 무척 높았고, 콘크리트 기둥들이 건물을 지지하고 있었다. 모두 검은색 페인트로 칠해져 있었다. 무척 넓고 탁 트인 공간이었다. 3.5미터 높이의 창문 근처에 커다란 소파가 놓이고, 스테인리스 집기들과 화강암 상판이 딸린 주방은 모던했다. 욕조가 딸린 커다란 침실 두 개도 있었다. 중앙 응접실로 내려가자 책상과 책장, 우드 블라인드가 걸린 창문이 있는 커다란 사무 공간이 나왔다. 책상 위에는 노트북컴퓨터가 놓여 있었다.

"여기가 당신 사무실이에요. 난 옆방을 쓸 거고요. 자쿠지도 있다고요." 그녀가 왼쪽 문을 가리켰다. "사우나도요. 하지만 난 둘 다 안 쓸 거예요. 아직 그것들이 제대로 작동하는지 확인하지 못했거든요."

"최고인데요, 재미슨." 데커가 말했다. "당신이 약간 보살핌이 필요하다고 말했을 때, 난 이런 건 꿈도 안 꿨는데!"

그녀가 약간 죄책감 어린 시선으로 그를 바라보았다. "여긴 전 건물주가 살던 공간이에요. 그가 여기에 돈을 몽땅 들이붓는 바람에 다른 공간은 죄다 싸구려죠. 다른 집들은 여기 같지 않아요."

"그자에게 무슨 일이 일어난 겁니까?"

그녀가 뭔가 우려하는 표정을 지었다. "말 안 하는 게 좋을 것 같아요."

"왜요?"

"그냥요."

"알렉스!"

"알았어요. 마약상 돈을 떼먹는 바람에 주차장에서 총에 맞았어요."

"죽었어요?"

"음, 네. 난 그 말을 함축적으로 표현했다고 생각하는데요."

데커가 주변을 둘러보았다. "그리고 그가 마약상에게 줄 돈으로 여길 이렇게 지은 거고요?"

"그건 확실하지 않아요. 하지만 거기에 대해서는 걱정하지 않아도 될 거예요. 그러니까 **우리**는 마약상한테 빚진 게 없다는 말이죠."

"그자는 잡힌 적이 없었어요?"

"음, 경찰이 혐의를 두긴 했죠. 하지만 앞으로 나서는 목격자가 없어서 풀어줘야 했어요. 이 건물은 부도가 났고, 그걸 멜빈이 산 거예요. 정말이지 거래를 엄청 잘한 거예요. 다른 입찰자가 없었거든요."

"충격적이네요." 데커가 말했다.

"그래도 여기 맘에 들죠?"

"네, 좋아요. 내가 살던 곳에 비하면 궁전이나 마찬가지네요."

"난 이미 짐을 가져다놓았어요. 당신도 아무 때고 이사 와요."

"내 짐은 가방 하나뿐이에요. 그러니 이사랄 것도 없어요."

그녀가 악수를 청했다. "새 집에 온 걸 환영해요, 룸메이트."

"자물쇠나 하나 더 구하러 갑시다." 데커가 말하고는 그녀와 악수했다.

010

다음 날 아침, 데커는 잠에서 깨어나 눈을 깜빡였다. 눈앞에 낯선 풍경이 펼쳐졌다.

하지만 완전히 낯선 곳은 아니었다. 새 방이었다. 포장 상자로 된 방이 아니라 넓은 공간이었다. 임차한 공간. 짜증 나는 마약상이 기웃대고 있을지도 모르는. 어젯밤 FBI가 콴티코에 있는 그의 집에서 짐을 빼서 이곳으로 옮겨다주었다. 데커가 자신의 재산을 정리하는 데는 5분밖에 걸리지 않았다.

그는 일어나서 침대를 빠져나갔다. 창으로 가서 밖을 내다보았다. 여전히 어둠이 드리워진 바깥 거리에 해가 막 떠오르려는 참이었다.

계속 바깥을 내다보고 있는 데커의 눈에 작고 야윈 남자와 어린 소년이 걸어 나가는 모습이 보였다. 두 사람은 차에 올라탔다. 뒤쪽의 차창은 비닐봉지를 테이프로 붙여 막아둔 상태였다. 남자는 청바지에 스웨트셔츠를 걸치고 작업용 부츠를 신고, 손에는 노란 안전모를 들고 있었다. 소년은 어깨에 커다란 가방을 걸쳐 메고 있었다. 그들을 태운 차가 떠났다. 배기관에서 검은 매연이 공중으로 뿜어져 나왔다.

건물과 평행하게 뻗은 도로를 내려다보자, 남자 하나와 여자 하나가 눈에 들어왔다. 두 사람이 불 밝힌 가로등 아래로 비틀대며 걷고 있었다. 노숙인처럼 보이지는 않았지만, 노련한 데커의 눈에는 그들이 그렇게 되는 게 멀지 않아 보였다. 남자가 여자의 옆통수를 손으로 치자 여자가 쓰러졌다. 그는 신경 쓰지 않고 계속 가던 길을 갔다. 여자는 몸부림을 치다가 이내 그를 따라갔다. 그러고는 주머니에서 뭔가를 꺼내더니, 손을 입에 가져다 대고, 뭔지 모르지만 그걸 삼켰다.

데커는 계속 그들을 바라보다가, 욕실로 들어가서 샤워를 하고, 옷을 갈아입었다. 아직 7시도 채 되지 않은 시간이었다. 그는 응접실을 지나 주방으로 가서 자신이 마실 커피를 내리고, 시리얼을 그릇에 부었다. 재미슨의 방을 지나올 때 살짝 열린 문틈으로 가볍게 코 고는 소리가 들려왔다.

그는 앉아서 커피를 마시고, 시리얼을 먹었다. 그러는 동안에도 그의 시선은 줄곧 동이 터오는 창에 고정되었다.

오하이오 주 벌링턴에서의 삶, 이전의 삶에서 너무나 멀리 와 있었다.

그는 많은 것을 잃었다. 가족, 직업 그리고 집까지.

그는 아내와 딸, 처남을 죽인 범인에게 복수를 했다. 하지만 복수도 그의 상실감을, 고통을 사라지게 해주지는 못했다. 아무것도 해주지 못했다. 시간은 데커의 상처를 치유해주지 못했다. 그의 독특한 정신은 시간의 흐름과는 아무 상관이 없었다. 그가 살면서 경험한 모든 것들은, 그의 뇌 속에서 방금 일어난 사건인 것처럼 생생했다.

완벽한 기억력이 그에게 끼친 엄청난 해악이었다. 그는 정말이지 잊고 싶었다. 하지만 그럴 수 없었다.

그리고 그게 다가 아니었다.

그는 더 이상 예전의 그와 같은 사람이 아니었다. 자신에게 다른 사람들을 거슬리게 하는 점이 있다는 건 알았다. 갑자기 벌떡 일어나 자리를 뜨고, 멍해지고, 반응을 보이지 않기도 한다. 그는 보통 사람들보다 공감력이 많이 떨어졌다.

그는 그렇게 변했다.

그는 머리를 문질렀다. 여기에 있는 뭐가 변한 걸까. 그것 때문에 그가 변했다고 할 수 있었다. 두 가지는 떼려야 뗄 수 없었다. 그의 뇌와 에이머스 데커의 나머지 부분. 이것이 그게 작동하는 방식이었다.

그리고 그게 지금 내가 일하는 방식이지.

그는 설거지할 접시를 식기세척기에 넣고, 다시 앉아서 그 사건에 대해 생각했다.

버크셔는 피해자다. 대브니는 살인자다.

버크셔의 과거는 안개에 싸인 것처럼 알 수 없다. 거기에 답이 있는 걸까?

아니면 대브니의 죽음에서 진실을 알아낼 수 있을까?

아니면 두 가지가 뒤섞여 있는 것일까?

그는 충격 순간으로 돌아갔다. 머릿속에서 장면 하나하나를 되짚으며 자신을 올바른 방향으로 이끌어줄 뭔가가 있는지 찾아보았다.

FBI는 대브니의 그날 행적을 추적했다. 그는 우버 택시를 타고 맥린에 있는 집에서 후버 빌딩 근처 커피숍까지 갔다. 그리고 FBI 빌딩까지 걸어가서 그곳에서 버크셔를 살해했다.

머릿속에서 장면들이 웅웅거리며 돌아갔다. 모순된 장면들이 튀어나왔다.

데커는 모순을 사랑했다. 그것들은 그에게 진실로 향하는 방향을 알려주었다. 최소한 그쪽으로 안내해주기는 했다.

그리고 그는 그 '안내'를 대단히 사랑했다.

엘리 대브니는 남편의 아침 식사를 차려주었다고 말했다. 달걀, 베이컨, 토스트, 구운 감자. 그리고 대브니는 그걸 다 먹었다. 커피도 석 잔이나 마셨다.

그런데 왜 그는 도중에 커피숍에 들렀을까?

그건 별일 아닐 수도 있었다. 그저 회의 전에 잠시 시간을 때우려고 했을 수도 있다. 아니면 몇 가지 검토할 게 있어서, 그러면서 빨리 커피 한 잔을 마신 걸 수도 있다.

자신이 그 회의에 참석할 수 없다는 걸 알았을 텐데, 그렇다면 왜 커피숍에 들렀을까? 분명 백주 대낮에 수많은 목격자들이 지켜보는 가운데 누군가를 살해하고, 아무 일도 없었다는 듯이 FBI와의 회의에 참석할 수 있으리라고 생각할 리는 없었을 것이다. 그리고 그가 커피숍을 떠난 뒤에 순간적인 충동이 일어날 만한 자극원도 없어 보였다. 그는 서류 가방에 총을 가지고 있었다. 그들은 총의 기름 흔적과 그 일이 그곳에서 발생했다는 여타의 법의학적 증거들을 찾아냈다.

데커의 정신이 커피숍에 가서 대브니를 보았을 누군가를 찾아야 한다고 알렸다. 어쩌면 그가 거기서 누군가를 만났을지도 모를 일이다. 그의 휴대전화 기록도 이미 조사했다. 그는 그날 아침에 누군가에게 전화를 한 적이 없었다. 이메일도, 문자도 보내지 않았다.

그게 그가 살인을 저지르기로 마음먹었음을 말해주는 걸까? 그리고 자살하기로 마음먹었던 것도? 그가 버크셔를 알고 있었다면, 어떻게 그녀가 그날 아침 그 자리에 있으리란 걸 알았을까? FBI는 그녀 역시 누군가에게 전화를 걸거나 누군가와 만날 약속이 없었다는 걸 확인했다. 하지만 그녀는 밝혀지지 않은 어떤 이유로 그곳에 왔었다. 어쩌면 FBI에 뭔가를 말하고 싶었던 걸지도 모른다.

그리고 대브니는 그녀를 저지하려고 했다. 흥미로운 가설이었다.

후버 빌딩이 그녀의 목적지가 아닐 가능성도 있었다. 그녀는 그저 어딘가에 가려고 그쪽으로 접어들었을지도 모른다.

가능성은 무수히 많지만 결론은 없었다. 하지만 수많은 사건들이 이런 식으로 시작된다. 진실은 늘 안쪽에, 가장 중심에 숨겨져 있다고 데커는 생각했다. 그리고 그 핵심에 도달하기 위해서는 바깥쪽에서부터 껍질을 하나하나씩 모두 벗겨나가야 한다.

그는 고개를 들었다. 운동복 바지와 U2 티셔츠 차림의 재미슨이 졸린 눈으로 그를 바라보고 있었다.

"일찍 일어났네요." 그녀에게서 쉰 목소리가 났다.

"난 늘 일찍 일어나요. 함께 **살게** 되었으니 이제 알게 될 겁니다, 룸메이트."

그녀는 커피머신에 커피를 채웠다. 커피포트를 끼우고, 디스펜서에 컵을 놓았다. 그러고 나서 조리대에 기대더니 피곤한 목소리로 말했다. "밤중에 무슨 계시라도 받았어요?"

"대브니가 아침을 두 번 먹은 건 확실해요. 난 왜 그랬는지 알고 싶어요."

"좋아요."

커피머신에서 땅 소리가 나자 재미슨이 흑설탕과 크림을 커피에 넣고, 한 모금 홀짝였다.

"오늘 아침에 대브니의 집을 수색하기로 했어요."

데커는 손가락으로 테이블만 두드릴 뿐 대꾸하지 않았다.

"그 집 자녀들 몇도 올 거래요." 그녀가 덧붙였다.

"어린 남자애랑 아빠요."

"뭐라고요?" 그녀가 잠깐 헷갈렸다. "대브니는 장성한 **딸만** 넷이 있는데요."

"창문을 비닐로 막아놓은 차가 여기 주차장에 있었어요. 회색 센트라요."

"아, 그 사람들이 뭐요?"

"누구예요?"

"토마스 에이마야 씨랑 열한 살인 그의 아들 대니예요."

"근처에 있는 학교에 다닙니까?"

"네, 그들을 봤나요?"

"6시도 안 됐는데 나가더라고요."

"토마스가 아들을 학교에 데려다주러 가는 거예요. 일하러 일찍 나가야 해서 아들이 방과 전 수업을 듣거든요. 토마스는 건설 인부인데, 6시 반에 일을 시작해요."

"애 엄마는요?"

"내가 아는 한, 토마스와 대니뿐이에요."

"그런 걸 다 어떻게 아는 거요?"

"여기 임차인들을 다 만나봤다고 했잖아요. 멜빈이 이 건물을 사기 전에 여기 사는 사람 모두에게 내 소개를 하고 싶었거든요. 모든 게 괜찮을 거라는 확신을 주고 싶어서요. 쫓겨나거나 뭐 다른 일을 겪지 않게 될 거라고요. 토마스와 대니와도 시간을 보냈어요. 토마스는 헌신적인 아버지예요. 대니는 무척 영리하고요. 그림도 그려요. 스케치한 걸 몇 장 봤는데, 재능이 있더라고요."

"세입자들은 다 **좋은** 사람들인가요?"

"그게, 상대적으로 말하자면 그렇죠."

"상대적으로 말해서 어떤데요?"

"누군가는 다른 누군가보다 훨씬 좋은 사람이죠. 그리고 몇몇 사람은 제 고향 사람이고요. 인종도 다양하죠. 전부 다 여기 합법적으로 살고 있는지는 잘 모르겠어요. 그리고 난 그들 집 문을 두드리고, 모르는 투자자가 이 건물을 샀고 내가 그들의 집주인이 될 거라고 말한 백인 여자예요. 나도 수상쩍기는 마찬가지죠."

데커가 한숨을 쉬었다. "2017년이지만, 그렇게 느껴지지 않는군요. 어릴 때, 텔레비전에서 미래에 어떻게 살게 될지를 보여주는 프로그램이 있었어요. 로봇이 집을 청소하고, 날아다니는 차를 타고 출근을 했죠. 하지만 그 대신 우리는…… 이렇게 사네요."

"두말하면 잔소리죠, 데커. 멜빈이 그러는데, 조만간 와서 여기 사람들을 만나보겠대요. 이 건물도 보고요."

데커가 활기차게 말했다. "그를 다시 보게 되다니 기쁘군요."

"당신들 두 사람은 정말 똑같아요."

"멜빈은 내 가장 친한 친구죠."

재미슨은 그 말에 눈살을 가볍게 찌푸렸지만 별다른 말은 하지 않았다.

데커의 전화가 울렸다. 보거트였다. 데커가 잠시 가만히 듣고 있다가 전화를 껐다.

"계획이 바뀌었어요. 보거트가 검시실로 오랍니다."

"왜요?"

"대브니의 부검이 방금 다 끝났대요."

"알았어요. 그런데 우린 이미 그의 사인을 알잖아요. 자기 머리에 대고 빵!"

"그렇죠, 그런데 다른 게 더 있어요."

"뭐가요?"

"자살하려고 총을 쐈을 때, 그는 이미 죽어가고 있었답니다."

011

검시관은 전과 같았다. 린 와인라이트가 데커를 쳐다보았다. 데커는 표준 V절개법으로 잘린 대브니의 조각난 시신을 응시하고 있었다.

보거트가 그의 옆에 서 있었다. 그들 뒤쪽에 선 재미슨은 도륙난 시신에서 시선을 돌렸다.

얼마 전까지만 해도 남자는 사랑하는 가족이 있는 성공한 사업가였다. 생명이 떠나버린 그는 이제 산산조각 나 철제 테이블 위에 뼈와 고깃덩이로만 남아 있었다.

"확실한가요?" 보거트가 물었다.

와인라이트가 엑스레이 사진을 들어서 벽에 붙은 라이트박스 위에 올려놓았다. 그리고 어두운 음영 부분을 가리켰다.

"거대한 뇌종양이에요. 수술 불가능한 위치에 있고, 생명 유지에 필수적인 부분들까지 엄청나게 먹어 들어갔어요. 엑스레이를 찍었을 때 바로 알았죠. 하지만 두개골을 열기 전까지 이 정도로 심각한지는 몰랐어요."

"살날이 얼마나 남은 상태였죠?" 데커가 물었다.

검시관이 설명했다. "2차 소견을 듣고 싶으신 모양이군요. 제가 대략 추정한 바로는 6개월 이하예요. 아마도 그보다는 더 짧을 거예요. 바로 그 위치에 동맥류가 터지기 일보 직전이었거든요." 그녀가 엑스레이 사진에 나타난 또 다른 지점을 가리켰다. "사실, 그 사람의 신체가 제 기능을 했다는 게 더 놀라워요."

"어쩌면 그를 살게 한 뭔가가 남아 있었던 건지도 모르죠." 데커가 말했다. "가령 앤 버크서 살해 같은 거요."

보거트가 날카롭게 말했다. "정말로 그렇게 믿나?"

"나도 믿긴 어려워."

"부인이 알고 있었을까요?" 재미슨이 물었다. "그가 뇌종양을 앓고 있다는 것에 대해서요."

"아닐 것 같은데." 보거트가 대답했다. "그러니까 자넨 그녀가 그걸 언급했을 거라고 생각하는 거 아닌가?"

"한 달 전에 설명할 수 없는 여행을 떠난 건 진단을 받기 위해서였는지도 몰라." 데커가 말했다. 그리고 검시관에게로 몸을 돌렸다. "그가 종양에 대해 몰랐을 가능성이 있습니까?"

"가능해요." 와인라이트가 조심스럽게 대답했다. "하지만 증상은 있었을 거예요. 운동 기능 일부가 약간 제 기능을 못 했어요. 손상이 진행되고 있었거든요. 그러니까, 그 사람 같은 지위라면 교육 수준이 높고 부유하고 아마도 좋은 건강보험도 가입되어 있었을 테니까, 의사를 찾아갔을 거예요. 간단한 MRI만으로도 종양은 확인할 수 있어요. 다른 검사들은 그게 악성인지 확인하는 절차일 뿐이죠."

보거트가 말했다. "내가 알고 싶은 건, 왜 그의 사업 파트너들이 아무도 이상한 걸 알아채지 못했냐는 겁니다. 그와 큰 사업을 진행하고 있었는데요."

"그렇게 따지자면, 왜 부인은 못 알아챘을까요?" 재미슨이 지적했다.

검시관이 말했다. "이런 종류의 암은 막판에 급격히 진행돼요. 이 사람은 어느 정도까지는 보통 때 수준으로 일을 해낼 수 있었을 거예요. 암이 광범위하게 퍼지기 전까지는요. 그의 뇌를 보면, 그때가 아주 빠르게 닥쳐오고 있었죠."

"그럼 가족이나 친구, 동료 들에게 자신의 병을 숨겼을 수 있다는 건가요?" 데커가 물었다.

"다시 말씀드리지만, 다 가능해요. 증상을 완화시키는 약을 먹고 있었을 수도 있어요."

"혈액검사로 다른 증상이 있었는지도 알 수 있죠?" 보거트가 물었다.

"이미 혈액 샘플을 보냈고, 지금 처리 중이에요." 와인라이트가 대답했다.

데커가 다시 시신을 바라보았다. "그가 이미 죽어가고 있었던 거라면, 스스로 목숨을 끊은 걸 이해할 수는 있겠네요. 고통스러울 날들에서 자신과 가족을 구한 거죠. 하지만 버크셔를 살해한 건 설명이 안 돼요."

"단도직입적으로 말해서, 가족 입장에서는 지금 일어난 일보다 아버지가 말기 암으로 몇 달간 고통스러워하며 사는 걸 택할 것 같은데요." 재미슨이 반박했다.

"그 말은 그에게 정말로 부득이한 사정이 있었다는 의미예요."

데커가 응수했다. "우린 그게 뭔지를 알아내야 하고요."

그가 자리를 떴다.

"어디 가요, 데커?" 재미슨이 그의 등 뒤에 대고 소리쳤다.

"커피 사러요."

* * *

대브니가 버크셔를 죽이기 전에 들렀던 커피숍은 FBI 빌딩 바로 아래 거리에 있었다. 체인점으로 실내는 개방형이었고, 조명이 밝은 곳이었다. 사람들이 작업을 할 수 있도록 편안한 의자와 테이블도 갖추어져 있었다. 벽에는 충전용 콘센트들이 줄줄이 박혀 있었다.

데커와 재미슨은 카운터로 걸어갔다. 보거트는 뒤에 남아 검시관과 대화를 나누고 전화 몇 통을 걸었다. 데커는 젊은 여종업원에게 FBI 신분증을 제시했다. 20대 초반의 여자는 흰 바지에 로고가 새겨진 검은 폴로 티셔츠를 입고, 갈색 머리칼을 고무줄로 질끈 묶고, 둥그런 안경을 착용하고 있었다.

커피를 주문한 뒤 데커가 말했다. "어제도 일하셨습니까?"

여자가 고개를 끄덕였다.

데커는 월터 대브니의 사진을 내밀었다. "거리 CCTV를 보니까 이 사람이 어제 10시에 여기 들어와서 15분쯤 후에 나간 걸로 보이는데요."

"이 남자가 그 여자를 쏜 건가요? 저도 뉴스를 봤어요."

"네. 여기서 보셨습니까? 주문은 했습니까?"

"네."

"뭘 먹었습니까?"

여자가 잠시 생각했다. "뜨거운 차와 블랙베리 스콘이요. 제 기억으로는 그래요. 하루에도 음식과 음료 서빙을 워낙 많이 하니까 확실하지는 않아요."

"어때 보였습니까? 신경이 곤두서 있었나요?"

"특별히 그렇지는 않았어요. 그냥, 평범했는데요."

"어디에 앉았습니까?"

그녀가 앞 유리창 너머, 옆쪽에 있는 테이블을 가리켰다.

데커가 그쪽 주변을 살피고는 모든 테이블의 위치를 기억 속에 저장했다. "어제 그가 왔던 시간에 테이블은 다 차 있었습니까?"

"아뇨. 바쁜 시간은 지났을 때였어요. 아마 두 테이블 정도 있었던 것 같아요."

"어느 테이블이죠?"

그녀가 두 테이블을 가리켰다. 카운터 근처였다.

데커가 말했다. "누군가 그에게 다가온 사람은 없었습니까? 그와 대화를 나누거나요?"

"재고 파악을 하느라고 좀 바빠서 확실히 본 건 아니에요. 제 기억에, 한 번 건너다보긴 했는데, 혼자 저기 앉아서 그냥 창밖을 응시하고 있었어요."

"뭘 봤을 만한 다른 직원분은 없나요?"

"어제 빌리도 근무를 했는데, 오늘은 비번이네요. 그 친구가 뭘 봤을 수도 있어요. 주문받은 걸 가져다주고 테이블 치우는 일을 하거든요."

재미슨이 그녀에게 명함 두 장을 내밀었다. "빌리 씨에게 전화 좀 부탁드릴게요. 직원분도 뭔가 더 기억나는 게 있으면 전화해주시고요."

그녀가 말하는 동안 데커는 대브니가 앉았던 테이블에 앉아 있었다. "이 의자인가요?" 그가 물었다.

여직원이 건너다보았다. "아뇨. 왼쪽에 있는 거요."

데커가 자리를 바꿔 앉은 채 주위를 둘러보았다. 재미슨이 그에게로 다가와 그가 막 일어난 의자에 앉았다.

"무슨 생각 해요?"

데커가 창밖을 바라보았다. 여기에서는 FBI 빌딩이 보였다. 보안 초소도. 누군가 안에 있었는데, 어제 그 보안 요원인지는 알 수 없었다.

"이 자리는 비어 있었고, 그는 이 자리를 골랐어요. 다른 빈 테이블들을 지나서 여기로 온 거라고요. FBI 빌딩이 잘 보이는 위치죠. 그럼 그가 무엇인가를 관찰하려고 여기에 온 걸까요? 아니면 누굴 만나려고 왔을까요? 그것도 아니면 다른 이유가 있었을까요?"

"우리가 그걸 어떻게 알아내죠?"

"계속 질문해야죠."

데커의 전화가 울렸다. 잠시 가만히 듣고 있던 그가 이윽고 말했다. "최대한 빨리 그리로 가겠네." 그가 전화를 끊고, 재미슨에게 말했다. "보거트예요. 대브니의 딸 줄스가 우리에게 뭔가 말할 게 있답니다."

"뭐라고요?"

"일주일쯤 전에 아버지가 무엇인가를 말했답니다."

○ 012

월터 대브니는 부유했다.

데커는 중도에 멈춰 섰다.

맥린에 있는 저택은 한눈에도 4백만에서 5백만 달러는 되어 보였다. 엄청나게 넓은 대지는 전문가의 손길을 거쳐 관리되었다. 직원 하나가 바깥에서 나뭇가지를 쳐내고 다듬고 고급 잔디를 깎고 외부 공간을 단장하는 중이었다. 또 다른 직원은 올림픽 경기용 규격에 온수가 공급되는 수영장에서 일하고 있었다. 수영장에 딸린 휴식 공간은 웬만한 일반 주택 크기였다. 1년 유지비만 해도 데커의 연봉을 훨씬 웃돌 게 분명했다.

그는 창문에서 몸을 돌리고 줄스 대브니를 쳐다보았다. 부모에게서 멋진 점만 빼닮은 여자였다. 엄마처럼 키가 크고 운동선수 같은 탄탄한 몸매에, 아버지의 턱선과 긴 이마, 창백한 초록 눈을 가지고 있었다. 곧게 뻗어 내려간 금발 머리는 어깨 뒤로 단정하게 넘어가 있었다.

줄스는 몸놀림이 재빠르고 효율적이었다. 데커와 사람들이 들어온 뒤로 그녀는 눈물을 내비치지 않았다. 그녀의 엄마는 침실에 가 있겠다고 말하고는, 그곳에서 침울하게 가라앉아 있었다.

다시 말해, 그녀는 침묵을 지키고 있었다는 얘기다.

데커가 보기에 줄스는 한눈에도 사소한 일까지 챙기는 유형에 부정적인 상황을 다룰 줄 아는 사람이었다. 그는 그것이 조사에 도움이 될지 방해가 될지 궁금했다.

그들은 서재에 있었다. 삼면의 벽이 책으로 채워져 그 방의 목적을 명백히 선포하고 있었다. 보거트는 편안한 가죽 리클라이너 소파에, 재미슨은 천을 씌운 긴 팔걸이 소파에, 줄스는 고풍적인 윙체어에 앉아 있었다. 데커는 그 방 중간에 서 있었다.

보거트가 말했다. "이 일이 얼마나 어려우실지 알고 있습니다, 대브니 양."

줄스가 손을 내저었다. "어려운 게 아니죠. **불가능한** 거죠. 하지만 우리가 감내해야 하는 일이라면, 그렇게 해야죠."

"어디에서 오셨습니까?" 데커가 그녀에게 물었다.

그녀가 그를 쳐다보았다. 그게 이 일과 무슨 상관이 있는지 어리둥절한 표정이었다.

"팜비치에서 왔어요. 왜 그러시죠?"

"거기에서 무슨 일을 하십니까?"

그녀가 얼굴을 찌푸렸다. "그게 중요한가요? 아님 무슨 관계라도 있나요?"

"말씀해주시기 전까진 뭐라 말하기 어렵네요."

그녀가 입술을 다물더니 말했다. "전 회사를 운영해요. 건강관리 컨설팅 회사죠."

재미슨이 말했다. "플로리다는 그런 사업을 하기에 좋을 것 같아 보이네요. 은퇴 인구가 많으니까요."

"물론 그런 분들 대부분이 노인 의료보험제도의 혜택을 받고 있지만, 대부분의 사람들은 자산이 줄어든 상태이고, 추가로 민간 건강보험을 들고 있지요. 건강관리 분야는 좀 복잡해요. 설명하기 어렵죠. 우린 컨설팅 비즈니스예요. 실제로, 우리 수익 대부분이 거기서 나오죠. 직원은 20명이고, 사업은 매년 두 자릿수로 성장하고 있어요."

"무척 인상적이군요." 데커가 말했다. "제가 당신 나이 때는 겨우 제 앞가림을 했을 뿐인데 말이죠."

그녀가 퉁명스럽게 말했다. "아버지는 우리에게 훌륭한 직업윤리를 불어넣어주셨죠. 야망과 함께요."

그녀가 갑자기 시선을 돌렸다. 데커는 그녀가 눈물을 터트릴 거라고 생각했다. 하지만 그녀는 입가를 훔치고 그들에게서 등을 돌렸다.

"아버지는…… 제게 막대한 영향을 끼치신 분이에요."

데커가 말했다. "분명 그렇군요. 그런데 아버님이 뭔가 말씀하신 게 있다고 들었습니다. 저희를 보자고 하셨다던데요?"

"몇 가지 말씀하신 게 있어요." 그녀가 말했다. "비행기 안에서 적어놨어요."

그녀가 데커에게 종이 한 장을 건네주었다. 그가 내용을 읽어 내려갔다.

보거트가 말했다. "크게 읽어줄 수 있나, 데커?"

데커는 듣지 못한 것 같았다.

줄스가 잠시 초조한 눈빛으로 데커를 응시하다가 날카롭게 말했다. 마치 사업상 프레젠테이션을 하는 듯했다. "먼저, 아버지는 엄마를 돌봐달라고 하셨어요. 둘째로, 제게 결혼해서 가정을 꾸리라고 하시더군요. 인생이 너무 짧다나요. 셋째로, 무엇보다도 아버지가 절 사랑한다는 걸 기억하라고 하셨어요."

보거트가 말했다. "평소와 다른 부분인가요?"

"아버지는 신중하고 배려심이 깊은 분이었지만, 이렇게 딱 짚어 말씀하신 건 이상한 일이에요. 전에는 이런 말씀을 하신 적이 없거든요. 최소한 이런 방식으로는."

재미슨이 말했다. "그래서 걱정이 되셨군요?"

"단도직입적으로 여쭤봤어요. 무슨 문제 있냐고요. 하지만 아니라고 하셨죠. 그냥 평범하게 인생에 대해 생각했을 뿐이라고요. 그리고 제가 이것들을 알았으면 좋겠다는 말씀도 하셨어요. 당신도 늙는다면서 농담을 하셨고, 그래서 그렇게 크게 이상하다고 생각하진 않았어요."

"거기에 대해 누구 다른 가족에게 말씀하셨습니까?" 보거트가 물었다.

"아뇨. 동생들에게 전화해서 아버지가 비슷한 말을 하신 적이 있는지 물어보려고 했는데, 제가 너무 바빴어요. 그 일에 대해서 생각이 미칠 때쯤에는 아버지가 돌아가셨죠."

데커가 그 목록을 집어 들었다. "여기에 네 가지 표시를 하셨는데, 한 가지가 비는군요."

줄스가 주머니로 손을 가져가 열쇠 하나를 꺼냈다. "그다음 날 아버지가 제게 보내신 거예요."

데커가 열쇠를 받아 살펴보았다. "어딘가 개인 금고 열쇠 같은데요." 그가 보거트에게 그것을 건넸다.

"네." 줄스가 말했다. "아버지는 맥린 시내 은행에 개인 금고를 가지고 계셨어요. 몇 년 되었죠."

"거기 뭐가 있는지 아십니까?"

"금고 안에 뭔가 물건 하나가 있을 거라고 추측만 할 뿐이에요. 저도 본 적은 없어요."

"아버지가 이 열쇠를 왜 보내셨을까요?"

"모르겠어요. 아버지에게 전화하려고 했었는데, 말씀드린 것처럼 일 때문에 너무 바빴어요. 아버지한테 이 일에 대해 여쭤볼 시간이 있었더라면 어땠을까 싶어요. 그냥 아버지가 장차 부동산을 어떻게 처리하실지에 대한 거라고만 생각했어요. 아버지가 저한테 이걸 준 건 이해할 수 있으니까요. 아버지는 2년 전에 절 유언 집행인으로 지정하셨거든요." 그녀가 설명을 덧붙였다. "전 맏이니까요. 그런 일은 보통 태어난 순서대로 떨어지잖아요."

"아버님이 당신을 신뢰했다는 뜻이기도 해요." 재미슨이 말했다.

"그랬으면 좋겠군요."

데커가 보거트를 쳐다보았다. "안에 뭐가 있는지 볼까?"

보거트가 줄스에게 시선을 보냈다. "어머님께서 그 금고에 서명을 하셨다면, 어머님의 허락을 받아야 해요. 그렇지 않으면, 저희가 영장을 받아야 해서요."

"영장을 받아 오세요. 엄마를 괴롭히실 거라면요. 엄마는 서류 같은 거에 서명하면서 근심을 보탤 게 아니라, 좀 쉬셔야 해요."

보거트가 전화를 꺼내더니 방 밖으로 나갔다.

줄스가 방 안을 둘러보았다. 딱딱하게 굳어 있던 표정이 절망적으로 바뀌었다. "전 이 집에서 자랐어요. 구석구석 틈틈마다 사랑하지 않는 곳이 없죠."

재미슨이 말했다. "왜 그런지 알 것 같네요. 정말 아름다운 곳이에요. 따뜻하고 매력적이에요. 어머님께서 꾸미셨나요?"

줄스가 고개를 끄덕였다. "안목이 있으셨죠. 아버지는 사업 안목이 대단하셨고요. 그리고 엄마가 다른 모든 걸 하셨어요. 완벽한 배우자였죠. 멋진 안주인이고, 아버지가 필요로 할 때마다 대단히 뛰어난 자문이 되셨죠. 네 아이를 거의 혼자 키우셨어요. 아버지는 늘 출장을 다니셨거든요."

재미슨이 말했다. "이런 부가 쉽게 이룰 수 있는 건 아니니까요. 엄청난 노고가 투입된 거죠."

"네." 줄스가 심상하게 말했다.

"그래서 아버지는 따님께 무슨 일이 일어날지 말씀하신 것 같네요, 이해가 되네요." 데커가 말했다. "작별의 인사랄까요?"

그녀가 붉어진 얼굴로 그를 올려다보았다. "그러니까, 아버지가 누군가를 살해하러 가기 전에, 누군가의 머리를 날려버리기 전에, 제게 결혼해서 아이를 낳으라고 말씀하셨다는 건가요? 어떻게 그런 말을 할 수 있어요!" 그녀가 날카롭게 외쳤다.

데커가 냉정하게 말했다. "선택의 여지가 없었다고 생각했을 수도 있습니다."

"무슨 뜻인가요?"

"아버지의 병환을 아셨습니까?"

"병환이라니요? 무슨 소리죠?"

"수술이 불가능한 악성 뇌종양이었어요. 말기였죠."

데커의 직설적인 말에 재미슨이 헉 하고 짧은 숨을 들이마셨다. 하지만 데커는 줄스에게 고정된 눈을 떼지 않았다.

줄스의 눈에 눈물이 고이기 시작했다. "뭐, 뭐라고요?" 그녀가 말을 더듬었다.

데커가 그녀의 맞은편에 앉았다. "부검 결과, 뇌종양과 뇌동맥류가 발견되었습니다. 살아 계셨어도 몇 달 남지 않았을 겁니다. 알지 못했다고 하셨죠?"

그녀가 고개를 저었다. 눈물이 뺨 위로 흘러내렸다.

재미슨이 핸드백 속에 넣어둔 티슈를 몇 장 뽑아서 데커에게 건네자, 데커가 그걸 줄스에게 전해주었다. 그녀가 눈을 훔쳤다.

"어머님은 그 사실을 알고 계셨을까요?" 데커가 물었다.

그녀가 고개를 저었다. "그럴 리 없어요. 엄마가 아셨다면, 우리도 모두 알고 있었을 거예요."

"자녀들이 아는 걸 아버님이 원치 않으셨다면요?" 재미슨이 물었다.

그녀는 잠시 마음을 가라앉혔다. "그건 중요하지 않아요. 어머니는 비밀을 지키지 못하시는 분이에요."

데커가 고개를 끄덕였다. "그렇군요. 아버님께서 이런 일을 하신 데 대해 짐작 가는 이유는 없습니까?"

그녀가 외쳤다. "왜 내일 해가 뜨지 않느냐고 물으시는군요. 이건…… 이건…… 일어날 수 없는 일이에요." 그리고 잠시 허리를 숙이고 억누를 수 없는 울음을 울었다.

데커가 어찌할 바 모르는 표정으로 재미슨을 바라보았다. 재미슨이 자리에서 일어나 줄스 옆에 무릎을 꿇고 앉아 그녀의 어깨를 감쌌다. 그리고 티슈를 몇 장 더 건넸다. "데커, 물 좀 가져다줘요." 그녀가 조용히 말했다.

데커는 자리를 떠서 주방으로 갔다. 건축 잡지에 나오는 것 같은 크고 통풍이 잘되는 주방이었다. 그는 찬장을 몇 개 열어보았다.

그중 찬장 하나에 약병 몇 개가 놓여 있었다. 그는 재빨리 라벨을 읽어보았다. 하나는 골다공증 약이었고, 또 다른 하나는 졸로푸트였다. 그는 다른 찬장에서 유리잔들을 찾았고, 하나를 꺼내서 수도에서 물을 받아 서재로 돌아갔다. 데커가 재미슨에게 물잔을 건네자, 재미슨은 줄스가 물을 마시는 걸 도왔다.

정문에서 차가 들어오는 소리가 들렸다. 데커는 다시 한 번 방을 나가 홀로 내려갔다. 그와 동시에 앞문이 열리고 뭔가가 날아들어 왔다. 한 여자가 폭풍처럼 달려 들어오더니 코트와 핸드백을 벗어서 원목 바닥에 내던졌다. 그녀의 뒤로 잘 포장된 진입로를 따라 미끄러지듯 돌아가고 있는 공항 택시가 보였다.

여자는 30대 초반에 짧은 갈색 머리를 하고, 안경을 끼고 있었다. 줄스처럼 키가 크고 날씬한 몸매의 소유자였다.

"당신 뭐예요?" 그녀가 따져 물었다.

데커가 FBI 신분증을 내보였다. "이 집 따님들 중 한 분이죠?"

"서맨사예요. 엄마는 어디 계시죠?"

"쉬고 계세요. 줄스는 서재에 있어요."

서맨사 대브니가 데커를 스쳐 지나 서둘러 홀로 내려갔다. 데커는 그 뒤를 따라갔다. 서재에 막 들어온 데커는 무릎을 꿇고 앉아서 서로를 끌어안고 울고 있는 자매를 보았다. 재미슨은 일어서서 한 발 뒤로 물러나 자매들에게 시간을 주고 있었다.

마침내 마음을 가라앉힌 줄스가 일어났다.

서맨사가 말했다. "이게 대체 무슨 일이야? 왜 FBI가 여기 있는 거야?"

줄스가 말했다. "무슨 일인지 말했잖아, 샘. 그 사람들이 조사하지 않을 거라고 생각했어? 아버지가…… 살…… 살인…… 누굴 쐈대. 저기 FBI 빌딩 코앞에서."

재미슨이 앉아 있던 소파로 서맨사의 몸이 무너졌다. "나도 그건 들었어. 그런데…… 그럴 리가 없잖아, 언니. 언니도 알잖아. 아빠가 그럴 이유가 뭐가 있어? 삶에 그렇게 열정적인 분이셨는데."

"아버지가 말기 환자였대. 뇌종양."

서맨사의 얼굴에서 핏기가 사라졌다. 펄쩍 뛰듯이 일어나더니 언니를 내려다보았다. "뭐? 나한테 그런 말 안 했잖아?"

데커가 끼어들었다. "제가 방금 **전해드린** 겁니다. 동맥류도 발견되었고요." 그가 잠시 말을 멈췄다. "아버님과 최근 통화하신 적이 있습니까?"

"아뇨. 3주쯤 전에 이메일을 한 통 보내시긴 했어요. 특별한 건 아니고요. 그냥 인사차 보내신 거였어요."

그녀가 줄스를 쏘아보았다. "처음에는 아빠가 누굴 쐈다고 그러더니, 지금은 뇌종양이었다고? 뭐가 어떻게 되는 거야? 잠깐, 그럼 뇌종양이 아빠 머리에 무슨 영향을 줬다고 생각하는 거야? 그게 아빠가 그런 일을 한 이유라고?"

데커가 말했다. "어떤 것이든 가능성이 있습니다. 하지만 다른 이유가 있다면, 저희가 그걸 찾아내야죠. 두 분, 혹시 아버지로부터 앤 버크셔라는 이름을 들어본 적이 있습니까?"

두 사람 다 고개를 저었다.

서맨사가 말했다. "아버지가 그 여자를 쐈나요?"

데커가 고개를 끄덕였다.

서맨사가 언니를 쳐다보았다. "언니? 언니가 나보다 아빠랑 더 자주 연락했잖아. 들어본 적 없어?"

"없어. 처음 들어보는 여자야."

재미슨이 말했다. "무차별 살인일 수도 있습니다. 연관 관계가 없을 수도 있어요. 어쩌면 아버님께 병증이 영향을 미친 것일 수도 있어요. 버크셔는 그저 운 나쁘게 그 시간에 그 장소에 있었던 거고요."

데커가 말했다. "찬장에서 약병 몇 개를 보았습니다. 하나는 골다공증 약이고, 다른 하나는 졸로푸트더군요. 누가 드시는 겁니까? 라벨 한쪽이 없는 것도 있고요."

서맨사가 언니를 바라보고는 다시 데커에게로 시선을 돌렸다. "엄마가 드시는 거예요. 취약성 골절증을 앓고 계시거든요. 졸로푸트도 엄마의 우울증약이고요."

"얼마나 앓으셨습니까?" 데커가 물었다.

"저희가 어릴 때부터인 것 같은데요." 서맨사가 말했다.

"신장 문제도 있어요." 줄스가 덧붙였다.

"어머니는 건강해 보이시던데요." 재미슨이 말했다. "키도 크고 탄탄하고, 활력 있어 보이시던데요."

"겉으로만 그래 보이는 거예요." 줄스가 말을 잘랐다. "어쨌든 아버지는 엄마를 성심껏 돌보셨어요. 지금은, 모르겠네요. 엄마가 저랑 같이 사셨으면 하지만요."

보거트가 잠시 후 돌아왔다. "영장이 지금 나왔습니다. 은행으로 가시죠."

서맨사가 말했다. "무슨 은행이요?"

"아버지가 나한테 금고 열쇠를 보내셨어." 줄스가 말했다.

"왜? 거기 뭐가 있는데?"

보거트가 열쇠를 집어 들었다. "이제 가서 보면 알게 되겠죠."

0 013

텅 비어 있었다.

그들은 비어 있는 개인 금고를 응시했다.

데커는 실망감에 신음 소리를 내뱉었다. 보거트가 그를 올려다보았다. 재미슨도 보거트를 따라 데커를 올려다보았다.

데커가 말했다. "말끔히 치웠군."

"우린 대브니가 금고 안에 뭔가를 넣어놓았다고 가정했다고." 보거트가 말했다.

"대브니는 이걸 열어보라고 열쇠를 딸에게 보냈어. 그런데 왜 안에 아무것도 남겨두지 않은 걸까?"

"그러게." 보거트가 수긍했다.

재미슨이 말했다. "은행에 대브니의 출입 기록이 있을 거예요."

그들은 곧바로 은행 지점장에게로 갔다. 그녀는 컴퓨터에 비밀번호를 입력하고는 고개를 끄덕였다. "닷새 전에 오셨었네요. 들어가서 금고를 열어보셨어요."

"거기서 뭘 가져갔습니까?" 보거트가 물었다.

"저흰 그것까진 모릅니다." 지점장이 말했다. "개인 금고는 저희 고객들의 사적인 소유물이라서요."

데커가 말했다. "여기 CCTV를 봐야겠습니다."

10분 후, 그들은 은행 로비를 떠나 작은 사무실에서 컴퓨터 화면을 보고 있었다.

"여기 있네요." 재미슨이 말했다. 그녀가 가리킨 화면에는 대브니가 개인 금고를 비운 날 은행으로 걸어 들어오는 모습이 찍혀 있었다.

"혼자가 아닌데요." 데커가 말했다.

대브니는 한 여성과 함께였다. 부인은 아니었다. 여자는 키가 작고 뚱뚱했으며, 어두운 색 머리였다. 선글라스를 끼고 시선을 아래로 계속 내리고 있어서 얼굴을 확인하기가 어려웠다.

"머리는 가발 같군." 보거트가 지적했다.

잠시 후 그녀가 대브니와 금고실 옆방으로 들어갔다. 두 사람은 몇 분 후에 나왔다.

여자는 작은 가방을 들고 있었다. 분명 안에는 뭔가가 들어 있었다. 가방 한쪽 끝이 불룩 튀어나와 있었는데, 지점장이 그 부분을 확대하자 15센티미터 정도 길이에 1센티미터 정도 너비의 직사각형 물건임을 알 수 있었다.

데커가 말했다. "이 비디오를 다른 각도에서 볼 수 있을까요?"

"유감이지만 이게 다예요." 은행 지점장이 말했다.

"이 영상 복사 좀 해가겠습니다." 보거트가 말했다.

* * *

그들은 영상 복사본을 가지고 은행을 떠났다. 의문점은 수십 개였지만 그중 어느 것 하나도 속 시원한 답을 얻지 못하고 그냥 대브니의 집으로 돌아갔다.

또 다른 딸, 어맨다 라일리가 막 도착한 참이었다.

그녀는 자매들과 달리 키가 작고 동글동글했으며, 운동선수 같은 체격도 물려받지 못했다. 그리고 신체장애도 가지고 있었다. 그녀의 왼팔은 팔꿈치에서 끝이 났다. 라일리는 결혼을 했고, 어린 자녀가 둘이었다.

밝게 불을 밝힌 주방에 딸들과 함께 앉아 있는 엘리 대브니의 모습을 보고 그들은 깜짝 놀랐다. 그녀는 옷을 차려입고, 머리 손질과 화장도 깔끔하게 한 상태였다. 하지만 눈빛에는 상처 입은 마음이 분명히 보였다. 외적인 모습은 단지 표피에 불과했다. 그들은 부인과 딸들과 함께 영상을 보았다. 그 여자를 아는 사람은 없었다.

"저 여자가 왜 저기 있는 거죠?" 줄스가 물었다. "그러니까, 아버지의 개인 금고가 있는 곳이잖아요."

데커가 대답했다. "대브니 씨가 금고를 비우는 걸 확인하기 위해 저기 있는 겁니다."

줄스와 서맨사가 그에게 시선을 돌렸다.

"그게 정확히 무슨 뜻이죠?" 줄스가 물었다.

"아버님이 사소한 것에 매우 연연하는 모종의 인물과 관계가 있다는 거죠."

"이거 첩보물 같네요." 서맨사가 말했다. "그러니까, 텔레비전 쇼

말이에요."

보거트가 말했다. "아버님은 최고급 기밀과 관련된 일을 하셨으니 그쪽 세계의 인물들과 관계가 있을 수도 있죠."

데커가 덧붙였다. "그들이 아버님에게 사람을 딸려 은행에 보냈다는 것은, 아버님 혼자 그 일을 하게 할 만큼 아버님을 신뢰하진 않았다는 말이죠. 영상에서도 보일 겁니다. 아버지가 아니라 여자가 가방을 들고 나가잖습니까."

"그자들이 아빠에게 이런 일을 **하게** 했군요." 줄스가 비난하는 어조로 말했다.

"그렇다면 그자들이 아빠에게 여자를 죽이라고 시켰을지도 모르겠네요." 서맨사가 덧붙였다.

어맨다가 목소리를 높였다. "누군가가 다른 사람에게 사람을 죽이게 **할** 순 없어, 샘 언니. 그랬을 리는 없다고. 그 방아쇠를 당긴 사람은 바로 아빠야."

어맨다는 차분했고, 눈빛도 명민했다. 말을 하고 나서 그녀는 엘리 대브니를 쳐다보았다. 부인은 자신의 무릎에 시선을 고정하고 있었다.

"어맨다!" 줄스가 소리쳤다. 그리고 재빨리 엄마에게로 시선을 돌렸다.

서맨사가 말했다. "하나도 들어맞는 게 없어."

"그래." 엘리 대브니가 말했다. "네 동생 말이 맞아. 너희 아버지가 방아쇠를 **당겼지**. 그 사람이 선택한 거야. 다른 사람이 아니고."

줄스와 서맨사가 그 말을 이해하지 못하겠다는 듯이 엄마를 쳐다보았다.

엘리가 데커를 건너다보았다. "전 모르는 여자예요. 그리고 월터가 개인 금고를 가지고 있다는 사실도 몰랐어요."

데커가 보기에 여자의 행동은 전날에 비해 극적으로 변해 있었다. 남편이 다른 여자를 데리고 개인 금고에, 자신은 알지 못하는 것에 접근한 모습을 보았기 때문인 듯했다. 그녀는 이제 체념하고, 혼란스럽고, 화가 난 듯 보였다. 어쩌면 배신감마저 느끼는 것 같았다.

데커가 말했다. "저 여자가 남편분과 함께 일하는 동료일 가능성도 있지 않을까요? 사무실에서 마주친 사람 중에 비슷한 사람은 없었습니까?" 그가 대브니 가의 여자들을 보며 말했다.

"제가 아는 사람은 아니에요." 줄스가 먼저 나섰다. "하지만 전 그곳에서 일하는 사람들을 잘 알지 못해요."

서맨사와 어맨다는 그저 고개를 저을 뿐이었다.

데커는 다음으로 엘리에게 시선을 돌렸다. 그녀가 목을 가다듬고 말을 하기 시작했다. 효과가 강한 진통제를 막 끊은 사람처럼 말이 느리고 중간중간 끊어졌다. "전 회사 사람들은 휴일에만 봤어요. 사무실에는 거의 가지 않았어요. 지난 5년간은 아예 안 갔고요." 그녀가 생각에 잠겨 말을 덧붙였다. "전…… 전…… 그이의 인생 일부분을 놓치고 있었던 거군요." 그녀가 호화롭기 그지없는 자신의 집 곳곳에 시선을 주었다.

데커는 그녀의 머릿속에 떠오른 생각을 읽을 수 있었다.

난 그 사람이 수고한 노동의 결실을 누리기만 했던 거야.

서맨사가 말했다. "영상에 나오는 여자가 그 앤 버크셔라는 여자인가요?"

데커가 고개를 저었다. "비슷하지도 않아요."

"그럼 이 영상은 무용지물이군요." 줄스가 말했다. "여러분은 시작점으로 돌아가야겠네요."

"아뇨. 사실은 도움이 됩니다." 데커가 말했다.

"어떻게요?" 줄스가 물었다.

"이건 아버님이 왜 그런 일을 했는지에 대한 가능성 있는 이유 하나를 우리에게 보여주고 있어요."

"하지만 영상에서 본 장면이 총격과 관계있는지는 모르잖아요."

"우린 실제로 그게 관련이 있다는 걸 압니다." 데커가 말했다. "아버님은 은행 CCTV에 찍히기 전에 금고 열쇠를 당신에게 보냈어요. 전 아버님이 당신에게 무슨 일이 벌어지고 있는지 알려주고 싶었던 거라고 생각합니다. 하지만 이것과 관계가 있는 이 여성, 어쩌면 그게 누구든 그 일행은 그런 일이 벌어지길 바라지 않았죠. 그래서 그들은 당신이 금고에 접근할 기회를 갖기 전에 아버님께 그곳을 비우게 한 거죠. 그리고 그건 그들이 어쨌든 금고에 대해 알고 있었다는 얘기입니다. 그리고 아버님이 누군가에게 열쇠를 보냈다는 걸 알았든가, 최소한 그랬다는 의심을 하고 있었을 거예요." 그가 말을 멈췄다. "그리고 다른 뭔가가 더 있어요."

그가 영상을 틀었던 컴퓨터 자판을 두드렸다. 그리고 월터 대브니가 카메라를 정면으로 응시하고 있는 모습까지 영상을 앞으로 돌렸다.

엘리가 고개를 돌렸다. 마치 자신을 응시하고 있는 듯한 남편의 모습을 도저히 볼 수 없는 것 같았다.

"좋아요, 그게 왜 그렇게 중요하죠?" 줄스가 물었다.

"당신 아버님이 버크셔를 살해하는 현장에 제가 있었기 때문입니다. 전 아버님께 총을 내려놓으라고 소리쳤어요. 그때 그분은 몸을 돌려 저를 봤어요." 그가 화면을 가리켰다. "그리고 정확히 지금

이 모습과 똑같은 표정을 지었어요."

대브니 가의 네 여자들이 화면을 다시 쳐다보았다.

"그이의 표정이 뭘 의미하는 건데요?" 엘리가 숨을 몰아쉬었다.

"특별히 극적인 건 없었습니다. 다만, 체념이 보였어요." 데커가
대답했다.

O O14

"매우 좋은 분이셨습니다. 조용했지만, 모두들 앤 선생님을 존경했어요. 훌륭한 교사였습니다."

데커와 재미슨은 버크셔가 대체 교사로 일했던 가톨릭 학교의 교장 버지니아 콜의 맞은편에 앉아 있었다. 페어펙스 카운티에 있는 오래된 벽돌 건물이었다. 하지만 데커는 주차장에 주차를 하면서 설치된 지 얼마 안 된 CCTV가 있는 것을 알아보았다.

두 사람은 안내 사무실에서 서명을 하고, 방문객 출입증을 받고, 교장실로 안내받았다.

세어가는 금발 머리를 가진 콜은 50대 여성으로, 체인을 늘어뜨린 안경을 끼고 있었다. 그녀가 의자에 편안히 앉아서 교장실 창밖을 내다보았다. "버크셔 선생님이 돌아가셨다니 믿을 수가 없군요."

"버크셔 선생님은 여기서 4년간 일하셨지요?" 재미슨이 물었다.

"네, 그렇습니다."

"그분의 이력과 교사 자격증 등을 조사하셨을 거라고 생각되는데요."

"물론입니다. 교구는 그런 일에 대해서는 무척 엄격하답니다. 저희는 이력을 전부 확인합니다. 그게 규정이에요. 버크셔 선생님은 교사 자격증을 갖고 계셨어요. 이력서는 모든 사항이 완벽했고요. 훌륭한 신임장도 갖고 계셨어요. 그분을 저희 학교에 모시게 된 게 행운이었죠."

"그분 이력서에 10년 전 내용도 기재되어 있었나요?" 데커가 물었다.

콜이 어리둥절한 표정으로 데커를 바라보았다. "네? 음, 물론, 저희는 그분의 대학 졸업장을 확인하죠. 그리고 교사 경력도요."

데커가 재미슨을 슬쩍 쳐다보며 말했다. "그것 좀 확인해봐야겠습니다."

"파일을 복사해드리지요."

"선생님은 버크셔 씨를 잘 알고 지내셨나요?"

"그렇진 않아요. 학교 밖에서 만난 적은 없으니까요. 하지만 이 학교 안에서는 여러 차례 대화를 나누었죠."

"그녀가 부자란 걸 알고 계셨습니까?" 데커가 물었다.

"부자라고요?" 콜이 더더욱 어리둥절한 표정이 되었다.

"레스턴에 있는 200만 달러짜리 펜트하우스에 살았어요."

콜이 놀란 표정을 지었다. "아뇨, 그건 몰랐어요. 그 선생님 집에 가본 적은 없습니다. 하지만 언젠가 버크셔 선생님이 차를 몰고 출근하시는 걸 본 적은 있어요. 다 낡아빠진 혼다였던 것 같은데요."

"그녀가 본인 과거에 대해 말한 적이 있습니까? 어디 출신인지, 무엇을 했는지 같은 거요."

"아뇨. 다시 한 번 말씀드리지만, 저흰 그분 배경이 깨끗한 걸 확인했습니다. 흥미를 가질 만한 것도 없고, 위험한 것도 없었어요."

"여기에서 친하게 지낸 분이 있습니까? 비밀을 털어놓을 만한 그런 분이요."

"잘 모르겠군요. 확인해볼 수는 있을 겁니다. 다른 선생님들과 친하게 지내셨던 것 같아요."

"그거 다행이군요. 이건 저희에게 연락할 수 있는 번호입니다." 재미슨이 말하며 명함을 건넸다.

콜이 그것을 받아 들고 데커를 쳐다보았다. "이 모든 일이 일어나기 전에 이 일을 제게 물으셨다면, 앤 버크셔는 절대 이런 일에 얽힌 사람이 아니라고 대답했을 거예요."

"어쩌면, 그건 그녀가 그저 꾸며낸 모습일지도 몰라요." 데커가 말했다.

"그 모든 게 허울뿐이었다는 말씀이세요?" 콜이 물었다.

"그녀가 과거를 숨기고 있었다면, 그 비밀을 지키기 위해서 무슨 일이든 할 수 있었을 거란 말입니다. 하지만 단지 잘못된 때에, 잘못된 장소에 있었을 수도 있어요. 불행히도, 그런 일은 종종 일어나죠."

그들은 버크셔의 고용 기록을 복사해 받은 뒤 자리에서 일어났다. 데커가 팔 아래 그것을 끼워 넣었다. 차로 돌아가는 동안 그의 전화가 울렸다. 월터 대브니의 동료, 페이 톰슨이었다.

"관리팀에서 사장님의 출장 스케줄이 없었다고 확인해줬어요." 톰슨이 말했다. "그리고 출장 가셨을 때 법인 카드를 쓴 적이 없대요. 아마도 개인 카드를 사용하셨나 봐요."

"저희가 확인해보겠습니다." 데커가 말했다. "그런데, 대브니 씨가 돌아가셨는데, 회사가 어떻게 될지는 알아보셨습니까?”

“네. 내부 자문과 이야기해보았어요. 사장님 주식은 부인에게 절반이 상속되고, 나머지 절반은 네 자녀들이 똑같이 나눠 가지게 된다고 하는군요.”

“그럼 그들이 함께 회사를 관리하게 되겠군요?”

“네.”

“대브니 씨가 은행 CCTV에 어떤 여성과 함께 찍혔습니다. 보내드릴 테니, 사무실에서 일하는 분인지 확인해주셨으면 합니다.”

“사장님 거래 은행에요?”

“네.”

“좋아요. 그 사건과 이게 관계있나요?”

“말씀드릴 수 없습니다. 아직 증거 수집 단계라서요.”

“데커 요원님, 사장님 장례 절차는 어떻게 되는지 아시나요?”

“아뇨. 모릅니다. 그 부분은 부인께 물어보셔야 될 것 같습니다.”

“그분들이 이런 걸 바라실지는 모르겠지만, 지금 사장님을 둘러싼 상황이…… 그러니까 아시잖아요, 언론사들은 이제 축제판을 벌일 거예요. 이미 〈포스트〉, 〈CNN〉, 〈월스트리트 저널〉이랑 몇 군데에서 연락이 왔어요. 뭐라고 대답해야 할지 모르겠어요.”

“회신하지 마십시오.”

“하지만 어쨌든 그들은 이야기를 써낼 거라고요. 우리가 뭘 주지 않으면, 훨씬 더 심한 이야기들을 써낼 거예요. 우리는 정부 일을 굉장히 많이 하고 있다고요. 사장님이 그런 일을 저지르시는 바람에, 연방 정부는 계약을 몇 개, 아니 전부 파기할 수도 있어요.”

“미안합니다, 그건 제 소관이 아니라서요.” 그가 전화를 끊고 재미슨을 보았다.

"무슨 일인데 그래요?" 그녀가 물었다.

"그녀는 자신의 **정말 좋은** 친구가 누군가를 쏘고 자살한 것보다 빌어먹을 회사 일에 대해 훨씬 더 걱정을 하고 있더라고요. 대브니는 '그 여행'을 직접 예약했다더군요. 그리고 아내와 애들이 주식을 나눠 갖게 될 거라고 했어요. 그들이 회사를 관리하게 될 거예요."

"그건 그를 죽일 좋은 동기가 되는군요. 그가 자살하지 않았다면 말이죠."

"대브니처럼 굳건해 보이는 사람이 누군가를 살해하고 나서 자살하도록 만들 만한 이유가 뭐가 있을까요? 그가 말기 암 환자라는 사실은 알지만, 그것만으로는 이런 짓을 저지른 이유를 설명할 수 없어요."

"누군가 그의 머리에 총을 들이대고 있었던 게 분명해요. 영상속 그 여자를 보면 알잖아요."

"어쩌면······." 데커는 이렇게 말했지만, 스스로도 확신이 없어 보였다.

"이제 우린 뭘 하죠?"

그가 서류철을 열며 말했다. "어디로 가서 뭘 좀 먹고, 이것 좀 읽읍시다."

* * *

데커는 재미슨의 경차 앞좌석에 자신의 거구를 욱여넣었다. 최대한 의자를 뒤로 밀었지만, 그럼에도 불편하게 무릎이 대시보드 가까이에 닿았다.

그녀가 차를 출발시키자 그는 서류철을 열어 읽기 시작했다. 그의 머릿속에 들어온 모든 단어는 그의 기억에 영구히 각인될 것이다. 서류는 길지 않았지만, 유익했다.

"버크셔는 이력 조회를 통과했어요. 그건 범죄 전력이 없다는 거죠." 그가 몇 장을 뒤적였다. "자, 우린 10년 전부터는 그녀에 대해 알아낸 게 없어요. 하지만 여기엔 그녀가 교사 자격증을 가지고 있다고 되어 있어요. 그리고 대학을 졸업하고 버지니아 공대에서 석사 학위를 받았고."

"이제 우린 그녀의 과거를 알게 된 거군요, ."

"음, 그래요. 하지만 왜 보거트가 조사했을 때 이런 게 나오지 않았을까요? FBI가 일개 학교보다 가진 정보가 적다? 잠깐."

"왜요?"

그가 서류 한 쪽을 펼쳤다. "여기에 나온 그녀의 이름 철자가 달라요. 앤(Ann)이에요."

"그리고요."

"이력 조회를 할 때 사용된 운전면허증에는 앤(Anne)으로 되어 있어요. 뒤에 e가 하나 더 붙어요."

"누군가 그걸 알아챈 사람은 없을까요?"

"분명히 없을 겁니다. 많은 사람들이 실제로 그래요. 사회보장번호도 여기 있네요. 보거트에게 이걸 알려주고 확인해봐야겠어요. 그가 그녀의 출신 학교를 못 알아낸 게 이상하다고 생각했어요. 사회보장국에서는 버지니아주의 면허 번호를 신분증으로 사용하지 않아요. 아마 다른 주도 그럴 겁니다. 이제 이 서류를 가지고 데이터베이스 몇 개를 돌려서 죄다 알아봐야겠어요. 지금까지 안 한 일이죠."

"그 서류에 있는 이력이 그녀의 것일까요? 아니면 다른 사람의 것일까요?"

"모르죠. 하지만 여기 올라 있는 학위는 '공학'이네요. 컴퓨터공학이요."

"그게 중요한가요?"

"모르겠어요. 그리고 또 레이번스 컨설팅에서 12년 동안 일한 걸로 되어 있어요." 그가 전화를 꺼내 재빨리 검색했다. "지금은 없는 회사네요. 10년 전부터요."

"폐업하는 회사는 많으니까요."

"우리가 이걸 확인했는데, 그녀가 일했다는 걸 말해줄 레이번스 컨설팅 관계자를 아무도 찾아내지 못한다면 어떨까요?"

"그것도 이상하죠."

"그녀의 과거는 수수께끼가 되는 거죠. 그 이력이 가짜일 수도 있어요. 하지만 그녀가 59세였고, 부유했고, 호스피스 병원에서 자원봉사를 했고, 가톨릭 학교에서 대체 교사로 일했다는 건 분명해요. 돈을 벌 필요가 없었는데 말이죠." 그가 재미슨을 응시했다. "이게 어떻게 보여요?"

"그녀가 어딘가에서 행운을 잡았다는 거? 어쩌면 일을 해서 번 돈일 수도 있죠. 그리고 이제 그걸 환원하려 했다?"

"비슷할 수도 있죠. 하지만 내 생각은 달라요." 데커가 생각에 잠겨 말했다.

"그럼, 당신은 어떻게 보이는데요?"

하지만 다시 서류로 관심을 돌린 데커는 대답하지 않았다.

그들은 레스토랑 주차장에 차를 댔다. 두 사람이 레스토랑으로 걸어 들어가는 동안에도 데커는 서류에서 눈을 떼지 않았다. 그들은 창가 근처 테이블에 자리를 잡았다. 재미슨이 창밖을 응시하는 동안 데커는 눈을 감았다. 머릿속에서 기억들이 한 장면씩 윙윙거리며 돌아가기 시작했다. 그가 눈을 떴을 때, 재미슨은 전화기 버튼을 두드리고 있었다.

"보거트에게서 뭐 연락 온 거 있어요?" 데커가 그녀의 전화를 쳐다보며 물었다.

그녀가 고개를 저었다. "아파트요."

"어느 아파트요?"

"우리가 사는 아파트요, 데커. 내가 거길 '관리'하잖아요."

"정말로 FBI 일을 하면서 '동시에' 아파트 관리를 할 수 있을 거라고 생각해요?"

"네, 할 수 있어요. 난 더 많은 걸 원하고, 그래서 잘 해낼 거예요. 남은 평생을 돈이나 쫓으면서 살고 싶진 않다고요. FBI에서 난 도움이 필요한 사람들을 돕고 있어요. 하지만 대부분, 그들은 죽은 사람들이죠. 이 건물에서는 조금 더 주도적으로 일을 하고 있어요. FBI도 사람들을 도우려고 애쓰지만, 보통 사람들에게 가장 필요한 것이 FBI는 아니니까요."

메뉴판을 집어 든 그는 지방 그득한 육류들이 나열된 페이지에서 눈을 떼지 못했다. 그러다 자신을 보고 있는 재미슨의 시선을 눈치챘다.

"무척이나 건강해 보이는군요, 데커."

"예, 그렇게 말씀해주신다면야."

그녀가 그에게 장난스럽게 으르렁거렸다.

웨이트리스가 다가오자 그는 설탕을 뺀 커피와 오일과 비니거 드레싱을 사용한 그리스식 샐러드, 야채수프를 주문했다.

"착한 아이군요." 재미슨이 히죽거렸다.

음식이 나왔을 때 데커가 불쑥 말을 뱉었다. "혼다."

"뭐라고요?"

"버크셔가 낡은 혼다 한 대를 가지고 있었다고, 교장이 그랬잖아요."

재미슨이 포크를 내렸다. "그랬죠."

"버크셔는 아파트 빌딩 지하 주차장에 메르세데스 컨버터블 한 대를 세워두고 있었어요. 거의 사용하지 않은 거요."

"그래서 그녀에게 차 한 대가 더 있었다는 거죠? 그 혼다?"

"아뇨. 그건 아파트와 관련된 목록에는 없는 거예요. 아파트에서는 벤츠만 나오죠. 어딘가 다른 주차장에 놓아두었기 때문에 차를 한 대만 가진 걸로 나오는 거죠. 그녀의 아파트에는 차를 두 대쯤 너끈히 주차할 공간이 있었는데, 그녀는 다른 주차장이 필요했던 거죠."

"그거 이상하네요."

"분명, 이 여자는 모든 게 다 이상해요."

"그럼, 무차별 살인은 아닐 수 있겠네요. 어쩌면 대브니가 그녀를 쏜 특별한 이유가 있을지도 모르겠네요."

"아, 난 그렇다고 생각해요. 하지만 지금 당장은 우리가 생각해낼 수는 없는 그런 이유일 거라고요."

"대브니와 함께 은행 CCTV에 찍힌 여자가 버크셔였다면 일이 훨씬 더 쉬웠을 텐데요." 그녀가 아쉬워했다.

데커는 그녀에게 이상하다는 눈길을 보냈다. "쉬운 일을 원했다면, 직업을 잘못 고른 거 같은데요, 알렉스."

0 015

아침 6시. 수도는 상쾌한 산들바람이 불었다. 하늘은 구름이 껴 있었고, 공기는 알알이 비를 품고 있었다.

데커는 아파트 건물 정문 계단에 앉아서 모닝커피를 마시고 있었다. 평소보다 더 일찍 일어나서 샤워를 한 그는 물 빠진 청바지에 오하이오 주를 상징하는 스웨터를 입고 있었다. 들쭉날쭉 뻗친 머리칼에는 아직 물기가 맺혀 있었다. 그는 커피를 홀짝이다가 이따금 눈을 감았다. 그의 완벽한 기억이 지난 며칠 동안의 일들을 되감기하면서 이 사건을 이끌어줄 뭔가를 찾아 헤맸다.

하지만 매번, 그는 자신의 기억이 실제로는 완벽히 불완전하다는 결론을 내리며 눈을 떴다. 아무 일도 떠오르지 않은 것이다.

뒤에서 문이 열리고 두 사람이 걸어 나왔다.

작업복 차림의 토마스 에이마야였다. 토마스는 데님 셔츠 안에 흰 티셔츠를 받쳐 입고, 코르덴 바지에 무거운 작업용 장화를 착용하고, 오른손에는 안전모를 들고 있었다. 샌디에이고 차저스 미식

117

축구팀의 모자 아래로 곱슬거리는 갈색 머리칼이 삐죽삐죽 삐져나와 있었다.

대니는 청바지에 남색 스웨터를 입고, 어깨에 책가방을 걸치고 있었다. 턱이 호리호리한 가슴까지 내려온 모양새를 보니 무척 졸려 보였다. 그들이 지나가도록 데커가 옆으로 비켜섰을 때 대니가 길게 하품을 했다.

토마스는 데커에게 고개를 까닥여 인사하고는 곧장 시선을 피했다. 데커는 두 사람이 비닐로 창문을 막은 낡은 차로 가는 모습을 보고 있었다. 토마스가 운전석 문을 열자 대니가 뒷좌석에 책가방을 놓았다.

그때 자동차가 빠르게 돌진하는 소리가 들려왔다. 데커는 그쪽으로 시선을 돌렸다.

토마스 역시 그 소리를 들은 게 분명했다. 그가 스페인어로 대니를 소리쳐 불렀다. 소년의 아버지가 자동차 열쇠를 꺼내서 운전석으로 미끄러져 들어가는 동안 소년은 재빨리 조수석으로 뛰어 들어갔다. 그들이 미처 차문을 닫을 새도 없이 순식간에 카마로 한 대가 미끄러져 와 고물차 앞에 멈춰 서더니, 두 남자가 차에서 내렸다. 한 사람은 덩치가 크고 한 사람은 작았다. 둘 다 허리춤에 권총을 차고 있었다. 덩치는 백인이었고 키가 작은 사람은 히스패닉이었다. 키가 작은 남자는 넥타이를 매지 않았지만 조끼까지 갖춰 입은 양복 차림이었다. 와이셔츠의 단추는 목 끝까지 다 잠겨 있었다. 덩치가 큰 남자는 군복 바지에 몸의 근육이 다 드러나도록 딱 달라붙는 긴소매 티셔츠를 입고, 군화 같아 보이는 신발을 신고 있었다.

덩치가 손에 총을 들고 차 앞을 가로막고 서 있는 동안, 그의 파트너가 운전석 쪽으로 다가왔다.

그의 입에서 토마스 에이마야에게 차에서 내리라는 스페인어가 튀어나왔다. 그는 거기 서서 발을 내려다보고 있었다.

키가 작은 남자가 머리를 이쪽저쪽 기웃거리면서 그를 차갑게 뜯어보고는 미소를 지었다. 그러더니 자신의 파트너를 불렀다.

덩치 큰 남자가 큰 보폭으로 성큼성큼 그들에게 다가왔다. 그러고는 한 마디 경고도 없이 토마스를 단단히 잡아채 자기 뒤쪽으로 끌어내리고는 차 후드에 처박았다. 그리고 앞으로 걸어 나와 다시 한 번 주먹을 휘둘러 꽂았다.

"꼼짝 마!"

두 남자가 고개를 들었다. 데커가 다가오고 있었다. 그는 한 손으로는 총을 뽑아 든 채 그들을 겨냥하고, 다른 손으로는 FBI 신분증을 내보였다.

"FBI다. 바닥에 총 내려놓아. 손 머리에 붙이고. 당장!"

두 남자는 데커의 말을 무시하고 자기들 차로 내달려 차에 올라탔다. 부리나케 J자로 크게 꺾어 주차장을 빠져나가는 자동차는 고무 탄 냄새와 바닥에 바퀴 자국을 남겼다. 순식간에 차가 시야에서 사라졌다.

데커가 차 후드에 엎어져 있는 토마스에게 달려갔다.

"아빠!" 대니가 차에서 뛰어나와 자신의 아빠에게로 달려갔다.

데커가 총을 다시 넣고, 토마스를 앉혔다. "괜찮습니까?" 그가 물었다.

토마스가 고개를 끄덕이고는 입가의 피를 훔쳤다. 데커를 올려다보는 그의 얼굴이 굳어 있었다. "전 괜찮습니다."

"정말요? 엄청 세게 맞았잖아요. 뇌진탕을 일으켰을지도 몰라요."

"괜찮다고요!"

토마스가 후드에서 일어나 섰다. 잠시 비틀거리다가 이내 균형을 잡았다. 그가 아들에게 스페인어로 소리쳤다. **"차에 타!"**

"잠시만요." 데커가 말했다. "저자들은 누구입니까?"

토마스가 그를 쳐다보았다. "댁이랑은 상관없습니다. 내가 알아서 할 거요."

"하지만 제가 도울 수 있습니다. 전……."

"필요 없대도!" 그가 외쳤다.

토마스가 차에 올라타고는 시동을 걸었다. 데커가 펄쩍 뒤로 물러났다. 차가 출발하면서 끼익 소리를 내며 주차장을 긁고 나갔다. 데커는 그 자리에서 망연히 그들을 응시하고 있었다.

대니가 뒤돌아보는 게 보였다. 차가 모퉁이를 돌아, 카마로처럼 시야에서 사라졌다.

현관 계단으로 돌아온 데커는 커피를 들고 안으로 들어갔다. "엄청나게 편안한 아침이군." 그가 중얼거렸다.

집 안으로 들어가자 재미슨이 주방 조리대에 기대서 길게 하품을 하며 머리를 북북 문지르고 있었다. 반바지와 티셔츠—말하자면 아직 잠옷 바람이었다. 커피머신이 돌아가는 소리가 들렸다.

재미슨이 쩍 하고 하품을 했다. "자동차 경주하는 것 같은 소리 못 들었어요?"

"그것 말고 다른 소리도 들었죠." 데커가 커피잔을 씻고 건조대에 올려두었다.

"토마스와 대니에 대해 뭐 아는 거 있어요?" 그가 물었다.

"어떤 거요?"

"그가 폭력 조직의 일원이라든가 하는 거요?"

그녀가 놀란 표정으로 그를 휙 쳐다보았다. "뭐라고요, 왜 그런 걸 묻는데요?"

"총을 든 남자 둘이 그를 위협했기 때문이죠. 한 놈이 그의 머리를 날려버릴 뻔했어요."

"뭐라고요? 내가 제대로 들은 거 맞아요?"

데커가 고개를 끄덕였다. "내가 총과 신분증을 꺼내 들고 끼어들었죠. 그 자식들은 내가 자기들 권리를 읽어줄 때까지 안 기다리더라고요. 토마스를 도우러 다가가니까 자기 일에 상관하지 말라고 하던데요."

"차 번호판 봤어요?"

"젠장, 왜 그 생각을 못 했지?" 데커가 무미건조하게 말했다.

"음, 아마도 우리가 그 차를 추적해서 두 놈을 찾아낼 수 있을 테니까요?"

"그들은 토마스와 문제가 있는 거 같았어요. 그리고 토마스가 도움을 바라지 않는 걸로 봐서는, 그 남자도 그리 깨끗하지 않다는 걸 알 수 있죠."

"엄청난 비약이로군요, 데커."

"그리 엄청난 건 아네요." 그가 쏘아붙였다. "두 남자가 그를 알고 있고, 총을 가지고 그의 머리를 날려버리려고 했다는 건 사실이죠. 그건 거기에 문제가 있단 걸 암시하고요."

재미슨이 대답하기 전에 커피를 가지고 왔다. 커피를 한 모금 홀짝이고 나서 그녀가 말했다. "아직 이런 지적 논쟁을 할 만큼 머리가 돌아가지 않네요."

"좋아요. 잠 좀 깨면, 그때 이야기합시다. 그리고 멜빈에게 이 사실을 알려야 할 겁니다."

"왜요? 내가 여기 관리자인데."

"그리고 그 돈과 건물은 멜빈 것이죠."

그녀가 한숨을 쉬었다. "내가 멜빈한테 전화할게요. 그리고 당신은 번호판을 조사할 건가요?"

"그럴게요. 하지만 내가 뭘 할 수 있을지는 잘 모르겠네요. 이건 내 사건이 아니니까요. 지역 경찰에게 넘겨야 하지 않을까요?"

"그런데…… 토마스가 뭔가 나쁜 일에 연루되어 **있다면** 어쩌죠?"

"나한테 뭘 바라는 거요, 알렉스? 나한테는 세상을 완벽하게 만들 요술 지팡이 같은 건 없어요."

"지역 경찰에 말하지 말고 당신이 조사하는 게 어때요? 우리 좀 시간을 갖고 조사해보자고요. 그러면 내가 토마스와 얘기를 해볼 수 있을 거예요. 그리고 나서 그가 내게 무슨 얘길 할지 지켜보자고요."

"오늘 아침 그 남자의 얼굴을 봤다면, 당신은 창문 밖으로 뛰어내리려고 했을걸요."

"한번 해볼게요."

"알렉스, 그 남자들은 위험해요. 일을 그르치고 싶지는 않을 거 아녜요?"

"오, 내 본업이 평화와 고요로 가득 찬 거니까요?"

그가 한숨을 내쉬고 조리대에 기댔다. "지금 사는 곳에서 소란을 일으키고 싶진 않잖아요. 난 대부분의 사람들보다 그걸 잘 알아요."

그녀의 표정이 누그러졌다. "당신 가족에게 무슨 일이 일어났는지 알아요, 데커. 그걸로 자책할 필요는 없어요."

"내 말을 가볍게 뭉개는군요. 위험한 일은 하지 말아요. 그리고

선을 밟은 것 같다고 생각되면, 내가 당신과 함께 있다는 걸 알아 둬요, 알겠죠?"

"그럴게요."

그가 그녀를 한참 응시하다가 마침내 말했다. "내가 늘 당신 뒤에 있다는 것 잊지 말아요, 알렉스."

그녀가 미처 대답하기도 전에, 데커는 몸을 돌려 걸어 나갔다.

하퍼 브라운.

방문객의 이름표에 쓰인 이름이었다.

데커와 재미슨은 후버 빌딩의 작은 회의실로 걸어갔다. 거기에 브라운이 있었고, 그녀 옆에는 보거트가, 맞은편에는 밀리건이 앉아 있었다.

57세의 날씬한 몸매의 소유자인 브라운은 금발 머리가 어깨 아래로 흘러내리는 스타일을 유지했다. 검은색 주름 스커트에 흰 블라우스를 입고, 높은 하이힐을 신었다. 데커의 눈에는 30대 후반쯤으로 보였다. 이마 가운데 주름 세 개가 있는 걸 제외하고는 얼굴도 아직 팽팽했다. 데커는 그 주름이 얼굴을 찌푸리거나 큰일을 깊게 생각할 때, 이맛살을 찌푸리는 버릇 때문에 생긴 것이리라 짐작했다.

그녀가 데커를 보고 미소를 지으면서 일어나 손을 내밀었다.

"에이머스 데커 씨, 명성은 익히 들었어요."

남부 비음이 섞인 발음으로 보아 테네시나 미시시피 어디쯤인 것 같았다.

그녀와 악수를 하고 나서, 데커가 보거트에게 의문이 섞인 시선을 던졌다.

"브라운 요원은 자매기관 소속이야. 어젯밤에 브라운 요원이 오늘 회의를 하자는 연락을 했어."

브라운이 재미슨과 악수를 나눈 뒤, 재미슨과 데커는 자리에 앉았다.

"어느 기관인데?"

"DIA."

"국방정보국이라." 데커가 말했다.

"네, 맞습니다." 브라운이 말했다.

데커가 말했다. "군 소속 CIA 같은 거로군요. 당신네 국제적인 손길은 틀림없이 거대하겠죠."

"그런 건 어떻게 아셨죠?" 브라운이 입가에 미소를 걸고 물었지만, 눈은 전혀 웃고 있지 않았다.

"전 보통 사람들보다 훨씬 더 구글을 사랑하거든요. 요원님은 클랜드스틴 서비스, 아타셰 시스템, 커버 오피스와 함께하나요?"

"데커 씨가 그 질문에 대한 대답을 들을 만한 보안 등급이 되는지 모르겠군요."

"거기에 대해선 의심하지 않으셔도 됩니다. 전 그런 걸 들을 만한 보안 등급이 **안 됩니다.**"

"인터넷은 놀랍군요." 밀리건이 테이블을 사이에 두고 서로를 냉랭하게 응시하고 있는 두 사람 사이에 긴장된 시선을 던지며 감탄사를 내뱉었다.

보거트는 침을 꿀꺽 삼켰다. "브라운 요원은 대브니-버크셔 사건에 대해 알려줄 게 있어서 온 거야. 우리가 이 사건을 밝히는 데 도움이 될 사항들이지."

데커가 의자에 등을 기대고 기대에 찬 눈빛으로 그녀를 바라보았다. "그게 도움이 되면 좋겠네요. 지금 우리가 가지고 있는 건 대답을 찾지 못한 질문들뿐이거든요."

브라운이 말했다. "그것들에 대해 전부 대답을 해줄 순 없을 것 같지만, 몇 가지 분명한 사실들로 조금 사건을 명확하게 볼 수 있게 해드릴 순 있을 겁니다."

그녀가 테이블 위에 팔을 걸치고 공적인 표정을 지었다. "월터 대브니는 최고위 정부 계약들과 관련되어 있습니다."

"저희도 그건 압니다." 밀리건이 말했다.

"하지만 이제부터 말하는 내용은 모르실 겁니다."

그녀가 입술을 꾹 다물고, 잠시 생각을 모으더니, 빠르게 말을 뱉어냈다. "월터 대브니는 생각만큼 애국자는 아니었어요."

"무슨 의미죠?" 보거트가 물었다.

"그 사람이 우리의 적들에게 기밀을 팔아넘겼다는 의미죠."

재미슨이 데커에게 시선을 보냈다. 데커는 브라운에게 시선을 떼지 않고 있었다.

그녀가 말을 이었다. "엄밀한 의미에서, 우린 그가 국가를 전복시키길 바라는 진짜 스파이는 아니었다고 생각합니다."

"그럼 그의 동기는 뭔가요?" 밀리건이 물었다.

"도박 빚이요. 엄청난 액수예요."

"우리는 그가 도박을 했다는 어떤 증거도 찾지 못했습니다." 보거트가 말했다. "라스베이거스로 여행을 갔다거나……."

브라운이 말을 잘랐다. "보거트 요원, 도박에는 다양한 종류가 있어요. 오늘날에는 비행기를 타고 라스베이거스나 경마장에 갈 필요가 없습니다. 인터넷만 연결되어 있으면 되죠. 그리고 그 손실은 믿기 어려운 수준이고요. 그는 그걸 갚아야 했습니다."

"기밀을 팔아서요." 재미슨이 말했다.

"그렇죠."

"어떤 종류의 정보입니까?" 데커가 물었다.

그녀가 그를 쳐다보았다. "**기밀 정보요**. 여러분에게는 그의 회사가 미국 국방부와 민간 소프트웨어 업체와 수행한 대여섯 건의 프로젝트와 관련된 몇 가지 계약들이라는 것밖에는 말씀드릴 수가 없네요."

"무척 심각한 사안이군요." 보거트가 말했다.

"무척이요."

"그의 회사 직원 중 누군가가 이 사실을 알고 있습니까?" 보거트가 물었다.

"우린 그렇지는 않았을 거라고 생각합니다. 아직 조사 중이긴 하지만요."

"그럼 그는 왜 자살한 거죠?" 재미슨이 말했다.

"우리가 그 사실을 조사하는 중이었으니까요." 그녀가 대답했다. "그도 그걸 알았죠."

"그쪽에서 이 사실을 알아내는 건 시간문제였겠군요." 데커가 말했다.

"이건 무척 민감하고 오랜 조사가 필요한 건이었어요. 하지만 상황을 파악한 뒤에는, 몇 가지 정보를 전달하기 위해 날 이곳에 파견하기로 결정했죠. 우리는 여러분이 불필요하게 쑤시고 다니는 걸 원하지 않거든요."

"그럼 앤 버크셔는 왜 죽인 겁니까?" 데커가 물었다.

그녀가 관찰하는 시선으로 그를 쳐다보았다. "당신은 과잉기억 증후군이라고 알고 있는데요. 공감각도 가지고 있고요. 미식축구 선수였을 때 입은 부상으로요."

"그게 그 사람이 앤 버크셔를 죽인 데 대한 설명이 됩니까?" 데커가 감흥 없는 표정으로 말했다.

"아뇨. 그저 의견일 뿐이에요. 버크셔에 대해서는, 우리는 그저 그녀가 잘못된 시간에 잘못된 장소에 있었던 것뿐이라고 생각하고 있어요."

"그럼 그가 자살할 거라면 그녀는 왜 죽였을까요?" 데커가 물었다. "그녀는 무엇 때문에 그 잘못된 장소에 있었던 걸까요? 그를 미친놈으로 만들려고?"

"모든 것을 잃어가는 사람의 마음속에서 벌어지는 일을 다 설명하긴 어렵죠. 대브니는 엄청난 압박을 받고 있었어요. 그가 그렇게 미칠 만큼 엄청난 압박이었죠. 어쩌면 그녀와 후버 빌딩 앞에서 맞닥뜨렸을 때, 그녀가 FBI에 가고 있다고 생각했을 수도 있어요. 그 일에 대해 피해망상을 가지고 있었을지도 모르죠."

"그리고 브라운 요원이 잘못 생각했을 수도 있고요." 데커가 말했다.

"그는 기밀을 팔았어요. 도박 빚 때문에요." 브라운이 반박했다.

"그렇군요. 그게 이 사건과 관련되었을 수도 있지요. 하지만 그가 왜 버크셔를 죽였는지에 대해서는 브라운 요원이 잘못 생각하고 있을 수도 있어요."

"달리 설명할 가설이라도 있나요?"

"아뇨. 하지만 제가 그 일을 해내면, 그게 옳은 답이라는 걸 알게 될 겁니다."

"무척 자신만만해 보이는군요, 데커 씨."

"제가 못 하면, 누가 할 수 있겠습니까?"

"맞아요." 보거트가 갑자기 끼어들었다. "정보 제공에 감사드립니다, 브라운 요원. 우리는 여기에서부터 출발해야겠죠?"

그녀가 천천히 그에게로 몸을 돌렸다. "여러분은 아무 데로도 출발할 필요가 없습니다. 이건 DIA의 사건이에요. 우리는 모든 가능성을 따져보고 있어요. 이건 국가 안보와 관련된 문제예요. 보안 등급이 허용된 사람만이 이 사건을 조사할 수 있습니다." 그녀가 데커에게로 시선을 돌렸다. "안타깝지만, 여러분은 여기서 손을 떼야겠어요."

데커는 이 말을 무시했다. "그럼 브라운 요원은 버크셔에 대해 뭘 알고 있습니까?"

"뭘 말이죠?"

"그쪽도 앤 버크셔에 대해 조사했겠죠. 우린 그녀의 과거에 대해 몇 가지 흥미로운 점을 발견했습니다. 당연히 브라운 요원도 그걸 알고 있겠죠."

"우리가 발견했든 그러지 못했든, 그건 DIA 내부의 문제입니다. 전 단지 오늘 자매기관에 예의를 다하기 위해 여기 온 겁니다."

"우리에게 이 건에서 손 떼라고 말하려고 말이죠." 데커가 덧붙였다.

그녀가 그를 정면으로 노려보았다. "더 많은 사실을 알아내기 전까지는 대브니가 빼돌린 기밀이 국가 첩보 전략이라고밖에는 말할 수가 없군요. 우리의 적들 가운데 어떤 누군가가 이 정보를 입수한다면 9·11 같은 일이 다시 벌어질 수도 있어요. 그보다 더 심각한 일도 일어날 수 있죠."

"정말 엄청난 발언이군요." 보거트가 놀란 눈으로 그녀를 바라보았다. "그렇게 심각한 일이라면, 우리 기관이 협력하는 게 전략적으로 좋지 않겠습니까?"

브라운이 자리에서 일어났다. "시간 내주셔서 감사합니다. 이쪽에서 입수한 자료들은 제 사무실로 보내주시면 감사하겠어요, 보거트 요원. 그리고 제가 이미 제공한 계약 정보들은 사용하셔도 됩니다."

그녀가 몸을 돌려 자리를 뜨려고 할 때 데커가 입을 열었다.

"난 월터 대브니가 버크셔를 쏘는 장면을 목격했습니다. 그가 자기 머리를 날려버리는 장면도요."

그녀가 몸을 돌려 데커를 보았다. "요점이 뭔가요?"

"당신이 그 일에 대해서 분명히 알지 못한다고 생각해서요."

그녀가 경직된 미소를 지어 보이고는 하이힐 신은 발을 돌려 밖으로 걸어 나갔다.

보거트가 그를 건너다보았다. "자네, 유관 부서 대하는 법 강좌를 다시 받아야겠어."

데커가 말했다. "브라운 요원도 마찬가지로 보이는데 뭐. 그래, 우리가 이제 할 일이 뭐지?"

"이제 할 일?"

"대브니 사건 말이야."

"데커, 저 여자가 한 말 못 들었어? 손 떼라잖아."

"DIA에서 누가 나와서 FBI에게 자기들 사건에서 손 떼라고 한 건 들었지. 하지만 FBI에서 우리에게 손 떼라고 한 건 못 들었어."

보거트가 뭔가를 말하려다가 입을 닫았다.

밀리건이 말했다. "데커가 요점을 짚은 것 같은데요, 로스. 9·11 보다 더 심각한 사안이라고요? 우리 임무는 국가를 보호하는 겁니다. FBI가 이런 거대한 잠재적 위험에 관여하지 않는다면, 대체 우린 뭘 하는 거죠?"

재미슨이 덧붙였다. "저도 동의해요. 그리고 저 여자가 아주 쬐끔 맘에 안 든다고 말해도 돼요?"

보거트가 고개를 저었다. "나도 저 여자가 맘에 든다는 말은 아니야. 우리 기관 사건이었던 것에서 손을 떼라고 말하지도 않겠어. 하지만 이 일이 그렇게 큰 건이라면, 아주 조심해서 접근해야 할 거야. 조금이라도 삐끗했다가는 문제에 휘말릴 테니까. 그건 아무 짝에도 도움이 안 된다고."

데커가 자리에서 일어났다.

보거트가 말했다. "어디 가나?"

"고물 혼다 찾으러."

0 017

"나도 늘 당신 뒤를 지킬게요, 에이머스."

데커와 재미슨은 그녀의 차 안에 앉아 있었다.

무릎이 대시보드에 닿도록 다리를 끼워 넣은 채 데커가 그녀를 돌아보았다. "나도 알아요. 그나저나 멜빈한테는 이야기했어요?"

"메시지 남겼어요. 아직 회신은 없고요. 이 하퍼 브라운이란 여자 어떻게 생각해요?"

"자기 일을 잘하는 것처럼 보여요."

"정확히 무슨 뜻이에요?"

"젠장맞다고요."

"그녀가 말한 거 안 믿죠?"

"그녀는 정보 분야에서 일해요. 그치들은 거짓말을 하고, 그걸 진실같이 포장하는 훈련이 되어 있죠. 정치가들이랑 같은 걸 주입받은 게 분명해요."

"그녀가 거짓말을 하고 있다면, 이미 복잡한 상황이 더 복잡해질 거란 얘기군요."

"그래요."

"왜 거짓말을 하는 걸까요?"

"다 거짓말은 아닐 거예요. 대브니는 기밀을 넘겼겠죠. 도박 빚을 졌을 수도 있고요. 하지만 그게 버크셔를 살해한 이유가 되진 않아요."

"하지만 말기 환자였잖아요. 그게 그를 홱 돌게 했나 보죠. 암이 머리에 좍 퍼져서요."

"또 **어쩌면** 알렉스, 진실은 다른 방향에 있을지도 몰라요."

낙심한 재미슨이 도로로 시선을 돌렸다. "그녀의 혼다를 찾으러 얼마나 가야 할까요?" 그녀가 간결하게 말했다.

"혼다에 대해 언급한 건 딱 한 사람뿐이에요. 그러니까 우리가 학교로 가야 한단 거겠죠?"

"버지니아 콜, 교장 말이군요."

"그래요."

"하지만 그녀는 어느 날 버크셔가 그걸 몰고 들어오는 걸 딱 한 번 봤을 뿐이에요. 그녀가 차 번호판을 봤을 거라고 생각하는 건 아니죠?"

"그랬을 것 같진 않아요."

"좋아요, 그럼 당신 생각은 뭔가요?"

"목격자의 도움을 받을 겁니다."

재미슨이 질문을 계속 날리기 시작했다. 어떤 목격자요? 무슨 생각을 하는 거죠? 하지만 데커는 눈을 감고 있을 뿐, 아무 대답도 하지 않았다.

＊ ＊ ＊

학교에 도착하자 데커는 사무실 문들을 가리켰다. 거기에 주차장을 비추는 CCTV가 설치되어 있었다.

"헐." 재미슨이 말했다. "지난번엔 있는 줄도 몰랐는데."

"요즘 대부분의 학교에는 설치되어 있죠." 데커가 말했다. "어떤 학교에는 금속탐지기도 있어요. 무장 경비원에, 무장한 선생님들에, 심지어 애들까지 무장하기도 하죠. 21세기 교육 현장에 오신 걸 환영합니다."

그들은 콜과 대화를 나누었다. 콜은 그들을 장비들이 늘어서 있는 사무실로 데리고 갔다. 그중 어떤 장비는 CCTV 내용을 받아 기록해 컴퓨터 화면으로 보여주는 것이었다.

데커가 콜에게 물었다. "버크셔 선생님이 혼다를 타고 온 게 언제쯤인지 기억나십니까? 대략적이라도요."

콜이 잠시 생각에 잠겼다. "2주 이내였을 거예요. 아침이었는데, 한 7시 반쯤 되었나?"

그러고는 컴퓨터에 몇 가지를 입력했다. "시간 변수를 입력해놓았어요. 이 버튼으로 화면을 움직일 수 있죠."

"감사합니다." 재미슨이 말했다. 데커는 컴퓨터 앞으로 가서 앉았다.

콜이 물었다. "앤 선생님의 장례식이 언제 열릴지 아시나요?"

데커는 대답이 없었다.

재미슨이 재빨리 말했다. "유감이지만, 저희도 거기에 대한 정보가 없습니다. 다른 가족분이 어디에 살고 있는지도 못 찾았고요. 혹시 아시는 게 있습니까?"

"아뇨. 선생님이 가족에 대해 이야기한 적은 한 번도 없어요. 저희 서류에는 비상상황을 대비해서 가족 연락처를 기재하는 칸이 있는데, 비워두셨더라고요. 자신의 과거에 대해서는 정말 한 마디도 하신 적이 없어요. 최소한 제게는요. 그걸 이야기해줄 만한 선생님이 한 분 계신데, 오늘은 출근하시지 않았어요. 제가 연락드리라고 전하겠습니다."

"잘됐네요. 감사합니다."

"맞습니다. 뭐든 도움이 될 것 같군요."

콜이 장비들과 그들을 남겨두고 떠났다.

재미슨이 데커 옆으로 의자를 당겼다. 데커는 영상을 한 프레임씩 빠르게 돌리고 있었다. 그녀의 호기심 어린 눈이 그를 향했다. "당신 기억도 이렇게 작동하나요, 데커? 이렇게 프레임별로 번쩍 튀어나오는 거요."

"비슷하죠." 그가 감흥 없이 말했다. "단지 내 기억은 색채를 띠었죠."

그가 영상을 정지시키고 화면을 가리켰다.

"여기 있네요."

정말 앤 버크셔가 어두운 색 혼다 버코드에 타고 있었다. 콜이 말한 것처럼 낡아빠진 차였다. 앞 범퍼는 찌그러지고 조수석 문은 긁히고 후드는 녹으로 얼룩덜룩했다.

"그리고 자동차 번호판도 보이네요." 데커가 말했다. 재미슨이 그걸 받아 적는 동안 그는 그 장면을 머릿속에 기록했다.

버크셔가 빈 공간에 주차를 하고 차에서 내렸다. 그리고 뒷좌석 문을 열고 작은 서류 가방과 지갑을 꺼냈다. 그리고 문으로, 카메라를 향해 똑바로 걸어왔다.

"이런." 재미슨이 몸을 떨었다. "그녀가 죽은 걸 알고 보니, 좀 으스스하네요."

데커가 영상이 촬영된 시간을 확인했다. "열흘 전이군요."

"그녀는…… 평범해 보이는데요. 뭔가가 마음을 짓누르고 있다고 생각할 수 없을 만큼요." 재미슨이 영상을 주시했다.

"첩보망에 엄청나게 큰 구멍이 생겼다거나 뭐 그런 걸 말하는 거예요?" 데커가 말했다. "아니면 스파이 혐의로 체포된다거나?"

재미슨이 손을 뚝뚝 꺾었다. "어쩌면 거기서 돈이 생겼을 수도 있죠."

"어쩌면요. 하지만 브라운은 이 일이 얼마나 오래 진행되고 있었던 건지 우리한테 말 안 했어요. 그리고 우린 여전히 버크셔와 대브니 사이의 관계를 못 알아냈고요."

"음, 대브니는 분명 그를 알고 있는 사람들에게 보이던 것과는 다른 삶을 살았어요. 버크셔 역시 도박꾼이었을 수도 있어요. 그렇게 두 사람이 만났을 수도 있죠."

"음, 당신이 기밀을 전달하기 위해 자기처럼 도박 중독에 빠진 누군가를 골랐다고 칩시다. 난 거기에서 뭔가가 잘못되었을 거라는 생각은 안 드는군요."

"가능성은 있죠." 재미슨이 주장했다.

"하지만 대브니에게 왜 그녀가 필요했을까요, 알렉스? 앤 버크셔는 대체 교사잖아요. 대브니 같은 정부 기밀을 파는 남자에게 필요한 어떤 기술이나 이점을 가지고 있었을까요?"

"교사는 위장일 수 있죠. 그녀야말로 **진짜** 스파이였을 수도 있잖아요. 그래서 그녀의 10년 이전의 과거를 전혀 못 찾는 거고요."

"그럴 수도 있죠." 데커는 이렇게 대답했지만 전혀 믿고 있지 않는 투였다. "이 번호판을 조사해봅시다."

"거기 등록된 사람일 거라고 생각해요?"

"아뇨. 하지만 만약 등록자가 앤 버크셔라면, 주소 하나를 더 찾아낼 수 있겠죠. 다른 이름일 수도 있지만."

"당신은 그녀가 스파이 아니면 또 다른 신분을 갖고 있었다고 생각하는 거군요."

"다른 신분 쪽이죠." 데커가 말했다.

그녀가 바라보자 그가 덧붙였다. "브라운은 대브니가 중요한 기밀을 유출했다고 말했어요. 그는 누군가를 따라 그것들을 건넸을 겁니다. 만약 당신 말대로 그들이 함께 일했다면, 버크셔는 어떤 첩보망의 일부분이 되는 거겠죠. 그리고 그녀가 아직 그 기밀을 넘기지 않았다면, 우린 브라운이 묘사한 그 '파멸'을 멈출 수 있는 거죠."

"그런데 그녀가 스파이였다면, 왜 아직까지 그 기밀을 넘기지 않았겠어요?"

"이유야 얼마든지 많지요."

재미슨이 덧붙였다. "우리 적들이 벌써 그걸 손에 넣은 게 아니길 기도해야겠네요. 아니면 우린 더러운 시궁창에 빠지게 될 테니까요." 그녀가 말을 멈췄다. "브라운이 말한 게 핵무기일까요?"

데커가 그녀를 바라보았다. "계속 기도해요. 그녀가 말한 게 그건지 아닌지는 나도 모르니까. 하지만 내 생각에는 그녀가 이 사건을 과장하고 있는 것만은 아니에요. 그녀가 상정한 최악의 시나리오는 어쩌면 지구 종말이겠죠."

"끝내주네요."

O 018

"젠장!"

다음 날 아침 토드 밀리건은 데커와 어깨를 나란히 하고 한 집 앞에 서 있었다. 그 집을 조사하기 위해서였다.

혼다의 번호판이 그들을 이곳으로 이끌었다. 버지니아 주 루둔 카운티 중간에 있는 시골길 아래에 금방이라도 무너질 것 같은 농가가 한 채 있었다.

데커는 밀리건의 외침에 고개를 끄덕여 보였다. "상류층 교외 별장지 한가운데에 있는 수백만 달러짜리 펜트하우스일 거라고 생각했어요?"

"그런데 그녀가 왜 이런 집을 가지고 있었을까요, 데커?"

데커가 그 집을 향해 걸어갔다. "그게 우리가 여기에서 찾아야 할 답이죠. 버크셔는 어떤 행동이든 목적에 따라 움직였던 것 같아 보여요. 그 관점에서 시작합시다. 그럼 그게 우리를 어디로 이끄는지 알게 되겠죠."

오두막 뒤에는 그 어느 구조물보다 더 쓰러져가는 작은 별채가 한 채 있었다. 그 안에 혼다가 있었다.

"집과 차를 수색하려면 영장이 필요할 거 같은데요." 밀리건이 지적했다.

"이의를 제기할 수 있는 사람은 죽었어요." 데커가 대답했다.

그는 차 문을 열려고 했지만, 잠겨 있었다. "집 안 어딘가에 열쇠가 있을 거예요."

그들은 현관문으로 함께 걸어갔다. 역시 잠겨 있었다.

데커가 어깨에 온 힘을 실어 밀자 문이 열렸다.

그들은 안으로 발을 들여놓았다. 낡은 마룻바닥이 그들의 하중을 받자 불길하게 삐걱거렸다. 공기는 퀴퀴하고 집은 추웠다.

밀리건이 거실에 있는 벽난로를 가리켰다. "저게 유일한 온열 기구 같은데요."

"아뇨. 뒤쪽에 비매립식 기름 탱크가 있어요. 그 너머 벽에 라디에이터가 있고요. 둘 다 작동은 안 할 것 같지만."

그들은 방 세 개를 지나 걸어 들어갔다. 구식 주방에는 빈 냉장고와 작은 스토브, 얼룩진 싱크대가 있었다. 데커가 수도꼭지를 틀자 찐득찐득한 녹물이 몇 방울 떨어졌다.

그러고 나서 그는 하나뿐인 욕실을 들여다보았다. 변기 하나, 금 간 거울 하나가 있었고, 벽에는 화장지가 한 롤 걸려 있었다. 샤워기가 달린 욕조에는 커튼도 없었고, 리놀륨 타일에는 녹물 얼룩이 수없이 소용돌이치고 있었다. 데커가 변기의 물을 내려보았다. 전혀 작동하지 않았다. 그는 불을 켰다. 또다시 무반응.

"흠, 버크셔가 이곳에 진짜로 살았는지 의심스럽네요." 그가 말했다. "물도 안 나오고, 욕실도 뭐 하나 제대로 작동하지 않고, 마실 것도 없고."

밀리건이 주변을 둘러보았다. "이 집을 왜 가지고 있었는지도 궁금해요. 폐가 같은데. 아지트처럼 사용하려고 했나?"

"버크셔가 누구를 피해 숨어 있었는지부터 물어야 할 것 같은데. 숨어 있던 게 맞다면, 왜 수백만 달러짜리 아파트와 고급 차를 사고, 학교에서 일하고, 호스피스에서 자원봉사를 한 걸까요? 이 모든 게 상식적으로 말이 안 돼요."

"내 아내는 교사예요. 내 생각에 그녀는 아이들과 함께 일하는 걸 좋아해요. 은행에 수백만 달러가 있다고 해도, 그녀는 아마 뭔가 일을 할 겁니다."

"몇 학년을 가르치죠?"

"8학년이요. 착하고 순진한 애들이 복잡해지고 감정적인 널뛰기가 심해지고, 호르몬의 지배를 받기 시작할 때죠. 어느 날인가 아내가 집에 왔는데, 마치 버스에 들이받힌 것 같은 표정을 짓고 있더라고요."

"내 사전에 따르면, 교사들은 보수도 낮죠." 데커가 말했다.

나무 계단이 눅눅한 지하 창고로 이어져 있었다. 아래쪽 바닥은 먼지로 뒤덮여 있었다. 밀리건이 손전등을 켜 주변을 비추었다.

엄청난 거미줄 뒤로 콘크리트블록 꼭대기에 대강 선반 대용으로 놓은 나무 널빤지들이 보였다. 그 위에는 다 썩어가는 골판지 상자들이 쌓여 있었다. 데커는 하나하나 상자를 열어보았고, 밀리건이 전등으로 그 안을 비췄다.

"쓰레기네요." 밀리건이 오래된 램프들, 다 떨어진 잡지들, 깨진 장식품들을 가리켰다. "틀림없이 전 주인이 쓰던 걸 거예요."

데커도 선선히 고개를 끄덕였다. 그는 작은 창고 안을 둘러보았다. 밀리건의 밝은 손전등이 구석구석까지 가 닿았다.

"그리고 버크셔가 여기 한 번도 내려와 본 적이 없다는 것도 장담하죠." 밀리건이 지적했다.

"아뇨. 그녀는 와봤어요."

"그걸 어떻게 압니까?"

"내려오는 계단에 손전등 좀 비춰봐요."

데커의 말대로 손전등을 비추자, 분명 썩어 없어진 곳에 새 나무판이 덧대어져 있는 것이 보였다.

"창고 문 경첩도 새것이에요." 데커가 밀리건에게서 손전등을 받아 멀리 한구석을 비췄다. 먼지에 자국이 나 있었다.

밀리건이 가까이 가서 들여다보았다. "발자국이네요. 작아요. 여자 발자국이군요."

"버크셔의 것이겠죠."

"눈이 좋네요, 데커." 밀리건이 말했다.

데커는 그의 말을 듣고 있는 것 같지 않았다. 그는 돌로 된 창고 벽에 기대어 손전등으로 이리저리 주변을 비췄다. 전등 빛이 반딧불이 무리마냥 벽과 천장을 날아다녔다.

"그런데 왜 그녀가 여기 내려왔던 걸까요?" 밀리건이 물었다.

"뭔가를 숨기기 위해서죠. 이제 그 장소를 찾아내야죠."

밀리건이 문 쪽으로 시선을 돌렸다. "잠시만요. 혼다가 여기 있다면, 그녀는 이 집에 어떻게 오고, 또 어떻게 간 거죠?"

"당신이 이 집이 있는 길 쪽으로 접어들 때, 오른쪽으로 작은 공터를 봤어요. 거기에 타이어 자국들이 있더군요. 내 짐작으로는, 그녀가 메르세데스를 타고 와서 거기에 주차를 하고, 여기까지는 걸어왔을 것 같아요. 그렇게 자주 오진 않았을 거예요. 학교에 갈 때, 혼다가 필요할 때만 왔을 거 같아요. 그러면 메르세데스의 운행 거리가 그렇게 짧은 것도 이해가 되죠. 그러고 나서 갈 때는 그 반대로 하는 거죠. 혼다를 여기에 두고, 메르세데스를 타고 떠나는 거예요."

"그런데 왜 그렇게 번거로운 일을 했을까요?"

"대체 교사가 여섯 자리 단위의 고급 차를 타고 학교에 가면 선생들, 교직원들, 학생들 사이에서 당연히 얘깃거리가 됐겠죠. 버크셔는 주목받고 싶지 않았고요. 그게 사람들과 어울리지 않은 이유이기도 하고요."

밀리건이 고개를 끄덕였다. "당신 말이 맞는 것 같아요. 하지만 그녀는 고급 차와 고급 아파트를 가지고 **있었죠.**"

"그녀가 호화롭게 사는 걸 싫어한 건 아니라는 거죠. 어쩌면 자신이 주도하는 비밀스러운 이중생활을 즐겼을지도 모르죠. 꽤나 스릴을 느끼면서 말이에요."

데커는 계속 주변을 살펴보았다. 그는 발자국이 남겨진 먼지 구덩이 속의 한 지점을 쳐다보았다. 거친 선반 널빤지 중에 최근에 만들어진 것 같은 것들이 보였다. 그러고는 위쪽으로 시선을 들어 올려 창고 문의 새 경첩을 보았다.

잠시 후 그는 벽에 거구를 부딪치더니 계단을 달려 올라갔다.

"데커!" 밀리건이 소리쳤다. 그리고 황급히 그 뒤를 따랐다.

밀리건이 현관문에 도착할 무렵, 데커는 응접실에서 사라지고 없었다. 밀리건은 욕실에서 데커를 발견했다.

"뭡니까?" 밀리건이 물었다.

"변기는 고장났는데, 왜 휴지가 걸려 있을까요?"

데커가 손을 내려 휴지 걸이에서 휴지를 빼냈다. 그리고 개수구

위로 앉았다. 휴지가 빠져나온 대롱은 양 끝이 벽 홀더에 고정되어 있고 스프링이 있는 평범한 물건이었다.

데커가 대롱 양 끝을 잡고 떼어내자 자동차 열쇠가 그의 손바닥 안에 떨어졌다.

"혼다 열쇠겠죠." 그가 대롱 안을 보았다. "이게 다가 아닌데요." 그가 안쪽 공간을 쑤시자 USB 하나가 미끄러져 나왔다.

"어휴, 잭팟이군요, 데커!"

"자, 컴퓨터로 가서 볼까요."

"좋은 계획 같네요."

그들은 바깥으로 되돌아갔다. 데커가 혼다의 자동차 열쇠를 쥐고 말했다. "앤 버크셔의 차를 몰고 올게요. 아파트에서는 흥미로운 게 아무것도 나오지 않았는데, 어쩌면 차 안에 도움을 줄 만한 게 있을 수도 있겠죠." 그가 USB를 들어 보였다. "그리고 이게 우리가 가진 의문에 답을 주었으면 좋겠네요."

두 사람은 각각 흩어졌다. 밀리건은 FBI 차량에 올랐다.

데커는 혼다로 가서 다리 길이가 허락될 때까지 시트를 최대한 끝까지 밀었다. 차 내부가 엉망이 되었다. 데커는 차에 타기 전에 이 차의 연식이 15년쯤 되었으리라고 생각했다. 글러브박스를 열어서 차의 원래 소유주의 등록증을 보았다. 이 모델의 연식이 17년 되었다는 것을 알아냈다.

밀리건은 그들이 올 때 들어왔던 아스팔트 도로로 나가서 먼지투성이 길을 내려갔다. 길가 양쪽으로 늘어선 두툼한 나무들과 구름이 위에서 들어오는 태양 빛을 가로막고 있어서, 모든 것을 우울해 보이게 했다.

데커가 위를 올려다보았을 때, 밀리건은 이미 아스팔트 도로로 나가 속도를 높인 뒤였다. 데커도 도로로 접어들었다.

"젠장."

차가 불안정하게 덜커덩거렸다.

데커는 차를 세우고 바깥으로 나가 앞바퀴를 내려다보았다. 펑크가 나 있었다.

이어 도로 아래쪽을 보았다. 밀리건은 이미 시야에서 사라지고 없었다.

그는 무슨 일이 일어났는지 알리려고 전화기를 꺼내 밀리건에게 전화를 걸었다.

전화가 걸리지 않았다. 그곳은 통신 서비스가 닿지 않는 지역이었다.

"망할."

그는 트렁크를 쾅 치고, 밀리건이 언제쯤 자신이 뒤에 없다는 걸 알아차리고 길을 되돌아올지 계산해보았다.

그리고 잭과 렌치, 스페어타이어를 꺼냈다.

타이어 앞에 무릎을 꿇고 앉았을 때, 그게 보였다.

그리고 총을 꺼내려고 한 순간, 무언가가 그를 강타했다. 그는 앞으로 엎어졌고, 혼다 앞 범퍼에 얼굴을 박았다. 그리고 아스팔트 도로에 옆으로 쓰러졌다.

0 019

"데커, 이제 병원 침대에서 깨어나는 건 그만해도 될 것 같지 않아요?"

데커는 빠르게 눈을 깜빡였다. 알렉스 재미슨의 얼굴이 코앞에 있었다. 방은 무척 어두웠다.

그가 머리를 문질렀다.

"뇌진탕이야." 재미슨 옆에 서 있던 보거트가 말했다.

"처음도 아닌데, 뭐." 데커가 앉아서 주변을 둘러보려고 계속 몸을 움찔거렸다.

보거트가 덧붙였다. "불을 꺼놓은 이유가 뭐겠어. 의사들이 자네 뇌도 쉬어야 한다고, 빛을 보지 말아야 한다더군."

밀리건이 침대 반대편에 있었다. "미안해요, 에이머스. 당신이 뒤에 없다는 걸 바로 알아차리고 전화를 했는데, 신호가 안 가더라고요."

데커가 천천히 고개를 끄덕였다. "누군가가 타이어에 총을 쐈어요. 타이어를 교체하려고 앉아서 보니, 타이어 옆쪽에 사출구가 있더라고요."

"우리도 봤네." 보거트가 말했다.

"범인들이 우리를 본 게 분명해요." 밀리건이 말했다.

데커가 말했다. "그들이 가져갔겠죠?"

밀리건이 말했다. "당신 주머니를 확인해봤어요. USB가 없더라고요. 그자들이 가져간 거겠죠."

"그걸 찾아낸 걸 그자들이 어떻게 안 거죠?" 재미슨이 물었다.

"그 집을 도청했거나, 원거리 감시 카메라 같은 걸로 우리를 지켜보고 있었겠죠." 밀리건이 말했다. "아니면 의례적으로 당신을 좇아서 그걸 발견한 거든가요."

데커가 한 번 더 일어나 앉았다. "집을 나올 때 내가 USB를 들어 보였잖아요. 그자들이 당신이 아니라 내가 그걸 가지고 있는 걸 봤겠죠." 그가 잠시 말을 멈췄다. "나 언제쯤 여기서 나갈 수 있죠?"

밀리건이 말했다. "예후는 좋답니다. 며칠 쉬면 될 거래요. 뒤통수를 몇 방 꿰맸어요. 얼굴을 범퍼에 부딪히는 바람에 멍도 군데군데 들었고요. 하지만 엑스레이랑 다른 검사를 했는데, 심각한 손상은 없답니다."

재미슨이 미소를 지으며 덧붙였다. "입회한 의사가 당신 머리가 아주 단단하다고 하던데요."

"그 말 들으니 참으로 기분이 더 좋아지는 것 같네요." 데커가 으르렁거렸다.

"뭐 본 거 없나?" 보거트가 물었다.

"없어. 뒤에서 공격했어. 난 기절해서 쓰러졌고. 누구였든, 신속하고 제대로 일을 처리한 거지."

"자넬 쏘지 않고 타이어를 쏘았으니 다행이라고 생각해야 하나." 보거트가 말했다.

"나도 그렇게 생각해."

"원거리 라이플총이었어요." 밀리건이 덧붙였다. "총알이 날아온 거리가 어느 정도인지는 모르지만, 내가 도로로 내려갈 때 주위에서 아무도 보지 못했어요. 숲 속에서 쏘았다면, 빌어먹을 일발이죠. 길에서 쐈다면, 표적을 맞히기 어려웠을 거고요."

"총소리는 안 났어요." 데커가 말했다.

"십중팔구, 소음기를 썼을 공산이 커요." 밀리건이 지식을 자랑했다. "그 구식 혼다가 만들어내는 소음도 당신이 그 총소리를 듣지 못하는 데 한몫했겠죠. 사수는 몇백 미터 떨어진 곳에서 쐈을 거예요."

데커는 침대에서 나왔다. 잠시 몸을 가눌 수가 없어 그는 침대 난간을 붙잡고 섰다.

보거트가 말했다. "자네, 집에 가서 좀 쉬어야 해, 에이머스. 방은 어둡게 해놓아야 하네."

"이런 상황인데 며칠을 집에 누워 있을 순 없어, 로스! 9·11보다 심각한 상황이라고. 기억 안 나나?"

"좋아, 자네 다친 데가 덧나지 않는다면, 내일 다시 나서도 돼. 하지만 오늘은 아니야. 우린 자넬 쉬게 해야겠어."

데커가 저항했지만 재미슨이 그의 팔을 붙잡았다. "가요." 반박을 용납하지 않는 목소리였다.

* * *

한 시간 후에 데커는 아파트 소파에 누워 있었다. 옆 테이블에는 차 한 잔이 놓여 있고, 그의 얼굴에는 선글라스가 씌워져 있었다.

재미슨이 그를 내려다보았다. "알아요. 이게 유쾌하진 않겠죠."

"무척 절제된 표현이군요."

그녀가 그의 옆에 놓인 의자에 앉았다. "이봐요, 우린 당신의 그 잘난 두뇌가 필요하다고요. 그러니 잘 간수해야죠."

"내가 이 머리를 가진 이래로, 이게 계속 유지될 만큼 보답받은 적은 없는 것 같은데요."

"그 USB는 뭘까요?"

"나도 모르겠어요. 버크셔는 그걸 숨기려고 노심초사했어요. 그게 뭐든 그녀에게 중요한 물건이라는 거죠."

"그게 그 여자 진짜 이름이라면요."

"분명 아닐 겁니다."

"그래서 그녀의 과거가 이 모든 일의 원흉이라고 생각해요?"

"그게 아니라면, 우주적인 우연이겠죠."

"당신이 아주 작은 우연도 믿지 않는다는 거 알아요."

그는 찻잔을 보고, 그걸 집어 들어 한 모금 마셨다. "토드가 카마로의 번호판을 조사했어요."

재미슨의 몸이 굳었다. "그래서요?"

"도난당한 차더군요. 우드브리지에 사는 부부 거예요."

"그들이 진실을 말하고 있는 게 확실해요?"

"그게, 그분들은 60대예요. 남편은 산림보호소에서 일하다 은퇴했고, 아내는 주일학교 선생님이에요. 남편이 은퇴하면서 기념으로 산 차래요. 나흘 후에 집 앞에서 도난당했고요. 어딘데일에 있는 번화가 뒤에서 엉망이 된 채로 발견됐지요. 남편이 엄청나게 성질을 부렸다고 지역 경찰이 그러더군요. 그럴 만했죠."

"그게 끝인가요, 그러고요? 난 차 안에 있던 두 남자를 말하는 거예요."

"토마스가 그들이 누군지 말한다면 그게 끝이 아니겠죠. 그는 그들을 알고 있어요, 그건 확실한 사실이죠."

"하지만 토마스는 그 일을 조사하는 데는 흥미가 없어 보인다면서요."

"그렇죠, 그 일 때문에 스트레스 좀 받았어요. 그는 썩 재밌는 헛소리만 해대더라고요. 내가 조금 압박을 주긴 했죠. 배지, 총, 기타 등등으로요. 내가 문제를 더 악화시킬 거라고 생각하겠죠, 그럼. 벌집을 쑤시게 될 거라고요. 당신은 나보다 더 운이 좋을지 모르죠. 당신이 그렇게 하고 **싶다면** 말이지만."

그녀가 그를 이상한 눈으로 쳐다보았다. "우리 친애하는 세입자들을 돕고 싶은 내 선의가 얼마나 되는지를 시험하는 건가요?"

"아뇨, 이건 당신이 다양한 일을 동시에 얼마나 잘 처리할 수 있는지 시험하는 겁니다. 그리고 당신은 그 사람과 함께 대화를 하고 싶었다고 말했잖아요."

그녀가 고개를 끄덕이고 의자에 몸을 묻었다. "알았어요. 당신 말이 맞아요. 당신 머리는 어때요? 정말로요. 사실대로 말해봐요."

"알렉스, 난 이보다 훨씬 강하게 맞은 적도 있어요. 나에 대해선 걱정 마요. 그리고 이 사건은, 보거트 말이 맞아요. 그들은 총을 쏴서 나를 죽이는 게 더 쉬웠을 거예요. 그렇지만 그러지 않았죠."

"그게 무슨 의미인데요?"

"그들이 살인을 저지르지 않는 걸 선택했다는 거죠."

"월터 대브니와 달리, 누구는 좋은 선택을 했군요."

"그래요, 그는 다른 걸 선택했죠. 그리고 나는 그 이유를 알고 싶어요."

"우리는 단서들을 갖고 있어요. 우리가 약간 앞서 나가고 있다고요."

"그 단서들이 우리에게서 빠져나가고 있어요. 선두 자리를 빼앗기고 있다고요. 그 USB는 우리에게 많은 걸 알려줬을 거예요. 하지만 지금 우리는 그걸 결코 알 수 없죠."

"그 사람들이 당신과 토드가 그곳으로 가리라는 걸 어떻게 알았는지 아직도 모르겠어요."

"그들이 알았다고 생각하지 않아요. 도로는 무척 외진 시골길로 이어졌어요. 누군가 우릴 미행했다면 알아차렸을 거예요."

"그럼 어떻게?"

"그들이 이미 거기 와 있었던 거 같아요. 우리보다 그들이 먼저 버크셔의 은신처를 알아낸 거죠. 그리고 거기에 감시 카메라를 설치했고요. 이미 그 장소를 먼저 수색해봤을 거예요. 하지만 아무것도 찾아내진 못했겠죠. 우리는 그 사람들이 찾았던 것들을 더듬어 갔던 거죠. 그리고 그들은 그걸 알았고요. 우리가 그들에게 큰 선물을 준 셈이죠."

"그쪽엔 사람들도, 자원도 제법 있는 것 같아요."

데커가 고개를 끄덕였다. "그건 그들을 추적하기 어려울 거라는 말이죠. 그리고 그건 버크셔가 뭔가 매우 심각한 일에 연루되었다는 걸 말해주죠."

"그녀의 과거에요?"

"그래요."

"그럼 이 사람들이 그녀를 찾아다녔던 건가요?"

"그들은 아마 수년 동안 그녀를 찾았을 겁니다. 그리고 그녀가 죽었을 때 언론을 통해 그녀의 사진을 알아본 거죠."

"그럼 어떻게 이렇게 빨리 그녀의 은신처를 찾아냈을까요? 그들이 당신을 앞지른 것 같아 보이진 않는데."

"좋은 질문이에요. 나도 그걸 모르겠어요."

그들은 잠시 말없이 앉아 있었다. 데커가 시계를 보았다. 4시가 지나 있었다.

"에이마야 부자가 집에 돌아올 때가 되었군요."

"알겠어요. 대니가 그림을 그릴 때 목탄 연필과 스케치북을 주웠어요. 찾아갈 구실이 될 거예요."

"건투를 빌어요."

"그 남자들이 누군지 토마스가 말해주면 다음에 뭘 해야 하죠?"

"그러면 우리가 뭘 할 수 있는지 알아봐야죠."

"그는 이야기하는 걸 두려워하는 것 같아요. 그자들이 그와 대니에게 해코지를 할 거예요."

"이미 그들은 **해코지를 했어요**. 그자들이 그저 잠시 물러난 거라고 생각해야 돼요. 이런 지역 조직원들 중 몇몇은 엄청 폭력적이라고요."

"음, 그자들은 당신이 누구지 알잖아요, 데커."

"난 뭘 거의 놓치지 않아요. 하지만 그들은 내가 FBI 소속이라는 사실을 아니까 그들이 나를 추적해올 것 같진 않아요."

"보장할 수 없죠."

"인생에서 뭔들 보장할 수 있겠어요?"

그녀가 시선을 돌렸다. "난 가서 오늘 저녁 에이마야 부자와 대화를 나눠볼게요."

"나도 같이 갈게요."

"당신은 머리를 다쳤잖아요."

"그때쯤이면 내 뇌도 충분히 쉬었을 거예요."

"나한테 그 문제를 맡겼다고 생각했는데요."

"당신이 이야기하게 놔둘 거예요. 하지만 당신 말처럼 난 이미 그 일에 개입했어요. 그러니 그걸 처리해야죠."

그녀가 약하게 웃었다. "그럼 이게 당신이 동시에 여러 일을 얼마나 잘 처리하는지 시험해볼 기회이기도 하겠네요."

"둘 다 그 시험에 통과하길 바라자고요." 그가 대답했다.

020

자기 집 문 앞에 서 있는 그들을 보는 토마스 에이마야의 표정은 좋지 않았다.

"무슨 일입니까?" 그가 그들을 주시하며 딱딱하게 말했다. 집으로 들어가는 통로를 몸으로 막고 있었다.

"에이마야 씨, 우리 전에 본 적 있죠. 전 알렉스 재미슨이에요. 이 건물을 관리하죠."

그 뒤로 대니가 집 한쪽에서 고개를 쑥 내밀고 있는 게 보였다.

"그런데요?" 에이마야가 다시 한 번 말했다. 여전히 문을 가로막고 있었다.

"어제 아침에 주차장에서 두 남자와 무슨 문제가 있으셨죠?"

"문…… 문제? **무슨 말인지 모르겠어요.**" 그가 날카롭게 대꾸했다.

"아빠를 공격한 남자들을 말하는 거예요."

에이마야가 아들의 말소리에 몸을 돌렸다. 그의 뒤로 오른손에는 스케치북을, 왼손에는 펜을 든 대니가 서 있었다.

에이마야가 아들에게 스페인어로 뭐라 빠르게 말하기 시작했다. 대니는 창백하게 질려서 몸을 돌려 작은 아파트 안쪽, 어두운 곳으로 달려 들어갔다.

에이마야가 재미슨과 데커에게로 다시 몸을 돌렸다. "난 아무도 못 봤어요."

재미슨이 뭐라 말하려고 할 때 데커가 끼어들었다. "아드님 말대로, 남자들이 당신을 공격했잖습니까. 그들이 타고 온 차는 도난 차량이었어요. 또 총도 가지고 있었죠. 분명 나쁜 놈들이겠죠. 저희가 도와드릴 수 있습니다."

에이마야가 데커를 올려다보았다. "난 도움 따윈 필요 없어요."

"어제는 제 도움이 필요하셨던 거 같은데요." 데커가 응수했다. "제가 끼어들지 않았더라면, 당신은 죽었을지도 몰라요."

그러자 에이마야가 문을 닫으려고 했다.

데커가 잽싸게 열린 문틈으로 커다란 발을 끼워 넣었다.

"당신 아들은 어떨까요, 에이마야 씨? 대니 말이에요. 그들이 다음번엔 **아드님을** 공격한다면요? 가만히 앉아서 그런 일이 일어나길 기다리려고요?"

에이마야가 소리쳤다. **"꺼져! 당장 꺼져!"**

데커가 발을 치우자 문이 쾅 소리를 내며 닫혔다.

재미슨이 데커를 올려다보며 얼굴을 찌푸렸다. "내게 말할 기회를 줘서 참 고맙네요."

"저 사람은 겁에 질리고 화가 나 있었어요." 집으로 올라가면서 데커가 말했다.

두 사람이 모퉁이를 돌았을 때 뒤에서 발소리가 들려왔다. 데커는 토마스 에이마야가 따라온 것이라고 생각했지만, 대니였다. 물

빠진 청바지에 마른 몸이 두드러져 보이는 흰 티셔츠를 입고, 발에는 너무 크고 닳아빠지고 더러운 스니커즈를 신고 있었다.

"대니, 너 괜찮니?" 재미슨이 물었다.

그가 고개를 끄덕였다. "아빠 일은 죄송해요."

"그럴 필요 없어. 아빠 상황이 여의치 않은 것뿐이야."

"넌 그 남자들이 누군지 아니?" 데커가 물었다.

대니가 고개를 저었다. "하지만 아빠가 그 사람들을 알고 계신다는 건 알아요. 주차장에서 본 키 작은 남자랑 아빠가 얘기하는 걸 본 적이 있어요. 덩치 큰 남자도 이 주위에 몇 번 온 적 있고요. 아빠는 제가 그 사람들 근처에 가지도 못하게 했어요."

"오늘 아침까지는 말이지." 데커가 말했다.

대니가 고개를 끄덕였다. "너무 무서워요……. 뭘 어찌해야 할지 모르겠어요." 그가 고개를 숙였다. "전 아빠를 도우려고 해봤지만, 그러지 못했어요." 그가 다시 고개를 들었다. "전 겁쟁이예요."

"넌 아직 애란다." 데커가 말했다. "난 덩치가 이렇게 크지만, 그래도 무서웠어. 총도 가지고 있었는데 말이야."

"그 사람들이 원하는 게 뭔지 아빠가 말해준 적 있니?" 재미슨이 물었다.

대니가 고개를 저었다. "어느 날인가 아빠가 절 학교에서 데려가려고 왔는데, 잠깐 일하러 다시 가셔야 했어요. 그래서 저랑 같이 갔어요. 전 차에서 숙제를 했죠. 부둣가 근처에 있는, 아빠가 일하시는 건물이에요. 거기에서 키 작은 남자를 봤어요. 우리 차 앞을 지나갔는데, 그 사람은 절 보지는 못했어요. 양복을 입고, 아빠가 일할 때 쓰는 것 같은 안전모를 쓰고 있었어요."

"그 남자는 어제 아침에도 양복을 입고 있었지. 네 생각에는 그 사람이 그 건물에서 일하는 거 같니?"

"어쩌면 건물 소유주 중 한 사람이라거나?" 재미슨이 덧붙였다.

"몰라요. 그 남자는 건설용 엘리베이터에 올라탔어요."

"그 건물이 어디니?" 데커가 물었다.

대니가 그에게 건물의 위치를 알려주고는 한 마디를 더했다. "저 거기 다시 가봤어요."

"잠깐만, 대니, 이거 줄게." 그녀가 핸드백에서 스케치북과 목탄 연필을 꺼냈다.

아이가 놀란 표정으로 그것들을 받아 들었다. "왜요?"

"넌 그림에 재능이 있어. 네가 이걸로 그림을 그릴 수 있을 거라고 생각한 것뿐이야."

"감사합니다."

데커가 아이를 자세히 들여다보았다. "엄마는 어디 계시니?"

대니가 청바지 주머니에 연필들을 밀어 넣으며 말했다. "돌아가셨어요."

"무슨 일이 있었니?"

"살해당하셨어요. 우리가 여기 오기 전에요."

"살해당했다고? 사고가 났니?"

"사고는 아녜요."

데커가 뭔가 말을 하기 전에, 대니가 몸을 돌려 계단을 달려 내려갔다.

데커와 재미슨은 잠시 그 자리에 우뚝 서 있었다. 잠시 후 아파트로 돌아간 그들은 거실에 앉아서 창밖을 내다보았다. 해가 저물기 시작하고 있었다. 하늘이 붉은 황금빛으로 타올랐다.

"여러 일을 동시에 하는 거, 해보니 어때요?" 재미슨이 물었다.

"배고프네요. **동시다발적으로** 저녁이나 먹으러 갑시다."

* * *

두 사람은 아파트에서 8백 미터 정도 떨어진 좁고 어둑한 식당까지 걸어갔다. 창가 테이블에 앉아서 그들은 거리를 내다보았다. 거리는 한적했다. 메뉴판은 따로 없고, 메뉴가 벽 한쪽에 걸린 칠판에 쓰여 있었다.

웨이트리스가 다가오자 데커가 주문했다. "중간 크기의 치즈버거에다 재료는 다 넣어주시고, 감자튀김과 어니언링도 주세요. 버드와이저도 한 병 주세요."

그가 도전적인 눈초리로 재미슨을 바라보았다.

"저도 똑같이요." 재미슨이 그 시선을 맞받으며 말했다.

맥주가 왔다. 두 사람은 의자에 편안히 몸을 묻고 맥주를 길게 들이켰다.

"오늘은 샐러드 안 먹어요?" 데커가 물었다.

"햄버거 안에 상추와 토마토가 들었잖아요, 데커. 그래서 에이마야 일은요?"

그가 어깨를 으쓱했다. "양복 입은 남자가 건설 현장에서 일한다면, 그 사람에 대해 알아볼 순 있을 거예요."

"그 사람이 토마스에게 무슨 원한이 있는지 궁금하네요."

"이유야 다양하겠죠."

"그럼 우리가 토마스 부자를 도울 수 있을까요?"

"당연하죠. 하지만 그 일이 우리의 본업을 방해해선 안 돼요, 알렉스."

"알아요, 알아요. 난 에이마야 부자에 대한 일들을 처리할 수 있어요. 하지만 위험한 일은 안 할게요." 그녀가 재빨리 덧붙였다. 그리고 맥주 한 모금을 꿀꺽 삼키고는 컵받침 위에 병을 내려놓았다. "그 USB는 뭐라고 생각해요, 데커?" 그녀가 물었다.

"앤 버크셔에 대한 수많은 의문들에 대한 대답. 우리가 지금 알아내지 못한 대답이겠죠." 그가 딱딱하게 말했다.

"우린 다른 방식으로도 그 대답들을 찾을 수 있을 거예요, 그러길 바라요."

그 말도 데커의 기운을 북돋워주지는 못했다.

음식이 나오자 두 사람은 조용히 음식을 먹었다. 재미슨이 마지막 감자튀김 한 조각을 먹으면서 신음했다. "한 주 내내 운동한 것에 대한 보상이에요."

데커의 시선이 그녀에게로 향했다. "앤 버크셔는 2천만 달러 이상의 주식과 채권을 가지고 있었어요." 그가 말했다. "토드가 확인했죠."

"이런." 그녀가 말하며 손가락에 묻은 소금을 핥았다.

"금융거래 계정에는 사회보장번호와 유효한 개인정보가 필요하죠. 여기에 기록된 그녀의 개인정보는 다 확인한 거 같은데, 최소한 금융 컨설팅 회사에 계좌를 틀 만큼은 정보를 제공했더군요."

"그녀가 그곳 사람과 만난 적은 있대요?"

"그것도 토드가 알아봤죠. 그녀의 자산 규모 때문에, 재무 관리사 한 사람에게 관리를 맡긴 거 같은데, 그 사람이 자긴 그녀를 딱한 번 봤다고 하더군요. 그녀가 그 계좌를 연 사무실은 웨스트코스트에 있어요. 자산 투자로 얻는 이자와 배당금은 당좌예금 계좌로 직접 들어가요. 거기에서 수수료나 대금 등을 지불했다더군요. 아파트와 차는 현금으로 구입했으니 할부 청구서는 더 없고요. 자산 투자에서 나온 현금만으로 충분히 살아갈 수 있었어요. 아직도 많은 돈이 남아 있더군요."

"엄청 좋네요." 재미슨이 유감스럽다는 듯 말했다. "전에 말했지만, 매월 말에 제 계좌를 보는데, 텅텅 비었더라고요. 내 돈이 다 어디로 갔는지 모르겠어요. 정말로요."

"뭐, 버크셔는 죽었다는 걸 생각해요. 그녀는 8년쯤 전에 1천만 달러를 가지고 지금 있는 자산 관리를 시작했어요. 그녀 외에는 다른 사람이 돈을 넣은 기록은 없어요. 그리고 시간이 흘러서 그게 곱절 이상이 됐죠. 아파트와 차를 사기도 했죠. 토드가 그러는데, 주식 시장이 지난 7, 8년간 완전히 망해서 가능했다더군요. 분명 그녀는 아마존이나 애플, 구글, 최근이라면 페이스북 같은 회사에 돈을 투자했을 거라고요. 이 회사들은 그 시기 동안 엄청나게 성장했잖아요."

"운이 좋네요." 재미슨이 말했다.

"죽었으니 운이 그렇게 좋다고 할 수 없죠. 그러니까 요점은, 그녀의 초기 자금이 일시금으로 한 번에 들어온 것 같아 보인다는 겁니다. 그러니까 우리가 사는 이 나라에는 돈이 어디서 왔는지 증명해야 하는 '법'이 있어요. 누군가가 1천만 달러를 가지고 메릴린치에 걸어 들어가서 계좌를 열고 싶다고 하면, 자금 출처를 물어보고 기록하게 한단 겁니다."

"그러니까 돈세탁을 했을 수 있단 건가요?"

데커가 고개를 끄덕였다. "그래서 그녀가 그 금융 컨설팅 회사와 함께 그 작은 단계를 통과했던 것 같아요. 최소한 토드 말로는 그래요. 그녀의 기록은 모두 다 제대로 갖춰진 것 같아 보여요. 하지만 토드가 조사해보니—예전 주소 같은 거요—그렇지 않더군요."

"그리고 금융회사는 그걸 알아채지 못했고요?"

"그 사람들이 FBI만큼 확실하게 조사했을 거라곤 생각되지 않는데요. 그러니까 1천만 달러짜리 고객을 차버릴 만큼 열심히 할 것 같지는 않다고요."

"그렇죠. 그럼 버크셔는 그 돈이 어디서 났다고 말했대요?"

"저축, 투자 그리고 약간의 유산요."

"그렇군요."

"그녀는 4년 전에 레스턴에 있는 그 아파트를 샀어요. 그 차는 아파트를 사고 1년 후에 구입했고요. 전에는 애틀랜타와 시애틀에 살았어요. 최소한 그랬을 거라고 우린 생각하고 있죠. 하지만 그녀의 10년 이전의 과거는 모르는 상태죠. 아무것도요. 그 이전의 그녀는 존재하지 않는 거라고요. 하지만 그녀는 출신 대학까지 기록하는 이력서 검증에 통과했죠."

웨이트리스가 청구서를 가져다주었다. 데커가 저녁값을 지불했다. 재미슨이 자기 몫을 내려고 하자 그가 말했다.

"오늘 밤은 내가 타락시켰으니까, 내가 낼게요."

그녀가 미소를 지었다. 그때 그들의 테이블로 누군가가 다가왔다. 재미슨의 얼굴에서 미소가 사라졌다.

하퍼 브라운이 데커를 똑바로 바라보고 있었다. 청바지에 가죽 재킷, 흰 블라우스에, 코가 좁고 허벅지까지 올라오는 부츠 차림이었다.

"데커 씨, 잠시 대화 좀 나눌 수 있을까요." 그녀가 재미슨을 잠깐 흘낏 보고는, 데커에게로 시선을 고정했다. "둘이서만요."

"난 밖에서 기다릴게요." 재미슨은 이렇게 말했지만 썩 유쾌한 표정은 아니었다.

"먼저 가시는 게 좋겠군요, 재미슨 요원. 내가 친구분을 댁까지 모셔다드릴 테니까요."

"전 괜찮……."

데커가 말했다. "그게 좋겠군요. 제가 방향을 알려줄 필요는 없겠죠. 당연히 어디 사는지 아실 거라 생각되는데요."

브라운이 한 걸음 물러나 입가에 미소를 걸고는 문을 향해 손짓했다. "가실까요, 그럼?" 그녀가 재미슨을 응시했다. "걱정 마세요. 동료분을 특별히 모실 테니까."

"그러는 게 좋을 거예요." 재미슨이 딱딱하게 대꾸했다.

0 021

차를 출발시키고 난 후 두 사람은 잠시 말없이 있었다.

5분 후 그녀가 그를 바라보았다. "말이 별로 없군요."

"요원님이 **나한테** 할 말이 있다고 했으니까요. 기다리고 있는 겁니다."

그녀가 미소를 짓고는 앞으로 고개를 돌렸다.

브라운의 차는 BMW 7 시리즈의 최신 모델이었다. 그는 차 내부를 둘러보았다. "멋진 차로군요. 내 2년어치 연봉쯤 되겠어요."

"리스예요. 재정적으로 부담이 크진 않죠."

"그렇군요."

"쉽게 질리는 성격이라서요."

"그럼 미혼이겠군요."

"아직 대브니-버크셔 사건을 파고 있나요?"

"아직 그 문제를 해결하지 못했다는 이야기로군요. DIA는 뭐가 그렇게 오래 걸립니까?"

그녀가 커브를 돌아 주차장에 차를 댔다. 그리고 그에게로 시선을 돌렸다.

"내 임무 중 하나는 FBI와 연락하는 겁니다. 난 최선을 다하고 있어요."

"그 연락이란 게 '자매'기관에 대고 그 사건에서 손 떼라고 말하는 겁니까?"

"보거트 요원도 그렇게 생각하나요?"

"물어본 적이 없어서 보거트 생각은 모르겠네요. 난 '내 **생각**'을 말하는 것뿐입니다."

"이건 무척 복잡한 문제예요, 데커 씨. 우린 모두 정말이지 극도로 조심스럽게 이 사건을 다루고 있어요."

"그러니까, 우리에게 더는 밟아 뭉개지 말라는 말이군요."

"일반적으로 말한 겁니다."

"그럼 난 '특별한' 화법으로 말해보죠. DIA가 장거리 사격을 할 수 있는 친구들을 이용합니까?"

그녀가 곤혹스러운 표정을 지었다. "당신이 물어볼 거라고 생각한 것들 중에, 그 질문은 없었는데요. 왜 그걸 알고 싶은 거죠?"

"여기 이 호기심 많은 남자에게 정보 좀 주시죠. 그런 건가요?"

"우린 군대 지원 조직이에요."

"그러니까 '그렇다'라고 들어도 되겠군요."

그녀가 호기심 어린 눈으로 잠시 그를 바라보았다. "당신 기록을 읽어봤어요."

"그런 게 있는지 몰랐네요."

"FBI로 들어온 순간 당신에 대한 파일이 생기죠. 무척 매력적인 배경을 가지고 있더군요. 과잉기억증후군과 공감각이라는."

"누군가는 '매력적'이라고 말하더군요. 전 그렇지 않지만."

"그럼 당신은 그걸 뭐라고 부르죠?"

"차이요. **고통스러운** 차이."

브라운의 얼굴에서 자신만만한 표정이 사라졌다. "당신 가족에게 무슨 일이 생겼는지는 알고 있어요. 무척 유감입니다. 난 결혼을 해본 적도, 아이를 가져본 적도 없지만, 그게 얼마나 충격적인 일이었을지는 상상할 수 있어요."

데커가 창밖을 바라보았다. "본론에서 너무 벗어났군요."

"그렇군요. 아무튼 당신은 내 질문에 아직 답하지 않았죠. 아직 그 사건을 수사하고 있는지 아닌지에 대한 질문 말이에요."

"대답을 안 하겠다면요? 그럴 권리도 있을 텐데요."

"그럼 여전히 수사를 하고 있다는 뜻으로 받아들이죠."

"DIA가 FBI에게 어떤 사건에서 손을 떼라고 말할 자격이 있는지는 몰랐습니다. 내가 잘못 알고 있었나 보군요."

"아뇨. 당신이 잘못 알고 있다는 건 아니에요. 적어도 기술적으로는요. 하지만 어떤 경로는 더 윗선으로부터 직접 지시를 받기도 하니까."

"외계어 같군요. 그래서 대체 무슨 말을 하고 있는 겁니까?"

"국방 장관 직통 라인이죠. 장관님이 누군가에게 전화해서, 그 부서가 FBI 국장을 위협하는 거죠."

"그래서 그게 D.C.에서 일하는 방식이란 겁니까?"

"무척이나 많이요. 당신은 오하이오 출신이죠."

"저도 그건 압니다. 해안 사이에 걸친 고가의 횡단보도 같은 땅이죠."

"정부를 깊이 불신하는 곳이죠, 거긴."

"흠, 지금 이렇게 밀어붙이는 주제에 어떻게 우릴 비난할 수 있는지 모르겠군요."

"우리가 진실에 다가가는 걸 원치 않는다고 생각하진 말아요, 데커. 우리도 진실을 알고 싶으니까요."

"그래서 진실을 파악하려고, 지금 자기 눈앞에서 벌어진 살인 사건을 풀려고 애쓰는 기관을 쫓아낸다는 말입니까? 그리고 그 결과가 9·11보다 훨씬 나쁠 거라고도 했죠? 그래서 그쪽이 우리에게 원하는 게 뭡니까? 손 놓고 앉아서 응원하는 거요?"

"무슨 말을 하고 싶은지 알아요, 나도 정말이지 그러니까요."

"하지만 당신은 끝까지 갈 생각이고요?"

"명령은 명령이니까요. 당신은 명령을 따르지 않을 셈인가요?"

"맞아요." 데커가 통명스럽게 말했다. "내 본능, 내 도덕관념에 반대되는 것만 아니라면 나도 계속할 겁니다."

"당신, 연방 마당에서 일을 오래 할 수 있을 거 같진 않군요."

"그럼 그것도 좋은 일이죠."

"그렇게 늘 주위에 무신경한가요?"

"난 내 일을 하고, 그다음은 되는 대로 받아들이죠."

"당신 뒤통수 조심하지 않아도 되나요?"

"내 뒤통수는 너무 커서 다 가릴 수가 없습니다만." 데커가 응수했다.

"단지 진실을 알고 싶은 것뿐이죠?"

"네. 당신은 어떤가요?"

"난 우리가 하는 일에 대해 말했어요."

"그래서 그쪽은 지금 어디까지 갔다는 겁니까?"

그녀는 이 질문에 놀란 듯이 보였다. "수사 중이에요."

"당연히 그렇겠죠. 그러니까 묻는 거잖습니까."

"내 말은, 내가 당신과 그 문제를 논의할 수 없단 겁니다."

"좋아요, 그럼 내 입장에서 '내가' 그걸 **논의해보죠**. 버크셔의 과거는 베일에 싸여 있어요. 그녀가 언제 어디에서 막대한 돈을 손에 넣었는지 알 수 없죠. 끝내주는 아파트에 끝내주는 차를 샀는데, 직장에 갈 땐 낡은 혼다를 끌고 갔죠. 그 차 두 대를 바꿔 탈 장소로 사용할 오래된 농가도 가지고 있었고요. 그리고 어쩌면 다른 것들도 있겠죠."

"엄청나게 흥미롭네요."

"버크셔는 수수께끼투성이예요. 우린 그녀의 진짜 정체가 뭔지도 모르죠. 그리고 대브니는, 우린 그가 개인 금고를 비울 때 한 여자가 도움을 줬다는 걸 알고 있어요. 그리고 그는 그 금고 열쇠를 딸에게 보냈죠. 자기가 죽은 후에 금고를 열어보라고요. 그 안에 들어 있었을 것들은 우리에게 많은 답을 줬겠죠. 그리고 당신네 주장에 따르면, 대브니는 도박 빚을 청산하기 위해 기밀을 팔았어요. 그래서 또 수수께끼가 생겨났죠. 며칠 전 아침에 이 두 가지 수수께끼가 워싱턴 D.C. 한복판에서 충돌했고, 그 결과 두 사람이 죽었어요. 그래서 '왜' 그랬는가 하는 의문이 생겨났죠."

"깔끔한 요약정리로군요."

"바보들을 위한 거죠. 아무나 할 수 있는 일입니다."

"당신은 지금 대브니의 스파이 행위와 도박 빚을 언급하면서, '당신네 주장에 따르면'이라는 표현을 썼죠."

"그래서요?"

"그건 '우리 주장'이 아니에요."

"당신들에게는 그렇겠죠. 나한테는 아닐 수 있어요. 내가 알고 있는 건 모두 그 사람에 대한 당신네들 말뿐이에요. 나한테는 충분하지 않죠."

그녀가 차를 후진시키고 출발했다. "당신은 늘 이런 식으로 자매 기관에 협조하나요?"

"모순적이네요. 당신네들도 협조하는 건 **없어** 보이는데 말이죠."

"이봐요, 당신은 사실 내게 몇 가지 귀중한 정보를 줬어요. 내가 그 호의를 어떻게 갚으면 되나요?"

"우리가 이 사건을 수사하는 데 대해 이의 제기만 안 하시면 됩니다."

그녀는 계속 차를 몰았다. 골목을 꺾어 들어가고, 또 한 번 더 꺾었다. "정확히 어떻게 하란 거죠?"

"**정확히** 말해서, 그 사건을 우리와 함께 수사하고 진실을 찾자는 거죠."

"합동 수사를 말하는 건가요?"

"굳이 그렇게 부르고 싶다면요."

"생각해봐야 할 것 같네요. 상사하고 이야기해봐야 해요."

"좋아요. 내일 오전까지 대답을 주시면 됩니다."

"당신은 내게 지시할 권한이 없어요."

"내가 어디 사는지 알 테니 방향을 일러줄 필요는 없죠?" 데커가 비꼬는 순간, 차가 아파트 건물 주차장으로 들어갔다. "편안한 시간이었다고는 말할 수가 없겠네요."

"친구는 가까이 두고, 적은 더 가까이에 두라는 말이 있잖아요."

"내가 어느 쪽인지는 상상하고 싶지 않네요. **아직은.**"

"이 동네 괜찮아요? 아직 좀 위험해 보이는데."

"발전하고 있……."

브라운이 총을 꺼내고 시동을 껐다. 데커도 그녀가 본 것을 보았다. 두 남자가 차 트렁크에 남자 하나를 욱여 넣고 있었다.

브라운이 뛰쳐나가서 그들을 향해 전속력으로 달려갔다. 데커도 차 문을 열고 나섰다.

"연방 요원이다. 손들어!" 그녀가 소리쳤다. 그녀의 총구가 남자를 겨누었다.

한 남자가 차 뒤로 몸을 수그렸다. 다른 남자가 총을 꺼냈다. 그가 몸을 돌려 총을 쏘기 전에 브라운이 두 발을 쏘았다. 남자가 쓰러졌다.

그녀는 곧장 보도에 쓰러진 거구를 향해 달려들어서 몸을 짓눌렀다.

"도대체……." 그녀가 헐떡이며 말했다.

총알이 그녀의 머리 바로 위를 스쳐 지나가며 허공을 갈랐다.

다른 한 놈이 차 뒤에서 AK47 자동소총을 발사하고 있었다.

AK 소총이 불을 뿜는 것을 보고 데커는 손을 뻗어 그녀의 몸을 아래로 숙이게 하고는, 그녀 앞으로 굴러가 누워서 차 아래를 조준한 뒤 총알을 갈겼다. 비명 소리가 들렸다. 그가 쏜 총알 중 적어도 한 발 이상이 표적의 발목이나 발을 맞춘 것이다.

남자가 다리를 붙들고 차 옆에 쓰러진 채 비명을 질렀다. 데커는 차 아래쪽을 향해 다시 한 번 총신이 다 빌 때까지 총을 쏘았다.

비명이 멈췄다.

브라운과 데커가 벌떡 일어났다. 두 사람이 차 뒤로 달려가자 남자는 더 이상 움직이지 않고 있었다. 나뒹구는 AK 소총 주변에는 피가 흥건했다. 데커는 남자 옆에 무릎을 꿇고 앉았다. 남자는 아직 숨이 붙어 있었다.

브라운이 남자의 머리 옆쪽 사입구를 가리켰다. "당신은 다리를 향해 쐈는데, 여기가 최후의 한 방인 거 같네요. 신에 가까운 겨냥 솜씨인데요." 그녀가 차갑게 덧붙였다.

"난 겨누지 않았어요. 그저 이 친구를 쓰러트리려고 했을 뿐이에요." 하얗게 질린 데커가 말했다.

"뭐, 죽은 것보단 낫죠."

데커가 몸을 일으켜 서둘러 차로 가서 트렁크를 열었다. 토마스 에이마야가 트렁크에서 빠져나오려고 몸부림을 치고 있었다. 입에는 재갈이 물려 있었다. 데커가 그를 풀어주고 트렁크에서 꺼내주었다.

에이마야가 비틀거리면서 나왔다. 숨을 헐떡였다. 데커는 남자의 이마에 있는 자줏빛 옹이를 관찰하며 말했다. "기절하기 전에 좀 앉아요."

처음에 에이마야는 저항하는 것처럼 보였지만 곧 데커의 지시에 따라 아스팔트 바닥에 앉았다.

그때 뭔가가 데커의 머리를 스쳤다. "대니! 대니는 어딨죠?"

"친구 **집에** 있어요." 에이마야가 중얼거렸다. "그 애…… 내 아들은 괜찮아요."

"대니가 누구인데요?" 브라운이 물었다.

"이 남자 아들이에요. 열한 살이죠."

브라운이 고개를 끄덕였다. "이 일 신고할 건가요?"

데커가 전화기를 꺼내 보거트에게 전화를 걸었다. 1분 동안 그는 무슨 일이 있었는지 효율적으로 전달했다. "지역 경찰에 전화 좀 걸어줄 수 있을까?"

보거트가 말했다. "당장 하지. 30분 안에 내가 그리로 갈게. 자넨 괜찮은 거 확실해?"

"우린 괜찮아."

"우리? 재미슨도 있나?"

"아니. 브라운 요원이 같이 있어."

"그렇군." 분명히 혼란스러울 보거트가 말했다. "뭐, 자네가 나중에 전부 설명해주겠지."

데커가 전화를 끊고 브라운을 쳐다보았다. "도와줘서 고마워요."

"이런, 데커. 당신이 내 목숨을 구했다고요. AK가 나한테 발사된 적은 없어요. 당신이 날 밀어내지 않았다면, 난 지금쯤 시신 안치소로 향하고 있을 거라고요."

데커가 에이마야를 내려다보았다. "에이마야 씨, 경찰이 올 겁니다. 무슨 일이 일어났는지 진술할 준비를 해야 할 거예요."

에이마야는 아무 말도 하지 않았다. 데커를 쳐다보지도 않았다.

데커는 불만스러운 표정으로 브라운을 바라보았다. "이분이 무척 비협조적이네요. 내 신세야."

브라운이 뭐라고 대답하기 전에 레스토랑에서 헤어진 뒤 걸어서 돌아오고 있던 재미슨이 주차장으로 왔다. 무슨 일이 일어났다는 것을 알고 서둘러 뛰어온 것이다. "젠장, 이게 무슨 일이에요, 데커?"

"이웃에서 일어난 또 한 가지 사건이죠." 그가 말했다. 그의 얼굴이 더 창백해졌다. 그러다 갑자기 자리를 떠나서 건물 쪽으로 가기 시작했다.

"잠깐만요, 어디 가는 거예요?" 브라운이 물었다.

그가 돌아보지도 않은 채 말했다. "치즈버거 토하러 갑니다."

0 022

에이마야는 경찰에게 어떤 진술도 거부했다. **"무슨 말인지 몰라 요. 몰라요."** 스페인어로 이 말을 반복할 뿐이었다. 스페인어를 할 줄 아는 경찰관을 데려오자 그는 입을 꾹 다물었다.

죽은 두 남자는 신분증이 없었지만, 경찰 하나가 AK 총을 가지 고 있던 남자를 알아본 것 같았다.

"청부 총잡이예요." 그가 말했다. "여러 조직에서 돌려 쓰는 자예 요. 우리가 거기에 가서 뭘 할 거란 기대는 하지 마세요. 이자들은 현금으로만 움직이고, 직접 만나는 일도 없어요. 그냥 전화를 걸어 서 표적 이름을 알려주고, 돈 한 뭉치나 약 한 봉지를 보내죠. 그럼 일이 성사되는 거예요."

보거트가 도착해 지역 경찰들과 이야기를 나누었다. 위장에서 치 즈버거를 비워낸 데커는 브라운과 함께 그들의 말을 듣고 있었다.

보거트가 브라운에게로 다가와서 말했다. "여기서 뵙다니 놀랍 네요."

"나만큼 놀라지는 않았을 것 같은데요." 브라운이 말했다.

"이 이후에 DIA 행정부에 보고하러 가셔야 하죠?" 보거트가 물었다.

"거의 안 그렇습니다. 우린 그런 식으론 일 안 합니다. 그리고 무슨 일이 일어났는지 명확하잖아요. 우리가 조사할 것도 없어요." 그녀가 데커를 보았다. "저 사람은 어때요? 발포했잖아요. 이걸로 저 사람을 책상 뒤로 처넣을 건가요?"

"보통은 그렇죠. 하지만 데커는 특수 요원이 아닙니다. 오하이오 벌링턴 경찰서 강력계로 복귀했고, 지금은 FBI의 체포권을 위임받은 특수 공무원이죠. 그러니 상황을 보고 결정해야죠."

"그렇군요. 훌륭한 구식 관료주의로군요."

"브라운 요원이 데커에게 뭔가를 말하러 왔다고 알고 있는데요. 그게 뭔지 말해줄 수 있습니까?"

데커가 그들을 향해 걸어오고 있었다. 브라운이 그런 데커를 응시했다. "모르겠네요, 그런 게 있었나요?"

데커가 말했다. "진실에 도달하기 위한 합동 수사에 대해 이야기를 나눴지."

"그리고 난 약속 안 했고요." 브라운이 말했다. "사실, FBI 상부에서 당신들에게 손 떼라는 전화를 할지도 모른다고 말했어요."

보거트가 눈썹을 추어올리고는 데커를 바라보았다. "우리 수사가 그다지 진전이 없었던 이유가 있었군요."

브라운이 말했다. "전 이 모든 걸 생각할 겁니다, 보거트 요원. 데커는 오늘 밤 제 목숨을 구했어요. 그에게 빚을 졌죠. 그리고 전 빚지고는 못 살아요."

그리고 그녀는 자신의 차로 뚜벅뚜벅 걸어가 차를 몰고 떠났다.

뒤쪽에서 서 있던 재미슨이 서둘러 다가와 데커에게 화를 냈다. "그래서 이게 대체 다 뭐예요?"

데커가 한 발 뒤로 물러났다. "뭘 말하는 겁니까?"

"왜 저 여자가 저녁 자리에 나타나서 당신과 말할 게 있다고 한 거죠? 분명 당신을 따라온 거라고요."

"나도 알아요."

보거트가 말했다. "그래서 뭐라고 해?"

"내가 버크셔 사건을 계속 파헤치고 있냐고 묻던데."

"그래서 자넨 뭐라고 했는데?"

"그 질문엔 최종적인 답변을 할 수 없다고 했지."

"자넬 캐보려고 한 건가?"

"그냥 정보를 사랑하는 것 같던데?" 데커가 천천히 말했다. "그렇다고 그녀를 탓할 수는 없지."

재미슨이 믿을 수 없다는 시선으로 그를 보았다. "할 말이 그게 다예요? 내가 그렇게 행동했으면 날 엄청 구박했을 거잖아요. 왜 저 여잔 특별 취급을 하는 거죠?"

데커가 뭔가를 말하려다가 입을 다물었다. 그리고 다시 입을 열었다. "대니를 데려와야 해요."

재미슨의 표정이 누그러들었다. 그녀가 아래를 내려다보았다. "그래요." 그녀가 훅 하고 거친 숨을 내쉬었다. 화는 가라앉은 것 같았다. "대니가 어디 있는지 토마스에게 들었어요?"

"친구네 집에 있대요."

"내가 가서 어딘지 물어보고 올게요. 그러고 대니를 데려와요."

재미슨이 다급히 자리를 뜨자 보거트가 낮은 소리로 데커에게 말했다. "우린 이 문제에 관여할 수 없어. 이건 지역 경찰 관할이라고."

데커가 건물 쪽으로 가고 있는 재미슨을 건너다보았다. "하지만 알렉스의 문제이기도 해." 데커가 말을 멈추고, 한숨을 쉬었다. "그건 내 문제라는 말이기도 하지."

보거트가 그를 쳐다보았다. 분명 놀라는 표정이었다. "자네 내게도 이렇게 해줄 건가, 데커?"

데커가 대답하지 않고 주머니에 양손을 찔러 넣었다.

"어떻게 그런 생각을 하게 된 거지? 약 먹었나? 그러고 보니 냄새가 나는 것도 같구먼."

"어쩌면. 에이마야는 말을 하려들지 않고 있지. 깊이 개입되어 있는 게 아닐까 싶어."

"약 거래를 말하는 건가?" 보거트가 말했다.

"어딘가 공급책과 연결되어 있는 거 같아. 그 세계는 내가 지금 다루는 세계보다는 훨씬 낫지. 마약상과 불량배가 나을까, 연방수사국장에게 압력을 가하는 각료가 개입된 문제가 나을까? 완전히 다른 행성 이야기 같군."

"걱정 마. 난 평생 이 세계에서 직장 생활을 했는데, 전혀 이해가 안 되는 일이 지금도 종종 벌어지니까." 그가 말을 멈췄다. "그래서 자네는 에이마야가 일을 망쳤다거나, 중간에서 해먹었다고 생각하는 건가?"

"음, 그들이 에이마야에게 성과급을 건네주러 오늘 밤 여기 온 것 같진 않은데."

"그가 협조하지 않는다면, 경찰이 할 수 있는 일도 없을 거야."

"그럼 협조하게 만들어야지."

"방법이 있나?"

"11번째 선수가 있어." 데커가 대꾸했다.

"애를 말하는군, 대니." 보거트가 말했다. "열한 살짜리."

"내가 저 친구들이라면, 토마스 다음에는 그 애를 목표로 삼았을 거야."

"경찰에 가서 그들을 보호하라고 말해야 할까?"

"우리는 같은 건물에 살아. 우리가 지켜보면 돼."

"이봐, 난 자네와 재미슨이 이 일로 죽는 건 바라지 않아."

"이 일로 죽을 것 같진 않은데. 그리고 어느 정도는 내 관할이기도 하고."

"경찰 배지를 말하는 건가?"

"아니, 빌어먹을 집주인 관할."

* * *

데커는 재미슨과 함께 차를 몰고 대니를 데리러 갔다. 친구 집 문 앞에 두 사람이 나타난 걸 보고 아이는 하얗게 질렸다. 두 사람은 아이에게 아빠가 괜찮다고 재빨리 설명했다. 차는 2인승이라서 대니는 데커의 무릎에 앉아 함께 안전띠를 하고 와야 했다. 거리가 짧은 게 다행이었다.

"그 사람들 또 왔네요." 집으로 돌아가는 동안 대니가 바짝 긴장해서 말했다. "그렇죠? 그 남자들 말이에요."

"사실, 이번에 나타난 두 남자는 지난번의 그자들이 아니란다. 하지만 우린 다 관계가 있다고 생각해."

"아저씨가 그 사람들 잡았어요?" 아이가 물었다.

"그들은 더 이상 너희 아빠를 괴롭히지 못할 거야. 내가 보증하

마." 데커가 말했다. "하지만 또 다른 자들을 보내겠지."

"그럼 우린 어떻게 해요?" 대니가 힘없이 물었다.

재미슨이 말했다. "너희 아빠가 경찰에 털어놓게 해야 해. 그렇지 않으면, 할 수 있는 게 거의 없어."

"그렇게 하라고 해봤어요. 하지만 말 안 하실 거예요. 아빠는 그냥 걱정 말라고만 해요. 하지만 전 너무나 걱정이 돼요."

"자, 우리가 더 잘 설득해봐야지." 데커가 말했다.

* * *

세 사람이 아파트 건물에 도착했을 때 시체는 치워졌지만 범죄현장은 아직 정리되지 않은 상태였다. 데커와 재미슨은 대니를 데리고 아이의 집으로 올라갔다. 애 아빠는 얼굴 한쪽에 얼음을 문지르면서 카우치에 앉아 있었다. 다른 손에는 맥주가 들려 있었다.

대니가 달려가 아빠를 끌어안았다. 두 사람이 소곤거렸다. 그러는 내내 토마스는 데커와 재미슨을 경계심 어린 눈초리로 힐끗거렸다.

"에이마야 씨, 여기서 끝나지 않을 겁니다." 재미슨이 말했다. "그자들은 다른 사람을 보낼 거예요."

에이마야가 시선을 외면했다. 아들이 아버지를 더욱 꽉 끌어안았다.

데커가 말을 이었다. "그리고 다음에는 당신 하나로 끝나지 않을 겁니다. 당신 아들이 다칠 거예요."

대니가 데커를 돌아다보았다. 그의 몸이 떨리고 있었다. 에이마야가 고개를 들어 데커를 노려보았다.

데커는 에이마야에게 다가가 옆에 앉았다. 그의 육중한 무게에 짓눌려 가구가 삐걱댔다.

"일이 그런 식으로 돌아간다는 거 알죠? 그게 당신 아킬레스건이잖아요. 당신이 연관되어 있는 거라면 뭐든 달려들 겁니다. 당신 다음으로 달려들 건 대니죠. 우리가 내내 대니를 지키고 있을 수도 없는 노릇이고요. 그러니 이제 뭘 하시겠습니까? 그들이 와서 애를 데려가기만을 기다릴 건가요?"

에이마야가 몸을 푹 숙이고 맥주 캔과 아이스팩을 집어던졌다. 대니가 놀라 펄쩍 뛰었다. 데커의 시선은 에이마야에게서 떨어지지 않았다.

에이마야가 소리쳤다. "내 집에서 나가! 나가!"

데커는 잠시 더 그를 응시하다가 마침내 일어섰다. 그리고 대니를 보았다. "여기 근처에 수상쩍은 사람이 보이거든, 우리한테 전화하렴." 그가 대니에게 자신의 전화번호가 적힌 명함을 건넸다. "하지만 911에 먼저 연락해야 해." 그러고서 에이마야를 돌아보았다. 에이마야는 자리에서 일어나 주먹을 움켜쥐고 그를 향해 들어 보였다.

"당신이 뭘 해야 할지 깨닫길 바랍니다, 에이마야 씨. 당신이 가진 건 **아들 하나뿐**이니까요."

0 023

다음 날 아침 데커는 권총집을 차고, 대니와 그 아버지가 차를 타고 떠나는 모습을 지켜보았다. 그러고 나서 집으로 돌아와 운동용 헤드기어로 바꿔 쓰고, 아래층으로 저벅저벅 내려가서, 조깅을 시작했다.

그는 부둣가를 따라 달렸다. 갈매기들이 급강하했다가 다시 날아올랐고, 잔잔한 바다 위에는 강둑을 따라 쓰레기들이 쌓여 있었다. 땀이 쏟아지듯 배어 나오고 점점 숨이 가빠왔다. 데커는 더 이상 나아갈 수 없을 때까지 계속 달렸다. 어니언링과 감자튀김이 목구멍에서 행진하는 것 같았다.

그는 잠시 멈춰 서서 땀이 식고, 혈압이 정상 수치로 돌아오고, 숨이 잦아들고, 지친 근육이 이완될 때까지 기다렸다. 그러고 나서 다시 걷기 시작했다. 태양이 하늘 위로 떠올랐다. 사람들이 집에서 나와 차에 올라타거나 거리를 걸어 내려가기 시작했다.

그는 에이마야 문제를 한쪽에 치워두고, 대브니-버크셔 사건으로 돌아갔다. 벤치에 앉아서 강을 건너다보고는 눈을 감았다.

의문점이 너무 많았다. 지금까지는 근본적인 해답을 전혀 얻지 못했다.

하퍼 브라운은 대브니가 도박 빚을 갚기 위해 기밀을 팔았다고 말했다. 그럴 수도 있고, 그렇지 않을 수도 있다.

하지만 DIA는 대브니가 왜 버크셔를 표적으로 삼았고, 그녀를 죽였는가 하는 점을 말하지 못했다.

버크셔의 과거는 곳곳에 구멍이 뚫리고 가려져 있었으며 모순으로 가득했다. 이런 과거를 가진 살인 사건의 피해자가 있을까? 그들은 연결고리가 **있었다.** 분명. 대브니가 무엇 때문에 그녀를 죽였는지, 그건 여자의 과거에 일어난 어떤 사건과 관련이 있을 것이다. 그리고 그게 이 사건의 본질이라면, 대브니는 그 과거와 어떤 연관 관계를 가지고 있을 것이었다. 이제 그들은 버크셔의 진짜 과거를 파헤쳐야 한다.

데커는 자리에서 일어났다. 지친 다리가 살짝 떨렸다. 그는 걸음을 재촉해 아파트로 되돌아왔다. 재미슨이 주방 테이블 앞에 앉아서 커피 한 잔을 마시며 창밖을 내다보고 있었다. 그는 냉장고에서 물 한 병을 꺼내 들고 맞은편에 앉았다.

"운동 잘했어요?" 시선은 여전히 바깥을 향한 채로 재미슨이 물었다.

"내가 하는 운동이 뭐든 관상동맥에 좋은 거랑은 관계없죠."

미소를 살짝 지은 그녀는 컵으로 시선을 떨구었다.

"뭐가 마음에 걸려요?" 데커가 물었다.

"당신이 이해할 수 있을 거 같진 않은데요."

"그렇게 좋게 봐주다니 고맙군요."

그녀가 고개를 들고 그를 빤히 쳐다보았다. "난 늘 당신을 잘 봐 주고 있다고요."

데커가 그녀를 살피며 말했다. "이제 그 결과에 실망해서 나가떨어진 건가요?"

그녀가 어깨를 으쓱했다. "그게 당신이 뭔가를 알아내려는 방식인 건 알아요. 당신이 그럴 수밖에……." 그녀의 목소리가 차츰 잦아들었다.

"내가 대부분의 것들을 잊을 수가 없다는 거요?"

"굳이 그렇게 묘사하고 싶다면요."

그가 등을 기대고 앉아서 물병을 만지작거렸다. "어젯밤에 잊고 있던 뭔가가 기억났어요."

"당신은 절대 어느 것도 잊지 않는 줄 알았는데요."

"난 컴퓨터가 아니에요, 알렉스!"

긴 정적이 흘렀다. 마침내 그녀가 말했다. "알아요, 아니죠. 미안해요. 그런 의미가 아니었어요."

데커가 말없이 머리를 북북 문질렀다.

"기억난 게 뭔데요?" 그녀가 말을 재촉했다.

"내 딸이 오렌지 팝시클을 무척 좋아했단 거요."

재미슨이 놀란 표정을 지었다. "그 사건에 대한 말을 할 줄 알았는데요."

그가 그녀를 지그시 응시했다. "난 컴퓨터가 아니고, 사건에 대한 생각만 하지도 않아요, 알렉스."

그 말에 그녀는 상처 입은 것 같았다. 그녀가 한숨을 내쉬었다. "나는 이제 막 당신을 알아가는 참이라고요." 그리고 잠시 말을 멈추었다. "미안해요, 에이머스." 진심 어린 말투였다. "나도 어릴 때

팝시클을 정말 좋아했는데. 몰리에 대해 더 얘기해줄래요?"

그가 시선을 돌렸다. "퇴근하고 집으로 돌아가면, 몰리는 오렌지 팝시클을 가지고 현관에 나와 있었죠. 등 뒤로 그걸 숨기고 있다가 내게 췄어요. 내가 집에 오는 걸 기다리고 있었던 거예요."

"왜 그걸 잊었을까요?" 재미슨은 이제 그의 옛날이야기에 무척 흥미가 동한 듯했다.

그가 물을 한 모금 마시고 대답했다. "왜 사람들이 서로를 죽이고 싶어 할까에 대한 생각만 너무 해서 그런 것 같아요. 내 뇌의 주파수는 개인적인 사건들을 받지 못하나 봐요."

재미슨이 손을 뻗어 그의 손을 잡아주었다. "이건 과거의 당신이란 사람이 조금 돌아온 거라고 생각되는데요."

"그게 가능할지 모르겠어요."

"그게 정말 불가능한 일인지도 알 수 없고요." 그녀가 잠시 말을 멈췄다. "토드가 호스피스에서 있었던 일을 말해줬어요."

"내가 어떻게 일을 엉망으로 만들었는지를 말하려는 겁니까?"

"아뇨. 도로시 비터스에게로 돌아가서 베개를 고쳐줬다면서요. 미안하다는 말도 건네고요."

"그가 본 줄은 몰랐네요."

"그랬대요."

"그건 그분한테는 중요하지 않았어요. 잠들어 있었으니까."

"중요한 거예요, 데커. **당신한테도 중요할 거고요.**"

"어제, 호스피스를 다시 찾아가 봤어요. 도로시 비터스는 우리가 병실을 떠나고 나서 한 시간 있다 죽었어요."

재미슨이 손을 뺴냈다. "그건 단지 시간문제였던 일 같은데요."

"사실, 그 병실에 처음 들어갔을 때는 그녀가 남색으로 보였어요. 하지만 내가 떠날 땐……." 그가 말을 잇지 못했다.

"떠날 때는요?" 재미슨이 물었다.

"그땐 푸른색 불꽃으로 보였어요. 내가 죽음을 느낄 때 보이는 색이죠. 그리고 그녀는 한 시간 뒤에 죽었어요."

"그녀는 죽어가고 있었어요, 데커. 당신의 정신은 그걸 알고 그에 맞춰 반응한 거고요. 당신이 죽음을 예측한다는 말은 아녜요."

"알아요. 하지만 그래도…… 이상한 일이죠."

"이해해요." 그녀가 안타까운 듯이 말했다.

그는 그녀를 응시했다. "내가 정상이 아닌 건 알아요, 알렉스."

"누구도 정상은 아니에요." 그녀가 말했다.

"맞아요. 하지만 난 그중에서도 가장 심하죠."

"당신이 일을 너무 훌륭하게 해서 그래요."

"예, 하지만 그게 공정한 거래인가요?"

"어떤 사람들은 그렇게 생각할 거예요."

그들은 잠시 말없이 그 자리에 앉아 있었다. 마침내 그가 입을 뗐다. "알렉스, 때로 난 내가 어떤 사람이었는지를 떠올려봐요. 예전의 그 사람으로 다시 돌아갈 순 없겠죠. 나도 그걸 알아요." 그녀가 뭐라 대답하기 전에 그가 자리에서 일어났다. "샤워하고 기분전환을 좀 해야겠어요."

그녀가 그를 올려다보았다. "좋아요, 나도 그래야겠군요."

"버지니아 콜에게선 아직 연락 안 왔습니까? 버크셔와 친한 선생을 찾아보겠다고 했잖아요?"

"아직 안 왔어요. 오늘 문자 보내보려고요."

"한동안 버크셔 쪽을 파봤지만, 우리는 여전히 가진 게 없어요. 그러니 일단 월터 대브니로 돌아가 봅시다. 그가 어디로 여행을 갔었는지 알아봐야 해요."

"그게 중요한 거 같아요?"

"그는 어딘가로 갔고, 사람이 바뀌어서 돌아왔어요. 왜 그랬는지 알아야겠어요."

* * *

엘리 대브니는 주방에 앉아서 창밖을 내다보고 있었다. 가정부 건너편으로 데커와 재미슨이 들어오는 모습이 보였다.

"자녀분들이 아직 함께 있습니까?" 데커가 물었다.

"네. 애들은 장례식 준비로 나갔어요. 전 도저히……."

"프랑스에 사는 따님은 도착했나요?" 재미슨이 물었다.

"네, 어제요. 내털리는 지금 자요. 시차 때문에요. 다른 애들과 말도 아직 못 해봤어요. 그리고……." 그녀의 목소리가 점점 잦아들었다.

"그렇군요." 데커가 그녀의 맞은편에 앉으며 말했다.

엘리 대브니는 그동안 20년은 더 늙은 것 같았다. 얼굴은 축 늘어지고 머리는 부스스했다. 키 크고 탄탄한 몸도 쪼그라든 것 같았다. 데커는 그녀가 우울증약을 계속 먹고 있는 건지 궁금했다.

재미슨이 그녀 옆에 앉았다. "너무나 힘든 시간을 보내고 계신다는 걸 압니다."

"진짜 아세요?" 엘리의 목소리가 날카로웠다. "남편이 누굴 살해하고 자기도 쏴버린 걸 이해한다고요?"

"아뇨, 그런 게 아니라, 전 그저……."

"요원님이 애쓰고 있다는 건 알아요. 미안해요. 전 그저……." 그녀가 고개를 저었다.

"부인을 만나러 온 사람은 없었습니까?" 데커가 물었다.

"어떤 사람요?"

"정부 사람이라든지요."

엘리가 고개를 저었다. "아뇨. 무슨 문제인데요?"

"그럴 수도 있어서요." 데커가 테이블 너머 그녀 쪽으로 몸을 기울였다. "남편분이 도박 문제가 있었던 걸 알고 계십니까?"

"도박요?" 엘리가 코웃음을 쳤다. "월터는 룰렛 휠은커녕 크랩스 테이블도 모르는 사람이에요."

"그 말씀, 어떤 근거가 있습니까?"

"그 사람한테 도박 문제가 있다고 누가 그러던가요? 직장 사람인가요?"

"직장 사람은 아닙니다."

"그럼 누구죠?"

"제겐 그걸 밝힐 권한이 없습니다. 하지만 그쪽 가능성은 생각 안 해보셨습니까?"

"전 월터가 로또 한 장 사는 걸 본 적이 없어요. 그이는 그런 걸 바보 같다고 생각했어요. 변기에 돈을 넣고 물을 내리는 거나 마찬가지라고요."

"부인 계좌를 최근에 확인하신 적이 있습니까? 자금이 어딘가 비는 곳은 없었습니까? 아니면 혹시 재무 관리를 받고 계십니까?"

"받고 있어요. 그리고 재무 관리자가 어제 제게 전화를 걸어서 계좌 내역을 알려주고 필요한 게 뭔지 알려줬어요. 우린 사업상의 이야기는 나누지 않았지만, 난 그 사람을 오랫동안 알아왔어요. 만약 재산에 뭔가 문제가 있었다면, 내게 말해줬을 거예요."

데커가 재미슨에게 시선을 보냈다. "좋습니다. 잘 알았습니다."

"누가, 왜, 월터가 도박꾼이라고 한 거죠?"

"그 사람들은 남편분에게 돈이 필요했다고 생각하더군요."

"왜요? 여길 좀 보세요. 우리가 가난해 보이나요?" 그녀가 대화를 중단했다. 얼굴이 붉어졌다. 금방이라도 눈물을 터트릴 것만 같아 보였다.

데커는 다른 몇 가지 사항에 대해 더 말하려고 했지만 재미슨이 그의 팔을 끌어당겼다. "부인 말이 옳아요. 감사합니다. 저흰 이제 가보도록 하겠습니다."

두 사람이 현관문으로 걸어갈 때, 데커는 계단 위에서 긴 티셔츠를 입은 젊은 여자를 보았다. 울었는지 얼굴이 빨갰다. 그녀가 맨발로 비틀거리면서 절망적인 표정으로 데커를 내려다보았다.

데커는 계단으로 달려 올라갔다. 재미슨이 그 뒤를 바짝 따라갔다. 여자가 쓰러지기 직전, 데커가 그녀를 받아 안았다. 그가 양팔로 그녀를 끌어 올렸다.

재미슨이 말했다. "이분이 내털리인가 봐요. 이분 괜찮은가요? 저 문이 열려 있네요. 거기가 이분 침실이겠죠."

"술을 마셨네요." 데커가 그녀의 숨에서 풍기는 냄새를 맡았다.

재미슨이 문을 열고 데커가 들어오기를 기다렸다. 데커가 안으로 들어가 정돈되지 않은 침대에 내털리를 눕혔다. 주변을 둘러보자 벽 옆에 세워진 옷 가방이 보였다. 아직 항공사 수화물표도 떼지 않은 것을 그가 가리켰다.

"샤를 드골 공항. 오케이. 프랑스에 산다는 내털리 맞네요."

그가 내털리를 응시했다. 그리고 그녀의 오른발에 발가락 두 개가 없는 걸 알아차렸다.

"이 여자분 괜찮은 거 맞죠?" 재미슨이 물었다.

"숙취가 올라오기 전까지는요."

두 사람이 몸을 돌려 나오려 하는데 문가에 엘리가 서 있었다. "이제부터는 제가 알아서 할게요." 그녀는 그들이 침실에서 나오도록 비켜준 후에 뒤로 문을 닫았다. "가족이 산산조각 났어요."

"그럴 겁니다." 데커가 말했다.

바깥으로 나오자 재미슨이 말했다. "그 고고하신 하퍼 브라운 씨가 우리에게 거짓말했을 수도 있겠네요. 월터 대브니에게 도박 문제는 없는 것 같아요."

데커는 재미슨의 차로 가서 그 옆에 선 채 저택 전체를 탐색하는 듯한 눈길을 던졌지만, 실제로 저택을 보는 것 같지는 않았다.

"뭐 해요?" 그녀가 물었다.

데커는 대답할 수가 없었다. 머릿속에서 그림들이 윙윙거리며 지나가기 시작한 것이다. 그는 처음부터 끝까지 그리고 다시 끝에서부터 처음까지 훑어보았다. 그리고 재미슨에게로 몸을 돌렸다.

"브라운은 대브니가 기밀을 팔았다고 말했어요."

"그래요. 도박 빚을 갚으려고요."

"**그 사람의** 도박 빚이라고는 말하지 않았죠."

024

하퍼 브라운은 데커의 맞은편에 앉아 있었다. 대브니가 버크셔를 죽이기 직전에 들렀던 카페였다. 브라운은 옅은 청록색 블라우스에 검은색 투피스 정장을 입고 있었다. 허리춤이 불룩했다. 총이 있는 자리였다.

데커는 물 빠진 청바지에 구깃구깃한 플란넬 셔츠, 스포츠용 외투 차림이었다.

브라운이 그의 옷차림에 시선을 주었다. "FBI는 당신에게 복장 규정을 강요하는 건 포기했나 보네요."

"보거트가 말했을 텐데요, 난 진짜 요원이 아니라고."

"당신 전화, 흥미로웠어요." 그녀가 말을 이었다.

"대답해주시면 좋겠습니다. 그래서 그 도박 빚은 대체 누가 진 겁니까?"

"이미 말했을 텐데요, 난 당신이 이 사건 조사를 할지 말지 허락할 결정권자가 아니라고. 그 질문에도 대답할 수가 없어요."

"나도 이미 말한 것 같은데, 당신이 결정할 힘이 없다고 생각하지 않는다고요."

"국방 장관이 전화할 수도 있다는 사실에 대해 기억하죠?"

"확인해봤는데……." 데커가 말했다. "그런 일은 없을 거예요. 젠장할 당신 부서랑 당신도 알고 있겠지만요."

그녀가 뒤로 물러나 앉았다. "당신이 한 여자를 위증죄로 기소할 동안에, 그녀에게 커피 한 잔 사줄 수 있을까요?"

데커가 자리에서 일어나 블랙커피 한 잔을 사서 그녀에게 가져다주었다.

"고마워요." 그녀가 부드럽게 말했다. 한 모금 마시고는 미소를 지었다. "좋군요, 뜨겁고 커피 그 자체예요. 사람들이 왜 커피잔에 온갖 걸 집어넣는지 정말 이해가 안 된다니까."

데커가 그녀를 관찰하듯 살펴보고는 커피를 들이켰다. "오하이오에서 경찰 일을 할 때 어떤 사람과 마주친 적이 있는데, 당신과 비슷했어요."

"그 사람, 경찰인가요?"

"아뇨, 범죄자였어요. 사기꾼이었죠. 정말로 자기 일을 잘했죠."

"지금 내게 아부하는 건가요, 데커?"

"그럼 잘못 들었다고 말해야겠군요."

"난 앨라배마에서 신앙심 깊은 부모 아래서 자랐어요. 그분들은 내가 신의와 성실을 익히며 자랄 수 있게 하셨죠."

"앨라배마요?"

"네."

"부모님이 《앵무새 죽이기》의 팬이었겠군요."

"내 이름을 거기서 따온 걸 알았어요?"

"하퍼 리잖아요." 그가 그녀에게로 육중한 덩치를 숙였다. "그래서 어젯밤에 당신은 나한테 빚졌다고 하지 않았나요? 빚을 갚고 싶지 않다면, 커피나 드세요. 난 내 볼일을 보러 가겠습니다."

그녀가 아무 대꾸도 하지 않자 그는 몸을 일으키려 했다.

"서두르지 말아요." 마침내 그녀가 기대앉은 의자에서 몸을 떼고 그에게 몸을 기울이며 말했다. 그리고 주변을 둘러보았다. 카페는 깔끔하게 텅 비어 있었다. 데커가 다시 자리에 앉았다. "이런 대화를 나누기에 적당한 장소는 아니네요."

"그럼 산책이나 합시다." 그가 그녀의 커피잔으로 시선을 주었다. "커피 한 잔 더 가져다줄 수도 있어요. 당신이 그 그늘 속에서 나온다면요."

바깥 보도에는 바람이 불었다. 산들바람이 어깨 위에 늘어진 브라운의 머리카락을 흩날리고 재킷을 펄럭였다. 그 바람에 그녀가 차고 있는 총이 보였다. 데커가 그것을 보고 말했다. "베레타네요. 대브니가 버크셔를 죽일 때도 그걸 사용했죠."

브라운이 재킷 단추를 채웠다. "그래서 여기가 그가 지나간 경로인가요?"

"당신도 알고 있잖아요. 우린 도박 빚에 대한 이야기를 하고 있었죠."

"그 빚이 월터 대브니가 진 게 아니란 건 어떻게 알았죠?"

"당신이 그렇다고 말하지 않았으니까요. 그리고 난 글자 그대로 받아들였고요."

"난 실제로 늘 가능한 한 모호하게 하려고 애쓰죠."

"신의와 성실을 위해서요. 그래서 내털리입니까?"

그녀가 그를 노려보았다. "왜 그렇게 말하는 거죠? 그녀를 만난 적이 있나요?"

"그렇게 말할 수도 있겠지만, 실제로, 정석대로 말하자면, 대화를 나누진 못했어요. 그녀가 술에 취해 인사불성 상태였거든요."

"그런데 어떻게 그녀에게 도박 문제가 있으리라 생각하게 된 거예요?"

"나머지 세 자매는 아버지 때문에 제정신이 아니었어요. 하지만 아무도 술에 취해 곤드레만드레가 되지는 않았죠. 그리고 내털리는 멀리서 와서, 어젯밤에 도착했어요. 그 말은 내털리가 다른 자매들보다 그 소식을 듣고 마음을 정리할 시간이 더 있었다는 이야기이죠. 하지만 그녀는 아침에 얼빠진 얼굴로 나타났어요. 자매들이 장례 준비를 하러 나가고 엄마가 혼자 아래층에 있는 동안에요. 사람들이 모두 제각기 다르단 건 알지만, 그래도 어떤 면은 대부분 비슷해요. 그리고 그녀의 태도는 이상해 보였죠. 다른 자매들은 일어난 일에 대해 분노하고 있었어요. 믿을 수 없어 했고요. 하지만 내털리는 화가 나지도, 놀란 것 같지도 않아 보였죠. 술에 취하기는 했지만, 그녀의 표정, 눈동자 속엔 다른 게 있었어요. 음, 그러니까…… '죄책감' 같은 거요."

"당신은 누군가가 '죄책감'을 가진 걸 알 수 있나요?"

"난 20년 동안 경찰 일을 했어요. 수없이 많이 봤다고요." 그가 퉁명스럽게 말했다.

그들은 말없이 잠시 함께 걸었다. 두 사람이 보안 초소 옆을 지날 때 데커는 안에 있는 정복 차림의 보안 요원에게 고개를 까딱여 인사했다. 대브니가 버크셔를 저격한 그날 아침에 있던 그 요원이었다.

거리를 건너자 리모델링 작업을 하고 있는 건물로 인부들이 건

축 자재들을 나르고 있었다. 앞 유리에 '출입 허가 D.C.'라는 글자가 붙어 있었다. 계속해서 허물고 새로 건설하는 모습이 뉴욕 같았다. 데커는 뉴욕에 한 번 가본 적이 있었다. 택시 운전사는 그에게 뉴욕에는 딱 두 계절만 있다고 말했다. 겨울과 건축 철.

브라운이 말했다. "우린 그게 내털리라고는 생각하지 않아요. 그녀의 남편 코벳일 거예요."

"그 사람에게 도박 빚이 있었습니까?"

그녀가 고개를 끄덕였다. "그것도 엄청요. 분명, 나쁜 놈들 몇이 그에게 돈을 대출해주고 되돌려달라고 했겠죠. 그러니까, 러시아 마피아 말이에요."

"그래서 그들이 위협을 받았습니까?"

"위협 그 이상이죠. 못 갚으면 코벳과 내털리, 네 살 난 딸애까지 다 죽일걸요."

"그래서 내털리가 자기 아버지에게 전화를 걸었다?"

"마지막 희망이죠. 그는 돈이 있으니까요. 하지만 듣자 하니 유동자산이라 충분하진 않았던 것 같아요."

"그래서 그가 돈을 마련하려고 기밀을 팔았다는 거군요?"

"우리가 알고 있는 바로는 그래요."

"그래서 내털리가 자책하고 있고요?"

"그래 보인다면서요."

"하지만 그가 왜 버크셔를 죽였는지는 설명이 안 돼요."

"네. 우리도 아직 거기까지는 못 갔어요."

"이 모든 걸 어떻게 알게 된 거죠?"

"탐문요. 묻고 추적하죠. 우리는 코벳이 처한 상황에 대한 정보를 조금 입수했고, 거기서부터 달려들었어요. 사위의 도박 빚에 대해 찾아내고 나서 대브니에 대해 알게 된 거예요. 대브니의 회사는 DIA에서 유명하죠. 국가 안보 문제를 유발할 만한, 그와 관련된 어떤 연관점이 우리에게 경고 신호를 주더군요. 조각조각들이 모여서 큰 그림이 됐다고 할까요."

"그래서 내털리도 자기 아버지가 무슨 일을 했는지 알았나요?"

"확실하지는 않아요. 다른 기관을 통해 전화 몇 통을 추적 중이에요."

데커가 그녀를 호기심 어린 시선으로 바라보았다.

그녀가 설명했다. "내털리는 NSA(미국 국가안보국) 알고리즘에 걸릴 만한 한두 단어를 사용했는데, 그게 기록되어 있더군요. 우리가 그 데이터에 접근하기 전까지는 아무도 신경을 안 쓰기는 했지만요."

"NSA가 미국 시민들을 도청하고 있다고는 생각하지 않았는데."

"그러니까, 난 지금 당신에게 백악관과 관계된 기밀을 팔고 있는 거나 마찬가지예요. 어쨌든, 그 전화 한쪽은 해외에 걸쳐 있고, 그렇게 된 거죠. 온갖 구멍 중의 구멍이죠. 대브니는 내털리에게 자신이 문제를 처리할 거라고 수없이 말했어요. 그리고 시간은 촉박했고요. 하지만 그는 어떻게 할 건지까지는 말 안 했어요. 여기까지 온 뒤에야 이 정황이 발견된 거죠. 그렇지 않았다면 우리가 먼저 해결했겠죠."

"그럼 그가 돈을 받고 빚을 청산했습니까?"

"그렇지 않았다면, 내털리 가족은 지금 여기 없겠죠. 유럽 대륙 어딘가에 있는 강바닥에 토막 시신으로 가라앉아 있을걸요."

"그 지급은 언제 이루어진 겁니까?"

"통신 기록 추적이 아직 다 안 끝났어요. 대략적으로, 6주 전인 거 같긴 해요. 더 오래됐을 수도 있고."

"내털리와 이야기해봤습니까?"

"아뇨. 우린 그녀에게는 흥미가 없어요. 도박과 러시아 마피아 간의 커넥션은 우리 관할이 아니에요. 그건 국제 문제를 다루는 데 넘겼어요."

"팔아넘긴 기밀이 뭡니까? 9·11보다 더 안 좋은 걸 촉발할 수 있는 치명적인 기밀이라면서요."

"9·11과 비교해봐도, 그건 과장이 아니에요."

"걸려 있는 게 그렇게 크다면, 왜 FBI에 도움을 요청하지 않는 겁니까?"

"기밀 접근 권한은, 당신이 영화에서 봤던 것 같은 빌어먹을 선 몇 개가 아니라고요. 이건 '진짜' 임무예요."

"무슨 말입니까?"

"당신은 곧장 가고 싶겠지만, 문제는 이 일에 대해 누굴 믿어야 할지 모른다는 거죠. 엮인 사람이 적을수록 안전하죠."

"당신은 이 문제를 해결하고 제2의 9·11에서 우리를 구할 수 있도록 도와줄 사람들을 차단해버린 겁니다." 그가 쏘아붙였다.

이 말에 그녀는 불편한 기색을 내보였지만, 그 문제에 대해 더 이상 논쟁하지 않았다.

"구매자는 알아냈습니까?"

"조사 중이에요."

"러시아 마피아가 아닌 게 확실해요? 그가 채무 탕감 대가로 기밀들을 그들에게 넘겨줬을 수도 있죠."

그녀가 고개를 저었다. "마피아는 이런 종류의 걸 현금화하는 방법을 몰라요. 그렇게 하고 싶어 하지도 않죠. 그래야 할 필요가 없다면, 자기 머리를 미군에 갖다 바치고 싶진 않을 거 아녜요. 마피아는 아니에요. 그들은 대브니에게 현금을 받고, 대브니는 다른 누군가에게 기밀을 팔고 현금을 받은 거예요."

"다른 정부일까요?"

"매우 비슷하죠."

"왜요?"

"몇 가지 이유가 있어요. 이런 종류의 위험한 작전을 실행할 조직은 국가밖에 없어요. 자원도, 자금도 있고요. 또 국가만이, 대브니가 자신들에게 어떤 기밀을 줄 수 있을지 알아낼 정보전을 치를 수 있고요."

"그가 자기가 뭘 훔쳐낼지 고른 게 아니라고요? 누군가가 고른 거라고요, 그게?"

"거의 확실해요. 당신은 이런 종류의 일을 하지도 않을 거고, 그 대가로 당신이 원하는 걸 얻어내려고도 하지 않겠죠. 하지만 이 사건 뒤에 있는 그자들은, 자기들이 원하는 걸 대브니에게 정확히 말했을 거고, 그가 또 그것에 접근할 수 있는 권한을 가졌다는 것도 알았어요. 확실해요. 이건 매우 치밀하게 설계된 계획이에요. 그래서 난 내부자의 도움도 있었을 거라고 확신해요. 우리가 제대로 하지 않으면 잘못된 사람을 짚어낼 거고, 그럼 일이 곱절로 커질 거예요."

"돈은 추적했습니까?"

"거의 다 끝났어요. 1천만 달러예요."

데커의 입이 떡 벌어졌다. "1천만 달러요! 코벳이란 작자는 완전히 도박에 미쳐 있었군요!"

"판이 컸어요. 그리고 하루 1천 퍼센트의 이자라면 불어나는 건

순식간이죠."

"하지만 구매자 손에 기밀이 이미 들어갔다면 벌써 늦은 거 아
네요?"

"그런 식으로 이뤄지는 게임이 아니에요, 데커. 누가 그걸 가졌
는지 우리가 알아내고, 그게 외국 정부라면, 그건 나중에 우리가
들이밀 청구서가 될 수도 있어요. 동맹국과 적대국 사이에는 완벽
하게 받아들일 수밖에 없는 외교적 협박이 항상 일어나지요."

"테러 조직이라면요?"

"대브니가 판 정보를 실행하려면, 기초 인프라와 막대한 자본이
필요해요. 대브니는 대규모 군 사업을 진행했어요. 함선, 탱크, 전
투기와 관련되어 있죠. 다른 정부일 거라고 생각한 이유가 이것 때
문이에요. ISIL은 줌월트급 구축함같이 수십억 달러를 쏟아부어야
하는 계획에 투자하지 못해요."

"그럼 당신들은 계속 그 구매자를 추적해야겠네요."

"물론이죠. 그게 내 일이에요."

"그리고 우린 대브니가 버크셔를 왜 죽였는지 계속 조사해봐야
하고요."

그녀가 걸음을 멈추고 그를 바라보았다. "두 가지가 겹친다면
요?" 그녀가 물었다.

"그러면 합동 수사를 벌여야죠. 그리고 우리는 합동 수사를 환영
한답니다."

"친절도 하셔라. 한번 말해봐요, 당신이 가장 잘 쓰는 패는 '전
진'이죠?"

"아뇨, 난 늘 방어한답니다."

"당신은 당신 일을 해요. 난 내 일을 할 테니. 괜찮죠?"

"좋아요, 그 말뜻 그대로라면요."

"당신은 똑똑한 남자예요. 당신이 그걸 스스로 알아내게 놔둘게
요." 그녀가 거리를 따라 내려가며 등 너머로 소리쳤다. "커피 고마
웠어요."

025

"대브니의 여행지가 어딘지 알아냈어요."

토드 밀리건은 앞에 놓인 컴퓨터 화면을 주시하고 있었다. 그와 데커, 재미슨, 보거트는 4번가 FBI 워싱턴 지국의 작은 회의실에 앉아 있었다. 데커는 브라운과 나눴던 대화를 모조리 그들에게 전달했다.

"어디지?" 보거트가 말했다.

"휴스턴이에요. 승객 명단에서 그 이름이 팍 하고 튀어나오더라고요. 그는 5주 전에 확실히 거기에 갔었어요."

"왜 휴스턴에 갔을까?"

"기밀을 팔러 갔나?" 밀리건이 모험을 걸어보았다.

데커가 고개를 저었다. "브라운 말로는, 빚을 갚은 건 6주 전쯤이나 그전이었어. 그러니 휴스턴에 간 건 거래가 끝나고 딸이 안전해진 **다음이겠지.**"

"다른 문제가 있었나?" 보거트가 의견을 제시했다.

"아니면 휴스턴에 있는 MD 앤더슨 암센터 때문일지도 몰라요."
재미슨이 말했다.

모두가 그녀를 쳐다보았다.

그녀가 말했다. "대브니는 건강에 이상이 생겼다는 걸 느꼈을 거예요. 그렇다면 전문가의 의견을 듣고 싶었겠죠. MD 앤더슨은 암 분야 최고의 병원이니까요."

밀리건이 말했다. "어떻게 그런 걸 아는 거죠?"

"제가 기자였잖아요. 지역 주민 이야기를 쓸 때, 희귀 암 진단을 받고 치료를 받으러 그곳에 갔던 여자분 이야기를 다룬 적이 있어요."

밀리건이 씨익 웃었다. "FBI에 들어오기 전에 뭔가를 해서 먹고 살았던 게 당연한데, 깜빡했네요."

보거트가 말했다. "좋은 생각이야, 알렉스. 그 말이 맞는 것 같은데."

"확인해볼 수 있을 거예요." 밀리건이 말했다. "환자 개인정보 보호 규정이 있긴 하지만, 대브니가 거기 갔었는지 그 사람 아내에게 문의해달라고 하죠."

보거트가 말했다. "그렇게 해봐, 토드. 한 달 전에 자기가 말기 암이라는 걸 알았다면, 대브니가 저지른 일에 대한 어떤 동기가 될 수도 있겠지. 버크셔를 죽인 거 말이야."

밀리건이 자리에서 일어나 서둘러 회의실을 나섰다.

"대브니는 결코 범죄를 저지를 사람이 아니란 말이군요." 재미슨이 보거트에게 말했다.

"그래."

"하지만 그렇다 해도, 그가 버크셔를 죽인 이유가 설명되지 않아." 데커가 지적했다.

"그래, 하지만 퍼즐 한 조각을 더 채워 넣을 수 있긴 해. 그게 어느 지점에서 의문에 대한 답을 줄 수도 있을 거야. 그리고 검시관이 혈액검사 결과를 가져다주었어. 대브니는 진통제를 먹고 있었어. 그 말은 그가 자기 병에 대해 알고 있었다는 거지."

데커가 자리에서 일어났다.

"어디 가나?" 보거트가 물었다.

"산책."

* * *

그는 카페로 갔다. 집에서 아침을 잔뜩 먹은 후에 대브니는 이곳에 들러서 거리가 내다보이는 자리에 앉았다. 그러고는 일어나서 밖으로 나갔다. 거리를 걸어 내려가다가 버크셔의 머리를 쏘고, 자기 뇌에도 총알을 박았다.

데커가 그 자리에 앉자 지난번에 이야기를 나눈 여종업원이 그에게 다가왔다.

"지난번에 여자분과 오셨을 때 뵀어요. 아직도 무슨 일이 일어난 건지 조사 중인 건가요?"

"아직도요." 데커가 심상하게 대답했다.

"별로 중요한 일은 아닌 거 같은데요."

그가 그녀를 날카롭게 쳐다보았다. "뭐가요?"

"빌리가 오늘 있어요. 당신이 줬던 명함을 전해주긴 했는데, 빌리가 전화했는지는 모르겠지만요. 그 남자가 여기 온 날 빌리가 근무했어요. 빌리와 이야기하고 싶다면, 지금 안 바쁘니까 가보세요."

"이야기해보죠."

그녀는 그 자리를 떠났다가 새치 섞인 머리 꽁지를 묶은 키가 큰 중년 남자를 데리고 다시 왔다. 그는 여성용으로 보이는 검은 티셔츠에 물 빠진 청바지를 입고, 허리춤에는 초록색 앞치마를 묶고 있었다.

"안녕하세요." 여자가 카운터 안으로 들어가자 빌리가 말했다. "FBI에서 일하시는 분이라고 들었어요. 저한테 뭔가 듣고 싶은 게 있다고요?"

"네, 잠깐 앉으시죠."

빌리가 맞은편에 앉았다.

"여기서 오래 일했어요?" 데커가 물었다.

빌리가 웃음을 터트렸다. "2008년 투자 은행에 다녔었는데, 믿을지 모르겠지만요, 그때 금융권에 대재앙이 일어나서 저도 재산을 몽땅 날렸죠. 죄다 잃었어요. 그래서 그 지옥 같은 곳으로 다시는 돌아가지 않겠다고 결심했죠. 전 4년간 여기서 일했습니다. 찢어지게 가난하지만, 어느 때보다 행복해요."

"잘됐군요. 대브니 씨, 기억나십니까?"

"네. 아침에 왔었어요."

"그전에도 온 적이 있습니까?"

"아뇨. 전혀 본 적이 없는 것 같아요. 그 사람 사진을 신문과 뉴스에서 봤으니 기억하는 거죠."

"그가 이 테이블에 앉았습니까?"

"네. 주문 때문에 두어 차례 그 사람 곁을 지나갔어요. 어이없게도, 스콘을 한 입도 안 먹었더라고요. 제가 스콘에 무슨 문제 있냐고 물어보기까지 했다니까요."

데커의 신경이 팽팽해졌다. "잠깐만요, 그 사람에게 말을 걸었다고요?"

"네, 네. 그 사람은 차도, 스콘도 입에 안 댔어요. 그래서 제 눈에 띈 거예요. 아주 맛있는 거였고, 싸지도 않은 건데요. 손도 안 대더라니까요."

"그 사람에게 뭐라고 말씀하셨습니까?"

"스콘이 차가워서 그런 건지, 아니면 다른 문제가 있는 거냐고 물었죠. 원하신다면 데워다드릴 수도 있다고요. 버터 좀 가져다드릴까요, 하고도 물었어요."

"그가 뭐라고 대답했습니까?"

"식욕이 별로 없다고 하더군요. 웃기죠, 허 참, 주문하자마자 말이에요."

"네." 데커가 말했다. "분명 이상하군요."

빌리의 얼굴이 붉으락푸르락해졌다. "맞아요, 그 살인 사건 전부다요, 정말 **이상하잖아요!**"

"네." 데커가 건조하게 대꾸했다.

"어쨌든, 그 사람은 창밖에 뭐가 있는지 계속 한쪽을 주시하고 있더라고요."

데커의 신경이 다시 한 번 팽팽해졌다. "무슨 말입니까? 어떻게 **주시했다고요?**"

"그러니까, 그 사람이 몸을 곧추세우고 있었다고요. 테이블에 거의 딱 붙어 있어서 차를 쏟을 것 같았다니까요. 그 사람은 제가 아니라 제 너머를 보고 있었어요. 그러더니 벌떡 일어나서 문을 열고 나갔어요. 서류 가방도 잊었죠. 제가 불러세워서 말해주지 않았더라면, 그 가방을 여기다 두고 갔을걸요."

그랬더라면 앤 버크셔는 지금 살아 있겠지, 데커는 생각했다.

"그래서 전 테이블을 치웠어요. 스콘을 카운터 뒤에 가져다놓을까도 생각했는데, 우린 그런 경우에 대한 규정이 있어서요, 그래서 버렸죠."

"또 뭐 다른 건요?"

"없어요. 제가 연락을 드렸어야 했는데. 에이미한테 명함을 받았어요. 전 그날 감기라 출근을 안 했거든요." 데커가 아무 말을 하지 않자 그가 덧붙였다. "뭐 드시거나 마실 건 필요 없으세요? 스콘 데워다드릴까요?"

"네, 좋습니다, 고마워요."

"괜찮으세요?"

데커는 아무런 반응을 보이지 않고 창밖만 노려보았다.

빌리가 마침내 자리를 떴다.

거리를 내다보기 좋은 자리였다. 이곳에서는 멀리까지 잘 보였다. 그는 눈을 감고 머릿속 영상들을 하나씩 불러냈다. 원하는 일련의 장면들이 나올 때까지. 그는 자신이 대브니와 버크셔를 목격했던 모든 장면을 추적했다. 여기에서 있었던 시간은 대단히 중요했다. 하지만 제대로 된 분석을 하기 위해 필요한 정보는 아직 없었다. 그러나 계속 시도해보아야 한다.

한 장면 한 장면씩.

데커는 아직 버크셔의 죽음과 대브니의 치명상에 이르는, 그들 각각의 발걸음의 끝에 가 닿지 못했다.

그는 눈을 뜨고 거리를 주의 깊게 내려다보았다.

그리고 눈에 두드러지는 어떤 한 가지를 발견했다. 빌리가 말했던, 창밖을 응시하던 대브니의 긴장을 촉발할 기폭제, 그가 보고 있던 건 버크셔가 아니었다. 이 자리에서는 보이지 않았다. 그녀는 그 시간에 길 더 아래쪽에 있었다. 이곳의 시야각에서 벗어난 곳이었다.

그럼 기폭제는 뭐지?

그리고 알아차렸다.

데커는 벌떡 일어나, 밖으로 나가 창 반대편으로 가서 섰다.

대브니에게서는 휴대전화가 발견되지 않았다. 그러니 통신망을 이용한 건 아닐 터였다. 이 계획이 세심하게 짜였다면, 대브니는 살아남지 못할 테니, 그들은 전화를 사용할 수 없었을 것이다. 그가 기록을 지운다 해도, 흔적이 남으니까. 그리고 어쩌면 그와 함께 일한 누군가는 그가 그 일을 하리라고는 완전히 믿지 않았을 수도 있다.

그러나 흔적을 남기지 않고 신호를 보낼 수 있는 수단이 하나 있었다.

대브니가 보고 있던 거리 바깥에 누군가가 있었다면, 그 사람의 존재가 신호가 되었을 것이다. 어쩌면 그 사람이 입고 있는 옷일 수도 있고, 어떤 행동일 수도 있다. 어쨌든 뭔가가 그를 카페에서 갑자기 나서게 했다. 그리고 이것이 차와 스콘에 손도 대지 않은 이유를 설명할 수 있다. 카페는 그에게 단지 신호가 오기를 기다리는 장소였던 것이다.

그리고 그 사람이 뭔가 신호를 보낸 게 분명했다.

그 앤 버크셔가 오고 있다고.

데커는 거리를 가로질러 가 보도를 걸어 내려갔다. 그리고 자신이 갔던 길을 따라갔다. 그 길은 대브니가 먼저 갔던 길이었다. 그는 좌우를 살펴보고, 모든 것을 담고, 그 총격이 있던 날 보았던 것과 전부 다 비교해보았다.

맨홀 뚜껑 주위에 쳐져 있던 공사용 바리케이드가 치워진 것 말고는 모든 게 똑같아 보였다.

그는 보안 초소를 지나 계속 걸어갔다. 더 위쪽에 대브니가 있었다. 그는 마음의 눈으로 죽은 남자가 걸어갔던 거리를 따라 걸어갔다.

그리고 그때, 반대편에서 버크셔가 다가왔다. 그녀에게는 데커의 주목을 끌 만한 점이 전혀 없었지만, 그는 기억의 장면을 거기서 멈추고, 그녀를 보았던 때를 떠올려보았다.

하지만 너무 멀어서 그녀의 얼굴을 실제로 본 기억은 없었다. 그래서 그녀에 대한 인상이 어땠는지도 떠오르지가 않았다. 그는 그녀가 대브니처럼 긴 보폭으로 성큼성큼 걷고 있지는 않았음을 기억해냈다.

자신의 죽음으로 가는 걸음을 걷고 있던 그 남자처럼은.

두 사람 사이의 거리가 점차 가까워졌다. 마침내 그들은 모퉁이를 돌았고, 대브니는 왼쪽에 버크셔는 오른쪽에 서게 되었다. 그러고 나서 두 행인은 나란히 평행하게 걸었다. 거의 어깨가 닿을 만한 거리에서.

그때가 바로 데커가 푸드 트럭에 시선을 빼앗겨서, 아침으로 먹을 부리토를 사 갈지 말지를 고민한 시점이었다. 그는 시계를 보았고, 그냥 가기로 결정하고는 몸을 돌렸다.

바로 그 순간 총이 뽑혔고 버크셔의 목 아래쪽을 겨냥했다.

그리고 총알이 날아갔다.

그녀는 인도 위로 쓰러졌고, 죽었다.

보안 요원이 달려오기 시작했다. 그들은 대브니와 대치했다.

대브니가 스스로에게 총을 쐈다.

기억의 불꽃이 사그라들었다.

데커는 보도 중간에 서 있었다. 사람들이 그의 옆으로 지나갔다. 그는 두 사람이 흘린 피가 지나간 자리를 내려다보았다.

그리고 고개를 들었다. 대브니에게 신호가 되었을 법한 무슨 일이 일어났을지 생각해보았다.

"여기 있었네요?"

그는 몸을 돌렸다. 재미슨이 서 있었다.

"밀리건이 대브니 부인에게 전화를 걸어서, 부인이 MD 앤더슨에 확인해봤어요. 내 말이 맞았어요. 월터 대브니가 거기에 와서 뇌종양 진단을 받았대요. 그리고 치료를 받지 않겠다고 말했대요."

데커는 아무 반응을 보이지 않았다. 그녀가 말했다. "왜 그래요? 뭐 건졌어요? 혼자서 주변을 돌아다닌 후에는 늘 그러잖아요."

"그날 이 구역 CCTV 영상 좀 봐야겠어요."

"여기서 무슨 일이 일어났는지 알고 있잖아요, 데커."

"아뇨. 정말로 알고 있는 건 없어요."

붉은 옷의 여인이 등장했던 기미는 없었다.

심지어 그건 여인도 아니었다. 아무리 좋게 봐줘도, 그렇게 보이지도 않았고, 그렇다고 말하기도 불가능했다.

데커는 그 자리에 앉아서 광대 옷을 입고 커다란 막대 사탕을 쥐고 있는 한 사람을 응시했다.

"자네는 정말 저게 그 신호라고 생각하나?" 보거트가 물었다.

"우리는 6일치나 되는 영상을 봤다고." 데커가 말했다. "다른 영상에서 그날 저 자리에 있던 사람들 사이에서 광대 본 적 있어? 우리는 계속 묻고 다녔지만, 아무도 왜 광대가 저기 있는지는 설명하지 못했어. 서커스가 있던 것도 아니고, 마을에 무슨 행사가 있던 것도 아니야. 심지어 저 광대는 홍보용 광고판 같은 것을 들고 있지도 않아. 내 생각에 저 광대가 신호일 가능성이 **있어.**"

보거트가 밀리건을 응시했다. 그들은 FBI 빌딩, 거대한 텔레비전 화면이 한 벽면을 차지하고 있는 작은 회의실에 다시 한 번 앉아 있었다.

"자네 말이 맞는 것 같군." 보거트가 수긍했다.

재미슨이 말했다. "그리고 저 광대는 대브니의 시선이 확실히 닿는 곳에 있다가 건물 주변으로 사라져버렸죠. 말하자면 대브니가 신호를 받고 버크셔를 죽이러 가는 걸 확인하고 말이죠."

보거트가 한숨을 내쉬었다. "그리고 저 광대는 분장을 한 데다, 늘어진 모자에 엄청 큰 옷, 장갑까지 착용하고 있지. 저자가 백인인지 흑인인지조차 모르겠어. '저자'라고 했지만, 사실은 남자인지도 모르겠고."

밀리건이 말했다. "저 광대가 향하고 있는 곳을 비춘 다른 CCTV들을 확인해봤어요. 사람들 사이에 있다가 사각지대에서 사라져버리더라고요."

"분명 카메라 위치와 사각지대를 알고 있었을 거야." 보거트가 의견을 제시했다. "정말이지 잘 짜인 계획이야."

"그러니 여기에서 음모가 진행되고 있는 거군요." 재미슨이 말했다. "이 사람들은 대브니가 버크셔를 살해하도록 사주했어요. 그역시도 죽어가고 있었으니 그는 일을 벌인 후 자살해버렸죠."

보거트가 말했다. "하지만 어떻게 그에게 그런 일을 하게 했을까? 브라운 요원의 말로는, 도박 빚은 청산했다고 했잖아. 러시아마피아든 다른 누구든, 이런 일을 해서 얻을 게 없다고. 브라운은 또 이 일에 마피아가 연루된 것 같진 않다고 했지. 그들은 돈을 원할 뿐이라고. 그리고 마피아 관련 사건을 다루어본 경험으로 보자면, 나 역시 그녀의 말이 맞다고 생각해."

밀리건이 말했다. "그래서, 다시 배후 조종자가 그에게 어떻게 그 일을 하게 했느냐, 라는 문제로 돌아왔군요."

재미슨이 데커를 보았다. "당신은 알겠어요?"

데커는 당장은 아무 말도 하지 않았다. 머릿속이 윙윙거리기 시작했고, 사실과 의심 들이 하나씩 하나씩 교대로 채워지면서, 서로가 서로를 잡아먹을 듯이 대체되며 흘러갔다.

데커가 말했다. "대브니는 자기가 일하던 군사 프로젝트와 관련된 기밀을 빼냈고, DIA가 그걸 알아냈죠." 그가 말을 잠시 멈췄다. "DIA가 그걸 알아냈다면, 다른 누군가도 그랬을 수 있죠."

보거트가 말했다. "그러니까, 그가 반역죄를 범한 증거를 가지고 그를 협박했다고? 버크셔를 죽이려고?"

"아직 대브니와 버크셔 사이의 연결고리는 못 찾아냈지만, 그게 우리가 아는 사실들을 설명해주기는 해요. 어쩌면 두 사람 사이에 연관 관계가 **없을** 수도 있죠."

"하이스미스의 《열차 안의 낯선 자들》 같은 건가요?" 밀리건이 말했다. "이건 일방통행이지만요. 그자들이 자신들만 아는 이유로 없애고 싶은 버크셔를 없애라고 대브니를 사주한 거라고요?"

"하지만 그는 왜 그 일을 했을까요?" 재미슨이 물었다. "그는 죽어가고 있었는데요. 들통난다고 한들 무슨 상관이에요."

"그는 죽어가고 있었지만, 그 가족은 아니죠." 데커가 말했다. "그리고 그의 부인과 딸들과 했던 면담을 상기해보면, 그 사람들은 자기 남편, 자기 아버지가 물 위를 걷는 능력이라도 있는 것처럼 생각하는 것 같더라고요. 그가 죽어가고 있다는 사실도 결정을 쉽게 할 수 있게 만들었을 거예요. 그는 자신이 이 일로 재판에 회부되지는 않을 거란 걸 알았죠. 그리고 자신의 행동이 병으로 정당화되기를 바랐을 수도 있죠."

"하지만 그가 스파이 가면을 벗은 거라면?" 보거트가 말했다.

"그러면 그 방법이 아니면 안 되었던 거겠지." 데커가 말했다. "그의 커리어는 불명예스럽게 끝났겠지. 그리고 딸도 자기와 함께 끝내리게 됐을 거고. 그가 버크셔를 죽이고, 그러고 나서 자살한 것은, 모든 사람들의 시선이 그쪽으로만 향하기를 바랐기 때문일지도 몰라. 그는 DIA가 자신이 한 일을 알고 있단 걸 몰랐을 거야. 하지만 누군가가 그를 협박하고 있었다면, 그들은 그를 확실히 옭아매고 있었을 거야. 그것만으로도 그가 거래에 응하게 만들기에 충분하지."

"하지만 대브니는 그들의 협상에 부응해 살인하고 나면 그들이 합의대로 이행하고 자신의 스파이 행위를 폭로하지 않으리란 걸 뭘로 확신했을까요?" 밀리건이 의문을 제기했다.

"그에게 선택지가 많았다고는 생각되지 않아요. 하지만 그들 역시 그걸 폭로하면 자기들까지 추적당할 수 있죠. 만약 대브니의 스파이 행위가 드러났다고 해도, 그들이 그걸 왜 신경 쓰겠어요? 대브니는 이미 죽었는데. 그리고 다른 사람에게 살해를 사주하면서 협박하는 자들이 이타주의자일 리는 없죠. 우리가 알고 있는 건, 그자들이 국가의 적이라는 것뿐이에요. 아니, 그자들은 침묵을 유지하는 게 모든 면에서 유리하죠. 그러면 자신들이 기밀을 가지고 있다는 사실을 우리가 알지 못할 테니까요. 대브니도 아마 이런 걸 계산했겠죠."

밀리건이 말했다. "그래서 그가 버크셔를 죽이고 자살했군요. 그건 협박범들이 여전히 바깥 어딘가에 있다는 걸 의미하고요."

재미슨이 말했다. "같은 견지에서, 대브니와 함께 일했던 누군가일 수도 있겠네요. 그렇지 않으면, 그자들이 그가 기밀을 빼낸 걸 어떻게 알았겠어요?"

"그럴 수도 있지." 보거트가 말했다. "하지만 그와 함께 일하지 않은 사람이라도, 그 정보를 얻어낼 방법은 수없이 많아."

데커가 말했다. "이제 의문은 이 '제3자'들이 왜 먼저 앤 버크셔의 죽음을 바랐느냐는 거지."

"그럼, 이제 대브니와 버크셔의 연관 관계 대신, 대브니와 이 알려지지 않은 제3자, 협박범들 사이의 관계를 찾아내야겠군요?" 밀리건이 얼굴을 찌푸렸다. "하지만 제3자는 버크셔와도 어떤 연관이 있겠죠. 그녀가 죽기를 바랐으니까요."

데커가 고개를 끄덕였다. "확실히요."

보거트가 말했다. "어디에서부터 시작하지?"

"음, 알렉스와 토드가 제안한 것처럼, 그 협박범들이 대브니, 버크셔와 어떤 관계가 있는지부터 알아봐야지. 대브니와 버크셔가 서로를 알지 못했다고 하더라도 이 점은 생각해봐야 될 거 같아. 이 제3자들은 그 둘 사이의 전달자였을 수도 있어. 이들은 기밀을 빼낸 것에 대해 알고, 대브니와 접촉을 시도했겠지. 이들이 우리가 따라가기에 충분한 흔적을 남겼길 바라자고."

"그래서 우린 다시 출발점으로 돌아왔군요." 밀리건이 진 빠진 목소리로 말했다.

"이 사태를 타개할 두어 가지 방법이 있어요." 데커가 말했다. "하나는 버크셔의 관점이에요. 누군가가 그녀의 죽음을 바랐다면, 거기엔 그럴 만한 이유가 있겠죠. 그 이유는 그녀의 독특한 과거 이력에 숨겨져 있을 거예요. 버크셔의 과거를 파면, 협박범들에게로 향하는 길을 찾을 수 있을 거예요."

"그리고 다른 방법은요?" 재미슨이 물었다.

"대브니예요. 그럴 만한 설득력 있는 이유가 있지 않으면 누군가를 살해하는 데 절대로 동의하지는 않을 거예요. 그리고 그런 종류의 설득력 있는 이유가 트위터, 문자, 이메일의 형태로 남아 있진 않을 거예요. 이런 걸 누군가가 글로 남겨두고 싶어 했을 거라곤 생각되지 않으니까요. 그러면 대브니와 직접 만나는 것만 남아요. 우린 그들이 함께 있었던 사람이 누군지만 알아내면 돼요."

보거트가 말했다. "그럼 토드와 나는 그쪽으로 가고, 자네와 재미슨은 버크셔 쪽에서 시작해보지."

재미슨이 고개를 끄덕였다. "그러고 나서 각자 서 있는 곳에서 본 것들을 비교해보면 되겠군요. 좋은 계획 같아요, 데커?"

모두의 시선이 데커에게로 향했다.

"에이머스, 난 좋은 계획처럼 들리는데요?"

마침내 데커가 고개를 휘휘 젓고는 그녀를 바라보았다. 그녀가 방 안에 있는 걸 이제 막 깨달았다는 몸짓이었다. 그가 느릿하게 말했다. "모르겠어요, 알렉스. 지금 당장 뭐가 좋은 계획인지 모르겠어요."

0 027

그날 밤 데커와 재미슨이 집으로 돌아가자 문 앞에서 누군가 기다리고 있었다. 대니 에이마야였다. 얼굴이 하얗게 질린 채 불안으로 몸을 떨고 있었다.

"대니, 무슨 일이니?"

"아빠요. 아빠가 오늘 학교에 절 데리러 오시지 않았어요."

"그럼 어떻게 집까지 왔어?"

"친구 엄마가 태워다주셨어요."

"경찰에 전화는 해봤니?"

"아뇨, 전…… 어떻게 해야 할지 모르겠어서요. 겁이 나서."

"알았다, 대니. 우리가 조치를 하마."

재미슨이 아이의 손을 잡고 집 안으로 데리고 왔다. "배고프지?" 그녀가 말했다.

그가 고개를 끄덕이고는 불안한 눈길을 데커에게 보냈다.

"뭐 먹을 것 좀 만들어줄게. 자, 대니, 아빠를 어디에서 찾을 수 있을지 도움이 될 만한 게 없을까? 말해줄 수 있니?" 재미슨이 주방에서 바쁘게 움직였고, 대니는 조리대 앞에 앉아서 그 모습을 지켜보았다. 데커는 그의 옆에 서 있었다.

"오늘 학교에 데려다주셨어요, 평소처럼요."

"오늘 데리러 오지 못할 것 같다고, 왜 그런지 뭔가 말씀하신 게 있니?" 데커가 물었다.

"아뇨, 그런 말씀은 안 하신 것 같아요. 전 방과 후 수업에 갔고, 아빠는 늘 6시에 절 데리러 오세요. 하지만 오늘은 안 나타나셨어요. 전 뭘 어떻게 해야 할지 모르겠어요."

"너 전화 있니?" 재미슨이 물었다.

대니가 고개를 저었다. "아빠는 하나 갖고 계시지만, 저한테 사주기엔 너무 비싼 거잖아요."

"그럼, 아빠에게 전화할 때 친구네 전화를 사용하니?"

"네. 전화를 빌려서 걸어봤는데, 받지 않으셨어요."

재미슨이 말했다. "좋아, 자 지금으로서는 경찰에 신고부터 해야겠구나. 아빠를 찾아달라고 하자."

데커가 말했다. "에이마야가 일하는 건설 현장으로 가봐야겠어요. 어딘지 말해줄 수 있니? 부두 근처라면서."

대니가 고개를 끄덕였다.

재미슨이 샐러드에 넣을 토마토를 썰다 손을 멈추었다. "데커, 혼자 가지 않는 게 좋겠어요."

"위험한 일은 안 할 겁니다. 그냥 거기 가서 둘러보려는 것뿐이에요. 그게 다예요. 뭔가 수상쩍은 게 보이면, 경찰에 전화할 겁니다." 그가 손을 내밀었다. "당신 차 좀 쓸게요, 알렉스."

그녀는 곧바로 재킷 주머니에서 열쇠를 꺼냈지만, 손에 든 채로 한참을 주저했다. "위험한 일 안 한다고 약속해요?"

"약속할게요."

데커는 대니를 쳐다보았다. "아버지가 건설 현장에서 무슨 일을 하시니, 대니?"

"이것저것요. 대부분은 벽돌 쌓는 일을 하세요. 정말 잘하세요."

"곧 돌아올게요."

* * *

잠시 후 데커는 재미슨의 차에 몸을 욱여 넣고 차를 출발시켰다. 건설 현장까지는 15분 거리였다. 무척이나 어두웠고, 주변에는 아무도 없었다. 그가 도착한 현장 맞은편의 건물들은 해체 단계에 있었다. 구역 전체가 광범위하게 리모델링 중이었다.

건물들 사이로 으스스한 바람이 소리를 질렀다. 데커는 현장 맞은편 길에 차를 대고, 재킷 옷깃을 세웠다. 잠시 주변을 둘러보았다. 아무도 보이지 않았다. 에이마야의 센트라도 보이지 않았다.

그는 거리를 급히 가로질러 가서 아직 건설 중인 건물 앞에 섰다. 외벽이 세워져 있었고, 바닥에는 시멘트가 채워져 있었다. 12층 건물이었다. 건설용 엘리베이터가 뼈에 붙은 힘줄처럼 콘크리트 구조에 달라붙어 있었다.

그는 조심스럽게 움직이면서 장애물들을 넘어 열린 공간으로 발을 들이고, 1층의 빈 공간을 한 바퀴 휘 훑어보았다. 경비원이 없는 게 이상했다. 그는 손을 권총에 가져다 대고, 다른 주머니에서 손전등을 꺼냈다. 그리고 주변을 비추어보았지만, 건설 자재 무더기 말고는 아무것도 없었다.

그는 아래층으로 내려가는 계단을 쭉 훑었다. 그리고 그곳으로 갈지 잠시 갈등하다가 내려가기로 결정했다. 아래에서 에이마야가 부상을 당했거나 죽은 채로 쓰러져 있을 거라는 생각 외에는 들지 않았다.

계단을 걸어 내려가 아래층에 도달했다. 주변을 손전등으로 비춰보자, 한쪽 구역은 다 지어진 상태였다. 멀리 구석 바닥에 구멍 하나가 있고, 그 주위 벽에 벽돌들이 쌓여 있었다. 아래를 내려다보자 시멘트 바닥 위에 회반죽 벽돌을 조립해 넣은 바닥이 보였다.

그 순간, 무슨 소리가 들려왔다. 그는 손전등을 껐다. 그리고 구석으로 가서 귀를 기울였다. 분명 소리는 들렸지만 무슨 소리인지는 알 수 없었다.

그리고 발걸음이 다가왔다.

그리고 손전등이 켜졌다.

데커는 어둠 속으로 재빨리 몸을 숨겼다.

남자 넷이 계단참에 나타났다. 뭔가를 운반하고 있었다.

그것이 무엇인지 깨닫자, 데커의 손이 전화기로 향했다.

분명 시체였다.

그들은 구멍 근처에 시체를 끌어다 내려놓았다. 그리고 한 남자가 손전등으로 주변 공간을 잽싸게 훑었다.

그때 무척이나 긴장한 표정의 토마스 에이마야가 보였다. 얼굴이 부풀어 오르고 피투성이였다.

남자 둘이 총을 꺼냈다. 그들이 에이마야에게 총을 겨누자, 에이마야와 네 번째 남자가 시신을 들어 구멍 쪽으로 가져갔다.

"시멘트 가져와."

데커의 스페인어 실력은 그렇게 좋지 않았지만, 무슨 일이 벌어지는지는 충분히 알 수 있었다. 에이마야가 시멘트 자루를 들어 올려 자루 입구를 열고, 그것을 시멘트 혼합기에 쏟아부었다. 그리고 물을 붓고 기계를 돌렸다. 그러는 동안 다른 남자는 시체를 구멍 안에 내던졌다.

이제 무슨 일이 벌어지고 있는지는 분명했다.

그러면 그들은 왜 에이마야가 필요한 것인가.

에이마야가 시멘트 반죽을 구멍 안에 쏟아붓고, 그 위에 이음매 하나 없이 반듯하게 벽돌을 놓고 바를 것이다. 건설 현장에서 그가 하는 일이 바로 그거였다.

이것이 바로 그들이 에이마야를 원한 이유였다.

시체를 숨기기 위해서. 그리고 저 벽돌공이 이 일 이후에 다른 일자리를 알아보러 갈 수 있을 것 같지는 않았다.

데커는 전화기를 꺼내 들었지만, 실망스럽게도 신호가 잡히지 않았다.

젠장.

그 순간, 그는 자기 옆에 누군가가 있다는 것을 알아차렸다.

누군가가 그의 등에 총구를 들이대고 있었다.

0 028

그가 데커의 등을 떠밀었다. 데커는 발을 헛디뎌 넘어질 뻔했다가 겨우 균형을 잡았다. 전등 불빛이 그의 얼굴을 강타했다.

"이리 데려와."

남자가 다시 한 번 데커의 등을 쿡 찔렀다.

"움직여!"

그가 구멍 근처까지 걸어가 구멍을 내려다보았다. 시체가 있었다. 그러고 나서 포획자들을 건너다보았다.

그들은 에이마야 외에 다섯 명이었다. 모두 젊고 험상궂은 외모에 무장을 하고 있었다.

데커는 이런 역경을 좋아하지 않았다.

내가 죽으면 재미슨이 어떻게 행동할까, 그는 잠시 생각했다.

거봐, 에이머스.

하지만 실제로는 이렇게 말하지 않을 것이다. 그녀는 무척이나 충격을 받으리라. 그리고 지금 당장은, 당면한 위험보다 그게 더 안 좋게 느껴졌다.

다섯 남자들 중 그가 아파트에서 봤던 작은 남자는 없었다. 대니는 안전모를 쓰고 양복을 입은 그 남자를 보았다고 말했었다. 분명 살인과 시체 매장은 그의 직업 설명서에 포함되어 있지 않았을 것이다.

그리고 어쩌면 이것이 오늘 밤 여기에 경비들이 없는 이유일 터였다. 그들은 이 별것 없는 초과근무 시간에 누군가가 주위를 어슬렁거리는 걸 바라지 않았을 것이다.

하지만 여기 있는 다른 남자들은 언제라도 영광스러운 암매장 작업에 나설 준비가 되어 있어 보였다.

무리 가운데 한 남자가 에이마야를 보고 말했다. **"한 사람 더 들어갈 자리를 만들어."**

이 명령을 알아듣는 데 유창한 스페인어 실력은 필요 없었다. '**한 사람 더**'는 분명 그를 말하는 것일 터였다. 그는 나머지 사람이었고, 그들은 그를 다른 남자와 함께 묻어버릴 셈이었다.

하지만 그는 뭔가를 더 시도해볼 수 있었다. 곤경은 아직 닥쳐오지 않았으니까. 그리고 그들은 그의 몸을 수색하지 않았다. 그건 실수였다.

하지만 아직 그의 뒤에는 총을 가진 남자가 있었다. 손전등을 비추고 있는 남자 역시 다른 손에 총을 들고 있었다. 두 사람이 데커를 똑바로 겨누고 있었다.

그리고 세 남자가 더 있었고, 모두 무기를 가지고 있었다. 한두 사람쯤은 처리할 수 있을지 몰라도, 결국 나머지 누군가에게 죽을 수밖에 없었다. 간단한 산수였다. 머릿속에서 모든 시나리오들이 짧게 번뜩였다.

"저 남자 연방 요원이야." 에이마야가 데커를 가리키며 갑자기 말을 툭 내뱉었다.

남자들이 고개를 돌려 그를 쳐다보았다.

"저 남자 연방 요원이야." 에이마야가 다시 말했다. **"FBI라고!"** 그가 몹시 흥분해서 데커를 가리켰다.

손전등을 든 남자가 데커에게로 다가왔다. **"요원이라고?"**

데커가 고개를 끄덕였다.

남자가 씩 웃었다. **"난 신경 안 써. 넌 죽었어."**

데커에게는 이제 선택의 여지가 없었다. 역경이 그의 취향에 맞지 않는 것 따위는 고려 대상이 아니었다. 자신이 죽게 된다면, 최소한 한 놈 정도는 데리고 갈 생각이었다.

그는 어깨를 낮추고 그대로 바닥으로 쑥 주저앉았다가 빠르게 벌떡 일어났다. 그리고 오른쪽 남자의 가슴팍으로 돌진해, 있는 힘껏 다리를 들어 남자를 향해 날렸다. 남자가 비명을 지르며 구덩이 안으로 떨어졌다.

이제 데커의 문제는 분명했다. 처리할 남자가 넷 남았다.

좋은 점은 유일한 불빛이 구덩이 안으로 사라졌다는 것이었다.

지금 이 순간 어둠은 그의 가장 좋은 친구였다.

총소리가 사방에서 들렸다. 다행히도 데커는 재빠르게 바닥에 납작 엎드려 총을 꺼내 발포했다. 무언가 그를 휙 지나 번쩍였다. 너무 빨라서 뭐가 지나가는지도 알 수 없었다.

그러나 누군가 한 사람이 더 시체가 되는 소리가 들려왔다. 그다음에는 무언가 벽돌로 된 단단한 바닥을 쾅 하고 치는 소리가 들렸다.

그는 오른쪽으로 몸을 굴려, 총을 단단히 움켜쥐고, 다시 한 번

발포했다.

총알은 데커의 등에 총을 겨누고 있던 남자의 배를 강타했다. 남자는 비명을 지르고 또 질렀다. 잠시 후 남자의 입에서 피가 왈칵 터져 나왔다. 그리고 바닥에 쓰러졌다. 싸울 의지가 이미 사라진 것 같았다. 복부 상처가 깊겠군, 데커는 생각했다. 남자는 아마도 바로 그곳에서 피를 흘리고 있을 거고, 치료를 받을 기회는 없을 것이다.

데커의 근처 바닥에 총알이 빗발쳤다. 콘크리트와 벽돌 조각이 탁탁 소리를 내며 허공으로 튀었다. 그리고 뭔가가 그의 팔 어딘가를 스치고 지나갔다. 총알 아니면 콘크리트 조각일 터였다. 그게 뭐든 죽을 만큼 아팠다.

더 많은 총알이 쏟아졌다. 그는 바닥으로 몸을 굴렸다. 그리고 안으로 움푹 팬 공간으로 달려 들어갔다. 벽이었다. 그는 일어나서 중심을 잡고 빙그르르 몸을 돌려, 다시 쭈그리고 앉았다. 그리고 상황에 집중했다.

그의 셈으로는 셋 이하였다. 둘 정도만 보내면 되었다.

두 남자가 있으리라고 짐작되는 쪽으로 총을 쏘기 위해 몸을 돌리는 순간, 또 다른 충돌의 결과로 뭔가가 번쩍였다. 소리를 죽인 비명 소리가 들려왔고, 총알이 벽돌에 와 박혔다. 그리고 시체가 하나 더 늘었다.

좋아, 이제 한 놈 남았어.

이제 승산이 훨씬 높아졌다.

그는 총을 들고 앞으로 기어갔다. 토마스 에이마야가 마지막 놈과 사투를 벌이고 있었다. 남자는 에이마야보다 덩치도 크고 강인했으며 총을 가지고 있었다. 그는 작은 남자를 떨쳐낸 뒤 총을 들어 조준하고 방아쇠를 꽉 움켜쥐었다.

그때 데커의 총이 불을 뿜었다. 남자가 다리를 들고 벌렁 뻗어버릴 정도로 세게 맞았다. 남자가 벽돌 위로 쓰러지고, 손에서 총을 떨어뜨렸다. 그러는 동안 그를 쏜 데커는 움직이지 않았다.

좋아, 다섯 번째이자 마지막 남자. 그가 수를 세었다.

정말이지 믿을 수 없는 일이었다.

데커는 총을 여전히 겨눈 채 움직이며 앞으로 나갔다. 숨이 약간 차올랐다. 그는 뭐 움직이는 게 없는지, 다른 위협이 없는지, 주위를 한 바퀴 둘러보았다. 누군가가 아직 거기 있었다. 데커가 다른 남자들을 공격하는 동안에도, 그자는 데커에게 자신의 정체를 밝히지 않았다.

그러니 아직 문제는 남아 있는 셈이었다.

다음 순간, 손전등 불빛이 팍 하고 터졌다. 손 하나가 구덩이 가장자리를 단단히 움켜쥐고, 머리가 위로 쑥 올라왔다.

데커가 구덩이 속으로 처넣은 남자였다 .

남자는 입에 손전등을 물고 있었다.

나머지 손에는 총이 들려 있었다. 그가 데커에게로 똑바로 총을 겨누었다.

데커가 미처 반응할 새도 없었다. 총을 다시 가져오려다가 그는 본능적으로 총격의 충격에 대비했다.

그때 구덩이를 붙든 손을 작업화가 힘차게 내리찍었다. 구덩이 속에 있던 남자가 비명을 질렀다. 그리고 작업화가 남자의 손에 들린 총을 발로 차서 치워버렸다. 총이 힘없이 바닥으로 굴러떨어졌고, 남자는 다시 구덩이 속으로 떨어졌다.

데커가 에이마야를 쳐다보았다. 구덩이 옆에 서서 그가 숨을 헐

떨었다.

"고마워요." 데커가 말했다.

에이마야가 창백한 얼굴로 고개를 끄덕였다. 대답을 대신한다고 생각하기에는 지나치게 떠는 것 같긴 했지만. 그가 휘청거리며 구덩이에서 멀어지더니 바닥에 주저앉았다.

"젠장, 자네 제발 문제에서 빠져나올 순 없는 건가?"

데커는 휙 몸을 돌려 소리의 근원지를 찾았다.

손전등 빛이 다가왔다. 불빛이 데커에게서 그것을 쥐고 있는 사람에게로 옮겨갔다.

멜빈 마스가 허리를 숙이고 가쁜 숨을 고르면서 씩 웃었다. "데커, 주님이 함께하셨구먼!"

029

"멋진 곳이군."

190센티미터에 달하는 키, 100킬로그램이 넘는 근육질 거구의 멜빈 마스가 재미슨과 데커의 집 주방 한가운데 떡하니 서서 주위를 둘러보았다. 그는 모든 미국인이 사랑하던 러닝백, 내셔널 풋볼리그의 확실한 로크였다. 그리고 잘못된 수사로 인해 부모를 살해한 죄로 수감되었다가 사형 직전에 이르기도 했었다. 감옥에서 20년을 보내고, 사형 집행일 전날 밤에 누군가가 그 죄를 자백했다. 그 일로 그의 사건에 데커와 팀이 나서게 되었고, 결국 진실을 밝혀냈다. 텍사스 주와 연방 정부는 그에게 막대한 배상금을 지불했고, 그는 여생을 지내는 데 필요한 재정적인 자립을 얻어낼 수 있었다.

재미슨이 마스에게 미소를 지어 보였다. "헤이, 여기가 당신 지갑이라고요."

지역 경찰은 신고 전화를 받고 건설 현장에 나가 수사 중이었다.

223

엉망으로 만들고 있는 건지도 모르지만.

데커의 총에 맞은 남자는 죽었고, 다른 셋은 마스가 손을 봤다. 셋은 의식이 없었지만 아직 숨은 붙어 있었다. 구덩이에 떨어진 다섯 번째 남자의 신원은 로저 베이커로 판명되었는데, 지역 범죄 조직의 조무래기 조직원이었다. 다른 남자들은 그의 동료였다.

구덩이 안의 시신은 마테오 로드리게스라는 회계사였다. 그들이 들은 바로는 D.C.까지 힘으로 밀고 들어온 센트럴 아메리칸 카르텔의 지역 지부들에 법 집행을 전달하는 일을 했다.

그리고 양복을 입고 안전모를 쓴 남자, 루이스 알바레스는 아직 찾고 있는 중이었다. 건축 소장 일을 했지만 몇몇 범죄에 연루된 자였다. 그는 사라졌지만, 경찰은 그를 추적할 수 있으리라고 낙관했다.

대니 부자는 다시 만나서 다른 어딘가에서 살고 있었다. 토마스 에이마야는 로저 베이커 재판의 증인으로 나설 예정이었다. 그리고 경찰은 그 증언을 계기로 베이커가 윗선의 다른 사람들을 밀고하길 바랐고. 재미슨과 데커는 에이마야 부자에게 자신들이 그들의 일을 차근차근 돕겠다고 말했다.

"아버지랑 네 일 확인해볼게." 경찰에 가기 전에 재미슨이 대니에게 말했다. "너무 걱정 마. 이제 다 잘될 거야."

두 사람은 경찰서에서 몇 시간을 보냈다. 심문이 끝나고 보니 어느덧 아침 6시가 다 되어 있었다. 마스가 데커를 집까지 태우고 갔다. 데커는 주방 식탁에 앉아 있었다. 얼굴이 아직 조금 창백했다.

마스가 그를 쳐다보았다. "친구, 정말이지 아슬아슬했다고. 난 어떤 싸움에서도 내 식대로 할 수 있지만, 그 작자들이 어디 좀 무장을 했어야지. 자네가 거기 있다고 알렉스가 말해준 걸 다행으로 여기라고. 내가 공항에서 자네들 집에 도착한 게, 자네가 떠나고 나서 10분도 안 되었을 때였어. 난 당장에 그곳으로 차를 끌고 가서 주변을 둘러보았지. 지하에서 온갖 소음이 들리더라고. 아래로 내려갔더니, 별로 좋아 보이지 않는 일이 벌어지고 있었단 말이지."

"자네가 내 목숨을 구해줬어, 멜빈." 데커가 말했다. "자네가 아니었다면, 난 지금 시멘트 바닥 아래 누워 있겠지."

"은혜를 갚은 거지, 친구. 자네가 날 시궁창에서 어떻게 구해줬나? 게다가 난 이제 막 러닝플레이를 시작했다고. 방어선을 돌파하고 타격을 입혀라."

그가 재미슨을 보았다. "알렉스, 데커와 제대로 하고 있군요. 지난번에 보았을 때보다 데커가 홀쭉해진 것 같아요."

재미슨은 그 말을 못 들은 척했다. "에이머스, 위험한 짓은 하지 않겠다고 했잖아요. 당신 자신도 곤경에 빠지고 멜빈도 죽을 뻔했어요!"

"미안해요, 하지만 거기에서 무슨 일이 벌어지고 있었다고요."

"그러면 경찰에 전화를 걸었어야죠. 거기 갈 거라고 내게 말한 것처럼요."

"그게, **당신이** 멜빈에게 그 주소를 주지 않았더라면 멜빈까지 엮이진 않았겠죠."

"데커, 재미슨에게 화내지 마. 난 재미슨이 잘했다고 생각해. 자네가 그래서 지금 괜찮은 거 아닌가."

데커가 재미슨을 바라보았다. 그녀는 여전히 그를 노려보고 있었다.

"멜빈은 당신 친구잖아요, 에이머스. 친구란 자기 친구를 위험에 빠뜨리지 않아요."

"알았어요, 알렉스. 메시지가 아주 분명하게 쩌렁쩌렁 잘 들어왔어요."

"정말 그래요? 그래서, 다음번까지 말인가요? 그때가 되면 또 내 말을 무시할 건가요?"

한참 동안 아무도 말하지 않았다.

마침내 데커가 마스에게 몸을 돌렸다. "앨라배마에선 어땠어?"

마스는 조리대 식탁 스툴에 앉아 있었고, 재미슨이 그에게 커피한 잔을 따라주고 있었다. 그녀는 여전히 데커에게 화가 났다고 보는 편이 맞았다.

"나쁘지 않았어. 고등학교 미식축구팀에서 내 일을 했고, 휴가를 내기로 했지."

"거기에서 계속 살고 있어요?" 재미슨이 간단히 물었다.

"단기 임대 중이에요. 지금 정착할 만한 집을 찾고 있어요. 어쩌면 여기 위가 될 수도 있죠." 그가 데커를 응시했다. "어때, 데커? 내가 여기 위에서 사는 건?"

"자네가 살고 싶은 데 살면 되지, 멜빈." 데커가 말했다. "그러고 싶다면, 맨션을 한 채 살 수도 있고."

마스의 얼굴이 활짝 펴졌다. "난 작은 상자 같은 곳에서 20년을 보냈어. 그런 내가 맨션이라니! 아마 방도 못 찾을걸."

"이 근처에는 멋진 곳이 제법 있어요." 재미슨이 말했다. "재미있는 곳이죠. 할 것도 많고."

마스가 커피를 한 모금 홀짝였다. "그래서 우리 친구들, 지금은 무슨 수사를 하고 계시나? 그러니까, 어젯밤에 일어났던 일 말고."

"데커가 나가서 살해당하지 않는다면, 맞아요, 우리가 뭔가를 하고 있긴 하죠." 재미슨이 데커에게 눈총을 한 번 보냈다. "좀 복잡해요. 우리는 갈피를 못 잡고 있어요."

마스가 데커에게 손짓했다. "이 멋진 친구의 중간 이름이 '복잡 씨'잖아요. 이 친구가 해결할 수 없는 건, 아무도 해결할 수 없단 뜻이죠."

"그게, 이게 그런 거야." 데커가 벌떡 일어나서 마스 옆의 스툴에 털퍼덕 앉았다.

"그게 뭔지 말해줄 수 있나?" 마스가 물었다.

"FBI 본부 앞에서 어떤 남자에게 여자 하나가 총에 맞은 일, 들었어요?" 재미슨이 물었다.

"네, 며칠 전에 점심을 먹는데 CNN 뉴스에서 나오더라고요. 공항에서 대기하면서 좀 더 봤어요."

"그게 우리 사건이에요."

"무슨 일이 일어났는지는 알고 있어." 데커가 말했다. "하지만 월터 대브니가 왜 앤 버크셔를 죽였는지는 몰라."

"우린 그 사람이 누군가에게 사주받았을 거라고 생각해요."

"사주요? 어떻게요?"

"그건 기밀이에요, 멜빈." 재미슨이 말했다.

그가 빙그레 웃었다. "내가 누구한테 그 말을 하겠어요? 이런, 말할 사람도 없다고요."

데커가 말했다. "대브니는 자신이 관여한 군 사업에서 기밀을 빼냈어. 그는 딸의 빚 문제를 해결해주려고 그 기밀을 팔았고, 사위가 어떤 놈들한테 도박 빚을 지고 있었거든. 러시아 마피아들. 돈을 갚지 못하면 살해되었을 거야."

"그럼, 그 대브니란 남자가 옴짝달싹 못 하는 상황이었단 건가?"

"그는 반역죄를 저질렀어요, 멜빈." 재미슨이 말했다.

"응, 하지만 그 사람 가족 문제잖아요, 알렉스. 당신한테 그런 일이 일어났다고 생각해봐요."

"그게 우리가 알고 있는 부분이고." 데커가 말했다. "버크셔 쪽 퍼즐은 못 맞췄어. 두 사람 사이의 연관 관계도 못 찾았고. 하지만 그가 협박을 받아 그 일을 했다면, 두 사람은 관련이 없겠지. 그렇다면, 우린 버크셔 쪽에서 시작해봐야 해. 그녀의 죽음을 바라는 자가 있었는지 말이야."

"보거트와 밀리건이 대브니 쪽에서 씨름하고 있어요." 재미슨이 끼어들었다.

"그리고 대브니가 자살한 거죠, 맞죠?"

"네, 하지만 그는 뇌종양 말기였어요." 재미슨이 말했다. "6개월도 안 남은 상태였죠. 그러니 죽는 건 신경 안 썼겠죠."

마스가 눈살을 찌푸리고는 천천히 고개를 저었다. "와. 협박에, 도박 빚에, 뇌종양에. 이 대브니란 사람 위로 온통 먹구름이 드리워 있었군요."

"슬픈 일이죠." 재미슨이 말했다. "당신이 겪은 힘든 일들이 생각나면, 이 남자에게 일어난 일도 생각해봐요. 그의 가족은 완전히 무너졌어요."

"이 난장판 속으로 아버지를 몰고간 사위 쪽, 그 딸은 어떻게 하고 있어요?"

"딸이 왜요?" 재미슨이 물었다.

"음, 분명 엄청나게 상태가 안 좋을 거잖아요."

"그래요. 우리가 직접 봤죠."

"응, 이해할 수 있어요. 하지만 그 아빠는 딸한테 뭐라고 말했을까요?"

"딸한테 뭐라고 말했다뇨?"

"그러니까, 이 도박 사건 전체가 그들 사이의 비밀이 아니었을까, 하는 생각을 했어요."

"비밀이었어." 데커가 말했다. "대브니 부인은 이 일에 대해 아무것도 모르더군. 다른 자매들도 그렇고. 최소한 그들이 주장하는 바에 따르면 그래."

"그런 걸로 봐서, 그는 이 딸과 무척이나 친했을 거예요. 자식들 중에서도 특히 부모가 신경 쓰는 아이가 있잖아요. 그리고 그가 딸을 도우려고 불법적인 일을 했고, 그 일로 협박을 받았다면, 그 사실을 그 딸에게 말했을 수 있어요."

"왜죠?" 재미슨이 물었다.

"자신이 왜 그런 일을 했는지 그 딸에게 말해주고 싶었을 거니까요. 자신이 미친 살인자로 보이고 싶지 않았을 테니까요. 그가 딸을 위해 기밀을 빼내 누군가에게 팔았고, 그걸로 또 다른 자들에게 협박을 받았다면, 그는 그걸 그 딸에게 알려주고 싶었을 거라고 생각해요."

마스가 데커와 재미슨 사이를 보았다. "이건 그냥 내 생각이야."

재미슨이 데커를 쳐다보았다. "하지만 브라운 요원도 그렇게 말하지 않았어요? 내털리는 자기 아빠가 도박 빚을 갚기 위해 기밀을 빼내는 계획을 세운 일에 대해 아무것도 몰랐다고 말예요."

"그렇게 말했죠. 하지만 이건 브라운이 확실히 알 수 있는 일은 아니니까요. 그녀가 내털리에게 그걸 아느냐고 물었는지도 확실하지 않고요."

"하지만 내털리 부녀가 전화나 이메일, 문자 같은 걸로 서로 의견을 나누었다면, 그게 기록으로 남아 있을 거예요."

"직접 만나서 이야기했다면요? 대브니의 여행 기록을 확인해봤잖아요. 우린 내털리에 대한 기록은 찾아보지 않았어요."

"그러니까, 내털리가 여기에 왔거나 어딘가에서 아버지를 만났다는 말이죠?"

데커가 그녀를 바라보았다. "만약 당신이 아프고, 뭔가 잘못되었다는 생각이 들기 시작했고, MD 앤더슨이든 어디든 병원에 갈 거라면, 혼자 갈까요? 누군가 가족 한 사람이 같이 가주길 바라지 않겠어요?"

"당연히 같이 가주길 바라겠죠." 재미슨이 대답했다. "하지만 왜 부인이 아닐까요?"

"그녀가 불안해하길 바라지 않았을지도 모르죠. 그 부인은 무척이나 예민해요. 그리고 그가 딸 내털리와 가까웠다면, 멜빈이 말한 것처럼, 그녀가 아버지와 함께 갔을 겁니다. 그러니까 그녀는 자기 남편과 자식을 구하려고 아버지에게 큰 빚을 졌잖아요."

재미슨이 말했다. "대브니가 병원에 누구랑 왔었는지는 안 물어봤죠. 하지만 아버지가 누군가에게 협박을 받고 있다는 걸 내털리가 정말 알았을까요?"

"그녀가 그 일을 알았을 가능성, 아니면 최소한 그게 누군지 알려줄 만한 정보를 가지고 있을 가능성은 희박해요. 하지만 일단은 그걸 따라가 봐야죠."

"하지만 데커, 브라운은 내털리가……."

그가 말을 가로챘다. "브라운이 우리에게 무슨 **말을 했는지는** 알아요. 하지만 그건 진실이 아니에요."

"하지만 우리는 버크셔 쪽을 파고 있어요. 로스와 토드가 대브니 쪽을 파고 있고요."

"난 누가 무슨 일을 하는지는 관심 없어요, 알렉스. 난 사건이 이끄는 대로 갈 겁니다."

데커가 일어났다.

재미슨이 손목시계를 보았다. "지금 간다고요? 이제 6시 반밖에 안 됐어요."

데커는 대꾸 없이 문 밖으로 나갔다.

마스가 눈을 끔뻑끔뻑하며 재미슨을 보았다. "우리 친구는 변한 게 없네요."

"**그게** 문제예요, 멜빈." 재미슨이 톡 쏘아붙였다.

0 030

그들이 대브니의 집에 도착했을 때는 7시가 채 안 된 시각이었다. 차 두 대가 회전식 진입로에 주차되어 있었다. 딸들이 타고 온 렌터카 같았다. 저택은 어둠 속에 잠겼다. 현관 포치 등 하나만이 불을 밝힌 상태였다.

마스도 함께였다. 재미슨의 차는 그녀와 데커를 감당하기에도 역부족이라 마스의 차를 타고 온 것이다. 하지만 마스는 차에 남았고, 집 안에는 데커와 재미슨만 들어갔다.

데커가 현관문을 두드렸다. 아무도 나오는 이가 없었다.

"아직 가정부가 여기 있을 거라고 생각해요?" 재미슨이 물었다.

"가정부에 대해선 전혀 몰라요." 데커가 말했다.

안에서 발걸음 소리가 들려와 두 사람은 문 쪽으로 몸을 돌렸다.

줄스 대브니가 문을 열어주었다. 상의와 하의가 모두 트레이닝복 차림이었다. 머리를 뒤로 당겨 하나로 묶고, 맨발이었다.

두 사람을 본 그녀가 짜증 난 투로 내뱉었다. "이런, 아주 살짝 이른 시간에 오셨네요."

"내털리 씨 안에 있습니까?" 데커가 물었다.

"네, 근데 아직 자는데요."

"내털리 씨와 이야기를 좀 하고 싶습니다만."

"좀 기다려줄 순 없나요?"

"그랬다면 이렇게 이른 시간에 오진 않았겠죠."

"저기요, 좀⋯⋯."

데커가 신분증을 내보였다. "우린 동생분과 지금 이야기를 나누어야 **합니다.**"

재미슨이 그의 앞으로 나섰다. "동생한테 저희가 코벳 씨에 대해 이야기를 나누고 싶다고 말씀 좀 전해주세요."

"코벳이요? 제부한테 무슨 일 있어요?"

"그렇게만 전해주세요. 그래도 우리와 이야기를 나누고 싶지 않다고 한다면, 갔다가 다시 오겠습니다."

줄스가 잠시 머뭇거리다가 문을 닫았다. 두 사람은 멀어지는 그녀의 발소리를 듣고 있었다.

그곳에서 기다리는 동안 기아의 작은 SUV 차가 주 진입로로 들어와 멈추었다. 전에 왔을 때 봤던 나이 든 흑인 가정부가 차에서 내렸다. 그녀가 그들을 향해 걸어와 고개를 끄덕여 인사하고는 미소를 지었다. 그리고 열쇠로 현관문을 열고 안으로 들어갔다.

재미슨이 손목시계를 보았다. "자, 이제 알게 됐네요. 부잣집 가정부들이 7시 정각에 출근한다는 걸요."

조금 지나서 문이 다시 열렸다. 내털리였다. 발목까지 내려오는 실내용 가운을 입었는데, 머리는 한쪽 어깨 앞으로 늘어뜨리고 두 눈은 빨갛게 충혈되어 있었다.

"줄스 언니 말로는 남편에 대해 물으실 게 있다면서요."

"안으로 들어가서 이야기 좀 할 수 있을까요?" 재미슨이 물었다.

"네." 그녀가 뚱하니 말하고는 뒤로 물러났다. 두 사람은 그녀 앞을 지나 안으로 들어갔다.

내털리가 두 사람을 서재로 이끌고는 문을 닫았다. 두 사람이 소파에 앉자 그녀가 맞은편에 앉았다. 하지만 그들과 시선을 마주치지 않으려 했다. 그녀는 시선을 땅바닥에만 두고 있었다.

"엄마는 아직 안 일어나셨어요."

"괜찮습니다. 어머님을 귀찮게 하진 않을 겁니다." 재미슨이 말했다. 그리고 데커에게 눈짓했다.

그가 말했다. "도박 빚에 대해 알고 있습니다. 그리고 내털리 씨아버지가 어떻게 그걸 갚으셨는지도요."

"오, 이런." 내털리가 두 손에 얼굴을 묻고 흐느끼기 시작했다.

재미슨이 일어나서 방을 가로질러 갔다. 그리고 그녀 옆에 앉아흐느끼며 몸을 떨고 있는 그녀를 안아주었다. 그리고 데커를 노려보았다.

내털리가 허공에 한숨을 내쉬었다.

"괜찮아요?" 재미슨이 물었다.

내털리가 주머니에 손을 가져가 흡입기를 꺼냈다. 두 번 빠르게들이마시고는, 다시 빠르게 숨을 내쉬었다.

"이제 괜찮아요. 천식이 있거든요." 그녀가 설명했다. 손에는 흡입기를 꼭 쥐고 있었다. "가족 모두 천식이죠. 아빠만 빼고요. 엄마쪽 유전이에요." 그녀가 의자에 등을 기대고, 눈을 감고는 깊이 숨을 들이마시고 내쉬었다.

재미슨이 데커 옆으로 다시 가 앉아 속삭였다. "조금 살살 했으면 좋겠어요."

내털리가 평정을 되찾는 동안 데커는 조용히 기다렸다. 그녀가 천천히 자세를 바로하고는 가운 허리끈으로 눈물을 훔쳤다. 그리고 그를 바라보았다.

"전 누구를 의지해야 할지 몰랐어요." 그녀가 말했다. 가다듬지 않은 목소리가 갈라졌다. "그들이 그이를 죽인댔어요. 우리 모두를 죽인다고 했어요."

"도박에 대해 알고 있었습니까?" 데커가 물었다.

"그 정도로 심한지는 몰랐어요. 그이를 죽이겠다고 하는 사람들과 어울려 다니는지도 몰랐고요."

"남편분이 또다시 거기에 손대지 않으리라고 확신하세요?" 재미슨이 물었다.

"이 일로 남편은 오금이 저릴 만큼 두려워했으니까요. 하지만 지금 이런 상황에서는 그가 어떻게 할지 전 관심 없어요. 이혼 수속 중이에요. 그 사람 때문에 난 아버지를 잃었어요. 그가 증오스러워요. 그 사람에 대한 모든 게 증오스러워요. 딸을 데리고 여기로 돌아올 거예요. 여기서 살 만한 곳을 찾을 거예요."

"아버지가 어디에서 돈을 끌어왔는지 아세요?"

그녀가 고개를 저었다. "아빠 엄마는 부유해요. 하지만 그 빚은 엄청났죠."

"1천만 달러라고 들었습니다." 데커가 말했다.

그녀가 고개를 끄덕였다. "부모님이 현금으로 그 정도를 가지고 있을 거라곤 생각하지 않았어요. 그저 집이랑 다른 걸 좀 파셨을 거라고 생각했어요."

데커가 말했다. "그러니까 당신은 아버지가 그렇게 해주길 바란 겁니까? 가지고 있는 모든 걸 파는 거요. 부모님이 일구어놓은 모든 걸 말입니다."

"모…… 모르겠어요. 아버지에게 그런 걸 기대한 건진, 나도 모르겠다고요." 그녀가 말을 쉬었다. "어릴 때 제게 문제가 생기면, 아빠 늘 그걸 해결해주셨죠. 늘 그랬어요. 아빠 그걸 바로잡아주셨어요. 그러니까 전…… 전…… 이번에도 그럴 거라고 생각했을 뿐이에요."

데커의 말투가 딱딱하게 굳었다. "그런 건 자전거를 타다가 넘어졌을 때나, 누가 당신을 놀려서 마음에 상처를 입었을 때나 적용되는 말입니다. 당신은 이제 애가 아니잖아요, 내털리."

그녀가 그에게 시선을 고정시켰다. "그건 나도 알아요. 그걸 가지고 FBI한테 설교를 들을 필요는 없어요, 알아요?"

"그 돈을 만들기 위해 당신 아버지가 어떤 짓을 했는지는 말 안 했군요?"

"안 했어요. 그저 알아서 하겠다고만 하셨죠."

"돈은 어떻게 지급했나요?" 재미슨이 물었다.

"아버지가 인터넷으로요. 정확히는 몰라요. 그저 빚을 갚았다는 것만 알아요. 남편이 말해줬어요. 이제 살았다고 말했거든요."

"알겠습니다." 데커가 차갑게 말했다. "그래서 당신은 아버지에 대해 들었을 때, 무슨 일이 일어난 거라고 생각했습니까?"

"무슨 생각을 해야 할지도 몰랐어요. 전 그냥, 아버지가 갑자기 폭발했거나 뭐, 그랬다고 생각했어요. 줄스 언니가 전화했을 때, 무척 침착하고, 일사불란하게 설명했거든요. 평소처럼 말이에요." 그녀가 픽 하고 코웃음을 쳤다. "하지만 제가 알아들은 건, 아빠가 돌아가셨고 총으로 자살했다는 것뿐이었어요. 여기 와서 줄스 언니한테 들을 때까지, 아빠가 어떤 여자를 샀다는 것도 몰랐어요. 전 그 부분을 받아들일 수가 없었죠. 큰언니처럼 그렇게 냉정하고 효율적으로 이해할 수가 없었다고요."

"아버지가 돈을 끌어온 방식과 이 사건이 연관되어 있다고는 생각 안 해보셨어요?" 재미슨이 물었다.

내털리가 고개를 끄덕였다. 눈물이 뺨으로 타고 흘러내렸다. 비탄에 잠긴 표정이었다. "두 사건이 관계가 **있을** 거라고 생각했어요. 그건 내 잘못이라고도요. 그래서 프랑스에서 오는 내내 비행기에서 술을 마셨어요. 여기 와서도 계속 마시고 있고요. 그 앞뒤로 별로 기억나는 게 없어요."

"가족에게 아주 큰 도움이 되고 있군요." 데커의 목소리는 나무라는 투였다.

"이봐요." 그녀가 발끈했다. "나도 내가 하고 있는 일이 그리 자랑스럽지는 않다고요, 알아요? 당신, 고결하고 품위 있는 태도는 어디다 내다버렸나요? 계속 그렇게 나오면, 난 협조하지 않겠어요."

데커가 앞으로 몸을 숙였다. "내가 이 일을 풀어놓으면, 여기에 얽힌 내막을 분명히 알 수 있으려나요? 난 지금 당신 호의를 구걸하러 온 게 아닙니다. 당신 아버지는 그 빌어먹을 남편 빚을 갚으려고 **반역죄를** 저질렀어요."

내털리의 입이 떡 벌어지고, 얼굴이 하얗게 질렸다. 그녀가 토할 것 같은 표정을 지었다.

데커는 그런 그녀를 무시하고 말을 계속 이어 나갔다. "그 반역죄에 당신도 최소한 어느 정도는 엮여 있는 셈이죠. 그러니 당신 아버지가 무슨 짓을 왜 했는지 설명 안 해도 돼요. 당신은 이 일에다, 그 어떤 능란한 변호사라도 처리할 수 없을 갖은 흉악 범죄들과 함께 엮여 들어갈 거니까요. 코벳과 이혼한 뒤에 살 곳을 찾을 필요도 없죠. 당신이 여생을 지낼 만한 집은 연방 교정 시스템이 제공해줄 거니까요."

"오, 이런!"

그녀가 히스테리를 부리기 전에 데커가 말했다. "하지만 협조한 다면, 그런 일은 일어나지 않겠죠."

"제가 뭘 해야 하죠?" 그녀가 곧바로 말했다.

"내가 존경하는 누군가는, 당신 아버지가 당신에게 뭔가를 말했을 거라고 생각해요. 우리를 도와줄 만한 정보 말이에요."

"어떤 거요?"

데커가 말했다. "당신은 막내죠."

"네, 어떻게 알았나요?"

"당신은 모든 걸 아버지가 보살펴줬다고 말했죠. 그리고 줄스는 모든 일에 능숙하다고도 했어요. 그녀는 장녀죠. 책임감 있는."

내털리가 고개를 끄덕였다.

"그럼 당신과 당신 아버지의 관계는 좀 더 특별하겠지요."

"네, 그랬어요."

"여기 와서 아버지와 함께 의사를 찾아간 적이 있죠?"

내털리가 말했다. "아빠가…… 아빠가…… 전화를 하셨어요. 몸이 좀 이상한 거 같다고요. 그러니까 정말 어디가 안 좋았다는 말이에요. 그리고 아무한테도 말하지 않았다고 하셨죠. 저만 원하셨어요." 그녀가 말을 잇지 못하고 다시 눈물을 쏟아냈다. "아빠가 최종 진단을 받으러 같이 가달라고 하셨어요. 항공권 끊을 돈도 보내주셨어요."

"그래서 함께 갔나요?" 재미슨이 물었다.

그녀가 눈가를 훔쳤다. 가운 주머니에서 티슈 한 장을 꺼내고는, 코를 팽 하고 풀었다. "네, 병원에서 아빠가 수술이 불가능한 뇌종양 4기라고 진단해줬어요. 정상적으로 생활하실 날이 얼마 남지 않았다고 했죠."

"그래서 아버지는 뭐라고 말씀하셨습니까?"

"어떤 치료도 받지 않겠다고요. 병원에서는 몇 주, 아니 몇 달 더 사실 수 있다고도 했지만, 아빤 그걸 바라지 않으셨어요. 엄마에게 어떻게 말할지, 어떻게 말을 시작할지에 대해 계획을 세우셨어요."

"다른 계획에 대해선 말하지 않았습니까?" 데커가 물었다.

내털리가 차례로 데커와 재미슨을 바라보고는, 시선을 데커에게로 고정했다. "아빠가 한 달쯤 후에 누굴 죽이고 자살할 계획을 말했는지를 묻는 거라면, 그런 말씀은 안 하셨어요. **거기에 대해선 정말 몰라요.**"

"하지만 무슨 계획을 세우고 있는지, 힌트가 될 만한 뭔가를 언급하셨을 텐데요? 당신이 이해할 수 없었을지는 몰라도요. 그건 지금 중요할 수 있어요."

내털리가 잠시 곰곰이 생각해보았다. 그리고 눈가를 훔치고 말했다. "어느 날 밤 아빠랑 이야기를 하긴 했죠. 아빠가 프랑스에 있는 제게 난데없이 전화를 거셨어요."

"그게 언제입니까?"

"일주일쯤 전이었어요."

"계속 말씀해보세요."

"그러니까, 아빠가 엄마나 다른 사람들한테는 말하지 않았다면서, 아직 계획 중이라고 하셨어요. 그러고는, 오랫동안 자신이 누군가에 대해 잘 안다고 생각했지만, 사실은 전혀 모르고 있었다는 점을 어느 날 깨닫게 될 수 있다고 말씀하셨어요. 그걸 너무 늦게 알게 될 때가 있다고요."

"무슨 말이냐고 안 물어보셨어요?" 재미슨이 물었다.

"물어봤죠. 최소한 애는 썼어요. 아빠가 진통제를 드셔서 그럴 수도 있다는 생각도 했어요. 하지만 제가 뭔가 말하기 전에, 아빠가 제게 사랑한다고 말씀하셨죠. 그러고는 전화를 끊었어요. 그게 마지막으로 들은 아빠 목소리였어요." 그녀가 고개를 숙이고 조용히 흐느끼기 시작했다. 그러더니 잠시 후 고개를 들고 말했다. "이 모든 일을 밝혀야만 하나요? 엄마랑 언니들이 알아야 하는 건가요?"

"지금 당장요. 이 비밀을 지킬 수 있으리라고 보이진 않는군요." 데커가 말했다.

집을 나서면서 재미슨이 데커를 쳐다보며 물었다. "어떻게 생각해요?"

"월터 대브니는 상당히 말 그대로 행동하는 사람이었다고 생각해요."

0 031

　고통에 휩싸인 집에서 그들은 떠났다. 마스가 FBI 빌딩으로 차를 몰았다.

　가는 길에 재미슨이 입을 열었다. "대브니가 말 그대로 행동하는 사람이었다는 게 무슨 말이죠?"

　"그가 신뢰했던 사람이 그를 압박했어요. 그게 누군인지는 모르지만."

　마스가 그에게 시선을 던졌다. "우리 영감 같은 사람을 말하는 건가? 아니면 내가 우리 영감이라고 생각했던 사람 같은 건가?"

　"응, 그 사람 같은 사람."

　"당신은 내털리 같은 사람을 엄격하게 대하죠, 데커." 재미슨이 말했다.

　데커가 그녀를 쳐다보았다. "무슨 말입니까?"

　"그녀는 막 아버지를 잃었잖아요. 그런데 당신은 그녀를 잘근잘근 조각냈죠?"

"내털리가 죄책감을 느끼는 건 당연하죠. **자신** 때문에 아버지가 기밀을 빼돌렸으니까요."

"하지만 그녀의 남편이……." 재미슨이 입을 열었다.

"당신에게 선택지가 있다고 해봐요." 데커가 말을 끊었다. "월터 대브니는 그런 짓을 저지르지 않았을 사람이에요. 하지만 코벳은 도박을 끊지 못했죠. 그 결과가 어떤지 한번 봐요. 마땅히 그 대가를 치러야 했던 남자는 상처 하나 없이 어려움에서 벗어났어요. 그 덕분에 말기 암 환자의 존엄한 죽음을 선택할 수도 있었던 남자가 시체실의 차가운 해부대 위에 누워 있는 신세가 되었죠. 수십 년 동안 자기 가족에게 훌륭한 삶을 선사했던 남자가 이제는 반역자에 살인자로 기억되게 된 거죠."

"그래요, 그에게도 역시 선택지가 있었죠." 재미슨이 반박했다.

"그게 같다고는 안 보이는데요." 데커가 말했다. "내털리는 그 사람에게는 언제나 그저 어린 딸아이였을 뿐이에요. 그가 뭘 할 수 있었겠어요?"

"그 사람도 안 된다고 말할 수 있었을 거야." 마스가 대답했다. "하지만 그러지 못했지. 쉬운 선택이라고 말하는 건 아니야, 그런 게 아니니까. 경찰에 연락해서, 내털리와 가족이 도망칠 수 있게 할 수도 있었다고. 대브니는 분명 끈이 있었어. 또 다른 방법을 찾을 수도 있었고."

데커가 고개를 저었다. "두 사람은 자식이 없으니까 이해를 하지 못해. 하지만 난 자식이 있었어. 두 사람은 그들을 이해할 수 없어. 전혀."

돌아오는 차 안에서 데커가 한 말은 이게 전부였다.

마스를 위해 임시 방문객 출입증을 받아야 해서 세 사람은 보거트를 호출했다. 그가 방문객 출입증을 챙겨서 입구로 마중 나왔다.

"이런, 멜빈, 신수가 훤해졌군." 보거트가 말했다. 그러고 나서 데 커를 쏘아보았다. "알렉스가 전화했어. 지난밤에 무슨 일이 있었 는지 아네. 데커, 자네 큰 위험에 빠졌더군. 바보스러울 정도로 위험천만한 일이었어. 대체 무슨 생각을 **하고 있는 건가**? 오, 정말 미안하지만, 자네는 생각이란 게 없는 것이 분명해. 멜빈이 거기에 간 게 천만다행이었지."

"난 늘 친구의 도움을 계산에 넣어두고 살지." 데커가 말했다.

"자네랑 거기 딱정벌레들." 보거트가 쏘아붙였다. "하지만 하늘 이 두 번 돕진 않을 거야."

"알렉스가 이미 엄청 퍼부었어."

"더 못할 이유가 없죠." 재미슨이 빡빡하게 말했다. "그래야 말을 제대로 알아먹지."

보거트가 앞장서서 그들을 자기 사무실로 이끌었다. 자리를 잡 고 앉은 뒤 데커가 말했다. "멜빈이 좋은 가설을 세웠어. 그걸 전제 로 내털리와 이야기를 나눠봤어. 대브니의 막내딸." 그가 보거트에 게 전말을 보고했다.

보거트가 곰곰이 생각하며 고개를 끄덕였다. "그래서 자넨 대브 니가 아는 자가 그를 협박했을 거란 말이지?"

데커가 말했다. "하지만 다른 조각도 있어. '누군가를 정말로 알 고 있다고 생각하니?' 문제는 이 말이야. 이게 상황에 따라서 다르 단 거지. 여기서 대브니가 언급한 사람이 누굴까?"

"가능성 있는 사람이 너무 많아요." 재미슨이 참견했다.

데커가 고개를 끄덕였다. "그게 문제예요."

보거트가 말했다. "하지만 최소한 그게 우리가 따라갈 새로운 실마리는 되지."

재미슨이 말했다. "최근 몇 년 동안 그와 함께 일한 사람들 중 하나일 수도 있어요."

데커가 말했다. "음, **지금** 그에게 협박할 만한 위치에 있는 누군가일 거예요. 대브니의 배경을 더 파보죠."

"어디에서부터 시작하죠?" 재미슨이 말했다.

데커가 대답했다. "분명한 곳부터 해야죠. 월터 대브니 앤드 어소시에이츠."

* * *

"또 뭐 더 알아보실 게 있나요?" 페이 톰슨이 물었다. 일전에 방문했을 때 그들과 대화를 나누었던 월터 대브니 앤드 어소시에이츠의 이사였다. 마스는 이미 아파트로 돌아갔다.

그가 대답하기 전에 그녀가 말했다. "일단, 사무실 사람들에게 비디오 속에서 사장님과 함께 있던 여자 사진을 돌려보았는데, 다 모른답니다."

데커가 말했다. "좋습니다, 감사합니다. 저희가 이사님께 좀 더 문의할 게 있는데요."

"제게요? 무엇을요?"

"이 회사 직원과 이사진 명단이 필요합니다. 특히 여기에서 장기간 일했던 사람들요. 그리고 회사의 거래처 고객 명단도 필요합니다. 그쪽도 장기간 함께한 사람들로요."

톰슨이 의자에 몸을 기댔다. 그리고 미심쩍은 표정으로 이리저리 머릿속을 굴렸다. "이 일이 도대체 어디로 가고 있는 거죠?"

"진실로 향하길 바랄 뿐이죠."

"그냥 마구잡이로 뒤지고 다니시는 걸로 보입니다만."

"이런 종류의 수사에서는 모든 것을 살펴봐야 하거든요." 데커가 말했다. "그리고 대브니 씨를 그렇게 몰아간 게 뭐든, 여기에서 했던 일들도 그중 한 가지 가능성이 될 수 있다는 걸 배제할 수 없습니다."

"엄청나게 개연성이 낮아 보이는데요."

"전혀 그렇지 않습니다."

"영장 가지고 오셨어요?"

"필요할까요?" 그가 고개를 옆으로 꺾어 보였다. "이사님도 이 모든 일들 뒤에 숨겨진 진실을 찾기를 바라신다고 생각했는데요."

"물론 그렇죠. 하지만 전 사업체를 운영하고 있어요. 그리고 이런 종류의 일은 무척이나 사업에 방해가 되죠. 또 잘 아시겠지만, 우리 일 대부분이 기밀이라서요. 기밀 보호 협약을 어기는 일은 하고 싶지 않은데요."

"그럼, 불편을 끼쳐드린 데 대해 사과드리죠. 하지만 두 사람이 죽었습니다."

"저도 알아요, 하지만……."

데커가 그녀의 말을 가로막았다. "그리고 하나가 더 있어요."

"뭐가요?"

"월터 대브니는 다급하게 엄청난 돈이 필요했어요. 그 이유는 말하지 않을 겁니다. 하지만 그분이 여기에서 진행한 프로젝트에서 기밀을 빼내 적국에 팔아넘겼더군요."

톰슨이 자리에서 천천히 일어났다. 두 눈이 휘둥그레져서 그를 뚫어져라 쳐다보았다. "말도 안 돼!"

"DIA가 꽤 오래 이 일을 조사했습니다. 절 믿지 못하신다면 그쪽에 문의하셔도 좋습니다."

톰슨이 휘청거리더니 벽을 손으로 짚고 균형을 잡았다. "DIA라고요?"

데커가 고개를 끄덕였다.

"무슨 기밀인데요?"

"중대한, 최상위 기밀입니다."

"우리도 즉시 내부 조사에 착수해야겠군요."

"그러기엔 좀 늦은 것 같은데요."

"이 일로 회사가 망할 수도 있어요." 톰슨이 신음했다.

"우리가 이 사건을 빨리 해결할수록 회사엔 도움이 될 겁니다." 재미슨이 지적했다.

"사람들하고 이야기 좀 해봐야겠어요." 톰슨이 말했다.

"좋습니다. 하지만 협조하고 싶지 않으시다면, 우린 영장을 받아오는 편이 낫겠군요." 데커가 말했다.

그녀가 재빨리 대답했다. "협조하지 않겠다는 말은 안 했어요. 그러니까, 다른 이사들과 우리 변호사들에게 확인해봐야 해요. 최소한 그건 할 수 있겠죠?"

"물론입니다. 그리고 우린 이사님이 그 일을 하는 동안 여기에서 기다려도 되겠죠?"

그녀가 그를 굳은 표정으로 응시했다. 하지만 데커는 전혀 위축되지 않았다.

그녀가 자리에서 일어나 휴대전화를 집어 들었다. "잠시 나갔다 올게요. 실례하겠어요." 그녀가 차갑게 말하고는 사무실을 나서더니 뒤로 문을 쾅 닫았다.

"저 여자, 뭔가 숨기는 거 같지 않아요?" 재미슨이 물었다.

데커가 어깨를 으쓱했다. "보통의 경우라면, 그저 열 받았을 뿐이라고 생각했겠죠. 이 일이 그녀의 지갑을 직격으로 털어버릴 테니까요."

"기밀 유출에 대해 말한 게 잘한 짓 같아요?"

"뺑뺑이 도는 데 지쳤어요. 우린 이 방정식에 어떤 역설을 끼워 넣어봐야 해요. 그리고 난 그들이 뭘 했는지 그녀에게 정확하게는 말하지 않았어요. 브라운이 나에게 말해주지 않았거든요."

30분쯤 후 톰슨이 USB 하나를 가지고 돌아와 데커에게 넘겼다. "여러분이 이 정보를 최고 수준의 기밀로 취급해주셨으면 좋겠어요. 이해하시죠?"

"알겠습니다." 재미슨이 말했다. "그렇게 할게요."

톰슨의 시선은 데커에게 고정되어 있었다. "네, 물론 **당신**은 그러시겠죠. 하지만 전 이 **남자 요원님한테** 말씀드리고 있는 겁니다."

데커가 자리에서 일어나 사무실을 나가버렸다.

톰슨이 재미슨에게로 시선을 돌렸다. "어떻게 저런 남자를 참아내는 거죠?"

"일은 정말 기똥차게 잘하거든요." 그녀가 방어하듯 말했다.

톰슨이 코웃음을 쳤다. "음, 일이라도 잘해야 할 것 같군요. 그래야 나머지 것들을 견뎌낼 수 있죠."

재미슨이 종종걸음으로 데커의 뒤를 따랐다. 데커가 홀로 내려가 출입구를 향해 성큼성큼 걸어가고 있었다.

그녀의 시선이 USB로 향했다. "분류할 게 많겠죠?"

"아마도요."

"데커, 우리 오늘 저녁에 멜빈과 함께 식사할 수 있을까요? 나가서요."

그에게서는 대답이 돌아오지 않았다.

"데커, 내가 말하잖아요."

"듣고 있어요, 알렉스. 좋아요."

"좋아요. 코튼스에서 7시 반 괜찮아요? 14번가에 있는 거예요. 예약해놓을게요."

"예. 그래요."

그녀가 잠시 머뭇거리다 입을 열었다. "당신, 멜빈이 온 게 반갑지 않아요?"

"반가워요."

"그러니까, 내 말은 멜빈은 당신의 제일 친한 친구잖아요."

"맞아요, 그래요."

재미슨이 주머니에 양손을 푹 찔러 넣고, 성큼성큼 따라갔다. 표정은 여전히 굳어 있었다.

032

그들은 FBI 빌딩 회의실에서 USB에 든 파일을 출력한 다음, 남은 하루 동안 그 자료를 가지고 씨름했다. 보거트와 밀리건도 합류했다.

"고객이 많네요. 대기업, 중소기업 가리지 않고요." 밀리건이 말했다.

보거트가 덧붙였다. "고객들 중 대부분이 대브니와 수십 년 동안 일을 했어. 이건 뭐 모래밭에서 바늘 찾는 격이겠는걸."

"어쩌면 이사들 중 하나일지도 몰라요." 재미슨이 서류를 넘기며 말했다. "이사들 대부분이 대브니와 초창기부터 일했어요. 그는 딸에게 말했어요. 자신이 누군가에 대해 잘 안다고 생각했지만, 사실은 전혀 모르고 있었다고요. 그게 고객이라기보다는 매일 자신이 보고 있는 동료 이사들을 뜻하는 것인지도 몰라요."

데커는 아무 말도 하지 않았다. 계속 서류를 넘겨다보면서 모든 정보를 머릿속에 기록할 따름이었다.

보거트가 말했다. "우리가 이 사람들과 회사들을 각각 따로 면담하려면 몇 달이 걸릴 거야. 한 1년 걸릴 수도 있어. 어떤 정보가 유출되었든 간에, 그때가 되면 이미 우린 공격받은 뒤일 거야."

데커는 여전히 입을 꾹 다물고 있었다. 모든 말을 듣고 있었지만, 그의 관심은 온통 서류에 쏠려 있었다. 보거트의 말이 옳았다. 그들은 이 목록을 추려내야 했다. 그 답은 이 서류 속에 있지 않을 수도 있다. 대브니는 자기 사업과 관련된 사람이 아닌 다른 누군가를 언급했던 것 같았다. 그리고 데커는 대브니가 딸에게 이 모든 일과 관련된 어떤 말인가를 남겼으리라고 믿었다. 하지만 그 어떤 것도 확신할 수가 없었다.

밀리건이 서류를 테이블 위에 내던지고 의자에 등을 기댔다. "우리가 바람 속에서 휘파람을 불고 있는 건 아니길 바랍니다."

데커가 그를 넘겨다보다가 갑자기 일어나서 방을 나갔다. 다른 사람들은 그가 나가는 것도 알아채지 못했다.

얼마 후 보거트가 말했다. "잠깐만, 데커 어디 간 거야?"

재미슨이 출입구 너머를 쳐다보고는 고개를 절레절레 저었다.

* * *

"당신 전화 한 통이면 언제든 내가 달려올 거라고 생각하는 건 아니죠?"

BMW 앞좌석에서 하퍼 브라운이 데커를 노려보았다.

"당신이 나타나고 싶을 때 나타나는 것 같은데요." 조수석에 앉은 데커가 말했다.

그녀가 핸들을 돌렸다. "당신 전화, 엄청 흥미롭더군요. 오지 않을 수 없었다고요."

데커는 그녀에게 시선을 주었을 뿐 입을 열 기미는 없었다.

"엄청난 인내심이란 재능을 갖고 있네요, 당신. 다른 사람이 말할 때까지, 실수할 때까지 기다리는."

데커가 배에 손을 올려놓았다. "그래서 실수하고 **싶은가요?**"

"세상에, 왜 그런 식으로 말하는 거죠?"

"당신은 이 조사 중반에 나타나서, 그때부터 지금까지 가장자리만 맴돌면서 빙빙 돌려 말하고 있는 것처럼 보이니까요."

"저녁 식사 시간이네요. 배 안 고파요?"

"날 봐요. 늘 배가 고프죠."

"아는 햄버거 가게가 있어요." 그녀가 말했다.

"난 햄버거에 넘어갈 사람 아닙니다."

"당신도 날 아직 모르죠."

그들은 햄버거 가게로 차를 몰고 가서 주차를 한 뒤 안으로 들어갔다. 거의 뛰어들 듯이 급하게 작은 식당 안에 들어섰다. 첫 번째 테이블을 채 지나치기도 전에 주방에서 풍겨 나오는 돼지기름 냄새가 데커의 위를 자극했다.

두 사람은 화장실 근처에서 다른 테이블과 다소 떨어져 있는 자리를 찾아냈다. 웨이트리스가 주문을 받으러 오자 브라운이 말했다. "12번이요. 그리고 스페셜 두 개 주세요. 술도 주시고요. 설거지할 것도 없게 만들어드릴게요."

여자가 고개를 끄덕이고는 멀어져갔다. 잠시 후 뒤에서 그녀가 소리 높여 요리사에게 주문을 넣는 소리가 들려왔다.

"12번이라고요?" 데커가 물었다.

"믿어봐요. 당신도 좋아할걸요." 그녀가 의자에 편안하게 기대고는 청바지 차림의 긴 다리를 쭉 뻗었다. "실수?"

"물꼬를 트는가 싶더니 다시 막아버리죠. 계속 지분대고만 있어요. 하는 짓이 고약하지만, 뭐 좋아요. 당신은 어느 정도 도움을 주는 척하다가는 다시 뒤로 빠졌어요. 그리고 우리한테 그 사건에서 손 떼라고 협박했죠. 잘되지는 않았지만. 뭐 잘될 수가 없었다고 해야 하나."

그녀가 어깨를 으쓱했다. "난 내 일을 한 것뿐이에요."

"보거트가 DIA의 친구에게 당신에 대해 물어봤어요."

"칭찬할 만하군요."

"그 친구가 당신을 모른다고 했답니다. 당신에 대해선 들어본 적도 없다고요."

"그 '친구분'이 DIA 어느 부서죠? 우린 여기에 있는 거대한 본사 말고도 해외 140개 지역에 지부가 있는데."

"레스턴의 DISC요."

"국방정보국 정보지원센터 말인가요? 아마도 위조지폐 쪽 위장요원이겠군요. 난 그쪽이 아니니까요. 내가 DIA 사람이 아니라고 말하고 싶은 거예요, 설마?"

"당신 배지랑 신분증은 진짜처럼 보이긴 합니다."

"**진짜니까요.**"

"가짜라고 말한 적은 없어요. 당신 신분증이 가짜였다면 후버 빌딩에 들어올 수도 없었겠죠."

"그래서 정확히 말하고 싶은 게 뭐죠?" 브라운이 말을 끊었다.

"당신이 흥미로운 사람이란 거죠. 그리고 전 아직 당신이 쫓고 있는 게 뭔지 모르겠어요."

"그건 이미 분명히, 정확하게 말한 거 같은데요. 대브니가 그 기밀을 누구에게 팔아넘겼는지를 쫓고 있다고요. 내가 쫓고 있는 게 바로 그거예요."

"어느 단계까지 갔습니까?" 데커가 물었다.

"여기서 무임승차하시려고?"

"합동 수사라고 합시다."

그녀가 미소를 짓고는 점잔을 빼며 말했다. "미안하지만, 난 당신이 이 사건에서 갈팡질팡 난리를 치고 있다는 걸 알고 있어요. 그리고 난 당신 도움이 필요하다고 말한 기억이 없는데."

"누구나 한 번쯤 도움이 필요하죠."

맥주가 나오자 두 사람은 맥주잔을 들어 길게 들이켰다.

"그래서 날 도와주려고 여기 있는 건가요?" 그녀가 테이블 위에 맥주병을 내려놓으며 물었다. "관대하기도 하셔라."

"진실을 알아낼 수만 있다면, 어떻게 거기까지 가느냐는 난 신경 안 써요. 우리가 가진 정보들을 합치면 더 빨리 거기에 도달할 수 있으리라고 생각해요. 따로따로 달리는 것보다요. 젠장, 당신이 그랬잖아요, 이 일이 지구 멸망급이라면서요. 당신 말을 너무 곧이곧대로 믿어서 죄송하군요."

그녀가 맥주를 한 모금 더 넘기고 냅킨으로 입가를 훔쳤다. "좋아요, 알아들었어요. 하지만 나 역시 왜 여기에 다른 사람들이 끼어들지 못하게 하는지 설명한 것 같은데요."

"난 빌어먹을 스파이가 아니라고요, 브라운 요원. 겨우 몇 달 전에 이 도시에 왔을 뿐입니다. 당신이 사는 세계는 내겐 화성보다 이상해요. 하지만 난 진실을 찾아내고 싶어요. 그게 다입니다."

그녀가 그 말을 곰곰이 생각해보더니 입을 열었다. "좋아요. 당신네 조사는 어디까지 갔죠?"

"우린 두 방향으로 나누어서 조사 중입니다. 대브니 쪽과 버크셔의 배경 쪽이요."

"난 대브니에 대해서만 흥미가 있다고 말했을 텐데요."

"이제 버크셔에 대해 흥미가 생길걸요. 아니, **그래야만 할 거예요.**"

그녀가 강한 호기심을 드러냈다. "왜죠?"

"누군가가 대브니를 협박해서 버크셔를 죽이게 했다면, 그 누군가는 그가 기밀을 팔아넘긴 자이거나, 그 일을 알고, 그걸 빌미로 대브니를 조종한 자일 겁니다. 그리고 이 가정이 맞다면, 그자들은 이 스파이 사건 전체에 관련이 있고, 국가적 위협이 될 수 있겠죠. 당신의 전문 분야죠."

얼마 후 음식이 나올 때까지 두 사람은 말 한 마디 없이 있었다. 데커는 나온 음식을 응시했다. 두툼한 베이컨, 어니언링 두 개, 꼭대기에 달걀프라이 토핑까지 얹은 더블 버거는 거대한 스테이크용 칼로 잘려 나왔고, 딸려온 감자튀김도 어마어마하게 많았다.

그가 음식에서 고개를 들고 브라운을 보았다. "정말 이렇게 먹어요? 55킬로그램도 안 나가 보이는데? 지방이라곤 한 점도 안 붙어 있는 것 같은데."

그녀가 음식 더미에서 감자튀김 하나를 집어서 베어 물었다. "유전의 은총이죠. 신진대사가 기가 막히거든요. 그리고 운동도 조금 해요."

"그렇군요, 운동 조금."

그들은 먹기 시작했다. 그녀는 테이블 가운데에 놓인 작은 종지에 케첩을 붓고 말했다. "이건 그냥 가설인데, 당신 말이 맞다고 칩시다. 당신은 이 문제를 어떻게 처리할 거죠?"

"양쪽 다 파봐야죠. 오늘 만났으니, 우리, 내가 말한 것처럼 두 가지 관점에서 그게 어떻게 될지 논의해보자고요."

네커가 어니언링을 우물거리는 동안 그녀가 버거를 한 입 베어 물었다. "대브니 쪽은 잠재적 용의자가 많아요. 그 친구가 그 업계에서 오래 굴렀거든요."

《열차 안의 낯선 자들》이랑 좀 비슷할 수도 있다는 가설도 나왔어요. 버크셔에게 불만이 있는 제3자가 대브니가 한 짓을 폭로하지 않는 대가로 자기들 적을 죽이게 한 거라는 거죠. 대브니는 버크셔와 아무 관계도 없고요."

"그는 그럼 우리가 이미 그를 주시하고 있었다는 사실을 전혀 몰랐겠군요." 브라운이 곰곰이 생각하며 말했다. "아니면 게임이 끝났다고 생각했든지."

"만약 그가 그렇게 생각했다면, 아마도 버크셔를 아무런 거리낌 없이 죽였을 겁니다."

"아니면 당신 전제가 완전히 잘못되었고, 그와 버크셔는 모종의 관계가 있는데, 우리가 아직 찾지 못했을 뿐인지도 모르고요."

"맞아요." 데커가 버거를 크게 한입 물며 말했다. 그가 감자튀김을 케첩에 푹 담갔다가 입에 넣고는, 냅킨으로 손가락에 묻은 것들을 닦아냈다. "하지만 어딘가에서는 시작해야 하니까요. 그리고 이 사건이라면, 그들의 배경을, 특히 버크셔의 배경을 살펴보면 뭔가 얻어낼 수 있을 것 같아요."

"하지만 지금 당장은 당신 쪽이 앞서 나가는 건 없어요." 그녀가 말했다.

"광대." 데커가 말했다.

그녀가 맥주를 한 모금 넘기다가 뿜어낼 뻔했다. "뭐라고요?"

그는 광대가 대브니의 신호가 되었을 수도 있다고 이야기했다.

"여기서 끝냅시다. 어디 조용히 이야기할 만한 데로 가죠."

"어디요?"

"가령 우리 집이라든지."

* * *

그들은 음식을 끝장냈고, 브라운이 계산을 했다. 그녀가 그를 태우고 새로 리모델링한 오래된 고급 주택들이 늘어선 골목으로 차를 몰고 갔다. 캐피털 힐에서 두어 블록 떨어진 곳이었다. 그녀가 주차를 하고 차 시동을 껐다.

데커가 차 유리 너머로 바깥을 보았다. "멋진 곳이네요."

"그렇죠."

그녀가 차에서 내려 어느 건물 정문 계단으로 그를 이끌었다. 한쪽 앞부분은 흰색으로 칠한 벽돌로 지어졌고, 다른 쪽 윙은 앞부분이 석조로 마감된 3층짜리 건물이었다. 문은 튼튼해 보이는 목재로, 한 백 년은 된 것 같은 고풍스러운 형태였다. 작은 앞뜰에는 가스등이 서 있고, 그 주변을 90센티미터 높이의 연철 울타리가 두르고 있었다. 그녀가 문을 열고는 보안경보기를 껐다. 데커는 그녀를 따라 안으로 들어갔다.

내부는 따뜻하고 매력적이었다. 선별된 가구에서는 취향이 묻어났고, 두툼하고 미묘하게 드러나는 무늬의 색감 있는 러그가 깔려 있었다. 벽은 어느 면은 벽돌로, 어느 면은 석조로, 어느 면은 회반죽만 발린 상태였다. 몇몇 벽에는 대가의 원본으로 보이는 유화가 걸려 있었다.

브라운이 데커를 주방 아래쪽 서가로 데려갔다. 주방은 스테인리스스틸 주방 집기들, 거대한 조리대들, 덮개가 있는 바이킹 레인지, 토스카나의 대저택에나 있을 법한 찬장들로 꾸며졌다. 그녀가 벽에 자리한 작은 바에서 자신이 마실 스카치위스키 한 잔을 따르고, 데커에게도 권했다.

"스카치는 정말 취향이 아니라서요."

그녀가 데커의 맞은편에 놓인 가죽 윙체어에 앉았다. 그러고는 사이드테이블에서 리모컨을 집어 들고는 버튼을 눌러, 한쪽 벽 중앙에 자리한 석조 벽난로에 불을 피웠다.

그녀가 권총집을 풀어 자기 옆 테이블 위에 올려놓았다. 그러고는 신발을 벗어 던지고, 다리를 꼬고는 술잔을 부드럽게 집어 들었다.

"어떻게 연방 요원이 이런 집에 살 수 있는지 궁금하죠?" 그녀가 말했다. "BMW도 타고."

"전혀 알 수가 없네요."

그녀가 미소를 지었다. "휴렛팩커드, 들어본 적 있어요?"

"저를 비롯한 수십억 명이 알고 있죠."

"우리 증조할아버지가 거기 초기 투자자들 중 한 사람이었어요. 그리고 지금은 〈포천〉 500대 기업에 들어가는 다른 6개 회사에도요. 할아버지가 신탁 기금을 마련해두셨죠. 전 그걸 물려받았고요. 부모님이 돌아가셨을 때, 조금 더 물려받고요. 이 집은 실제론 할아버지 거예요."

"대단하네요."

"대단하죠. 난 정말이지 행운아예요."

그가 베레타를 눈으로 훑었다. "하지만 당신은 그 돈에 의지해 사는 방식을 택하진 않은 것 같네요. 그건 당신 삶에서 아무것도 아닌 것 같아요."

"그렇게 타고나서요. 아버지는 군인이셨어요. 대령까지 다셨죠. 베트남전에 참전했고, 두 개의 퍼플하트 훈장과 동성무공 훈장을 받으셨죠. 뼛속까지 군인이셨어요."

"끝내주네요, 브라운 요원."

"이제 하퍼라고 불러요. 우린 근무 중이 아니라고요, 에이머스. 내가 입대한 이유는 아버지 때문이에요. 아버지는 뒤로 물러나서, 자신이 벌지 않은 돈으로 편안히 사실 수도 있었어요. 하지만 제복을 입고 국가에 봉사하기로 결심하셨죠."

"그럼 당신도 군에 있었습니까?"

"엄밀히 따지면, 아직 그래요. 군인이죠. 이라크와 아프가니스탄에 파병도 다녀왔죠."

"당신 일이 뭡니까?"

"EOD 전문가요."

"그게 뭡니까?"

"아, 미안해요. 약어를 쓰는 데 익숙해서. 폭발물 처리 부대요. 난 폭탄과 계측장치의 뇌관을 제거하는 전문가예요."

"엄청 위험한 일 같은데요."

"그쪽 일은 다 위험하죠. 위험한 상황에서 일을 하고, 위험한 상황에서 잠이 들죠. 그사이에 벌어지는 오만 일들도 다 위험하고."

"알겠어요. 그럼 아버지도 그 일을 하셨습니까?"

"아뇨. 아버지는 내가 폭발물 처리 부대에 들어가는 걸 미친 짓이라고 생각하셨죠. 하지만 난 정말 재능이 있었답니다." 그녀가 술을 한잔 홀짝였다. "자 이제, 다시 사건으로 돌아가 봅시다. 당신은 어떤 방식의 일을 제안했죠?"

"전 우리가 함께 일하는 게 합리적이라고 생각합니다. 하지만 당신이 따로 이야기하고 싶어 해서 우리가 여기 와 있는 거죠." 그가 의자에 등을 기대고 기대에 찬 시선을 그녀에게 보냈다.

그녀가 자신의 맨발을 문지르고는 잠시 생각을 모았다.

"대브니가 팔아넘긴 기밀은 국가 안보에 치명적인 거예요. 극히 상세한 부분까지는 말할 수 없고, 그가 우리의 가장 중요한 사이버 보안 플랫폼에 존재하는 뒷문을 누설했다고만 하죠."

"잠깐만요! 전에는 그 기밀이란 게 테러리스트들이 만들기 힘든 탱크나 비행기 같은 것과 관계있다고 했었잖아요."

그녀가 스카치위스키 한 모금을 마셨다. "전에는 당신이 그렇게 아는 게 낫다고 생각한 것뿐이에요."

"거짓말을 했군요."

"당신이 신용할 만한 사람인지 가늠해볼 표준 전략을 사용한 것뿐이죠."

"그러니까, 거짓말을 했군요." 그가 되풀이했다.

"하지만 이제 그게 어떻게 돌아가는지 말하고 있잖아요. 우리 정보 소프트웨어에는 승인되지 않은 뒷문이 있다고요."

"그러니까 해킹당할 가능성을 말하는 겁니까?"

"이미 당했을지도 모른다는 말이죠."

"이제 당신네는 기밀이 유출된 걸 알고 있어요. 그럼 이제 더 큰 피해를 예방하기 위해 할 수 있는 다음 단계는 뭡니까?"

"실행하는 것보단 말이 쉽죠. 대브니가 언제 그 기밀을 유출했는지 우린 정확히 몰라요. 그에게 기밀을 넘겨받은 자들이 이미 우리 시스템에 악성코드나 스파이웨어를 설치했을 수도 있어요. 그리고 우린 전체 시스템을 정지시킬 수도 없죠. 또 다른 기밀들도 이미 유출되었을 수 있고, 국가 안보는 제대로 작동하지 않고 있겠죠."

데커가 고개를 끄덕였다. "문제가 뭔지 알겠네요."

"아뇨, 당신이 알 수 있다고는 생각 안 해요. 난 그들이 단순히 탱크와 전투기 정도나 훔쳐냈길 바라요. 그건 만드는 데 오래 걸리니까요. 하지만 이건, 이건, 우리에게 대항하는 데 즉각적으로 이용할 수 있는 거죠. 우리는 지금 시한폭탄 앞에 앉아 있는 거예요. 그게 어디 있는지, 언제 터질지 전혀 알지 못하는 채로요." 그녀가 차갑게 덧붙였다. "이 점에 대해 어떻게 생각하나요?"

"이제 스카치 한 잔 해야겠다는 생각이 드네요."

그녀가 자리에서 일어나서 그에게 줄 스카치 한 잔을 따르고는 자리로 돌아와 앉았다. 데커가 작게 한 입을 머금고는 목구멍으로 넘겼다.

"대브니가 훔친 걸 정확히 어떻게 알았습니까?" 그가 물었다.

그녀가 대답하기 전에 스카치를 들이켰다. "난 DIA의 특수정보시설에 관한 최고 기밀에 접근할 수 있는 권한이 있죠. CIA나 NSA의 특수정보시설 접근 권한이 있는 사람도 이 정보에는 접근하지 못해요. 그게 이 세계가 돌아가는 방식이에요. 그 점에 관해서는 호혜성의 원칙이 적용 안 되죠."

"내 질문에 대답할 수 없단 말을 무척이나 정중하게 하는군요."

그녀가 그의 말을 인정하듯 잔을 들어 올렸다. "내가 말해줄 수 있는 건, 우리가 무얼 도둑맞았는지 알고 있어서 다행스러워하고 있단 거죠. 그저 누가 그걸 가져갔는지, 그들이 얼마나 그 정보를 가지고 있었는지만 모를 뿐이에요. 그리고 그들이 이미 그걸 이용했는지도 모르죠."

"그래서 우리가 이 일을 함께하려면 어떻게 해야 하죠?"

"당신 정말 모든 걸 기억하나요?"

"그 이상일 수도, 그 이하일 수도 있습니다. 그 이상이라고 강조하고 싶습니다만."

"오늘 밤 그 식당에 몇 사람이 있었죠?"

데커가 기억의 장면을 되살려냈다. "14명 있었어요. 우리랑 직원 빼고요."

"바 오른쪽 끝에 남자 하나가 앉아 있었어요. 그 사람이 뭘 입고 있었죠?"

데커는 그녀에게 그 남자의 양말 색까지 말해주었다. 그러고 나서 덧붙였다. "당신 BMW 주행기록계에는 2만 4,137킬로미터가 기록되어 있었어요. 자동차 등록번호도 알고 싶습니까? 그 차에 처음 탔을 때 봐서 그것도 알죠." 그가 줄줄 늘어놓았다. 그녀가 핸드백을 움켜쥐고 지갑을 꺼내고는, 보험증서를 꺼내 자동차 등록번호를 읽었다. 그녀의 표정이 말하고 있었다. 데커의 기억이 완벽하다는 것을.

그녀가 의자에 등을 기댔다. "인상적이군요."

"그래서, 다시 말하지만, 우리가 이 일을 어떻게 할 수 있을까요? 합격?"

"전에 말한 것처럼, 나는 버크셔보다 대브니에 더 관심 있어요. 동의하나요?"

데커가 고개를 가로저었다.

"누군가 대브니에게 버크셔를 죽이도록 사주했어요. 그건 그들이 그가 팔아넘긴 기밀에 대해 알고 있다는 뜻이죠. 그리고 그가 누구에게 넘겼는지 그들이 알고 있다고 장담합니다. 한 사람일 수도 있고, 특정 단체일 수도 있죠. 버크셔 쪽을 파고들어 가보면, **당**

신네 문제 역시 풀 수 있을 겁니다."

그녀가 술잔을 내려놓았다. "그럴듯하군요."

"그럼 이제 우리와 함께 버크셔에 대해 알아볼 겁니까?"

그녀가 고개를 끄덕였다. "그래요, 그러죠."

"좋습니다. 도움이 될 만한 정보가 좀 있습니다."

"어떤 건데요?"

"앤 버크셔가 **어떤** 사람이었냐 하는 것 같은 거요."

0 033

브라운의 표정이 순간적으로 얼어붙었다. "**어떤** 사람이었는데
요? 당신이 그 설명을 했던가요?"

"그게 오늘 밤에 전화한 이유입니다. 그녀는 10년 이전의 과거
가 없어요. 하지만 이력서에는 버지니아 공대를 졸업했다고 기재
되어 있어요. 이름 철자는 다르지만요. 그리고 부유했어요. 하지만
우리는 그녀가 그 부를 어떻게 일구었는지 찾아내지 못했어요."

"좋아요, 그게 무슨 의미가 있죠?"

"나는 그녀가 스파이였을지도 모른다고 생각합니다. 어쩌면 대
브니에게서 기밀을 넘겨받은 당사자일 수도 있죠. 하지만 그렇다
면 왜 그녀를 죽였을까요? 우리는 두 사람 사이에 어떤 연관성도
찾지 못했습니다. 증인 보호 프로그램도 생각해봤는데, 그 프로그
램의 보호를 받는 사람들 중에는 그만한 부자가 없어요. 그리고 그
녀는 자원봉사를 했고, 학교 선생으로도 일했어요. 그게 공식적으
로 외부에 드러난 그녀의 위치고요. 연방법원 집행관이 그런 생활

을 허락했을 거라는 생각도 안 들죠. 그들은 자기 보호 아래 있는 증인들이 사람들의 주목을 받지 않도록 하니까요."

"남은 가능성은 그럼 뭐죠?"

"그녀는 새 신분을 만들어내기 위해 뭔가를 했어요. 그리고 비교적 **최근에** 그녀가 한 어떤 일 때문에 막대한 부를 얻었죠."

"초조하게 하지 마요, 데커."

"대브니를 협박한 자가 군사 분야에 있었을 거라는 건 합당한 추측이죠. 좀 더 구체적으로 말하자면, 방위 계약 말이에요. 방위 계약을 다루는 대브니는 기밀에 대한 접근 권한을 가지게 되었어요. 그래서 그자들이 그에게서 기밀을 샀거나, 최소한 그가 반역죄를 저질렀다는 걸 알게 된 거죠."

"그리고 그것이 당신네가 추측한 전부고요." 브라운이 지적했다.

"다른 정보들 없이, 우리가 이 시점에서 할 수 있는 건 이게 다입니다. 하지만 그럴 가능성이 있다고 봅니다."

"좋아요, 계속해봐요."

"그녀가 **내부 고발자가** 아니었을까 싶어요."

브라운이 바닥에서 벌떡 일어나 그를 뚫어지게 쳐다보았다. "계속해요."

"그녀가 샛길로 빠지는 어떤 방위 계약의 내부 고발자였다면, 그녀는 그걸로 보상을 얻어냈을 겁니다. 그런 계약에 투입된 자금 중에는 누군가의 고발로 정부가 쌓아놓은 돈들이 있잖습니다. 버크셔의 부는 그걸로 설명할 수 있죠. 어쩌면 그녀는 자신이 알아낸 자들을 감옥으로 보냈겠죠. 새 신분을 얻어내야 했던 이유도 이걸로 설명이 되죠. 그자들로부터 몸을 숨겨야 했을 테니까요."

"그리고 그 사람들이 이제 바깥으로 나온 거고요." 브라운이 말했다.

"그래요, 그랬겠죠. 그리고 그중 몇 사람은 감옥에 가지 않았을 수도 있죠. 다만 그녀의 고발로 사업이 망하고, 파산하고, 정부와의 선도 끊겼겠죠. 그게 그녀를 죽이게 한 동기가 되겠죠."

"좋아요. 그럴 수 있겠죠. 그런데 어떻게 이 가설에 도달하게 되었죠?"

"토드 밀리건이 조금 전에 그랬거든요. '바람 속에서 휘파람을 부는 것 같다'고."

"그럼 우리가 이 정보를 가지고 뭘 하죠?"

"그걸 따라가면 됩니다. 내부 고발자 사건들을 살펴봐야죠."

"굉장히 많아요."

"거기가 당신이 들어와야 할 곳이에요. 난 이게 방위 산업 분야와 연결되어 있다고 믿거든요."

그녀가 고개를 끄덕이고는 스카치위스키를 한 모금 마셨다. "뭔가 다른 것과 결부시켜서 읽어야 하니까요. 그리고 당신은 보안 등급이 안 되죠. 그러니 더 나아갈 수도 없고."

"FBI를 통해 그걸 신청했어요. 신청서도 통과했고, 거짓말 탐지기도 통과했죠. 하지만 아직 배경 조사가 덜 끝나서요." 그가 덧붙였다. "내 과거가 좀 복잡해서요."

그녀가 그에게 날카로운 시선을 던졌다. "나도 그렇게 생각하도록 하죠." 그녀가 잔을 내려놓았다. "좀 더 생각해봐야 할 것 같네요. 내일 내가 전화할게요."

브라운이 데커를 아파트까지 태워다주고 떠났다. 데커는 잠시 어둠 속에 서서 대니 부자가 살고 있는 집 창문을 응시했다.

대니 에이마야는 데커의 딸이 죽었을 때의 나이보다 한 살 더 많았다. 그 아이는 열 살이 되지 못했다. 열 살이 되기 전날, 살해 당한 것이다.

살아 있었다면, 몰리 데커는 올해 열두 살이 되었을 것이다. 아내 캐시는 마흔두 살이 되었을 테고.

두 사람은 죽어서 오하이오에 묻혀 있다.

그는 그들에게서 8백 킬로미터나 떨어진 곳에 있었다. 하지만 그보다 훨씬 더 멀리 있는 듯 느껴졌다.

그가 결코 가 닿지 못할 것만 같은 8백 킬로미터.

그는 건물 입구 계단에 앉아서 자기 발을 쳐다보았다.

그의 기억은 거의 완벽했지만, 거기에는 수많은 감정의 사슬이 얽혀 있어서 그걸 회상하거나 다시 재조합하려면 고통에 몸부림쳐야만 했다.

한때 그는 지금과는 무척이나 다른 사람이었다. 대부분의 사람들에게 그걸 이해시키기란 불가능하지는 않더라도 충분히 어려운 일이었다. 스스로조차 무수히 많은 날들 동안 그것을 받아들이지 못했다.

그는 자신의 행동이 사람들에게 불쾌감을 준다는 걸 알고 있었다. 때때로 자신이 알렉스 재미슨과 다른 사람들을 돌아버리게 만든다는 것도 알았다. 그의 존재 일부분은 거기에 대해 뭔가 조치를 취하고 싶어 했다. 그녀와 다른 사람들에게 과거에 자신이 어떤 사람이었는지 보여주고 싶기도 했다. 하지만 그의 존재를 차지하는 큰 부분은 그런 시도를 방해하는 것처럼 보였다.

그 시도마저 좌절된다면, 그건 에이머스 데커를 미치게 할 것이니까.

미식축구 경기장에서 들이받혔던 일로, 그는 완벽한 기억과 공감각 능력을 지니게 되었지만, 사람들을 완전히 이해할 수 없게 되었다. 그건 그를 그전과는 다른 사람으로 만들었다. 마치 낯선 사람의 인격 같았다. 그리고 그에 따른 여러 가지 일들이 그 자신의 인격으로 쌓여갔다.

하지만 이제 그 낯선 사람의 흔적이 데커였다.

난 지금 낯선 사람이야. 나 자신의 육체에 깃든 낯선 사람.

때로 한밤중에 잠에서 깨어나도 자신이 어디에 있는지에 대해서는 궁금하지 않았다. 다른 많은 사람들이 졸음에 겨워 멍한 상태에서 자신이 어디 있는지 헤매는 것과 달리. 하지만 자신이 누군지에 대해서는 의문이 들었다.

그리고 때로 그 답은 그렇게 쉽게 나오지 않았다.

그는 일어나서 몸을 돌려 안으로 향했다. 이제 11시가 지나 있었다. 재미슨은 이미 잠자리에 들었을 것이다. 하지만 문을 열자, 재미슨이 옷도 갈아입지 않은 채 주방 식탁에 앉아서 그를 노려보고 있었다. 그는 깜짝 놀랐다. 데커는 문을 닫았다.

"어디 있었어요, 데커?" 그녀가 조용히 물었다.

"미안해요, 알렉스. 브라운과 함께 있었어요. 어떤 가설이 떠올라서요. 그녀와 함께 그걸 조사해보려고요."

"대단하군요, 데커. 정말 멋져요."

데커는 그녀의 말에 날이 서 있다는 걸 알아채지 못했다.

"그렇게 해야만……."

"아무것도 잊지 않는 남자라." 그녀가 말했다.

그가 그녀를 이상하게 쳐다보았다. "뭐라고요?"

그녀가 자리에서 일어났다. "하지만 전적으로 다는 아니군요."

"뭐가 전적으로 다는 아니에요?" 그가 당황해서 말했다.

"당신이 어느 것도 잊지 않는다는 거요."

그는 그녀에게 가까이 다가갔다. "무슨 말을 하는 건지 모르겠어요."

"그렇다면 알려드리죠." 그녀가 말을 멈추고는 몸을 부풀리기라도 할 것처럼 숨을 크게 들이마셨다. 그러고는 거칠게 말했다. "우리가 오늘 멜빈과 저녁 식사를 하기로 했던 걸 **잊었잖아요**. 14번가에 있는 코튼스에서 7시 반에요."

데커의 얼굴에서 핏기가 가셨다. "오, 이런, 알렉스, 나는……."

그녀가 말을 계속했다. 목소리가 갈라져 나오기 시작했다. "레스토랑에서 우린 당신을 두 시간이나 기다렸다고요. 젠장맞을 두 시간이나요, 데커. 보거트에게 전화까지 했어요. 911에도 연락하고요. 생각나는 온갖 사람들에게 다 걸어봤죠."

"그런데 왜 나한테는 안 걸었어요?"

"했죠! 12번이나!"

그가 주머니에 손을 넣어 전화기를 꺼냈다. 그의 얼굴이 창백해졌다.

"무음으로 해놓은 걸 잊었네요."

"또 뭘 **잊었나요**, 네? 와, 당신의 그 완벽한 기억력은 절대 안 망가질 텐데."

"알렉스, 내가……."

그녀의 눈에서 눈물이 흐르기 시작했다. "나중에 내가 미친 여자처럼 횡설수설하는 걸 들어봐요. 아마 그걸 가지고 평생 놀림감으로 우려먹을 수 있을걸요. 나쁜 자식!"

그가 뭔가를 말하기도 전에 그녀가 몸을 돌려서 응접실을 질주해 자기 방으로 들어갔다. 그녀 뒤에서 쾅 하고 문이 닫혔다.

데커는 자기 전화기를 내려다보았다. 수없이 많은 부재중 전화. 그는 주방 식탁에 앉아서 점점 더 공황 상태에 빠져가는 목소리를 들었다. 재미슨은 걱정으로 제정신이 아닌 것 같았다. 그리고 그가 최근 두 번이나 죽을 뻔한 걸 생각하면, 아직 적이 바깥에 있다고 생각한다고, 그녀에게 너무 앞서 나갔다고 나무랄 수는 없었다.

과거의 데커라면 그녀의 방문으로 가서 노크를 하고 끝없이 사과를 했을 것이다.

새로운 데커는 그저 그 자리에 앉아서 어둠이 짙게 깔린 창밖을 응시할 뿐이었다. 그 어둠은 최근 자신의 머릿속에 들어앉아 있는 것만큼이나 불투명했다.

0 034

다음 날 아침, 재미슨은 게슴츠레한 눈으로 일어나, 세수를 하고, 커피 한 잔을 내리려고 주방으로 나갔다.

주방 앞에서 그녀는 발걸음을 우뚝 멈췄다.

"밤새도록 여기 앉아 있었어요?"

데커가 앉은 자리에서 고개를 들어 그녀를 올려다보았다.

그녀가 말했다. "데커, 아침 7시예요. 안 잤어요?"

대답으로 그는 전화기를 들어 보였다. "음성 메시지 들었어요. 전부."

그녀가 하품을 하고는 벽에 기댔다. 실내가 조금 쌀쌀했기 때문인지 그녀는 가운을 여몄다. "그렇군요." 그녀가 느릿하게 말했다.

"내가 맛이 갔어요, 알렉스. 정말 미안해요. 그렇게 걱정시켜서 미안해요. 저녁 약속 못 지킨 것도 미안하고요."

그녀가 그에게로 가까이 다가가 옆에 앉았다. 눈을 비비고 그를 바라보았다. "당신이란 사람을 안다면, 당신이 식당에 나타나지 않았을 때, 내가 그렇게 반응한 건 과잉반응이었을지도 모르죠. 그러니까, 당신이 날 바람맞힌 게 처음은 아니잖아요." 그녀가 가운 끈을 비비 꼬았다. "또 최근 일어난 온갖 일들을 생각하면, 에이마야 일도 그렇고 다른 일들도 그렇고, 당신에게 무슨 끔찍한 일이 생긴 건지 걱정이 됐다고요."

"앞으로는 언제든 당신이 전화를 하면 받을게요. 911에 전화하지 않게 할게요."

그녀가 그에게 억울한 듯 웃어 보이고는, 그의 팔을 꼬집고 커피를 내리러 일어났다. "어젯밤에 멜빈에게 전화해서 당신이 괜찮다고 말해줬어요."

데커가 움찔했다. 그 생각은 미처 하지 못한 것이다.

나란 인간은 대체 어디가 잘못된 거지?

"고마워요."

"그럼 오늘 저녁 같이 먹을 수 있어요?" 그녀가 조심스럽게 물었다.

"그럼요. 그렇게 해요."

"그렇게 너무 빨리 대답하지 마요. 후회할지도 모르니까."

그녀가 커피 두 잔을 가져와 그의 앞에 서서 한 잔을 건네고는 자리에 앉았다. "자, 이제 어제 떠올랐다던 그 가설을 말해봐요."

데커가 차근차근 이야기를 해나갔다.

재미슨은 크게 동의하는 표정을 지었다. "내부 고발자라, 하? 그 가설이 많은 의문을 설명해주네요."

"문제는 내부 고발자 관련 사건을 찾아봐야 한다는 거예요. 수년 동안 굉장히 많다고요."

"하지만 그렇게까지 힘들진 않을 거예요. 곳곳에 버크셔의 사진을 뿌리면 되죠. 누군가 그녀를 알아보는 사람이 있을 거예요."

"그건, 알렉스, 그녀 사진은 이미 전역에 퍼져 있어요. 살인 사건 후에 온갖 뉴스에서 퍼졌고, 지금도 퍼져 나가고 있을걸요."

그녀가 커피 한 모금을 마시고는 당황한 표정을 지었다. "그렇네요. 그럼 왜 아무도 앞으로 나서지 않았을까요?"

"그녀가 이름을 바꾼 게 틀림없어요. 외모도 바꾸었을 수 있고."

"성형을 했단 건가요?"

"외모를 바꾸는 데는 칼을 대는 것 말고도 많은 방법이 있어요. 살을 빼고, 머리 모양과 머리 색깔을 바꾸고, 안경을 끼거나 컬러 렌즈를 껴서 눈동자 색을 바꾸거나 기타 등등 많은 방법이 있죠."

"버크셔가 수술을 했었는지 검시관에게 물어볼 수 있을 거예요. 부검으로 알 수 있는 거니까요."

"어젯밤에 벌써 메일을 보내놓았어요. 일찍 일어나는 사람이더군요. 30분 전에 회신을 주었거든요. 성형 흔적은 없었대요."

"일찍 일어나는 사람에 대해 말하자면, 당신도 잠 좀 자야 하지 않아요?"

"안 피곤해요."

"저기, 당신 좀 쉬어야 해요. 그러지 않으면 지쳐 쓰러질 거예요. 아침 좀 먹을래요?"

"그럴게요."

"좋아요, 난 샤워 좀 하고 올게요."

그녀가 떠나고 나서 데커의 생각은 버크셔 문제로 돌아갔다. 특히 숲 속에 있던 그 낡은 집으로. 그가 알기로, USB는 정보의 보고일 것이다. 거기에는 버크셔의 과거가 상세하게 기록되어 있을 터고, 많은 질문에 대한 대답이 될 터였다. 하지만 누군가가 그들을 그곳까지 따라와서, 데커의 차 타이어를 쏘고, 그를 공격하고, 그것을 가져가버렸다. 그자는 그들을 지켜보고 있었을 것이다. 아니면 그 집을 감시하고 있었거나.

웅웅 울리는 소리가 들려왔다. 데커는 아래를 내려다보았다. 재미슨의 전화였다. 전화번호는 그가 모르는 것이었고, 발신인 이름도 뜨지 않았다. 재미슨의 연락처 목록에는 없다는 말이었다.

샤워하는 물소리는 계속 들려왔다. 음성사서함으로 연결되게 할 수도 있지만 전화를 받기로 결심했다.

"여보세요?"

"여보세요, 낸시 빌링스입니다. 전 FBI의 알렉스 재미슨 씨나 에이머스 데커 씨에게 전화를 걸었는데요."

"제가 에이머스 데커입니다."

"오, 안녕하세요. 전 앤 버크셔 선생님이 대체 교사로 일하셨던 학교의 교사입니다. 묻고 싶은 게 있다고 들었습니다. 너무 일찍 전화드렸나요? 제가 곧 출근해야 해서요."

"아닙니다. 괜찮습니다. 퇴근 후에 뵐 수 있을까요?"

"네. 제가 집으로 가서 개를 산책시켜줘야 해서요. 집 근처에 스타벅스가 있어요." 그녀가 주소를 불러주고, 두 사람은 만날 시간을 정했다.

그는 보거트에게 전화를 걸어 브라운과 있었던 일을 말했다. 그러고 나서 오늘 오후에 빌링스 선생과 만날 약속을 한 것도 보고했다.

보거트가 말했다. "그럼 난 이제 군 내부 고발 사건 쪽을 따라가보도록 하지. 그게 브라운의 관할 분야인 건 알고 있는데, 나도 따로 접촉해볼 만한 곳들이 좀 있어. 몇 년 동안 내부 고발 사건이라면 FBI 조사와 법무부에 기소된 것만 해도 굵직한 건들이 엄청 많으니까."

데커는 전화기를 끄고 주머니에 집어넣었다. 그리고 욕실로 가서 철벅철벅 세수를 하고 양치를 했다. 그가 욕실에서 나오는 참에 재미슨도 나왔다. 그녀는 목에 스카프를 두르고 있었다.

"먹었어요?" 그녀가 말했다.

"아뇨. 깜빡했어요."

"와. 구식 메모리가 당신을 망쳐놓았네요." 그녀가 건조하게 말했다. "괜찮아요. 후버 빌딩으로 가는 길에 뭣 좀 먹고 갈 수 있을 거예요."

"낸시 빌링스가 전화했어요. 버크셔가 다녔던 학교 선생님이요. 오늘 퇴근 후에 만나기로 했어요."

"그 선생님이 도움이 되었으면 좋겠네요."

두 사람이 건물 정문을 나서자 하퍼 브라운이 서 있었다. 청바지에 부츠, 검은 터틀넥 스웨터, 갈색 가죽 재킷 차림에 봉투 하나를 들고 있었다.

"베이글이에요. 차에 커피도 있죠." 그녀가 재미슨을 응시했다. "그런데 당신 건 안 사 왔는데."

재미슨이 말했다. "우린 단서를 찾으러 가는 중이었어요."

브라운이 데커를 보았다. "DIA 본사, 내부 고발 사건 자료예요. 탈래요, 말래요? 두 번은 권하지 않아요."

"알렉스는 함께 못 갑니까?"

브라운이 고개를 저었다. "당신한테 반출해도 될지 허가받는 것만으로도 충분히 힘들었어요. 껌딱지 더는 못 붙여요."

재미슨이 그 말에 발끈했지만 곧 화를 누그러뜨렸다. "좋아요,

에이머스. 난 사무실에 가서 보거트에게 이 일에 대해 말할게요."

"DIA 일을 끝내고 나서 다 말해줄게요."

"그걸 들을 등급이 된다면요." 브라운이 재미슨을 보며 말했다.

재미슨도 브라운의 시선을 똑바로 맞받았다. "그리고 브라운 요원한테 저도 똑같은 말씀을 드릴 수 있겠네요."

데커와 브라운은 주차장에 재미슨을 남겨두고 차를 타고 떠났다. 재미슨은 고개를 설레설레 젓고, 생각을 분명히 정리하려고 애썼다.

"난 그냥 기자로 돌아가는 게 낫겠어." 그녀가 중얼거렸다.

0 035

제멋대로 뻗어 나가 있는 DIA의 본사 건물들은 조인트 베이스 애너코스티아볼링에 있었다. 포토맥 강 동쪽 강변, 국제공항에서 나오는 강줄기를 가로지르는 지역이었다. 포토맥 강이 북서 방향에서 길을 갈라놓았고, 북동쪽으로는 더 짧은 애너코스티아 강이 저 멀리서 뱀처럼 꿈틀거리며 흘렀다.

입구에서 데커는 방문객 출입증을 받고 보안 절차에 따랐다. 한쪽 벽에는 기관 직인이 있었는데, 검은색 바탕에 구 주위로 원자력 타원 고리 한 쌍이 돌고 있는 가운데 불타오르는 황금빛 횃불이 놓인 모양이었다.

브라운이 그것을 가리켰다. "횃불과 황금은 지식, 정보를 대변하죠. 검은색은 '미지의 것'을 의미하고요."

"붉은색은요?" 데커가 물었다.

"정보에 대한 과학적 관점이죠."

"사람들을 대할 때도 과학적으로 합니까?"

"당신이 아는 것보다는 훨씬 더 그럴걸요."

두 사람은 이름들이 쓰인 벽을 지났다. 데커는 발길을 멈추고 벽을 바라보았다. 복도를 걸어 내려가고 있던 브라운이 되돌아와서 그의 옆에 섰다.

"명예의 전당 벽이에요. 횃불 전달자들의 벽이라고 하죠." 그녀가 말했다. "DIA와 국가에 봉사한 대가로 최고 훈장을 받은 사람들이 올라 있죠. 우리 건물 앞뜰에는 9·11 당시 펜타곤 공격으로 사망한 DIA 요원 일곱 명을 기리는 추모 벽도 있어요."

데커가 이름 하나를 가리키며 물었다. "렉스 브라운 대령. 누구입니까?"

"아버지예요." 브라운이 말하고는 다시 복도로 향했다.

데커가 그녀를 뒤따라갔다.

"당신도 저 벽을 장식하면서 은퇴할 것 같습니까?" 그가 물었다.

"난 추모 벽 쪽이 나을 것 같은데요."

"아버님은 무슨 공로로 저 벽에 이름이 새겨진 겁니까?"

"기밀이에요."

그녀가 문을 열고 데커에게 안으로 들어가라고 손짓했다. 안으로 들어가자 세 면의 벽이 컴퓨터 화면들로 가득 차 있었다. 소리는 나지 않았지만 화면은 활성화되어 있었다. 브라운이 뒤따라 들어와 문을 닫았다.

"우리는 전 세계 곳곳에서 벌어지는 중요한 사건들을 24시간 기록하는 센터를 가지고 있어요. 여기는 다른 센터 일부에서 온 일부의 자료일 뿐이죠."

"인상적이군요." 데커가 타원형 회의 탁자 주변에 놓인 의자에 앉았다. "이게 어떻게 우리를 도와준단 겁니까?"

문이 열리고 한 남자가 안으로 들어왔다. 180센티미터 정도의 키에 딱 벌어진 어깨와 두툼한 팔과 허벅지를 지닌 남자였다. 그의 잿빛 머리는 바싹 깎여 있었다. 근육질 육체에 입고 있는 위장 전투복이 터져 나갈 것만 같았다. 그리고 인상을 잔뜩 구기고 있었다.

"브라운 요원." 그가 무뚝뚝하게 말했다.

"카터 대령님." 그녀가 명랑하게 말했다. "이쪽은 FBI와 일하는 에이머스 데커 씨입니다."

"정말로 변칙적이군. 이메일을 받고 믿을 수가 없었네. FBI 보안 절차도 아직 통과하지 못한 자라니, DIA 보안 절차에는 한참 못 미칠 텐데."

"이 사건 전체가 조금은 **변칙적이니까요.**" 브라운이 말했다. "하지만 이 사건의 실체를 밝히려면 데커가 꼭 필요해요."

"자네 경력도 끝났군."

"사건을 수사하는 것뿐입니다." 브라운이 응수했다. "그리고 전 진실을 알아내기 위해 가지고 있는 어떤 자산이든 활용할 겁니다. 데커도 빌어먹을 자산이긴 합니다만."

처음으로 카터는 데커의 차림새를 살펴보았다. 어제 입은 옷차림 그대로였다. 구깃구깃한 청바지, 얼룩진 트레이닝복 상의, 역시 주름이 진 스포츠용 재킷 차림이었고, 머리는 빗질을 하지 않아서 사방으로 제멋대로 뻗쳐 있었다. 면도도 하지 않아서, 퇴근 시간도 안 되었는데 거뭇거뭇했다.

카터가 믿을 수 없다는 눈빛으로 브라운을 보았다. "대관절 무슨 일이지! 저자는 FBI 비밀 요원으로 일하고 있는 건가?"

데커가 건들거리며 말했다. "아뇨, 하지만 회의에 참석하기 위해

이는 닦고 왔습니다."

카터가 그를 잠시 노려보더니, 들고 온 노트북컴퓨터를 쾅 소리가 나게 테이블 위에 내려놓고 자리에 앉았다. 브라운이 데커의 맞은편에 얼른 앉아 노트북컴퓨터와 펜을 꺼냈다.

카터가 노트북 자판을 몇 번 두드렸다. 벽 모니터들이 하나만 제외하고 모두 꺼졌다. "내부 고발자들이네." 그가 말했다. "알파벳순이야." 그가 데커를 보았다. "많으니 잘 따라와야 하네."

"최선을 다하겠습니다." 데커가 활성화된 화면에서 눈을 떼지 않은 채 웅얼거렸다.

모니터에 한 남자의 사진이 떴다.

"칼 리스너." 카터가 말했다. "1986년부터. 데커, 당신에게는 말할 수 없는 한 회사와 군 계약 건이지. 리스너는 연락 담당자였네. 그는 어떤 부정을 발견하고, 그걸 폭로했지."

"우리 쪽 사람 이름은 앤입니다만." 데커가 끼어들었다. "이 사람들 중에 여자는 없습니까?"

카터가 브라운을 날카롭게 쏘아보았다. "나는 그런 조건을 전달받지 못했네만."

"죄송합니다, 대령님. 일을 서두르다 보니."

"물론 그렇겠지. 그러니 이 남자가 여기 앉아 있는 거겠지. 자네가 스스로를 궁지에 몰아넣는 건, 내 알 바 아니네. **자네 문제지.**"

그가 자판을 몇 번 두드렸다. "좋아. 이제 가능성 있는 사람은 15명이 되었네." 그가 데커를 처다보았다. "기록 같은 건 안 할 건가?"

"전 머리가 좋거든요." 데커가 말했다.

카터가 눈에 보이게 눈알을 굴리고는 브라운에게 이글거리는 시선을 던졌다. 그러고는 화면으로 되돌아갔다.

* * *

몇 시간이 지난 후에도 그들은 여전히 내부 고발자에 관한 파일들을 훑어보고 있었다. 브라운이 데커에게로 몸을 돌렸다. "난 도움이 될 만한 건 못 찾겠어요. 주변 사람들조차 버크셔와 관계있을 법한 사람은 없어요."

데커가 고개를 끄덕였다. 그는 카터에게로 몸을 돌렸다. "이 자료에 잘못된 곳들이 좀 있습니다."

"그럴 리 없소." 카터가 소리 질렀다.

"64번 화면과 217번 화면을 봐요. 64번에는 데니스 터너가 2003년 7월에 이슬라마바드에 주둔했다고 되어 있어요. 217번에는 파이살라바드에 주둔한 걸로 되어 있고요. 확인해보셔도 좋습니다."

데커가 자리에서 일어나 회의실 밖으로 나갔다.

카터가 자판을 몇 번 두드리더니 문제의 자료를 불러냈다.

"저 친구 말이 맞는데요." 브라운이 화면을 유심히 살펴보더니 말했다.

"개자식, 운은 좋군." 카터가 내질렀다.

"잠시라도 운이라고 생각하지 마세요."

그녀가 일어났다.

카터가 말했다. "저 사람 대체 뭐야?"

브라운의 시선이 데커를 따라갔다. "아직 저도 알아보는 중이라서요, 대령님."

데커는 회의실 밖에서 그녀를 기다렸다. 두 손을 주머니에 푹 찔러 넣고 벽에 기대서 있었다.

그녀가 말했다. "당신, 저 대단한 대령을 한 방 먹인 것 같네요."

"예, 참, 그 목록에서 빠진 사람은 없을까요? 아무도 알지 못하는 그런 사람이랄지?"

"어떻게 해야 할지 모르겠군요. 내부 고발자라는 전체적 관점은 당신한테서 튀어나온 거잖아요. 그래서 우리가 그 기록을 검토한 거고요."

데커가 한숨을 내쉬고는 눈을 감았다.

브라운이 말했다. "어쨌든, 거기에서 **다른** 실수는 더 발견한 거 없어요?"

"9개요. 실질적으로는 아무것도 아니지만요. 그래서 전 '대단하신 대령님'께서 그걸 발견하게 놔두려고요."

"정말 대단하네요, 당신. 하지만 카터는 개자식이니, 뭐 나랑은 상관없죠."

"내부 고발자가 아니라면……." 데커가 눈을 번쩍 떴다.

"분명하지는 않지만, 앤 버크셔가 방위 부문이나 DIA와 관련된 사람이 아닐 수도 있어요. 충분히 가능한 일이죠."

"보거트가 그쪽을 알아보고 있습니다."

"그럼 이제 뭘 해야 할까요?"

데커가 주변을 휘 둘러보았다. "그쪽 세계에 대해서 말해주면 어때요?"

"왜요?"

"안 될 건 또 뭡니까?"

그녀가 생각해보고는 입을 뗐다. "좋아요, 따라와요."

그녀가 그를 이끌고 복도를 걸어 내려가 자기 사무실로 들어갔다. 작고 실용적인 사무실에는 창문이 하나도 없었다. 책상 위에는 서류 뭉치도 하나 없었다. 작은 컴퓨터 한 대뿐이었다.

그녀가 설명조로 말했다. "우린 종이를 엄청 싫어하거든요. 창도 싫어하죠. 감시 문제가 걸려서요. 잘 아시겠지만."

그녀가 데커에게 의자를 가리킨 후 책상 앞에 앉았다.

"뭘 알고 싶은가요?"

"뭘 말해줄 수 있습니까?"

"음, 완전히 처음부터는 어때요? 로버트 맥나마라가 DIA를 창설한 거요. 케네디 행정부에서 국방 장관을 할 때였죠."

"맥나마라라, 좋아요. 그 뒤에 그자는 베트남에서 엄청나게 위대한 일을 해냈죠."

"난 사실만 제공할 뿐이에요. 논평은 안 합니다."

"여기서 당신의 주된 역할이 뭡니까?"

"정보 수집이요. 우리는 다른 기관과 달리 직접 활동하면서 정보를 수집해요. 휴민트를 활용해서요."

"인적 정보라."

그녀가 고개를 끄덕였다.

"국제적인 분야만 다룹니까?"

"지금 다루는 일은 국내 사건인데, 왜 그렇게 이해했죠?"

"그럼 이 국가 안에서 일어나는 일을 조정합니까?"

"그건 모르지 않을 텐데요."

"당신이 일하는 방식에 변화가 있었습니까?"

"이 대화가 어디로 가고 있는 거죠?"

"진실이 있는 방향이죠, 바라건대."

"누구의 진실이요?"

"지금 당장은 저를 위한 진실입니다."

"내가 진실을 말하는 것 같지 않단 말인가요?"

대답으로 그는 그녀의 뒤쪽 벽에 붙은 작은 포스터를 가리켰다. DIA의 신병 모집 공고였다.

데커가 인쇄된 글자를 읽어 내려갔다. "당신은 그 언어를 말하고, 그 문화권에서 살아갑니다. 당신은 누구도 될 수 있고, 어느 곳에도 있을 수 있습니다."

그가 그녀에게로 시선을 내렸다. "어디에나 있고, 누구나 될 수 있다?"

"이 세계에서는 늘 그렇다고 말해두죠."

"예, 그러시겠죠. 아니면 그 이상의 걸 말하고 있을 수도 있고요. 어쩌면 빌어먹을 로버트 맥나마라보다 훨씬 더 최근의 뭔가를 말하고 있을 수도 있죠."

"내가 그걸 원하는지는 모르겠군요."

"이봐요, 난 경찰이었어요. 이쪽 화법으로 말해볼까요. 사람들이 범죄를 저지르면, 경찰은 그들을 추적해 잡는다. 무척이나 직선적인 철학이죠. A에서 B에서 C로요."

"내 세계는 그렇게 돌아가지 않아서요."

"맞아요. 그래서 당신이 **다음** 생에서나 사용할 수 있을 빌어먹을 스파이 전략을 더 복잡하게 만드는 공작을 펼치는 동안, 세상을 날려버릴 범죄자들이 나타나기를 바라는 겁니까?"

브라운이 책상 위에 다리를 올리고 의자 뒤로 몸을 기댔다. "좋아요, 무슨 말을 하는지 알아들었어요." 그녀가 생각을 그러모았다. "10년도 더 전에, DIA는 미국 시민들을 대상으로 스파이와 정보원 구인 공고를 냈어요."

"이례적인 일이었습니까?"

"그렇진 않아요. 하지만 DIA는 우리가 정부 기관이라는 걸 시민들에게 드러내지 않고 그 일을 하길 바랐죠."

"그럼 DIA가 그렇게 하지 않았단 겁니까?"

"난 그렇게 하지 않아요. 다른 사람들은 어떻게 하는지 모르겠지만."

"다른 건요?"

"2008년에 우리는 국내외적으로 방첩 활동과 관계된 은밀한 군사적 공격을 시행할 권한을 얻어냈어요."

"어떻게 하는 겁니까, 그게?"

"무척 기본적인 일이에요. 스파이를 심고, 허위 정보를 유포하고, 국가 정보시스템에 부정적인 타격을 가하는 거죠. 우리가 FBI와 가장 최근에 함께했던 합동 작전, 궁금하죠? 2012년에 우리는 은밀한 군사행동을 확대했죠. 국방부의 휴민트를 넘겨받아서 우리의 국제 스파이 활동을 보강했죠. 군사 분야에 중점을 둔 것은 분명하죠."

"요즘은 무슨 일을 중점적으로 하는데요?"

"별로 놀랍지 않을걸요. ISIL이나 알카에다 같은 이슬람 무장 조직, 북한, 이란, 특히 무기와 핵무기 기술 전달과 중국과 러시아의 국방력 증강 정책과 관련된 일이죠."

"우리 정책에 영향을 미치려 하는 러시아의 해킹과도 관련되어 있습니까?"

"맞아요, 데커. 우리 민주주의 근간에 대한 직접적인 공격이니까요."

"다루어야 할 게 엄청 광범위하네요."

"왜 여기서 일하는 사람들이 1만 7천 명이나 되겠어요?"

"스파이를 꽂는 일에 대해 말했죠. 당신네 사람들은 당신 정도 지위에서도 스파이 일을 하나요?"

고개를 끄덕이는 그녀의 표정이 어두워졌다. "정보요원이라면 누구나 해요. 우리의 경우 최악의 사건은 애나 벨렌 몬테스 사건이었어요. 그녀는 DIA의 최고위 분석가였고, 무척 존경받던 사람이었죠. 내가 여기 들어오기 전에 일어난 일이에요. 20년 동안 그녀는 쿠바를 위해 스파이 행위를 한 걸로 밝혀졌죠. 20년이 넘는 세월 동안 엄청난 해를 끼쳤어요. 어떤 사람들은 그 일로 목숨을 잃기도 했겠죠."

"들어본 적이 없는 이야기인데요."

"놀랍지 않네요. 그녀는 9·11 사건 당시 체포되었죠. 수개월 동안 온갖 이야기들이 난무했죠."

"어떻게 체포한 겁니까?"

"탐문 수사는 구식이지만 여전히 효과가 좋죠. 그리고 우린 스파이들이 기본적인 지침대로 행동한다는 사실도 알고 있죠. 단파 라디오 송신, 암호화된 소프트웨어, 사람 많은 장소에 평범하게 섞여 행동하기, 다국적 해외 도피, 그런 거요. 그런 것 때문에, 퍼즐 조각들을 맞출 수 있게 되는 거죠."

"스파이들은 뭔가를 알아채면, 완전히 새로운 시도를 하거나 자기들이 행동하던 대로만 행동한다고 생각한 거군요."

그녀가 고개를 저었다. "폭탄 제작자 같은 거예요, 데커. 난 폭발물 처리 전문가로서 그들에 대해 많은 걸 배웠죠. 그들은 일단 뭔가를 하는 방식을 배우면 거기에서 벗어나는 법이 없죠. 그걸 '서명'이라고 해요. 그들이 이리저리 꼬아놓은 트릭들은, 그것들이 날아가지 않으면, 그걸 누가 만들었는지 알려주는 특정한……."

데커가 의자에서 벌떡 일어나 밖으로 나갔다.

브라운이 놀라서 펄떡 일어났다. "데커? 데커!"

그녀가 그를 뒤쫓아 달려갔다.

0 037

"와!" 브라운이 소리쳤다.

그녀와 데커는 버크셔의 호화 아파트에 막 들어선 참이었다.

브라운이 놀라서 주위를 둘러보았다. "이 정도인 줄은 몰랐어요. 당신 말이 맞네요."

데커는 대답하지 않았다. 그는 그저 복도로 곧장 걸어 내려갔다. 브라운이 황급히 그 뒤를 따랐다. 그는 주 침실로 들어가서 침실에 딸린 화장실로 들어갔다. 그러고는 벽에서 화장지를 낚아챘다. 화장지가 바닥에 미끄러지자 화장지 걸이가 나타났다.

"젠장."

거기에는 아무것도 없었다.

"여기에 뭐가 있을 거라고 생각한 건가요?" 브라운이 물었다.

그는 그녀를 밀쳐내고 욕실을 떠나 복도로 다시 나갔다. 두 번째 욕실이 딸린 화장실로 가서 문을 밀어 열었다. 그는 화장지 걸이를 들여다보았다.

그리고 벽에서 떼어내서, 걸이 안쪽으로 손가락을 밀어 넣었다. 거기에 뭔가가 있었다.

"열쇠네요." 브라운이 말했다.

"당신 말마따나, 스파이들은 새로운 기술을 습득하는 걸 좋아하지 않는가 보네요. 폭탄 제작자들처럼요."

"그 말은 그녀가 전에도 이런 장치를 사용했다는 말이군요?"

"네, 숲 속에 있는 오두막에서요."

"무슨 열쇠인데요?"

데커가 그것을 바짝 들여다보았다. "뭐든 될 수 있겠죠. 맹꽁이 자물쇠 열쇠랄지."

그들은 화장실을 나왔다. 그는 손님용 침실에 있는 의자에 앉아서 눈을 지그시 감고는 기억의 필름을 앞뒤로 넘겼다.

브라운이 그를 호기심 어린 눈초리로 살펴보았다. "옛날 기억들을 돌려보고 있는 건가요?"

그는 아무 말이 없었다.

몇 분 후, 그가 눈을 번쩍 뜨고는 자리에서 일어났다. 복도로 나가서 거리가 내려다보이는 넓은 창문들로 갔다.

"만약 당신에게 뭔가 중요한 게 있고, 그걸 여기에 두고 싶진 않은데 그래도 가까이에 두어야 한다면, 어떻게 할 것 같습니까?" 그가 물었다.

"창고 같은 데 두겠죠."

"이 근처에는 그런 게 없어요." 데커가 창문 너머를 바라보며 말했다. "여긴 그런 용도로 사용하기에는 너무 비싼 동네라 경제성이 떨어지죠."

"그럼, 당신 말마따나, 쉽게 움직일 수 있는 곳으로 정하고 싶겠군요."

"그래요, 그랬겠죠. 가봅시다."

* * *

20분 후, 두 사람은 버크셔가 근무했던 가톨릭 학교를 지났다. 데커가 길 건너편을 가리켰다.

브라운이 그가 가리킨 곳을 보았다.

"A to Z 창고?"

"그리고 그사이엔 희망적인 모든 게 있죠."

그들은 주차장에 차를 대고 차에서 내렸다. 안으로 들어가서 카운터 여직원에게 신분증을 제시했다. 그녀가 데이터베이스에서 버크셔의 이름을 찾아냈다. "1년어치를 선불로 냈어요. 아직 몇 달 남았어요."

"그 계약이 갱신될 거라고 생각하진 않겠죠." 데커가 말하고는 열쇠를 내밀었다. "어느 거죠?"

"영장 없이 보여드려도 될지 모르겠네요."

브라운이 말했다. "우리는 버크셔 씨가 그 창고에 폭발물을 보관했을 거라는 믿을 만한 근거를 가지고 있습니다."

"어머나!" 여자가 소리쳤다.

"폭발물 전담반을 부르기 전에 확인해보려는 거예요. 아니면 영장을 기다리면서 당신과 이 사업이 하늘로 날아가지 않기만을 기도하도록 하죠."

"2213번 창고예요." 여자가 내뱉었다. "문을 나가서 오른쪽이에요. 제가 여기 남아 있어야 할까요? 최저임금에 목숨을 걸고 싶진 않다고요."

"당신은 잠깐 쉬는 게 좋을 것 같네요." 브라운이 말했다.

여자가 문을 달려 나가 차에 올라타더니, 타이어 긁히는 소리를 내며 황급히 차를 출발시켰다.

데커가 브라운을 쳐다보았다. "당신이 완전히 달라 보이기 시작했어요."

그녀가 미소를 지어 보였지만 2213번 창고로 걸어가는 동안 아무 말도 하지 않았다. 바깥에 문이 노출되어 있는 한 칸짜리 창고였다. 데커는 두꺼운 맹꽁이자물쇠에 열쇠를 넣어 돌렸다. 그리고 몸을 숙여 문손잡이를 잡고 문을 당겨 열었다.

안에는 선반 하나가 매달려 있고, 그 위에 상자 하나가 오롯이 놓여 있었다.

"조짐이 좋아 보이는군요." 브라운이 말했다.

그들은 다가가 상자를 살펴보았다. 겉에 아무것도 쓰여 있지 않은 평범한 골판지 상자였다. 데커가 주머니칼을 꺼내서 테이프를 가르고 상자를 열었다.

그리고 상자 뚜껑을 열고 안을 들여다보았다. 안에 든 물건들을 뒤적거리고 상자 옆 선반에 꺼내놓았다.

출입증 배지처럼 생긴 것 하나.

키릴어로 타이핑된 종이 한 장.

오래된 플로피디스크 한 장.

그리고 인형 하나.

브라운이 종이를 살펴보는 동안, 데커는 인형을 조사했다.

브라운이 말했다. "이건 1985년 3월에 작성된 거네요. 모스크바에서 온 공식 요청서 같은데요. KGB요."

"러시아어도 읽을 줄 아십니까?"

"중국어와 아랍어도 알죠. 그리고 한국어로도 제 입장을 표명할수 있어요."

"대단하군요."

"내 업무의 일부이죠, 데커."

데커가 인형을 손가락으로 살펴보는데 뭔가 뚜껑 같은 게 튀어나왔다. 안을 들여다보았지만 비어 있었다. "배터리가 없네요."

"좋아요."

그는 주머니칼 날을 사용해 배터리 칸 안쪽을 살펴보았다. 그 안에서도 작은 뚜껑이 열렸다. 전체 배터리 삽입구가 떨어져 나왔지만, 그 안은 그냥 빈 공간이었다.

그녀가 말했다. "인형을 만든 사람도 그 안에는 뭘 넣지 못할 것같네요."

데커가 고개를 끄덕였다. "마이크로피시나 마이크로도트 같은걸 넣을 만큼은 되어 보였다고요."

"마이크로도트에 대해 어떻게 알아요?"

"옛날에 제임스 본드 영화를 엄청 봤거든요."

그가 플로피디스크를 쳐다보았다. "이것도 구시대의 유물이죠." 그가 출입증용 배지를 집어 들었다. 한때 거기에 있었을 이름은 이미 오려서 사라진 상태였다. 데커는 그것을 브라운에게 건넸다.

검은색 바탕에 구 주위에 두 개의 붉은 원자력 타원 고리가 맴돌고 있고, 금색 횃불이 그려져 있었다.

"DIA 배지군요." 데커가 말했다. "그녀는 내부 고발자가 아니었어요."

"스파이였군요." 브라운이 그 말을 마무리했다.

0 038

데커, 브라운, 보거트, 재미슨, 밀리건은 FBI 빌딩 안의 회의실 테이블에 둘러앉아서 테이블 한가운데를 응시하고 있었다.

데커와 브라운이 임대 창고에서 발견한 물건들이 증거품 보관 봉투에 담겨 놓여 있었다. 사진을 찍고 과학수사팀이 모든 물건들을 확인했지만, 테스트 결과 음성으로 판명되어 돌아온 것이었다.

보거트가 인형을 집어 들고 비밀 공간을 살폈다.

밀리건은 출입증 배지로 손을 가져가 그것을 살펴보았다. "그러니까 확인해봤는데, 버크셔, 아니 그녀의 실제 이름이 뭐든 간에, 그 여자가 DIA에서 일한 적이 없다는 건가요?"

"맞아요." 브라운이 말했다. "그녀에 대해 전부 조사해봤어요. 배경도 확인했고, 우리 쪽 데이터베이스에 지문도 돌려봤어요. 그런데 안 나왔어요."

보거트가 인형을 내려놓고 목소리를 가다듬고는 말했다. "저희 쪽 데이터베이스도 전부 확인했는데, 그녀에 대한 기록을 찾을 수가 없었어요. 정부 기관에서 일을 했거나 정부 민간 도급업자였다면, 출입증을 받기 위해 서류에 지문을 찍어야 하는데 그 어디에도 없었어요."

데커는 자기 손을 물끄러미 내려다보며 앉아 있었다.

재미슨이 그런 그를 바라보았다. "무슨 생각을 해요, 데커?"

"그 배지에는 누군가의 이름이 잘려나가 있었어요."

밀리건이 말했다. "전파 식별 태그식 배지라면, 그러니까 전자적인 방식으로 지운 게 아니라면, 소유자 데이터가 그대로 남아 있을 거예요."

"하지만 이건 그런 게 아니에요." 데커가 말했다. "그런 전자 기술이 사용되기 전에 발행된 게 분명해요. 최소한 DIA에서 그걸 사용하기 전에요."

브라운이 말했다. "버크셔는 스파이 관리자였던 거 같아요. 그러면 데이터베이스에 있을 필요가 없죠. 배지를 가지고 있을 이유도 없고. 물론 내근자는 있어야죠. 하지만 버크셔는 '자산'을 관리하고, 정보를 수집했던 걸로 보여요."

"그게 더 가능성 있어 보이네요." 데커가 말했다. "우린 내근자를 찾으면 되겠군요."

"하지만 버크셔가 **여전히** 현역이었다고 생각해요?" 밀리건이 말했다. "그러니까 이건 오래된 배지예요. 플로피디스크에다 1980년대 KGB 문서까지. 모든 데이터가 이전 시대 거예요."

보거트가 말했다. "좋은 지적이야. 그녀는 은퇴하고, 자기 인생에서 뭔가 다른 걸 하기로 결심했겠지."

"그렇다면 그녀가 해온 선행은……." 재미슨이 말했다. "과거에 저지른 일에 대한 속죄라고 할 수 있겠네요."

"하지만 그 돈은 어디서 났을까요?" 브라운이 말했다. "스파이 관리자는 한탕 벌어들일 수 있는 자리가 아니에요. 만약 그녀가 러시아를 위해 일했다면, 왜 은퇴했을 때 그쪽으로 돌아가지 않았을까요?"

"그럴 수 없었던 건지도 모르죠." 데커가 말했다.

모두의 시선이 데커에게로 향했다.

"왜 그럴 수 없었단 거죠?" 브라운이 물었다.

"러시아 정보원이 러시아로 돌아가는 걸 환영받지 못한다면, 그 이유가 뭘까요?" 데커가 말했다.

"조국에 등을 돌렸기 때문이겠죠." 브라운이 대답했다.

"버크셔가 이중 스파이란 소리를 하고 싶은 건가요?" 보거트가 말했다.

"그녀가 스파이였고, 그 뒤에 돌아섰을 가능성이 있다는 말을 하는 거죠."

"만약 그랬다면, 그 증거가 남아 있지 않을까요?" 밀리건이 물었다. "기록으로?"

"음, 이 가능성은 지금 막 생각해낸 거니까, 제대로 된 사람에게 그 질문을 던져봐야죠."

"30년도 훨씬 지난 오래된 일이라면, 그걸 물어볼 만한 사람을 찾기도 쉽지 않을 거야." 보거트가 지적했다.

데커가 브라운을 쳐다보았다. "당신은 우리보다 이 세계에 대해 잘 알고 있죠. 당신이라면 어디서 찾겠어요?"

"정보기관은 엄청나게 많아요, 데커. 겹치기도 하고요. 10만 명의 인적 자산들이 200개도 넘는 나라에 흩어져 있어요."

"짚 더미에서 바늘 찾기로군요." 재미슨이 툴툴댔다.

"사실 더 심각한 문제는, 비밀스러운 집단일수록 질문에 대답하는 걸 좋아하지 않는단 거죠." 브라운이 덧붙였다.

"그럼 물어봐도 진실을 말해주지 않겠군요." 밀리건이 말했다.

"나라면 거기에 다 걸진 않겠어요." 그녀가 소신을 밝혔다.

보거트가 말했다. "그녀가 DIA 내부나 다른 정보기관에서 '자산'을 관리했었다면, 그 자산이 여전히 주변에 있을지도 몰라요. 버크셔가 은퇴했을지 몰라도, 그 자산까지 은퇴했으리란 법은 없으니까."

"그렇죠." 브라운이 말했다.

"그런데 그녀의 그 재산은 도대체 어디에서 생긴 걸까요?" 재미슨이 말했다.

"그녀가 우리 편에 붙어서 우리를 도왔다면, 그 현금이 거기서 온 게 아닐까요?" 데커가 브라운을 보며 물었다.

"얼마나 중대한 도움을 줬는지에 따라 다르죠. 만약 그녀가 스파이였다면, 기본적인 수준의 도움을 줬을 거예요. 안 그랬으면 감옥에 갔겠죠, 펜트하우스가 아니라."

"그럼 잡히지 않았는데 그녀는 왜 자발적으로 앞으로 나선 걸까요?" 데커가 말했다. "스파이로서 자신을 드러낸 것이 아니라, 특별한 지식을 가지고 남을 돕는 일을 하는 시민으로 행세한 것이 아닐까요?"

브라운이 그 질문을 곰곰이 생각했다. "그게 가능할지는 나도 모르겠군요."

보거트가 말했다. "이제 까다로운 건, 지금 발견한 것들을 어떻게 조합해야 하느냐가 아닐까? 우리가 가진 건 네 가지 물건과, 스파이였을 수도 있고 아닐 수도 있고, 스파이 관리자였을지도 모르고, 어쩌면 그게 다 아닐 수도 있는 죽은 여인이야."

데커가 말했다. "우리가 해야 할 첫 번째 일은 앤 버크셔가 진짜 누구인지 알아내는 거군요. 아니면 누군가였나."

"우리가 지금 무슨 짓거릴 하고 있는 거 같아요, 네, 데커?" 밀리건이 소리를 꽥 질렀다.

"하지만 더 조사해봐야 해요. 만일 그녀가 러시아 사람이라면, 그것도 확인해봐야 하잖아요. 정부 내부의 스파이 관리자였다면, 그것 역시 조사해봐야 하고요. 우리가 앞질러가야 해요. 우리가 그들을 제압해야만 한다고요."

보거트가 말했다. "그녀가 우리나라를 도왔다면, 거기에 대한 상당한 대가를 받았을 거야. 그게 우리가 추적해야 할 거지."

"하지만 대브니가 그녀를 죽인 건 어떻게 설명하죠?" 재미슨이 말했다. "대브니는 기밀을 빼돌렸어요. 하지만 그건 매우 최근의 일이었어요." 그녀가 브라운을 보았다. "요원님은 대브니와 버크셔가 함께 일했다는 걸 입증할 뭔가를 가지고 있나요?"

브라운이 주춤했다.

"오, 제발, 맞는지 틀리는지 고갯짓이라도 해봐요, 좀." 재미슨이 분통을 터트렸다.

브라운이 고개를 저었다.

재미슨이 데커에게로 몸을 돌렸다. "좋아요. 그래서 둘 사이에 무슨 관계가 **있죠**?"

"몰라요." 데커가 인정했다. "하지만 답 하나만 찾아낸다면, 곧 거기에 있는 모든 답을 찾아내게 될 거라는 감이 들어요."

브라운이 출입용 보안 배지를 집어 들었다. "이런 유형의 배지를 DIA에서 사용한 적이 있는지 알아볼게요. 우린 정기적으로 배지 모양을 바꾸는데, 그럼 이게 사용되었던 때를 추정할 수 있겠죠."

"그리고 그녀는 어떤 이유로 KGB와 소통한 문서를 보관하고 있었어요." 데커가 말했다.

브라운이 고개를 끄덕였다. "그걸 다 읽어볼게요. 뭔가 단서가 있을지도 모르죠."

"플로피디스크는요?" 재미슨이 물었다.

보거트가 디스크를 집어 들었다. "우리는 이런 종류의 저장장치를 사용하지 않은 지 꽤 오래되었어. 연구실에서 돌려봤는데, 이게 뭐가 됐든 소용이 없어. 좋게 말해서, 해석할 수 있는 게 없어."

"러시아어예요?" 재미슨이 물었다.

"드문드문 해석이 되었어." 보거트가 대답했다. "그런데 이해가 안 돼."

데커가 인형의 머리를 헝클어뜨렸다. "난 아무것도 **기대** 안 해. 그저 그게 날 안내하는 곳으로 향할 뿐이지."

그의 전화가 웅웅거렸다. 그러자 낸시 빌링스와의 약속이 떠올랐다.

데커가 일어섰다. "바로 지금처럼. 알렉스, 갑시다."

낸시 빌링스는 밝은 금발 머리의 30대 후반 여성이었다. 느긋한 표정을 짓고 코에는 피어싱을 하고 있었다. 스타벅스에서 만났을 때 그녀는 청바지에 양모 스웨터를 입고 있었다. 세 사람은 커피를 주문하고 테이블로 돌아와 앉았다.

데커가 말했다. "그저 궁금해서 물어보는 건데, 가톨릭 학교에서 수업하는 동안에도 코에 피어싱을 하고 있습니까?"

"아뇨. 퇴근 후에만 하죠. 지역 교구 학교는 지금도 꽤 엄격한 편이니까요. 교사들에게도, 학생들에게도요."

"앤 버크셔 선생님에 대해 말씀하실 게 있다고요." 재미슨이 물었다.

"정확히 뭘 알고 싶으신 거죠? 그러니까, 전 앤 선생님한테 일어난 일을 듣고는 정말 까무러치게 놀랐다고요."

"두 분이 따로 이야기를 나눠본 적이 있습니까?"

"그럼요. 선생님이 제 수업을 몇 번 대신해주셨거든요. 제가 아풀 때, 교사 연수에 가야 했을 때, 몇 번은 엄마를 도와드리러 지방에 다녀왔을 때도요. 아빠가 치매시거든요."

"저런." 재미슨이 말했다.

"앤 선생님은 좋은 분이셨어요. 수업 계획도 잘 세우고, 교실에서 자기가 할 일을 잘 알고 계셨죠. 선생님에 대해 어떤 불만도 들어본 적이 없어요."

"그래서 두 분이 대화를 나눠본 적이 있습니까?" 데커가 물었다.

"네. 선생님이 제 수업을 대신 들어가신 후에 뵀죠. 어떻게 수업했는지, 그런 걸 말씀해주셨어요. 몇 번인가는 함께 커피를 마시기도 했어요. 제가 선생님 친구였다고 봐도 될 것 같은데, 그러니까, 선생님이 누군가를 알고 지냈단 소릴 들은 적이 없어서요."

"그럼 두 분은 무슨 대화를 나눴습니까?"

"음, 생각해보니, 대부분은 제가 이야기했던 것 같아요. 앤 선생님은 조용하셨고요. 선생님 가족이 살아 있는지조차 모르겠네요. 그러니까, 앤 선생님은 그런 것들을 말씀 안 하셔서요."

"그래도 뭔가를 말했을 텐데요."

"애들에 대해서요. 수업이랑. 미국 교육 정책에 대해서도요."

"교육 정책에 대해서는 어떻게 생각하고 계시던가요?" 재미슨이 말했다.

빌링스가 얼굴을 찌푸렸다. "열렬한 팬은 아니죠, 사실대로 말하자면요. 선생님은 애들이 너무 쉬운 것만 배운다고 생각했어요. 너무 많은 걸 배운다고도 했죠."

"버크셔 선생이 수백만 달러짜리 아파트에 살고, 벤츠 600을 타고 다니는 건 알고 계셨어요?"

빌링스의 놀란 표정이 그 대답을 대신했다. "네? 아뇨, 전혀요.

저처럼 서민이신 줄 알았는데. 그러니까, 그런 말은 한 적이 없으시다고요."

"또 다른 건요?"

"제가 가르치는 애들 말로는, 선생님이 무척 엄격하고, 장난치는 건 그 어떤 것도 용납하지 않으신다고 하더군요. 그러니까, 고등학교에서는 별것도 아닌 일들이요. 애들은 그대로 내버려두면, 통제가 안 될 정도로 아주 과감해지거든요. 하지만 앤 선생님은 애들에게 존경심을 불러일으키는 방법을 아는 것 같았어요."

"그분이 뭘 가르쳤나요?"

"수학이요. 정말이지 수학을 잘 아셨어요. 저도 대수와 미적분을 가르쳐요. 그리고 꽤 잘한다고 생각하죠. 학위도 그걸로 받았고요. 하지만 앤 선생님이 그 분야에서는 저보다 훨씬 대단하다는 걸 인정할 수밖에 없었죠. 선생님이 한 번도 본 적 없는 문제를 칠판에서 쓱쓱 푸셨다고 애들이 그러더군요. 어떤 질문을 받아도 당황하신 적이 한 번도 없고요. 실제로 앤 선생님은 제가 수업 계획을 짜는 걸 몇 번이나 도와주신 적도 있고, 몇 가지 식은 쉽게 푸는 법도 알려주신 적이 있어요. 그래서 선생님도 수학을 전공하셨나 보다고 생각했죠."

재미슨이 말했다. "그건 확실하지 않아요. 그분 이력서에는 컴퓨터를 전공했다고 나와 있지만, 사실이 아닐 수도 있어서요."

"이력서가 사실이 아닐 수도 있다는 말씀인가요?" 빌링스가 되물었다.

데커가 말했다. "그분이 지금 알려져 있는 대로의 사람이 아닐 수도 있거든요. 사실대로 말하자면, 아닐 가능성이 높죠."

"무슨 말인지 모르겠네요. 그렇다면 선생님의 정체는 뭔가요?"

"그건 6만 4천 달러짜리 의문이네요." 데커가 말했다. "그분이 선생님 앞에서 외국어를 쓴 적이 있습니까?"

빌링스는 놀란 듯이 보였다. "외국어요? 어떤 외국어요?"

"영어 말고 다른 언어요. 뭐든지요."

"아뇨. 이따금 제가 모르는 곳의 억양을 살짝 쓰시는 거 같다고 느낀 적은 있어요. 제 남자 친구가 독일에서 자라서 억양이 좀 다르거든요. 그래서 그나마 느낀 거지요. 앤 선생님이 미국인이 아니라는 말씀을 하시는 건가요?"

"확실하지는 않습니다." 재미슨이 말했다.

"또 뭐 달라 보였던 점은 없습니까?" 데커가 물었다.

빌링스는 혼란스러운 듯이 말했다. "뭐랑 비교해서요?"

"평소 모습에서 벗어난 말 같은 거요."

빌링스가 커피를 들이켜고는 곰곰이 생각했다. "음, 그게 중요한 건지는 모르겠지만……."

"말씀해보세요."

"어느 날 아침인가, 우리 둘이 저희 반 교실에 앉아 있을 때였어요. 제가 없을 때 선생님이 애들 시험을 쳤던 걸 알려주시려고 그날 일찍 오셨을 때였어요. 애들은 아직 등교 전이었고요."

"네."

"선생님이 다 하셨으니까, 뭐 남은 건 없었어요. 보통, 앤 선생님이 다 하셨으면, 그게 다 한 거였어요. 선생님이 자리에서 일어나서 나가셨죠. 그러니까 뭐 다른 말 없어요. 저뿐만 아니라, 다른 선생님들한테도 그러세요, 원래. 그래서 그게 무례하다는 생각은 안 하고, 그냥 선생님 스타일이라고 생각했죠."

"그래요?" 재미슨이 데커를 정확히 쏘아보았다. "와, 누가 생각나네요."

데커는 그 시선을 무시하고 말했다. "그런데 그날은 그냥 나가지 않으셨다?"

"네. 그 자리에 앉아서, 완전히 다른 데 정신이 팔린 것 같았어요. 제가 무슨 문제라도 있냐고 물었는데, 그런 거 없다고 하셨죠. 그래서 전 제 옛날 남자 친구에 대한 이야기를 시작했어요. 왜 그랬는지는 잘 모르겠어요. 2년 전에 가타부타 말도 없이 제게 이메일을 보내고 끝낸 남자였죠. 전 그 친구에 대해 욕을 했는데, 사실은 그냥 저 자신에게 한 이야기였어요. 왜 있잖아요, 전 그 친구가 바로 절 위한 사람이었다고 생각했다고 말했어요. 제가 결혼하고 싶었던 남자요."

데커는 이 말에 아무런 반응을 하지 않았다. 재미슨이 말했다. "네, 정확히 무슨 말인지 알아들었어요."

"그래서 전 4년을 함께하면서, 필을 정말로 잘 안다고 생각했는데, 사실은 그에 대해 전혀 몰랐던 거였다고 말했죠."

빌링스가 말을 마치자 데커가 물었다. "그러고는요?"

"오, 그러니까 그때 그 말씀을 하셨어요."

"무슨 말인데요?"

빌링스가 두 사람을 번갈아 보고는 말했다. "그게 정확히 자신에게 일어났던 일이라고요."

데커가 말했다. "그러니까, 그녀가 누군가를 잘 안다고 생각했는데, 사실은 전혀 몰랐다는 걸 알게 되었다고 생각한 거군요?"

"네. 그리고 자리에서 일어나서 말 한 마디 없이 나갔어요. 평소처럼 말이에요."

"그게 언제입니까?" 데커가 날카롭게 물었다.

"정확히 2주 전이요. 중간고사가 끝난 날이라 기억해요."

빌링스가 데커를 바라보며 물었다. "이게 중요한 건가요?"

데커는 대답하지 않았다. 재미슨이 대신 말했다. "네. 무척이요."

데커가 자리에서 일어나 말 한 마디 없이 자리를 떴다.

빌링스가 재미슨을 보았다. "당신 옆에도 그런 사람이 있는 것 같군요."

재미슨이 미소를 짓고는 자리에서 일어섰다. "좋은 점도, 나쁜 점도 있죠. 다른 뭔가 더 여쭤볼 게 떠오르면 연락드리겠습니다. 감사합니다."

0 040

"그 애도 이런 걸 갖고 있었어요."

데커와 재미슨은 멜빈 마스와의 저녁 약속 장소로 차를 몰았다. 데커는 버크셔의 임대 창고에서 발견한 인형을 쥐고 있었다.

"누구요, 당신 딸 말이에요?" 재미슨이 옆을 힐끗 쳐다보았다.

데커가 고개를 끄덕이고는 옆에 인형을 내려놓았다.

"가족 얘긴 잘 안 하잖아요." 재미슨이 조심스럽게 말했다.

"내가 무슨 말을 할 것 같은데요?" 데커가 그녀를 쳐다보지도 않고 말했다.

"시간이 걸리는 일이에요, 데커. 우린 모두 기억을 다른 방식으로 처리하잖아요. 그리고 당신은 우리랑 완전히 다른 방식으로 처리하고요."

"시간이 내 상처를 치유해주진 않아요, 알렉스. 내게 시간 같은 건 아무런 의미가 없어요. 일단 기억 속에 들어온다면요."

"당신은 어떤 방식으로 그것들을 떨어내는 거죠?"

"그럴 수 있다면, 그렇게 하고 싶네요."

잠시 그들은 침묵했다. 재미슨은 묵묵히 운전만 했다.

"대브니와 버크셔, 완전히 다른 이 두 사람이 정확히 같은 '문장'을 꽤 자주 사용했다면, 이상한 일이겠죠?" 데커가 물었다.

"그들이 누구를 언급한 걸까요? 같은 사람? 다른 사람? 아니면 서로였을까요?"

데커가 고개를 저었다. "나도 몰라요. 서로라면, 두 사람은 서로 알았던 게 확실한 거죠."

"그녀는 수학에 능했고, 외국어 억양을 약간 가지고 있었던 게 분명해요. 그게 뭘 말하는 걸까요?"

"예, 그녀는 수학에 능했고, 억양이 좀 있었죠."

재미슨이 한숨을 내쉬고는 화제를 돌렸다. "그래서 하퍼 브라운이랑은 어떻게 된 건가요?"

데커가 어깨를 으쓱했다. "그녀는 몇몇 일들에 대해 함구하고 있지만, 내 생각엔 우리만큼이나 이 사건을 해결하길 바라고 있어요. 어쩌면 DIA가 연계된 스파이 사건으로 판명 나기 훨씬 전부터요." 그가 잠시 말을 중단했다. "그녀의 아버지가 DIA 소속이었답니다. 특별한 업적이 있는지 명예의 전당에도 올라 있던데요."

"허, 이제야 이해할 수 있겠네요."

"뭘요?"

"왜 그렇게 **고압적이고** 대단하게 구시는지요."

"엄청 부자예요. 캐피털 힐 근처에 있는 엄청난 대저택에 살던데요. 증조부가 부유했는데, 투자도 좀 하셨답니다. 블루칩이 블루칩으로 판명 나기 훨씬 전에 그쪽에 투자했대요."

"와, 정말정말 듣고 싶었던 말이네요."

그가 그녀를 응시했다. "당신 괜찮아요?"

"당연하죠. 내가 왜요? 그 여자가 끝내주고, 끝내주게 멋진 커리어에다가 막중한 임무까지 짊어지고 있는데, 왜요? 딱 좋네."

데커가 대시보드와 좌석 사이에 낀 무릎을 문질렀다. "브라운의 BMW는 당신 차보다 커서 내가 앉아도 넉넉했는데."

"여기서부터라도 걸어가고 싶어요?" 재미슨이 이를 악물었다.

* * *

두 사람은 식당에 들어갔다. 마스는 이미 와서 뒤쪽에 앉아 있었다. 그가 자리에서 일어나 그들에게 손짓했다. 그들은 마스에게로 가서 자리에 앉았다.

"건물에 있는 사람들을 다 만나봤어요." 마스가 말했다. "좋은 사람들이던데요."

"언제요?" 재미슨이 물었다.

"어제랑 오늘이요. 멋진 곳을 골랐어요, 알렉스. 고마워요."

마스가 아무 말 없이 앉아 있는 데커를 건너다보았다.

"괜찮나, 친구?"

데커가 대답이 없자 재미슨이 말했다. "사건이 잘 안 풀리고 있거든요."

마스가 고개를 끄덕이고 말했다. "늘 잘 풀릴 순 없겠지만, 자네들은 결국 해내잖나."

"늘 잘 해내는 건 아니야, 멜빈." 데커가 곧바로 대답했다. "나쁜 놈들이 이길 때도 있지."

"난 자넬 믿어, 데커. 자넨 나쁜 놈들이 이기게 보고만 있지는 않을 거야."

데커가 배낭에서 인형을 꺼내 테이블 위에 놓았다.

"이게 뭔가?" 마스가 어리둥절해했다.

"단서요." 재미슨이 말했다.

"농담이지?"

"기밀을 훔치는 데 이용되었던 거예요. 비밀 공간이 있어요." 그
녀가 인형을 집어 들어 그에게 보여주었다.

"빌어먹을 인형이라." 마스가 말했다. "상당히 유치한데."

웨이트리스가 다가오자 그들은 주문을 했다. 여자가 인형에 시
선을 주었지만 아무 말도 하지 않았다. 주문을 받고 가자 재미슨이
말했다. "어떻게 교환이 이루어졌을지, 짐작이 가요?"

"확실하지가 않아요." 데커가 인정했다. "인형이 A에서 B로, 다
시 A로 와야 했단 것만은 분명한데."

"제임스 본드가 쓰던 거 같은데." 마스가 말했다. "그러니까, 그
들이 침입해서 전자적인 방식으로 빼냈다는 거지?"

"음, 그렇게 하지 않았을 때는, 이걸 돌려보내는 방식으로 했겠
죠?" 재미슨이 말했다. "그들은 플로피디스크와 인형과, 난 뭔지 모
르겠지만, 마이크로도트 같은 걸 사용했어요. 인형 안쪽에는 필름
롤이 들어갈 만한 공간이 있고요."

데커가 재미슨에게서 인형을 받아 들었다. 그리고 음식을 먹는
내내 한 마디도 하지 않았다. 그저 계속 인형을 응시할 뿐이었다.

* * *

그날 밤늦게 재미슨이 자러 들어가고 나서도, 데커는 주방 테이블에 앉아 인형을 들고 있었다. 잠시 후 그는 자리에서 일어나 코트와 야구 모자를 걸치고 밖으로 향했다. 비가 부슬부슬 내리고 있었다. 그는 발걸음을 강 쪽으로 향했다. 총을 지닌 채였다. 특히 밤에는. 친절한 이웃이 그곳에 있을지도 모르기 때문이다.

그는 아침에 조깅을 하다가 잠시 쉬었던 벤치에 도착했다.

때로 낮보다는 이런 밤이 더 좋았다. 죽은 자의 얼굴에서 번쩍이는 푸른 불꽃이 그를 습격하지 않을 때에도, 불빛이 그를 방해하곤 했다.

그리고 그는 생각할 수 있었다. 그에게 올바른 방향을 가르쳐줄 뭔가 변칙적인 것, 모순되는 것을 찾으려 기억 속을 헤맸다. 그는 눈을 감고 숨을 크게 들이마시고 빗소리에 귀를 기울였다.

하지만 그가 생각하는 건 실제로 그 사건에 대한 게 아니었다. 그는 월터 대브니나 앤 버크셔, 그 밖에 그 사건과 관련된 일들을 생각하고 있지 않았다.

몰리와 캐시.

딸과 아내.

이제 그들이 죽은 지 2년이 되었다. 그리고 10년이 흐르면 20년이, 그리고 또 30년이 흐르겠지. 그리고 또……

그는 시간의 흐름을 그려볼 수 있었다. 회한이, 상실감이 다소 줄어드는 걸 그려볼 수 있었다. 하지만 그런 일이 그에게 일어날 것 같지는 않았다. 그가 했던 일은 모두 그의 완벽한 기억 속으로 들어가 그 자리에 그대로 존재했다. 시신을 발견한 일, 지독하게 끔찍한 영광을 얻어낸 온갖 과정들은 단 한 장면도, 한순간의 인상도 사라지지 않았다. 시간의 흐름에 따라 사라져야 하는 그런 것들이.

그는 눈을 번쩍 떴다. 그녀가 있었다.

"난 누가 이렇게 따라붙는 걸 좋아하지 않습니다." 그가 심술궂게 말했다.

하퍼 브라운이 그의 옆에 앉았다.

"당신을 미행하는 걸 나 역시 좋아하지는 않아요."

"그럼 왜 날 미행한 겁니까?"

"일종의 자산 보호죠, 데커. DIA는 당신을 주요 자산으로 생각하거든요."

"난 FBI에서 일하는데요."

"지금은 그렇죠. 하지만 내일이란 게 있잖아요." 대답할 틈을 주지 않고 그녀가 말을 계속했다. "지금 뭘 생각하고 있었죠?"

"아무것도 생각하지 않았어요."

그녀가 가볍게 웃음을 터트렸다. "행여나 그럴까요."

"왜 여기 있는 겁니까?"

"이미 말했을 텐데요."

"그 사람들이 제게 아첨꾼을 보냈나 보군요. 지금 시간 낭비하는 것 같은데요. 당신은 해야 할 더 중요한 일이 있잖아요."

그녀가 코트 주머니에서 뭔가를 꺼냈다. 코팅된 종잇조각이었다. "러시아 연락 문서, 다 읽었어요."

"그런데요?"

"뭘 좀 찾아낸 것 같아요."

그녀가 그에게 코팅된 종잇조각을 건넸다. "이게 번역본이에요."

데커가 그것을 읽었다. "아하 세리자모크라는 사람이 공로의 대가로 상을 받았다고 쓰여 있네요."

"**스파이** 공로죠." 브라운이 덧붙였다.

"그래서 이 아하 세리자모크란 사람이 누구입니까?"

"그 이름을 영어식으로 읽으면, 그 답이 나올 거예요."

"어떻게요?"

"아하는 안나예요. 그녀는 러시아에서 안나라고 불렸던 거죠. 안나 카레니나, 알아요? 하지만 알파벳이 다르죠, 아시다시피. 이름을 다 번역하지는 않았어요. 당신이 좀 궁금해하라고."

그가 그녀를 똑바로 쳐다보았다. "이미 충분히 엄청나게 **궁금해하고** 있는데요."

"항복."

"그리고 세리자모크는요?"

"그건 그레이록을 의미해요."

"그래요, 앤은 알았고, 그레이록이 무슨 연관이 있죠?"

"그레이록은 매사추세츠에 있는 산 이름이에요."

"아직 무슨 연관이 있는지 모르겠습니다만."

"가장 높은 산이죠…… 버크셔에서."

데커가 종이를 뚫어지게 응시했다.

"앤 버크셔."

0 041

보거트가 말했다. "버크셔가 학교에 제출한 이력서를 확인해봤
어. 버지니아 공대 데이터베이스에서 해킹 흔적을 발견했어. 그녀
의 배경과 학위에 관한 자료가 거기 있는데 말이지. 전문가의 소행
이야."

"그럼 지문은 확인해봤나요?" 재미슨이 물었다. FBI 빌딩이었
다. 그녀 옆에는 데커와 밀리건이 앉아 있었다.

"누군가 분명 버크셔를 위해 데이터베이스의 프로필을 생성해
냈을 거야. 범죄 기록이 없는 지문으로 말이야. 그녀가 제출한 증
빙 서류도 합법적으로 보이지만, 가짜야."

"전부 다 쉽지 않은 일인데요." 밀리건이 말했다.

"그 뒤에 외국 정부가 있다면 가능한 일이지." 보거트가 말했다.

밀리건이 말했다. "좋아요. 브라운이 러시아와의 연락 문서에서
발견한 것부터 시작해보죠. 버크셔는 오랫동안 러시아 스파이였
던 것처럼 보이네요. 1980년대쯤 이 나라에 들어와서 몇몇 스파이

를 관리하는 자리에서 활동하기 시작했을 겁니다. 어쩌면 DIA에서요. 수십 년이 지나 세상 밖으로 나왔고, 마침내 레스턴에서 수백만 달러짜리 아파트와 고급 차를 소유하고, 대체 교사로 일하고, 여가 시간에는 호스피스 자원봉사 일을 했네요."

"그리고 월터 대브니의 손에 죽었죠. 최근 사위의 도박 빚을 갚기 위해 기밀을 팔았던." 재미슨이 말을 끝맺었다.

보거트가 말했다. "하지만 그게 정말 최근에 일어난 일인지는 어떻게 알지?"

"무슨 소리입니까?" 밀리건이 말했다.

"만약 대브니가 그보다 훨씬 전에 스파이였다면 어떨까? 그가 회사를 차리기 전에 NSA에서 일했다는 걸 잊지 마. 그 임대 창고에서 발견한 게, 버크셔가 DIA의 스파이 관리자였다는 걸 말해주진 않아. DIA 출입증 배지가 있긴 해도, 스파이 행위는 NSA에서 일어났을 수 있어. 사건은 대브니가 1980년대에 거기 있을 때부터 시작되었다고 볼 수도 있을 거야."

"하지만 아직 대브니와 버크셔 사이에서는 어떤 접점도 찾지 못했잖아요." 밀리건이 지적했다.

"음, 만약 두 사람이 스파이였다면, 그들 사이에 어떤 접점도 없는 것처럼 꾸미는 일은, 최소한 눈에 띄지 않게 하는 일은 엄청 힘들었을 거야. 그리고 우리는 버크셔가, 대브니가 했던 말과 똑같은 말을 했다는 걸 낸시 빌링스로부터 들었지. '누군가에 대해 잘 안다고 생각했는데, 사실은 전혀 몰랐다'라는. 각각의 말이 서로 연관성이 있을 수도 있어. 뭐 빌어먹을 우연의 일치일 수도 있지만."

"자, 생각해보죠." 재미슨이 말했다. "난 앤 버크셔가 그 이름을 사용한 게 의문이에요. 그녀와 대브니는 관계가 있어요. 하지만 그녀가 다른 이름을 썼다고 생각해봐요. 그녀의 현재 이름은 우리가 봤던 그 문서에 있는 것만을 알려줄 뿐이에요. 아하 세리자모크가 앤 버크셔가 된 거요."

보거트가 뒤로 몸을 기댔다. "그런데, 그전 이름에 대해 우리는 아는 게 없는데, 1980년대부터 두 사람 사이의 관계를 어떻게 추적하지?"

"시각적 증거에서부터 시작해야죠. 그녀의 사진을 들고 다니면서 알아보는 사람이 있는지 찾아봐야죠."

"수년 동안 사람들이 많이 바뀌었어요." 밀리건이 언급했다. "버크셔를 알아보는 사람을 찾을 수 있을지 의문이네요. 그리고 우린 그녀의 사진 한 장 없잖아요."

보거트가 말했다. "연령별 외모 복원 기술자들이 있잖나. 그녀의 젊은 시절 외모를 복원해줄 수 있을 거야."

그가 말을 잠시 멈추고 데커를 바라보았다. "에이머스, 이상하게 조용하군. 이 문제에 대해 뭐 다른 생각이라도 있나?"

"왜 그녀가 스파이 활동을 그만두었을까?"

"뭐라고?" 보거트가 말했다.

데커가 KGB 연락 문서 번역본을 집어 들었다. "그녀는 이걸 가지고 있었어. 분명 자부심을 느꼈던 거야. 플로피디스크와 인형, 스파이 장비들을 봐도 그래. 그녀는 분명 자신이 하는 일에 자부심을 느꼈을 거야. 그런데 왜 그만뒀을까? 우리는 그녀가 심경의 변화를 일으켜 교사가 되고 자원봉사를 하면서 살게 되었을 거라고 생각하고 있지. 그런데 왜 과거 스파이로서의 삶과 연관되었을 게 분명한 이 물건들을 계속 가지고 있었을까?"

재미슨이 말했다. "그녀가 죽는 순간까지 스파이였을 거라고 생각한단 말인가요?"

"그럴 가능성도 있다는 말이에요. 그 가능성을 완전히 배제해선 안 돼요. 그리고 그 오랜 세월 동안 대브니 역시 스파이 활동을 했을 수 있다는 것도 생각해야 해요."

"그가 그랬다고 추정할 만한 뭔가가 있나?" 보거트가 물었다.

데커가 채 대답하기 전에 재미슨이 말했다. "그가 1천만 달러나 되는 기밀을 적들에게 팔아넘기고, 사위의 빚을 갚은 게, 너무 빨리 진행된 거 같지 않아요? 자, 그가 정직하고 켕기는 게 없는 사람이었다면, 그 많은 돈을 그렇게 빨리 조달할 구매자를 어디서 찾아냈을까요? 그가 죽 스파이 활동을 했고, 기밀에 대한 대가를 기꺼이 지불할 만한 인물을 알고 있었다면 쉬웠을 거라는 대답 하나가 나오죠."

밀리건과 보거트가 시선을 교환했다.

"젠장." 밀리건이 말했다. "**그런 식으론 생각을 못 했네요.**"

데커가 재미슨을 쳐다보았다. "좋은 관점이에요, 알렉스."

그녀가 미소를 지어 보이고는 겸손하게 말했다. "가끔 내가 좀 하죠."

"악마는 디테일에 있어, 아주 **작은** 디테일. 그러니 더 자세하게 파고들어 가는 수밖에 없겠군." 보거트가 말했다. "그가 NSA에서 일하던 시절로 되돌아가서, 찾아낼 수 있는 걸 찾아내야겠지? 거기서부터 지금까지 훑어오는 거야."

"다른 방법은 나도 잘 모르겠어." 데커가 말했다.

"이 사건에 요원이 더 필요할 것 같아요." 밀리건이 말했다. "탐문 수사를 할 것도 많고, 뒤져봐야 할 서류도 많으니까요. 그리고 NSA는 협력 기관에 잘 알려져 있지 않죠. 그쪽 상부에서는 한 30

년쯤 전부터 자기들 사이에 스파이가 있었다는 우리 주장을 좋아할 리도 없고요."

재미슨이 말했다. "이걸 브라운이 우리에게 말해준 것과 어떻게 맞춰봐야 할까요? 월터 대브니가 DIA에서 기밀을 빼돌려 적에게 팔아넘겼다고 했잖아요. 그가 NSA 시절부터 지금까지 내내 스파이 활동을 했다면, 앤 버크셔와도 죽 함께 일을 했다는 말이 되나요? 그리고 도박 빚과 관련된 스파이 활동은 그냥 일시적인 거였고? 그들은 그가 딸자식을 살릴 돈을 지불했는데, 그건 그냥 수년간의 스파이 활동의 대가였다고? 만약 그들이 그랬다면, 왜 버크셔를 죽였을까요?"

"전에 말한 것처럼, 그녀가 실제로 그의 상관이었다면, 그녀를 입 다물게 하려고요." 밀리건이 말했다. "그는 설명되지 않은 일을 저지르고 자살했어요. 버크셔는 그가 뇌종양 말기라는 것도 몰랐을 거예요."

데커가 몸을 흔들었다. "그들이 함께 일했다면, 왜 접선 장소를 후버 빌딩 바로 옆 거리로 정했을까요? 왜 공개적으로 살인을 한 거죠? 사람이 없는 데서 버크셔를 죽였을 수도 있는데 말이죠. 자신의 그 시골 농가 같은 장소에서 만났을 수도 있다고요. 만약 두 사람이 스파이와 관리자 관계였다면, 어쨌든 둘은 정기적으로 만났을 거예요. 하지만 그녀를 공공장소에서 살해함으로써 그는 자기 명성을 망치고, 그가 진정으로 사랑하는 것같이 보이는 가족들에게 엄청난 충격을 안겨주었어요. 이게 설명이 안 돼요."

"아무것도 말이 안 돼요." 밀리건이 지친 목소리를 냈다.

"아뇨, **누군가에게는** 완벽히 말이 될 거예요." 데커가 말했다. "우린 그자가 알고 있는 걸 알아내야 해요."

"음, 뭘 하든 그게 미봉책이 되어선 안 돼." 보거트가 말했다. "해결하는 데 몇 년이 걸릴지도 모르겠군."

"어쩌면." 데커가 말했다. "아닐 수도 있고."

보거트가 말했다. "난 NSA 쪽과 관련된 일들을 시작하겠네. 자넨 이제 뭘 할 건가, 에이머스?"

"월터 대브니에 대해 아직 모르겠어. 다시 한 번 가보려고."

"어떻게?" 보거트가 말했다.

"방법은 딱 하나지. 그의 가족에게 다시 가봐야지."

"이미 그쪽은 면담했잖아요." 밀리건이 반박했다.

"그가 오랜 시절 스파이였을 거란 관점으로는 안 해봤어요."

"가족에게 아버지가 스파이였다고 말할 건 아니겠지?" 보거트가 경고하는 표정을 지었다. "가족들 협조를 얻어내는 데 그건 그다지 좋은 방법이 아니야."

데커가 자리에서 일어났다. "나도 어떻게 그 말을 해야 할진 생각하고 있답니다."

0 042

　전에 방문했을 때 보았던 가정부가 문을 열어주었다. 희끗희끗한 머리를 쪽져 올린 60대 여성이었다. 데커가 전에 봤을 때와 같은 옷차림이었다. 검은색 바지에 헐렁한 흰색 셔츠를 입고, 검은 고무 밑창이 달린 신발을 신고 있었다. 그렇게 입어야 하는 건지 아닌지는 알 수 없었지만.

　"가족분들은 안 계세요." 대브니 가족에 대해 재미슨이 묻자 가정부가 대답했다.

　"언제 돌아올지 아시나요?" 재미슨이 물었다.

　"한 30분 내에 돌아오실 거예요. 대브니 씨 장례 때문에 업체에 문의할 게 있어서 나가셨어요. 내일이 장례식이거든요." 그녀가 슬픈 표정으로 고개를 저었다. "정말이지, 이게 무슨 일이람. 정말 좋은 분이셨는데. 믿을 수가 없어요."

　"성함이 어떻게 되시죠?" 데커가 물었다.

　"세실리아예요. 세실리아 랜들. 그냥 시시라고 부르세요."

"시시, 우리가 안에서 기다릴 수 있을까요?" 데커가 물었다. "좀 중요한 일이라서요."

그녀가 잠시 주저하는 듯하더니 곧 문을 열고 그들을 안으로 들였다. "FBI에서 일하시는 분이라는 건 알고 있어요. 그러니 괜찮겠죠? 뭐 마실 것 좀 드릴까요?"

재미슨이 입을 열었다. "아니요, 괜찮⋯⋯."

데커가 말했다. "성가시지 않다면 커피 한 잔만 부탁드릴 수 있을까요?"

"전혀요. 큐리그 기계가 있거든요. 캡슐 넣고, 가져다드리면 끝이죠."

두 사람은 그녀를 따라 주방으로 갔다. 그녀가 캡슐 상자를 꺼냈다. "진한 걸로 드릴까요, 아니면 카페인 없는 걸로 드릴까요?"

"그냥 블랙커피면 됩니다."

그녀가 커피를 내리려고 부산하게 움직이는 모습을 데커는 지켜보았다.

"주방이 멋지네요." 재미슨이 말했다.

"그렇죠." 시시는 자랑스러운 듯했다. "사모님이 이곳에 사는 동안 두 번이나 리모델링했어요. 이런 것들에 관심이 많으시죠."

"이 집에서 오래 일하셨나 봐요?" 재미슨이 묻고는, 데커에게 시선을 주었다.

"35년이 넘었죠. 이 집 아이 넷 다 제가 기저귀를 갈아 키웠답니다. 이 집에서요."

"와." 재미슨이 말했다. "정말 오랜 시간 함께하셨네요."

"멋진 가족들이에요."

데커가 말했다. "그럼 이 집은 대브니 씨가 NSA에서 일할 때 산 겁니까?"

시시가 찬장에서 컵 하나를 꺼내고 커피머신 받침에 놓았다. "그건 모르겠어요. 제게 일에 대해서 말씀하신 적은 없으니까요."

"이 집은 무척 비싸죠? 대브니 씨가 자기 사업체를 차리고 나서 한몫 크게 잡아 이 집을 사신 것 같은데요."

"다시 말씀드리지만, 전 그런 건 몰라요. 사모님이 돈 좀 있다는 건 알지만."

"오, 부인이 그렇게 말해요?"

"많은 말은 안 하죠. 하지만 사모님이 돈 좀 있다는 건 그분만 봐도 알 수 있죠. 그분이 입고, 걸어 다니고, 대화하는 방식을 보면요. 사장님은 늘 그런 멋쟁이는 아니셨어요. 이 집에서 처음 뵀을 때만 해도 정말 낡은 차를 몰고 다니셨어요. 하지만 그러다 지금 있는 노란색 포르쉐를 샀죠. 정말 멋진 차예요."

"포르쉐, 멋지네요." 재미슨이 데커에게 시선을 주며 말했다. "대브니 씨 가족은 멋지게 사셨네요, 이날 이때까지는요." 그녀가 재빨리 덧붙였다.

커피가 다 내려오고, 시시가 데커에게 커피잔을 건네고는, 사용한 캡슐을 슬라이드식 쓰레기통에 던져 넣었다. "음, 누구나 문제 몇 가지쯤은 가지고 살죠. 대브니 씨도 예외는 아니고요."

"얼마 전에 그랬단 건가요?" 데커가 물었다.

"더 옛날에요." 그녀가 잠시 주저하더니, 목소리를 낮추고, 주위에 아무도 없다는 걸 확인했다. "부인이 두 번 유산을 하고, 한 번 사산을 했죠. 여자아이였어요. 끔찍했죠."

"세상에." 재미슨이 탄식했다. "딸아이 넷을 낳기 전에요?"

"사산은요. 제가 오기 전에 있었던 일인데, 사모님이 한번 그 일에 대해 말해준 적이 있어요. 두 번의 유산은 어맨다와 내털리 사이에 있었고요." 시시가 커피머신을 찬장 안으로 치웠다. "다른 문제도 있었어요."

"어맨다의 팔과 내털리의 발을 봤어요." 데커가 말했다.

"네, 태어났을 때부터 그랬어요. 게다가 다들 꽤 심하게 천식을 앓고 있죠. 하지만 모두들 똑똑하고, 어맨다와 내털리는 자식도 낳았죠."

"다른 딸들은요?"

그녀의 목소리가 더 낮아졌다. "사실대로 말씀드리자면, 줄스와 서맨사가 그쪽에 문제가 있다고 들었어요. 그러니까, 아이를 갖지 못한다고요. 그래서 아직 결혼을 안 한 것 같아요."

재미슨이 주위를 둘러보았다. "대브니 부인이 여기에 계속 계실 것 같아요?"

"모르죠. 앞으로의 일이 걱정되긴 해요. 전 여기서 오래 일했답니다. 그리고 가족들은 절 정말 잘 챙겨줬고요. 하지만 사모님이 누군가 딸네 집으로 옮겨가면, 전 더 이상 필요 없겠죠."

"그러지 않길 바라야겠군요. 부인은 여기서 지내고 싶어 하실 거예요."

"어쩌면요." 하지만 시시의 말투는 반신반의였다. "전 이만 일하러 가야겠어요, 그래서……."

데커와 재미슨은 그녀에게 감사 인사를 건네고 서재로 가서 대브니 부인이 돌아오기를 기다렸다.

"이 집 사람들이 이런 일을 겪었다고는 생각 안 해봤는데. 더 슬퍼지네요." 재미슨이 말했다.

데커는 아무 말도 하지 않았다. 그냥 앉아서 방을 응시하고만 있을 뿐이었다. 그러다 그의 시선이 뭔가에 멈췄다. 서재 한쪽 벽에 붙여놓은 책상 서랍 밖으로 검은색 가방끈이 삐죽 나와 있었다.

그가 그쪽으로 걸어가서 서랍을 열고, 가방을 꺼냈다.

"그게 뭐예요?" 재미슨이 물었다.

데커가 가방을 열고, 안에 들어 있는 장치 하나를 꺼냈다. "정말 구식 비디오레코더네요. VHS 테이프를 사용하는 거요."

"안에 다른 건 없어요?"

"없어요. 하지만 아직 포장도 안 뜯은 테이프가 있어요." 그가 가방 안쪽을 더듬거리고는, 포장을 뜯지 않은 다른 테이프 하나를 꺼냈다. 그가 비닐 포장에 새겨진 3M 로고를 내려다보았다. 그러다 책상 서랍을 모두 열어 그 안을 살펴보았다.

"뭐 또 있어요?" 재미슨이 물었다.

"월터 대브니는 무척 깔끔하고 조직적인 사람이었어요. 심지어 고무줄로 연필과 펜 같은 물건들을 죄다 깔끔하게 분류해놓았고, 종이쪽 하나 흐트러놓지 않았어요." 그는 서가를 둘러보았다. "전에 여기 와서 조사할 때 뭘 발견했는지 알아요?"

"뭔데요?"

"책들이 다 작가의 성씨 알파벳순으로 정리되어 있었죠."

"당신 말처럼 조직적이군요."

데커가 이상한 비닐 조각을 쥐었다. "그런데 이건 왜 여기 버린 걸까요? 책상 바로 옆에 쓰레기통이 있는데."

"모르겠는데요."

데커가 테이프를 집어 들었다. "우린 전에도 이것처럼 생긴 뭔가를 본 적이 있죠."

"우리가요? 어디서요?"

"대브니가 은행 개인 금고를 비우고 나올 때 같이 있던 여자가 들고 있던 가방이요. 가방이 사각형 모양으로 튀어나와 있었잖아요."

"잠깐만요, 그러니까 그가 비디오테이프를 넣고 그 카메라를 사용했다는 거예요? 그리고 그게 개인 금고에 들어 있던 거고요?"

"네, 그래요. 대브니가 깔끔하게 정리하는 데 신경 쓸 수 없는 시점에, 그 비닐 포장이 여기에 남게 된 거죠."

그 순간 차가 들어오는 소리가 들렸다. 데커는 재빨리 카메라가 들어 있는 가방을 제자리에 돌려놓고는 창밖을 바라보았다. 다섯 여자가 SUV에서 내렸다. 잠시 후 그들이 집 안으로 들어오는 소리가 들렸다.

얼마 후 엘리 대브니가 서재로 들어왔다. "다시 오실 줄은 몰랐네요." 그녀가 지친 기색으로 말했다.

줄스가 엄마 뒤에서 나타났다. "무슨 일이에요, 엄마?"

데커가 말했다. "몇 가지 여쭤볼 게 있어서요."

"뭔가 찾아내셨나요?" 줄스가 물었다. "아빠에 대해서요."

"조사 중입니다." 데커가 말했다.

엘리가 앉고, 잠시 후에 시시가 따뜻한 차를 가지고 들어왔다. 그녀가 엘리에게 찻잔을 건네고는, 슬쩍 데커를 쳐다보고, 서둘러 서재를 나갔다. 줄스가 엄마 옆에 앉았다.

엘리가 멍하니 말했다. "무슨 질문을 하고 싶으신가요?"

데커는 그녀의 맞은편에 앉았다. "남편분이 무척 성공한 분이더군요."

"네, 맞아요." 줄스가 말을 잘랐다. "그게 뭐 어쨌다고요?"

데커의 시선은 계속 엘리에게 고정되어 있었다. "결혼하셨을 때 남편분이 NSA에서 일하고 계셨죠?"

"네, 맞아요. 그이는 대학을 졸업한 직후부터 10년 정도 거기서 일했어요. 우리 결혼기념일에 사업을 시작했고요." 그녀가 약하게 미소를 지었다. "좋은 업보라고, 이제부터 단행할 일이 행운이라고 말했어요. 아이들은 아직 어렸을 때였죠. 내털리는 그때 막 걸음마를 시작했어요."

줄스가 말했다. "그게 지금 일어난 일과 무슨 상관이죠?"

데커가 말했다. "저흰 지금 사건과 관계있을 만한 사실들을 조합하고 있습니다. 먼저 해야 할 건 아버님과 피해자 사이의 연관성을 조사하는 일입니다."

"전혀 모르는 사람일 거라고 이미 말했는데요." 엘리가 말했다.

데커가 그녀를 자세히 바라보았다. "내털리 씨가 부인에게 말했습니까?"

"뭘요?"

"사위분의 도박 빚에 대해서요."

"아뇨, 듣지 못했어요."

이때 내털리가 들어왔다. 아직 코트도 벗지 않은 채, 한 손에 화이트와인 잔을 들고 문간에 서 있었다.

엘리가 막내딸을 바라보았다. "도박 빚이라니, 내털리? 이분이 무슨 소리를 하고 있는 거니?"

내털리가 데커를 불쾌하다는 표정으로 쳐다보고는, 방 안으로 성큼성큼 들어와서 의자 하나에 푹 주저앉았다. 그녀가 와인을 벌컥벌컥 들이켰다. "좋아요, 말 못 할 게 뭐람? 오늘 가서 아버지의 시신을 보고 온 걸로도 아직 고통이 충분하지 않았나 보네." 자세를 고쳐 앉은 그녀가 와인 잔을 쭉 비웠다. "코벳이 도박 빚을 졌어. 엄청난 액수야. 채권자들은 정말 나쁜 놈들이었어. 우릴 죽이겠다고 협박했다고. 그자들은 진심이었어. 그래서 내가 아빠한테 도와달라고 전화했어." 그녀가 말을 중단하고 주변을 둘러보았다.

엘리의 놀란 시선이 데커를 향했다. "무슨 말인지 모르겠어요."

"남편분이 그 빚을 갚을 돈을 마련하기 위해 정부 기밀을 팔아 넘겼습니다."

엘리 대브니가 떨리는 다리로 서서히 자리에서 일어났다. "뭐라고요?"

줄스가 일어나 엄마를 부축했다.

"무슨 헛소리예요? 아빠가 정부 기밀을 팔아넘기다니. 말도 안 돼요."

"그럼 남편분이 어떻게 1천만 달러를 구할 수 있었을까요?" 데커가 물었다.

줄스가 얼굴이 하얗게 질려 동생을 쏘아보았다. "1천만 달러? 사실이야?"

내털리가 뚱한 표정으로 언니를 바라보았다. "그럼 내가 왜 그 자식이랑 이혼하는 거라고 생각한 건데? 잠자리가 별로라서 그런 줄 알았어?"

"네가 아빠한테 1천만 달러를 융통해달라고 했다고?" 줄스가 소리쳤다.

"그럼 내가 누구한테 도와달라고 하겠어?" 동생이 되받아 소리쳤다. "모르겠어? 그자들이 코벳과 나, 타샤를 죽였을 거라고, 알겠어요? 내 딸이 죽었을 거라고. 선택의 여지가 없었어."

두 자매가 싸우는 소리가 방 안을 쩌렁쩌렁 울렸다. 서맨사가 소리쳤다. "무슨 짓들이야?"

"네 동생년이 아빠한테 자기 서방놈의 도박 빚을 갚아달라며 반역죄를 짓게 만들었단다!" 줄스가 소리를 질렀다.

어맨다와 서맨사의 얼굴에서 핏기가 가셨다. "뭐라고?" 어맨다의 목소리가 떨렸다.

"어떻게 그럴 수가 있어, 내털리!" 줄스가 말했다. 뺨 위로 눈물이 폭포수처럼 흘러내렸다.

"아빠가 정부 기밀을 빼돌릴 줄은 몰랐다고." 내털리가 텅 빈 목소리로 말했다. "그게, 난…… 난…… 생각도…….."

"그렇겠지, 넌 **생각도 못 했겠지.**" 줄스가 비난을 퍼부었다. "넌 정말 생각도 **안** 했을 거야, 너 자신 말고는 생각하는 게 없잖아! 이제야 아빠가 왜 자살했는지 알겠네. 자기가 저지른 짓이 부끄러우셨던 거지. **네가** 한 짓이 아빠를 죽음으로 몰아갔어!"

엘리가 자리에서 일어나 바닥을 응시했다.

데커는 그녀를 지켜보고 있었다. "대브니 부인, 따로 말씀 좀 나눌까요?" 그러고는 자매들에게 시선을 돌렸다. "그래야 신파극을 벌이지 않고 좀 더 생산적으로 대화를 나눌 수 있을 것 같네요."

"신파극이라……." 줄스가 비꼬았다. "이 나쁜 년! 넌 대체 무슨 짓을……."

엘리가 몸을 돌려 딸의 뺨을 때렸다. "닥쳐!"

줄스가 자신의 뺨을 부여잡고 쓰러졌다. 그녀는 놀란 시선으로 엄마를 바라보았다.

"하지만 엄마!" 내털리가 입을 열었다.

"너희들 모두, 더 이상 아무 말도 하지 마." 엘리가 말했다. "자, 나가, 나가라고, 어딘가로 가서 술을 먹든 뭘 하든 마음대로 해. 난 신경 안 쓰마. 그냥 이 방에서 나가기만 해. 당장!"

상처받고 화난 표정으로, 딸들이 데커와 재미슨에게 어두운 시선을 쏘아 보내고는 하나씩 방을 빠져나갔다. 문이 닫히자 엘리가 의자로 무너져 내렸다.

데커는 잠시 기다렸다가 말을 시작했다. "이게 일회성인지 아닌지도 의문입니다."

"그게 무슨 소리인가요?" 엘리가 그를 쳐다보지도 않고 말했다.

"남편분은 기밀을 팔아넘길 구매자를 비교적 빠른 시일 내에 구할 수 있었습니다. 만일 전에 스파이 행위를 한 적이 없다면, 그렇게 할 방법을 찾기 어려웠을 겁니다. 하지만 전에 그런 적이 있다면, 구매자는 준비되어 있었다고 봐야죠. 어떤 논리인지 아시겠습니까?"

그녀가 천천히 고개를 끄덕였다. "알아들었어요. 하지만 이 사건에 적용할 수 있으리라고는 생각되지 않는데요. 남편은 애국자였어요. 조국을 배반할 사람이 아니라고요."

"하지만 배반**하셨습니다**." 데커가 지적했다.

"딸의 목숨을 구하기 위해서였어요." 그녀가 되받아쳤다. "그게 단 한 가지 이유라고요. 가족을 위해서요!"

"그래도 반역죄는 반역죄입니다. 남편분이 전에도 그런 행위를 했었는지 저희 쪽에서 수사 중입니다."

"그러지 않았을 거예요. 말도 안 돼요."

"저희를 도와주실 수 없겠습니까?" 데커가 말했다.

"전 그이의 사업에 대해서는 아무것도 몰라요. 전에도 말했잖아요. 월터가 기밀을 빼돌렸다면, 누군가 직장에 있는 사람이 그 일에 대해 알고 있을 거예요. 회사에서는 늘 수표와 지불금 등을 확인하니까요. 그이가 그렇게 말했어요."

데커가 재미슨에게 시선을 재빨리 보냈다. "그쪽을 더 알아봐야겠군요."

두 사람이 자리에서 일어섰고, 재미슨이 말했다. "이 모든 일을 겪게 해서 죄송합니다."

"더 나빠질 일이 있기나 할런지 모르겠네요." 그녀가 말을 멈췄다. "이것만으로도 최악인데."

두 사람은 자리를 떠났다. 아무것도 보고 있지 않은 그녀를…… 남겨두고.

그게 이 여자에게 남겨진 전부일지도 몰랐다.

0 043

"그럼 우린 대브니 앤드 어소시에이츠로 돌아가야 하나요?" 재미슨이 말했다.

두 사람은 차에 올랐다. 데커는 대브니의 집을 돌아보았다. 내털리가 창가에 서서 두 사람을 응시하고 있었다.

죽일 것 같은 표정이군. 데커는 생각했다.

그가 고개를 끄덕이고는 말했다. "가죠."

30분 후, 그들은 대브니의 사무실에 도착했다.

하지만 입구는 그들이 기대한 것과 달랐다.

대브니 앤드 어소시에이츠의 문은 다 닫히고 체인이 걸려 있었다. 사무실 안은 어두웠다. 군복을 입은 두 사람이 앞을 지키고 서 있었다.

데커와 재미슨이 그들에게로 다가갔다. 데커가 FBI 신분증을 내보였다. 두 남자는 별 인상을 받지 않은 듯했다.

"여기서 일하는 사람들 어디 있습니까?" 재미슨이 물었다.

아무도 대답하지 않았다.

"사건을 조사하는 중입니다." 데커가 말했다. "안에 들어가야 하는데요."

"그건 안 됩니다, 선생." 한 사람이 말했다. 그러고는 엉덩이에 차고 있는 M11로 손을 가져갔다.

"연방 수사입니다." 재미슨이 다시 한 번 알렸다.

보초를 선 두 남자가 그녀에게 시선을 두었다. "전 명령을 수행 중입니다. 다른 명령이 내려올 때까지는 아무도 못 들어갑니다. 이상입니다."

재미슨이 뭔가를 말하려고 하자 데커가 그녀의 팔을 잡았다. "갑시다. 여기에서 낭비할 시간 없어요."

두 사람은 로비로 돌아가 엘리베이터를 탔다. 엘리베이터에는 페이 톰슨이 있었다. 그녀는 운 것처럼 보였다.

데커를 본 그녀의 얼굴이 험악해졌다. "이 나쁜 자식!"

"뭐라고요?" 재미슨의 태도가 방어적으로 변했다.

톰슨이 데커에게 얼굴을 들이댔다. "우리는 당신들한테 완벽히 협조했어요. 그런데 이딴 식으로 밀고 들어와요?"

"전 그런 적 없습니다." 그가 차분히 대답했다. "우리도 막 걷어 차이고 오는 길입니다."

"거짓말 마요. 곳곳에 FBI가 깔렸다고요."

"모르시는 것 같은데, FBI는 군복을 안 입습니다."

"여기에 깔린 게 죄다 당신네 사람들이잖아요."

"아니라니까 그러네……."

"당신이 무슨 짓을 한 줄 알기나 해요?" 톰슨이 말을 잘랐다. 로비를 지나가는 사람들의 시선이 그들을 향했다. "당신네가 우리 사업을 망쳤어요. 우린 망했다고. 이렇게 통제하다뇨! 우린 정당한 절차 없이 기소되었어요." 그녀가 데커의 가슴을 손가락으로 쿡쿡 찔렀다. "이 개자식, 네가 우릴 망치고 있어."

"사실, 이 사람이 한 건 아무것도 없는데요." 목소리 하나가 들려왔다.

갑자기 들려온 소리에 세 사람이 몸을 돌렸다. 하퍼 브라운이 서 있었다. 위장복 차림에 무기를 소지하고 있었다. 그녀가 걸어와서 톰슨 바로 앞에 섰다. "FBI가 아닙니다. DIA입니다. 뭔가 문제가 있다면, 제게 말씀하시면 됩니다."

"당신은 그럴 권리가 없……."

"우리는 모든 권한을 갖고 있습니다. 이건 국가 안보 문제입니다. 거기에 대해 논의하고 싶으시다면, DIA 본부에서 뵙죠."

"이건 그저 우리 이사들 중 한 사람 문제……."

브라운이 말을 끊었다. "다시 말씀드리지 않겠습니다, 톰슨 씨. 그 문제에 대해 논의하고 싶으시다면, 여기, 이 자리에서 공개적으론 안 됩니다. 잘 아시리라 믿습니다."

톰슨이 주위를 지나가는 사람들을 보았다. "우리 변호사와 이야기해야 할 겁니다!" 그녀가 소리쳤다.

"기대하고 있겠습니다." 브라운이 말했다. "좋은 변호사를 구하시길 바랍니다. 그러셔야 할 테니까요."

톰슨은 막 욕을 퍼부으려다가, 몸을 돌려 성큼성큼 걸어가 버렸다.

브라운이 데커와 재미슨에게로 몸을 돌렸다. "음, 유쾌하네요."

데커가 그녀의 옷차림에 시선을 주었다. "웬 군인들인가요?"

"오늘은 공식적으로 군인으로서 왔지요."

"DIA에서 이곳을 폐쇄했나요?" 재미슨이 물었다.

"컴퓨터, 서버, 자료들 전부 가져갔습니다. 우리 쪽 사람들이 지금 조사하고 있어요." 그녀가 잠시 말을 멈췄다가 덧붙였다. "걱정할 필요 없어요. 뭐든 발견하면 FBI와 공유할 테니."

"대브니의 사업에 전면적으로 타격을 주려고 작정했군요." 데커가 말했다.

"올라가시죠."

그녀가 두 사람을 엘리베이터로 이끌었다. 그들은 대브니의 사무실이 있는 층으로 되돌아갔다. 엘리베이터에서 내리자, 그녀가 두 사람을 입구로 데리고 가서, 보안 요원들에게 신분증을 내보였다. 요원들이 문의 체인을 풀어주고 그들을 안으로 들였다.

안으로 들어가자 재미슨이 말했다. "이 문을 여는 황금 열쇠가 여기 있었네요. 저 사람들은 저기서 꿈쩍도 안 할 것 같더니만."

브라운이 말했다. "물론 저 친구들은 꿈쩍도 안 하죠. 군인이니까요. 군인에겐 명령이 있고, 그걸 따라야 하죠. 거기엔 어떤 논쟁도 끼어들 여지가 없죠." 그녀가 데커에게로 몸을 돌렸다. 데커는 어두운 사무실을 둘러보고 있었다.

"그래서 당신은 어떻게 생각해요?" 그녀가 물었다.

"뭘 말입니까?"

"우리가 여기에서 한 일에 대해서요."

"당신이 기선 제압을 해서 스파이를 쫓아내려고 하는 것 같다고 말해도 됩니까?"

그녀가 고개를 끄덕여 시인했다. "딩동댕, 데커."

"이 전략에 동의한다고는 말 안 했는데요." 그가 덧붙였다.

"음, 어쩌면 나도 동의하지 않을지 모르죠. 하지만 이미 벌어진 일이에요."

"그러니까 이게 당신 작품이 아니란 말입니까?"

"나도 저 바깥에 있는 양반들처럼 명령을 따라야 하죠."

"대브니 앤드 어소시에이츠에는 직원이 많아요."

"그리고 우린 그들 모두를 감시하고 있죠. 개인적인 재정 상태까지요."

"대브니가 도박 빚을 변제할 돈을 마련하는 데 여기 있는 누군가와 공모했다고 생각하는 겁니까, 정말?"

"그 가능성을 배제할 순 없지요."

"재미슨은 그 가능성은 낮다고 봐요. 대브니가 늘 법적인 쪽에서 일을 했었다면, 그렇게 빨리 기밀을 살 구매자를 찾을 수 있었을 것 같지는 않다고 생각했죠."

브라운의 시선이 재미슨을 향했다. "인상적이군요."

"감사합니다." 재미슨이 불퉁하게 말했다. 하지만 다른 여성의 칭찬에 기분은 좋아 보였다.

브라운이 비서 자리에 앉았다. "당신 말이 정확해요. 그런 타격을 줄 정보를 사들일 구매자를 찾긴 쉽지 **않아요**. 인터넷에 접속하거나, 어두운 복도를 걸어 내려가다가, 1천만 달러를 넘겨줄 능력이 되는 스파이 행위와 연루된 사람과 마주칠 순 없죠. 똑같은 방식으로 위장 잠입 요원을 마주칠 확률이 더 크겠네요."

"그렇다면, 대브니가 모두들 생각하는 것처럼 깨끗하진 않았다는 건가요? 아니면 더러운 자들과 손을 잡고 있었다든지요."

"이 문제는 그보다 훨씬 더 복잡해요, 데커. 그러니까 대브니가 기밀을 팔아넘기는 걸 도운 사람이 있을 거예요, 확실해요. 아니면 다른 누군가가 있을 수도 있죠."

"가령요?" 재미슨이 말했다.

데커가 대답했다. "그와 비중이 똑같은 공범이 있을 수 있죠." 그가 브라운을 가리켰다. "DIA 쪽에서 대브니와 일하던 누군가일 수도 있겠죠."

브라운이 팔짱을 끼고 고개를 끄덕였다. 표정이 심각해졌다. "내가 생각하는 건 그 이상이에요, DIA에 스파이가 있단 거죠. 수십 년 전 이야기가 아니에요. **현 시점을** 이야기하는 거죠."

"처음이 아닌 것 같군요." 데커가 말했다. "전에도 그렇게 말한 적이 있죠."

재미슨이 말했다. "우린 대브니가 내내 스파이 활동을 했을 거라고 생각했어요. 그가 전에 NSA에서 일할 때부터요."

"하지만 그는 민간 도급업자로 일하고 나서, 정부 내부에서 기밀을 빼냈어요." 브라운이 지적했다. "그리고 우린 버크셔의 임대 창고에서 옛날 출입증을 발견했죠. DIA 것이었어요. 그녀가 그걸 가지고 있었다는 건, 큰 문제예요."

재미슨이 말했다. "하지만 대브니가 정부 민간 도급업자로 일했던 걸 고려해보면, 그는 일을 하면서 그 기밀들을 합법적으로 얻었을 거예요. 그가 정부에서 거래한 사람들이 그가 그 정보를 가지고 뭘 했는지 모를 수 있어요."

"맞아요." 브라운이 말했다. "그리고 난 이게 그 경우이길 바라고요. 하지만 실제로 그렇지 않을 수도 있다는 걸 염두에 두어야 해요."

"그럼 당신네 조직도 조사를 해야겠네요." 데커가 말했다.

"그럴 겁니다."

"출입증에 대해 얘기했죠? 그게 어떤 건지 알아냈어요?"

"1980년대 후반부터 1990년대 초반에 DIA에서 사용된 거예요."

"누구 건지는 모릅니까?" 데커가 물었다.

"몰라요. 그때는 전자 장치가 부착되지 않은, 코팅된 일반 플라스틱을 썼거든요."

"그럼 방문객인지 요원인지는요?" 데커가 물었다.

"나도 그걸 말해줄 수 있다면 좋겠네요."

"모른다는 건가요, 아니면 **말해줄** 수 없다는 건가요?" 재미슨이 비꼬았다.

"나도 그걸 말해줄 수 있다면 좋겠네요." 브라운이 말을 되풀이했다.

재미슨은 그녀를 한 대 칠 것 같은 표정이었다. "그 말은, 그들이 뭐라고 했는지는 알지만, 그것을 표현하지 않도록 신중을 기하고 있다는 소리네요." 그러고 나서 그녀는 몸을 돌려 사무실을 걸어 나갔다.

"저분, 태도에 문제가 있어 보이는군요." 브라운이 지적했다.

"아뇨. 그냥 빌어먹을 상황을 좋아하지 않는 것뿐입니다. 그런 면에서 우린 둘 다 똑같죠."

"데커, 난 할 수 있는 한 당신한테 많은 이야기를 해줬어요. 당신을 DIA에 데려와서 그 자료들을 보여주는 것만 해도 내가 얼마나 큰 대가를 치렀는지 알기나 해요?"

"당신도 앤 버크셔가 과거 DIA에서 스파이와 함께 일했다고 생각하지 않습니까?"

"가능성이 있죠. 사실, 그 출입증만 봐도 상당히 개연성 있는 얘기죠."

"그럼 그 스파이는 대브니가 아닐까요?"

"대브니는 그 시절에 NSA에서 일했어요. 그러고 나서 자기 사업을 차렸죠. 1990년대 후반부터 DIA와 계약을 맺어 민간 도급업자로 일했고요. 그러니까 그건 그의 보안 배지가 아니에요. 우린 두 사람이 후버 빌딩 앞에서 그날 만난 것 말고 예전에 또 만났는지에 대해서는 증명할 수 없어요. 그리고 만약 그들이 수십 년 동안 함께 일했다면, 우리가 **뭔가를** 찾아낼 수 있을 거예요, 데커."

"그러고 나서 누군가를 찾고요?"

"다시 원점으로 돌아왔군요."

"하지만 여기 사람들을 깊이 파고들다 보면, 뭔가가 팍하고 튀어나오길 분명 기대하고 있겠죠?"

"승산은 없지만, 더 나은 선택지가 없다면, 뭔가를 하긴 해야 하잖아요." 그녀가 말을 멈췄다. "그래서 새로 발견한 건 더 있나요?"

"예."

"뭔가요, 그게?"

"당신한테 말해줄 수 있다면 좋겠네요."

그리고 데커는 몸을 돌려 사무실을 떠났다.

0 044

"왜 여기 있어요, 데커?"

재미슨이 그를 내려다보았다. 데커는 앤 버크셔의 호화 아파트에 있는 소파에 앉아서 주변을 뚫어져라 바라보고 있었다.

데커는 곧바로 대답하지 않았다.

"난 모순이 싫어요." 잠시 후 그가 입을 뗐다.

"이를테면?"

"이를테면, 왜 자기 물건을 늘어놓지도 않을 거면서 이런 아파트를 사고, 몰지도 않을 거면서 최고급 벤츠를 샀는지 하는 거요."

"그래서 그녀가 괴짜란 거 아닌가요, 그게 뭐요?"

데커가 고개를 휘휘 젓고 자리에서 일어났다. "괴짜라서가 아니라 뭔가가 더 있어요. 그녀는 또 다 쓰러져가는 농장이랑 일하러 갈 때 탈 고물차도 있었어요. 그리고 주변에는 착한 사마리아인으로 알려져 있었죠."

"그게 무슨 의미라고 생각하는데요?"

"만약 당신이 스파이였고, 돈을 벌어서 이런 아파트와 저런 차를 샀다고 해봐요. 당신은 그걸 충분히 누리지 않겠어요? 그냥 가지고만 있지 않고요. 당신이 **번** 거니까요. 자, 당신이 이것들을 가지고만 있고, 사용하지 않는다고 해봐요. 거기에는 뭔가 이유가 있겠죠. 버크셔에겐 그 이유가 뭐였을까요?"

재미슨이 그 질문에 대해 곰곰이 생각했다. "모르겠어요. 죄책감을 느낀 게 아닐까, 정도 생각할 수 있겠네요."

"그녀가 죽기 전까지도 스파이 활동을 하고 있었다면, 분명 죄책감 같은 건 느끼지 **않았을** 겁니다."

"하지만 그녀가 스파이를 계속했다는 증거는 없잖아요. 그녀는 대체 교사였어요. 그리고 임대 창고 안에서 나온 물건들을 봐요. 다 옛날 거죠. 플로피디스크에 고릿적 출입증 말이에요."

"하지만 농장에서 USB를 발견했잖아요. 그건 1980년대 것이 아니에요. 거기에다 누군가가 그걸 가지고 있는 날 습격했어요. 스파이를 은퇴한 지 오래되었다면, 왜 오래된 농가 화장지 걸이에 USB를 숨겨놓았겠어요?

재미슨이 뭔가 말하려는 듯 입을 딱 벌렸다가 다물었다. "좋은 지적이에요." 그녀가 마침내 가까스로 입을 뗐다. "만약 그렇다면, 그녀는 대브니와 지금껏 함께 일했을 게 **틀림없어요**. 그러니까 그런 게 아니라면, 그가 스파이 짓을 저지르고, 또 다른 스파이를 총으로 쏴 죽인 건, 엄청난 우연의 일치라는 말이 되죠."

"어쩌면요." 데커가 의구심이 담긴 투로 말했다.

"데커, 그렇다니까요! 당신도 우연을 믿지 않잖아요. 제아무리 사소한 것도요. 늘 그렇게 말하잖아요. 하지만 버크셔가 스파이 활동을 했다면, 월터 대브니와 함께했을 거예요. 그래서 그가 그렇게 빠른 시간에 구매자를 찾을 수 있었던 거죠. 버크셔는 아마도 그걸 중개해주었을 거예요."

"그럼 누가 농가에서 날 죽이고 USB를 가져가려 했을까요? 그 안에 무엇이 있기에?"

"더 많은 기밀이 있겠죠. 버크셔는 아마 혼자 일하지 않았을 거예요. 그녀는 살해당했고, 공범은 그녀가 거기에 뭔가를 놓아두었다는 걸 알고 왔을 거예요. 그리고 당신은 그들의 문제를 해결해줬죠. 그들은 당신을 습격하고, 그것을 찾았어요. 모든 게 맞아떨어져요." 재미슨이 의기양양하게 말했다.

데커는 창가로 가서 바깥을 살펴보았다.

"이렇게 멋진 이론을 내놓았는데, 칭찬하는 거 잊었어요?" 재미슨이 말했다.

데커가 아무 말도 하지 않자 재미슨이 그에게로 다가갔다. "내 말 맞는 거 같지 않아요?"

"이렇게 설명할게요, 알렉스. 당신 이론이 틀렸다는 말은 못 하겠네요."

"음, 그럼 뭔가요. 다른 대안이라도 있어요?"

"당장은…… 없어요."

재미슨이 방 안을 둘러보았다. "여기에 무슨 일이 일어난 거죠? 그녀의 돈은 어떻게 되는 걸까요? 누구에게 남겨야 할지 그녀의 가족도 못 찾았잖아요."

"뭐라 말할 게 없어요."

"브라운 요원이랑은 어떻게 그걸 그대로 둔 거죠?"

"모르겠어요." 데커가 말했다.

"지금 당장은 나랑 같이 있을 거라고 말하는 거죠?"

"갑시다."

"어디로요?"

"모든 일이 시작된 곳으로요."

* * *

데커와 재미슨은 그날 데커가 부지불식간에 따라갔던 길을 따라갔다. 월터 대브니가 처참한 운명을 맞이한 길이었다. 그들은 보안 초소를 지나갔다. 데커는 크게 한 바퀴 돌았다.

초소 안에는 마침 그날 아침 근무했던 요원이 있었다. 데커를 알아본 그가 초소에서 나왔다.

"대단한 아침이었죠." 그가 말했다.

"대단했죠. 도와주셔서 감사했습니다."

"아닙니다. 제 일인데요."

"이미 이 질문을 받았을 거라고 생각됩니다만⋯⋯." 데커가 말을 시작했다. "혹시 그전에 대브니 씨를 본 적이 있습니까?"

요원이 고개를 끄덕였다. "몇 번요. 마지막으로 본 건 두어 달 전쯤인 것 같은데요. 그날 그분이 회의에 참석하러 오실 거라고 전달받았습니다."

"앤 버크셔는요?"

남자가 고개를 저었다. "아뇨, 그 여자분은 기억 안 납니다. 하지만, 음, 하루 동안 이곳을 지나다니는 사람이 엄청 많아서요. 한참 지나면 누굴 봤는지 뒤죽박죽 뒤섞이죠."

"그날 광대를 보셨다고 들었습니다만." 데커가 말했다. "이쪽에서 내려오는 길에 서 있었다고요, 대브니가 기다리고 있던 카페 근처요."

"잠시만요."

옆에 페인트로 GSA라고 쓰인 트럭이 지하 주차장 입구 쪽으로 다가오고 있었다. 보안 요원이 그쪽으로 걸어가 운전사에게 뭐라 말을 했다.

데커는 그를 기다리면서, 운전사가 자신의 신분증과 서류를 보여주고, 보안 요원이 무전기를 꺼내 뭐라고 말하는 모습을 보았다. 잠시 후 다른 요원이 폭발물 탐지견과 나왔고, 또 다른 요원은 차량 아래를 살펴보는 데 사용하는 거울이 달린 장비를 꺼냈다. 두 요원과 개 한 마리가 임무를 수행하는 동안 데커와 이야기를 나누던 요원이 데커에게로 돌아왔다.

남자가 고개를 끄덕였다. "네, 광대를 보았어요. 핼러윈 분장을 하긴 아직 좀 이른데, 하고 생각했었죠."

"그 광대가 어디로 갔는지 보셨습니까?"

"아뇨. 전 주변을 계속 감시할 뿐입니다. 특히 대부분은 후버 빌딩에 많은 관심을 보이는 사람들을 보고 있죠."

"그게 문제가 되는 건가요?" 재미슨이 물었다.

"미친 사람, 본 적 있으시죠? 대부분은 무해하죠. 하지만 단 한 사람이 문제를 일으킬 수 있죠."

데커가 주변을 둘러보았다. "여기에 외부 CCTV가 있습니까?"

보안 요원이 가까이 다가오더니 목소리를 확 낮췄다. "좀 꺼림칙한 비밀이긴 하지만, 있긴 합니다. 그러니까, 카메라가 저기 보이는 곳에 있기는 한데 대부분은 작동하지 않는 겁니다. 조금 있으면 우리가 이 건물에서 나가지 않습니까. 그것도 한 가지 이유죠. 건물이 결국은 빌 거잖아요."

"그렇죠." 데커가 말했다. "어쨌든 감사합니다."

그들은 다시 길을 따라가 대브니가 버크셔를 쏜 장소에 도달했다. 데커가 걸음을 멈추고 보도를 내려다보았다.

"푸른색으로 보이나요?" 재미슨이 말했다.

그가 별 뜻 없이 고개를 끄덕이고는 시선을 들어 주변을 돌아보았다. "대브니와 버크셔가 함께 일했다면, 왜 여기서 만났을까요? 대브니는 FBI 건물에서 회의가 있었죠. 그렇다면 공모자가 수백 킬로미터는 떨어져 있길 바랐을 거라고 생각하지 않아요?"

그들이 다시 걷기 시작했는데, 재미슨은 이 말에 깜짝 놀라 걸음을 멈췄다. "음, 거기에 대해 생각해보지 못했네요."

"그리고 대브니와 버크셔가 서로 아는 사이였다는 생각도 안 들어요. 대브니는 광대를 통해 버크셔가 오고 있다는 신호를 받았다는 걸 염두에 둬야 해요. 그 사실이 꼭 버크셔가 어떻게 생겼는지 대브니가 몰랐다는 걸 의미하지는 않지만요. 그녀의 사진을 봤을 수도 있죠. 그의 몸에선 아무것도 안 나왔지만요."

"그가 그전에 사진을 보고 그녀의 얼굴을 외웠을 수도 있죠."

"맞아요. 광대의 존재는 단지 타이밍에 관한 것일 수도 있어요. 대브니가 버크셔를 가로막을 타이밍 말이에요. 하지만 내가 그날 아침 두 사람을 함께 봤을 때에는 그들이 서로 아는 사이 같아 보이진 않았어요."

"그러고 나서 그가 그녀를 쐈죠?"

"그러고 나서 그가 그녀를 쐈죠." 데커가 말을 되풀이했다.

"이 사건에서는, 한 걸음 나아갔나 싶으면 두 걸음 물러서는 것 같네요."

"이따금 모든 사건이 그런 것 같기도 해요." 데커가 말했다.

"하지만 우린 이 말썽꾸러기를 해결할 **거예요, 그렇죠?**"

데커는 대답하지 않았다.

0 045

그날 밤, 집으로 돌아가자 건물 앞에서 멜빈 마스가 그들을 기다리고 있었다.

"왜, 올라가지 않고요, 멜빈?" 재미슨이 물었다. "열쇠도 있고 비밀번호도 알잖아요."

"거긴 당신 집이잖아요. 내 집이 아니고." 마스가 빙그레 웃었다. "당신 공간을 마음대로 휘젓고 다니고 싶지는 않아요."

"우리 아직 저녁 안 먹었는데, 나가요."

"그거 좋네요."

그들이 몸을 돌리는데 하퍼 브라운이 차에서 내렸다.

"나도 당신들이 오기를 기다렸답니다." 브라운이 말하고는 마스를 올려다보았다. "여기서 나처럼 당신들을 기다리고 있는 사람이 있는 줄은 몰랐네요."

"멜빈 마스예요. 여기는 DIA의 하퍼 브라운 요원."

브라운이 강한 호기심을 드러냈다. "멜빈 마스, 전직 미식축구 선수요?"

마스가 미소를 지었다. "대부분의 사람들은 저를 두고 그렇게 말하지 않죠. '텍사스 감옥에서 사형집행일만 기다리고 있던 그 멜빈 마스?'라고 말하죠."

"그리고 데커가 당신을 구해줬고요." 브라운이 언급했다.

"우리 **모두가** 구했죠." 데커가 말했다. "멜빈을 포함해서요. 멜빈은 우리가 거의 날아갈 뻔했을 때, 끝까지 거기에 있었어요. 그리고 여기서도 내 목숨을 구했어요."

"인상적이네요." 브라운이 말했다. "정부에서 무척이나 달콤한 보상을 받아냈다는 말을 들었어요."

"받아야 할 걸 받았을 뿐이죠." 재미슨이 말했다. "사실 20년의 인생을 돈으로 보상할 수는 없잖아요."

"거기에 대해서 논쟁할 생각은 없어요. 자, 저녁이나 먹으러 가죠. 당신 친구에 대해서도 더 알고 싶어요."

"왜요?" 데커가 물었다.

"퇴근 후에 나는 꽤나 사교적인 사람이거든요, 데커." 브라운이 말했다.

* * *

그들은 브라운이 제안한 D.C.의 베트남 식당으로 갔다. 식당 가운데 테이블에 자리를 잡고, 데커가 메뉴를 보며 말했다. "무슨 말인지 모르겠네요."

"내가 주문해줄게요, 데커."

데커가 메뉴판을 내려놓았다. "좋아요. 튀김 종류도 있습니까?"

마스가 메뉴판을 그녀에게 건넸다. "난 데커와 한배를 타죠, 제 메뉴도 주문 부탁드려요."

브라운이 재미슨을 보았다. "당신은 괜찮은가요? 아니면 제게 당신 메뉴를 주문할 영광도 주시겠어요?"

"전 베트남 요리를 좋아해서요." 재미슨이 짜증 섞인 말투로 대답했다.

웨이트리스가 다가오자, 브라운이 세 사람의 음식을 주문했다.

"멋지네요." 웨이트리스가 자리를 뜨자 마스가 말했다. "전 영어만 간신히 하는데."

"이런, 멜빈, 당신은 UT 경영학과를 **조기** 졸업했잖아요." 재미슨이 지적했다.

"감옥은 지능을 향상시켜주진 않아요. 최소한 저는 그렇더군요. 20년을 보낸 후가 아니라도요."

"대브니의 사무실에 있던 파일들에서는 뭐 좀 나왔습니까?" 데커가 브라운에게 물었다.

그녀가 마스에게 눈길을 던졌다. "이분이 그걸 들어도 될지 모르겠네요."

"우리 다 마찬가지죠." 데커가 지적했다. "멜빈은 믿으셔도 돼요." 그가 덧붙였다.

"알았어요. 그리고 아뇨, 아무것도 못 찾았어요. 하지만 계속 찾고 있어요. 연기가 풀풀 나는 총을 찾길 바라지만, 그건 아직 못 찾았죠. 당신 쪽은요?"

"총은 못 찾았어요. 하물며 연기 나는 건 더더욱이요. 하지만 의문 하나는 생겼어요. 대브니가 버크셔와 함께 일을 했다면, 왜 후버 빌딩 근처에서 만났을까, 하는 거요. 그는 그날 아침에 회의를 하기로 되어 있었어요. 그리고 만약 그녀가 스파이였다면, 왜 거기 있었는지도 의문이에요."

"그런 것 같군요."

"그리고 재미슨이 지적했는데, 그들이 함께 일하고 있는 게 아니었다면, 한 스파이가 스파이 행위에 연루된 누군가를 죽이는 일은 지독한 우연의 일치라고요."

브라운이 재미슨에게 시선을 옮겼다. "좋은 지적이에요, 재미슨. 이 분야에 실질적인 재능이 있군요."

재미슨은 대꾸하지 않았다.

데커가 덧붙였다. "버크셔가 더 이상 스파이 활동을 하지 않았다면, 기이한 은퇴를 한 셈이죠. 수백만 달러짜리 아파트에, 여섯 단위나 되는 차에, 동시에 다 무너져가는 농가와 오래된 고물차를 가지고 있었어요."

"나 역시 그렇게 생각해요. 전부 이상하죠." 브라운이 말했다.

"그리고 아직도 날 습격해 죽이려 하고 USB를 훔쳐간 놈이 누군지 못 알아냈어요. 그땐 버크셔는 죽었고, 대브니도 관에 있었죠. 그렇다면 거기에 제3의 인물이 있었다는 소리가 돼요."

"누군가 그 USB를 원했다는 말이로군요." 브라운이 지적했다.

"거기에 과연 뭐가 있었을까요?" 데커가 말했다.

"다른 게 있었을까요? 더 많은 기밀이랄지." 브라운이 대답했다.

"그렇게 생각합니까?"

"그게 아니면 뭘까요?"

"내가 그 답을 알았다면 이런 질문을 하지도 않았겠죠. 하지만 대브니와 버크셔가 함께 일했다면, 우리는 그들 사이의 접점을 찾아야 해요."

"데커, 내가 말할 수 있는 건, 대브니가 뭔가 잘못되었다는 걸 우리가 처음 느낀 게 최근이란 거예요. 그는 전에도 DIA의 다른 프로젝트들을 함께했지만, 아무런 문제도 없었어요. 그가 기밀을 빼돌림으로써 얻을 이득도 없었고요. 그는 재정 상태가 아주 훌륭했어요. 그를 벼랑 끝으로 몰고간 건 이 도박 빚뿐이에요." 그녀가 마스크를 응시했다. "이건 무덤까지 가져가야 하는 내용이에요, 알죠?"

그는 과장되게 항복의 표시로 손을 들어 보이고는 씩 웃었다. "이봐요, 난 당신 편이라고요, 알아요? 당신네가 오늘 밤 여기서 한 말을 죄다 잊을 거라고요."

브라운이 미소를 지었다. "내가 그래서 당신을 좋아하죠." 그녀가 등을 돌렸다. "그리고 대브니는 계속 보안 등급을 유지하기 위한 일상적인 거짓말 탐지기 검사를 통과했어요. 한 번도 통과하지 못한 적이 없었어요."

"이 사건이 일회성이라고 확신합니까?"

"아니라는 증거를 당신이 보여주지 않는다면요."

재미슨이 반박했다. "하지만 그는 무척이나 빨리 기밀을 팔아치웠어요."

"알아요. 당신이 조금 전에도 말했고, 그 사실은 아직 유효한 쟁점이에요. 하지만 그 사실로 인해 그가 오랫동안 기밀을 빼돌렸다는 결론을 내리기에는 논리적 비약이 있어요."

"그럼, 이 부분과 일치하는 당신 논리를 보여줄 수 있겠죠." 재미슨이 쏘아붙였다.

두 여성이 잠시 서로를 노려보며 대치했다.

다행스럽게도 때마침 음식이 나왔고, 그들은 음식을 먹기 시작했다.

브라운이 마스를 힐끗 보았다. "그런데, 당신은 뭘 하면서 지내나요?"

"고등학교에서 애들을 조금 지도하면서 보내요. 근본적으로는 내 생의 남은 부분을 가늠하려 애쓰고요."

"당신들 두 사람은 어딘가 공통점이 있어요." 데커가 말했다.

"어느 부분이?" 마스가 물었다.

"둘 다 부유하죠."

마스가 브라운에게로 시선을 돌리자 그녀가 말했다. "나랑은 상관없어요. 유산을 물려받은 것뿐이니까. 그냥 잘 태어난 거죠."

"그것참 멋지군요." 재미슨이 조그맣게 중얼거렸다.

"나도 내가 부자라는 생각은 안 드는데." 마스가 말했다. "미식축구를 했다면 더 벌었을 수도 있지."

"자넨 돈을 **벌었어**, 멜빈. 20년 인생의 대가로." 데커가 말했다.

* * *

식사를 마치고 그들은 식당을 나섰다. 브라운은 앞에서 마스와 대화를 나누며 걸었고, 열 발짝 뒤에서 재미슨이 데커와 함께 따라갔다.

"브라운은 상당한 집안 출신인가 봐요." 재미슨이 말했다.

"음, 최소한 자기가 가진 돈에 기대서 살지는 않는 것 같아요. 갈라쇼에 가고 파티장이나 다니면서 시간을 보내지는 않죠. 제복을 입고 밖으로 나가 멋지게 전투를 치르죠."

"예, 정말 **완벽한** 인간이네요."

데커가 그녀를 쳐다보았다. "또 질투하는 것처럼 들리네요, 알렉스. 당신답지 않아요."

재미슨이 길게 한숨을 내쉬었다. "예, 나도 알아요. 하지만 저 여자에겐 보기만 해도 나를 긁어대는 뭔가가 있어요. 당신은 살면서 그런 사람을 만난 적 없었어요?"

"있었어요, 5학년 때 담임 선생님이요. 하지만 극복했죠."

마스가 무슨 말인가 하자, 브라운이 웃음을 터트렸다. 그녀가 엉덩이로 그를 가볍게 치고는, 그의 어깨에 팔을 걸치고 나란히 걸어갔다.

재미슨이 재빨리 데커에게 시선을 던졌다. "와, **저게** 대체 뭐죠?"

"뭐가요?" 데커가 물었다. 이미 자기 생각에 빠져 있어서 앞에서 걸어가는 두 사람을 보지 못했던 것이다.

재미슨이 한숨을 쉬었다. "신경 쓰지 마요."

0 046

그들은 각자 집으로 향했다. 마스와 브라운이 각각 차를 몰고 떠나고, 데커와 재미슨은 자기들 아파트로 올라갔다. 데커가 아파트 문을 열고 그들은 안으로 들어갔다.

"음, 우린 얻은 게 없어요." 재미슨이 말했다. "브라운은 분명 우릴 도울 만한 뭔가를 공유하려 들지 않아요."

대답이 없자, 그녀는 지친 말투로 내뱉었다. "데커, 알겠지만 누군가 말을 하면, 그 사람은 당신 대답을 기다린다고요."

그녀가 코트를 문 옆에 있는 고리에 걸고는 몸을 돌렸다.

그리고 얼어붙었다.

검은 후드티를 입은 남자가 그녀에게 바짝 다가와 있었다. 덕분에 남자의 얼굴은 보이지 않았다.

그가 총을 데커의 가슴에 겨누었다.

"손님이 있네." 데커가 말했다.

남자가 총을 위로 퍽 들어 올려 보였다. 데커와 재미슨은 손을 머리 위로 올렸다.

"당신이 날 묶길 바라는 것 같은데."

"알았어요. 당신 누구예요?"

남자가 대답으로 총의 공이치기를 당겼다.

"그냥 해요, 알렉스. 더 묻지 말고."

그녀가 데커의 손을 뒤로 묶었다.

남자가 다가와서 두 사람의 몸을 수색했다. 그러고 나서 두 사람을 문 쪽으로 밀고 갔다.

"우릴 어디로 데려가는 거죠?" 재미슨이 물었다.

남자가 팔뚝으로 데커의 복부를 쳤다. 데커는 벽 쪽으로 쓰러져 고통으로 움찔거렸다. 남자가 총으로 그의 얼굴을 갈겼다.

"알았어요, 알았다고요, 아무것도 묻지 않을게요." 재미슨이 울부짖었다. 그러면서 데커를 도우려고 했지만, 남자가 그녀의 등을 쳤다.

데커는 마침내 혼자 힘으로 일어섰다. 하지만 여전히 한쪽 몸이 기우뚱한 채로, 문을 향해 느릿느릿 움직였다. 남자가 문을 열었고, 두 사람은 안으로 들어갔다.

남자가 낮은 목소리로 말했다. "이제 누군가를 만날 거야, 두 사람은 아무 말도 하지 마. 기침도 안 돼. 그럼 당장에 총을 쏠 거야. 알아들어?"

재미슨이 재빠르게 대답했다. "알았어요."

그들은 계단을 내려갔다. 남자가 문을 열어주었다. 그가 두 사람을 검은 세단으로 이끌었다.

"운전석에 앉아." 남자가 재미슨에게 말했다.

그가 데커를 조수석에 앉히고, 자신은 뒷자리에 탔다. 총구는 데커를 겨냥하고 있었다. 그가 재미슨에게 차 열쇠를 건네고 안전띠를 맸다. "운전해. 가는 길을 알려줄 테니."

차가 움직이기 시작했다.

남자가 지시하는 방향을 따라서 재미슨은 이 골목에서 저 골목으로 방향을 바꾸었다.

"여기서 좌회전." 남자가 말했다.

그녀는 골목 안으로 들어가 끝까지 달렸다. 막다른 골목이었다.

데커가 창을 내다보았다. 버려진 지역 같았다. 양옆에 있는 건물 두 곳은 화재로 거의 폐가 같았다.

"내려." 남자가 재미슨에게 말했다.

그녀가 차에서 내렸다.

"저쪽 문 열어." 남자가 말했다.

재미슨이 조수석 문을 열고 데커가 나올 때까지 기다렸다.

남자가 총으로 왼쪽 방향을 가리켰다. "여기야. 문으로 가."

데커가 부딪히지 않으려면 몸을 숙여야 할 정도로 문이 낮았다. 안은 어둡고 으스스하고 눅눅했다.

"아무것도 안 보여요." 재미슨이 손을 앞으로 더듬으면서 느리게 앞으로 움직였다.

불이 들어왔다. 남자가 왼손에 손전등을 들고 있었다.

"저기로 계단을 내려가."

데커가 몸을 돌리고 말했다. "이봐요, 당신은 나랑 볼일이 있는 거잖아요. 이 친구가 아니라. 여자는 보내줍시다. 난 아무 문제 안 일으킬 거요."

남자가 고개를 젓고는 총구를 데커의 얼굴에 가져다 댔다. "저쪽으로 내려가."

데커가 재미슨을 보고는 몸을 돌려 계단 아래로 내려갔다.

아래쪽 공간에는 맥주 캔, 사용한 콘돔, 동물들의 배설물 등 쓰레기가 널려 있었다.

재미슨이 이 광경에 코를 찡그렸다. 앞으로 걸어가던 그녀가 벽에 가로막혀 몸을 돌렸다. 그리고 남자를 보았다.

데커가 다가와 재미슨 앞에 서서 큰 덩치로 남자와 그녀 사이에 끼어들었다.

남자가 그들에게 전등을 비췄다. 데커는 몸을 돌려 재미슨의 허리 쪽으로 시선을 내리고 있었다.

그러고는 그가 뭔가를 암시하는 눈으로 그녀를 올려다보았다.

그녀가 천천히 고개를 끄덕였다.

"뒤돌아." 남자가 소리쳤다. "여자한테서 떨어져."

데커가 남자의 지시를 따라 옆쪽으로, 밖으로 향하는 계단 쪽으로 걸음을 옮겼다.

남자가 손전등을 아래로 내려 상자 더미에 불빛을 비추었다. 불빛이 바깥쪽으로 몰리면서 방이 부분적으로 밝아졌다. 그러고 나서 티셔츠의 후드를 내리고, 머리를 밖으로 빼냈다.

루이스 알바레스였다. 토마스 에이마야가 일했던 건물의 건설 현장 감독이 그들을 응시하고 있었다.

"누굴 마주치게 될지 궁금했는데, 세뇨르 알바레스." 데커가 말했다. "도망자 생활은 어떠신가?"

알바레스의 얼굴이 딱딱해졌다. "설마 내가 그냥 가버릴 거라고 생각한 건 아니겠지?"

"전과 기록에 '연방 요원' 둘을 죽인 걸 한 줄 추가하고 싶은 건가?" 데커가 말했다.

"그럼 정말 기쁘겠군."

"FBI가 곧 들이닥칠 거야."

"헛소리하지 마!"

"집에 들어갈 때, 문을 억지로 연 흔적을 봤거든. 그래서 주머니 안에서 휴대전화 단축키를 눌렀지. 보거트 요원이 우리 대화를 다 들었어. 내 휴대전화에는 위치추적 칩이 들어 있고. 넌 이제 끝장이야."

"거짓말."

"내 전화를 꺼내서 봐. 내내 켜져 있었으니까."

알바레스가 긴장한 표정으로 재미슨을 보았다. "저놈 전화를 꺼내서 이쪽으로 줘. 당장!"

데커가 말했다. "귀중한 시간을 낭비하고 있군, 루이스. FBI가 곧장 네 궁둥짝을 날려버릴 거야. 널 기소하느라 애쓸 필요도 없이."

"전화 넘겨!" 알바레스가 소리쳤다.

재미슨이 데커의 주머니에서 전화기를 꺼냈다. 그러면서 그녀가 데커와 시선을 맞췄다. 데커는 그녀에게 뭐라고 속삭였다.

그녀가 몸을 돌려 휴대전화를 쥐고 말했다. "자, 이 나쁜 자식아!" 그리고 전화기를 알바레스에게 던졌다. 그것을 잡으려고 남자가 손을 뻗어 올리자 데커가 고함을 지르면서 계단으로 내달렸다.

알바레스가 전화기에서 눈을 떼고 몸을 돌려 총을 데커에게로 들어 올렸다.

총알이 발사되었다.

데커는 비틀거리며 앞으로 쓰러졌다.

알바레스가 재미슨을 건너다보았다. 그녀가 잡고 있는 총에서 연기 한 줄기가 피어오르고 있었다.

그는 자신의 가슴에서 흘러내리는 핏줄기를 내려다보았다.

"이, 이, 나쁜, 년!" 그가 단말마를 내질렀다.

그가 그녀에게 총을 겨누었다.

그녀가 뒤로 물러서다 쓰러졌다.

다음 순간, 알바레스의 발이 허공으로 들렸다. 그의 작은 육신이 방을 가로질러 미끄러지다 바닥에 처박혔다. 그가 잠시 몸을 일으켰다가 가슴의 상처를 만져보았다. 그 순간 그의 눈이 자신에게 달려드는 데커와 마주쳤다.

"이, 이, 자식……."

그는 미처 말을 맺지 못했다. 그대로 죽어버린 것이다.

0 047

보거트는 재미슨 옆에 앉아 있었다. 재미슨과 데커의 아파트였다. 그가 그녀의 어깨를 감싸 안았다.

"정말 다른 거 필요 없어?"

재미슨의 감긴 눈에서 눈물이 흘러내렸다. 재미슨은 느릿느릿 고개를 끄덕였다.

보거트가 고개를 들어 데커를 향했다. 그는 주방 식탁에 앉아서 부은 볼에 아이스팩을 대고 있었다.

"불평은 안 듣겠네. 알렉스가 우리 목숨을 구했다고."

데커 옆에 서 있는 밀리건이 나직하게 말했다. "알렉스는 한 번도 사람에게 총을 쏘아본 적이 없어요. 빨리 털고 일어날 일이 아니에요."

데커가 재미슨을 건너다보았다. "알렉스는 괜찮아요. 강한 사람이니까요."

보거트가 자리에서 일어나 데커에게로 다가왔다. "알바레스가 친구들을 데려왔을 경우에 대비해서 사람을 보낼 거야. 자네들 정말 괜찮은 거지?"

"지금부터는 내가 알아서 할게." 데커가 고개를 끄덕였다.

보거트와 밀리건이 떠났다. 그러자 데커는 의자에서 일어나 방을 가로질러 와서 재미슨 옆에 앉았다.

"이런 일을 겪게 해서 정말 미안해요, 알렉스." 그가 말했다.

그녀가 소매로 코를 훔치고, 자세를 바로 했다. "당신이 그렇게 하라고 말하지 않았으면, 둘 다 죽었을 거예요."

"**당신이** 그렇게 하지 않았다면, 둘 다 죽었겠죠."

그녀가 의자에 몸을 묻고는 천장으로 시선을 돌렸다. "내가 사람을 죽였어요, 에이머스."

그가 어색한 표정으로 그녀를 보았다. "이런 일을 극복하는 데 적용할 수 있는 완벽한 공식 따윈 없어요."

"처음 이런 일이 일어났을 때, 당신은 어떻게 했어요?"

"솔직하게 말해줘요?"

그녀가 고개를 끄덕였다.

"캐시에게 전화를 걸어서, 그날 밤은 집에 못 들어간다고 했어요. 보고서를 쓰고, 내부 지침에 따라 면담을 하고, 온갖 관료주의적 고리 속을 뛰어다녔죠. 그러고 나서 모텔에 가서 술을 엄청 마셨어요. 완전히 떡이 될 때까지요."

"그게 도움이 됐어요?"

"아뇨. 다음 날 인생에서 가장 끔찍한 숙취를 경험했죠. 그 일을 생각하면 아직도 배 속이 뒤틀려요."

"격려의 말씀 고맙군요." 그녀가 영혼 없는 말투로 중얼거렸다.

"그러니까 내 말은, 모든 일을 잊어버리지 않는 이 완벽한 기억력을 가지고도 내가 그 일을 **극복했단** 거예요. 이미 일어난 사건들은 늘 내 곁을 맴돌아요, 알렉스. 하지만 난 그것들과 함께 살아가는 법을 배웠죠. 그리고 당신도 그럴 거예요. 단지 시간이 좀 걸릴 뿐이에요."

그녀가 손으로 머리를 감쌌다. "죽을 때까지 그 남자 얼굴이 계속 떠오를 거예요."

"안 그래요. 그가 먼저 시작했어요. 당신은 그저 그것을 끝내야 했을 뿐이죠. 당신이 우리 목숨을 구했어요, 알렉스."

"너무 무서웠어요, 데커."

"나도 그랬어요."

"하지만 당신은 경찰이었잖아요. 이런 일을 늘 겪잖아요."

"누군가 자신을 죽이려 하는 일은 결코 익숙해질 수 없는 법이에요."

재미슨이 주머니에서 티슈를 꺼내 눈을 문질렀다. "당신이 총 쏘는 법을 알려줘서 무척 다행이었어요."

"총기류를 사용하는 방법은 어렵지 않아요. 정말로 그래야 할 때 발포하는 게 정말 어려운 부분이죠. 그는 분명 당신을 위협적이라고 여기지 않았어요. 당신에게 총이 없다고 생각했으니까요. 큰 실수였죠."

"하지만 그를 쏘고 나서 엄청나게 겁에 질렸어요. 심지어 나 자신도 방어할 수 없었어요."

"그래서 내가 당신을 도운 거예요. 그게 파트너가 하는 일이죠, 알렉스. 우리는 서로를 지원해줘야 해요."

"당신이 날 그렇게 부른 건 처음이네요."

"뭐라고요?"

"**파트너요.**" 그녀가 얼굴 위로 흘러내린 머리카락 한줄기를 쓸어냈다. "좋은 느낌을 주는 울림이에요."

"뜨거운 물에 샤워를 하고, 약을 먹고, 잠자리에 들어요. 오늘 밤에는 더 이상 그 일에 대해 생각하지 말고요."

"하지만……."

"뇌를 좀 쉬게 놔둬야 해요. 나중에 써먹으려면 말이죠. 하지만 지금은 아니에요."

데커는 그녀가 방으로 가는 모습을 지켜보았다. 그녀가 침실 문을 닫기 전에 돌아서서 그에게 말했다. "고마워요, 에이머스."

"뭐가요?"

"그러니까…… 당신 지금 평소 때 같지 않다고요." 그녀가 희미하게 미소를 지어 보이고는 문을 닫았다. 잠시 후 샤워 소리가 들려왔다.

데커는 자리에서 일어나 자신의 전화기를 응시했다. 조금 전에 무슨 일이 일어났는지 알려주려고 마스에게 몇 번이나 전화를 걸었다. 하지만 그는 받지 않았다.

그건 마스답지 않았다.

그는 코트를 걸쳐 입고, 재미슨의 차 열쇠를 낚아채 밖으로 나갔다. 그리고 문을 단단히 걸어 잠갔다. 빌딩 로비에 FBI 요원들이 보초를 서고 있었다.

"잘 지켜주세요." 그가 그들을 지나쳐가며 말했다.

마스가 머물고 있는 곳은 알았다. 멀지 않은 곳이었다.

그는 재미슨의 경차에 몸을 욱여 넣으면서, 잠시 키가 한 30센티미터 더 작거나 몸무게가 45킬로그램쯤 덜 나가면 좋겠다는 생각을 했다.

차로 15분을 달렸다. 이른 아침 시간이라 도로에는 차량이 많지 않았다.

호텔 주차장에 차를 세운 그가 빈 공간에 눈길을 주었다. 막 차에서 내리려 할 때, 건물 앞에 주차된 눈에 익은 차 한 대에서 제복을 입은 한 남자가 나왔다. 대리 주차 요원이었다. 주차 요원이 차 주인에게 열쇠를 건네자 주인은 차에 올라타고 차를 출발시켰다.

데커는 손목시계를 보았다.

아침 5시가 되어가고 있었다. 데커는 계획을 변경하기로 했다.

그는 차를 출발시키고 앞차를 따라갔다.

20분 후, 차가 커브를 돌아 빈 공간으로 휙 들어갔다. 차 문이 열리고 운전자가 내렸다.

데커도 그 자리에 차를 세우고 차창을 내렸다.

"일찍 나가네요." 그가 말했다. "아니면 늦게 귀가한 건가?"

하퍼 브라운이 몸을 돌려 그를 보았다.

"여기서 뭐 하는 거죠?"

"당신에게 진실을 말하고 있죠."

"뭐에 관한 진실이요?"

"당신이 퇴근 후에는 무척 **사교적인** 사람이라는 거요. **멜빈은** 어때요? 편안하게 쉬고 있나요?"

그녀가 한숨을 내쉬고는, 자신의 BMW 앞 흙받기에 몸을 기댔다. "들어와서 커피 한잔할래요?"

"모르겠네요. 그래야 하나요?"

데커가 두 차 아래 빈 공간에 차를 대고 내렸다. 브라운이 현관문을 여는 동안 그는 브라운 곁에 가서 섰다.

"즐거운 밤을 보내셨다니 다행이군요." 그가 말했다.

"고마워요. 당신은요? 어땠어요?"

"특별히 대서특필할 만한 일은 없었죠."

두 사람은 안으로 들어갔다.

0 048

브라운이 주방 불을 켰다. 그녀가 가방을 내려놓고, 커피를 내리려고 분주히 움직였다.

데커는 식탁에 앉아서 그녀를 지켜보고 있었다. 그녀가 재킷을 벗었다. 어깨에 찬 권총이 보였다.

몇 분 후 그녀가 따뜻한 잔 두 개를 가지고 나와 몸을 숙여 데커에게 하나를 건넸다.

그녀는 전등 불빛에 비치는 그의 얼굴에 퍼런 멍이 들어 있는 것을 보았다.

"대체 무슨 일이 생긴 거예요?"

"어젯밤에 약간 사소한 다툼이 있었거든요. 심각한 건 전혀 아니었어요."

"왜 당신이 거짓말을 하는 것 같죠?"

"무슨 일이 생겼든, 다 끝났어요. 알렉스와 난 괜찮아요."

"재미슨! 그녀까지 휘말렸나요?"

데커가 커피를 한 모금 홀짝였다. "완전히요. 자, 이제 멜빈으로 넘어갑시다."

그녀가 커피를 마셨다. "물론 못마땅하겠죠, 당신은."

"정말로 이건 나랑 상관없는 일이지만, 멜빈은 내 친구고, 나는 그 친구가 상처받지 않길 바랍니다."

"당신은 이 일이 어젯밤에 그냥 충동적으로 일어난 거라고 생각하는 거군요."

"아무 생각 안 합니다. 뭐라고 판단하지도 않고요. 하지만 멜빈이 인생에서 무척이나 많은 일을 겪었다는 말 정도는 할 수 있잖아요. 그건 복잡해요. 그건 사람을 약하게 만든다고요."

그녀가 열띠게 말했다. "나는 이런 일을 좋아하지 않아요. 내가 하지 않으니까. 그건 사실 그냥 섹스였어요, 데커. 그냥 일어난 거예요. 두 사람이 서로를 보자마자 매료될 때 생기는 일이죠. 알죠?"

"당신한테는 그냥 섹스죠. **멜빈에게도 그럴까요?**"

"아마도요." 그녀가 커피잔을 내려놓고 그를 쳐다보았다. "당신 정말로 멜빈에게 신경을 쓰고 있는 거예요?"

"왜 당신이 내 말에 놀라는 것 같죠?"

"이상하기도 해서요. 어떤 사람들은, 당신을 꼭 인간이 지니는 수많은 감정이 결여된 기계처럼 보니까요." 그는 대답하지 않았다. 그녀의 표정이 누그러졌다. "난 거기에 속하지 않는 사람이에요, 데커. 난 당신이 인간 같아 보여요. 멜빈에게 관심을 보이고 있는 지금의 당신은 인간이죠. 그건, 그건…… 사실, 정말 멋지네요."

"당신이 두 마리 토끼를 잡고 싶다면 잘했어요. 멜빈은 당신처럼 누군가를 이용할 수는 없을 겁니다."

"무슨 의미죠?"

"당신은 직업상 누군가를 속이는 일을 하겠죠. 하지만 난 당신이 명예로운 사람이라고 생각합니다. 당신 아버지는 국가에 충성을 바쳐서 명예의 전당에 올랐잖아요. 난 자식은 부모를 닮는 법이라고 생각해요. 멜빈 역시 무척이나 명예로운 사람이에요. 당신들 둘은 **그런** 면에서 공통점이 있죠. 난 두 사람이 그야말로 이런 말을 들을 자격이 있다고 말하는 겁니다."

그의 말은 분명 브라운이 예상했던 말은 아니었다. 그녀는 커피를 한 모금 홀짝이고 시선을 돌렸다. 그녀가 고개를 돌릴 때, 눈가에서 눈물 한 방울이 반짝였다.

"방금 내가 당신이 인간이라고 한 말, 정정할게요. 당신은 사실 내가 만났던, 가장 **인간적인** 사람 중 하나예요. 날 하퍼라고 불러 줘요."

두 사람은 잠시 말없이 앉아 있었다. 브라운이 목을 가다듬고 말했다. "왜 호텔로 먼저 올 생각을 했죠?"

"멜빈에게 몇 번이나 전화를 걸었는데 안 받더라고요. 걱정이 되었어요."

"그가 전화를 꺼놓은 것 같네요. 내가 나올 때, 그 사람 컨디션은 괜찮았어요."

"다행이군요. 고마워요."

그녀가 잔을 손가락으로 쓸었다. 시선은 식탁 위에 고정되어 있었다. "우리는 **이야기를** 좀 나눴어요. 대부분은 당신에 대한 이야기였어요. 그 사람은 당신이 놀라운 사람이라고 생각해요. 당신이 아니었다면, 자기는 아직도 감옥에 있을 거라고 했죠."

"그건 비약인데요."

"그 사람한테는 그래요."

"그렇게 생각한다니 고맙네요." 데커가 곧바로 대꾸했다. 하지만 시선은 그녀를 향해 있지 않았다.

"그나저나 얼굴이 왜 그 모양이에요? 결국엔 무슨 일인지 알아내고 말 거라고요."

데커가 간단히 설명했다. 한 마디 한 마디 이야기를 들을 때마다 브라운의 턱이 아래로 떡 벌어졌다.

"재미슨은 괜찮은 거예요?"

"지금은 좀 그렇죠. 하지만 극복할 거예요. 사람을 죽이는 게 쉬운 일은 아니니까요. 당신도 하루 만에 극복하진 못하잖아요." 그가 그녀를 건너다보았다. "그 느낌, 알죠?"

그녀가 고개를 끄덕였다. "주차장에 있던 그 남자가 내가 처음으로 죽인 사람은 아니죠. 그렇게 보이진 않았겠지만, 나는 집으로 돌아와서 와인 한 병을 다 마시고 한숨도 못 잤죠. 계속 내 손만 봤어요. 나 때문에 그날 누군가가 죽었다는 생각을 하면서요."

"충분히 이해해요."

그녀가 약하게 미소를 지어 보였다. "당신이 생각하는 것만큼 강하진 못해요, 난."

"당신은 내가 생각한 것보다 **더 강해** 보이는데요."

"매번 당신을 알아가고 있는 것 같군요, 데커 요원. 당신 늘 예상치 못하게 허를 찔러요."

"일부러 그런 건 아니에요."

"글쎄요."

"어떻게 멜빈을 남겨두고 온 거죠?"

"정말로 그를 무척이나 다시 보고 싶네요."

"우리는 아직 해결할 사건이 있어요." 그가 대꾸했다.

"난 누구만큼 그걸 잘 구분해요. 그러니까 사건은, 우리가 마지막으로 만난 이후로 뭐 더 나온 거 있어요?"

"버크셔는 스파이였거나 스파이 관리자였다. 대브니는 그녀가 심은 스파이였을 수도 있고 아닐 수도 있다. 그녀의 10년 이전의 과거에 대한 기록은 없다. 그녀는 죽 이 지역에서 살았던 건 아니지만, 대브니는 이 지역, 같은 집에서 지금의 아내와 가족을 일구고 살았다."

"그러니까 대브니와 버크셔가 오랫동안 함께 일했었다는 생각에는 맞지 않는 구석이 있단 건가요?"

"당신이 한번 말해봐요. 스파이와 관리자는 같은 장소에 있어야 하는 건가요?"

"그런 건 아니에요. 내가 전에 몬테스에 대해 말했었나요? 그녀의 관리자는 쿠바에 있었어요. 그녀는 때때로 그들을 만났죠. 그들이 여기에 오기도 하고, 그녀가 만나러 가기도 했죠. 주기적으로요."

"대브니는 분명 사업상 출장을 많이 갔어요. 그게 그녀를 만나러 갔다는 의미일 수 있을까요?"

"네. 사업상 용무는 그걸 은폐하는 데 이용되었고."

"우린 버크셔가 30년 전에 어디에 있었는지 몰라요. 추적할 수가 없었거든요. 그렇다면……."

브라운이 말했다. "하지만 우린 그녀가 10년 전에 어디에 있었는지 알죠. 그리고 같은 기간 동안 대브니의 여행 기록을 맞춰볼 수 있을 거예요."

"버크셔가 자신이 살고 있는 장소에서 대브니를 만났을 수도 있겠네요. 그렇지 않다고 해도, 그녀가 여행한 곳을 확인할 수 있을 거고요. 기차나 비행기, 버스를 이용했다면요.”

“그럼 당신은 두 사람이 전에 함께 일했었다는 쪽에 비중을 두고 있군요.”

“이렇게 말하는 건 어떨까요? 그걸 배제할 수는 없어요.” 데커가 대답했다.

“하지만 우리가 대브니와 일할 때 그가 다른 스파이 행위를 한적은 없어요. 이번 일 말고는요.”

“하지만 대브니는 DIA와만 일한 건 아니잖아요. 그는 FBI, NSA는 물론, 최소한 대여섯 군데의 정부 기관과 일을 했어요.”

브라운이 긴장된 표정을 드러냈다. “그가 그 모든 곳에서 기밀을 빼냈다면, 엄청난 문제예요.”

“난 이 사건이 엄청난 문제라고 늘 생각했었는데 말이죠.” 데커가 말했다.

“우리 쪽에서 그 두 사람이 같은 시간에 같은 장소에 있었는지 알아보는 방향으로 확인해볼 수 있을 거예요.”

“보거트의 사람들도 합류할 수 있을 겁니다.”

“하지만 데커, 대브니와 버크셔가 내내 함께 일했다면, 왜 그는 그녀를 길거리에서, 그것도 후버 빌딩 앞에서 쐈을까요?”

“후회일까요? 아니면 우리가 모르는 다툼이나 마찰이 있었던 걸까요?”

“음, 그들이 함께 일했다면, 그녀가 알선한 계약들로 그는 사위의 도박 빚을 갚고 딸과 손녀의 목숨을 살릴 1천만 달러를 얻었어요. 그렇다면 대브니가 버크셔에게 감사했어야 마땅하다고 생각하지 않아요? 살인할 게 아니고.”

“인간의 마음이 작동하는 방식은 희한하니까요. 모두 관점에 따라 다르죠."

"그럼 당신이 말했던 제3자는 어때요? 당신을 죽이려고 했던 자가 당신이 찾아낸 USB를 훔쳤잖아요?"

"그들은 이미 거기에 와 있었던 게 확실해요. 내가 아직 알지 못하는 이유로, 그들은 이 사건과 관계가 있어요. 그것도 무척 깊은 관계가요. 이 사건을 풀기 전에 그들과 대면하게 되리라는 느낌이 들어요."

브라운이 베레타를 꺼내 테이블 위에 놓았다. "자, 우리가 그들을 잡기 전에 그들이 우리를 잡는 일은 없길 바라자고요."

0 049

데커는 브라운의 집에서 돌아왔다. 재미슨은 그때까지 잠을 이루지 못하고 있었다. 그는 몇 시간 자고, 샤워를 하고, 옷을 갈아입었다. 그가 준비를 다 마쳤을 무렵 재미슨은 일어나서 옷을 입고 이미 식탁 의자에 앉아 있었다.

"뭣 좀 먹어야 해요." 데커가 말했다. "나도 먹어야 하니까 나갑시다."

두 사람은 차를 몰고 근처 레스토랑에 가서 브런치를 주문했다.

30분이나 걸려서 재미슨은 스크램블드에그의 마지막 수저를 떴다. 데커는 석 잔째 커피를 막 비운 참이었다. 데커가 그녀를 자세히 살폈다. "정말 어때요?"

"생각했던 것보다는 괜찮아요. 죄책감은 여전하지만요."

"어떤 사람들은 그런 일을 별 생각 없이 해치우기도 해요. 어젯밤 그자가 바로 그런 사람이죠, 알렉스. 난 그 과정에서 당신이 내 목숨을 구한 것만 생각하고 있어요."

그녀가 절망에 빠진 눈으로 그를 보았다. "어쩌면 난 이 사건에서 잘릴지도 몰라요. 그전부터 생각하고 있었어요. 그냥 먹고살 다른 일을 찾아야 하나, 그런 거요."

"지금 당장은 그런 생각을 할 필요가 없어요."

"하지만 난 해야 해요, 데커. 그러니까 난 더 이상 젊지 않고, 먹고살 궁리를 해야 한다고요."

"당신은 훌륭한 수사관이에요. 로스가 그렇게 생각하지 않았다면, 당신을 데려오지도 않았을 거예요."

"까놓고 생각해봐요, 데커. 보거트는 당신 때문에 날 데려온 거예요."

"왜 그가 그런 결정을 했겠어요? 당신은 대브니가 그토록 빨리 기밀을 팔 사람을 찾아냈다는 점에 착안해서 그가 오랜 세월 동안 스파이 활동을 해왔으리라는 걸 추정해냈어요. 설령 그런 게 아니라고 해도, 나는 그런 생각조차 못 했어요. 로스나 토드도 그런 생각은 못 했죠."

"내가 제대로 뭘 보여준 적이 없다고 말하지는 않았어요."

"당신은 그 이상을 해내고 있어요, 알렉스. 자, 당신이 떠나고 싶다면, 다른 일을 하고 싶다면, 좋아요. 하지만 그게 아니라면, 당신이 이 사건에서 배제될지도 모른다는 생각 때문이라면, 당신이 별 볼 일 없다고 생각해서라면, 그러지 마요."

그녀가 그를 희망적인 눈빛으로 바라보았다. "정말 그렇게 생각해요? 그냥 나 기분 좋아지라고 하는 말 아니죠?"

"내가 그런 말을 할 수 있는 사람이 아니란 건, 누구보다 잘 알잖아요."

"난 사람을 죽였어요." 그녀의 얼굴이 어두워졌다. "다시 그런 일을 할 수 있을지 모르겠어요."

"이 일은, 사람들과 함께 총격전에 뛰어드는 사람을 필요로 하지 않아요. 알바레스는 FBI 일과는 관계가 없어요. 그때가 당신이 무기를 꺼내야 하는 처음이자 유일한 순간일 거예요."

"당신과 함께 어울리지 않는다면, 분명 그렇겠죠?"

"그 일에서 신경 꺼요. 다행히 우리에겐 해결해야 할 무척이나 복잡한 사건이 있잖아요."

"아, 멜빈에게 전화해서 이리로 오라고 하고 싶지 않아요? 멜빈도 이 사건에 좋은 아이디어를 좀 냈잖아요."

데커는 꽤 오랜 시간 머뭇댔다. 그녀가 그를 미심쩍은 눈길로 살펴보았다. "왜 그러는데요?"

"아니에요."

"말해봐요."

"아무것도 아니에요."

"데커, 당신 거짓말 진짜 못 하잖아요."

"멜빈을 더 자게 놔두는 게 좋을 거라고 생각한 것뿐이에요."

"왜요?"

"몰라요. 그냥요."

"데커!"

"멜빈은 긴 밤을 보냈어요."

"무슨 소리죠? 그는 어제 우리랑 똑같은 시간에 숙소로 갔는……." 그녀가 말을 멈추고, 눈을 둥그렇게 뜨고 그를 쳐다보았다. "이런 젠장. 내게 뭔가 말하지 않은 게 아니라고 말해줄래요?"

"알렉스, 그 질문에 뭐라고 입을 떼야 할지 모르겠다고요."

"간단하게 한 가지만 물어볼게요. 멜빈이 하퍼 브라운이랑 잤어요?" 그녀의 목소리가 커졌다. 주변 식탁에 앉은 사람들의 시선이 두 사람에게로 향했다.

"왜 그렇게 생각하는데요?"

"왜 그렇게 생각하느냐고요? 하하, 그 여자가 그 이상 그럴 수 없을 만큼 멜빈을 원하는데."

"그럴 수 없을 만큼요?"

"오, 자자, 아무것도 놓치지 않는 아저씨, 당신은 가끔 정말로 뭘 못 본다니까요."

데커는 긴장해서 주위를 둘러보고는, 그녀에게 시선을 다시 맞췄다. "그들 일은 우리가 상관할 바가 아니에요."

"당장 나한테 몽땅 다 털어놔요."

"왜요?"

"그래야 기술적으로 내가 멜빈을 위해 움직이죠."

"그래서요?"

"데커, 맹세하지만, 내게 말해주지 않는다면, 난 여기서 지금 당장 진상을 피울 거예요."

데커가 자세를 바로 했다. "좋아요, 좋아요, 알았어요. 둘이…… 둘이…… 멜빈이 묵고 있는 호텔에서 함께 시간을 보냈어요."

"그리고 당신은 그걸 어떻게 알았어요?"

"어젯밤에 멜빈이 묵는 호텔에 갔어요. 음, 정확히 말해서 오늘 새벽이죠. 당신이 자고 있을 때요. 그 친구한테 전화를 걸었는데 안 받아서요."

그녀가 그를 믿지 못하겠다는 눈으로 쳐다보았다. "오, 정말요? 그리고 뭐, 당신이 **걱정을 했다고요?**"

"맞아요. 나도 걱정할 수 있어요."

"그러고는요?"

"브라운이 호텔에서 나오는 걸 봤죠. 난 그녀가 집으로 가는 걸 뒤따라갔고, 우린…… 이야기를 했죠."

"두 사람이 뭘 했는지 당신이 이야기를 했다고요?"

"아뇨, 그러니까, 실제론 그렇진 않아요. 난 그냥 운만 띄웠고, 자세하게 듣고 싶진 않았어요." 그가 횡설수설했다. "두 사람은 성인 이니까요. 그들이 원하는 걸 할 수 있죠."

"그들은 불과 몇 시간 전에 처음 알았다고요!"

"알렉스, 그래서 내가 무슨 말을 하길 바라는 거예요?"

"브라운은 뭐라고 **해요**?"

"두 사람이 그냥 서로에게 끌렸다고 하던데요. 그리고 그렇게 됐다고…… 그러니까, 잤다고요." 그가 겸연쩍어하며 말을 덧붙였다.

"그 여잔 보통 누군가와 만나자마자 침대에 뛰어드나 보죠?"

"그건 아니라고 하던데요."

"그리고 당신은 그 말을 믿고요?"

"거기에 대해서는 그녀를 추궁하지 않았어요, 이제 좀……." 그가 열심히 말했다.

"그 여자는 DIA에서 일해요. 그들은 이런 종류의 일에 대한 규정은 없답니까?"

"몰라요. 그리고 이제 그만 말하고 싶어요."

"멜빈은 당신 친구예요. 그가 상처받을까 봐 걱정이 되지도 않아요?"

"네, 사실 걱정이 돼요. 그래서 브라운에게 그렇게 말했어요."

"그랬더니 뭐래요?"

"자기도 멜빈을 상처 줄 생각은 없대요. 어쩌면 둘이 좋은 관계를 맺을지도 몰라요."

"오, 생각 좀 해요, 그 여자는 멜빈을 차버릴 거라고요."

"그건 모르는 일이죠."

"아니, 알아요. 당신은 정말 그 관계가 지속될 거라고 생각해요?"

"안 될 건 또 뭐예요? 그리고 어쩌면 멜빈도 그냥 한번 자고 싶었을 뿐인지도 모르잖아요."

"멜빈은 달라요."

"어쩌면 그 역시 그럴지도 몰라요. 그리고 그 친구는 자기 일을 스스로 결정할 수 있는 어른이라고요."

"그래서 당신은 아무 조치도 안 취할 거고요?"

데커는 놀란 눈으로 그녀를 쳐다보았다. "정확히 내가 뭘 하길 바라는 거예요? 두 사람에게 가서 서로 만나지 말라고 말해요? 이런, 알렉스. 자신이 무슨 말을 하는지 생각해봐요. 이제 조금 있으면 우리가 중학생으로 돌아간 것처럼 서로 필기 노트를 돌려보자고 하겠군요."

재미슨이 의자에 몸을 푹 묻고는 시선을 아래로 내렸다. "몽땅 다 잘못됐어요."

"이봐요, 당신이 브라운을 못마땅하게 생각한다는 건 알아요."

"그리고 그 여잔 우리에게 계속 **거짓말하고** 있는데, 당신이 그러지 않는다는 게 난 놀라워요."

"그건 그 사람 직업이에요."

"오, 훌륭하기도 하셔라, 그래서 이제 그 여자를 감싸는 건가요? 또!"

"난 아무도 감싸지 않아요. 사실을 말하고 있을 뿐이에요."

"그 사실들이 지금 무슨 소용이 있죠?" 그녀가 말을 끊었다.

양복 차림에 펠트 모자를 쓰고, 옆 테이블에 앉아 있던 노신사가 나가다가 그들에게 다가왔다.

"사랑하는 아내와 나도 지금 당신들처럼 싸우곤 했다오. 모든 부부는 좋았다가 나빴다가 하죠. 하지만 걱정 마요, 당신들 두 사람은 잘 헤쳐 나갈 테니까."

"멋지군요. 이제 우리가 오래 산 부부처럼 보이나 봐요!" 재미슨이 믿을 수 없다는 듯이 소리쳤다.

데커가 벌떡 일어났다. "계산하러 갈게요."

0 050

데커와 재미슨은 레스토랑에서 나와 길을 따라 차를 몰고 가는 동안 아무 말도 하지 않았다.

5분 후, 재미슨이 마침내 입을 열었다. "당신이 무슨 생각을 하는지 모르겠어요, 데커. 우리, 어디로 가고 있는 건가요? 그냥 정처 없이 가는 건 아니죠?"

데커가 말했다. "미안해요, 버크셔 집으로 갑시다. 다시 한 번 가 보고 싶어요."

그 드라이브는 40분이 걸렸다. 경비원이 그들을 아파트 안으로 들이고 나서 다시 로비로 돌아갔다.

전에 이 집에 와본 적이 없던 재미슨은 눈이 휘둥그레져서 집을 둘러보았다. "와, 스파이들 돈 많이 버나 봐요."

"음, 보통 평범한 스파이들은 안 그렇죠. 특히 참호에 있는 사람들은 더더구나 그렇죠."

"음, 이 여자는 분명 그런 흐름에 역행하고 있죠."

"이 여자는 엄청난 주식과 채권 포트폴리오에 멋진 차도 가지고 있었어요. 하지만 뭘 위해서였을까요? 이 집을 좀 봐요. **그녀는** 아무것도 하지 않았어요. 건물 관리인에게 확인해봤는데, 여기 있는 모든 가구, 사실상 여기 있는 거 전부 다 그녀가 이 집을 살 때 전 주인이 같이 넘긴 거랍니다. 주인은 가구까지 넘기려고 했던 건 아닌데 그녀가 거절할 수 없는 제안을 했다더군요."

"왜 그랬을까요?"

"좋은 질문이에요. 대답까지 가지고 있다면 정말 너무 좋을 텐데 말이죠."

"우리는 돈을 따라가 봐야 할 것 같네요." 재미슨이 말했다.

"뭐라고요?"

"이 모든 걸 살 돈이 어디서 나왔을까요?"

"보거트가 알아봤지만 아무것도 안 나왔어요. 어느 시점부터 기록이 딱 끊겼더래요. 그 이상의 과거를 추적할 수가 없었다고, 그러더군요."

"대브니가 버크셔에게서 돈을 받지 않은 건 확실한가요?"

"지난해 버크셔의 포트폴리오에서 팔린 건 아무것도 없어요."

"좋아요."

데커는 잠시 곰곰이 생각하는 듯 보였다. "하지만 그것도 한 가지 길일 수 있죠."

"뭘 말하는 거죠?"

"버크셔가 대브니에게 줄 돈을 가까스로 만들어냈다고 하면 어떨까요?"

"하지만 그녀의 포트폴리오에서는 나간 돈이 없다면서요."

"돈을 **확보하는** 데 꼭 그녀의 포트폴리오만 이용하라는 법은 없

않아요?"

"그러니까, 다른 자산을 담보로 대출을 받는다든지?"

"맞아요."

"그럼 누가 그녀에게 그 많은 돈을 빌려줬을까요?"

"그건 모르죠."

"그럼 그 돈으로 도박 빚을 변제할 거라는 걸 알았다면, 그 돈을 다시는 돌려받지 못할 거란 것도 알았을 텐데요. 그러니까 자기 돈이 전부 빚을 갚는 데 들어갈 테니까요."

"하지만 만약 그녀가 그 돈이 도박 빚을 변제하는 데 쓰일 거라는 걸 몰랐다면요? 어쩌면 그녀는 다른 용도라고 생각했을 수도 있어요."

"이를테면요?"

"적법한 사업 자금 같은 거요. 그녀는 돈을 이자와 함께 돌려받을 수 있는 단기 대출이라고 생각했을 수도 있어요."

"하지만 우린 그녀가 월터 대브니를 알고 있는지조차 아직 밝히지 못했어요. 왜 그녀가 그에게 1천만 달러를 대출해줬을까요?"

"그녀는 그를 알았어요, **분명히**. 아니면 그를 아는 누군가를 알았든지요. 그리고 그가 빌려준 돈을 갚을 능력이 있다는 점을 보증했겠죠."

"음, 그래 보이진 않는데요, 데커. 무려 1천만 달러라고요!"

"하지만 버크셔가 왜 돈에 신경을 썼을까요? 이런 집에, 사용하지도 않을 차까지 가지고 있는데. 그녀는 돈에는 관심 없었어요. 죽었을 때 입고 있던 옷은 할인 매장에서 산 거였어요. 옷장은 거의 비어 있죠. 장신구도 없고, 고급 핸드백 같은 것도 없고요. 이 집에 들여놓을 만한 물건도 안 샀고요. 고물 혼다를 끌고 돌아다녔죠. 그리고 계좌에 수백만 달러를 그냥 쌓아뒀죠. 왜 그랬을까요?"

재미슨이 고개를 끄덕였다. "이런 기회를 위해서요."

데커가 고개를 기울였다. "설명해봐요."

"어쩌면 그건 단순한 대출이 아니었을 거예요, 데커. 그러니까 대브니는 계속 스파이 활동을 한 게 아니에요. 그리고 만약 **버크셔가** 여전히 스파이 활동을 하고 있었다면, 그 돈은 대브니를 자기 손아귀에 넣을 수단이 되었을 거예요. 그들은 대브니가 뭘 해서 먹고사는지 알았어요. 그가 온갖 가치 있는 계약들을 체결했고, 그와 함께 일하는 정부 기관들에 접근할 수 있다는 사실도 알았죠. 젠장, 그 '대출금'은 러시아에서 온 걸지도 몰라요. 여기서 중요한 건, 그럼 그녀가 도박 빚에 대해서도 **알았을** 거란 거예요. 그러니까 러시아인들이 대브니의 사위에게 빚을 지운 당사자들일지도 몰라요. 그러고 나서 버크셔가 그를 궁지에서 벗어나게 해주고, 대브니는 그녀의 스파이가 되었고, 사고팔고."

데커가 이 관점을 곰곰이 생각했다. "그럼 대브니가 버크셔를 찾아내고 그녀에게 접촉한 건 아니란 거네요."

"버크셔가 대브니를 찾아내고, 그를 도운 거죠. 나중에 자기를 위해 스파이 짓을 하도록 협박하려고요."

"그는 그녀가 그러지 못할 거란 걸 알았죠. 자신이 죽어가는 걸 알았으니까. 그래서 그녀의 스파이가 되지 않았던 거죠."

"그래서 그녀를 죽이고, 자살한 거예요. 그게 이야기의 결말인 거죠."

"말이 되네요, 알렉스. 하지만 우린 여전히 월터 대브니와 앤 버크셔 간의 접점을 못 찾았어요. 아직은, 그렇게 끼워 맞출 수는 없어요."

"우린 절대 못 끼워 맞출걸요." 그녀가 대답했다. "그들이 엄청나게 잘 숨겼을 테니까요. 아니면 중개인을 이용했든가."

"누구 염두에 둔 사람 있어요?"

"그가 모든 걸 털어놓은 사람은 어때요? 제일 먼저 문제가 생긴 사람 말이에요. 그러고 나서 그와 함께 그의 사형선고를 받아내려 텍사스로 간 사람."

"내털리?"

"내털리요."

"하지만 왜 그녀가 이 일에 엮였을까요? 그녀의 남편은 도박꾼이었어요. 그녀는 그의 도박 빚을 변제할 돈만 얻어내면 됐고요."

데커는 더 이상 말하지 않았다. 그의 표정이 멍해졌다.

"데커, 내가 말했잖아요……."

"듣고 있어요. 우리가 무슨 말을 했는지 알고 있다고요. 하지만 지금 당장은, 나도 내가 들은 걸 믿을 수가 없군요."

"왜 못 믿는데요?"

"내 나름의 추론이 있으니까요. 사실 그중 1천만 달러이지만요."

그가 모호한 표현을 썼다.

그가 전화기를 꺼내 대브니의 집에 전화를 걸었다.

가정부 세실리아 랜들이 전화를 받았다.

데커는 내털리를 바꿔달라고 요청했다.

"공항으로 가고 있는데요." 랜들이 대답했다.

"공항에요? 왜요?"

"프랑스로 돌아가거든요. 장례식이 끝나고 돌아간다고 하더라고요."

"몇 시 비행기입니까?"

"5시 30분 비행기였던 것 같은데요. 에어프랑스요."

데커가 시계를 보았다. "감사합니다."

그가 전화를 끊더니 재미슨을 바라보았다. "그녀가 도주하려는 것 같아요."

0 051

내털리 본필은 샤를 드골 공항행 에어프랑스에 탑승하려고 여권과 항공권을 제시했다. 전체 2층으로 이루어진 총 500명의 승객을 태우는 A380은 애틀랜타 해역을 건너 프랑스의 수도로 갈 예정이었다. 출발하고 총 7시간 30분이 걸리는 여정이었다.

그러나 그녀는 비행기 승강구에 올라타지 못했다.

양복을 입은 두 남자가 FBI 신분증을 제시하고는 그녀를 막아섰기 때문이다.

"무슨 일이죠?" 그녀가 따져 물었다.

"이쪽으로 오시죠, 본필 부인."

"난 오늘 밤 파리에 가야 해요. 내 짐도 이미 이 비행기에 다 실렸다고요."

"저희가 이미 내렸습니다."

"어떻게 감히." 그녀가 쏘아붙였다. "도대체 무슨 일이에요?"

"이쪽으로 오시죠. 소란을 피우고 싶진 않습니다."

내털리가 주변을 둘러보았다. 승객들이 놀라서 자신을 쳐다보고 있었다. 그녀는 휙 돌아서서 승강구를 내려갔다.

데커와 재미슨, 보거트가 그 자리에 서 있었다. 그들을 본 그녀의 얼굴이 구겨졌다.

"어떻게 내게 이럴 수가 있죠?" 그녀가 소리를 질렀다.

보거트가 앞으로 나섰다. "부인과 대화를 나눠야겠습니다. 지금 당장 말입니다."

"알고 있는 건 전부 다 말했잖아요."

"그리고 저희가 이곳을 떠나지 말라는 말씀도 드렸죠." 보거트가 응수했다.

"아직까지도 왜 못 가게 하는지 모르겠군요. 아빠 **장례도** 치렀잖아요."

"그것과는 관계가 없습니다. 제가 이제 됐다고 확실히 말할 때까지 출국 금지령은 유효합니다."

그녀가 데커에게로 몸을 돌렸다. "이거 당신 짓이지!"

"따로 이야기를 나눌 수 있는 공간을 마련해뒀습니다." 데커가 말했다.

그들은 그녀를 에스컬레이터로 이끌고 층을 내려가 수화물 찾는 곳 건너편에 있는 사무실로 데리고 들어갔다. 밀리건과 브라운이 이미 와 있었다.

"고마워요, 데커." 그들이 내털리를 데리고 들어가자 브라운이 말했다.

"이쪽으로 앉으시죠, 본필 부인." 보거트가 말했다.

내털리가 자리에 앉아서, 팔짱을 끼고, 화가 난 눈길로 한 사람씩 쏘아보았다. "변호사를 불러야 할까요?" 그녀가 쏘아붙였다.

"모르겠습니다." 보거트가 말했다. "필요할 것 같습니까?"

"FBI가 비행기에서 끌어내리면, 당신도 그래야 할 것 같단 생각이 들지 않겠어요? 아무리 잘못한 것이 없어도 말이죠."

"저희는 부인을 체포한 게 아닙니다. 그래서 미란다 원칙도 고지하지 않은 거고요. 그러니 저희가 부인에게 질문하는 동안 변호사와 동석할 권리도 없지요. 하지만 변호사를 부르신다면, 우리 질문에 대답을 거부하실 수 있습니다."

"그 빌어먹을 질문, 어디 한번 해봐요. 아직 비행기를 탈 수 있을지도 모르니까."

"그럴 일은 없을 겁니다." 보거트가 단호하게 대답했다. "이제 질문을 해볼까요."

그녀가 얼굴을 찌푸리며 그를 쳐다보았다.

데커가 질문을 시작했고, 보거트가 그런 그를 바라보았다. "왜 프랑스로 그렇게 급하게 돌아가려고 하신 겁니까? 남편분과 이혼 수속 중이라고 말씀하신 것 같은데요."

"그래요. 하지만 **우리 애가** 그 사람과 같이 거기에 있거든요. 애를 데리러 가야 해요."

"딸을 이리로 데려오면 될 텐데요?" 데커가 물었다.

"아직 결정 못 했어요. 지금 좀 어중간한 상태거든요. 엄마랑 살 것 같지만, 뭐 당분간만이라도요. 그런데 나를 비행기에서 끌어낸 것과 그것이 무슨 상관이 있다고 그러는 거죠?"

"도박 빚 말입니다."

그녀의 표정이 허물어졌다. "젠장, 장난해요? 거기에 대해 알고 있는 건 몽땅 말했잖아요."

"지금 그 말씀에 대해서 한 번 더 생각할 시간을 드릴까요?"

그녀가 긴장한 기색으로 테이블 주위를 둘러보았다. "**그게 무슨 말이죠?**"

보거트가 말했다. "그냥 여기 있는 제 동료의 생각이에요." 그가 데커를 가리켰다. "우리는 프랑스 당국과 이야기를 했습니다. 프랑스 쪽에서 저희의 요청에 따라 이 문제에 대해 남편분과 이미 면담을 했어요. 우리는 즉시 남편분과 다시 면담을 해달라고 당국에 요청했습니다. 그들은 그렇게 했고, 면담 결과를 우리에게 전달해주었습니다."

그가 노트북컴퓨터를 꺼냈다.

데커가 말했다. "그래서, 이걸 고려해서 지금 한 대답에 대해 다시 생각할 시간이 필요할까 해서요."

내털리가 바짝 얼어서 노트북컴퓨터를 쳐다보았다. "왜, 코벳이 뭐라고 했는데요?"

보거트가 말했다. "남편분은 사실대로 이야기했습니다. 사실을 이야기하지 않으면 감옥에 갈 수도 있고, 딸의 양육권을 잃게 될 수도 있다는 사실을 고지했거든요."

내털리의 얼굴이 하얗게 질렸다. 하지만 아무 말도 하지 않았다.

보거트가 말을 계속했다. "남편분이 프랑스 경찰에 말한 바로는, 도박 빚은 그분이 진 게 아니라더군요. **당신이 진 거라더군요.**"

"개소리예요. 그 사람이 거짓말하고 있는 거라고요! 난 복권 한 장 사본 적이 없다고요."

보거트가 노트북컴퓨터 자판을 몇 번 두드리고는, 컴퓨터를 돌려서 그녀에게 밀어주었다.

"파리에 있는 한 카지노 CCTV 영상입니다. 안타깝군요."

그녀는 화면을 쳐다보려는 시도조차 하지 않았다. 데커가 노트북컴퓨터에 손을 뻗어 명령어를 입력했다. 화면이 움직이기 시작했다. 카지노 계단을 비추고 있었다.

보거트가 화면 한 부분을 가리켰다. "당신 모습이로군요. 여기 바카라 테이블에요."

내털리가 고개를 들었다. 분노로 얼굴이 흙빛으로 변했다.

보거트가 말했다. "우린 또한 부인이 파리에 있는 다른 카지노 두 군데, 액스레뱅 한 곳, 칸 한 곳, 니스 두 곳에 있는 영상도 확보했습니다. 10개월 정도 분량이죠."

브라운이 데커를 보고 말했다. "우리가 저걸 놓쳤군요. 코벳의 문제인 줄 알았는데. 우리 자료는 확실한 것 같아 보였는데."

보거트가 말했다. "당신 남편은 좋은 남자 같더군요. 우리가 생각하는 것보다 훨씬이요. 아내와 아내가 진 도박 빚을 갚기 위해서라면 섶을 지고 불 속에 뛰어들 남자던데요."

"당신 따위가 나에 대해 뭘 안다고!" 내털리가 소리를 질렀다.

데커가 앞으로 몸을 숙였다. "당신이 남은 생을 어디에서 보내야 할지는 알고 있죠."

내털리는 이제 비명을 질러대고 있었다. "뭐라고? 프랑스에서 도박은 불법이 아니야!"

"아니죠. 하지만 스파이 공모 혐의는 불법이죠." 브라운이 끼어들었다.

"난 거기에 대해서는 아무것도 몰라."

보거트가 말했다. "우리가 다른 걸 증명해 보일 수 있을 것 같군요. 그리고 당신이 한 일을 배심원이 알게 된다면, 그들이 당신에게 동정심을 품을 거라고 생각합니까? 그들은 도박을 끊지 못해서, 거짓말을 해대고 자기 딸까지 위험에 빠뜨린 타락한 부잣집 딸을 보게 될 겁니다. 게다가 그 딸은 이 혼란에서 벗어나기 위해 말기 암 환자인 가엾은 아버지까지 이 일에 끌어들이고, 아버지가 평생 쌓아온 모든 것을 대가로 치르게 했죠. 그리고 결국 자살하게끔 몰아갔어요. 사형 선고를 받지나 않으면 다행일 겁니다."

내털리의 눈이 휘둥그레졌다. 잠시 그를 응시하던 눈에서 눈물이 쏟아지기 시작했다.

데커가 동정심 한 조각 없이 그녀를 쳐다보았다. "눈물 바람은 이미 다 끝났는 줄 알았는데요. 시간 낭비하게 하지 마시죠. 우린 대답을 원합니다. 어쩌면, 정말 어쩌면, 거래를 할 수도 있겠죠."

내털리가 즉시 울음을 멈추고 그를 올려다보았다. "알고 싶은 게 뭐죠?"

"어떻게 그렇게 짧은 시간에 도박 빚을 1천만 달러나 진 겁니까?"

"운이 나빴어요."

"아뇨, 운의 문제가 아녜요." 데커가 노트북을 끌어당겼다. "우리는 프랑스 경시청에 이 사건을 확인해달라고 요청했어요. 실제 현금을 가지고 있지 않은 당신 같은 사람이 그런 구덩이 속에 파고들어 갈 만큼 도박을 할 기회가 있었다는 점이 수상했거든요. 당신은 대형 도박사가 아녜요. 당신은 이 카지노에서 한 판에 수십만 달러를 거는 큰손들이 있는 개인실로 들어간 적도 없고요. 대부분의 카지노는 당신이 1천만 달러를 걸기 훨씬도 전에 당신이 도박판에 앉을 수 없게 했을 겁니다. 누군가 도박 빚이 크게 쌓인다면, 카지노에서는 이미 그 사람의 개인적인 재정 상태를 알고 있다는 이야기입니다. 그들은 멍청이가 아녜요. 돈을 버는 사업을 하고 있는 거라고요. 손실은 없죠. 그들 사무실에는 개인 신용에 관한 파일들이 쌓여 있고, 그들은 그 큰 손실을 만회할 지불 보증 방식에 대한 방법도 가지고 있죠. 당신은 그렇지 않고, 그들 역시 당신이 빚을 변제할 능력이 없다는 걸 알았을 겁니다. 이게 사실이라는 걸 장담하죠. 직접 들은 적이 있으니까요." 그는 브라운을 힐끗 곁눈질했다. "하지만 우린 그 결론에 의문을 품었어요. 이해가 안 됐거든요. 이해가 안 되는 결론은 대개 무척 잘못된 것이죠."

데커는 자세를 바로 하고 내털리를 보았다. "프랑스 경찰은 아직 거기에 대한 답을 주지는 않았어요. 하지만 곧 대답이 도착할 겁니다. 그들이 뭘 찾아낼지 알고 싶은가요?"

내털리는 아무 말도 하지 않았다.

"내 생각엔 당신이 도박 빚을 지고 있었던 사실을 찾아낼 것 같아요. 어쩌면 1천만 달러를요. 당신을 나락으로 떨어뜨리기에 충분하고, 겁에 질리게 하기에 충분한 액수죠. 하지만 그 액수가 다가 아니죠."

브라운이 말했다. "하지만 데커, 한 계좌에서 다른 계좌로 1천만 달러가 이동했잖아요."

데커가 손을 들어 올리고는 내털리에게 시선을 돌렸다. "누군가가 접근했죠? 그 사람은 내내 당신을 지켜보고 있었을 겁니다. 당신 아버지 때문에요. 그리고 그 사람이 당신과 거래를 했겠죠. 그건 당신의 유일한 탈출구였어요. 그래서 난 당신이 몇몇 나쁜 놈들에게 그 도박 빚을 변제할 돈을 빌렸을 거라고 생각합니다. 그리고 그들은 그 빚을 갚지 못하면 당신과 당신 가족을 해쳤겠죠."

내털리의 얼굴이 완전히 새하얘졌다.

보거트가 데커의 말을 받았다. "그 사람은 당신이 대가로 뭔가를 해준다면, 그 빚에는 신경 쓰지 않는다고 했을 겁니다. 당신은 아버지에게 연락해서, 당신의 프랑스 남편이 수백만 달러 단위의 도박 빚을 졌고, 그걸 갚지 못하면 당신과 가족의 목숨이 위태롭다는, 이 일련의 이야기를 하기로 했죠. 하지만 1천만 달러는 아니었겠죠. 그래서 그가 어떤 선택을 했을까요? 어디서 그만한 돈을 단시간에 끌어올 수 있었을까요? 집을 팔거나 자산을 매각하는 건 하루이틀 사이에 할 수 있는 일이 아니었겠죠. 그럼 실제로 할 수 있는 방법은 하나뿐이죠. 그들은 미끼를 던졌고, 당신 아버지는 그걸 받아들이는 것 외에 선택의 여지가 없었죠."

"자, 이제 여기에 반박하고 우리가 납득할 수 있는 다른 시나리오를 제시하고 싶다면, 얼마든지 좋습니다." 데커는 팔짱을 끼고, 의자에 등을 기대고는 기대에 찬 눈으로 그녀를 바라보았다.

잠시의 침묵을 깨고 내털리가 짜증스럽게 말했다. "그래서 무슨 거래를 할 수 있죠, 내가?"

0 052

"내가 망쳤네요." 브라운이 말했다.

브라운과 데커, 재미슨은 FBI 빌딩 회의실에 앉아 있었다.

보거트와 밀리건, 법무부에서 온 변호사가 건물 내 다른 회의실에서 내털리와 함께 앉아, 이 사건에 대한 협조에 따른 거래 예비조서를 작성 중이었다.

여자는 댈러스 공항으로 떠나면서 눈물을 쏟아냈다. 데커조차이때의 눈물은 진짜였다고 말하는 눈물이었다.

"우리 시나리오는 완전히 엉망이었군요. 딸이 아버지를 끼워 넣은 거였네요." 브라운이 말했다. "그건 생각조차 못 했는데 말이죠. 어떻게 알아낸 거죠?"

"알렉스가 그 가능성을 떠올리게 해줬죠. 앤 버크셔가 월터 대브니를 자기 손아귀에 넣으려고 한 게 아닐까, 하고 말했거든요. 거기에다 내털리 같은 사람이 수백만 달러의 도박 빚을 질 수가 없어요. 진즉 카지노에서 쫓겨났을 테니까요."

브라운이 다시 한 번 대단하다는 눈으로 재미슨을 보았다. "나는 누가 도박꾼인지에 대한 우리 쪽 정보가 진실이라고 여기고 가정을 했었어요."

재미슨이 말했다. "에이머스와 전 우리가 진실이라고 확인할 때까지는 아무것도 믿지 않거든요. 그게 힘들죠." 그녀가 말을 마치고 데커를 쏘아보았지만, 데커는 멍하니 자기 생각에 빠져 있었다.

브라운이 말했다. "내털리가 자기에게 접근했던 남자에 대해 묘사했잖아요. 러시아 사람 같은 발음이었다고요. 그가 그녀의 빚을 변제할 거래를 제안했고요. 그녀가 정말로 자기 아빠에게 달려가고 싶진 않았겠죠. 빚은 30만 달러 정도였다고 했는데, 그녀의 아버진 그 정도는 변제할 능력이 충분했죠. 하지만 그러려면 그 빚이 무엇 때문인지 설명했어야 했겠죠. 그녀는 물론 그러고 싶지 않았을 거고요. 그래서 갚지 않으면 자신과 가족을 해칠 나쁜 놈들에게서 돈을 빌린 거군요."

재미슨이 말했다. "그래서 그녀는 자기 아빠를 끼워 넣었고요."

브라운이 말했다. "그러고는, 자기는 아빠가 기밀을 빼돌린 건 전혀 모른다고 했어요."

"어떻게 모를 수가 있죠?" 재미슨이 쏘아붙였다. "대브니가 1천만 달러를 어디서 끌어왔겠어요?"

브라운이 말했다. "그는 집을 담보로 대출을 받고, 은퇴 자산을 정리하고, 가지고 있는 주식과 채권을 다 팔았을 수도 있어요. 하지만 그가 기밀을 빼돌리는 대신 이런 일을 했다면 가족들이 어떻게 반응했을까요?"

데커가 끼어들었다. "그들은 그럴 수 있는 기회가 있었어요. 그리고 만약 그렇게 했다면, 기밀을 파는 일은 전적으로 일어나지 않왔겠죠. 그는 은퇴 자금이 한 푼도 없게 되었겠죠. 그래서 어느 쪽을 택하든, 그들이 이기게 되는 거죠. 이런 사람들은 엄청난 인내심을 가지고 일을 진행하는 것 같아요. 길게 보는 거죠. 그리고 그가 먼저 기밀을 파는 길로 갔으니, 거기에 대해선 걱정할 필요도 없었죠."

"이 러시아 놈을 어떻게 추적하죠?" 재미슨이 물었다. "이 사건에선 그가 우리를 계속 앞서 나가고 있잖아요."

데커가 말했다. "그의 외모와 내털리에게 말해준 이름이 있잖아요. 물론 진짜 이름은 아니겠지만요. 그들은 국내외의 모든 기관들에 그 정보를 돌리고 있어요. 어쩌면 뭔가가 튀어나올지도 모르죠." 그가 브라운에게 시선을 돌렸다. "돈을 추적할 수 없었다고 했죠?"

"이제 도박 빚이 1천만 달러가 아닌 걸 알았으니, 다른 관점에서 시도해볼 수 있을 거예요. 하지만 너무 기대는 말아요."

"왜요?" 재미슨이 말했다.

"무엇보다 디지털 시대잖아요. 국제적으로 돈을 이동시키는 건 훨씬 더 쉬워졌고, 추적하는 건 훨씬 더 어려워졌죠. 내 생각에, 내털리에게 거래를 제안한 자가 누구든 그녀의 빚을 갚아줬을 거예요. 대브니가 훔친 기밀의 대가인 1천만 달러는 아마 허위 거래일 거예요. 돈이 넘어갔다는 건 알고 있지만, 우린 어디로 갔는지는 놓쳤어요. 한 계좌에서 돈이 나와서 다른 계좌로 흘러가기 전에 세계 각지를 거칠 수 있는 거예요. 그리고 대브니에게 돈이 보내기로 한 곳에 보내졌다는 증거는 따로 필요 없었겠죠. 내털리와 가족들이 살아 있다는 걸로 증명되는 거니까요."

재미슨이 고개를 끄덕였다. 목소리에서 실망감이 묻어났다. "그렇겠네요."

"그리고 내털리가 지금 말한 게 사실이라면, 더 이상 우리를 도울 만한 정보가 나오긴 힘들어 보이네요."

"그녀의 거래 조건은 뭔가요?" 재미슨이 브라운에게 물었다.

그녀가 어깨를 으쓱했다. "아버지가 뭘 하려고 했었는지 그녀가 몰랐다는 걸 믿어준다면, 관대한 형량이 나올 거예요. 부모에게 도박 빚을 갚아달라고 매달리는 건 범죄가 아니니까요. 그리고 그녀가 사는 곳에서 도박은 합법이에요. 당신이 스파이 행위와 관련된 증거를 하나라도 제시한다 해도, 그녀는 감옥에 가지 않을 거예요."

"한 일에 비해 심하게 공평하네요."

"그녀는 이 사건으로 아버지를 잃었어요." 브라운이 말했다. "남은 생애 동안 그걸 짊어지고 살아야 해요. 그게 감방에 앉아 있는 것보다 더 큰 벌이겠죠."

데커가 말했다. "그런데 이 사건에서 가장 핵심적인 문제는 아무것도 설명이 안 되네요. 왜 대브니가 버크셔를 죽였고, 또 자살했느냐 하는 문제요. 그들은 내털리가 한 일과 관련이 있어야만 해요. 하지만 **어떻게** 두 사람이 관계를 맺게 되었을까요? 거기에 대한 답을 못 찾으면, 아무것도 모르는 거예요. 그리고 빌어먹을, 그래서 요점이 뭐죠?"

그가 일어나서 회의실을 나갔다.

"욕을 했네요." 브라운이 말했다.

재미슨이 여자에게 눈을 흘겼다. "저 사람은 욕하는 걸 좋아하지 않아요. 진실을 찾으러 나가는 걸 좋아하지." 그녀가 말을 잠시 멈췄다. "당신은 어때요?"

"뭐가요?"

"진실보다 욕하는 게 좋아요?"

브라운이 차갑게 그녀를 쳐다보았다. "지난밤 나와 멜빈 사이에 있었던 일을 데커가 당신에게 말한 건가요? 그래서 내게 공격적으로 구는 건가요? 그것 때문에 화났어요?"

"네, 데커가 말해줬어요. 그리고 그 일로 화도 난 거 **맞아요**. 하지만 당신들 두 사람은 다 큰 성인이고, 그래서 당신들은 시작했죠. 하지만 지금 그 말을 하는 건 아니에요. 당신이 말한 '도박 빚'의 진실은 젠장, 틀린 거였잖아요. 당신은 경험을 쌓았다고, 잘나가는 요원이 되는 과정이라고 생각하겠죠. 데커는 거기에서 당신을 건져냈어요. 하지만 내가 말하고 싶은 건, 그는 당신의 말에 다시는 기대지 않을 거란 거예요. 이 '모든 것을 기억하는 남자'는 당신 같은 베테랑이 뭔가를, 그게 실제인지 입증조차 하지 않고 진실이라고 믿는 신참자들이나 하는 실수를 저지른 걸 잊지 않을 테니까요. 당신의 아버지가 DIA의 명예의 전당에 올라 있다고 하더군요. 당신 역시 그렇게 되고 싶을지도 모르죠. 자, 내 비루한 소견으로, 당신은 자기 게임을 해야 해요. 하지만 당신은 이 말에 신경을 안 쓸지도 모르죠. 난 당신을 이제 혼자 두고 갈 거고, 그럼 당신은 거기에 대해 생각할 수도 있겠죠. 어쩌면 신경까지 쓸지도 모르죠. 다음에 멜빈을 만나면, 내가 멜빈에게 안부를 물었다고 전해주세요. 하지만 어떤 식으로든 멜빈에게 상처를 입힌다면, 내가 당신 궁둥이를 걷어차 줄 거예요."

신랄한 말을 쏟아낸 후에, 재미슨은 벌떡 일어나 데커를 따라 나갔다.

0 053

데커와 재미슨은 차를 타고 가는 내내 말없이 앉아 있었다. 아파트에 도착했을 때, 그녀가 입을 열었다. "내가 잽싸게 저녁을 할까하는데. 전자레인지 음식 말고, 닭 요리랑 밥이요."

그가 고개를 저었다. "괜찮아요. 배가 안 고파요, 정말로."

"말라깽이가 되고 싶은 건 아니죠?" 그녀가 농담을 했지만, 데커는 이미 거실로 내려가 자기 방으로 들어간 뒤였다.

그는 문을 닫고, 침대에 앉아 인형을 집어 들었다. 내리기 시작한 비가 창문을 리드미컬하게 때렸다. 그는 플라스틱 얼굴을 응시했다. 인형의 큰 두 눈이 깜빡거리지도 않고 그를 마주 보았다.

이제 그 인형을 볼 때마다 몰리의 얼굴이 떠올랐다. 이것이 좋은 상태가 아니라는 건 스스로도 알지만, 그만둘 수가 없었다. 최소한 지금 당장은.

그에게는 딸이 있었다. 성장했다면 무척이나 아름다운 여인이 되었을 뻔한 어여쁜 어린 딸이. 그건 의심의 여지가 없었다. 하지만 그 아이는 그럴 기회를 갖지 못했다. 자기 아빠가 과거에 무심코 했던 말이 자신과 엄마를 죽게 만들 끔찍한 사건으로 발전하리란 사실을 알지 못한 채 무덤 속으로 들어갔다.

그는 인형 머리를 손가락을 톡 한 번 치고는 옆으로 밀어두었다. 그리고 침대에 발을 뻗고 누워 어두운 천장을 응시했다.

이 사건이 영원히 계속될 것만 같은 느낌이 들었다. 아직 조금도 성과가 없었다.

아주 조금도.

많은 방면에서 그들은 오히려 뒤로 물러난 것 같았다.

그는 전에 이 냉혹한 진실을 입에 올렸었다. 월터 대브니가 앤 버크셔를 왜 죽였는지 알아내지 못하는 한, 이 사건은 해결할 수 없었다.

그리고 난 이 사건의 증인이기도 하지. 그런데 여전히 이 사건을 이해할 수가 없어.

그는 침대 머리맡에 앉았다.

좋아, 그는 하나씩 하나씩 사건을 검토해보기로 했다.

사실: 대브니는 속아서 가상의 도박 빚 수백만 달러를 갚기 위해 기밀을 빼돌렸다.

사실: 본인이 인정한 바에 따르면, 내털리가 아버지를 그 계략에 끌어들였다.

가설: 내털리는 아버지의 스파이 행위에 대해서는 몰랐다.

사실: 대브니는 말기 암 환자였다.

사실: 대브니는 버크셔를 쏘았다.

사실: 버크셔의 과거는 수수께끼이고, 우리가 알고 있는 내용은

꾸며낸 것이다.

사실: 버크셔는 오래된 농가 한 채와 고물차 한 대를 가지고 있었다.

사실: 버크셔는 수백만 달러를 가지고 있었다.

사실: 버크셔는 임대 창고에 스파이 장비들로 보이는 것들을 가지고 있었다.

사실: 그녀는 대체 교사였고, 호스피스에서 자원봉사를 했다.

사실: 그녀는 농가에 USB를 감춰두었다.

사실: 누군가가 매복하고 있다가 나를 습격해 그것을 가져갔다.

가설: 대브니는 중요한 국가 안보 감지 플랫폼의 뒷문으로 기밀들을 훔쳐냈다.

마지막 내용을 그는 가설 영역으로 이동시켰다. 이 정보는 브라운이 제공한 것이었고, 이 의문에 대해서도 이전에 브라운이 그에게 주입한 것이기 때문이다. 그는 그것이 확실한 것인지 알지 못했고, 보거트는 그것을 확인할 수 없었다. DIA는 그 누구의 접근도 막아놓았기 때문이다.

그리고 이 모든 사실들이 그를 어디로 데려갔는가?

그는 침대에서 나와 창가로 다가가 창밖을 뚫어져라 응시했다.

그는 눈을 감고 기억 속의 장면을 하나하나 돌려보았다.

종종 이 행위는 그에게 흥미로운 장면을 보여주었다. 그리고 한 조각의 정보가 다른 정보들과 일치하지 않는 곳에서 빨간 불을 켜주었다.

그에게 가야 할 방향을 느끼게 해주는 때도 있었다.

그리고 여전히 어느 때는 빈손으로 나오기도 했다.

기억 속의 장면을 되감으면서 그는 무언가가, 어떤 것이 팍하고 튀어나오기를 간절히 바랐다. 누군가가 했던 말, 아니면 취했던 행동. 뭔가 잘못된 행동. 정말, 뭐든 나오기를.

제발, 뭐든.

제발.

그가 눈을 번쩍 떴다.

버크셔에 대해 그가 가진 생각은, 그녀가 아무 이유 없이 어떤 행동을 취하지는 않는다는 것이었다. 이 생각이 맞다면, 이 방정식의 4분의 1은 풀어낸 것이나 마찬가지였다.

이런!

데커는 그의 방에서 총알같이 튀어나와서 어뢰가 발사되듯 응접실을 질주했다. 그 모습에 재미슨의 눈이 휘둥그레졌다. 그녀가 주방 싱크대 옆에서 시리얼 한 스푼을 문 채로 입을 그대로 떡 벌렸다.

"무슨 일이에요?" 그녀가 큰 소리로 물었다.

"우리, 가봐야 해요."

"어디로요?"

"도미니언 호스피스."

* * *

비는 잦아들었지만 재미슨의 차 와이퍼는 여전히 빠른 속도로 열심히 움직이고 있었다. 양말에 욱여 넣은 멜론같이 조수석에 몸을 끼워 넣고 있는 데커는 안절부절못하고 흥분한 상태였다.

"왜 우리가 그 호스피스에 가는지 말해주지 않을래요?" 재미슨이 물었다.

"버크셔는 왜 거기에서 자원봉사를 했을까요?"

"모르죠. 그럼 대체 교사는 왜 했을까요?"

"그건 학교 바로 길 건너편에 임대 창고가 있었으니까요. 어떤 이유에서 그 물건들을 가까이에 두고 싶었던 거겠죠. 또 그녀가 빌링스 선생한테 했던 말 기억나요? 그녀는 **미국** 교사들과 학생들에 대해 우월감을 느끼는 걸 즐겼어요. 만약 그렇다면, 그 부분은 목록에서 지워도 될 거예요. 이제 호스피스로 가보죠. 그녀가 여전히 스파이 활동을 하고 있었다면, 내 사전에서 이타심이란 단어를 지워야 할 거예요. 이제 왜 호스피스인지 알겠죠?"

그들은 도미니언 호스피스에 도착했다. 면회 시간은 끝났지만, 그들은 출입증을 얻어냈다. 원장인 샐리 파머는 퇴근한 뒤였고, 저녁 시간 관리자인 앨빈 젠킨스라는 남자가 자신의 사무실에서 그들을 맞아주었다.

젠킨스는 키가 작고, 무기력해 보이는 50대 후반의 남성으로, 안경을 끼고, 벗어진 정수리의 주변머리가 희끗희끗 세어가고 있었다. 그들의 질문에 그가 말했다. "앤 버크셔 씨를 직접 본 적은 없지만, 이름은 들어본 적이 있습니다. 전 저녁에 근무를 하는데, 그분은 늘 오전 시간에만 오셨거든요."

"다른 자원봉사자들도 있습니까?" 데커가 물었다.

"그럼요. 몇 안 되지만요. 대부분 연세가 있고 여기 들를 시간이 있는 은퇴자들이죠."

"자원봉사자들 목록을 가지고 있습니까? 이곳 직원들 목록도 필요합니다. 간호사, 행정 직원, 전부요."

그가 컴퓨터로 몸을 돌리고는 자판을 두드렸다. "출력해드릴게요. 하지만 이게 다 왜 필요한 겁니까?"

데커가 대답하기 전에 재미슨이 말했다. "국가 안보와 관련된 일입니다."

젠킨스의 입이 떡 벌어졌다. "오, 이런 세상에. 알겠습니다." 그가 그들에게 출력된 종이를 넘겨주었다.

"전 이제 야간 순찰을 하러 가보겠습니다." 그가 말했다. "필요한 게 있으면, 제 사무실을 편안하게 사용하십시오."

그가 자리를 뜨고 나서, 데커와 재미슨은 인쇄물을 넘겨보기 시작했다.

"우리가 뭘 찾아야 하는 거죠, 데커?"

"뭔가 좀 이상한 거요."

"사람들 나이랑 사진들을 왜 보는지 모르겠네요. 그러니까, 그 여자가 여기에서 뭘 했을까요? 우린 그녀가 있던 시간에 이 사람들이 여기에 있었는지조차 모르잖아요. 그러니까 그녀가 누군가와 이야기하려 했다면, 그 사람들은 여기에 있어야 하잖아요, 안 그래요? 그녀는 단지 환자 몇 사람만 방문했어요. 어쩌면 우리가 젠킨스에게 물어야 할 건 그가 알고 있는지⋯⋯."

"죄수." 데커가 뜬금없이 소리쳤다.

그가 펄떡 일어나서 달려나갔다. 재미슨은 출력물을 든 채로 그대로 앉아서 놀라 눈만 휘둥그레 떴다.

그녀가 의자에 몸을 푹 묻고 잠시 있다가, 일어나서 급히 그를 뒤따라갔다. "정말, 언젠가 내 저 인간을 죽여버릴 거야!"

0 054

데커는 어둠이 깔린 병실 문가에 서서 한 소년을 내려다보고 있었다.

조이 스콧이 침대에 누워 잠들어 있었다.

바깥에서는 비가 추적추적 내리고 있었다.

데커는 눈으로 방을 한 바퀴 훑고는 모든 것을 머릿속에 담았다. 그러고 나서 자신이 여기 왜 왔는지 떠올렸다.

잠시 후 재미슨이 그의 옆에 와서 섰다.

"여기서 뭐……."

재미슨이 조이를 보고 입을 다물었다. 그리고 데커를 올려다보았다.

그가 소리를 낮춰 말했다. "이 애는 백혈병이에요. 악성이죠. 살지 못할 거예요."

재미슨의 입술이 파르르 떨렸다. "몇 살인데요?" 목소리가 갈라져 나왔다.

"열 살. 이름은 조이예요."

재미슨의 시선이 그의 몸 위를 가로지르고 있는 링거 줄들을 보았다. 모니터의 파란 스크린은 아이의 약하디약한 바이털을 표시하고 있었다.

"그런데 왜 여기에 와 있어요?"

"저것 때문에요."

그가 침대 옆으로 가서 선반 위에서 책 하나를 뽑아 들었다. 표지를 내려다보았다.

《해리 포터와 아즈카반의 죄수》.

"안녕하세요?"

몸을 돌리자 조이가 그를 바라보고 있었다.

"안녕, 조이."

"클리블랜드 브라운스 아저씨."

"맞아. 에이머스 데커야."

"여기서 뭐 하세요?"

데커가 그의 어깨를 건너다보고 말했다. "내 친구 알렉스와 같이 널 만나러 왔어, 조이."

그가 문가에 서 있는 재미슨에게로 시선을 돌리고는 조이 쪽으로 고개를 까닥여 보였다. 그녀가 천천히 방 안으로 들어와 침대 가까이에 섰다.

"안녕, 조이."

"안녕하세요, 알렉스 아줌마."

그가 데커의 손을 보았다. "책 읽어주러 오신 거예요? 아직 아침 아닌데."

"그래, 한밤중이지. 널 깨울 생각은 아니었단다. 미안하구나."

"괜찮아요. 가끔 이렇게 깨요."

데커와 재미슨은 아이의 마른 가슴이 오르내리는 모습을 보았다. 조이는 숨쉬기가 버거운 것 같았다.

"도움이 필요하니?" 재미슨이 긴장한 채로 말했다.

조이가 고개를 흔들었다. "아뇨, 가끔 이래요. 좀 있으면 괜찮아져요."

잠시 기다리자 조이의 호흡이 정상으로 돌아왔다.

데커는 침대 옆 의자에 앉아서 책을 들어 올렸다. "앤이 이 책을 읽어줬니?"

"네."

빛 한줄기가 하늘에서 번쩍였다. 뒤따른 천둥소리에 재미슨이 놀라 펄쩍 뛰었다.

"앤이 앞의 책 두 권도 읽어줬니?" 데커가 물었다.

"앞의 책 두 권이요?"

"응, 이건 시리즈의 세 번째 책이란다. 앞에 두 권이 더 있고, 그 다음에 4권이 이어지지. 해리 포터가 어디에서 왔는지, 어떻게 호그와트에 들어갔는지, 어떻게 친구들을 만났는지, 그런 내용이 다 쓰여 있어."

조이의 표정이 어리둥절해졌다. "아뇨. 아줌마가 읽어준 건 그거 한 권뿐이에요."

"여기 이 책을 두고 가니?"

"네, 가끔요. 어떤 때는 가지고 가시기도 하지만요. 하지만 그러고 나서 항상 다시 가져오셨어요. 이제 조금 있으면 다 읽어요. 결말까지 다 알 수 있을 것 같아요." 그가 크게 숨을 들이쉬었다. "그랬으면 좋겠어요."

이 말에 재미슨은 시선을 돌렸다. 그녀의 눈에 눈물이 차올랐다. 데커가 무슨 말인가를 하려고 머뭇댔다. 무척 긴장한 듯 보였다.

"여기 와서 이 책을 너에게 읽어준 다른 사람은 없니, 조이?"

재미슨이 그에게 눈치를 주었다.

"아뇨, 앤 아줌마뿐이에요. 아무도 없어요."

데커가 말했다. "확실하니?"

"네, 앤 아줌마뿐이에요. 난 그 책이 아줌마 거라고 생각하거든요. 왜요?"

"그냥 궁금해서." 재미슨이 허둥지둥 말했다. 데커가 대답을 하지 않을 것 같았던 것이다. "이 이야기 좋아하니? 해리 포터 시리즈는 멋지지. 난 초등학생 때 이걸 읽기 시작했단다."

"예, 정말 좋아요. 해리가 좋아요. 하지만 헤르미온느가 제일 좋아요."

"왜?"

"헤르미온느는 책 읽는 걸 좋아하잖아요. 저도 그렇거든요. 아니, 그랬었다고요. 책을 많이 읽었어요." 아이가 데커를 가리켰다. "하지만 아저씨처럼 미식축구도 했어요. 아프기 전에요. 분명 잘하는 선수가 되었을 텐데."

"나도 그렇게 생각한단다." 재미슨이 떨리는 목소리를 간신히 억누르며 말했다.

데커가 책을 내려다보았다. 마치 그 책에 완전히 한 방 먹은 것 같았다.

"자, 고맙구나, 조이." 그가 말했다. "다시 와서 이 책 결말을 읽어주도록 할게."

"나도 같이 올게." 재미슨이 불쑥 끼어들었다. 자신도 스스로 한

404

말에 놀란 표정을 지었다.

"좋아요." 조이가 말했다. "고맙습니다. 앤 아줌마를 만나실 수 있을 거예요."

"그래, 어쩌면." 데커가 말했다.

"나도 자원봉사를 많이 했단다." 재미슨이 말했다. "여기서도 할 수 있었으면 좋겠구나. 어떠니, 조이?"

"물론 좋죠." 그가 말했다. 입가에 걸린 미소가 점차 희미해졌다. 에너지를 다 쓴 듯했다. 아이가 눈을 감았고, 호흡이 살짝 깊어졌다.

"슬프다는 말로는 다 표현하기 어렵네요." 재미슨이 속삭였다. "저 앤 그냥 어린아이인데요. 저 애에게 다른 사람은 없나요?"

"없어요. 입양 절차를 밟는 중이었는데, 애가 병에 걸리자 그 사람들이 파양한 것 같아요."

"나쁜 사람들 같으니라고!"

"세상에는 그런 사람들로 가득해요, 알렉스."

"그 책으로 뭘 알아내려 한 거예요?"

"뭔가 이해가 안 되는 게 있어서요. 뭔가 잘못된 게 있을 거라는 게 확실히 느껴져서요."

데커가 자리에서 일어나서 책을 원래 자리에 돌려놓으려고 하는데, 조이가 눈을 뜨고는 고개를 돌려 데커를 쳐다보았다.

"재밌어요." 조이가 말했다.

"뭐가?" 데커가 곧바로 물었다.

"오늘 밤 잠에서 깨서 책을 든 아저씨를 본 거요."

데커가 책으로 시선을 내리고는 조이의 말을 따라했다. "그래? 뭐가 그리 재밌었니?"

"음, 전 밤에 몇 차례 깨는데, 그 아저씨도 책을 들고 있는 걸 봤어요. 그게 재밌다고요. 그러니까, 그 아저씨는 저한테 책을 읽어 줄 것 같진 않아요. 그러고 나서 아저씨는 책을 들고 나가죠. 하지만 다음 날 아침에 일어나면, 책이 선반 위에 돌아와 있어요. 두 번이나 그랬어요."

"누가?" 데커가 물었다. 그의 목소리가 평소답지 않게 날이 섰다. "누가 책을 가져갔니?"

"안경 낀 아저씨요. 그러니까, 그 아저씨 이름이……." 아이가 잠시 생각하느라 말을 멈췄다. "음, 얼룩다람쥐 아세요?"

"네가 말하는 사람이……." 재미슨이 입을 열었다.

데커는 이미 몸을 돌려 병실 밖으로 달려가고 있었다.

"앨빈이구나." 재미슨이 말을 끝맺었다. 그리고 몸을 돌려 데커를 따라 달려나갔다.

055

데커는 분노하며 도미니언 호스피스 입구 앞을 이리저리 왔다 갔다 했다.

보거트는 주차장 앞에서 경찰 한 사람에게 무슨 말인가를 하고 있었다. 경찰이 서둘러 자리를 뜨자, 보거트가 몸을 돌리고 데커에게로 다가왔다.

현실은 그리 좋지 않았다.

앨빈 젠킨스는 어디에서도 발견되지 않았다.

그는 순찰하러 나간 것이 아니었다. 데커와 재미슨을 자신의 사무실에 남겨두고 곧장 병원을 빠져나간 것이다.

이 사실을 깨달은 데커는 즉시 보거트에게 전화를 걸었다. 몇 시간 동안 건물 수색이 이루어졌지만, 도움이 될 만한 것은 아무것도 나오지 않았다.

보거트가 말했다. "그에게 수배령을 내렸어. 그의 집에도 경찰을 보낼 거고. 인사기록부에 주소가 남아 있겠지."

"우리가 여기 와서 질문을 하자마자 그는 도망쳤어. 틀림없이 도주 계획이 세워져 있었다는 이야기야. 어쩌면 무난히 보안 검색대를 통과할 여권을 대여섯 개는 가지고 있을 수도 있고. 젠장, 어쩌면 왔던 곳으로 되돌아갈 전용기를 가지고 있을 수도 있어."

데커가 신음했다. 우울한 표정이었다. "내가 너무 늦었어, 로스. 타이밍을 놓쳤다고."

"이 장소에서 무엇을 가지고 무슨 일이 일어났을지, 자네가 어떻게 의심을 품게 됐는지도 난 아직 다 이해하지 못했다고."

"버크셔는 목표에 부합하는 일이 아니었다면, 여기에 오는 걸로 시간 낭비나 할 사람이 아니야." 그가 책을 들어 보였다. "과학수사팀들에게 이 책을 조사하라고 해줘. 여기 버크셔와 젠킨스 두 사람 모두에게 중요한 뭔가가 있을 거야. 지금은 그가 왜 진작 이걸 가져가지 않았는지도 궁금해."

"알겠네." 보거트가 책을 받아서, 코트 주머니에서 증거품용 비닐봉지를 꺼내 담고 봉했다.

"《해리 포터》? 여기에 뭐가 들어 있다고 생각하는데?"

"어쩌면 여기에 있는 단어들을 사용해서 암호화된 메시지를 만들었을지도 모른다고."

"그래서 앨빈 젠킨스가 버크셔와 함께 일하던 사람이다? 그가 자넬 공격하고 USB를 탈취한 놈인 것 같은가?"

데커가 어깨를 으쓱했다. "모르겠어. 외모는 가장할 수 있잖나. 하지만 그는 긴 저격용 총을 자유자재로 휘두를 만한 유형으로는 안 보여. 키는 꽤 작고 50대라고. 어느 누가 날 때려눕히겠어? 난 훨씬 젊고, 훨씬 건장한 사람이어야 한다고 생각해. 날 쓰러뜨릴 만한 힘이 있는 사람 말이야."

"그래서 또 다른 누군가가 있었다?"

"음, 스파이 집단이 **있다면**, 구성원이 여럿일 수도 있어. 아니면 그들에게 사주한 나라에 지원 병력을 요청했을 수도 있고. 버크셔 가 소련 측에서 일했다는 걸 우리가 알아낸 이후로, 용의자의 목록 이 무척 짧아지긴 했지."

"젠킨스의 배경을 파봐야겠군. 자네 생각대로 이 병원에 들어오 기 위해 경력 확인 검사를 받았을 테니."

데커는 생각에 빠져 어둠 속을 노려보고만 있었다.

"또 뭐가 있나?" 보거트가 물었다.

"그 여자는 훔친 기밀을 전달하기 위해 다 죽어가는 애한테 책 을 읽어줬어." 데커가 말했다.

보거트가 고개를 절레절레 흔들었다. "그래, 나도 그 생각을 했 어. 난 늘 아이를 원했던 것 같아. 원하는 대로 잘 되지는 않았지. 그리고 곧 이혼남이 될 거야. 하지만 여전히 그걸 생각하지."

데커가 그에게 시선을 주었다. "재혼하면 되지. 애도 갖고, 로스."

"애를 기르는 건 젊은 사람들의 일이야. 난 무적의 요원과는 거 리가 멀어도 한참 멀다고."

데커가 어깨를 으쓱했다. "가능성은 있다는 이야기야. 하지만 그 다음엔 어떻게 알겠나? 나도 애가 있었어. 지금은 없지만."

"자넨 아직도 아버지야, 데커. 자네에겐 딸이 있었지. 그리고 세상 이 그렇게 엉망이 되지 않았다면, 아직도 딸아이 아빠였을 거야."

"음, 하지만 그렇게 되지 않았지. 그럼 절대 가질 수 없을 것 같 은 걸 왜 바라는 거지?"

보거트는 거북한 기색을 내비쳤다. "그나저나 알렉스는 어디 있 는 거야?"

"아직 조이 스콧의 병실에 앉아 있을 것 같은데. 경찰이 쑤시고 다니는 덕분에 여기 있는 환자들이 다 잠에서 깨어나 우왕좌왕하고 있거든. 아마 애를 진정시키고 있겠지."

"그 애에겐 정말 아무도 없나?"

"그런 것 같아. 그 애가 얼마나 더 살 수 있을지도 모르겠어. 오래는 아닐 것 같은데. 그건 때로 자기 머리에 총을 겨누고 방아쇠를 당기기에 충분한 이유가 되지." 그가 보거트를 바라보았다. "월터 대브니가 그랬던 것처럼."

"그에겐 선택권이 있었어, 에이머스. 모든 사람에게는 선택권이 있지."

"그래, 하지만 그 선택지라는 게 때로는 온통 형편없는 것들이기도 하지."

보거트가 말했다. "난 연구실에 이 책을 가져다주어야겠어."

데커가 짧게 고개를 까딱여 보였다. 보거트는 서둘러 빗속으로 나가 세단에 올라탔다. 데커는 그의 차가 떠나는 모습을 지켜보고는, 몸을 돌려 복도로 내려가 조이 스콧의 병실로 향했다.

재미슨이 침대 옆에 앉아 있었다. 데커가 병실 문 앞에 나타나자 그녀가 고개를 들었다.

"애는 이제 막 잠들었어요." 그녀가 침대에서 일어나 데커가 있는 문 앞으로 와서 속삭였다.

"보거트가 책을 연구실에 가져다주러 갔어요."

"젠킨스의 흔적은 발견 못 했어요?"

그가 고개를 끄덕였다.

재미슨이 조이가 잠들어 있는 침대를 흘끗 보았다. "이 사람들이 한 짓만큼 잔인한 짓이 또 있을까요? 기밀을 넘기는 걸 위장하기 위해 죽어가는 어린애를 이용하다니."

"난 사람들의 무자비함에는 한계가 없다는 걸 봐왔어요." 데커가 대답했다. "그렇긴 하죠. 하지만 이건 정말 빌어먹게 잔인한 일이에요."

"내가 이런 말을 하고 있다니 믿기지가 않아요. 하지만 대브니는 그녀를 쏘아 죽임으로써 좋은 일을 했군요."

"당신 말에 동의하는 사람이 많을 것 같네요. 하지만 옳은 건 아니죠."

"알아요. 그냥 분통이 터지는 것뿐이에요. 이제 우린 뭘 하죠?" 그녀가 물었다.

"어쩌면 경찰이 그를 잡을 수도 있죠. 그러면 그가 뭔가를 얘기하겠죠. 아니면 그의 아파트에서 뭔가를 발견할 수도 있고요. 버크셔가 살던 곳에서처럼 뭔가가 있다면, 그게 단서가 될 거예요. 또 책에서 뭔가를 **발견할 수도 있죠**. 최소한 그거라도 뭔가 우리에게 말을 해주겠죠."

"내털리에 대해서는 어쩌고요?"

"그녀는 거래를 했어요. 그녀에게서도 정보를 더 얻어낼 수 있을 거예요."

"아뇨, 내 말은 대브니 씨 가족들은 내털리가 무슨 짓을 했는지 아느냐는 말이었어요."

데커가 놀란 표정을 지었다. "그건 생각 안 해봤어요. 보거트는 그들에게 말하지 않았어요. FBI는 이런 일에는 입을 꼭 닫으니까."

"그 가족에 대해서는 유감이에요. 남편을 잃고 아버지를 잃었으니까요. 이제 자매들 중 하나는 감옥에 가게 생겼네요."

"보거트가 그러는데, 사람들에겐 선택권이 있답니다."

"내털리가 자기 언니들에게 뭔가 말했을 거라고 생각해요? 그러니까 자기가 무슨 짓을 했는지 말이에요."

"모르겠어요. 그녀가 자매들과 얼마나 가까운 사이였는지 모르니까요. 그녀는 다른 나라에서 살았잖아요. 그동안 자매들을 그리 많이 보지는 않았을 것 같은데요."

"왜 애당초 그녀만 프랑스에 가서 산 걸까요?"

"다른 나라에 많이들 가잖아요."

"알아요. 하지만 그 가족은 무척 끈끈해 보였거든요. 그리고 다른 자매들은 다 미국에 있고요."

"내털리가 아웃사이더였을 거라는 말인가요?"

"난 그렇게 생각해요."

데커가 그녀를 날카롭게 응시했다. "고마워요."

"뭐가요?"

"풀리지 않는 빌어먹을 걸 계속 추측만 하는 일을 그만둬야 한다는 걸 일깨워줘서요."

그가 복도를 걸어 내려갔다.

재미슨도 곧 뒤따라가려다가 뒤돌아서 조이를 보았다. 그러고는 서둘러 침대로 다가가 몸을 숙이고 잠들어 있는 아이의 이마에 가볍게 입을 맞췄다.

그리고 서둘러 데커를 쫓아갔다.

o 056

그들은 아파트로 차를 몰고 돌아가 잠시 잠을 잤다. 그러고는 일찍 일어나, 샤워를 하고, 옷을 갈아입고, 주방에서 만났다. 데커가 먼저 주방에 들어가 두 사람분의 커피를 내렸다. 비는 여전히 쏟아붓듯이 내리고 있었다.

데커는 창가에 서서 창밖을 내다보며 커피를 홀짝거렸다.

"브라운에게 들었어요?" 재미슨이 물었다.

데커가 고개를 저었다. "아뇨, 왜요?"

"그냥 궁금해서요."

그가 몸을 돌려 그녀를 보았다. "왜요, 알렉스? 그녀를 싫어하는 줄 알았는데."

"어젯밤에 그녀와 대화를 좀 나누었죠. 말은 대부분 내가 다 했지만."

"뭐라고 했는데요?"

"까놓고 솔직하게 말했죠."

"뭐에 대해서요?"

"다요."

데커가 코웃음을 쳤다. "그녀가 당신을 쏘지 않은 게 놀랍네요."

"나도 총을 가지고 있었으니까요."

데커가 재미슨이 있는 쪽으로 걸음을 옮겼다. "그녀는 나쁜 사람이 아니에요, 알렉스."

"하지만 특별히 좋은 사람도 아니죠. 그리고 그녀는 내털리에 대한 일을 놓쳤어요. 그건 좀 크죠."

"벌링턴에서의 일을 생각해봐요. 그때 당신은 내가 내 가족을 살해했다고 생각했죠."

재미슨의 표정이 어두워졌다. "난 그런 생각 한 적 없어요!"

"그렇게 **의심했었죠.**"

"난 그때 기자였어요. 모든 각도에서 사건을 생각해봐야 했죠."

"그럼 당신은 한 번도 실수한 적 없어요?"

"물론 있죠. 누구나 다들 그러잖아요."

"나도 그랬어요. 특히 이번 사건에서 더 그랬어요. 그리고 당신은 그걸 가지고 날 걷어찬 적은 없는 거 같은데요."

"음, 당신은 그 사실을 인정했어요. 그리고 대단한 일들을 많이 해냈죠. 하지만 그녀가 그렇게 해낸 건 못 봤는데요."

"알았어요, 당신 점수표에 브라운이 저기 주차장에서 내 목숨을 구해줬다는 것도 넣어줘요. 그리고 그녀에게는 당신도 줄곧 혼자 사는 여자예요. 그리고 그녀는 자신이 원하는 것 이상으로 자기 일에 대해 많은 걸 공개했어요. 내가 DIA에 간 날 그녀의 동료는 그녀가 그런 일을 했다는 데 잔뜩 성이 나 있더군요. 그래서 난 그녀가 자기 경력에 대해 꽤 큰 대가를 치렀다는 인상을 받았어요. 하지만 그녀는 그렇게 했어요. 진실을 찾고 싶다는 이유에서요. 그리고 그녀는 멜빈과 잤어요. 왜 그랬을까요? 그녀는 주당 100시간 정도를 일하고, 다음 주에는 또 어느 나라에 가게 될지 모르는 상황에서 일해요. 그리고 돈이 많고, 그녀 인생에는 아무도 없어요. 그녀의 부모님은 돌아가셨어요. 형제자매도 없고요. 아마 무척 외로울 겁니다. 멜빈처럼요. 그래서 그들은 서로를 발견했죠. 하룻밤만에요. 그들에게 잘된 일이죠."

"모두 다 타당한 의견이에요, 하지만 왜 당신은 그녀를 계속 감싸려고 들죠?"

"남자들은 많은 일에서 여자에게 관대하다고 하죠. 왜 그런지 모르겠지만, 보통 그렇게 하죠. 비슷한 방식에서, 여자들이 다른 여자에게 허들을 높이 세우는 것처럼요."

"어쩌면 그럴지도 모르죠." 재미슨이 말했다. "하지만 여자가 여자를 안다고……."

"감추는 거? 남자들이 더하고 빼는 동안 여자들은 더 복잡한 계산을 하는 거?"

재미슨이 얼굴을 구기며 미소를 지었다. "난 다른 용어를 사용하죠. 그리고 **감추는** 건 괜찮아요."

"사실만 지적하자면, 우린 이 사건을 파헤치기 위해 브라운이 필요해요. 당신이 그녀를 좋아하지 않아도 돼요, 알렉스. 그냥 그녀와 함께 일할 수만 있으면 돼요."

"지난번에 만나고 나서 난 그게 힘들 것 같다고 생각했어요. 어쩌면 나보다 브라운이 더 그럴지도 몰라요. 그러니까, 난 정말로 그걸 내려놨다고요, 데커."

"그녀는 당신이 생각하는 것보다 무디답니다."

"차차 알게 되겠죠."

데커의 전화가 웅웅거렸다. 그가 휴대전화 화면을 보았다. "어쩌면 그보다는 더 빨리 알게 되겠네요. 브라운이 문자를 보냈어요. 만나고 싶다고 하네요."

재미슨이 커피잔을 내려놓았다. "어디서요?"

대답으로 그가 창을 가리켰다. "주차장에서 기다리고 있대요."

* * *

데커와 재미슨은 잠시 후 큰 BMW 앞에 섰다. "멋진 차네요." 차로 가까이 다가가면서 재미슨이 말했다.

"무척 멋지네요." 데커가 말하고는 몇 칸 옆에 주차되어 있는 재미슨의 허름한 경차를 힐끗 보았다.

"나랑 평화를 유지하고 싶은 거라면, 아주 잘하고 있군요." 재미슨이 이를 갈았다. "차에 타요."

그들은 차에 올라타고 안전띠를 맸다.

브라운이 말했다. "이렇게 바로 나오라고 해서 미안해요."

"어젯밤 일 들었어요?"

"네, 대단했더군요. 앨빈 젠킨스에 대해 국제적으로 수배령을 내렸어요. 당신한테 겁먹고 바로 그렇게 노골적으로 도주한 걸 보면 도주 계획을 미리 세워놓고 있었던 것 같아요."

"나도 보거트에게 그렇게 말했어요."

"이 책에 뭐가 있을 거라고 생각해요?" 뒷좌석에서 재미슨이 물었다.

"조금 고전적인 수법이지만, 책 속의 암호는 구식이긴 해도 괜찮은 수법이죠. 인쇄된 책은 해킹할 수 없으니까요. 그것 하나만으로도 잉크와 종이로 되돌아가는 게 타당해요. FBI가 일반적인 기술들을 다 동원해서 그걸 확인할 수 있을 거예요."

그녀가 차를 출발시키고, 속도를 올렸다.

"그래서 우리는 어디로 가는 건가요?" 데커가 물었다.

브라운이 대답하기 전에 그를 응시했다. "살인 사건이 또 일어났어요."

"뭐라고요?" 재미슨이 내뱉었다.

"누구요?" 데커가 날카롭게 물었다.

"대브니 가와 관련 있는 건가요?"

"엘리나 그녀의 딸들 중 하나인가요?" 재미슨이 깜짝 놀라서 물었다.

"아뇨. 가정부 세실리아 랜들이에요."

0 057

그들이 향한 곳은 멋진 맥런 가에 있는 대브니의 호화 저택이
아니었다.

그들은 지금 D.C. 남동부, 허물어져 가는 집 여덟 채가 늘어서
있는 곳에 있었다. 대브니의 맨션과는 1평방미터도 닮은 구석이
없는 곳이었다.

집에는 노란색 테이프가 둘러쳐져 있었다. 테이프가 바람에 펄
럭였고, 경찰이 집을 지키고 있었다.

"어떻게 이렇게 빨리 발견한 겁니까?" 데커가 물었다. 데커와 브
라운, 재미슨은 입구 앞에 있었다. 지나가던 사람들이 경찰들이 왔
다 갔다 하는 모습을 호기심 어린 눈으로 보고는 지나갔다.

브라운이 말했다. "경찰서에서 연락을 받았어요. 대브니 가에 내
가 관심을 갖고 있는 걸 그쪽에서 알고 있거든요. 전화가 걸려오
고, 그녀가 일했던 곳으로 경찰들이 찾아갔을 때, 내 연락책이 전
화를 걸어왔어요. 난 보거트에게 전화를 했고요. 보거트도 곧 올

거예요."

이송용 침대차가 검은색 시체 보관 가방을 싣고 집 앞에 섰다.

"경찰은 어디까지 알고 있나요?" 재미슨이 물었다. "그녀는 어떻게 죽은 거예요?"

"경찰이 입을 꾹 다물고 있어요. FBI가 나타날 때까지는 그럴 거예요. DIA는 관할 형사들에게 FBI만큼 영향력이 없거든요."

"저기, 이제 오네요." 데커가 말하는데, 보거트의 차가 멈춰 서고, 보거트와 밀리건이 차에서 내려 서둘러 그들에게로 걸어왔다.

브라운이 몇 마디로 사건을 설명하자 보거트와 밀리건은 수사 중인 경찰에게로 향했다. 그들은 FBI 신분증을 내밀고 뭔가를 설명했다. 경찰의 태도가 즉각적으로 바뀌었다. 그는 주머니에서 노트북컴퓨터를 꺼내고 이야기를 시작했다.

5분 후 보거트와 밀리건이 다시 돌아왔다.

"뒤통수, 소구경 탄환이에요." 보거트가 말했다. "전문가 솜씨로 보이네요. 사망 시간은 대략 6시간 전이에요. 새벽 2시 정도에 벌어진 것 같아요. 뭘 보거나 들은 사람은 찾기 어려운 것 같고요."

"강제 침입 흔적은?" 데커가 물었다.

"아직 확인 중이야. 그런 흔적은 없는 것 같은데, 아직 확인된 건 아니니까."

"그녀가 누굴 안으로 들였던 걸까요?" 브라운이 물었다.

"범인이 들어오고 나서 얼마 안 있어서 사망했다면, 대체 그녀가 새벽 2시에 집에 들인 사람이 누굴까요?"

"잘 아는 사람이겠죠." 데커가 말했다.

"이건 우리 사건과 관계가 없어 보이는데요." 밀리건이 주변을 둘러보며 말했다. "여긴 안전한 지역도 아니고요."

"강제로 침입했다면, 경찰들이 뭔가 건지겠죠." 데커가 말했다. "뭔가 없어진 물건은 없습니까?"

"아직 확실히 나온 건 없어요. 조사 중이에요. 그녀에게 적이 있었을 수도 있고요. 아니면 범인이 집을 잘못 찾았을 수도 있죠."

"어쩌면 우리 사건에 대해 뭔가를 알고 있어서 살해당한 걸 수도 있어요." 데커가 말했다.

"그런데 그녀가 알았을 법한 게 있나요?" 재미슨이 물었다.

브라운이 말했다. "그녀는 대브니 가에서 일했어요. 그들을 매일 보았죠. 우연히 뭔가를 들었을 수도 있어요. 뭘 봤을 수도 있고."

"그럼 왜 이제야 그녀를 죽였을까요?" 데커가 의문을 제기했다. "우린 한참이나 이 사건을 수사했는데, 이제까지는 아무 일도 없었어요. 그런데 왜 지금에서야?"

"뭔가 바뀐 게 아닐까?" 보거트가 말했다.

"그럴 가능성은 있지." 데커가 말했다. "대브니 가 사람들은 이일을 알고 있나?"

"그럴 것 같진 않은데." 보거트가 말했다.

"그들에게도 이야기해야 해. 가족들 모두 알리바이를 확인해야하고."

"어머니나 딸들 중 한 사람이 이 밤중에 여기 와서 자기네들 가정부의 머리를 날려버렸다고?" 밀리건이 말도 안 된다는 투로 말했다.

"딸 하나가 자기 아버지를 스파이 계획에 연루시켜서, 이 나라에 대한 스파이 행위를 한 사람을 죽이고 아버지도 스스로 목숨을 끊게 했어요. 그 가족에 대해서는 어떤 가능성도 배제할 수 있을 것 같지 않아요."

밀리건은 납득하지 못한 표정이었지만, 더 이상은 미심쩍은 표정도 아니었다.

보거트가 말했다. "나와 토드가 여기에 있으면서 알아볼 수 있는 걸 알아보지. 자네는 거기 가서 면담을 해보는 게 어떤가?"

"나한텐 힘든 일인데." 데커가 말했다. "그래도 자네는 내가 이 문제를 잠깐이라도 캐고 다닐 수 있을 것 같다는 거지?" 그러고는 벌써 살해당한 여인의 집 문간에 막 나타난 강력계 형사들 한 쌍에게로 걸어가는 밀리건과 보거트를 따라갔다.

남겨진 건 브라운과 재미슨뿐이었다.

재미슨이 브라운을 보았다.

"우리가 지난번에 한 말 말이에요," 재미슨이 말을 시작했다.

브라운이 그녀에게 시선을 돌렸다. "어떤 부분에 대해선 당신 말이 옳아요. 하지만 어떤 부분에 대해선 그렇지 않죠. 어떤 것이 맞고 그른지 당신이 이해할 때까지 기다릴게요."

그것이 그녀가 한 말의 전부였다.

* * *

"시시가 죽었다고요?"

엘리가 세 사람에게 물었다. 그들은 서재에서 엘리 맞은편에 앉아 있었다. 엘리는 그들을 마치 지구에 막 착륙한 외계인이라도 되는 듯 보았다.

데커가 말했다. "살해당했습니다. 머리에 총을 맞았어요. 전문 청부업자 솜씨로 보입니다. 도움이 될 만한 뭔가를 아십니까?"

"지금 무슨 말을 하는지 도무지 모르겠네요." 엘리는 거의 몸이

마비된 것처럼 뻣뻣해 보였다. "전…… 시시가 여기에 있을 거라고 생각했어요. 평소처럼 일하러 왔을 거라고 생각하고 있었다고요."

줄스, 어맨다, 서맨사가 가운 차림으로 엄마 옆에 서 있었다. 딸들은 모두 마음이 아픈 듯 보였다. 서맨사는 조용히 울고, 어맨다는 줄스의 어깨에 머리를 기대고 있었다. 줄스만이 자신을 추스르고 있었다. 그녀가 결연히 데커를 응시했다.

"우리가 위험에 빠진 건가요?" 그녀가 말했다.

데커가 그녀를 보았다. "그럴 가능성이 있습니다. 저희가 집 밖에 요원을 배치해드리겠습니다."

"다른 질문 하나 해도 될까요?" 줄스가 말했다. "내털리는 어디 있나요?"

"그 앤 프랑스에 있다." 그녀들의 엄마가 말했다. "어제 떠났어."

줄스가 데커에게 고정된 시선을 거두지 않았다.

"그 앤 프랑스에 있지 않아요. 매부가 어젯밤에 제게 문자를 보냈어요. 내털리가 비행기를 타지 못했다고요. 계획이 변경되었다고 전화를 해왔다던데요."

"무슨 계획?" 엘리가 놀라서 내뱉었다. "무슨 일이 일어나고 있었던 거니? 네 동생 지금 어디 있니?"

줄스가 말했다. "저도 그렇게 물었어요. 내털리는 또 자기가 비행기를 타고 떠나려는데 '법적인 문제'에 봉착했다고 말했다네요."

브라운이 목소리를 높였다. "전 DIA에서 일합니다. 국방 정보국이죠. 저희는 부군의 스파이 행위 연루 가능성을 조사하고 있었습니다."

"하지만 아버지는 그 멍청한 내털리 남편을 도우려고 그러신 거예요."

"그렇지 않습니다. 아버지에 대해 모르시는 것 같군요. 아버님은 내털리를 돕고 계셨던 겁니다. 도박 문제는 코벳이 아니라 내털리에게 있었어요. 자신의 도박 문제를 해결하기 위해 그녀가 아버지를 연루시킨 거죠."

"말도 안 돼." 줄스가 말을 가로챘다. "무슨 증거라도 있나요?"

"확실한 비디오 증거가 있지요. 그리고 동생분 자백도 확보했습니다. 그녀는 이미 처벌을 경감받는 대가로 거래를 했습니다."

엘리는 의자로 무너져 내렸다. 줄스가 엄마를 부축하고는 소리쳤다. "아무 경고도 없이 이런 걸 줄줄 말하다니 제정신인가요?"

"전 그저 질문에 대답했을 뿐입니다." 브라운이 응수했다. "하지만 곧 경찰이 세실리아 랜들의 죽음에 대해 면담하러 이리로 올 거라는 걸 여러분도 알아야 하니까요. 여러분이 아는 건 뭐든 알아내려 할 겁니다."

"우리가 알 만한 게 뭐가 있는데요?" 줄스가 따져 물었다.

"랜들이 사망하던 시각에 여러분의 알리바이에 대해서도 물어볼 겁니다."

"우리가 시시의 죽음에 어떤 관계가 있다고 생각하는 건 아니겠죠?" 엘리가 말했다. "그녀는…… 그녀는…… 우리 가족이나 다름없었어요. 우리 애들을 전부, 함께 키웠다고요."

"그래도 경찰이 알리바이를 물을 겁니다." 데커가 말했다. "그게 기본 절차니까요."

"시시 아줌마가 언제 죽었는데요?" 줄스가 물었다.

"오늘 새벽에요. 2시 전후입니다."

"음, 우린 모두 여기에서 자고 있었어요." 줄스가 말했다.

"여러분 모두 각자가 여기 있는 걸 서로 확인했나요?" 브라운이 말했다.

엘리가 말했다. "전 11시쯤에 자러 갔어요. 줄스와 서맨사가 자정쯤에 위층에 있는 소리를 들었고요. 책을 읽으면서, 애들이 말하는 소리를 들었어요."

"그리고 제가 침실 문을 열고 엄마에게 안녕히 주무시라는 인사를 했죠." 줄스가 말했다.

"저도 했어요." 서맨사가 말했다. "그리고 줄스 언니와 전 방을 같이 쓰고 있어요. 원래 각자 방이 따로 있긴 한데…… 제가 혼자 있고 싶지 않아서요. 전 1시쯤 잠자리에 들었다가, 안경을 가지러 아래층에 다시 내려갔다가 엄마를 들여다봤어요. 엄마가 자는 소리가 들리더군요. 그리고 제가 방으로 되돌아왔을 때 줄스도 자고 있었고요."

"좋습니다. 세 분의 알리바이는 설명되는군요." 브라운이 말하고는 어맨다에게로 몸을 돌렸다. "당신은요?"

어맨다가 갑자기 주저앉았다. "전…… 전 다른 사람들보다 먼저 잠자리에서 일어났어요. 기분이 좋지 않았거든요. 다시 잠이 들었는데, 1시 전에 일어났어요."

"그럼 다른 누군가와 이야기를 나누거나 다른 누군가를 보진 못했습니까?" 브라운이 다른 사람들을 보았다. "어젯밤 동생분이 뭘 하셨는지 본 분 있나요?"

"오, 이런." 줄스가 소리쳤다. "저 앨 보세요. 저 앤 팔이 하나뿐이라고요. 정말로 저 애가 총을 쏠 수 있을 거라고 생각하는 건 아니죠? 그리고 십수 년간 저 앤 시시 아줌마를 봐왔어요. 총을 쏠 기회는 지난 10년간 수없이 많았다고요. 대체 무슨 이유로 저 애가 시시 아줌마를 쐈겠어요? 대체 우리가 왜 그랬겠어요?"

"여러분이 그랬다고 말하진 않았습니다. 우린 사실상 여러분에게 호의를 가지고 돕는 거예요. 경찰이 올 테니 대답을 준비하시라고 하는 거죠."

줄스가 이 말에 어맨다 옆에 앉고는 그녀를 보호하듯이 팔을 둘렀다.

엘리가 말했다. "내털리는 어디 있죠?"

"그녀는 지금 FBI와 있어요."

"그럼, 그 애가…… 그 애가…… 감옥에 가게 되나요?"

"저도 자세한 건 모릅니다." 브라운이 말했다. "그녀에 대해 기소할 수 있는 죄목은 무척 심각한 것들이라는 사실 정도만 말씀드릴 수 있습니다. 다소간 감옥에 있어야 한다 해도 놀랍지 않을 겁니다."

"오, 세상에!" 서맨사가 복받쳐 말했다.

어맨다가 울음을 터트렸다. "이게 대체 뭐람? 우리 가족은 우리 앞에서 산산이 조각나버렸어!"

줄스가 브라운을 쳐다보았다. "우린 시시 아줌마를 죽이지 않았어요. 내털리가 무슨 짓을 했는지 안 했는지에 대해서도 아무것도 모르고요. 왜 아빠가 자살하셨는지조차 이해하지 못한다고요. 난…… 난……." 그녀가 어맨다에게 두른 팔을 풀고 손에 얼굴을 묻었다.

엘리가 떨리는 목소리로 말했다. "잠시 우리끼리만 있게 해주실 수 있나요? 우린 그저…… 아주 잠시라도…… 우리 가족끼리 있을 시간이 필요해요."

데커, 브라운, 재미슨은 자리에서 일어났다. 데커가 말했다. "우리가 이 사건을 다 조사할 겁니다, 대브니 부인. 어떻게 해서라도요."

"하지만 그렇다고 해도 월터와 시시는 돌아오지 않아요. 내털리에게 일어날 일도 바뀌지 않고요."

"응, 엄마."

세 사람은 대브니 가 사람들만 남겨두고 줄지어 서재를 나갔다. 바깥에서 브라운이 데커에게 몸을 돌렸다.

"어떻게 생각해요?"

"뭔가 있는 것 같은데, 그게 뭔지 아직 모르겠어요."

0058

"무슨 뜻인지, 설명해줄 수 있나요?"

데커가 브라운의 차에서 내려 FBI 빌딩 안으로 들어갔다. 재미슨은 여전히 차 안에서 내릴 생각을 하지 않았다. 데커가 뒤돌아보자 그녀가 손을 흔들어 앞으로 가라는 신호를 보냈다. 그가 브라운을 잠시 보고는, 입구로 걸어 들어가 안으로 사라졌다.

브라운이 백미러로 재미슨과 눈을 맞추었다. "난 내가 무척 명료한 사람이라고 생각되는데요."

"전혀 명료하지 않은데요. 옳고 그름이요, 당신은 그것에 대해 말하지 않았어요."

"지금 꼭 이렇게 해야겠어요?"

"이 상태가 계속된다면, 분노가 계속 쌓일 거고, 그럼 우리는 중요하지 않은 문제를 가지고 씨름하게 되겠죠."

브라운이 주차장에 차를 댄 채로, 안전띠도 풀지 않고, 재미슨을 돌아보았다.

"내가 일을 망쳤다는 당신 말, 맞아요. 하지만 내가 신경 쓰지 않는다는 말은 틀려요. 난 데커가 나에 대해 어떻게 생각할지 신경 써요. 그리고 멜빈에 대해서도 신경 쓰고요. 그와 오래 알고 지낸 건 아니지만요. 우리는 대화를 나눴어요. 무척 많이요. 그는 당신과 데커의 세상에 대해 생각해요. 나는 멜빈에게 결코 상처 주지 않을 거고, 그 사람이 내게 상처 주지 않으리란 것도 알고 있어요. 멜빈은 그런 종류의 남자가 아니에요. 날 믿어요, 난 그런 사람들에 대해 알고 있어요. 그런 사람들과 연애를 해봤으니까요."

"나 역시 해봤어요." 재미슨이 수긍했다. "저기, 내가 좀 심하게 군 것 같네요. 공정하지 않았어요."

"난 불공정한 대접들에 익숙해요. 우리 아버지는 좋은 분이셨고, 대단한 군인이셨죠. DIA에서 엄청난 업적을 이루기도 하셨고요. 하지만 아버진 아들을 원하셨어요. 딸이 아니라. 하지만 난 그분의 유일한 자식이죠. 아버진 내가 군에 들어오는 걸 반대하셨고, 날 격려하신 적도 없어요. 어쩌면 내가 뭘 하든 신경 쓰지 않으셨던 건지도 몰라요. 내가 DIA에 들어가겠다고 하자, 아버지가 말씀하신 건 이게 다예요. '정말 그걸 원하는 게 확실하니? 그러니까 이제 정착해서 가정을 꾸릴 때가 아니니?' 이 말을 생각하면 지금도 누군가 날카로운 면도날로 갈빗대 사이를 찌르는 것 같아요. 난 아버지가 복무하셨던 바로 그 기관에 아직 엉덩이를 붙이고 있어요. 그래도 아버지가 하실 수 있는 말은 그게 다였죠."

"끔찍하게 마음이 아팠겠네요."

브라운이 어깨를 으쓱했다. "성별과 관련해 해석하는 게 더 나은 것들도 있긴 하죠, 물론. 그렇지만 그것들은 완전한 것과는 거리가 멀어요. 내가 만난 남자들 대부분은 내가 뭔가를 하는 걸 보고는, 질려 하거나, 나보다 자기들이 더 저돌적으로 할 수 있다는 걸 증명하려고 애썼죠. 그래서 난 두 번째 데이트를 한 적이 많지 않아요. 일에서도 그래요. 대부분의 남자들은 내가 왜 남자들이나 할 일을 하려 하는지 궁금해했죠."

"나도 마찬가지예요." 재미슨이 말했다. "나도 늘 남자들에게 둘러싸여 있었어요. 그리고 거기에 데커가 있었죠."

"그는 남자죠."

"하지만 실제로는, 음…… '남자'가 아니에요. 그는…… 그냥 데커예요."

브라운이 미소를 짓는가 싶더니 곧바로 웃음을 터트렸다. "당신이 무슨 말을 하는지 정확히 알 것 같네요. 멜빈도 좀 달라요. 그는 특별해요, 알렉스. 그는 내게 전혀 위협을 느끼지 않아요. 그는…… 음, 내가 하는 일에 질투하지 않을 만큼 자신에 대한 확신을 갖고 있죠."

"멜빈이 무척 특별하다는 말에는 동감이에요. 그리고 그는 특별한 사람을 만날 자격이 있죠. 음, 어쩌면 당신 같은 사람이요."

브라운은 이 말에 놀란 표정을 지었다. "고마워요. 내게 큰 의미가 있는 말이에요."

"우리 괜찮은 거죠?" 재미슨이 물었다.

"앞으로 이보다 더 좋을 수 없을 만큼 괜찮은 거 같은데요." 그녀가 말을 멈췄다. "무슨 일이 있었는지 들었어요. 당신이 데커의 목숨을 구했다고요."

재미슨이 자신의 허리춤으로 시선을 돌렸다. 벨트에 찬 총이 보였다.

브라운이 말했다. "쉬운 일이 아니에요, 알렉스. 결코 쉬워지지도 않고요."

"그 일로 난 변했어요, 하퍼. 절대로 그전과 같을 수가 없을 거예요. 내가 사람을 죽였어요."

"당신은 변하지 않았어요. 당신이 했던 일의 극히 일부분일 뿐이에요. 그건 큰 차이예요."

"하지만 앞으로 나아갈 수 있겠죠? 어느 순간엔 말이에요."

"그럴 거예요, 알렉스. 그게 쉬워질 거라는 말은 아니에요. 절대 쉬워지지 않으니까요. 하지만 극복하게 될 거예요."

재미슨이 감사의 미소를 지어 보이고는 차에서 내려 FBI 건물로 들어갔다. 데커가 문 바로 안쪽에서 기다리고 있었다. 그가 그녀의 얼굴을 세심히 살펴보았다. "멍은 없군요. 좋아요. 혹시 내가 못 보는 곳에 상처가 있나요?"

"우린 정말로 무척 사이좋아졌어요. 난 이제 브라운에 대해 완전히 다른 생각을 하고 있다고요."

"음, 잘됐네요."

"당신 얘기도 했어요."

"어떻게요?"

"우린 당신이 **남자가 아니라는** 데 막 합의했답니다."

데커의 눈이 잠시 의아한 빛을 띠고 그녀를 보았다. "내가 막 그 시험에 통과했단 건가요?"

그들은 보안대를 통과하고, 엘리베이터를 타고 자신들의 사무실이 있는 층으로 갔다. 데커가 미리 전화를 걸어둔 덕에 복도 중간에 보거트가 마중 나와 있었다.

"뭔가 찾았어." 그가 말했다. 그리고 두 사람을 중앙 홀과 떨어진 방으로 데리고 갔다. 밀리건이 컴퓨터 앞에 앉아 있었다.

보거트가 불을 끄고 밀리건에게 고갯짓을 했다. 밀리건이 자판을 몇 번 두드리자, 멀리 벽에 설치된 스크린에 화면이 떴다.

"《해리 포터와 아즈카반의 죄수》." 보거트가 말했다. "조앤 롤링이 여기에 이런 의도로 쓴 것 같지는 않은 뭔가를 찾았네."

세 사람이 자리에 앉자, 보거트가 말했다. "돌려봐, 토드."

밀리건이 몇 차례 자판을 두드렸다. 책의 한 페이지가 화면에 떠올랐다.

"뭐가 있는지 모르겠는데요." 재미슨이 말했다.

"잠시만요."

밀리건이 몇 차례 더 자판을 두드렸다. 그 페이지에서 몇 가지 문자들이 갑자기 희미하게 빛나기 시작했다.

"형광이네요." 재미슨이 외쳤다.

"맞아요. 빛을 내는 여러 가지 가공법을 시도해봤어요. 그리고 반응을 보이는 걸 찾았죠."

"색이 다르네요." 재미슨이 말했다. "글자들 색이 달라요."

"우리 생각은 이래요. 만약 이 책을 장기간 연락책으로 사용했다면, 그들은 서로 메시지를 주고받아야 했을 거예요. 그러니까 색이 다른 건, 그 메시지를 받는 사람이 알아볼 수 있게 한 거죠. 파란색이 보낸 메시지라고 하면, 빨간색이 받은 사람의 메시지인 거죠. 어느 게 더 최근 건지는 모르지만, 그런 식으로 만들어진 거라고 생각해요."

"그럼 뜻은 뭐지?" 데커가 물었다.

"그건 간단하지가 않아요. 문자들은 의미를 만들어내는 것이 덧붙어 있지 않아요. 우리 쪽 암호 해독가들이 그걸 찾아보고 있어요. NSA와 DIA에도 지원을 요청했고요. 시간이 좀 걸릴 겁니다.

하지만 최소한 이런 방식으로 메시지들이 암호화되어 있다는 것은 알아냈어요."

"버크셔와 젠킨스 사이에 메시지가 오갔던 거로군." 데커가 말했다.

"맞아요. 버크셔는 비밀을 얻어내고, 이 책에다 그것들을 암호화하고, 젠킨스는 글자가 드러나는 특수한 형광물질을 이용해서 메시지를 베껴쓰고 암호를 해독했겠죠. 그러고 나서 그것을 상부에 넘겼을 거예요."

"호스피스 병원을 이런 식으로 영리하게 이용하다니." 데커가 말했다.

"**잔인하다는 말이죠?**"

보거트가 말했다. "젠킨스와 버크셔가 쓴 방식은 서로 접촉하지 않아도 되는 거였어. 책을 이용했을 뿐이니까."

"대브니가 팔아넘긴 기밀을 주고받는 데도 이 방식을 사용했다고 생각하나요?" 재미슨이 물었다.

"확실하진 않아. 하지만 그러지 않았을까? 그것도 높은 확률로."

"그런데 대브니가 버크셔를 죽인 이유는 아직 몰라요. 왜 그랬을까요?"

"계속 그 의문으로 돌아가고 있군." 보거트도 동의했다. "자기가 한 일을 후회했던 걸까?"

"우린 아직 대브니와 버크셔가 실제로 만났었는지조차 밝히지 못했어." 데커가 말했다.

"음, 그들이 비밀 장소에서 만났을 수도 있어. 숲 속에 있는 그 낡은 집이랄지?"

데커가 말했다. "그가 그녀에게 기밀들을 팔아넘겼다 쳐. 그가 생각하기에 그건 1천만 달러짜리였는데, 실제로는 그보다는 훨씬 못 미치는 가격이었지. 그는 실제로 돈이 오가는 걸 보진 못했어. 그저 그런 일이 있었다는 것만 아는 거지. 막내딸 가족이 살아 있으니까. 그러고 나서 그는 점점 후회했고, 버크셔를 죽이고 자기도 자살한 거지. 하지만 왜 그걸 공공연한 장소에서 행했을까? 왜 버크셔는 후버 빌딩 근처에서 그를 만나는 데 동의했을까? 그곳이 그녀가 가려고 했던 마지막 장소였을까? 그러니까 뭔가 덫이 놓였다는 걸 눈치채지는 못했을까?"

"어쩌면 눈치를 못 챘을 수도 있지." 보거트도 수긍했다. "그러니까 내 말은, 대브니는 그 여자와의 거래 내용을 실행에 옮겼어. 버크셔는 어쩌면 대브니가 또 다른 거래를 하고 싶어 한다고 생각했을 수도 있지 않을까?"

"그녀는 호스피스에서 책을 이용한 속임수를 사용했어. 그런 식으로 다른 스파이를 만날 필요성도 느끼지 않고 오랫동안 일할 수 있었겠지. 그런 그녀가 스파이 잡는 일을 하는 미국 정보국 본사 근처에서 **딱 한 번** 스파이 행위를 했을 거라고 여겨지는 남자를 직접 대면하기로 결심했을까?" 그가 보거트를 쳐다보았다.

"그럴 가능성은 별로 없지." 보거트가 수긍했다. "하지만 그런 일이 일어났어."

"아니, 그렇지 않을 수도 있어." 데커가 대답했다.

0 059

"시시 아줌마가 죽었다고요?"

데커는 맞은편에 있는 내털리를 바라보았다.

그녀는 공식적으로 기소되어 법적 공방을 준비했고, 도주 우려가 있다고 여겨져 구류 중이었다. 민감한 사안이라 지금 이 시점까지는 법적 절차가 판사실에서 단독으로 이루어졌다.

그녀는 댈러스 공항에서 FBI에게 비행기 탑승을 저지당한 뒤 10년은 늙은 것 같았다.

데커가 고개를 끄덕였다. 내털리를 따로 만나겠다는 데커의 요청에 따라 다른 사람들은 바깥 대기실에 있었다.

"살해당했어요."

"누가 아줌마를 왜 죽였겠어요! 그냥 우리 집 가정부일 뿐인데."

"그녀는 당신이 어렸을 때부터 일했습니까?"

"네. 시시 아줌마는 제가 아주 어렸을 때부터 우리 집에서 일했어요."

"누군가 그녀를 죽였습니다."

"그런데 그게 왜 우리 가족과 관계있다고 생각하는 거죠?"

"확실히는 모르겠습니다. 하지만 가능성을 검토해봐야죠. 당신이 자백하고 나서 생긴 그저 작은 우연의 일치일 수도 있고요."

내털리가 고개를 끄덕였다. "그럴 거예요. 엄마랑 언니들도 알고 있나요?"

"네. 괴로워하고 계십니다."

"엄마가 우리를 키우긴 했지만, 시시 아줌마는 우리가 자라는 동안 늘 우리 편이었어요. 엄마는 아줌마를 좋아했죠. 아빠는 대부분 바깥에 계셨어요. 엄마가 아줌마 없이 그 모든 일을 해낼 수는 없었을 거예요."

"저도 그렇게 생각합니다. 그분이 있었던 게 당신에겐 행운이죠."

"그런데 왜 나를 보러 왔나요?"

"당신 거래가 아직 진행 중인가요?"

"그런 것 같아요." 그녀의 입술이 떨렸다. "변호사는 제가 잠시 감옥에 가게 될 수도 있다고 하더군요." 그녀가 고개를 들어 데커를 보았다. "감옥에 가게 되면, 딸을 볼 수 없겠지요?"

"남편과는 이야기해보셨습니까?"

그녀가 고개를 끄덕이고는 손수건으로 코를 풀었다. "타샤를 데리고 오고 있다고 하더군요." 그녀가 눈을 훔쳤다. "그에게는 온통 빌어먹을 상황이죠. 그는 정말로 좋은 남자예요. 내가 벌인 이 헛짓거리들은 다 내 잘못이에요. 난 도박에 중독됐었고, 끊을 수가 없었어요. 그는 날 도우려고 애썼지만, 난 병들어 있었던 거죠."

"상황을 나아지게 하는 가장 중요한 첫걸음이 바로 인정하는 겁니다."

"맞아요." 그녀가 낙담 어린 말투로 말했다. "우리 가족도 이 일을 알고 있나요?"

"우리가 어느 정도는 말했습니다. 당신을 걱정하고 있어요."

"언제쯤이면 가족을 볼 수 있을까요?"

"그러지 못할 법은 없지요."

"난 내 인생을 망쳤어요, 안 그래요?"

"당신만 그런 건 아닙니다." 그가 몸을 앞으로 기울였다. "하지만 우리를 도움으로써 스스로를 구제할 수도 있겠죠."

그녀가 그를 쏘아보았다. "난 아는 걸 전부 말했어요."

"당신은 모른다고 생각하지만, 실제론 알고 있을 수도 있어요."

"무슨 말이죠? 이를테면요?"

"당신의 **진짜** 도박 빚을 갚기 위해 돈을 보냈을 때, 아버지에게 전화를 걸어 그 사실을 알렸습니까?"

"물론 그렇게 했어요."

"당신 아버지는 그게 1천만 달러라고 생각했죠, 맞습니까?"

그녀가 고개를 끄덕였다. "제가 그렇게 말했어요. 그 사람들이 저한테 그렇게 말하라고 했으니까요."

"그들은 당신 아버지에게 기밀을 빼돌리게 하려고 당신에게 그렇게 시킨 겁니다. 그렇게 해야만 당신 아버지가 단기간에 그만한 돈을 끌어오려 했을 테니까요."

"하지만 아빠가 내 부탁을 거절했을 수도 있잖아요? 그러면 어떻게 됐을까요?"

"그러면 당신 아버지를 끌어들일 차선책을 택했겠죠."

"그럼 도박 빚은요?"

"당신에게는 나쁜 상황이 되었겠죠. 하지만 그들은 당신 아버지를 잘 파악하고 있었어요. 아버지가 당신 부탁을 거절하지 않으리란 걸 알았죠."

"그 말을 들으니 더 기분이 엿 같네요. 내가 아빠를 죽였어요. 그리고 아빠가 나를 위해 해줬던 그 한 가지 일이, 다른 모든 것보다 훨씬 크네요." 그녀가 고개를 테이블에 박고 조용히 흐느꼈다.

"내털리, 당신이 아버지에게 전화를 걸어서 빚을 갚았다는 것과 안전해졌다는 것을 말했을 때, 아버지는 뭐라고 하셨습니까?"

그녀가 천천히 고개를 들었다. "무척 다행이라고 말씀하시고는, 내게 도움을 주고 싶다고 하셨어요. 그리고 필요하다면, 프랑스로 오셔서 날 집으로 데리고 오겠다는 말씀도 하셨어요. 제대로 도움을 줄 수 있도록요."

"어떻게 돈을 만들었는지에 대해서는 전혀 언급이 없었습니까?"

"네."

"당신은 한 점 의심도 없었고요?"

그녀가 천천히 대답했다. "난 부모님의 자산이 얼마나 되는지 몰라요. 하지만 현금을 가지고 계실 거라곤 생각 안 했어요. 집 담보 대출 같은 걸 받은 거라고 생각했죠."

"기밀을 빼돌릴 거라고는요?"

"난 당신에게 거짓말 안 해요. 그런 의구심이 스쳐간 적도 없다고는 할 수 없지만요. 하지만 설사 1천만 달러가 아니었다고 하더라도, 내게 돈을 빌려준 사람들은 나를 죽이고도 남았을 거예요. 그 점은 확신할 수 있어요."

"그걸 의심하는 건 아닙니다. 난 마약을 얻기 위해 당신 목을 가를 수도 있는 사람들을 알고 있으니까요. 아버지가 또 다른 말을 한 건 없습니까? 누군가를 잘 안다고 생각했지만 사실은 전혀 모르고 있었다는 그 말 말고요."

그녀가 의자에 몸을 묻고는 소매로 눈가를 훔쳤다. "다 말한 건 아니에요. 아버지가 그 여자를 총으로 쏘기 이틀 전에 전화를 하셨어요."

데커가 몸을 앞으로 내밀었다. "왜 전에는 그 말을 하지 않았습니까?"

"그땐 충격 때문에 제정신이 아니었어요. 내가 아빠한테 그런 짓을 저질렀다는 걸 믿을 수 없었던 것 같아요. 그때 벌어지고 있는 모든 일들에 겁을 집어먹었다고요. 당연한 일 아니에요?"

"아버지가 전화를 하셨다고요?"

"네."

"뭐라고 하셨나요?"

"그게…… 슬픈 목소리였어요. 낙담한 목소리요. 내가 아는 한 아버지는 최고의 낙천주의자셨어요. 난 그게 암 때문이라고 생각했죠. 아버지는 그걸 싸워 이길 수 없다는 걸 알게 되신 거라고요. 그런 건 누구라도 낙담할 만한 상황이잖아요, 안 그래요?"

"그렇죠. 다른 건요?" 데커가 재촉했다.

"무슨 일이 벌어지든, 가족을 있는 그대로 기억하라고 말씀하셨어요. 행복했던 때들을요. 우리 모두가 어렸을 때, 이 거지 같은…… 온갖 일들이 일어나기 전을 기억하라고요."

"당신은 뭐라고 대답했습니까?"

"아빠 기운을 북돋워드리려고 애썼어요. 내가 곧 집으로 가겠다고 말했죠. 하지만 듣고 계신 것 같진 않았어요. 아빠는 자기 삶이 끝나가는 걸 생각하고 있을 때가 자신이 겪었던 가장 정화된 순간이었다고 말씀하셨어요."

"정화된 순간이요? 무슨 의미로 그런 말을 하신 걸까요?"

"모르겠어요. 그래서 여쭤봤죠. 하지만 그냥 듣고만 계셨어요. 난 아빠가 희망을 잃어가고 있다고 생각했죠."

"또요?"

내털리가 다시 흐느끼기 시작했다. "내가 너무 어리석었어요. 아빠는 우리가 어렸을 때 디즈니월드에 갔던 걸 기억하냐고 물으셨어요. 난 놀이기구 하나를 탔는데, 그때 천식 발작이 일어났죠. 정말 상태가 나빴어요. 가족들은 앰뷸런스를 불러 날 태우고 병원에 갔어요. 엄마는 완전히 제정신이 아니었어요. 그래서 아빠가 날 데리고 다시 올 때까지 언니들과 함께 거기에 그냥 계셨어요. 내가 겁을 너무 집어먹어서 아빠는 오히려 침착한 상태를 유지하셨죠. 아빠는 늘 무척 강하고 차분하셨어요. 무슨 일이 있든지요."

"그때에 대해 아버지가 무슨 말을 하셨습니까?"

"나는 정말 다 기억난다고 했어요. 그 후로도 1년 동안 악몽을 꿨었거든요. 정말 난 죽을 뻔했어요. 숨을 쉴 수가 없었으니까요. 아빠가 왜 지금 그 이야기를 꺼내는지 모르겠다고 했어요. 내가 그렇게 물으니까 이렇게 대답하시더군요. '앞으로 힘든 때가 오면 널 위해 그 자리에 누군가가 있을 거라는 걸 기억하렴. 거기에서 아빠가 네 손을 잡고 있을 거라는 걸 기억해라. 내가 늘 옳은 일을 하기 위해 애쓰려고 했단 걸 기억해라. 늘. 무슨 일이 있든지'라고 하셨어요."

"왜 그런 말씀을 하셨을까요?"

"아빤 죽어가고 있었으니까요. 달리 그 이상은 못 느꼈어요. 아빠가 이틀 후에 누굴 쏠 거라는 것도 몰랐고, 자살하실 거라는 것도 몰랐어요. 난 그저 우리가 아빠에 대해 좋은 기억만 갖게 되길 아빠가 바라셨다고 생각했어요. 내게 그렇게 말해야만 했던 게 아닐까 하고요. 난 그걸 개의치 않았을 거예요. 그저 아빠를 사랑했어요."

"하지만 이제 당신은 아버지가 무슨 일을 저질렀는지 알았어요. 이제 아버지의 말에 다른 뜻이 있다고 생각되진 않습니까?"

내털리가 충혈된 눈에 의문을 품고 데커를 응시했다. "난……난…… 그 생각 말고는 아무 생각이 안 들어요. 뭐가 달라졌다고 생각하나요?"

"모든 게 달라졌어요." 데커가 대답했다.

060

데커는 외야석에 앉아 있었다.

멜빈 마스가 그의 바로 옆에 앉아 있었다.

두 사람은 D.C.의 어느 고등학교 미식축구 경기장에서 고등학교 대표팀 연습을 보고 있었다.

"애들은 매년 쑥쑥 크는군." 마스가 말했다. "대학팀처럼 보여."

데커가 고개를 끄덕였다.

하늘은 구름이 뒤덮여 음울했고, 아주 미세한 비가 뿌리기 시작했다.

"저 애들은 프로팀에 들어갈 준비를 하고 있구먼." 데커가 말했다. "다들 조만간 내셔널 풋볼 리그에 들어가고 싶겠지."

"이 애들 중 많은 애들이 대학에 들어갈 수 있을 거야." 마스가 말했다.

"자네가 그렇게 말한다면 그 말이 맞겠지."

"그런데 자넨 고등학교 애들 연습이나 보자고 전화했나?"

"하퍼 브라운에 대한 이야길 좀 하려고." 데커가 말했다.

"오, 좋아. 응."

"자네가 전화를 안 받아서, 다음 날 새벽 일찍 자네가 어떤지 보러 호텔로 찾아갔었어."

"그래서 그녀가 나가는 걸 봤고?"

"음."

"그녀가 말해주더군. 알렉스가 남자를 쐈다는 얘기도 해줬고. 젠장. 알렉스는 어때?"

"괜찮을 거야." 그가 말을 잠시 멈췄다. "그래서, 자네와 하퍼 브라운은 어때?"

"무슨 말이 하고 싶은 거야. 어쩌다 보니 그렇게 됐다고."

"내게 굳이 설명을 할 의무는 없어, 멜빈. 자넨 성인이야. 자네가 원하는 걸 할 수 있지."

"나한테는 오랜만이었어, 데커."

"다시 그녀를 만날 건가?"

"응. 그럴 거야."

"잘됐어."

"무슨 뜻이야?"

"인생을 혼자 살아 나가야 할 필요는 없잖아?"

"이봐, 성급하게 굴지 마. 난 프로포즈나 뭐 그런 걸 한 게 아니야. 우린 그냥 연락하고 지내는 거뿐이라고. 아직은 즐겁게 지낼 뿐이야."

"잘못은 아니지, 그게."

"자넨 어때?"

"어떤 거?"

"자네가 방금 말했잖나. 인생을 혼자 살아 나가야 할 필요는 없다고."

"난 혼자가 아니야. 자네와 알렉스, 보거트, 밀리건이 있잖나."

"내가 무슨 말을 하는지 알 텐데."

"이봐, 자네 모르겠어? 알렉스와 난 오래된 부부 같아. 우린 맨날 말싸움을 해. 자네에 대해서도 논쟁하고."

마스가 그를 짓궂은 눈으로 쳐다보았다. 데커가 말했다. "이야기가 길어. 짧게 말하면, 우리 둘 다 자네가 잘 지내서 기뻐."

"고마워."

두 남자는 잠시 선수들을 쳐다보고 있었다.

마스가 말했다. "이 팀 와이드 리시버는 움직임이랑 손이 빨라. 포스트루트 셔터가 지금 막 득점한 거 봤나?"

"자네가 뛰었을 때가 생각나는군. 하지만 그러고 나서 움직임을 봉쇄당하면 자네는 늘 누군가를 치고 나갔지."

"그래, 그건 옛날 고릿적 이야기지."

"뭘 하고 싶은지 생각해봤나?"

"물론. 답은 아직 못 찾았어. 하지만 앞으로 어떻게 될지는 생각 안 하려고. 자네 사건은 어떻게 되어가고 있나?"

"계속 꼬이고 있어, 사실."

"아직 자네 머릿속에서 뭔가 잡히는 게 없나?"

"뭔가 잡으면, 다시 다른 뭔가가 나오고, 다시 꼬이고 그래."

마스가 데커의 어깨를 툭툭 두드려주었다. "내 돈은 아직 자네 거야, 친구."

데커가 말했다. "미식축구를 좋아하는 친구가 있는데, 만나러 가 볼 텐가?"

"물론이지. 누군데?"

"곧 만나게 될 걸세."

* * *

한 시간 후, 그들은 도미니언 호스피스 주차장에 차를 멈추었다.

"호스피스?" 차에서 내리며 마스가 물었다.

"이리 와, 멜빈."

몇 분 후 그들은 조이 스콧의 병실 안에 앉아 있었다.

마스가 명백히 환자로 보이는 소년을 내려다보았다. 데커가 조이에게 말했다. "이쪽은 내 친구 멜빈 마스야. 이 친구는 텍사스 올아메리칸 러닝백에 선정되었었고, 하이즈먼 트로피 최종 후보까지 올라갔었어. 사정이 있어서 내셔널 풋볼 리그에서 뛰진 못했지만, 아마 내셔널 풋볼 리그에서 뛰었더라면 명예의 전당까지 올라갔을 거야." 그가 조이의 침대 등 옆에 놓인 사진을 가리켰다. "저기 있는 친구 페이튼처럼 말이야."

"와." 조이가 감탄했다. 그가 마스에게 손을 내밀어 악수를 청했다. "만나서 반가워요, 마스 아저씨."

마스의 손이 소년의 손을 완전히 감쌌다. 그가 부드럽게 악수를 했다. "멜빈이라고 부르렴." 이렇게 말한 마스는 데커에게로 눈짓을 했다.

데커가 말했다. "조이도 미식축구를 했대. 대단한 선수가 됐을 거야."

"그래, 내가 보기에도 그래 보이네." 마스가 말했다. "넌 정말 빨랐을 거야, 조이. 몸도 탄탄했고."

조이가 고개를 끄덕였다. "전 정말 빨랐어요." 아이가 기침을 하고는 일어나 앉으려고 애썼다. 마스가 몸을 숙여 아이를 도왔다.

"그리고 전 패스도 잘했어요. 팝워너에서 쿼터백으로 뛰었어요."

"필드에서 가장 중요한 포지션일 거야." 마스가 말했다. 그가 의자를 끌어당겨 침대 옆에 놓고 앉았다. "완전히 우리가 밀리고 있던 게임이 있었어. 모든 선수들이 낙심하고 있었지. 우리가 질 게 너무 분명했거든. 그런데 우리 쿼터백이 타임아웃 직후에 작전 회의를 하면서 이렇게 말하더구나. '좋아, 친구들. 우린 이 게임에서 이길 거야. 우리 열한 명은 그 한 가지 목표를 향해 달리고 있으니까. 그리고 아무도 그걸 멈출 수 없어. 내가 공을 잡아서, 너한테 돌려줄 거야. 그리고 우리가 이기는 거야.' 그리고 무슨 일이 벌어졌는지 아니?"

"어떻게 됐어요?" 조이가 숨을 멈추고 물었다.

"우린 그 게임에서 이겼고, 그 후에 모두들 코트볼로 갔지." 그가 손가락 하나를 세워 보였다. "한 사람이 우리를 믿어준 덕분이지. 그게 모든 걸 결정했어."

조이가 미소를 지었다. 마스가 주먹을 조이의 주먹에 부딪쳤다.

조이가 데커를 건너다보았다. "멜빈 아저씨를 만나게 해주셔서 감사해요. 정말 멋진 분이에요."

"그래, 나도 그렇게 생각한단다." 데커가 말했다.

* * *

조이의 병실에서 나와 차로 걸어가면서 마스가 나직이 물었다. "그래서 저 애는 더 이상 기회가 없는 건가?"

"아마 그럴 거야." 데커는 말했다.

"젠장, 더 이상 인생의 기회가 없다니."

"그래." 데커가 말했다. "인생은 엿 같지. 무척."

마스가 데커를 응시하며 말했다. "우리 둘 다 그걸 알고 있는 것 같은데."

"자넨 오늘 저 애한테 큰 선물을 줬어, 멜빈."

"저 애도 내게 그렇게 해줬어."

"무엇을?"

"자네에게도 미래에 대해 생각해볼 수 있게 해준 것 같은데. 내가 뭘 해야 하는지 말이야. 조이에겐 기회가 없지. 그래서 난 내가 가진 기회를 망치고 싶지 않단 생각이 들었어. 그러니까, 자넨 기회가 있잖나, 안 그래?"

데커가 천천히 고개를 끄덕였다.

두 사람은 차에 올랐다. 멜빈이 차를 출발시켰다. "자네 아파트로 돌아가는 건가?" 그가 물었다.

"응, 알렉스가 집에 있을 거야. 자네 저녁에 약속 있나?"

"응, 사실상."

"브라운?"

"하퍼."

데커가 활짝 미소를 지었다. "하퍼."

"길 아래쪽에서 더블데이트를 할 수도 있지 않을까?"

"그러려면 커플이 둘이어야 하는데. 알렉스와 난 커플이 아니야. 난 그녀의 큰오빠쯤 된다고. **진짜 큰오빠.**"

"나도 알아. 그럼 그냥 같이 어울리는 건 어때?"

마스가 데커를 아파트에 내려주고는 차를 몰고 떠났다. 데커는 잠시 그가 가는 모습을 지켜보았다. 재미슨의 차가 주차장에 세워져 있었다. 그는 재미슨이 집에 있다는 것을 알았다.

하지만 그는 안으로 들어가지 않았다. 대신에 동쪽으로 방향을 틀어 걷기 시작했다. 20분 후, 데커는 세실리아 랜들의 집 앞에 서 있었다.

경찰과 FBI의 현장 조사는 끝나가고 있었다. 데커는 신분증을 보여주고 안으로 들어갔다. 그는 작은 거실에 서서 주변을 둘러보았다.

FBI 과학수사대에서 나온 사람이 증거물 상자를 닫고는 그를 올려다보았다. "전에도 여기 오셨죠, 보거트 요원과 함께요."

"맞습니다. 뭐 해주실 말씀이 있나요?"

"뒤통수에 가한 총상 한 방으로 죽었어요. 즉사했죠. 침실에서 발견되었고요."

"침대 위에 있었습니까?"

"아뇨, 옆에요."

"바닥에 쓰러져 있었습니까?"

"아뇨. 법의학적 소견으로는 침대 옆에 꿇어앉아 있었어요."

"범인이 그녀가 그런 자세를 취하게 하고 죽인 건가요?"

"제 생각으로는 그렇습니다. 긴 셔츠에 파자마 차림이었어요. 침대에서 잠을 자고 있었던 것 같아요."

"강제적인 침입 흔적은 없다고 알고 있습니다. 문은 다 잠겨 있었습니까? 창문도 닫혀 있었고?"

"모두 잠겨 있었습니다. 하지만 이 지역 이웃들은 그다지 안전하다고 말할 수 없죠. 또 이 집은 보안 시스템이 설치되어 있지 않아요. 그저 앞문과 뒷문에 추가 자물쇠를 단 것 정도예요. 창문도 다

걸쇠로 걸려 있었고요."

"피해자가 잠들어 있는 상태에서 누군가 문을 따거나 열쇠로 열고 들어왔을 가능성은요?"

"문의 자물쇠들을 확인해봤어요. 제아무리 좋은 총도 뒤에 뭔가 흔적을 남기기 마련이에요. 하지만 전혀, 아무것도 발견할 수 없었습니다."

"열쇠는요?"

"가능성 있죠."

"없어진 물건은 없습니까?"

"피해자는 장신구들을 무척 많이 가지고 있군요. 하지만 이렇다 할 만한 건 없어요. 약상자 안에도 처방약은 없었고요. 가방 안에도 지갑과 신용카드, 현금이 그대로 있었어요."

"강도는 아니란 소리군요. 그냥 그녀를 죽일 목적으로 들어왔단 소리네요."

"요원님이 수사 중인 사건과 관계가 있을 것 같아 보이는데요."

"**무척** 관계가 있을 수 있죠."

"그럼, 행운을 빕니다. 누가 이런 짓을 했는지 알아내시길 바랍니다."

저도요, 데커는 생각했다.

0 061

"젠킨스를 찾을 수가 없어. 지구상에서 완전히 사라져버린 것만 같아."

보거트는 크게 실망한 기색이었다. 다들 FBI 빌딩 그의 사무실에 모여 있었다. 데커와 재미슨, 밀리건이 그의 맞은편에 앉았다.

FBI 특수 요원은 지금 머리칼은 헝클어지고, 수염은 이틀 동안 깎지 않아 덥수룩했다. 넥타이는 목에서 잡아빼 늘어진 상태였다. 평소의 말끔한 외모와는 달리 완전히 흐트러진 모습이었다.

"앨빈 젠킨스는 어쩌면 기껏해야 30분 먼저 나갔을 뿐이에요." 재미슨이 말했다. "데커와 제가 조이의 방에서 책을 확인했던 시간은 그리 길지 않아요. 어떻게 그렇게 빨리 사라져버린 거죠?"

"분명 데커와 헤어지자마자 예약했을 거예요." 밀리건이 말했다. "그의 차는 주차장에 있어요. 조력자가 있었다는 의미죠. 내내 걸어갈 순 없을 테니까. 사전에 세운 계획대로 착착 움직인 것 같아요. 아마도 와달라고 전화한 것 같아요."

보거트가 덧붙였다. "그의 아파트를 수색해봤네. 헌던 인근이더군. 버크셔의 집에는 아무것도 없었다고 했지? 그의 집 역시 마찬가지였어. 냉장고도 없고, 옷장에는 옷 한 벌 걸려 있지 않았어. 속옷과 세면도구조차 없더군. 가구는 모두 그 방을 빌릴 때 같이 빌린 거였고. 하지만 아직 계속 샅샅이 뒤지고 있는 중이야. 데이터베이스에 넣고 돌릴 만한 칫솔이나 뭐 다른 적당한 물건을 찾고 있어. 지금까지는 아무것도 안 나왔어. 버크셔처럼 데이터베이스에 없을 가능성도 생각하고 있어."

"하지만 그는 호스피스에서 일했잖아요." 재미슨이 지적했다. "병원에서 채용할 때 이력 조사를 했을 거예요."

"당신이 생각한 것만큼 충분히 많이 한 건 아니었어요." 밀리건이 대답했다. "급여가 많지 않아서 직원을 채용하는 데 꽤 어려움을 겪었답니다. 이력 조사는 대강 넘겼을 거예요. 버크셔처럼 이력내용이 사실이 아닐 수도 있고요. 이 남자에 대해서도 아직 나온 게 없다고 말할 수 있죠."

재미슨이 보거트를 보았다. "그럼 우린 **아무것도 가진 게 없단 말인가요?**"

"우리가 가진 건 엉망진창인 상황뿐이지." 보거트가 말했다.

데커가 대답했다. "지금 당장은 그냥 혼란스러운 상태이긴 하지만, 아무것도 가진 게 없는 건 아니지. 조각을 다 맞출 수 있다면." 그가 보거트를 응시했다. "누군가 세실리아 랜들의 집 열쇠를 가지고 있었어. 강제 침입 흔적은 없고. 살인자가 침입했을 때 그녀는 잠을 자고 있었어. 그 시간에 그녀가 누굴 들인 게 아니라고."

"살인자가 열쇠를 가질 수 있는 방법은 다양하지."

"그렇지. 그 부분을 다 조사해봐야 해."

"데커, 내털리와 이야기를 했잖아요." 밀리건이 말했다. "이 모든 일들이 일어나기 전에 그녀의 아버지가 앰뷸런스 사건에 대해 말했다고 했잖아요. 그게 무슨 뜻이었을까요?"

"그는 자기 딸에게 뭔가를 말하려고 했을 거예요. 직접적으로 말하지 않고 암시할 수밖에 없었지만요."

"암시하려 했다고요?" 재미슨이 말했다. "어떻게요?"

"딸의 도박 빚이든, 사위의 도박 빚이라고 믿었든, 그는 그걸 변제하려고 기밀을 빼냈어요. 난 그가 딸에게 자신이 돈을 어떻게 만들었는지 말해주었을 것 같지는 않아요. 하지만 그는 돈이 지불되었다는 걸 알았죠. 딸이 살아 있었으니까. 그리고 그녀는 아버지에게 모든 게 다 잘됐다고 말했고요. 하지만 도박 빚을 변제하기 위한 돈을 만드는 과정에서 대브니는 버크셔와 마주쳤어요. 어떻게 어떤 방식으로 만난 건지는 모르지만요. 난 버크셔가 이 일의 시작 지점에서부터 연루되어 있었다고 생각해요. 그녀는 그 빚에 대해 알고 있었을 거예요. 젠장, 어쩌면 그녀와 그녀가 속한 집단이 내털리를 도박 중독으로 이끌었을 수도 있어요. 그녀가 자기 아버지에게 도움을 청할 수밖에 없단 걸 알았기 때문에 막대한 빚을 지게 만들었을 수도 있겠죠."

"잠깐만요. 그렇다면, 버크셔는 대브니를 한동안 목표로 삼았단 거네요. 우리는 아직 두 사람 간의 연관 관계를 못 찾아냈어요."

"그건 상관없어요. 논의를 위해서, 일단 둘 사이에 연관 관계가 **있다고** 가정해보죠. 대브니는 기밀을 들고 버크셔에게 갔어요. 그는 기밀의 가격을 책정했죠. 그녀는 동의했겠죠. 그 빚을 해결하는 데 1천만 달러씩이나 필요가 없단 걸 알고 있었으니까요. 기밀은 넘어갔고, 돈은 나왔어요. 그리고 그중 일부가 빚을 변제하는 데

들어갔어요. 젠장, 모두가 알다시피, 버크셔가 누구를 위해 일하든 그자들은 원래 채권자에게서 그 빚을 받을 권리를 샀을 거예요. 그래서 돈을 지급하는 자와 그 돈을 받는 자가 같다는 것이죠. 그렇게 그들의 돈이 세탁된 거고요."

재미슨이 말했다. "그래서 두 사람 사이에 거래가 성공적으로 완료되었다면, 왜 대브니는 버크셔를 죽였을까요?"

"도박 빚에 관한 한 그는 그녀의 손안에 있었는데, 실제로는 그런 것이 아니었다는, 뭔가를 알게 되었던 거겠죠." 그가 말을 멈췄다. "그는 자기가 죽어가고 있다는 걸 알았어요."

보거트가 말했다. "그 범죄를 위해 더 애쓸 필요가 없단 걸 알게되어서 그녀를 죽였다는 말인가? 암이 자기를 죽이기 전에 스스로 죽겠다는 생각도 하고?"

"그러기도 하고 아니기도 해."

"이런, 데커, 이제 컴퓨터 알고리즘보다 더 복잡해지고 있어요." 밀리건이 소리쳤다.

"이 연장선상에 있을 가능성이 상당하다고 생각해요. 그가 복수를 원했던 건 맞아요. 그녀는 그가 기밀을 팔아넘긴 스파이였고, 그는 그 사실을 견딜 수 없었으니까요. 그가 기밀을 팔았다는 건 돌이킬 수 없는 일이었고, 그래서 그녀가 이 나라에 대해 다시는 스파이 짓을 하지 못하도록 막을 수밖에 없었던 거죠."

보거트가 이의를 제기했다. "좋아, '그러기도 하다' 쪽은 지금 설명이 된다고 해. 그럼 나머지 '아니기도 하다' 쪽은?"

"그가 그것을 실행한 방식. 그가 그녀를 어떻게 FBI 빌딩 쪽으로 오게 해서 그 자리에서 총을 쐈는지가 설명이 안 돼."

"왜 그랬을까?"

"그는 누군가에게 메시지를 보내고 싶어 했어. 그 정도면 충분히 명확히 전달되었다고 생각했겠지. 그는 이 일을 더 이상 하지 않을 테니 뒤로 물러서는 게 나을 거라는 메시지."

보거트가 자세를 똑바로 고쳐 앉았다. "잠깐, 그들이 대브니에게 다시 한 번 스파이 짓을 시키려고 했다고 말하는 건가?"

"물론이야. 일단 한번 그에게 그런 짓을 시키고 나자, 그들은 그를 이용할 충분한 근거가 생겼지. 그가 협조하지 않으면, 그들은 그를 옭아맬 정보, 그를 묻어버릴 증거를 터트리기만 하면 되니까. 버크셔는 그때까지 오랫동안 그래왔고, 그런 일에 죄책감도 느끼지 않았을 거야. 하지만 대브니는 고통스러웠겠지. 그리고 가족도 있었으니까."

보거트가 고개를 끄덕였다. "그래서 정면으로 맞서서 그 싹을 잘라버리려 했던 거군. 버크셔도 죽고, 자신도 죽고. 그리고 그가 이미 죽어가고 있다는 걸 그들이 알지 못했기 때문에 이 모든 일이 일어났다는 건가?"

"맞아. 지금 두 가지 질문에 대한 답을 알게 되면 좋겠군."

"그게 뭔가?" 보거트가 물었다.

"대브니가 앰뷸런스에 대한 이야기를 하면서 딸에게 전달하려고 했던 게 뭘까? 그리고 왜 직접적으로 말하지 못했던 걸까?"

"그리고 두 번째 의문은?"

"그 빌어먹을 광대는 도대체 누굴까?"

0 062

"당신 꼴이 말이 아니네요." 재미슨이 말했다.

재미슨이 운전을 하면서 조수석에 구겨진 데커를 건너다보았다.

"꼴은 괜찮아요. 단지 아플 뿐이에요. 당신이 새 차를 사는 걸 도와줘야겠어요, 알렉스. 난 더 이상 이 차 못 타겠어요. 다리에 혈전이 생길 것만 같다고요."

"의자를 조금 뒤로 밀어서 앉는 건 어때요."

"도구 네 개를 가지고 한 시간째 이러고 있는데, 정말이지 별 도움이 안 돼요."

"무슨 차를 사주게요?" 그녀가 활발하게 말했다.

"많이 생각한 건 아닌데, 일단 최소한 이것보다 두 배는 큰 놈으로요. 다리 좀 뻗을 수 있게요."

성가신 비가 다시 내리기 시작했고, 차들까지 빵빵거리는 통에, 우울한 생각들이 더 우울해졌다. 데커가 눈을 감았다.

"그래서 멜빈이랑 조이 스콧을 만났다고요?"

데커가 눈을 뜨고 고개를 끄덕였다. "멜빈이 하이즈먼 트로피를 받을 뻔했고 명예의 전당에 올랐을 수도 있는 선수였다고 하니까, 조이가 완전히 흥분해서 타오르더군요."

"그랬을 거 같네요. 그 소릴 들으니, 버크셔가 조이를 그런 식으로 이용했다는 게 더 끔찍하네요. 그러니까, 말기 환자에게 너무 끔찍한 짓을 저질렀는데, 심지어 조이는 그 병원에 있는 유일한 아이였잖아요. 빼돌린 기밀을 전달하기 위한 목적으로 애 앞에 앉아서 애한테 책을 읽어준 거잖아요."

재미슨의 말에 대한 데커의 반응은 완전히 기대를 벗어난 것이었다. "알렉스, 차 돌려요. 버지니아로 갑시다."

"버지니아요? 어디로 가는데요?"

"그 호스피스요."

* * *

샐리 파머는 아직 자기 사무실에 있었다. 그녀는 앨빈 젠킨스가 사라지는 바람에 그가 일하던 시간을 대신하기 위해 더 오래 근무하고 있다고 말했다.

"왜 그 사람이 도주했는지 전혀 모르겠네요. 경찰이 아무것도 말을 안 해줬거든요." 그녀가 맞은편에 앉은 두 사람에게 몸을 돌리고 말했다. "당신들도 말을 안 해줄 것 같군요." 그녀가 덧붙였다.

"짐작하신 대로입니다." 데커가 말했다. "앨빈 젠킨스가 여기에서 언제부터 일했습니까?"

"앨빈이, 그러니까, 한 두 달쯤 전부터예요."

"그럼 앤 버크셔가 여기에서 자원봉사를 한 건 언제부터인가요?"

파머가 잠시 생각에 잠겼다. "비슷한 때인 것 같아요."

"조이 스콧이 여기 환자로 온 건 언제죠?"

파머가 컴퓨터로 확인했다. "재미있네요."

"뭐라고요?" 데커가 날카롭게 물었다.

"음, 조이는 9주 전에 여기 왔어요. 그러니까 세 사람이 다 비슷한 때 왔다는 거죠. 놀라운 우연이네요."

"전 우연이라고 생각되지 않는군요." 데커가 말했다.

파머가 그를 똑바로 응시했다. 하지만 데커는 이 시선을 무시하고 생각에 빠져들었다. "우리가 처음 여기 왔을 때, 조이가 입양 절차를 밟고 있었는데 아프기 시작했고 파양된 거 같다고 하셨죠."

"네, 그래요. 역겨운 일이죠."

"그 사실을 어떻게 전해 들으신 거죠?"

"전해 듣다뇨?"

"누가 말해준 거 아닙니까?"

"아. 조이가 여기 오기로 승인된 날 조이와 함께 왔던 사회복지사가요. 그녀가 말해줬어요. 저만큼이나 화가 났더라고요."

"조이가 입양 절차를 밟고 있었는데, 애가 말기 암 환자라는 걸 양부모가 알고 파양하기로 결정한 거라는 이야기인 거죠."

"네, 맞아요."

"조이의 의료 기록을 가지고 계십니까?"

"네."

"우리에게 자세한 부분까지 이야기해주실 수 없다는 건 압니다. 하지만 그 애가 백혈병 진단을 받은 게 언제인지는 말씀해주실 수 있겠죠?"

파머가 이 말에 불편한 기색을 내비쳤으나, 컴퓨터를 다시 확인했다. 그녀의 얼굴에 놀라운 기색이 번졌다. "이해가 안 되네요. 이건 말이 안 돼요. 전혀 말이 안 되는데."

"무슨 일이죠?" 재미슨이 물었다.

데커가 대답했다. "누군가 암에 걸리면 치료를 받게 되는데, 특히 아이의 경우에는 더 세심하게 진행돼요. 조이는 백혈병인데, 그러면 아마도 수년 전에 진단을 받았을 거예요. 그리고 아무 손을 쓸 수 없다고 판단되기 전까지 온갖 치료를 다 받았을 거예요. 그러고 나서 전혀 방법이 없을 때 여기로 오게 되죠. 그러니 조이를 입양하려고 했던 부모는 오래전에 이 모든 사실을 알았을 거예요. 그러니 애를 파양할 이유가 없는 거죠."

파머가 동정적으로 말했다. "맞아요. 정확히 그렇습니다."

데커가 주변을 둘러보았다. "여기는 멋진 호스피스 병원이네요. 개인 호스피스도 있고요. 조이 같은 고아가 어떻게 여기에 올 수 있었던 거죠?"

"오, 그게, 그 부부와 이야기를 나눠봤는데, 그들이 **약간의** 선의를 베풀었어요. 그들이 조이의 병원비를 대고 있어요."

"자기들이 파양하기로 한 애의 병원비를 대고, 한 번도 오지 않는다는 거군요." 재미슨이 말했다. "그게 말이 돼요?"

데커가 말했다. "드러나는 것만으로 생각할 게 아니에요. 다른 게 있어요. 조이가 어떻게 **여기에** 오게 된 겁니까?" 그가 파머에게 물었다.

"그 부부요. 그들이 병원비를 지불하고, 이 병원도 고른 거죠."

"그럼, 버크셔와 젠킨스는 둘 다 조이가 여기 온 **뒤에** 왔고요."

"네, 맞아요. 바로 직후에요. 조이가 먼저 왔지요."

"그럼 버크셔가 아이에게 책을 읽어주겠다고 했나요?"

"네."

"애가 여기에 온 걸 그녀가 어떻게 알았을까요?"

이 말에 파머도 혼란스러워했다. "확실하지 않아요. 그녀가 와서 여기에 어린애가 있느냐고 물었어요. 아이들의 기력을 북돋워주고 싶다고 했어요."

"그렇겠죠. 그리고 그때 여기 있던 어린애는 조이뿐이었고요?"

"네. 호스피스에 어린애가 있는 경우는 드물어요. 하지만 불행하게도, 그런 일이 있죠."

"그렇죠." 데커가 말했다.

"말씀드렸다시피, 전 그 부부가 애를 파양한 걸 조금이나마 만회하기 위해 병원비를 냈다고 생각했어요."

"네, 알겠습니다, 거기에 대해선 생각하지 않으셔도 됩니다."

"네?" 파머가 뭔가 말을 하려고 했다.

"그 부부의 이름과 주소가 있습니까?"

"그건 비밀이에요."

"그걸 알려주실 수밖에 없을 것 같다고 말씀드려야겠네요."

"왜죠?"

"그들이 이 호스피스를 국가의 적들에게 국가 기밀을 넘겨주는 용도로 이용했거든요. 만약 알려주시지 않는다면, 영장을 발부받아 이곳 주변에 FBI 특별 기동대를 배치할 겁니다. 결정하시죠."

063

메릴랜드로 향하는 어퍼 매사추세츠 가는 외국 대사관과 기품 있는 대저택들이 즐비한 곳이다. 전통적인 부자와 신흥 부자 들이 이곳에서는 쉽게 섞이지 않는다. 순자산이 아홉 자리를 넘지 않는다면 이 지역에서 집을 얻을 수조차 없었다.

외국 정부 고관이 방문할 때 차 흙받기에 깃발을 꽂고 호위하는 경우 말고는 주민들은 경찰의 존재에 익숙하지 않았다.

"좋아, 데커. 여기에 대해 자네 말이 맞았으면 좋겠네." 보거트는 신경이 날카로워져서 말했다.

그와 밀리건, 재미슨은 1930년대 튜더 양식 저택 맞은편에 차를 세워두고 저택을 바라보았다. 높은 돌담벼락으로 둘러쳐진 철제 대문이 사람들의 출입을 가로막고 있었다.

데커가 말했다. "나도 그랬으면 좋겠군."

"자, 갑시다."

그들은 차 밖으로 나와 집으로 다가갔다. 보거트가 무전기에 대고 말했다. "모두 정위치. 전 지점 포위하고 있나?"

응답이 들려오고, 그가 고개를 끄덕였다.

"좋아." 그가 말했다.

그들이 문에 도착한 뒤, 보거트가 초인종을 한 번 눌렀다. 첫소리가 났지만, 아무 응답이 없었다.

그는 다시 한 번 초인종을 눌렀다. 이번에도 역시 아무 응답이 없었다.

"FBI입니다, 문 여세요."

이번에도 응답이 없었다.

"FBI입니다. 문 열어요. 안 열면 강제로 밀고 들어갑니다."

이번에도 응답이 없었다.

"아무도 안 계십니까?" 보거트가 물었다. 그가 주변을 둘러보고는 무전기를 다시 꺼냈다. "진입."

곧바로 트럭 한 대가 굉음을 울리며 올라왔고, SWAT 기동대 복장을 한 남자 둘이 내렸다. 그들이 수력식 램을 바퀴 축에 설치했다.

"시작해." 보거트가 말했다.

그들이 램의 전원을 넣고, 문 쪽에 가져다 대고는 바퀴를 제어했다. 남자 하나가 들고 있는 리모컨 버튼을 눌렀다. 피스톤이 앞으로 짧게 튀어나와 문 중앙을 똑바로 들이받았다. 문이 부서졌다.

"시작해." 보거트가 무전기에 대고 말했다. SWAT 기동대 한 무리가 트럭에서 쏟아져 나오더니 긴 진입로로 달려 들어갔다. 부지 반대쪽에서는 FBI 요원들이 벽을 기어올라 와 집 쪽으로 방향을 틀었다.

보거트, 밀리건, 데커, 재미슨이 SWAT 기동대 뒤를 바짝 붙어 따라갔다. 현관문 앞에 도착하자 보거트가 나무문을 두드리고는 FBI라고 고지했다. 대답이 없었다.

"내려." 보거트가 지시했다.

이동용 램이 왔다. 램이 문을 들이받자 문이 부서지고 길이 열렸다. 요원들이 안으로 쏟아져 들어갔다.

거대한 집이었다. 숨을 곳이 많았다. 하지만 수색하기 어려울 것 같지는 않았다.

서재는 아름다웠다. *끄트머리가* 그은 거대한 벽난로의 대리석 상판에는 책들이 줄지어 꽂혀 있었다. 중앙에는 화려하게 장식된 책상과 등받이가 높은 가죽 의자가 놓여 있었다. 한쪽 벽에는 검은 가죽 소파와 윙체어 두 개가 있고, 그 앞에 나무와 연철로 만들어진 커피 테이블이 놓여 있었다. 거기에 아마도 그 집의 주인들이었을 사람들이 보였다.

하지만 그들은 주변 상황에 전혀 반응을 보이지 않았다.

한 남자가 의자 하나에 앉아 있었다. 여자는 소파 맞은편에 축 늘어져 있었다. 그들의 이마 한가운데에 검은 총상 흔적이 길게 나 있었다.

"알프레드 고르스키와 줄리아 고르스키야." 보거트가 말했다.

"문제의 싹을 잘라버렸군요." 밀리건이 의견을 냈다.

보거트가 말했다. "이 집을 샅샅이 뒤져봐야겠군."

"이송팀을 부를게요." 밀리건이 전화기를 꺼내며 방 한쪽 끄트머리로 이동했다.

보거트가 데커를 보았다. "이 죽은 친구들이 기밀을 전달하는 데 이용된 거 같은가?"

데커가 고개를 끄덕였다. "이들은 조이가 죽어가는 걸 알았어.

그래서 조이를 '입양하기로' 한 거지. 처음부터 입양할 의도는 조금도 없었던 거야. 애를 도미니언 호스피스에 보낼 거였으니까. 그리고 그게 버크셔가 그곳에 온 이유였을 거야. 기밀을 넘겨주는 위장 방책으로는 완벽했어. 그러니까, 누가 의심을 하겠어? 젠킨스는 원래 야간 당직자로 일하기로 했던 여자가 나타나지 않자 그 일을 얻어냈지. 그 여자 시신이 언제 발견될지 궁금하군."

"젠장, 일이 점점 커지는군." 보거트의 목소리가 높아졌다. 그가 목 뒤를 쓸었다.

"우주까지 커지겠어." 데커가 대꾸했다.

목소리 하나가 들려왔다. "하지만 좋은 소식도 있어요. 우리 쪽에서 어쩌다 그들의 첩보망을 끊어놓았다는 거죠. 이제 네 명의 정보원을 잃은 걸로 집계되네요."

그들이 몸을 돌렸다. 하퍼 브라운이 문간에 서 있었다.

그녀가 걸어 들어와 부부를 내려다보았다.

"아는 사람들인가요?" 보거트가 말했다.

"네. 고르스키 부부는 자선 파티를 주최하고, 병원 신축 개관식에서 리본을 자르고, 성대한 파티를 열었죠. 거기엔 우리 정보국 윗분 중 한 분이 참석했고요."

"어떤 사람들입니까?" 보거트가 물었다.

"이민자예요. 폴란드에서 왔어요. 거대한 수출입 회사를 세웠죠."

"우리도 이제 이들이 물품을 수출하고 수입했단 걸 알게 된 것 같은데요." 재미슨이 말했다.

"그렇게 유명 인사인데, 이들이 조이에게 한 짓이 부정적인 여론을 형성하지 않았다는 게 신기하네요." 보거트가 말했다. "그러니까, 애를 파양했잖습니까."

브라운이 말했다. "홍보부 직원을 고용하는 이유가 그 때문인 거죠. 그들은 애의 호스피스 병원비를 지불하고 있었어요. 누군가 알았다고 해도, 그 일로 타격을 받지는 않았을 거예요. 또 이들은 사우스이스트 지역의 위험한 환경에 처한 청소년들을 위한 새로운 시설을 건설하는 데도 기부금을 냈죠. 조이 일이 좀 끔찍하기는 하지만, 아무도 애 하나 가지고 그들에게 심한 비난을 하진 않았을 거예요."

"홍보부 직원들이 이들의 스파이 행위를 어떻게 처리할지 궁금하네요." 재미슨이 말을 낚아챘다.

보거트가 브라운에게 말했다. "어떻게 여기에 온 겁니까?"

브라운이 재미슨을 쳐다보았다. "알렉스가 전화해줬어요. 공지해줘서 고마워요."

"천만에요." 재미슨이 말했다. 데커가 그녀를 호기심 어린 눈으로 쳐다보았다.

"고르스키가 누구를 위해 일했을지 짐작 가는 데가 있습니까?" 보거트가 말했다.

"물론, 확실히 의심이 가는 쪽은 러시아인들이에요. 하지만 중국, 북한, 중동 지역의 다른 선수들을 배제할 순 없죠."

재미슨이 말했다. "중동 지역 테러리스트들이 고르스키 같은 사람을 이용한다고요? 그들이 이들을 신뢰할 것 같진 않은데요."

"당신과 나처럼 보이는 사람들 중 많은 이들이 과격해지곤 하죠." 브라운이 대답했다. "북한이나 중국을 위해 일하는 사람들도 있어요. 때로 돈 문제 때문이기도 하고요."

"음, 고르스키가 수십 년 동안 부자로 살았고, 그 기간 내내 스파이 활동을 한 거라면, 중동 지역을 배제할 수는 있을 거예요." 데커가 말했다. "9·11 직후까지는 활동하지 않았으니까요."

"놀라운 일이죠." 브라운이 말했다.

"고르스키 같은 지위에 있는 사람이 실제로 기밀을 빼돌릴 수 있습니까?" 보거트가 물었다. "아니면 자금을 댄 겁니까?"

"후자요. 고르스키는 기밀이 존재할 법한 곳과는 계약을 하지 않았거든요. 하지만 상류층에 진입해서 그런 기밀들을 가지고 있는 사람들과 접촉했죠. 그중에는 최고위층도 있어요. 그러니까 정치인, 군인, 공무원, 방위 계약 도급업체 사장 들을 말하는 거예요. 모두들 어느 시점에는 이 집에 와봤을 겁니다."

"최고위 수준의 가능성이라고 할 만하네요." 보거트가 말했다.

"전 있는 그대로 말하는 것뿐이에요, 보거트 요원."

"그럼 우리가 월터 대브니가 빼돌린 기밀이 이 네트워크를 통해 움직였다고 생각해야 할까요?"

"고르스키 부부가 기밀에 대한 대가로 내털리의 도박 빚을 변제했다는 사실이 밝혀져도 놀랍지 않을 것 같네요. 기밀은 대브니에게서 버크셔에게로 직접적으로 흘러갔을 거예요. 그녀는 그것을 젠킨스를 통해 보내고, 그는 첩보망으로 보냈겠죠." 그녀가 보거트를 보았다. "우리 쪽 사람들이 《해리 포터》 책에 있는 암호를 풀었어요."

"그리고요?"

"9개월 동안의 기밀 정보가 그 책에 무척 다양한 형광물질로 표시되어 있더군요. 우리는 가장 민감한 DIA 데이터베이스 세 곳에 뒷문이 있지 않을까 의심했어요. 그래서 대브니가 범법 행위를 했다고 믿게 된 거죠. 해외에 파견된 우리 위장요원이 무척 위태로워졌어요. 이미 그것 때문에 요원을 다섯 명이나 잃었다고요."

"하지만 대브니는 9개월 전에는 기밀을 훔치지 않았어요." 보거 트가 지적했다. "그가 그 일을 한 건 그 이후의 일이에요. 내털리가 도박 빚으로 문제에 처했을 때요."

"그들과 함께 일한 스파이가 대브니 하나만은 아니죠." 브라운이 말했다.

"그가 단지 DIA의 민간 도급업자였다는 이유만으로 그 정보를 얻어낼 순 없었단 소리로 들리는군요." 재미슨이 말했다. "당신 쪽 사람들이 내부적으로 뭔가 지킬 게 있다는 소리로 들리는군요."

"맞아요. 하지만 대브니는 주요 요인들과의 관계를 이용해 그 데 이터에 접근할 암호를 알아냈죠. 우리는 그 일이 벌어진 뒤에 이 모든 걸 알게 되었지만, 이미 손실은 발생한 상태였죠."

"어떤 자산입니까?" 데커가 물었다. "그게 이 뒤에 누가 있을지 범위를 좁혀줄 겁니다."

"시리아와 리비아예요."

"이 등식에서 일단 뺄 수 있는 선수들은요?"

"30년 전에 일어났던 일 같아요. 러시아가 중동 지역에서 지정 학적 위치를 선점하기 위해 어마어마한 투자를 했죠. 러시아가 배 후에서 조종할 수 있도록 말이에요. 푸틴은 무자비한 인물이고, 러 시아가 다시 한 번 세계 패권을 장악할 계획을 확고히 마음속에 그리는 중이었죠. 그는 모든 곳에서 영향력을 발휘해야 했어요. 특 히 사막에서요. 그래도 중국을 배제할 수는 없죠. 그들도 비슷한 목표를 갖고 있거든요. 그들이 남중국해에 어떤 일을 했는지 알아 야 해요. 이 두 나라는 군사력을 증대했어요. 북한의 김정은도 와 일드카드라고 할 수 있어요. 김정은은 미국의 서부 해안까지 도달 할 만한 핵무기를 가져야겠다고 결심했지요."

"지구 종말의 날이 생각보다 빨리 다가온 것 같네요." 재미슨이 체념한 듯한 어조로 말했다.

"지금 한 것처럼 스파이 작전을 무력화하지 못하면, 난 은퇴 계획을 세우지 않아도 될 거예요." 브라운이 말했다. "그럴 필요가 없을 테니까." 그녀가 불길하게 덧붙였다.

064

데커는 눈을 감고 머리를 아래로 기울인 채 소파에 앉아 있었다.

재미슨이 긴소매 셔츠에 운동복 반바지를 입고 욕실에서 막 나왔다. 한 손으로는 이를 닦고, 다른 손에는 작은 쓰레기봉투를 들고 있었다. 맨발로 응접실로 나와서 데커를 흘끗 보고는 어깨를 으쓱하고 주방 아일랜드 식탁 한쪽에 있는 큰 쓰레기통에 봉투를 떨어뜨렸다.

그때 누군가 문을 두드렸다.

재미슨은 주변을 두리번거리며 데커에게 시선을 주었다. 그가 그 노크 소리를 들은 것 같진 않았다.

말을 하려고 입을 벌리자 입에서 치약이 뚝뚝 떨어졌다. 재미슨은 한 손으로 입가를 닦고 서둘러 싱크대로 가서 입을 헹궜다.

노크 소리가 다시 들렸다.

"데커, 문 좀 열어줄래요?"

그는 미동도 하지 않았다. 눈도 뜨지 않았다.

"싫다는 말로 받아들이죠!" 재미슨이 소리쳤다. 그리고 키친타월을 뽑아 입가를 닦고는 서둘러 문으로 갔다. 현관문 외시경으로 바깥을 내다본 그녀는 눈을 둥그렇게 떴다.

"네?" 그녀가 문 너머로 말했다.

양복 차림의 남자 네 사람이 바깥에 서 있었다. 한 사람이 외시경으로 자신의 신분증을 들이댔다.

"젠장!" 재미슨이 중얼거렸다.

그녀가 문을 열고 뒤로 물러났다.

네 남자는 전혀 움직이지 않았다. 대표로 보이는 남자 하나가 그녀를 위아래로 훑어보고는 아직 소파에 앉아 있는 데커 쪽을 건너다보았다.

"에이머스 데커 씨?" 그가 말했다.

"무슨 일이죠?" 재미슨이 말했다. "그러니까, 우리는 함께, 제 말은……." 그녀가 허둥지둥하다 숨을 빠르게 들이마시고는 목을 가다듬었다. "전 알렉스 재미슨이에요. 저기 있는 남자가 에이머스 데커고요."

"전 비밀 수사국 소속 특수 요원 네이선 딜입니다. 데커 씨, 우리와 함께 가주셔야겠습니다."

"언제요?" 재미슨이 물었다.

"지금요."

"왜요?" 그녀가 물었다.

"지금 가야 합니다."

데커가 눈을 뜨고는 그들을 건너다보았다. "옷을 갈아입는 게 좋을 것 같아요, 알렉스."

"여기 있는 당신 친구분은 조사에 포함되어 있지 **않습니다.**" 딜이 날카롭게 말했다.

"그럼 나도 안 갑니다." 데커가 말하고는 다시 눈을 감고 소파에 몸을 기댔다.

딜이 동행 중 한 남자에게 눈짓을 하고는 재미슨을 보았다. "우리가 받은 명령에는 저 사람만 데려오게 되어 있습니다."

"데커." 재미슨이 말했다. "비밀 수사국이래요, 제발요."

"내 체포영장을 가지고 온 게 아니라면, 당신이 가지 않는 한 나도 안 가요. 날 여기서 끌어내고 싶다면, 내 몸무게가 제법 나간다는 점을 충고해주죠."

딜이 얼굴을 찌푸리더니, 전화기를 꺼내고는 응접실로 발을 들였다.

잠시 시간이 흐르고 그는 그들과 한 공간에 있게 되었다. 딜이 길게 한숨을 내쉬고는, 재미슨을 응시하더니 퉁명스럽게 고개를 끄덕였다. "좋습니다. 함께 가시죠."

그녀가 입을 쩍 벌리고 한참 동안 그를 응시하고는 말했다. "옷 갈아입게 10분만 주시겠어요?"

"5분 드리겠습니다. 기다리고 있는 **사람들이** 있어서요."

그녀가 서둘러 응접실을 달려 내려가 자신의 침실로 들어가 문을 쾅 닫았다.

딜이 안으로 더 들어와 데커를 훑어보았다. 데커의 너저분한 옷차림과 흐트러진 매무새에 시선이 꽂혔다. "그쪽도 좀 씻고 옷을 갈아입어야 할 것 같은데요?"

데커가 자리에서 일어났다. 키가 큰 데커가 남자를 내려다보는 형세가 되었다. "별 소용은 없을 겁니다."

"왜죠?" 딜이 딱 부러지는 말투로 대답했다.

"옷이 전부 다 이 모양이거든요."

놀랍게도 딜이 미소를 지었다. "보통 사람들과는 다른 방식으로 행동하신다는 말은 들었습니다. 정말이지 신선하군요."

* * *

"오 이런, 빌어먹을 데가." 재미슨의 목소리가 커졌다.

그녀는 슬랙스와 짧은 재킷, 흰색 블라우스에 검은 부츠 차림이었다. 머리는 뒤로 그러모아서 꽉 묶었다. 그녀와 데커는 차창이 선팅된 거대한 GMC 유콘 맨 뒷좌석에 앉아 있었다.

그녀가 백악관을 응시했다.

"뭐 신이라도 산답니까, 여기." 데커가 말했다. "대통령이 사는 데죠, 뭐."

"이런 일이 일어나다니, 믿기지가 않네요."

"사실 난 전에 와본 적이 있어요."

그녀의 입이 딱 벌어졌다. "백악관에요? 어떻게? 언제요?"

"버키스가 내셔널 챔피언십에서 우승한 해예요. 우리는 돈을 끌어모았고 행정부 연락을 받았죠. 그쪽에서 우리를 데려왔죠. 대통령도 만나고, 사진도 찍고, 멋졌어요. 난 그때 스무 살에 불과했죠."

"그런 말 한 적 없잖아요."

"그런 것 같아요."

"그 사진 어디 있어요?"

"몇 년 전에 잃어버렸는데요."

"**대통령이랑** 사진을 찍고, 그걸 잃어버렸다고요?"

"음, 그러네요." 그가 무심하게 대꾸했다.

그녀가 고개를 저었다. "난 왜 그게 놀랍지가 않죠?"

유콘이 옆문을 통과해 문 앞에 섰다. 요원들이 그들을 백악관 안으로 이끌었고, 그들은 복도를 내려가 작은 별실에 도달했다. 그 안에는 이미 보거트와 브라운이 도착해 있었다. "오늘 밤 최고위층에게 갈 거야." 보거트가 얼굴에 미소를 지으며 말했다.

"어떤 최고위층인데요?" 재미슨이 궁금해했다.

"국가안전보장회의요." 브라운이 대답했다. "그쪽 전부는 아니긴 하지만 뭐, 충분하죠."

보거트가 말했다. "오늘 밤 알렉스를 볼 거라고는 생각 안 했는데. 난 알렉스를 빼라고 요구하지 않았어. 하지만 소용없었다고."

"데커가 내가 같이 가지 않으면 자기도 안 간다고 그 사람들한테 말해서요."

보거트가 크게 웃었다. "놀랍지도 않군. 어쨌든 자네들은 한 팀이니까."

재미슨이 크게 웃다가 딱 멈췄다.

네이선 딜이 돌아온 것이다. "가시죠." 그가 큰 소리로 말했다.

일행은 긴 복도 몇 개를 지나 여러 개의 문이 이어진 입구에 도착했다. 딜이 문을 열고는 그들을 안으로 안내했다. 문이 닫혔다.

긴 직사각형 회의 테이블이 놓여 있었다. 벽에는 몇 개의 스크린이 걸려 있었다. 모두 꺼져 있었다.

여섯 사람이 테이블에 둘러앉아 있었다.

재미슨은 국무 장관, 국방 장관, 국토안보 장관을 알아보았다. 그녀의 시선이 한 여성에게 고정되었다. 나중에 알고 보니 여성은 국가안전보장국, 즉 NSA의 고문이었다. 그리고 어깨가 넓고, 해군 제복을 완전히 갖춰 입은 남성이 있었다. 그는 합동 참모총장이었다. 그리고 마지막으로 테이블 상석에 대통령이 있었다.

재미슨이 숨을 깊이 들이마시고 긴장을 풀려고 애썼다.

보거트가 그녀의 귀에 속삭였다. "대통령이 여기 있다는 것이, 이 일이 얼마나 중차대한 건지 말해주죠."

대통령이 그들에게 앉을 것을 요청했다. 모두 즉시 앉았다.

대통령이 보거트를 보았다. "보거트 요원, 얼마 전 많은 사람들의 목숨을 구한 합동 작전을 성공시킨 데 대해 FBI에 포상했었죠."

"예, 알고 있습니다."

"그런데, 요원의 팀이 이 사건에서 우리를 도울 수 있다면, 그에 따라 한 번 더 포상할 생각입니다." 대통령이 여성에게로 몸을 돌렸다. "게일, 이제 시작하죠?"

"감사합니다, 각하." NSA의 게일 찰스가 대답했다.

그녀가 방문객들에게 고개를 끄덕여 보이고 말을 하기 시작했다. "의회에서 이 문제를 브리핑했는데, 요원들의 조사로 알아낸 추가 정보에 충격을 받았습니다. 하지만 그만큼이나 몇 가지 의문이 뒤따르더군요."

보거트가 손을 들어 보였다. "자문관님, 저희에게는 무척이나 자명한 일입니다. 브라운 요원과 전 어떤 부분에 대해서는 분명하게 논의를 했습니다만, 데커 요원과 재미슨 요원은 그렇지 않습니다."

찰스가 말했다. "우리도 보안 등급 문제가 있다는 건 알고 있습니다. 현재 시나리오에서는 편안하게 진행해도 좋다고 생각하고 있습니다."

"알겠습니다. 감사합니다."

찰스가 사무적인 어투로 말을 계속 이어 나갔다. "고르스키 부부와 관련해 더 발견된 것은 있습니까? 집 수색 결과 실마리가 될 만한 정보를 발견했나요?"

보거트가 말했다. "아직 수색 중입니다. 아직 그들을 첩보망과 연결 지을 만한 건 찾지 못했습니다. 사실 찾아낼 수 있을지도 의문인 상황입니다."

"그런데 여러분은 왜 계속 그들이 어느 정도 스파이 행위와 연루되어 있을 거라고 자신하는 거지요?"

"그 부분은 무척 확신하고 있습니다. 그들은 레스턴 소재의 호스피스 병원에 있는 한 소년에게 재정적인 도움을 제공했습니다. 앤 버크셔라는 여성은 우리가 스파이라고 매우 확신하는 인물입니다. 이 앤 버크셔가 소년에게 읽어준 책에는 다양한 기관에서 빼내온 기밀 정보들이 암호화되어 있었습니다. 게다가 오늘 밤 이 자리에서 말씀드립니다만, 저희는 고르스키의 회사 계좌에서 스위스의 한 계좌로 돈이 이동한 정황을 포착했습니다. 그 돈은 에스토니아로 흘러갔다가 다시 사라졌습니다. 저희는 그게 프랑스 쪽 계좌일 거라고 믿고 있습니다. 이게 월터 대브니가 기밀을 빼돌리게 만든, 그 도박 빚을 변제한 돈이라고 저희 쪽은 생각합니다."

대통령이 침을 꿀꺽 삼키고 말했다. "그래서 요원은 이 사건 뒤에 러시아가 있다고 생각하는 겁니까?"

"그들이 우리를 해킹했던 걸 고려하면, 놀랍지 않은 일이라고 생각됩니다, 각하. 그들은 하늘, 바다, 사이버 세상에도 위력을 떨치고 있음을 보여주었습니다."

브라운이 말했다. "여기 계신 하워드 제독님도 들으셨겠지만, 각하, 최근 우리에게서 빠져나간 그 정보 때문에 우리 해외 위장요원들이 위태로워졌습니다. 두 시간 전까지, 우리는 열 명의 첩보원을 잃었습니다. 그리고 이 사건 뒤에 러시아가 있다고 생각하는 게 타당하지만, 러시아가 중동 지역의 다른 특정한 지역 세력과 손을 잡고 이 일을 저질렀을 가능성도 배제할 순 없습니다. 우리가 잃은 주요 첩보원들은 시리아, 리비아, 예멘에서 활동하던 이들입니다. 러시아가 이쪽 지역에서 전략적 이득을 취한다면, 중동, 이란, 사우디아라비아에 있는 몇몇 국가들도 이 사이에 끼려고 하겠죠."

찰스가 말했다. "모스크바가 특정 지역 세력들과 함께 가려고 한단 건 우리도 잘 알고 있습니다. 난 단순히 아사드처럼 그 점을 분명히 보여주는 인물들에 대해 이야기하고 있는 게 아닙니다. 첩보원들을 잃은 건 불미스러운 일이지만, 거기에 대응을 보이지 않고 그냥 가만히 있어서는 안 됩니다."

하워드 제독이 끼어들었다. "이 일에 누가 연루되어 있는지를 확실히 알아내야 그에 따른 **정교한** 대응책을 만들 수 있습니다. 무대응도 안 되지만 과잉 대응도 안 됩니다."

대통령의 눈길이 하워드를 향했다가 데커에게 집중되었다. "데커 요원, 오늘 오후 요원에 대한 보고를 들었습니다."

"시간 낭비가 아니셨길 바랍니다." 데커가 말했다.

보거트가 숨을 훅 들이마셨다. 하지만 대통령은 미소를 지을 뿐이었다. "전혀 아닙니다. 오히려 유익하고 흥미로웠어요. 요원 같은 능력을 지닌 사람이 우리 편에서 일한다는 게 행운이지요."

"전 그저 진실을 찾으려 애쓸 뿐입니다."

"자, 그 점에 관한 한 요원은 도전적인 도시를 택한 거죠."

"그렇습니다, 각하."

"어떻게 진실에 다가갈 수 있을까요? 데커 요원의 생각은 어떻습니까?"

데커가 잠시 아래를 내려다보았다.

데커가 대답을 하지 못할까 봐 보거트가 우려의 시선으로 그를 보았다. 그가 막 입을 열려고 할 때, 데커가 말을 시작했다.

"이 사건을 해결하는 데 필요한 사실관계들은 거의 대부분, 혹은 전부 가지고 있다고 생각합니다. 다만 이것들을 제대로 끼워 맞춰야 하는 문제만 남은 거죠. 제가 품고 있는 중요한 의문은 이런 것들입니다. 왜 월터 대브니가 앤 버크셔를 죽였는지, 왜 FBI 빌딩 앞에서 죽였는지 그리고 그날 그를 도왔던 광대 옷을 입은 이는 누군지, 브라운 요원이 얼마 전까지는 결코 기밀을 빼돌렸다고 믿지 못했던 월터 대브니가 처음에 어떻게 앤 버크셔 같은 장기 스파이와 연결되었는지 등입니다. 거기엔 어떤 계기가 있었을 겁니다. 그리고 마지막으로, 대브니가 죽기 직전에 자기 개인 금고에서 빼낸 게 무엇인지 하는 겁니다."

"모두 좋은 의문입니다. 요원이 빠른 시간 내에 정확한 대답을 알아내기를 바랍니다." 대통령이 NSA 참석자들을 보았다. "그리고 이제 요원의 조사와 밀접한 관련이 있을 정보를 넘겨주어야겠군요. 긴급 상황에서는 그 서류를 내줄 수도 있죠. 오늘 밤 우리가 여러분을 부른 이유가 사실 이겁니다."

모두의 눈이 찰스에게로 고정되었다. 그녀가 노트북컴퓨터를 꺼내서 화면을 몇 번 넘겼다.

"이 정보를 방금 입수해서, 오늘 밤 회의를 주최한 겁니다. 합동참모본부에서 브리핑을 할 겁니다. 안보회의에서 브리핑한 그대로요." 그녀가 내용을 읽어 내려가다가 잠시 멈추고 다시 말을 계속했다. "아실 거라고 생각되지만, 대브니가 훔친 기밀들은 적들이 우리의 더 내밀한 데이터베이스 몇 부분을 해킹할 수 있게 해줄 자료였습니다. 충분히 우려할 만한 상황입니다. 포트 미드의 동료

들이 도청한 내용 몇 마디는 우리나라에 대한 공격이 임박했음을 강하게 암시하고 있습니다. 그 공격이 어떤 형태가 될지는 모릅니다. 하지만 우리 지부들은 이것을 매우 신뢰할 만한 대상으로부터 들었습니다. 물론 그들은 우리가 그걸 엿들었다는 걸 모릅니다."

"목표 대상이 뭔지는 모르고 있는 상황입니까?" 브라운이 재빨리 물었다.

"이제 막 끝난 추가 분석에 따르면, 목표 대상은 다소 상징적인 것이 될 것으로 여겨집니다. 세상은 상당히 짧은 시간 안에 매우 달라졌습니다. 제2의 냉전 시대가 열리고, 중동 전체에 분쟁 지역들이 늘어나고 있습니다. 파시스트들의 움직임은 우리 동맹국 정부의 몇몇 곳에도 뿌리내리고 있고, 세계 대부분의 지역에서 불씨가 될 겁니다. 솔직히 말해, 어떤 가능성도 배제할 수 없습니다. 공격이 시작되고 그 뿌리가 어딘지 알아내고 나면, 우리는 그에 따라 대응하는 것 외에는 달리 할 수 있는 것이 없을 겁니다. 이에 따라 계속해서 전 세계에 부정적인 파급효과를 불러일으킬 사건들이 터져 나올 수 있습니다."

하워드 제독이 침을 꿀꺽 삼키고 말했다. "군 역시 이 평가에 동의합니다."

"국무부도 마찬가지입니다." 국무 장관이 덧붙였다.

국토안보 장관도 동의의 표시로 고개를 끄덕였다.

데커는 명확한 목소리로 질문했다. "여기에 우리를 부르신 게, 그 우려들이 저희 사건과 관련 있기 때문이로군요. 왜 그렇게 생각하십니까?"

찰스가 대통령을 바라보았다. 대통령이 고개를 끄덕였다.

그녀가 데커에게로 몸을 돌렸다. "우리가 도청한 전언들은 모두

아랍어였습니다. 한 단어만 제외하고 말이죠."

"그게 뭡니까?"

"사람 이름입니다."

"어떤 이름입니까?" 보거트가 물었다.

"대브니였어요."

"엄마한테 전화해야겠어요." 아파트로 돌아오자마자 재미슨이 말했다.

"왜요?" 데커가 물었다.

"정말 몰라서 물어요?" 그녀가 믿을 수 없다는 듯 되물었다. "**대통령**을 만났잖아요."

"그 회의는 극비 사항이에요, 알렉스. 누군가에게 이야기해서는 안 된다고요. 무슨 일이 일어날지도 모르고요."

재미슨이 의심 어린 눈으로 자신의 전화를 바라보았다. "그냥 우연히 마주친 거라고, 백색 거짓말을 하면 안 될까요?"

"미국 대통령을 **우연히** 마주쳤다고요? 어디서요? 주유소에서? 아니면 스타벅스?"

그녀가 전화기를 내려놓았다. "당신 말이 맞는 것 같네요."

데커가 재킷을 벗어서 문에 달린 고리에 걸었다. "대브니." 그가 말했다.

"알아요. 그건 정말 이상해요. 다 아랍어로 되어 있는 단어에서 그 이름이 나오다뇨. 이상하죠."

데커가 소파에 몸을 묻고는 다리를 커피 테이블 위에 올렸다.

재미슨이 소파 팔걸이에 손을 올렸다. "멜빈과 하퍼가 두 번째 데이트를 했는지 궁금하네요."

"네, 왜 그녀가 백악관 상황실에서 그 이야길 안 했는지 놀랍더군요. 분명 대통령님도 궁금해하셨을 텐데 말이죠."

그녀가 그의 어깨를 찰싹 쳤다. "내가 무슨 말 하는지 알잖아요."

"난 그런 식으로 다른 사람들의 삶에 대해 이야기하는 걸 좋아하지 않잖아요."

"하지만 다른 사람들의 삶에 대해 이야기하는 건 실제로 **대부분의** 사람들에게 중요한 일이라고요, 데커."

"난 아니에요."

그녀가 한숨을 내쉬었다. "오늘 밤 회의는 사건에 완전히 새로운 관점을 갖게 해주었어요. 그러니까, 우리나라를 공격할 계획이 세워져 있다면, 정말이지 빨리 이 문제를 해결해야 하는 거잖아요."

데커는 눈을 감았다.

그녀가 믿을 수 없다는 표정으로 그를 노려보았다. "또 날 무시하고 혼자 생각에 잠겼어요? 그렇다면, 난 내 방에 가서 잠이나 잘래요."

"좋아요, 잘 자요."

그녀가 그의 다리를 걷어차고는 그 옆에 앉아서 말했다. "젠장, 데커, 나랑 얘기 좀 해요."

그가 그녀를 보았다. 분명히 짜증이 난 듯한 눈이었다. "대체 내가 무슨 말을 하길 바라는 거요, 알렉스?"

"우리나라가 공격받을 거라잖아요. 그걸 어떻게 막아야 하죠?"

"그걸 생각하는 중이에요. **나도** 생각하고 있다고요. 하지만 난 마술사가 아니에요."

"그래도 다들 당신을 그렇게 생각해요. 나도 그렇고요. 당신은 실제로 그렇게 했고요. 놀라운 일이에요. 당신은 실패한 적이 없잖아요."

"난 수없이 실패했어요. 그리고 난 빌어먹을 기계가 아니에요. 하늘이 무너질까 봐 걱정하고 있는 거라면, 내가 그걸 해결할 거라고는 기대하지 말아요."

그가 벌떡 일어나더니 재킷을 낚아채고 밖으로 향했다.

"데커, 잠깐만요, 난 그런 게 아니······."

하지만 그는 이미 문을 쾅 닫고 나가버린 뒤였다.

그는 빠른 걸음으로 계단을 내려가 차가운 밤공기 속으로 나갔다. 그리고 계속 걸어갔다. 숨을 내쉬자 공기 중에 약하게 김이 뿜어져 나왔다.

그는 화가 났다. 하지만 그러고 싶지는 않았다. 재미슨이 그를 인정하고 있다는 것도 알았고, 그녀의 목소리에는 그의 능력에 대한 완벽한 신뢰가 서려 있다는 것도 알았다. 하지만 그는 공격을 막아야 한다는 압박을 느끼고 **있었다.** 그가 일반적인 사회적 신호들을 알아차리지 못하는 대신 얻은 이 상태에서조차, 그는 지금 자신에게 걸린 기대를 분명히 이해하고 있었다.

오하이오의 황폐화된 공업 지대에서 크게 빙 돌아 먼 길을 오는 동안, 잘못 들어선 온갖 곳에서 고객을 끌려고 외치는 소리들이 들려왔다.

골판지 상자에서 지내던 때가 얼마 전인데, 이제 이 나라를 구할 영웅

대접을 받다니. 대체 이 염병할 일은 뭐람?

그는 주머니에 손을 찔러 넣고, 고개를 바닥으로 떨구고는 계속 걸어갔다.

어느덧 강이었다. 그는 그 자리에 서서 넓게 펼쳐진 강물을 굽어보았다.

그의 생각을 보여주는 것만 같았다. 검고 탁하고 깊은 강물.

그는 이 사건을 견인해왔다. 무언가를 붙잡았다. 여전히 바뀌고 있는 부분이 많았다. 뭔가를 생각해내면, 그것은 다시 산산조각 나거나, 다음 단계가 나타나면서 거기에 먹혀버렸다.

의도적인 행위였을까? 그들이 우리가 반응을 보이도록 놔둘 것인가?

그는 눈을 감고 모든 장면을 다 돌려보았다. 마치 옛날 만화영화 작화 방식처럼, 장면의 동작들이 조금씩 다르게 그려진 종이를 휙휙 넘기면서 움직임이 만들어지듯이.

그래, 그는 한 장면 한 장면을 넘기며 앞으로 나아갔다.

그리고 시작 지점에서 출발하기로 결정했다.

한 번 더.

그리고 뭔가가 막 일어났다.

부동산과 관련이 있는 일이었다.

그는 전화를 걸었다. 벨이 세 번 울리자 월터 대브니의 직장 동료인 이사 페이 톰슨이 전화를 받았다.

"무슨 일이죠?" 데커가 자신을 밝히자 그녀가 물었다.

"뭐 좀 궁금한 게 있어서요."

"이봐요, 변호사와 연방 수사관들에게 내 목줄이 달렸다고요. 당신과 통화할 시간 없⋯⋯."

"협조하는 게 이사님께 더 좋을 겁니다." 데커가 말을 잘랐다.

그녀가 한숨을 쉬는 소리가 들렸다. "뭘 알고 싶은데요?"

"이사님이 회사에 들어갔을 때도 회사가 잘 운영되었습니까?"

"네, 무척요."

"대브니 씨가 처음 회사를 시작했을 때는 어땠습니까? 처음부터 지금 그 사무실에서 일한 건가요?"

"물론 아니죠. 처음 시작했을 때는 사장님 혼자였어요. 그렇게 큰 공간이 필요하지도 않았죠. 그리고 뭐, 그만한 사무실을 감당할 돈도 없었고요."

"그럼 회사를 혼자 세운 거군요."

"네. 사장님처럼 뭔가를 세우려면 엄청나게 일하고 고생해야 해요. 허리띠를 바짝 조이고 시작했고, 천천히 사업을 일으킨 거죠. 한번은 신용카드가 한도를 초과했다고 말한 적도 있어요. 하지만 결국에는 어마어마하게 성공했죠."

"돈이 쪼들렸단 말인가요?"

"자, 돈이 많았다면 왜 신용카드를 한도까지 썼겠어요?" 그녀가 신랄하게 대답했다.

"그렇군요. 그분이 NSA에서 일할 때도 노란색 포르쉐를 가지고 있었던 걸로 아는데요?"

"거기에 대해선 아는 게 없어요. 끝났나요?" 그녀가 덧붙였다.

"그분 집에 대해 한 가지 더 궁금한 게……."

하지만 톰슨은 이미 전화를 끊은 뒤였다.

데커는 다시 전화를 걸었다. 톰슨이 아니라 우버 택시를 부르는 전화였다. 재미슨이 몇 주 전 그의 전화에 계정을 등록해주었기 때문에 가능한 일이었다. 5분 후 그는 버지니아로 향하는 택시 안에 있었다.

택시가 웅장한 진입로로 들어섰다. 이쪽 포토맥 강변은 으스스했다. 차가 저택 앞에 서고 데커가 내렸다.

문을 두드리자 서맨사가 대답했다. 울고 있던 것 같았다.

"무슨 일이죠?" 그녀가 불퉁하게 말했다.

"어머님 안에 계신가요?"

"잠자리에 드셨어요. 우리 좀 그냥 내버려둘 순 없나요?"

"저도 그러고 싶습니다만······." 데커가 말했다. "그럴 수가 없군요. 들어가도 됩니까?"

"왜요?"

"부탁드립니다."

그가 들어갈 수 있게 그녀가 옆으로 비켜섰다. 그리고 문을 닫고는 그를 올려다보았다. "그래서요?"

"어렸을 때부터 여기 죽 사셨나요?"

"네."

"이 집에서요?"

"네!"

줄스가 다른 방에서 나와 데커를 보았다. "여기서 뭐 하시는 거예요?" 그녀가 따져 물었다.

"질문 몇 가지를 드리려는 것뿐입니다."

"우리가 어렸을 때 이 집에서 살았던 게 그 빌어먹을 일이랑 무슨 상관이냐고요?" 서맨사가 말했다.

"이 부분을 확실히 알 수가 없어서요. 그래서 부모님들은 얼마나 여기서 사셨나요? 35년?"

줄스가 말했다. "그 정도 될 거예요. 제가 서른일곱 살인데, 제가 기억하는 집은 여기뿐이에요."

"서재에서 가족 앨범을 몇 권 봤습니다. 좀 살펴봐도 될까요?"

"왜요?" 줄스가 말했다.

"이 사건이 이제 긴급 상황으로 발전했거든요. 우리가 이 사건을 해결하지 못하면, 뭔가 이 나라에 엄청나게 나쁜 일이 벌어질 거라고 믿을 만한 증거를 가지고 있습니다."

줄스와 서맨사가 시선을 교환했다. 줄스가 말했다. "말도 안 되는 소리."

데커가 그녀에게 시선을 돌렸다. "정말 봐야 합니다."

그의 말에 그녀는 어리둥절한 듯 보였다. "이봐요, 우리 옛날 앨범들을 다 보려면, 지쳐서 나가떨어질걸요."

서맨사는 홀에서 떠나고, 줄스가 그를 서재로 안내했다. 그러고는 서가에서 앨범들을 꺼내 커피 테이블 위에 내려놓았다. 그녀가 서재를 나가려 하자 데커가 말했다. "여기 계시면서 제가 하는 질문에 대답 좀 해주시겠습니까?"

줄스가 체념 어린 한숨을 내쉬고는 옆에 앉았다. 그는 첫 번째 앨범을 집어 들었다.

앨범은 시간순으로 정리되어 있어서 데커는 찾으려 하는 부분을 상대적으로 빨리 찾아낼 수 있었다.

"여기 이분들은 조부모님들입니까?" 그가 옛날 사진 몇 장을 가리켰다.

줄스가 고개를 끄덕이고는 말했다. "친할머니와 할아버지세요. 지금은 돌아가시고 안 계세요. 뉴저지, 프린스턴 출신이고요. 종종 저희 집에 놀러 오셨어요. 할아버지는 그곳 정치학 교수셨어요."

"대단하군요. 무척 부유해 보이네요."

"아뇨. 대학 사택에서 사셨어요. 할아버님이 더 나이 드셨을 때는 아빠가 재정적인 도움을 드린 것으로 알고 있어요."

그가 다른 사진을 가리켰다. "이분들은요?"

"외할머니, 외할아버지세요. 오리건에 사셨어요."

"외할아버지 댁에 가본 적이 있습니까?"

"아뇨. 뵌 적도 없어요. 작은 농장을 하셨다는데, 엄마가 어릴 때 산사태가 나서 두 분 다 돌아가셨대요. 전 재산을 다 쓸어갔다더군요. 집, 외양간, 몽땅 다요. 외조부모님 시신도 못 찾았대요. 엄마가 학교에 갔을 때 일어난 일이래요. 안 그랬으면 엄마도 죽었을 거라고요. 그리고 나서 엄마는 보육원으로 보내졌고, 성인이 된 후에 동부로 오셨어요."

"부모님은 어떻게 만나신 겁니까?"

줄스의 표정이 한결 풀어졌다. "정말이지, 로맨틱하죠. 아빠는 막 대학을 졸업하고 메릴랜드에서 일하고 계셨죠. 엄마는 그 근처 카페에서 웨이트리스로 일했고요. 돈을 벌어서 대학에 가려고 하셨대요. 아빠 직장 동료 몇 사람이 그곳에 아침이나 점심을 먹으러 오곤 하셨죠. 엄마는 아빠의 주문을 받곤 했는데, 두 분은 결국 친구가 되었죠. 엄마는 그때는 아빠한테 관심이 없었대요. 구혼하는 남자가 많았던 거 같아요. 어느 날 저녁에 엄마가 일을 마쳤는데, 아빠가 주차장에서 꽃과 국립극장 연극표를 들고 기다리고 계셨대요. 말할 것도 없이 두 분 사이는 가까워졌죠. 그리고 보다시피 이런 역사로 이어진 거죠."

"무척 멋지군요. 그럼 어머님이 그 당시 돈을 가지고 계시진 않았겠군요?"

"돈요? 아뇨, 제가 아는 한은 없었어요. 그건 왜요?"

"누군가가 한 말이 그냥 생각나서요. 중요한 건 아닙니다."

그가 앨범을 닫았다.

"달리 또 물어보실 건 없나요?" 줄스가 물었다.

"내털리와는 얘기해보셨나요?"

줄스가 고개를 끄덕였다. "괜찮은 거 같더군요. 모든 게 너무 미안하다고 말하더군요."

"뭐라고 대답하셨습니까?"

줄스가 어깨를 으쓱했다. "그 애가 한 일이 끔찍해요. 그러니까, 우리 가족이 완전히 산산조각 났잖아요. 하지만 그래도 그 앤 제 동생이라고요."

"그렇죠. 가족은 가족이죠."

그가 자리에서 일어섰다.

그녀가 말했다. "시시 아줌마를 죽인 범인은 찾으셨나요?"

"아직이요. 아직 수사 중입니다."

"이 사건은 아무것도 이해가 안 되는군요. 정말요."

"네, 당신만 그런 건 아닙니다."

데커가 집을 나왔다. 그리고 몸을 돌려 집 외관을 한번 둘러보았다.

진작 이렇게 봤었어야 했는데…… . 두 가지 가능한 결론이 있었다. 이제 어느 쪽이 맞는지 확인해야 했다.

"84만 9천 달러." 밀리건이 말했다. "35년쯤 전에, 그들 자산은 거의 이 정도였어요. 세율표를 참고해볼 때, 지금으로 치면 그 네 배 정도의 가치가 있고, 시세를 감안하면 그보다 더 올라가겠죠. 내 미래 은퇴 자산이 이 정도라면 얼마나 좋을까!"

데커가 그를 흘끗 보았다. 그들은 FBI 빌딩 안 밀리건의 사무실에 있었다.

전날 밤 데커는 집으로 돌아가 재미슨에게 그냥 나가버린 데 대해 사과했다. 그녀 역시 자신이 한 말에 대해 그에게 사과했다.

"우리 모두 엄청난 압박을 받고 있잖아요." 그녀가 말했다. "특히 당신은 누구보다 더 그렇겠죠. 당신 짐을 더 무겁게 하려고 한 말은 아니었어요."

그리고 그들은 그 문제를 털어냈다.

데커는 컴퓨터 화면을 들여다보았다. "35년 전이면, 줄스가 태어나고 2년 후군."

"맞아요."

"그리고 대브니가 NSA에서 아직 일하던 때고요?"

"그래요. 그는 대학을 졸업하자마자 NSA에 들어가서, 그때 이후로 줄곧 일했어요. 6년 후에야 자기 사업을 시작하려고 퇴사했죠."

"NSA에서 그의 연봉이 얼마였는지 압니까?"

"대략, 음, 당신이 할 다음 질문으로 곧장 넘어간다면, 그 집을 구매할 만큼은 아니에요. 그는 스물여섯 살에 그 저택을 샀어요. 분명 누군가를 위해 스파이 짓을 했다고 볼 수 있죠."

"그 집을 현찰로 샀습니까? 아니면 대출을 받았습니까?"

"그게 난제예요. 내가 찾은 서류를 보면, 그들은 40만 달러를 내고 나머지는 대출을 받았어요. 그의 아내는 다시 일자리를 얻었고요. 부동산 회사의 중개인 자리였어요."

"그녀가 그걸 감당할 만큼 수입이 많았습니까?"

"전혀요. 그의 수입과 합쳐도 감당할 수 없어요. 하지만 우선 그들이 지급한 40만 달러는 어디에서 났을까요? NSA도 같은 질문을 했을 것 같지 않아요?"

"그랬겠죠. 그리고 납득이 갈 만한 답을 얻었겠죠." 데커가 대답했다.

"어쩌면……." 밀리건이 말했다. "그들에게 물어볼 순 있겠지만, 경험상 빠른 답을 줄 것 같지는 않아요. 보거트가 그쪽에다 대브니에 대해 몇 가지 질문을 했는데, 돌아온 건 침묵뿐이었어요." 그가 데커를 보았다. "이 모든 일에 대해 어떻게 생각해요?"

"그런 호화 저택을 돈이 많지 않은 젊은 부부가 구매했어요. 아주 평범하네요."

"우리도 진즉에 눈여겨봤어야 하는 점이죠. 하지만 모든 관점을 봐야 하니까요. 대브니는 몇 년 동안 엄청나게 성공했고, 그의 집은 그 성공의 그림에 들어맞는 종류의 것이었으니까요. 그전에 그 집을 샀을 거라고는 생각도 못 했어요."

"세실리아 랜들의 말로는, 그 집을 샀을 무렵에 대브니가 노란색 포르쉐를 샀답니다. 그리고 대브니 부인이 돈이 생긴 것 같다고, 차림새나 행실로 봐서는 그런 것 같다고 했어요. 그런데 줄스는 외조부모님이 산사태로 죽었고, 그 이후 엄마가 보육원으로 보내졌다고 말했습니다. 어쩌면 거기에서 보상금이 나왔을 수도 있어요. 하지만 그랬다면, 대학 등록금을 마련하기 위해 웨이트리스로 일했다는 건 또 뭐죠?"

"그렇네요." 밀리건이 말했다.

"그 돈의 출처를 알아낼 수 있다면, 그 시기에 무슨 일이 일어났는지도 알아낼 수 있을 거예요."

"그들이 연루되었다고 생각합니까?"

"그랬을 거라고 생각해요."

"대브니는 NSA에 있었어요. 그는 분명 기밀에 접근할 수 있었어요. 그러고 나서 자기 회사를 차렸죠. 우린 그가 자기 딸을 도우려고 최근 스파이 행위를 저질렀다고만 추측했죠. 하지만 그가 계속 스파이 행위를 해왔다고 생각하는 건가요?"

"단언하기 어려워요. 그는 30년 이상 전에 버크셔와 함께 일했지만 그러고 나서 모종의 이유로 그 일을 그만둔 것 같아요. 그리고 한참 후에 자기 딸의 빚을 갚기 위한 돈을 만들려고, 기밀을 팔려고 그녀와 접촉했어요. 이게 왜 우리가 두 사람 사이의 연관 관계를 못 찾았는지에 대한 의문을 해결해주죠. 우리는 30년 전의 일에 대해서는 알아보지 않았으니까요."

"당신 논리가 맞는 것 같군요, 데커."

"하지만 다른 면에서 보면, 대브니는 세실리아 랜들을 죽일 수 없죠. 이미 죽었으니까요."

"그녀를 살해한 게 이 사건과 연관이 있는지 아직 확실히 몰라요. 그냥 무작위 살인일 수도 있어요."

데커가 고개를 저었다. "난 그렇게 생각 안 해요."

"그가 내내 스파이였다면, 가족으로서는 이 일을 알아차리기가 쉽지 않았을 거예요. 이 모든 일을 다 겪은 후인 걸 감안하더라도 말이에요."

"이 사건에서 쉬운 건 아무것도 없어요."

그가 밀리건의 방을 나와, 자신과 재미슨이 함께 쓰는 사무실로 가는 복도를 걸어 내려갔다. 그는 그녀에게 밀리건과 논의한 내용을 모두 알려주었다.

"그 이론이 몇 가지 구멍을 메워주네요." 그녀가 말했다.

"하지만 이 사건 뒤에 누가 있는지, 그들이 무슨 공격 계획을 세우고 있는지에 대해서는 접근을 못 했어요. 정말 알아내야 할 건 그건데 말이죠."

"조금 전에 보거트와 이야기했어요. 고르스키의 집에서 도움이 될 만한 건 못 찾았대요."

데커가 그녀 맞은편에 앉아서 천장을 응시했다.

"그런데 당신 이론이 만족스럽지 않은 거예요?"

"왜 그런 말을 하는 겁니까?" 그가 물었다.

"난 당신을 **아니까요.** 그렇게 말할 수 있죠."

그가 그녀에게 고개를 돌렸다. "맞아요, 당신 말이 맞아요. 만족스럽지 않아요."

"어떤 부분이요?"

"전부 다 설명할 수 있는 뭔가가 필요해요. 단편적인 게 아니라."

"아직 못 알아낸 것뿐이죠."

"가능성 있는 것 주위만 맴돌고 있어요." 그가 책상 위로 320밀리미터 크기의 큰 발을 털퍼덕하고 걸쳤다가 다시 의자에다 몸을 기댔다.

"하퍼 브라운에게서 들은 건 없어요?" 재미슨이 물었다.

"한 마디도 없어요."

"그녀와 멜빈이 다시 만났대요."

"어떻게 그런 걸 알죠?"

"멜빈이랑 조금 전에 이야기했거든요. 두 사람이 점심을 먹으러 갔대요. 그게, 루스벨트 섬에서 피크닉을 했대요. 엄청 좋았다고 하던데요."

"그녀가 국가의 운명을 건 사건을 수사하는 도중에 즐거운 시간을 보냈다니, 참으로 기쁘군요."

"누구나 약간의 휴식은 필요하다고요." 재미슨이 말했다.

"이젠 '**당신**'이 그녀를 감싸고 도는군요." 데커가 콧방귀를 뀌었다.

"이봐요, 난 진일보하고 있다고요. 우린 늘 앞으로 나아가잖아요. 뒤로가 아니라."

데커가 일어섰다. "자, 나도 약간의 진전을 하러 나가볼까요, 그러면 더 기분이 나아질 것 같아요."

"어디로 가게요?"

"몰라요. 하지만 어떻게 됐는지는 알려줄게요."

"이봐요, 데커!"

그가 뒤돌아봤다. "왜요?"

"왜 백악관 회의에 나도 가야 한다고, 나랑 붙어 있어야 한다고 비밀정보국 사람들한테 말한 거예요?"

"그걸 묻다니 놀랍네요."

"무슨 의미죠?"

"내가 당신을 파트너라고 말했을 때 다 설명된 거 같은데요, 알렉스."

그가 돌아서서 걸어 나갔다.

0 067

"계속 뒷걸음질만 치는 사건을 생각해본 적 있어요?"

하퍼 브라운이 카페 테이블 너머로 데커를 보았다. "이 사건이요. 왜 그럴까요?"

그는 FBI 빌딩에서 나오는 길에 그녀에게 전화를 걸어 이곳에서 만나기로 했다.

"대브니가 버크셔를 죽이고 자살했어요. 이 사건은 거기에서 시작했고, 우리는 순차적으로 진행했죠."

"그래요. 하지만 그 배경도 확인해야 하죠. 그리고 우린 그렇게 했어요. 이건 대브니가 그녀를 죽인 데서 시작된 게 아니니까요."

"맞아요. 그건 '**결과**'죠. 우린 이 사건이 이루어진 역사를 확인하면서, 주로 대브니에게 집중했어요."

"버크셔에 대해서는 아무것도 알아낼 수가 없었으니까요. 그녀가 스파이임이 분명하다는 것만 제외하고요. 거기서부터 다른 건 아무것도 못 건졌죠."

그 대답으로, 데커는 가지고 온 배낭에서 인형을 꺼내 테이블에 올려놓았다.

"우리한텐 이게 있어요."

그녀가 잠시 인형을 응시하고는 무슨 소리냐는 듯 데커를 올려다보았다. "이거요? 인형? 우린 이미 이 숨겨진 공간에 기밀을 넣고 전달했을 거란 걸 알고 있어요. 그런데 이게 왜요?"

"왜 인형일까요?"

"그럼 안 되나요?"

"이걸 논리적으로 생각해봅시다. 당신이 기밀을 빼내고, 그걸 인형 안에 넣고, 다른 사람에게 전달해요. 아마도 버크셔겠죠."

"네."

"그럼, 다시 한 번 묻죠. 왜 인형일까요?"

"그럼 안 되는 건가요? 이건 전혀 위험하지 않잖아요. 대부분의 사람들이 여기에 전혀 주목하지 않을 테니까요."

"다 큰 남자가 이걸 들고 다닌다면, 다들 쳐다볼 거예요. 주머니에 넣기엔 너무 크죠. 가방은 뒤져야 하고요."

"상대도 여자였을 거란 말을 하는 건가요?"

"여자든지, 어린 여자애를 데리고 있는 남자겠죠."

"잠깐만요, 월터 대브니를 말하는 건가요?"

"가능성 있어요. 이 인형은 그의 딸들 중 한 아이 것이었어요. FBI 조사 결과, 이 인형은 30년 전에 제작된 거예요. 대브니네 딸들이 그 나이에 해당하죠. 그리고 당신 말마따나, 이건 전혀 위험하지 않아요. 누가 어린 여자애가 들고 있는 인형이 기밀을 넘기는 도구라고 의심하겠어요? 이 사람들은 애들을 위장막으로 이용했어요. 조이 스콧에게 책을 읽어준 걸 생각해봐요."

브라운은 곰곰이 생각했다. "그렇네요. 그럼 딸들에게 직접적으로 인형에 대해서 물어야 하나요?"

"네. 이제 그래야죠."

* * *

"이거 어디서 났어요?" 줄스가 놀라서 물었다.

데커와 브라운은 줄스와 그녀의 엄마, 나머지 두 여동생과 함께 거실에 앉아 있었다.

엘리가 외쳤다. "줄스, 이거 네 인형 미시 아니니?"

줄스가 데커에게서 그것을 건네받았다.

"당신 인형, 맞습니까?" 브라운이 물었다.

그 대답으로 줄스는 머리 냄새를 맡고는, 인형의 왼발을 살펴보았다.

"여기 신발에 빨간 점 보이죠? 어릴 때 제가 페인트를 쏟은 거예요. 안 빠지더군요. 그리고 전 이 애 머리 냄새를 알아요. 이걸 어디서 찾은 거죠?"

"조사 과정에서요." 데커가 인형을 돌려받으며 대답했다. "이걸 마지막으로 가지고 있던 게 언제인지 기억납니까?"

줄스가 의자 뒤로 몸을 기댔다. "음…… 모르겠군요. 대학에 갈 때 이 인형을 가져가진 않았어요." 그녀의 뺨이 달아올랐다. "사실 가져가고 싶었지만, 마음이 바뀌었거든요. 여기 갖다둔 이후로는 확인할 생각도 안 했고요."

"그럼 인형이 계속 여기, 이 집에 있었단 거로군요?" 브라운이 말했다.

엘리가 말했다. "우린 애들 침실은 애들이 떠났을 때와 똑같이 놔뒀어요. 애들이 집에 돌아올 때 편안히 느끼도록 말이에요. 우리 딸들은 다 인형을 가지고 있었어요. 그리고 그 인형들이 다 여기 있었을 거라고 생각했는데요. 시시가 쭉……" 그녀의 목소리가 갈라졌다. "시시가 모든 방을 청소하고 정리했는데요, **쭉.**"

"좀 볼 수 있을까요?" 데커가 물었다.

줄스가 자매들이 쓰던 침실들로 그들을 안내했다. 그녀가 자리를 뜨고 나서 데커와 브라운은 인형 세 개 전부의 배터리 칸에서 똑같은 비밀 공간을 찾아냈다.

"젠장." 브라운이 말했다. "이건 스파이 행위에 사용된 게 맞아요, 분명. 네 딸과 비밀 공간이 있는 인형 네 개라."

"이건 대브니가 버크셔를 알았던 게 **분명하단** 뜻이죠. 두 사람은 함께 일하고 있었던 거예요."

"그리고 부부가 그 옛날에 어떻게 이런 집을 살 수 있었는지도 설명되고요."

데커가 그녀를 보았다. "당신도 그 생각을 한 겁니까?"

"갑자기 떠올랐어요." 그녀가 겸손하게 말했다.

"대브니의 침실을 확인해보죠."

그 방은 딸들의 방보다 훨씬 크고, 벽난로가 있는 거실 공간이 딸려 있었다. 그들은 침실과 두 개의 커다란 옷장을 수색했다. 엘리도 걸어 들어갈 수 있을 만큼 널찍했다. 데커는 다음으로 방에 딸린 욕실을 살펴보고, 서랍장과 처방약 병들이 늘어선 약 수납장을 훑어보았다. 심장병 약과 콜레스테롤 저하제, 천식 흡입기 등이 있었다.

나이를 먹어가고 있다는 거군, 데커는 생각했다.

그는 약 수납장 문을 닫고는 침실에 있는 브라운에게로 갔다.

"인형은 없어요." 그녀가 말했다.

그들은 인형을 모두 가지고 아래층으로 다시 내려와서 대브니 부인이 앉아 있는 거실로 들어갔다. 줄스가 그 오래된 인형을 안고 있었다.

"이걸로 뭘 하는 거죠?" 서맨사가 인형들을 가리키며 물었다.

"저희가 가져가야겠습니다." 브라운이 말했다.

"왜요?" 서맨사가 물었다.

"증거품이거든요."

서맨사가 뭔가를 말하려고 입을 열었다가 줄스와 시선이 마주치자 입을 다물었다.

데커가 줄스를 마주 보며 앉았다. "사진을 다시 보여드릴 테니, 이 여자를 알아볼 수 있는지 좀 봐주세요." 그가 버크셔의 사진을 내밀었다.

"모르는 여자예요." 줄스가 말했다.

데커가 사진을 다른 사람들에게도 돌렸다. 엘리와 다른 여동생들도 버크셔의 사진을 보고 고개를 저었다.

"이 여자 머리가 검고, 좀 더 얼굴이 가느다랬다고 상상해보면 어떤가요?" 데커가 재촉했다.

그들은 잠시 사진을 살펴보았다. 줄스가 고개를 흔들었다. "정말로 모르는 사람이에요." 그녀가 여동생들과 엄마를 보았다. 그들 역시 모두 고개를 저었다.

엘리가 말했다. "이게 무슨 뜻이죠? 인형은 또 뭐고요? 이해가 안 되네요."

"좀 위안이 되실지도 모르겠지만, 저희도 그렇습니다." 브라운이 말했다.

"그러니까…… 월터가 이 인형들을 이용한 어떤 일에 연루되어 있었단 말인가요? 어떻게 그런 생각을 할 수가 있죠? 이건 딸들 장난감이에요, 그이 것이 아니라. 그이는 인형 주위를 맴돈 적도 없어요. 말도 안 돼요."

"지금 당장은 무슨 말씀도 드릴 수가 없습니다." 브라운이 대답했다. "아직 정보 수집 단계라서요."

그들은 인형을 가지고 집에서 나와 브라운의 차로 걸어갔다.

데커가 몸을 돌려 집을 보았다. "'점점 따뜻해질 거야, 따뜻해질 거야'라는 애들 놀이 알아요?"

"네."

"난 이 집을 떠날 때마다 점점 차가워지는 것 같아요."

차를 몰고 떠나면서 브라운이 말했다. "멜빈과 난 오늘 밤에 저녁을 함께할 예정이에요. 당신과 알렉스도 올래요?"

"멋진 피크닉 다음에요?"

이 말에 브라운이 얼굴을 붉혔다. "정말 멋졌어요. 그 사람이 내게 꽃을 선물했어요."

그가 그녀를 응시했다. "우리가 동행하길 바라는 거 확실해요?"

"나라의 명운을 구하는 것과 휴식 사이에서 균형을 좀 맞추자고요. 좀 쉬는 것도 우리 모두에게 좋을 것 같아요."

"좋습니다." 데커가 말했다.

0 068

저녁 식사는 훌륭했다. 대화는 밝고 시종일관 유머가 넘쳐났다. 수사에서 한숨 돌린 것이, 그들에게 에너지를 재충전시켜주었다. 이제 네 사람은 캐피털 힐 근처 브라운의 집을 향해 차를 몰았다.

재미슨이 호화로운 집 안을 탐색하는 눈길로 응시했다. "하퍼, 정말 아름다운 집이에요."

브라운이 재미슨에게 와인잔을 건넸다. "대부분 할머니가 하신 거예요. 안목이 있으셨죠. 그중 몇 개는 내가 장식한 것도 있어요. 저기 있는 그림 몇 점과 조각상들 그리고 러그 몇 장이요. 한두 가지 특별한 점을 들라면⋯⋯." 그녀가 즉석에서 덧붙였다. "편안함과 안락함이죠."

"맞아요. 정말 그렇네요."

데커와 마스는 방 다른 편에 있었다. 두 사람은 와인 방에서 도스에퀴스 병을 흔들어보고 있었다.

"즐거운 밤이네." 마스가 말했다. 그는 청바지에, 근육질 몸에 딱

맞는 진초록색 터틀넥을 입고 있었다.

"자네와 있으면 늘 그래, 멜빈."

그는 반대편을 건너다보았다. 브라운의 시선이 마스에게 향해 있었다. 그녀가 미소를 지어 보이고는 재미슨에게로 돌아섰다.

"그리고 자넨 브라운의 팬이 된 게 분명하군."

마스가 맥주를 꿀꺽꿀꺽 마시더니, 아이처럼 활짝 웃어 보였다. "그녀는 재밌어. 숙녀는 어디에나 있었고, 모든 걸 했지. 난 어디에도 없었고, 아무것도 안 했지만." 그가 주위를 둘러보았다. "그리고 그녀는 돈이 많지만, 그렇게 행동하지 않아. 내가 아는 한, 그건 끝내주는 태도지. 또 그녀는 대단한 운동선수야. 그러니까, 운동선수처럼 탄탄한데 어떻게 그런 몸을 얻었는지 알아? 우린 오늘 아침에도 일찍 조깅을 했어."

"피크닉 가기 전에 말인가?" 데커가 말했다.

마스의 미소가 더 활짝 퍼졌다. "그래. 우린 같이 걷는 걸 좋아해. 어쨌든 그녀는 내 걸음을 따라오는 데 전혀 어려움이 없었어. 이런, 그녀가 날 봐준 건가."

"또 그녀는 아이들에게 친절하고 동물을 사랑해. 잘 알아둬."

마스가 활짝 웃었다. "알아, 알아. 내가 횡설수설하고 있다는 거. 얼빠진 놈처럼 말이야. 우리가 서로를 잘 알지 못한다는 것도 알아. 우린 뭐, 첫눈에 반한 거나 마찬가지니까, 안 그래?"

"알아, 멜빈. 나도 자네가 행복해서 정말 좋아."

데커가 시계를 보았다. 자정이 지나 있었다.

"이 맥주 다 마시고, 전화를……."

그 순간 전등이 꺼지고 어둠이 찾아왔다.

"무슨 일이지?" 마스가 소리쳤다.

"회로나 배전반이 나갔나?" 데커가 말했다.

누군가 그에게 다가오는 것이 느껴졌다. 잠시 후 브라운이 말했다. "이 골목 다른 집들은 다 불이 들어와 있어요. 이건……."

그녀가 말을 멈추고 몸을 돌려 그들에게로 달려왔다. 그리고 데커와 마스를 팔로 꽉 끌어안았다. "뛰어요, 어서! 재미슨, 즉시 복도로 내려가요."

"무슨……." 마스가 입을 열었지만, 그녀가 그의 손을 잡아끌어 방 밖으로 밀어냈다.

몇 분 후 앞문과 뒷문이 부서지고 복면과 야시경을 착용한 남자들이 쏟아져 들어왔다. 그리고 총신이 짧은 MP5로 발포를 시작했다.

브라운과 일행은 있는 힘껏 복도로 내달렸다. 데커가 몸을 돌려 후위에서 엄호하기 시작했다. 순식간에 약실의 반이 비었다.

총알들이 그를 스쳐 지나갔다. 사방에서 램프가 터지고, 벽이 패여 벽 조각이 날아다니고, 그림이 산산조각 나고, 양탄자들이 터지고, 가구 조각이 튀었다.

데커의 총알이 바닥났다. 복도를 달려 도망치는 동안 재미슨도 사격을 개시했다.

브라운이 복도 끝의 문을 발로 차 열고는 일행을 밀어 넣었다. 그러고는 문을 쾅 닫고 단단히 잠갔다.

"이쪽으로, 빨리!"

총알들이 문에 박혔지만, 어느 것 하나 뚫고 들어오지는 못했다.

데커가 그녀를 응시했다.

"철제거든요." 그녀가 헉헉 숨을 몰아쉬었다.

브라운이 전화기를 꺼내 자판 하나를 누르자 한쪽 벽면이 부드럽고 빠르게 열렸다. 그 안에 철문이 있었다. 문이 조용히 자동으로 열렸다.

"안으로 들어가요, 어서!" 그녀가 재촉했다. "어서요!"

그들이 열린 문으로 서둘러 들어가자, 브라운이 전화기의 다른 버튼을 눌렀다. 문이 닫히고, 벽 공간이 제자리로 밀려 돌아갔다.

방 안에 불이 들어오고 모두 주변을 둘러보았다. 벽 하나에 스크린이 달려 있었다. 문 바깥의 상황을 보여주는 것이었다. 그들은 자신들이 방금 있던 방에서 벌어지는 모든 일을 보았다.

방문이 부서졌다. 무장한 남자들이 안으로 쏟아져 들어왔다.

데커가 말했다. "경찰을 불러야겠군요."

"내가 안전실 문을 작동시키면, 보안 시스템이 자동으로 그쪽에 연결되게 되어 있어요."

"이게 다 무슨 일이죠?" 재미슨이 방 안을 뚫어져라 응시했다. "안전실?"

"철제에다 방음, 폭탄과 총알에도 끄떡없고, 공기 순환도 되고, 독립 전원을 쓰고, 일주일치 물과 식량도 구비되어 있죠. 게다가 휴대용 화장실도 있고요."

"이 방, 당신이 설치한 거예요?" 재미슨이 말했다.

"'특별한 점'이 한두 가지 있다고 했잖아요."

"당신 일이 안전실이 필요할 정도입니까?" 데커가 물었다.

"지금 막 입증됐네요. 그리고 데커, 당신 피 나요." 그녀가 그의 얼굴을 가리켰다.

데커가 얼굴을 쓱 문질렀다. "뭐가 스쳤어요. 총알은 아니고. 파편이 스쳐간 것 같네요."

"난 별로 운이 좋지 않아."

그들이 몸을 돌려 마스를 쳐다보았다. 마스가 피가 흐르는 팔뚝을 붙잡고 있었다. "그냥 찰과상인 것 같지만, 남자라고 안 아픈 건 아니라고."

브라운이 벽장에서 구급함을 꺼내서 마스의 팔을 치료하기 시작했다. 재미슨이 옆에서 도왔다.

데커가 스크린을 보았다. 한 놈이 안전실로 다가오고 있었다.

"경찰이 오고 있네요." 데커가 말했다. 스크린 음향에서 사이렌 소리가 나고 있었다.

그들을 찾지 못하고, 복면을 쓴 남자들은 벽에 총알을 난사해댔다. 하지만 어느 것 하나 대피소를 뚫고 들어오지 못했다. 사이렌 소리가 가까워지자 남자들이 몸을 돌려 방을 빠져나갔다.

4분 후, 경찰들이 호기심 어린 눈으로 방 안을 들여다보고 있을 때, 그들은 안전실에서 나왔다. 브라운이 신분증을 내보이고 상황을 설명했다.

경찰이 대대적인 파괴 현장을 천천히 둘러보았다. 한 사람이 말했다. "누군가 정말 진심으로 숙녀분을 싫어하나 봅니다."

"그래서 화재보험에 들어야 하는 거죠." 그녀가 농담했다.

경찰이 수색을 끝내고 파편 일부를 가지고 떠난 뒤, 남은 네 사람은 서로를 걱정스러운 시선으로 살펴보았다.

"큰일 날 뻔했네요." 마스가 말했다. "저놈들이 오는 걸 어떻게 알았어요, 하퍼?"

"밖을 봤는데, 저놈들이 이마 중앙에 찬 야시경에서 나오는 빨간 점이 보이지 뭐예요. 옛날 장비라서요. 우리 기관들은 그걸 단계적으로 철수시켰죠. 목표 대상을 맞히기가 어렵거든요."

"안전실이 있어서 얼마나 다행이었는지 몰라요." 재미슨이 목소리를 냈다.

"그런데 저자들이 뭘 바란 거죠?" 마스가 말했다. "우리를 죽이는 거 말고요."

"우리를 따라온 게 분명해요." 브라운이 말했다. "그리고 공격하기 전에 전원 공급을 끊었고요."

"궁금해요." 데커가 곰곰이 생각하며 말했다.

"뭐가요?" 브라운이 물었다.

하지만 데커는 대답하지 않았다.

0 069

다시 비가 내리기 시작했다.

정말이지 바깥에서는 비가 억수같이 퍼붓고 있었다. 쿠궁 낮은 천둥소리가 울리고 뒤이어 두터운 번개가 번쩍였다.

험악한 날씨도 잊고, 데커는 아파트 주방에 앉아 노트북컴퓨터를 노려보고 있었다.

건물 바깥에는 FBI 요원 두 명이 차 안에서 잠복 중이었다. 브라운의 집도 마찬가지였다. 마스가 한동안 그녀와 함께 머물렀다.

보거트와 밀리건이 습격 현장에 왔다. 과학수사팀은 MP5에서 나온 탄피 껍질과 침입자들이 외부 전원 상자에서 끊어놓은 전선 말고는 아무것도 발견하지 못했다. 이웃들은 총성을 들었고, 두 사람이 SUV에서 뛰어내리는 남자를 보았지만 번호판은 가려져 있었다고 증언했다. 그 이상 아무것도 찾지 못하고 데커와 재미슨은 집으로 돌아왔다. 마스와 브라운은 현장에서 더 건질 것이 있는지 찾기 위해 남았다.

데커는 지금까지 몇 시간이나 그 자리에 앉아 있었다. 재미슨이 침실로 가고도 한참이 지나 있었다. 그는 총탄 파편이 스치고 간 얼굴 상처를 만졌다. 브라운이 소독하고, 파편을 뽑아내고, 밴드를 붙여놓았다.

그는 다시 컴퓨터 화면에 집중했다. 그리고 한 화면을 20분가량 뚫어져라 응시했다.

그는 눈을 감고 생각에 생각을 거듭했다. 다시 눈을 뜨고, 시계를 보았다.

아침 7시가 가까워졌다. 간밤에 한숨도 자지 못했지만, 이상하게 힘이 넘치는 것 같았다. 그가 전화를 걸자, 한 여자가 받았다. 잠시 대화를 나눈 후, 그는 재미슨의 차 열쇠를 고리에서 낚아채, 잠복근무 중인 FBI 요원들에게 가벼운 손 인사를 하고는 주차장으로 서둘러 가서 차에 올라탔다. 그 바람에 옷이 흠뻑 젖었다.

그는 후버 빌딩으로 차를 몰고 갔다. 목적지는 부검실이었다. 검시관인 린 와인라이트와 만날 약속을 한 것이다.

그녀는 수술복 차림이었다. 안경이 줄에 매달려 목 아래로 늘어져 있었다. 그녀가 하품을 하며 말했다. "이 꼭두새벽에 무슨 일이에요. D.C. 통근 차량들에 비까지 오는데, 난리 안 났나 봐요?"

"다행히도요."

"그래서 무슨 일이에요?"

"몇 가지 질문이 있습니다. 직접 뵙고 묻고 싶어서요."

"그래 보이네요."

그녀가 구석에 있는 책상으로 그를 안내했다. 두 사람은 자리에 앉았다. "말씀해보세요." 그녀가 말했다.

"몇 가지 의학적 증상들을 알려드리면, 그 근본 원인을 알 수 있을까요?"

"계속해요."

"장애아가 태어나는 거요. 발가락이 몇 개 없는 기형과 한 팔 기형 말입니다."

"좋아요. 거기엔 수많은 이유가 있을 수 있어요."

"아직 다 말씀 안 드렸습니다. 거기다 자녀들이 전부 천식을 앓고 있어요.

"범위가 조금 좁혀지기는 했지만 충분하진 않아요, 데커 요원. 그걸 뭐 때문에 물어보는 건데요?"

"그리고 또 몇 가지 약을 적어드릴게요."

그가 종이에 약 이름을 적어서 건네주었다.

와인라이트가 목록을 훑어보았다.

그녀가 손가락으로 가리켰다. "이건 간이 문제가 있을 때 먹는 거예요. 이건 신장병이고. 리피토는 콜레스테롤 수치가 높을 때 먹고요. 텔레비전 광고 때문에 대부분의 사람들이 알지요. 졸로푸트는 우울증 약이고, 이건 골다공증 약이네요."

데커가 고개를 끄덕였다. "대브니의 검시 결과에서 뭐 인상적인 건 없었나요?"

"특별한 건 없었어요. 혈액 검사와 독성물질 검사도 했어요. 전에 말했다시피, 그는 진통제를 먹고 있긴 했지만, 그 밖의 다른 약물은 체내에서 검출되지 않았어요. 그가 어떤 약물을 중독적일 정도로 먹고 있었는지, 또 그게 뭔지가 궁금한 거죠?"

"처방약 중에는 그의 이름이 적힌 게 아무것도 없었어요. 그건 다 아내가 먹는 거였어요."

"월터 대브니는 실제로 뇌종양 말고는 건강이 좋은 편이었어요.

뇌종양이 아니었다면, 최소한 20년은 더 건강하게 살았을 거예요."

"팔자가 그런가 보네요."

"운이 **나빴죠**." 와인라이트가 고쳐 말했다.

"예." 그가 멍하니 생각에 빠져 의미 없는 말을 중얼거렸다.

그녀가 말했다. "무슨 생각을 하는 거죠?"

"왜 건강해 보이는 가족이 수많은 신체적 문제를 가지고 있고, 약을 복용하고 있는지가 궁금할 뿐입니다."

"음, 천식은 유전일 수 있어요."

"딸의 말로는, 어머니는 천식이 있지만 아버지는 아니랍니다."

"맞아요. 대브니의 폐와 비강, 식도 전부 깨끗해요. 이 기관들은 천식이나 폐 질환과 관계있는 곳이죠. 추가로 자극 반응성 검사까지 하진 않았지만요."

"그런데 그의 아내는 온갖 약들을 먹고 있었어요."

"음, 우리나라에서는 어린애부터 노인네들까지 의약품을 과잉 처방받아요. 우리 엄마는 돌아가시기 전 마지막 3년 동안 하루에 20알씩 약을 드셨죠. 엄마 친구분 중에는 더 많이 드시는 분도 있었고요. 요즘 애들은 죄다 리탈린이든 뭐든 먹고 있는 것 같죠. 어처구니없지만, 사실이 그래요."

"알겠습니다." 데커가 말했다. "그런데 아직 절 괴롭히는 게 있어요. 이 사건은 가지가 너무 많아요."

"그래서 지푸라기라도 잡고 싶은 심정인가 보군요."

"네. 하지만 짚 더미에서 바늘을 찾고 사건을 종결하게 될 거라고 생각하려고요."

0 070

데커의 무릎이 쑤셔왔다. 어느 정도는 비 때문이었다. 또 어느 정도는 과거 미식축구 선수였을 때 입은 부상 때문이었다.

그리고 어느 정도는 재미슨의 어릿광대 같은 차의 대시보드에 짓눌려 있기 때문이었다. 핸들이 그의 가랑이 사이에 놓여 있었다.

빌어먹을, 진짜로 내 차를 사야겠어.

와이퍼가 퍼붓는 비를 닦아내자마자 다시 비가 쏟아졌다. 와이퍼가 한 번 움직일 때마다 데커의 마음도 그에 따라 쓸려가는 것 같았다.

그의 머릿속은 어떤 생각에 집중되어 있었다. 여기서 뭔가를 건져낼 수도 있었다.

세실리아 랜들은 그들에게 이야기를 했다.

그리고 얼마 지나지 않아 살해당했다.

데커 일행은 대브니 가족과 이야기를 했다. 그리고 얼마 지나지 않아 거의 살해당할 뻔했다.

뭐가 원인이고 뭐가 결과지? 만약 이게 맞는 가설이라면, 왜?

그는 가정부와 나누었던 대화로 되돌아가 보았다.

그녀는 엘리 대브니가 돈을 가지고 있었던 것 같다고 말했다. 하지만 그렇지는 않았다. 그렇다면 NSA에서 낮은 수준의 연봉을 받으면서, 어떻게 그 집과 포르쉐를 살 수 있었던 걸까? 그건 대브니가 스파이였다는 가설로 설명될 수 있었다. 엘리 대브니는 무수히 많은 건강 문제를 안고 있었고, 유산도 경험했다. 세 딸은 키가 크고 운동선수처럼 탄탄한 외양을 가지고 있지만, 호흡기 질환을 앓고 있었다. 서맨사는 발가락이 몇 개 없었고, 어맨다는 팔 일부가 없었다. 대브니 가족은 무척 멋진 사람들이었다고, 랜들은 그에게 말했다. 그녀는 그보다 더 멋진 가족은 없을 거라고 생각했다.

그러고 나서 누군가가 그녀의 머리에 총알을 박았다.

그러고 나서 그와 브라운이 대브니 가족에게 인형에 대한 이야기를 꺼냈다.

그리고 다른 인형들에서도 똑같은 비밀 공간을 찾아냈다.

그들은 그 집을 떠났고, 저녁을 먹으러 갔고, 브라운의 집으로 와서, 자동소총을 가지고 들어온 한 무리의 암살자들에게 거의 학살당할 뻔했다.

다시 원인과 결과는 무엇인가? 그리고 이 두 가지의 즉각적인 원인은 대브니의 집에서 대화를 나눈 것이었다.

집이 도청되고 있는 걸까?

그자는 숲 속에 있는 버크셔의 낡은 농가에서 데커를 습격한 자일까? 그리고 그자는 어젯밤 쳐들어온 암살자들의 배후와 같은 세력인가?

그리고 인형들이 있었다. 그것들은 정확히 어떻게 이용된 것일까? 엘리는 남편을 방어하면서, 월터 대브니가 인형 주변을 얼씬거린 적도 없었다고 말했다. 그는 자신의 사무실에 인형을 가지고 가서, 그 안에 기밀을 채워 넣고, 제3의 조직에게 그것을 건네주고, 다시 돌려받아 딸들에게 되돌려주는 일을 하지 않았을 것이다. 이해하기 어려운 일이니까. 성인 남성이 인형 주위를 맴도는 것은 굉장히 시선을 끈다. 그리고 인형을 가지고서는 NSA로 들어갈 수도 없다.

하지만 어쩌면 그 일을 한 건 그가 아니었을 것이다. 어쩌면 그 교환은 **다른** 누군가가 했을 것이다.

데커는 갑자기 핸들을 돌려 새로운 방향으로 차를 틀었다.

그는 세실리아 랜들의 집 맞은편에 차를 세웠다. 경찰은 떠나고 없었지만, 집 현관문이 조금 열려 있었다. 그는 차에서 내려 서둘러 길을 건넜다. 비가 사정없이 그를 공격했다. 그는 집 문을 노크했다.

아무도 대답하는 이가 없었다. 그는 총을 꺼내서, 문을 활짝 열고는 안을 들여다보았다.

"FBI입니다. 안에 누구 있습니까?"

이번에도 대답은 없었다. 하지만 마룻바닥이 삐걱대는 소리가 들렸다. 그는 고개를 들었다.

누군가가 위층에 있었다.

그는 조용히 계단을 올라가 빠르게 주변을 둘러보았다. 위층에는 방 두 개뿐이었다. 그리고 방 하나에 불이 켜져 있었다.

그는 그 방문을 향해 빠르게 걸어갔다. 문손잡이를 잡고 막 돌리려 할 때였다.

그는 뒤로 물러나 총으로 문을 겨누었다.

한 여자가 그를 보고는 들고 있던 상자를 떨어뜨리고 비명을 지르기 시작했다. "오, 세상에, 뭘 원하는 거예요!" 그녀가 소리를 질렀다. "제발, 살려주세요."

데커가 주머니에 총을 찔러 넣고 신분증을 내밀었다. "전 FBI에서 일합니다. 아무 문제 없을 겁니다."

여자가 옆으로 휘청거리다가 문설주를 움켜잡았다. "아, 정말, 겁나서 죽을 뻔했잖아요."

데커가 총을 치우고, 그녀를 살펴보았다.

마른 흑인 여성은 40대 정도로 보였고, 짧은 머리는 하얗게 세어가는 중이었다.

"그런데 누구십니까?" 데커가 물었다.

"전 론다 케인이에요."

"여기서 뭘 하고 있었습니까?"

"여긴 제 엄마 집이에요."

"세실리아 랜들이 어머니입니까?"

"네."

"상심이 크시겠습니다."

그녀가 상자를 내려다보았다. "물건 좀 가지러 들렀어요. 이 집에서 이제 뭘 해야 할지 모르겠더군요. 아마도 집은 팔아야겠죠."

"이 지역에 사십니까?"

"아뇨, 볼티모어에 살아요. 그리 멀지 않죠." 그녀가 심각한 표정으로 그를 응시했다. "누가 이랬는지 알아내셨나요?"

"아직이요. 하지만 여기서 이렇게 만났으니 몇 가지 여쭤보고 싶군요."

"경찰이 이미 묻고 갔는데요."

"제 질문은 좀 다를 겁니다."

"이봐요, 제가 아는 한, 엄마를 싫어하는 사람은 없었어요. 엄마를 해치고 싶어 하는 사람은 아무도 없었다고요. 엄마는 열심히 일하셨고, 교회에 가고, 절 기르셨어요. 좋은 사람이었다고요. 누군가 도둑질을 하러 들어왔던 거겠죠. 그래서 엄마한테 이 동네를 떠나라고 그렇게 설득했는데. 여긴 제가 자란 집이에요. 그때엔 이웃들이 좋은 사람들이었지만, 지금은 안 그래요. 이제 이 주변에는 당신이 혼혈이라는 이유로 죽일 양아치들만 널려 있죠."

"전 그렇게 생각하지 않습니다. 위험한 환경이라서 어머니가 그런 일을 당하셨다고 생각하진 않습니다."

"그럼 왜죠?"

"어머니가 먹고살기 위해 열심히 일하셨다고 했는데 대브니 씨 댁에서 일하셨죠, 맞죠?"

"네, 맞아요. 30년 이상을 잘 지내셨어요."

"그럼 그분들을 아시겠네요."

"그럼요. 어릴 때 엄마를 따라서 그 댁에 간 적도 있는걸요."

"그 댁 딸들을 아십니까?"

"함께 놀기도 했어요. 제가 그 애들보다 조금 더 나이가 많죠. 가끔씩 줄스나 서맨사를 봐주기도 했고요. 내털리가 아기였을 때는 제가 애 기저귀를 바꿔주기도 했는걸요."

"좋은 분이로군요."

"오, 그분들이 제게도 돈을 주셨어요. 그분들은 그렇게 해야 한다고 말씀하셨죠. 대브니 씨와 부인은 정말이지 친절하셨어요, 특히 부인은요. 전 그분을 무척 많이 뵀어요. 대브니 씨는 늘 사무실에 계시거나 출장을 가셨고요. 엄마와 전 대브니 씨가 퇴근하시기 훨씬 전에 집으로 돌아왔어요."

"대브니 씨가 어디로 출장을 다녔는지 아십니까?"

"왜요?"

"우린 그분의 죽음에 대해 자세히 알아보고 있습니다."

"자살하셨다고 들었는데요."

"네, 그랬죠. 하지만 저희는 그분이 왜 그러셨는지 밝혀내야 해서요."

"오, 글쎄요. 그분이 어디로 다니셨는지는 정말 몰라요. 다른 주에 가신 적도 있고, 이 나라 곳곳을 많이 다니셨던 것 같은데요. 언젠가 대브니 씨가 출장에서 돌아오셨을 때, 엄마를 도와서 집으로 짐을 가지고 들어간 적이 있는데, 항공 수화물표가 붙어 있었어요."

"어느 공항이었는지 약자라도 기억나는 게 있습니까?"

"아뇨. 하지만 아메리칸 에어라인은 아니었던 걸로 기억해요. 어디 거였는지는 기억이 안 나요. 하지만 그분이 해외로 많이 다니신다고 엄마가 말해줬던 건 기억나요."

"어머니가 어떻게 그런 걸 알고 계셨던 거죠?"

케인이 미소를 지었다. "엄마가 어렸을 때, 서맨사가 아빠의 여권을 주방에 숨겼어요. 다들 온 집 안을 뒤졌죠. 엄마가 설탕통에서 찾아냈어요. 설탕 범벅이 되어 있어서 엄마가 한 장 한 장 펴서다 털어냈대요. 그 여권은 그분이 갔던 나라마다 받은 도장이니 뭐니로 가득했다고 말씀해주셨어요."

"어머님이 대브니 가족에 대해 또 다른, 평범하지 않은 일을 이야기한 적은 없나요?"

"평범하지 않은 거요?" 케인이 그를 뚫어져라 바라보았다. "그런 걸 뭐 때문에 물어보시는 건가요?"

"바라건대, 진실을 찾기 위해서요."

"대브니 가족은 좋은 사람들이었어요."

"저도 그렇게 생각합니다. 하지만 대브니 씨는 누군가를 살해**했어요**."

케인의 표정이 어리둥절하게 바뀌었다가 곧 슬픔으로 가득 찼다. "그분이 그런 짓을 했다는 걸, 아직도 믿을 수가 없어요. 그런 일을 할 분이 절대 아니라고 생각했는데. 그리고 자살하셨다고요? 부인을 남겨두고요? 두 분은 무척이나 서로를 사랑하셨어요. 완벽한 부부였다고요."

"음, 외양은 가장할 수 있는 겁니다."

데커가 상자를 내려다보았다. "거기 든 건 뭔가요?"

케인이 미소를 지었다. "저 방은 제가 옛날에 침실로 쓰던 방이에요. 엄마와 제가 같이 썼죠. 남동생이 하나 있었는데, 아기 때 죽었어요. 그리고 제가 네 살 때 아빠가 돌아가셨죠."

"유감입니다."

"엄마가 제 물건을 몇 가지 남겨두셨더라고요. 전 딸이 둘 있는데, 애들이 이걸 좋아할 거 같아요. 어떤 것들은 사용하기에 조금 나이가 들긴 했지만."

"장난감을 말씀하시는 겁니까?"

"네."

그녀가 뒤로 물러나서 문을 활짝 열었다. 깔끔하게 정돈된 침대, 하얀 서랍장, 높은 곳에 달린 선반 위에 물건들이 늘어서 있는 모습이 데커의 눈에 들어왔다.

"인터넷에서 떨어지지 않는 요즘 애들은 아마 좋아하지 않을 거예요. 닥터 수스의 책들, 오븐 장난감, 퍼즐 같은 거요. 인형도 있어요. 지금은 아메리칸 걸 인형이죠? 이것들 가격이 얼마나 되는지 아세요? 제 것은 좀 더 싼 거지만, 괜찮아요. 이런 건 상상력만 동원하면 되거든요."

데커는 반만 듣고 있었다. 그의 눈이 선반 하나에 줄지어 늘어서 있는 인형들을 보고 있었다.

"다 부인이 어릴 때 가지고 놀던 인형인가요?"

"네."

"대브니 씨 딸들이 가지고 있던 인형들과 정확히 같은 거란 걸 알고 있습니까?"

"그래요? 음, 그럴 수 있을 것 같은데요."

"왜죠?"

"대브니 씨 부부가 제게 사주신 것들이거든요."

○ 071

"인형들 전부 똑같은 비밀 공간이 있었어요." 밀리건이 말했다.

데커는 그의 옆에 서 있었고, 보거트는 자신의 책상에 앉아 있었다. 재미슨과 브라운은 보거트 맞은편에 앉아 있었다.

재미슨이 말했다. "그러니까 세실리아 랜들의 딸이 가지고 있던 인형이 대브니 집 딸들 인형이랑 똑같은 것이고, 그 인형들에 전부 빼돌린 정보를 숨길 만한 공간이 있었다고요?"

데커가 고개를 끄덕이고 인형 두 개를 집어 들었다. "이건 미시예요. 줄스 대브니의 인형이고, 이 인형은 랜들의 딸 론다의 인형이에요. 한번 보세요."

모두 앞으로 몸을 기울여 인형 두 개를 바라보았다.

"심지어 신발에 페인트 자국이 있는 것도 똑같군요." 브라운이 말했다.

데커가 말했다. "머리 냄새도 똑같아요."

브라운과 재미슨이 머리 냄새를 맡아보았다. 재미슨이 말했다.

"냄새까지 똑같아요."

"정확히요. 줄스는 페인트 자국과 냄새로 자기 인형을 구별했어
요. 내 딸도 이렇게 냄새 테스트를 했었죠. 많은 어린애들이 그래
요. 이 사건 배후에 있는 자는 이런 사소한 것까지 신경 썼어요."

브라운이 말했다. "랜들 역시 첩보망의 일부였다는 말인가요?
젠장, 그랬을 게 틀림없어."

"꼭 그렇다고 말할 수는 없어요." 데커는 말했다. "그녀는 자신도
모르고 이 일에 연루되었을 거예요."

"어떻게 그럴 수 있죠?" 브라운이 코웃음을 쳤다.

"그녀가 인형에 대해 우리에게 이야기한 후, 나는 론다 케인과
오래 이야기를 나눴어요. 그녀는 학교에 들어가기 전에 매일 엄마
와 함께 대브니 가에 갔다고 했어요. 학교에 들어갈 나이가 되자,
랜들은 지역 학교로 론다를 데려다주고 데리러 왔대요. 분명 대브
니 가족이 그들의 집 인근 학교에 들어가도록 조치한 거죠. 랜들은
딸을 대브니 집으로 데리고 왔어요. 론다는 집에 갈 때까지 거기에
서 놀거나 숙제를 했대요. 그리고 더 나이가 들었을 때는 그 집 애
들을 돕기도 하고, 돌봐주기도 했답니다. 엄마를 도와 집안일도 했
대요. 모두 방과 후의 일인데, 그녀는 대부분의 나날들을 그 집에
서 보냈답니다."

"그럼 그녀가 인형을 들고 다니지 않을 만큼 큰 다음에는요?" 재
미슨이 말했다.

"안 들고 다녔겠죠. 하지만 수년 동안을 들고 다녔어요. 그리고
그녀는 인형들이 바뀌었는지에 대해서는 확실하게 말하지 않았어
요. 나 역시 기밀 요소를 누설하지 않고는 그녀에게 직접적으로 물
을 수가 없었고요. 그래서 더 이상 진도를 나가지 못했죠."

"좋아요, 빼낸 정보를 전달하는 데 인형들이 사용되었다고 칩시다." 브라운이 말했다. "어떻게 진행되었을 거라고 생각해요? 그들이 어떻게 그 일을 했을까요?"

"월터 대브니는 사무실에서 집으로 기밀을 가지고 왔어요. 어떻게 그가 NSA 바깥으로 그걸 가지고 나왔는지는 모르겠어요. 하지만 과거 사람들은 그런 일을 해냈다는 걸 우린 알죠. 다음으로, 그는 그것들을 구매자 혹은 자신의 관리자에게 보냈어요. 인형 중 하나에 넣어서요. 론다 케인이 인형을 가지고 왔을 때, 그 인형은 어떤 방식으로든 바꿔치기한 다음이었을 거예요. 론다는 자기 인형을 집으로 가져갔고요. 아니면 그녀의 엄마가 그녀와 함께 그것을 가지고 일하러 온 거죠. 그러면서 이 일에 엮인 겁니다. 그리고 내가 그녀에게 그 일에 대해 물었을 때, 그녀는 자신이 인형을 바꿔 들고 다녔다고 했어요. 하루는 이걸 가지고 놀고, 다음 날엔 다른 걸 가지고 놀았다는 거예요. 그래야 인형들이 외롭지 않을 거라고요."

"그리고 그 일이 일어났고요?" 브라운이 물었다. "세실리아 랜들이 거기에 연루되어 있지 않다면서요?"

"랜들이 일하러 갔을 때, 누군가 집에 와서 인형에서 정보를 빼내고 떠난 거죠. 그녀의 집에는 경보 시스템이 없어요. 아주 쉽게 할 수 있죠."

"그랬을 수 있겠군." 보거트가 말했다.

"그런 방식으로 대브니는 결코 다른 사람과 접촉하지 않을 수 있었죠. 세실리아 랜들이 그 사이에 끼여 있었죠. 자신도 모르는 사이에요. 그리고 그들이 매일 인형을 가지고 그런 일을 하지는 않겠죠. 대브니는 그 장소를 시스템화한 거고, 인형에 뭘 넣어놓았을 때에만 다른 조직에게 신호를 보냈던 거죠."

"애들이 나이가 들어서 인형이 선반 신세가 되자, 대브니는 다른 방법을 사용해야 했을 거야." 보거트가 말했다. "버크셔가 책을 이용한 것처럼."

브라운이 말했다. "그럼 이 남자가 30년 이상 스파이 활동을 해오면서 나라를 팔아먹었다는 거군요."

"그래 보여요." 보거트가 말했다.

"어느 시점에 가서 그는 잡혔을 거예요." 밀리건이 지적했다. "그러니까 내 말은, 다른 스파이들은 수년 동안 도주한 자들조차, 결국엔 발각되잖아요."

"우리가 그들에 대해 알게 된 건, 결국 그들이 잡혔기 **때문이잖아요**." 데커가 지적했다. "절대로 잡히지 않을 스파이들이 얼마나 많을까요?"

브라운이 고개를 끄덕였다. "대브니의 약점은 딸이었어요. 그는 딸이 위험에 빠졌다는 생각에, 자신이 원하는 것보다 더 빠르게 움직였을 거예요. 아니면, 스파이 짓을 그만둔 지가 오래라 실력이 예전 같지 않았을 수 있죠. 어느 쪽이든, 그는 내털리를 도와줄 거래를 하기 위해 과거의 접촉선을 찾아야 했을 거예요. 하지만 우리가 그 사실을 알아차렸죠. 그가 기밀을 팔아넘기는 걸 막기에는 너무 늦었지만요. 그다음에 그는 버크셔를 죽이고 자살했어요."

"자, 또 어려운 요소 한 가지는 대브니가 자신이 죽어가고 있다는 걸 알았다는 거지." 보거트가 말했다.

"우린 이미 그가 버크셔를 죽이고 자살함으로써 자신이 잘못한 일을 바로잡으려고 했다고 가정하고 있었어요." 재미슨이 말했다.

보거트가 데커를 건너다보았다. "자넨 어떻게 생각하나?"

데커는 곧바로 대답하지 않았다. 마침내 그가 입을 열었다. 목소리가 마치 말하지 않은 듯 느껴지리만큼 멀리서 울려왔다.

"전부 다 이해가 돼요. 하지만 그 일의 진상이 그런 건지는 확신 못 하겠어요."

"왜죠?"브라운이 물었다. "왜 옳은 가설이라고 생각하지 않는다는 거죠?"

"아직 답하지 못한 의문들이 너무 많이 숨겨져 있어요. 누가 날 습격해서 USB를 가져간 걸까요? 누가 세실리아 랜들을 죽였을까요? 누가 월터 대브니에게 딸을 구하기 위해 기밀을 빼돌리게끔 꾸몄을까요? 나는 모두 같은 사람이라고 생각해요."

"자, 대브니가 과거에 일했던 첩보망이 있다고 생각할 수 있겠죠."브라운이 말했다. "그가 수년간 기밀을 빼냈고, 그다음에 은퇴했다고 생각해봅시다. 그들로서는 그 점이 유쾌하지 않았겠죠. 다시 그를 끌어들이려고 하면, 그가 오히려 자신들의 위장을 벗겨낼 수도 있죠. 그런데 내털리가 도박으로 인해 곤란에 처했어요. 그들은 그를 스파이로 조종할 수 있는 방법을 발견한 거죠. 그가 딸에게 1천만 달러의 빚이 있다고 믿는다면, 기밀을 파는 걸 그 문제를 해결할 주요한 방법으로 생각하겠죠. 그래서 그들은 그렇게 했죠. 그는 우리의 극비 데이터베이스로 침투할 뒷문을 제공한 거죠."

"그게 확실한가요?"데커가 물었다.

"뭐라고요? 그래요."

"어떻게 그걸 알았죠?"

"우리는 빠져나간 기밀을 추적하다가 대브니에 이르렀어요. 그가 거기에 접근했었죠. 많은 접근 경로에서 그의 인증코드가 사용되었어요. DIA와 일하면서 그가 알아낸 인증코드죠."

"그의 회사 사람일 가능성은 없나요?"

"그건 생체 인식 보안 시스템을 사용하고 있어요, 데커. 그건 대브니예요. 분명하게 단언할 수 있어요. 그리고 복잡한 컴퓨터 추적이 필요한 일이었어요. 그래서 그가 그 일을 실행하기 전에는 그에게 도달하지 못한 거죠."

"그 정보를 받은 사람이 뒷문으로 접근한 내력은요?"

"있었어요."

"그들이 이미 특정한 기밀들을 알아냈고요?"

"의심의 여지 없어요."

"그중에서 특별히 중요한 정보가 있었나요?"

"모두 다 중요한 기밀이에요!"

"그렇군요, 하지만 그중에서도 특별히 더 중요하다고 생각하는 건요?"

"이미 말했잖아요. 해외 요원들에 관련된 게 있다고요. 그리고 이미 요원이 많이 살해당했다고요."

"그 밖에 다른 건요?"

그녀가 한숨을 쉬고는 곰곰이 생각했다. "전부 DIA 쪽 정보만은 아니에요. 다른 기관들과 관련된 정보도 있어요. NSA, CIA, 합참의장의 내부 보고서, DEA 그리고 FBI 것도 있어요."

"뭐와 관계된 정보죠?"

"당신한테는 접근 권한이 없는 정보들인데, 협조적 차원에서 말하자면, 중동 지역의 협력 기관들과 했던 일, 몇몇 기관들의 군비 강화 내역, ISIL에 이용되는 전략들, 시리아에서의 전쟁에서 얻은 정보들, 발트 해에 대한 러시아의 의도와 거기에 대한 NATO의 대응책 같은 거예요. 매우 종합적이죠, 사실상."

"어떤 용도로든 사용할 수 있는 거군요." 데커가 말했다. "대브니에 대해 언급했다는 그 대화요, 즉각적인 위협이었나요?"

"그래요. 방어해야 할 지역들이 너무 많아요. 정말, **너무요.**"

보거트가 말했다. "하지만 우리는 이미 백악관에서 공격이 여기, 미국에서 일어날 거라고 들었어요."

"그 정보가 잘못된 거라고는 말하지 않겠어요." 브라운이 말했다. "그저 그걸 확인할 길이 없단 것만 말씀드리죠."

"버크셔는 중동과 관계가 없어요." 데커가 말했다. "그리고 그 대화는 모두 아랍어였죠."

브라운이 말했다. "음, 러시아는 중동에도 조직이 있어요. 봐요, 지금 당장 시리아와 어떤 연계가 있는지를요. 그들은 그 지역을 장악하고 싶어 해요. 그러고 나서 세계의 패권을 장악하고 싶어 하죠. 우리나라가 공격으로 파괴되고 더 나아가 고립된다면, 모스크바는 그 공백을 채우려 들 거예요."

"그런 전략이 집행될 수도 있겠군요." 데커가 말했다.

"최근에 도청된 건 더 없나요?" 보거트가 말했다.

브라운이 어깨를 으쓱했다. "빌어먹을 대브니의 이름이 들어간 건 또 없었어요. 하지만 NSA로부터 같은 곳에서 요즘 더 많이 전언이 나오고 있다는 정보를 입수했어요. 경험상 그건 뭔가 계획이 세워지고 있다는 뜻이에요. 그 전언이 중단되면, 얼마 지나지 않아 공격이 일어날 거라는 뜻이죠. 최소한 과거에는 그런 식으로 작동했어요."

"그러니까 그들이 잠잠해지면, 폭탄이 터질 거란 소리인가요?" 데커가 물었다.

"네."

"그 대화가 계속되길 빌어야겠군요."

0 072

데커는 달리고 있었다. 목숨이라도 달린 듯이.

꿈속이었다.

그는 클리블랜드 브라운스의 유니폼을 입고 있었다. 스물두 살의 그는 내셔널 풋볼 리그의 새 시즌 개막식 날의 경기장을 질주하고 있었다. 그의 특출난 팀워크로 팀은 리그에 새로 진입했다. 이 말인 즉슨, 그가 종횡무진 질주하고, 끝없이 무모하게 미친 듯이 뛰는 유사한 체격의 다른 젊은 선수들에게 달려들었다는 뜻이었다.

그러고 나서 어디선가 뭔가가 그를 강하게 쳤다. 보이지 않는 펀치가 그를 거꾸러뜨렸다. 헬멧이 머리에서 벗겨지고, 그는 1미터 바깥으로 날아가 버리고, 의식을 잃었다. 그때에는 아무도 알지 못했다. 그가 죽어가고 있다는 것을.

그리고 병원에서 깨어났을 때, 에이머스 데커는 더 이상 과거 자신의 몸에 깃들어 있던 그 에이머스 데커가 아니었다.

그는 완전히 다른 사람이 되었다. 원래의 에이머스 데커에서 감정적, 정신적으로 완전히 다른 사람이.

머릿속에서 꿈의 마지막 조각이 발사된 총알처럼 튀어나왔을 때, 데커는 눈을 번쩍 뜨고 자리에서 일어나 숨을 가쁘게 몰아쉬었다. 얼굴은 온통 땀으로 뒤범벅이 되어서 방이 춥게 느껴졌다.

그는 어둠에 잠긴 방 안을 응시했다. 바깥에서 차들이 지나가는 소리가 들려왔다. 잠시 후, 국제공항에서 이륙하는 비행기의 굉음이 들려왔다. 빗방울이 창문에 흩뿌려졌다.

여전히 그는 방 안을 응시하고 있었고, 그의 상념은 미식축구 경기장에 남아 있었다. 한때 그였던 사람으로. 완벽한 기억력을 가진 지금의 그는 20년 전 그 청년을 덮어버릴 수 없었다.

내가 어떤 사람이었는지는 기억할 수 있어. 하지만 사실상 전혀 정확하게는 아니지. 이 얼마나 역설적인가?

그는 몸을 돌리고 침실 등 탁자에 놓인 인형을 보았다. 몰리가 가지고 있던 것과 비슷한 것이었다. 다만 이 인형은 스파이 행위에 사용되었을 가능성이 있을 뿐이다.

그는 긴장을 풀고, 마음속에서 일어난 일들을 잘 정리하기 시작했다.

그의 손에는 수많은 끈이 들려 있었지만, 그 어느 것도 다른 어느 것보다, 대답에 도달하는 데 더 적합하거나 가장 중요한 것으로는 보이지 않았다. 그는 자신들이 모두 다람쥐 쳇바퀴 돌고 있듯 제자리만 빙빙 돌고 있다고 느꼈다. 앞서 나가지도 못하고, 돌아나갈 방향을 잡지도 못한 채.

그는 형사였다. 꽤 괜찮은 형사. 수년 동안 수많은 사건을 해결했다. 이 사건만큼 전혀 알 수 없는 사건도 드물었다. 그는 브라운에게 자신들이 이 사건을 완전히 잘못 짚고 있는 것 같다고 말했었다. 그녀는 그 뜻이 정확히 뭔지 몰랐던 것 같지만.

어쩌면 나도 그럴지 모르지.

모든 것이 월터 대브니로 귀결되었다. 일부는 얻어걸린 것이었
다. 그들은 대브니의 과거에 대해 샅샅이 파헤쳤다. 버크셔에 대해
서는 진전이 거의 없었기 때문이다.

그의 가장 큰 자산은 단연코 그의 기억력이었다. 그는 다시 한
번 거기에 의지해보기로 했다.

눈을 감자 기억의 장면들이 차르륵 넘어갔다.

누군가가 했던 말이 걸렸다. 그게 무엇과 연관되어 있는지는 알
수 없었다. 어떤 이유에서 그것은 상관없는 말처럼 느껴졌지만, 뭔
가를 밝혀줄 단서가 되는 단어이기도 했다.

장면들이 느려졌고, 그의 눈썹이 한데 모였다.

슬롯머신 휠처럼 딸깍딸깍 넘어가면서, 마지막으로 갈수록 그
속도가 느려지고, 그림들이 완벽하게 보이도록 모두 질서정연하게
늘어서면서, 그가 승자가 될지 패자가 될지를 보여주었다.

자, 어서. 내 앞에 서봐. 날 승자로 만들어줘. 난 그럴 수 있어.

놀랍게도, 멜빈 마스의 그림이 떠올랐다. 그들은 하퍼 브라운의
집에서 습격이 일어나기 전에 뭔가에 대한 대화를 나누고 있었다.

딸깍딸깍 균열음이 줄어들었다. 장면이 느리게 계속 움직였다.

마스가 브라운에 대해 뭐라고 말했다. 그가 그 말을 했을 때는,
전혀 뭔가가 있을 것 같은 말이 아니었다. 그들이 나누었던 대화에
서 무척이나 자연스럽게 흘러나왔을 따름이다. 사건과는 전혀 관
계가 없는 말.

1…… 2…… 3.

균열음이 더욱 느려졌다. 윙윙대며 넘어가던 이미지들 역시 느

려졌다. 그리고 명확한 형태를 갖춘 이미지가 보이기 시작했다.

마스가 데커에게 브라운이 얼마나 깊은 인상을 받았는지 말하고 있었다. 얼마나 그녀가 여행을 많이 하는지에 대해, 그녀가 얼마나 자신이 가진 부를 전혀 드러내지 않는지에 대해. 마스는 그것이 존경스럽다고 했다. 그는 그녀와 어울리는 걸 좋아했다.

그녀는 유쾌하고 끝내주고 그의 기분을 들썩거리게 했다.

하지만, 아니, 이게 아닌 것 같았다. 뭔가가 더 있었다.

끈끈이에 걸린 것만 같았다. 색종이 조각들—사건에 대한 사실들—몇 개가 공기 중에서 소용돌이쳤다. 그가 그것들을 잡을 수 있다면, 그것들이 끈끈이에 달라붙는다면, 사건들이 이해되기 시작할 것이다.

균열음이 더욱 커지고, 이미지들이 더욱 세게 소용돌이치기 시작했다.

5······ 6······ 7······ 8.

잭팟.

단어 하나가 갑자기 튀어나왔다.《해리 포터》책을 넘기는 동안 갑자기 그곳에 빛이 비친 것처럼.

그는 벌떡 의자에 기댄 등을 세웠다. 조금 어지러웠다.

운동선수.

데커는 FBI 시체 안치소에서 나왔다. 린 와인라이트와 다시 대화를 나누고 난 뒤였다. 그는 새로운 질문을 들고 갔고, 그녀는 도움이 될 만한 대답을 해주었다.

그는 FBI 빌딩으로 가서, 컴퓨터 앞에 앉아 검색을 시작했다. 정보가 쏟아져 나오기 시작했고, 점점 더 빨리 쌓였다. 댐 수문이 열려 물이 쏟아져 나오는 것만 같았다.

마침내.

전에 맞닥뜨리지 못했던 용어들이 튀어나왔다. 몇 번이나 발음하려고 했지만 하지 못했던. 그는 수십 년 전 사람들의 사진들을 보았다.

무척 많았다.

현재 불명예 은퇴.

현재 불명예 은퇴.

병에 걸린 사람. 자기 시대를 맞이하기도 전에, 죽어가고 있는 사람.

모두가 괴물 같았다. 그리고 그 세계는 주로 다른 방식을 찾았다.

하지만 어떤 이들에게는 기회가 주어지기도 했다. 그들은 그 기회를 움켜잡았다.

그리고 또 다른 것이 기억났다.

거기에 결코 있지 않았어야 할 사진 한 장.

전에 본 적은 있었지만, 사실상 주의 깊게 보지 않은 사진. 그건 중요하지 않은 것같이 보였다. 조사를 하면서 중요하지 않았던 것으로 여겼던 그것은, 그가 이 사실을 깨닫자 굉장히 중요한 의미를 띠게 되었다.

그는 일어나서 밖으로 나가 보거트의 사무실로 향했다.

사무실에는 FBI 요원이 밀리건, 재미슨과 함께 있었다. 그들은 그에게 브라운 요원이 오는 중이라고 말했다.

데커가 말했다. "대브니의 집에서 만나자고 그녀에게 전해."

"왜?" 보거트가 말했다. "거기에 뭐가 있나?"

"거의 다 있지."

* * *

30분 후 그들은 거대한 저택 앞에 차를 세웠다. 브라운의 BMW가 이미 현관문 근처에 주차되어 있었다. 그들이 집 쪽으로 다가가자 그녀가 차에서 내렸다.

"무슨 일이에요?" 브라운이 물었다. "왜 여기에 온 거죠?"

밀리건이 데커를 가리켰다. "데커가 오라고 했기 때문이죠."

줄스가 문을 열자 데커가 말했다. "어머님과 얘기를 하고 싶습니다."

"지금 안 계세요."

"어디 가셨습니까?"

"꼭 알아야 한다면 알려드리죠. 아빠 무덤에 가셨어요."

"거기가 어딥니까?" 데커가 물었다.

"엄마를 혼자 계시도록 좀 놓아둘 순 없나요?"

"거기가 어딥니까?" 데커가 재차 물었다.

줄스가 머뭇거리다 결국 그에게 말해주었다.

"하나 더요." 데커가 말했다. "예전에 보여주신 사진 앨범 한 권을 봐야겠는데요."

* * *

묘지에 도착한 그들은 열려 있는 연철 대문들을 통과했다. 브라운은 차를 대브니의 집 앞에 두고 그들과 같은 차를 타고 왔다.

"난 묘지가 싫어요." 재미슨이 말했다. "흙 아래 묻혀서, 결국 사람들이 보러 오지도 않게 되잖아요. 별로라고요. 난 화장할 거예요."

"거기에 대해서 꽤 생각했군요." 보거트가 말했다.

그가 줄스가 알려준 방향대로 샛길로 차를 몰고 내려갔다.

재규어 한 대가 커브길에 세워져 있었다. 그곳에 차를 세우자 엘리 대브니가 막 조성된 대브니의 무덤 앞에 놓인 석조 벤치에 앉아 있는 모습이 보였다. 비석도 채 세워지지 않은 무덤이었다.

차에서 내리면서 브라운이 말했다. "데커, 무슨 일이 벌어지고 있는 건지 말 좀 해주죠?"

"2분이면 **다** 듣게 될 겁니다." 그가 대꾸했다. 그가 그들을 이끌고 엘리에게로 갔다.

그녀가 고개를 들어 적대적인 눈빛으로 그들을 바라보았다. "줄스가 전화했더군요. 당신네가 이쪽으로 오고 있다고요. 무례하게 굴고 싶지는 않지만, 난 지금 남편 묘소를 참배 중이에요. 좀 혼자 놔뒀으면 고맙겠군요."

"이해할 수 있습니다." 데커가 말했다. "그런데, 이건 그렇게 해 드릴 수 없는 거라서요."

그가 그녀가 앉은 벤치에 앉았다. 나머지 요원들이 두 사람을 둘러싸고 섰다.

"데커가 주머니에서 사진을 한 장 꺼내 엘리에게 내밀었다.

"우리 부모님이군요." 그녀가 말했다. "이걸 어디서 구했죠?"

"산사태로 돌아가셨다고요?"

"네, 끔찍했죠."

"그리고 모든 게 다 쓸려가 버렸고요. 집도, 헛간도, 부모님도요? 부모님 시신은 발견 안 되었다고 들었습니다. 줄스가 그렇게 말하더군요."

"학교에 있지 않았더라면 저도 죽었을 거예요."

"그래서 부인은 모든 걸 잃으셨고요? 가족도, 전 재산도요?"

"그래요! 내 가방 안에 들어 있던 옷가지 몇 벌 빼고는 아무것도 남은 게 없었어요. 친지도 없고요. 난 보육원으로 보내졌죠."

데커가 고개를 끄덕이며 말했다. "그렇게 말씀하실 거라고 생각했습니다."

"그게 진실이니까요."

"오늘 아침, FBI 검시관과 이야기를 나눴습니다. 우연히도 그녀의 삼촌이 1970년대에 국가대표팀 전담의였다고 하더군요. 그분은 그때 일어난 일들을, 다른 나라의 일들까지 자주 말씀해주셨답니다. 그래서 그녀가 오늘 아침에 제게 그때 일어난 일들에 대해 알려주었습니다."

엘리는 아무 말이 없었다.

데커가 말했다. "슈타치, 1425? 들어본 적 있습니까?"

엘리의 눈이 커졌다. 하지만 눈에 뜨일 정도는 아니었다.

그럼에도 데커는 그 사실을 알아차렸다.

"뭐라고요?" 그녀가 날카롭게 대꾸했다. "그게 뭐죠?"

"이미 알고 계실 텐데요. 하지만 다른 분들이 알아들을 수 있게 설명해드리자면, 올림픽 강국을 세우기 위한 동독 프로그램입니다. 대부분의 선수들에게 부지불식간에 근육 증가제, 즉 스테로이드제를 주입하는 프로그램이죠. 영어로 번역하자면, '14~25세 국가 계획' 정도 되려나요?"

"동독이요? 그게 나와 무슨 상관이죠? 난 오리건 출신이에요."

"오럴 튜리나볼이 동독이 선택했던 스테로이드제죠. 이것의 또 다른 이름은, 노골적으로 발음하기도, 쓰기도 좀 그렇죠. 그건 선수들의 성적을 순식간에 엄청나게 끌어올리면서도 최악의 부작용은 없는 약이었죠. 뭐, 여전히 부작용은 작용하고 **있지만요**. 1970년대의 동독 여자 수영 선수들을 기억하십니까? 그들은 얼굴에 털이 나고, 목소리가 굵어지고, 근육은 거대해졌죠. 한 미국인 수영 선수가 그것에 대해 직접적으로 불평했지만, 모두들 그녀를 패배를 인정할 줄 모르는 사람으로 깎아내렸죠. 그녀의 말이 옳다는 게 밝혀지긴 했지만, 독일이 이미 금메달을 휩쓴 다음이었죠."

"재미있는 역사 수업이로군요." 엘리가 느릿하게 말했다. "그런데 그게 나랑 무슨 상관이죠? 난 동독 사람이 아니고, 올림픽에는 나가본 적도 없어요."

"하지만 제 추측으로는, 부인은 주니어 국가대표 프로그램에 속해 있었을 텐데요. 부인은 올림픽을 준비하고 있었겠죠. 아마도, 어린 나이부터요. 부인은 완벽한 운동선수 체형을 가지고 있어요. 키가 크고 길쭉하고 근육질이죠. 수년 동안 부인은 오럴 튜리나볼이나 그 비슷한 걸 먹었을 거예요, 다른 도움이 될 만한 것들과 함께요. 그들은 히틀러의 완벽한 아리아인 계획에 따른 신체를 만들려고 했죠. 하지만 약물의 도움을 받았음에도, 어떤 스포츠 종목이든 최정상으로 가는 건 쉽지 않았죠. 미식축구 선수 시절, 난 그런 약물이 보통 선수들보다는 경기력을 향상시켜준다는 걸 알았죠. 하지만 최선 중의 최선은 그저 노력하는 것뿐이죠. 부인이 10대 초반이었을 무렵에는 그들도 그걸 알았을 겁니다."

엘리가 보거트를 쳐다보았다. "저 사람 미쳤나요?"

보거트는 아무 말도 하지 않았다.

데커는 말을 계속했다. "하지만 당신은 그들에게 다른 가치가 있었죠. 당신은 운동선수로서는 잘렸지만, 다른 것으로 활용되었죠."

"터무니없는 소리."

"당신은 악센트 없이 유창하게 말할 수 있을 때까지 영어를 배웠죠. 가족 역사를 만들어내고, 당신 자신이 먼저 그걸 습득했겠죠. 오리건 시골 지역, 십수 년 전 산사태, 보육원, 친지 없음. 그리고 새로운 삶을 시작하기 위해 동부로 왔죠. 누가 거기서 잘못된 것이 있다고 입증할 수 있었겠어요? 당신은 어딘가의 근방에서 웨이트리스 일을 시작했어요. 어딜까요? 바로 NSA죠. 당신은 NSA에서 온 손님들을 많이 만났죠. 모두들 그 카페로 식사를 하러 갔으니까요. 당신은 젊은 월터 대브니를 목표로 삼았고, 그는 아름다운 엘리의 바늘에 걸리고, 마침내는 푹 빠졌죠. 두 사람은 곧 결혼을 했죠. 그리고 그는 집으로 일을 가져왔고, 당신은 그걸 빼돌렸겠죠. 그리고 그가 NSA를 떠나 자기 회사를 차리면서 당신에게는 잭팟이 터졌어요. 이제 그가 NSA뿐만 아니라 다양한 기관들과 함께 일하게 되었으니까요. 그 시절에는 그들이 잠입한 스파이를 보호해줬죠. 지금은 전혀 그렇지 못하지만요. 매일 밤 집 문을 열고 들어온 그의 서류 가방에는 뭔가가 들어 있었겠죠. 우린 죽 당신 남편이 스파이일 거라고 생각했지만, 사실 스파이는 **당신이었던 거예요!**"

엘리가 벌떡 일어나 소리를 질렀다. "내 남편의 무덤 앞에서 그런 거짓말로 나를 모욕하다니!"

데커가 그녀를 올려다보았다. "문제는 이 귀중한 정보를, 당신의 노획물을 필요한 곳으로 어떻게 보내느냐는 거였죠. 하지만 당신은 혼자 일하지 않았지요. 당신에겐 관리자가 있었죠." 그가 말을 잠시 멈췄다. "앤 버크셔."

보거트가 외쳤다. "**버크셔와** 함께 일한 게 부인이라고? 남편이 아니라?"

"우리 둘 다 아무와도 일하지 않았어요." 엘리가 새된 소리로 말했다.

"딸들이 어렸을 때 당신은 세실리아 랜들을 이용했어요. 대답은 분명해지죠. 인형 말이에요. 당신은 인형을 이용해 정보를 전달했죠. 그 인형 안에 있던 게 뭐였는지 랜들이 알았는지는 알 수 없지만, 그녀는 그 일을 했죠. 어쩌면 그녀가 안 했을 수도 있어요. 전 그녀가 결백하다고 생각하지만, 아닐 수도 있죠. 그러니까 당신이 내내 그녀를 이 일에 이용했다는 거예요. 당신 애들도 함께요. 당신이 랜들 모녀를 무척이나 신경 써줬다고 랜들의 딸이 그러더군요. 랜들의 재무 조사 결과가 뭘 보여줬을지 궁금하네요. 당신의 재무 조사 결과도요. 당신은 어떻게 그 오래전에, 남편이 NSA에서 일하고 있던 시절에 이런 집을 샀을까요? 그 비싼 포르쉐는 어떻고요? 산사태로 크게 한몫 잡았다고 말씀하시겠어요? 어떤 먼 친척에게서 유산을 받았다고 하시겠습니까?"

엘리가 자리를 뜨려 했다. 보거트가 그녀의 팔을 잡았다.

"아무 데도 가실 수 없습니다, 대브니 부인."

그녀가 팔을 홱 뿌리치고는 말했다. "날 체포하는 건가요? 그렇지 않다면, 난 집에 가서 변호사에게 전화를 걸어 당신들을 모두 고소할 거예요!"

"우리는 부인을 **억류할** 겁니다. 그럴 권리도 있고요." 보거트가 단호하게 말했다.

그녀가 그를 응시하고는 팔짱을 낀 채로 먼 곳을 보았다.

데커가 말했다. "딸들이 자라서 인형들이 쓸모없어진 후에는 그것을 치워야 했지만, 누군가가 그 비밀 공간을 발견하게 될까 봐 그러지 못했겠죠. 그냥 두는 게 나았던 거죠."

"당신이 말한다고 해서 그게 진실이 되는 건 아니에요."

"아나볼릭 스테로이드가 유산과 사산의 이유라는 사실은 언제 알았습니까? 당신의 건강 문제는요? 딸들의 건강 문제와 기형은요? 줄스와 서맨사가 기형으로 태어났을 때였을 거라고 생각됩니다만."

"그건 내가 어찌할 수 있는 문제가 아니죠. 그건…… 그건…… 유전이에요. 자연적인 거라고요."

"그건 **자연적인** 게 아닙니다. 약물 때문에 일어난 거죠. 난 운동선수 같은 외양을 지닌 사람이 왜 그렇게 건강은 좋지 않은지, 궁금하더군요. 그래서 그 근원을 추적해보기로 했습니다. 그리고 그렇게 했죠. 당신에 대해서 말이에요."

그녀가 느릿하게 그에게로 시선을 돌렸다.

"그 모든 이야기들이 슈타치, 튜리나볼과 맞아떨어졌을 때는 충격이었어요. 그건 간과 폐 질환, 골밀도 감소, 높은 콜레스테롤 수치, 천식을 유발하죠. 부인은 이 모든 증상을 가지고 있죠. 최근까지 이 약들을 먹었고요."

엘리가 입술을 꼭 깨물었다. 여전히 아무 말도 하지 않았다.

"그리고 또한 유산과 기형을 유발합니다. 그 집 딸들이 가진 것 같은 종류의 기형이지요. 그리고 또 부인은 우울증 때문에 졸로프트도 먹고 있죠. 얼마나 우울할지 이해가 됩니다."

"사산이나 유산에 대해 어떻게 알았죠?" 그녀가 조용히 말했다.

"그 대답은 아실 거라고 생각되는데요." 데커가 대꾸했다. 그녀가 대답하지 않자 그가 계속 말을 이었다. "시시 랜들. 그녀가 말해줬어요. 그녀는 댁의 딸들 문제에 대해서도 이야기해줬죠. 그러고 나서 당신은 그 일을 알았겠죠. 그리고 그녀가 무슨 말을 했는지 알 방법이 없으니 신경이 쓰였겠죠."

"내가 시시를 죽였다는 소리인가요? 난 그때 자고 있었어요."

"1시에 자고 있는 걸 따님이 확인했죠. 랜들은 2시에서 3시 사이에 살해당했어요. 늦은 시간이니 거기까지 갔다가 그녀를 살해하고 돌아오기에 충분했겠죠. 강제침입 흔적은 없었어요. 당신 집에 랜들의 집 열쇠가 있었으니까요. 당신이 왜 그녀의 열쇠를 가지고 있었는지 이상하긴 합니다. 아무튼 당신 집을 수색하면 그게 나올 겁니다."

엘리가 몸을 돌려 남편의 무덤으로 시선을 옮겼다.

데커가 자리에서 일어나 그녀의 곁에 가서 섰다. "당신은 앤 버크셔를 알고 있습니다. 그녀의 이름이 아하 세리자모크였을 때부터요. 그녀는 당신의 관리자였죠. 당신이 뭔가를 하기 전까지요. 아무도 당신이 그런 일을 할 줄은 몰랐겠죠." 그는 말을 멈추었다. 그녀가 자신을 응시하고 있었다. "당신은 스파이를 그만둔 거예요."

"난 빌어먹을 스파이가 아니야!"

데커가 그녀의 말을 무시했다. "당신은 그만뒀지만 버크셔는 같은 장소에서 다른 스파이들과 함께 계속 일을 했죠. 여기 D.C.에서요. 당신이 스파이를 하고 있었다면, 여기서 했겠죠. 우리는 그녀가 최근에 도미니언 호스피스를 이용한 일과 고르스키 부부 및 앨빈 젠킨스와 함께 일한 걸 알아냈어요. 하지만 당신은 더 이상 그녀와 일하지 않았죠. 그녀는 그 점을 언짢아했겠죠. 하지만 자신을 드러내지 않고는 당신의 행위를 폭로할 수가 없었어요. 그녀는 자신과 함께 일하던 학교 선생님에게 이런 말을 남겼어요. '누군가를 잘 안다고 생각했지만, 사실은 전혀 몰랐다고'. 난 그녀가 당신에 대해 말했다고 생각합니다."

엘리는 침묵을 지킨 채 그저 고개만 저었다.

데커가 말했다. "오랫동안 아무 문제도 없었어요. 그러다 내털리의 도박 문제가 불거졌죠. 그리고 그게 모든 것을 망쳤죠."

"난 그 일에 대해서는 아는 게 없어요."

"당신은 그 일에 대해 **모든 걸** 알고 있습니다. 당신 남편은 당신에게 결코 그 일을 숨기지 않았을 겁니다. 당신들은 아주 가까웠으니까요. 그때 당신 남편은 당신이 스파이였다고 생각하지는 않았을 겁니다. 그는 당신을 너무나 사랑했죠, 무조건적으로. 모두들 그가 멋진 남자라고 말했지만, 전 늘 그랬듯이 그 말을 의심했죠. 하지만 그는 정말로 멋진 남자였더군요. 당신이 몰랐던 건, 버크셔가 당신이 한 짓, 조직을 저버린 걸 결코 용서하지 않고 앙갚음할, 혹은 더 나은 방법으로 당신을 다시 스파이 집단에 엮어 넣을 무슨 수가 나오기를 바라고 있었다는 겁니다. 그리고 내털리가 그 기회를 주었죠. 1천만 달러냐, 막내딸과 그 가족이 러시아인들에게 학살당하느냐. 당신은 러시아인들이 얼마나 잔혹한지 잘 알고 있었죠. 내털리는 아버지에게 말했고, 그는 당신에게 그 일을 말했죠. 당신 부부는 부유했지만, 남편이 대체 며칠 만에 어디서 1천만 달러나 되는 돈을 구해올 수 있었겠습니까? 그는 제정신이 아니었겠죠. 하지만 당신은 방법이 있다는 걸 알았어요. 그러니까 사랑하는 남편에게 당신이 내내 기밀을 빼돌려서 소련으로 보냈다고 말하는 거였지요." 그는 말을 멈추고 그녀를 응시했다. "그가 그걸 어떻게 받아들였을까요? 어떻게 그가 수십 년을 함께한 부인, 애들 엄마를 배신하겠어요? 그는 완전히 파괴되었겠죠. 그리고 **그는** 내털리에게 이렇게 말했습니다. 누군가를 잘 안다고 생각했지만, 사실은 전혀 모르고 있었다고요. 버크셔처럼, 그도 당신, 자기 아내이자 평생의 연인인 **당신에** 대해 이야기한 겁니다."

엘리의 뺨으로 줄곧 눈물이 흘러내렸다. 그녀는 고개를 저었지만, 아무 말도 하지 않았다. 차가운 바람이 묘지 사이로 채찍질하듯 불어왔다. 그녀가 숨을 꺽꺽대기 시작했다. 주머니에서 흡입기를 꺼내서 세 번 들이마셨다.

그들은 그런 그녀를 지켜보며 서 있었다. 차가운 바람이 그들을 때려댔다.

074

재미슨이 엘리에게로 가까이 다가가서 재킷 주머니에서 티슈
한 장을 꺼내 건네주고는 뒤로 물러났다. 엘리가 티슈로 눈가를 눌
렀다.

데커가 말했다. "그래서 난 당신이 옛날 접촉 창구를 통해 버크
셔에게 연락했을 거라고 생각했습니다. 당신은 그녀에게 자신의
딜레마에 대해 이야기했고, 그녀는 조직에서 1천만 달러를 어떻게
마련할 건지 말해주었겠죠. 당신은 남편에게 그 이야기를 했고, 그
는 그 일을 했습니다. 그리고 내털리는 목숨을 건졌죠.

하지만 그러고 나서 무슨 일인가 일어났습니다, 안 그런가요?
내털리는 무심코 빚이 1천만 달러가 **아니었다는** 걸 누설했습니다.
버크셔의 사람들이 당신을 공포에 빠뜨리고 스파이 행위를 할 수
밖에 없도록 그녀에게 그렇게 말하라고 압력을 가한 거지요. 버크
셔는 아마도 당신의 약점을 찾기 위해 당신 가족을 오랫동안 관찰
하고 있었을 겁니다. 그리고 그녀는 내털리가 금맥임을 발견했죠.

그녀는 당신이 자신에게 연락하기만을 기다리면 되었던 겁니다. 하지만 이제 당신은 버크셔가 자신을 속였다는 걸 깨달았죠. 그래서 그걸 남편에게 말한 겁니다. 그리고 조국을 배반했다는 죄의식에 혼란스러워하던 그는 그 일로 자신이 절대 법정에 설 일은 없을 거라는 걸 알고는 버크셔를 죽이기로 결심했죠. **당신의** 도움을 받아서요."

엘리가 주머니에 흡입기를 도로 집어넣고는, 벤치로 다가가 다시 앉았다.

"대브니 부인, 난 당신의 죄를 여기서 재단하지는 않습니다. 내일은 진실을 찾아내는 겁니다. 그것뿐이에요."

보거트가 덧붙였다. "저희에게 협조하시는 편이 나을 겁니다."

브라운이 말했다. "우리는 어떤 일이 진행되고 있다고 확신하고 있습니다, 대브니 부인. 공격이요. 그 일에 대해 우리에게 도움을 준다면, 협조하지 않으신 것보다는 앞날이 더 밝을 겁니다."

"우리에게 진실을 말하는 게 그 좋은 시작이죠." 데커가 말했다.

오랜 시간이 흘렀다.

엘리가 입을 열었다. 목소리는 쉬어 있었지만 단호했다. 체념한 어투였다.

"이런, 난 지쳤어요. 이 모든 일에 정말 지쳤어요." 그녀가 잠시 말을 멈추었다. "월터는 자신이 암에 걸렸다고 말했죠. 그리고 그는 무슨 일이 있어도 숨기지 않고 이야기해주겠다고 했어요. 심지어 내가 무슨 일을 했는지…… 알고서도요. 나 대신에 내털리와 휴스턴에 진단을 받으러 갔으면서 말이죠." 그녀가 잠시 말을 멈추고, 무덤을 건너다보았다. "안나를 죽이는 건 월터의 생각이 아니었어요. 내 생각이었죠. **내가** 그걸 바랐던 거예요." 그녀가 느릿하게 고개를 저었다. 그녀의 눈이 잠시 감겼다. "하지만 월터, 마지막 순간까지 용감했던 그이는 자신이 그 일을 하겠다고 주장했어요. 당신이 말했던 대로, 자신은 그 일로 법정에 설 일이 없을 거라면서요."

"부인은 광대 옷을 입었습니다." 데커가 말했다. "부인이 남편에게 신호가 된 거죠."

엘리가 티슈로 눈가를 훔쳤다. "난 FBI 빌딩 근처 주유소에 차를 세웠어요. 거기에서 옷을 갈아입고, 내 차에 올라타 집으로 돌아왔죠. 월터가 무슨 일을 할지 알고 있었어요. 그날 난 하루 종일 울었죠. 악몽 속에 있는 것 같았어요. 그저 망연자실했죠."

보거트가 말했다. "남편분이 버크셔를 죽이기 전에 어떤 여성과 함께 개인 금고에서 물건을 없애는 영상을 보았습니다."

"그 일은 확실하게 몰라요. 하지만 그 여자가 안나 쪽 사람일 거라고 추측할 뿐이죠. 당신들이 이 일을 알아내지 못했다면, 그들은 그가 내털리의 빚을 갚기 위해 기밀을 빼돌린 후에 월터를 포섭하려고 했을 거예요. 안나는 늘 긴 게임을 하거든요. 나를 되돌리는 건 두 번째 목표였어요. 자신의 방첩망에 월터를 끼워 넣었다면, 그녀에게 대단한 성공이 되었겠죠. 그들은 그를 만나서 뭔가를 말했죠. 월터는 그걸 절대 하지 않았을 거예요. 하지만 그는 영민한 남자였어요. 그와 안나는 그 부분에서 박빙이었죠. 그는 동조하는 척했어요, 그 자신의 계획을 위해서요. 그는 나중에 자신의 이름을 대고, 자신이 기밀을 빼돌린 일에 대해 말하면서 정부에 안나의 방첩망이 저지를 일을 경고해주는 비디오테이프를 만들었어요. 하지만 그들은 어떻게 해서 그 사람의 계획을 알아냈어요. 그리고 그 증거를 가져가버렸죠."

"남편분이 방첩망의 일부분을 밝힐 때 부인에 대해서도 밝혔나요?" 보거트가 물었다.

"아뇨. 그는 내게는 피해가 오지 않게 하려고 했어요."

"무척 이해심이 많은 남자군요." 브라운이 끼어들었다. "그 오랜 세월 동안 부인이 남편분을 그토록 잔인하게 계속 이용해왔다는 걸 감안한다면 말이죠."

엘리가 그녀를 올려다보았다. "당신도 스파이들을 데리고 일하죠, 안 그래요?"

"그렇습니다."

"그들은 어딘가에 잠입해서 누군가를 사칭하고 있지 않나요?"

"그렇습니다." 브라운이 시인했다.

"그럼 그들이 조국을 위해 중요한 임무를 수행하고 있다고 당신은 믿고 있겠죠?"

"물론입니다. 그들은 믿을 수 없을 만큼 충성심이 강하고 용감하거든요."

"그럼 당신 눈에는, 미국을 위해 일하는 스파이들이 믿을 수 없을 만큼 충성심이 강하고 용감한 사람처럼 보이겠군요."

브라운이 허를 찔린 듯 움찔하더니 아무 말도 하지 못했다.

데커가 말했다. "그러니까 그 비디오테이프의 증거는 사라졌고, 남편분의 계획은 소용없어졌군요. 그때 그 대신 버크셔를 죽이기로 두 분이 결심하신 겁니까?

그녀가 고개를 끄덕였다. "운동선수로서 꿈이 좌절되고 동독으로 돌아간 후에 난 MFS에 포섭되었어요. '동독 국가안보국'을 말해요." 그들의 혼란스러운 표정을 보고 그녀가 덧붙였다. "그 부처는 모스크바와 KGB와 밀접한 관련이 있죠. 이들은 연합작전을 벌였고, 미국에 요원들을 보냈어요. 외국인이 아니라 미국 **시민으로** 보일 만한 배경을 만들어서요. 이런 방식으로 더 많은 성공을 거둘 수 있을 거라고 생각한 거죠. 저는 몇 년간 최고의 교육을 받았어요. 그때 연합작전에 속해 있던 KGB 소속의 안나를 만났죠. 그녀는 명민하고 교활하고 소련 조직에 충성을 다했지요. 난 스파이였고 그녀는 관리자였어요. 우리는 절대 친구가 될 수 없는 관계였어요. 그런 관계를 열망하지도 않았죠. 우리는 훨씬 더 강한 뭔가가 되어갔어요. 우린 발각되는 즉시 처리되어야 할 정보원이었죠. 우리의 결합은 매우 강력했고 누구도 깨뜨릴 수 없는 종류였어요."

"알 것 같군요." 브라운이 말하면서, 다른 사람들에게서 재빨리 시선을 돌렸다.

엘리가 말을 이었다. "난 주입받았죠. 세뇌당했다는 말은 아니에요. 난 조국에 봉사하는 데 자부심을 가지고 있었어요. 그래서 성심을 다해 수년간 그 일을 한 거죠. 차와 집을 산 돈이요? 난 월터에게 그건 부모님을 돌아가시게 한 산사태를 유발한 대가로 건축회사가 쌓아둔 신탁 기금에서 나온 거라고 말했죠. 그 돈에서 내내 이자와 배당금이 생겨서 수십만 달러가 되었다고요."

데커가 말했다. "그랬군요. 남편이 사업을 시작하게 될지도 모르니 그때까지 그 돈을 저축해두자고 제안하지 않았다니, 놀랍긴 하지만요."

그녀가 그 시절을 그리워하는 듯한 미소를 지었다. "그건 우리만의 작은 절충안이었어요. 그는 자신이 꿈에 그리던 차를 얻고, 난 늘 꿈꾸던 집을 얻었죠. 난 그 집이 다른 사람 소유였을 때, 종종 그 집 앞을 지나갔어요. 늘 그 집이 너무 멋졌죠. 내 나라에서는 방 하나짜리 아파트에 살았었죠. 그런 집을 가지는 건, 불가능해 보였어요. 하지만 그때 그게 가능해졌던 거예요."

"이해할 수 있을 것 같습니다."

그녀가 데커에게로 몸을 돌렸다. "그 뒤에 뭔가가 일어났어요."

"아나볼릭 스테로이드에 대해서 알게 된 겁니까?" 그가 말했다. "그리고 그들이 당신과 당신 자녀에게 무슨 짓을 한 건지도요?"

그녀가 이 말에 무시하는 듯한 태도로 손을 흔들어 보였다. "아뇨. 그것을 알게 된 이후로도 난 오랫동안 그걸 먹었어요. 그래요, 사산과 유산으로 난 어마어마한 충격을 받았죠. 그리고 내 딸들이 고통을 받았고요. 하지만 내가 거기에 대해 할 수 있는 건 아무것도 없었어요. 대신 이 나라에 내가 하러 왔던 일에 대해서는 뭔가를 할 수 있었죠. 스파이를 그만두는 거요."

"그 계기가 뭐였습니까?" 보거트가 물었다.

그녀가 미소를 지었다. 비극적이면서도 애석해하는 듯한 표정이었다. "내 조국보다 내 가족을 사랑한다는 걸 깨달은 거죠." 그녀가 간단히 말했다. "매일매일 언젠가 가족들이 내 정체를 알게 될까 봐 두려워졌어요. 그래서…… 그 일을 그만둔 거죠. 조국에 등을 돌린 거예요. 당신 말이 맞아요. 안나는 엄청나게 격노했죠. 하지만 난 신경 쓰지 않았어요. 그녀는 내 정체를 폭로하겠다고 위협했어요. 하지만 난 나 자신을 지킬 것들을 가지고 있었죠. 그녀의 계획을 무마시킬 정보와 증거를 가지고 있었어요. 그래서 우리는 휴전 상태에 이른 거죠. 그리고 형세를 살피고 있었던 거예요." 그녀가 길게 한숨을 내쉬었다. "안나가 내털리를 이용해 내 의표를 찌를 때까지요."

그녀가 일어나서 대브니의 무덤 쪽으로 걸어갔다. "안나는 죽었지만, 그녀의 조직은 아직 여기에 있어요. 그리고 그들은 내게 접촉해왔어요. 월터처럼, 다시 한 번 내가 스파이 행위를 하길 바란다고요. 월터가 죽었는데도, 그들은 내게 자기들을 도우라는 입장을 취하고 있어요. 난 대답하지 않았어요. 내가 거절하면, 그들은 우리 모두를 죽일 거예요. 그들은 우리 모두를 감시하고 있었어요. 그리고 당신은 계속 다시 찾아왔고요. 난 그래서 그들이 내 집을 도청할 거라고 믿었죠. 무슨 일이 일어나는지 들어야만 하니까요."

"우리가 인형을 발견한 때처럼요?" 데커가 말했다.

그녀가 고개를 끄덕였다.

브라운이 끼어들었다. "그들은 그 일에서 한시도 지체하지 않았어요. 바로 그날 밤에 우리를 습격했죠."

"안나가 줄스의 인형을 어떻게 가지고 있게 된 거죠?" 데커가 물었다. "그것을 내내 가지고 있었나요, 아니면 최근의 일인가요?"

"안나가 내털리를 돕기 위해 그걸 되돌려달라고 요구하더군요. 그녀는 그걸 자신이 어떻게 우리에게 스파이 짓을 시켰는지를 기념하기 위한 상징적인 트로피로 여기고 있는 것 같았죠."

데커가 그녀를 보았다. "재미있군요."

"뭐가요?" 엘리가 날카롭게 물었다.

"줄스는 엄마가 비밀을 지키지 못하는 사람이라고 믿고 있더군요. 분명 잘못 생각하고 있죠. 세실리아 랜들은 그 인형이 스파이 행위에 이용된다는 걸 알고 도운 건가요?"

"아뇨. 거기에 대해선 아무것도 몰랐어요."

"당신이 그녀를 죽인 겁니까?" 데커가 물었다.

그녀가 고개를 저었다. "난 안 죽였어요. 하지만 우리 집 주방에 보관되어 있던 시시의 집 열쇠가 사라졌죠. 난 안나 쪽의 사람들이 뭔가를 들은 거라고 생각해요. 시시가 그들에게 압박을 줄 만한 뭔가를 말했을 테죠."

"거기에 대해선 부인 말이 맞는 것 같습니다." 데커가 말했다. "그녀가 우리에게 당신이 가진 돈이 어딘가에서 생겼다는 말을 했어요. 그리고 대브니 가족의 건강 문제도요. 우리가 의심스러워할 만한 뭔가를 그녀가 더 말하지 않을까 그들은 걱정되었겠죠."

보거트가 엘리에게로 다가갔다. "엘리너 대브니 씨, 미합중국에 대한 스파이 행위로 당신을 체포합니다." 그가 미란다 원칙을 읊어주는 동안 밀리건이 여인의 손에 수갑을 채웠다.

그러는 동안, 그녀의 얼굴에서는 눈물이 멈추었다.

그녀가 다시 한 번 남편의 무덤을 바라보았다. "미안해요, 월터. 전부 다요."

보거트와 밀리건이 그녀를 데려가기 전에, 데커가 말했다. "대브니 부인, 의문이 하나 더 있습니다."

"뭔가요?" 그녀가 지쳐 물었다.

"왜 남편분이 FBI 빌딩 앞에서 버크셔를 쏜 겁니까? 그건 부인의 선택입니까, 그분의 선택입니까?"

"난 그날 안나와 만나기로 약속을 잡았어요. 안나는 나 대신 월터를 마주치게 될지 몰랐어요. 하지만 당신 질문에 대답하자면, 그곳에서 그녀를 만나기로 한 건 월터의 생각이었어요. 내가 안나에게 만나자고 제안했던 원래 장소는 그 카페의 구석 자리였어요. 하지만 월터는 FBI 빌딩 앞에서 안나와 맞닥뜨릴 수 있도록 내가 신호를 해주면, 그곳에서 그녀를 쏘겠다고 말했어요."

"그리고 자신도 죽고요?" 데커가 말했다.

그녀가 고개를 끄덕이고는 바닥으로 시선을 내려뜨렸다.

"부인, 대단한 연기력이군요." 재미슨이 말했다. "부인이 병원에서 남편분의 침실 옆에 있을 때 그게 연기라고는 조금도 생각하지 못했습니다."

엘리가 떨리는 목소리로 대답했다. "그때 난 막 사랑하는 남자를 잃었어요. 눈물은 진짜였어요. 정말이에요."

데커가 다시 입을 열기까지 불편하고 어색한 시간이 흘렀다. "그런데 왜 FBI 빌딩 앞이죠?"

"월터는 그 나쁜 놈들을 겁주고 싶다고 말했어요. 안나를 죽인 게 강한 메시지가 될 거라고 말했죠. 난 그저 그 여자가 죽는 걸 보고 싶었을 뿐인데."

"그 이유를 시사하는 말은 없었습니까?"

그녀가 고개를 젓고는 낮게 흐느꼈다. "어쩌면 더 이상 날 못 믿었을 수도 있죠. 누가 그를 탓할 수 있겠어요?"

그녀가 보거트와 밀리건이 이끄는 대로 따라갔다.

하지만 데커는 그 뒤를 따르지 않았다.

그는 무덤으로 걸어가 그 옆에 섰다. 재미슨과 브라운이 벤치에 앉아서 그를 지켜보았다.

브라운이 속삭였다. "저 사람이 무슨 생각을 하는 것 같아요?"

"누가 알겠습니까." 재미슨이 대답했다. "난 절대, 절대, 저 사람 마음속에 뭐가 있는지 모를 거예요."

무덤에서 데커가 이제 막 다져진 땅을 내려다보았다. "유감입니다, 대브니 씨. 당신은 더 나은 대우를 받을 자격이 있는 사람이에요. 훨씬 더 나은 대우요."

0 075

"딸들은 아나요?" 재미슨이 물었다.

그녀가 맞은편에 앉은 데커를 바라보았다. FBI 빌딩에 있는 그들의 사무실이었다.

그가 고개를 끄덕였다. "순화해서 표현하자면, 다들 놀랐죠. 쓰나미가 한 번 더 덮쳐온 셈이니까요. 한동안 어머니를 보지 않으려 할 수도 있어요. 그래도 보거트는 전부 알려줬어요. 엄마에게 변호사를 붙이겠다고 하더군요. 정말로 좋은 변호사가 필요할 겁니다."

"부인은 우리를 도왔어요. 많은 걸 이야기했다고요."

데커가 그녀를 응시했다. "부인은 60대예요. 그리고 스파이 행위에 더해 버크셔를 죽이는 일을 공모했고요. 제아무리 호의적인 판결이 나온다 해도, 감옥에서 나올 수 있을지 모르겠네요."

"알아요. 그리고 진퇴양난의 상황에서 잡힌 것도 알고 있어요."

"그녀는 스파이가 되기로 **선택했죠**."

"오, 이봐요. 상대가 소련이었어요. 그녀에게 정말 선택권이 있었을 거라고 생각해요? 그들은 그녀가 거부했다면 총살시키거나 시베리아로 귀양을 보냈을 거예요."

"그건 중요하지 않아요, 알렉스. 법은 그 일에 예외를 두지 않아요. 집을 수색했는데 다양한 감시 장치들이 나왔어요. 그래서 무슨 일이 벌어졌는지 그자들이 알았던 거죠. 40킬로미터 떨어진 차 안에 앉아서도 보고 들을 수 있는 무선 장비였어요."

그녀가 의자 등받이에 몸을 푹 기대고 자기 책상 위 연필꽂이에서 뽑아낸 펜 하나를 만지작거렸다. "왜 하필 다른 질문이 아니라, FBI 빌딩에서 버크셔를 쏘기로 결정한 사람이 대브니였냐는 걸 물어본 거죠?"

"그녀가 그 답을 가지고 있는지 알고 싶어서요."

"나도 그건 알아요. 그런데 왜 그게 중요한 거냐고요?"

"그게 설명이 안 되었으니까요."

"알았어요. 당신은 설명 안 되는 게 싫은 거죠?"

"앤 버크셔와 비슷한 경우죠. 우리가 파악한 월터 대브니에 대한 정보는 전부, 그 사람 역시 합리적인 이유가 없이는 움직이지 않는 사람이라는 인상을 주었어요. 그는 영리하고 체계적이고 집중력 있고 성취도가 높은 사람이죠. 그의 회사 같은 사업체를 성공시키는 건 쉬운 일이 아니에요. 그가 그자들에게 손톱을 박아 넣을 비디오와 다른 증거들을 모아두었던 걸 기억해요? 그는 그들의 게임판에서 그들을 이기려고 했어요. 그는 평생을 정보 분야에서 일했죠. 자신이 무슨 일을 하면 그들이 얼마나 타격을 입을지 알았죠. 죽기 전에 옳은 일을 하려고 했고요. 그리고 난 그 계획이 단순히 버크셔의 머리를 날려버리는 것만은 아니었을 거라고 생각해요."

"하지만 그건 부인이 대답해줬잖아요. 그가 그자들에게 메시지를 보내고 싶어 했다고요."

"그가 그렇게 말했다고 그녀가 '**말한** 거죠.'"

"그녀를 믿지 못한다는 말인가요? 이제 와서 그녀가 왜 우리에게 거짓말을 하겠어요?"

"모르겠어요. 하지만 우리는 시간이 없어요."

"무슨 말이에요?"

"브라운이 문자를 보내왔어요. 도청 중인 대화가 잠잠해졌다고요. 범인이 계획을 끝낸 거죠. 계획을 실행할 준비가 된 거예요."

"오, 젠장."

"오, 젠장." 그가 그녀의 말을 되풀이했다.

* * *

데커가 맥주를 넘기고 입가를 닦았다.

그들은 바에 앉아 있었다. 마스가 옆에서 그 움직임을 따라했다. 맥주를 내려놓을 때 그의 팔이 움찔했다.

"팔 어때?" 데커가 물었다.

"자네가 대학 시절 스크린패스를 하려고 내게 부딪쳤을 때보다는 훨씬 덜 아파."

"내 기분을 북돋워주려는 거로군. 모든 게임에서 내가 자네에게 태클을 한 건 그때 한 번뿐이었어."

"지금 생각해도 좋은 태클이었어."

"그래. 자넨 15번이나 엄청난 태클을 내게 했지. 난 그러고 나면 사흘이나 침대 신세를 졌다고. 내 몸이 내 것이 아닌 것 같았지."

데커가 다시 자신의 맥주잔으로 시선을 고정했지만 정신은 딴

데 팔려 있었다.

"뭐 잘 안 풀리는가?" 마스가 물었다.

"자네에게 말할 수 있다면 좋겠지만, 자네는 그에 대해서 잘 모르니까. 젠장, 나도 그에 대해 잘 모르겠는 것 같아."

"나한테 할 수 **없는** 이야기인가?"

"자넨 우리가 이제 막 일을 절반 끝낸 거라고 하겠지. 그런데 가장 중요한 절반이 아직 저 바깥에 있는 것 같아."

"알렉스가 조금 더 알아내는 중이라던데. 어쩌면 곧 더 거지 같은 큰 사건이 일어날 거라고. 그런데 자네들이 그게 뭔지 모른다고 하던데."

"무척 잘 요약했군, 정말로."

마스가 맥주를 한 모금 더 홀짝이고는 말했다. "내가 할 수 있는 일이 없나?"

"자네 주머니에 기적이라도 있나?"

"내가 지난번에 마지막으로 확인해봤을 때는 없었지."

"그럼, 아니, 자네가 할 수 있는 게 있을 거 같지 않아."

"그렇게 상황이 안 좋아? 허 참."

"안 좋은 상황이지. 자네, 하퍼 만난 적 있나? 그 집이 습격당한 뒤에 말이야."

"아니."

"어떻게 되어가고 있어?"

"그녀가 좀 거리를 두고 지내고 싶어 하는 것 같아서 말이야. 최소한 지금까지는 그래."

데커가 놀라서 쳐다보았다. "왜? 그녀가 자넬 좋아하는 줄 알았는데."

마스가 한숨을 쉬었다. "그랬지. 그것도 무척."

"무슨 말인지 모르겠는데."

"내가 자기 주변을 어슬렁거리면 다치게 될 거라고 생각하는 것 같아."

"음, 나도 같은 말을 한 적이 있지."

"젠장, 난 '**누군가**'와 함께 지내야 한다고, 데커."

"자넬 막진 않겠네."

마스가 의아한 눈빛으로 그를 바라보았다. "왜?"

"난 브라운만큼은 자네를 **좋아하는** 게 아니라서 말이야. 명백한 이유로."

마스가 폭소했다. 그러고는 그의 팔을 주먹으로 가볍게 툭 쳤다. "미쳤어!"

데커의 전화가 웅웅거렸다. 재미슨이었다. 아니, 그녀의 전화번호가 떴지만, 전화를 건 사람은 그녀가 아니었다.

"데커 씨?"

"누구세요?" 데커가 날카롭게 말했다.

"지금 내가 누군지가 중요한 문제는 아닌 것 같은데. 중요한 건 재미슨이 우리 손님으로 있다는 거지."

데커가 벌떡 일어났다.

"알렉스는 어디 있지? 당신이 원하는 게 뭐야?"

"훌륭한 질문이야. 그 답은 당신에게 달렸지."

"알렉스를 바꿔. 당장!"

마스가 맥주를 내려놓고 데커의 옆에 와 서서 근심스러운 표정으로 그를 바라보았다.

잠시 후 재미슨이 전화를 받았다. 떨리는 목소리였다.

"나예요, 에이머스."

"어디예요?"

"모르겠어요. 차에서 내리는데……."

실랑이를 벌이는 소리가 들리고, 다시 남자의 목소리가 흘러나왔다.

"여자는 살아 있네. 지금까지는. 당신은 무척 똑똑한 사람이니, 내가 다음에 뭘 요구할지 알겠지."

"거기 어디야?"

"쉽게 말해줄 수야 없지. FBI의 자네 친구들이 여기 같이 오는 건 바라지 않으니까."

"그럼 뭘 원하는데?"

"그쪽 기억력이 좋다고 들었어."

"그게 무슨 상관이지?"

"빨리 말하도록 하지. 잊지 않는 게 좋을 거야. 당신 친구는 그걸 감사해하지 않을 테니까."

남자가 잠시 동안 말을 했다.

데커는 전화를 끊고 마스를 바라보았다. "가봐야겠어."

"나도 갈게."

"그럼 나중에 보지."

"아니, 자네와 함께 가겠다는 말이야."

"안 돼, 멜빈."

"그럼 자네도 이 바에서 한 발짝도 못 움직일 거야, 데커."

"멜빈, 난……."

"자네가 통화하는 거 다 들었어. 알렉스에게 문제가 생겼잖아. 그러니 우리 둘이 함께 가든가, 아니면 우리 둘 다 못 가든가."

"우리가 최근 들어 누군가를 만나러 어디로 갔던 거 기억나나?"

"우리 목숨이 날아갈 뻔했던 그거 말인가, 기억하지."

"그러니까, 이자들은 우리 목숨을 붙여줄 생각이 없어."

"의심의 여지가 없군."

"그래도 같이 갈 텐가?"

"자네가 굳이 그렇게 묻는다면야. 자, 앞장서게, 친구."

076

데커가 지시받은 방향은 무척 복잡했다. 놀라운 일은 아니었다.

먼저 버스를 타고 서쪽으로 간다. 다음으로 공항에 그의 이름으로 마련된 렌터카를 탄다.

그는 지시받은 방향에 따라 차를 몰아갔다.

구불구불한 산등성이와 평야를 지났다. 앞으로 나아갈수록 점점 더 거세지는 바람에 나무들이 휘청댔다. 점점 더 공기가 차가워지고, 맑은 하늘이 불길한 전조를 보이며 빠르게 바뀌어갔다. 뒤에서 차 전조등이 나타날까 싶어 그는 뒤돌아보았다.

총을 가지고 오기는 했지만 목적지에 도착하면 그게 아무 소용이 없다는 걸 그도 알았다. 그자들은 재미슨을 데려간 것으로 모든 카드를 손에 쥔 것이었다.

찾고 있는 교차로가 나타나자 그는 속도를 늦췄다.

길에 차를 댔다. 밴 한 대가 기다리고 있었다. 남자는 복면으로 얼굴도 가리지 않았다. 데커는 그의 얼굴을 똑바로 볼 수 있었다.

흠, 좋지 않은 상황이로군.

그들은 그가 살아 나가서 누군가에게 자신들에 대해 뭔가를 말할 거라는 우려는 전혀 하고 있지 않은 게 분명했다.

남자가 데커에게 총구를 겨누었고, 데커는 밴 쪽으로 걸어갔다. 오랜 운전으로 다리가 휘청거려서 그는 발을 한 번 헛디디고는 밴 바로 옆 흙바닥에 고꾸라졌다. 남자는 그를 일으키려는 움직임도 보이지 않았다. 데커는 밴 옆을 짚고 그 반동으로 육중한 몸을 일으켰다. 남자는 계속 그에게 총을 겨누고만 있었다.

"다리가 그렇게 약해 보이진 않는데 말이야." 남자가 비웃었다.

"나도 그런 줄 알았는데 말이지." 데커가 짧게 숨을 내뱉었다.

밴 뒤에서 남자 둘이 더 내렸다. 그들이 전자 막대까지 이용해 그의 몸을 샅샅이 수색했지만, 나온 건 총 한 자루뿐이었다. 다른 장치는 없었다.

그들은 그의 양손을 뒤로 결박하고는 밴 안으로 거칠게 밀어 넣었다. 문이 닫히고, 밴이 출발하고, 속도를 올렸다.

남자는 아무 말도 하지 않았고, 데커 역시 대화할 기분이 아니었다. 밴에는 창문이 없어서, 어디로 가고 있는지 알 수 없었다. 그게 중요하지 않긴 했다.

난 그저 알렉스를 만나고 싶을 뿐이야. 살아서 말이야.

30분을 더 달린 뒤에 밴이 멈춰 섰다. 문이 열리고 데커는 서둘러 내렸다. 그는 주변을 둘러보았다. 허리 높이 정도의 무너진 나무 울타리가 둘러쳐진, 다 무너져가는 집 한 채가 앞에 있었다. 주위에 다른 건물은 없었다. 외딴곳이었다. 어느 방향을 보아도 어둠뿐이었다.

집 안에 불이 켜졌다. 조도가 낮았다. 전기가 들어오지 않는 곳

같았다. 배터리로 작동되는 랜턴들이 곳곳에 놓여서 어둠침침한 빛을 뿜어내고 있었다. 주머니 속에서 반딧불이들이 퍼덕거리는 것 같았다. 방에서는 곰팡내와 썩은 내가 났다.

그녀를 보자마자 그는 눈을 뗄 수가 없었다.

알렉스가 솜이 다 튀어나온 쿠션들이 놓인 소파에 앉아 있었다. 그녀의 입에는 재갈이 물려 있었지만, 눈은 가리지 않아 데커를 보고 있었다.

그가 마침내 그녀에게서 시선을 떼고 주변을 둘러보았다.

남자 다섯과 여자 하나가 작은 방 주변에 둘러서 있었다.

가발을 쓰고 있지 않았지만, 데커는 그 여자가 월터 대브니와 함께 은행 CCTV에 찍힌 여자임을 알아보았다. 중동인처럼 보이는 남자 두 사람을 보고 그는 깜짝 놀랐다.

여자가 앞으로 나와서 데커를 평가하는 눈초리로 살펴보았다. "당신은 고집쟁이로군." 그녀가 말했다. 억양이 셌다.

데커가 그녀와 눈을 맞추었다. "당신은 안나보다는 훨씬 젊어 보이는군. 그녀의 후임인가? 그녀가 죽고 난 후 누군가가 앞에 나설 거라고 생각했지."

그녀의 표정이 구겨졌다. "그녀는 절대 죽지 않아."

"모든 사람이 언젠가는 죽지." 데커가 말했다.

여자가 재미슨을 응시하고는 그에게로 시선을 돌렸다. "그리고 당신한테는 오늘이 그날이고."

"우리를 죽인다고 조사가 중단되지는 않아. FBI는 무척 큰 조직이야. 이 일은 당신들을 더 힘들게 할 거야."

여자가 이 말에 미소를 지었다. "앞으로 무슨 일이 일어날지는 아무도 모르지." 그녀가 잠시 말을 중단했다. "하지만 난 당신과 당신 친구의 미래는 예측할 수 있어."

"왜 그렇게 생각하는지 알 것 같군."

"그렇게 죽고 싶어 안달하다니 놀랍군."

"알렉스는 내 친구야. 그녀는 내 파트너이고, 나는 그녀의 파트너지."

"그럼 잘됐군. 함께 죽여주지. 당신과 당신 **'친구'** 말이야."

"언젠가는 그렇게 되겠지. 하지만 오늘은 아닐 것 같은데."

"당신이 할 수 있는 건 아무것도 없어."

"그건 사실이지."

"그러니 당신 말은 터무니없지."

"당신은 그렇게 믿고 싶겠지."

여자의 표정이 의심스럽다는 듯이 바뀌었다. 그녀가 데커는 알아들을 수 없는 다른 언어로 남자 하나에게 뭔가를 말했다. 남자가 대답을 하고는 창밖을 보았다. 그리고 또 다른 남자 둘에게 함께 밖으로 나가서 살펴보자는 몸짓을 했다.

여자가 데커에게로 시선을 돌렸다. "당신은 엄청나게 어리석거나 엄청나게 용감하군."

"지금은 사실, 내가 어느 쪽인지 나도 모르겠는걸."

여자가 주머니에서 총을 꺼내 데커의 이마에 갖다 댔다. 집 문이 열리고 남자들이 고개를 절레절레 흔들고 손을 펼쳐 보이며 안으로 되돌아왔다.

여자가 데커에게 미소를 지어 보였다. "우리가 매우 **어리석은** 쪽으로 만들어주지, 어때?"

방 안에는 문이 하나 더 있었고, 그 방에는 창문 두 개가 있었다. 문 세 개가 안쪽에서 날아가고, 자잘한 폭발물 잔해들이 머리 위로 비처럼 쏟아져 내렸다. 매캐한 연기가 자욱하게 깔렸다. 여자가 소리를 지르며 고꾸라지면서 총을 놓쳤다.

　재미슨이 소파에서 옆으로 미끄러지며 엎드렸다. 다른 남자들도 바닥으로 쓰러졌다.

　데커는 눈을 감기 전에 창문으로 뭔가를 얼핏 보았다. 그러고는 그의 육중한 몸이 바닥으로 쓰러졌다.

0 077

"섬광탄이라니, 정말 죽이는군, 로스."

데커는 의자에 앉아 있었다. 아직도 머릿속이 뎅뎅 울렸다.

보거트가 그의 어깨를 두드렸다. "미안, 그게 우리가 할 수 있는 최선이었어. 그리고 자네도 동의할 거라고 생각했어. 죽는 것보다는 나으니까."

그들은 재미슨이 납치되었던 장소에서 80킬로미터 떨어진 FBI 지사에 있었다. 그의 맞은편에 있는 멜빈 마스가 말했다. "자네가 나한테 의지하지 않고 재미슨을 빼내오는 데는 그게 좋은 방법이라고 생각했지, 데커."

데커가 눈가를 비비고는 말했다. "나와 함께 기꺼이 널빤지를 걸어가는 걸로 충분했다고. 하지만 자네가 맞아, 대포가 필요했어."

보거트가 말했다. "우리를 부른 건 옳은 선택이었어, 데커. 무척 빨리 계획을 짰어. 이건 진짜 미친 짓이고 위험했다고."

"그래도 해냈잖아."

"내 큰 발에 걸려서 밴 옆으로 고꾸라지는 바람에 보조 발판 아래 그걸 붙일 기회가 생겼어. 그들이 몸수색을 하기 전에 그럴 수 있어서 다행이었어. 안 그랬으면 어쩔 뻔했어?"

"자네와 알렉스는 죽었겠지."

"그들은 자네들이 오고 있는 걸 전혀 몰랐어." 데커가 말했다.

보거트가 미소를 지었다. "이봐, 데커, 우린 FBI라고."

"알렉스는 어때?"

"아직 쉬고 있네. 그자들이 그녀를 납치하면서 약간 구타를 했어. 진정제를 먹었네. 후유증이 오래가진 않을 거야."

"정말 그럴까?" 데커가 즉시 물었다.

"날 믿어, 데커. 알렉스는 괜찮아질 거야."

"다른 사람들은? 그자들이 대브니의 집을 도청했었던 건가? 세실리아 랜들을 죽인 게 맞아?"

"아직 그자들 중 아무도 입을 열지 않았어. 그들이 입을 열지도 모르겠고. 힘든 상대야."

"그럼 우리는 다시 출발점으로 돌아왔군. 그리고 또?" 데커는 말했다.

"음, 거기에다 외국인 정보원 한 무더기를 막 체포했지."

"그들이 러시아어를 말하는 것 같았어."

보거트가 고개를 끄덕이며 말했다. "우리도 그렇게 생각했어. 적어도, 그걸로 우리가 모스크바에 영향력을 행사할 수 있을 거라고 말이야."

"하지만 몇몇은 중동 사람이던데, 로스. 그리고 도청한 대화는 아랍어였잖아. 러시아인들이 지하디스트들과 협력한 거라고 생각하는 건가?"

"이 직업에서는 모든 가능성을 염두에 두어야지."

"하지만 우린 아직 공격이 어디에서 유래한 건지 모르잖나." 데커가 지적했다.

"그렇지. 하지만 우리가 자기네 정보원들을 데리고 있다는 걸 알리면, 그자들이 무슨 생각을 하든 그걸 철회하겠지."

"그걸 기대할 수는 없을 것 같은데." 데커가 말했다.

"완벽하게는 할 수 없지."

마스가 말했다. "그럼 대체 우리가 할 수 있는 게 뭐야?"

"그들이 무슨 계획을 세우고 있는지 알아내서 막아야지." 데커가 말했다.

밀리건이 사무실로 들어와서 보거트 옆에 앉았다.

"좋아요. 국무부가 모스크바에 있는 상대에게 경고를 날렸어요. 그들은 이 모든 일을 모른다고, 극구 부인하고 있답니다."

"놀랍지도 않군." 보거트가 말했다.

"전혀요."

"하지만 이건 놀라울걸요."

그들이 고개를 들었다. 브라운이 사무실로 성큼성큼 걸어 들어오고 있었다. 보거트, 밀리건, 마스가 FBI 전용기를 타고 올 때 그녀 역시 함께 온 것이다.

"뭐가요?" 보거트가 물었다.

"DIA 친구들이 지금 막 모스크바와 비밀 연락을 취했어요. 러시아도 그 대화에 나온 것과 유사한 위협을 받고 있는 것 같아요."

"유사한 위협이라고요?" 밀리건이 말했다. "그리고 당신들은 그걸 믿는다는 말이죠?"

"우린 누구도 100퍼센트 믿지 않아요. 하지만 우리 사람들은 그들이 우리에게 사실상 솔직하게 말하고 있다고 생각해요. 그들도 워싱턴과 모스크바 사이의 관계가 지금 위태로워졌다는 걸 알고 있거든요. 지역 패권에 대한 열망도 물론 확실히 가지고 있지만, 우리와 직접적으로 맞서고 싶은 건 아니니까요. 그들에게 최악의 결말은 그거뿐이죠. 그들의 아킬레스건은 그들의 경제 상황이에요. 석유에 거의 전적으로 의존하고 있는데, 지금 전 세계적으로 공급이 수요를 훨씬 능가하고 있거든요. 러시아 경제는 거기에서 자유롭지 못하죠. 그들은 이미 우크라이나와 크림 반도를 끌어들인 문제로 스스로를 고립시키고 있어요. 거기에다 당신이 이야기한 것처럼, 거기에서 혁명이 일어나고 있다는 것도 제약으로 작용하죠."

"그게 우리 상황에서 보면 어떤 의미입니까?" 보거트가 물었다.

"이런 이유들 때문에 그들이 기꺼이 밝히는 거죠. 그렇지 않았다면 군이 그럴 필요가 없었겠죠. 그들은 우리가 이미 알아낸 것과 일치하는 뭔가를 말해줬어요." 그녀가 말을 멈추고, 불안하게 숨을 들이쉬었다. "핵심은 그것이 최악의 시나리오일 거라는 거죠."

"어떻게요?" 밀리건이 물었다.

"우리는 제3의 범죄 집단을 찾아야 할 거예요. 버크셔의 첩보망은 돈을 따라 움직인 일종의 용병이었던 것 같아요. 그 말은 러시아가 유지해야 하는 전통적인 규제들이 전혀 먹히지 않고 있다는 뜻이겠죠. 우리는 지금 완전히 전인미답의 영역에 들어와 있는 거예요."

"젠장." 보거트가 중얼거렸다.

밀리건이 말을 더했다. "누군가가 러시아와 미국 사이에서 뭔가를 시도하고 있는지도 몰라요. 두 강대국이 정신이 팔린 사이에 다른 조직이 어부지리를 얻을 공백이 생기는 거죠."

"재능 있는 신병을 얻어낼 수 있는 곳에는 용병도 충분하지." 보거트가 의견을 보탰다. "그리고 그건 중동인들의 존재와 아랍어로 된 대화를 설명해주고."

데커가 말했다. "그럼 버크셔는 더 이상 자기 조국을 위해 일하고 있던 게 아닐 수도 있겠군."

"어쩌면 한동안 그랬을 수도 있지." 보거트가 말했다.

데커가 말했다. "수백만 달러짜리 아파트와 고급 차도 이해가 되는군. 범죄자들은 훈장이 아니라 보수로 현금을 받으니까. 어쩌면 그녀는 그냥 조국에 충성하는 게 지겨워졌던 것인지도 몰라."

마스의 시선이 한 사람 한 사람씩 응시하고는 데커에게 가서 멈췄다. "친구들, 정말로 이 사건을 해결해야만 하겠네요. 빨리!"

데커가 끙 하고 신음을 내더니 머리를 벅벅 문질렀다. "머릿속에서 빅벤이 뎅뎅거리며 울리지만 않아도 좀 나을 텐데!"

"자네 말마따나, 섬광탄이 좀 죽이는군." 마스가 말했다.

078

"정말 괜찮아요?"

데커는 재미슨의 방, 그녀의 침대 옆에 앉아 있었다.

"괜찮아요, 데커. 좀 피곤한 것뿐이에요. 그자들이 날 끌고 가기 전에 좀 거칠게 다뤄서요. 뭘 사용했는지는 모르겠지만, 그걸로 좀 두드려 패더라고요."

"이런 일이 일어나서 유감이에요."

"당신 잘못은 아니죠, 데커. 당신 덕분에 안 죽고 여기 이렇게 돌아왔잖아요."

그녀가 갑자기 침대에서 몸을 일으켜 그를 끌어안았다.

데커는 놀란 듯 보였지만, 곧 재미슨의 등을 두드려주었다.

그녀가 팔을 풀었다. "보거트가 일이 어떻게 되어가는지 말해줬어요. 범죄 조직이라면서요? 그들이 뭘 목표로 하는지 아직 모른다던데요."

"네, 맞아요. 곧 무슨 일인가 벌어질 거예요."

"그자들 중 몇 명을 잡았는데도 그렇단 말인가요?"

"그들이 일을 저지르지 않을 거라고 가정할 수는 없어요. 보통, 범죄자들은 예측할 수 없거든요."

"당신은 뭘 할 생각이에요?"

데커가 그녀의 어깨너머로 다시 비가 내리고 있는 창밖을 응시했다.

"나가봐야죠."

* * *

후드 티셔츠 모자를 뒤집어쓰고, 데커는 빗속을 터벅터벅 걸었다. 왜 궂은 날씨가 좋은지는 그 자신도 몰랐다.

어쩌면, 알았을지도 모른다.

그가 가족의 시체를 발견했던 그날은 근사하고 아름다운 날이었다. 하늘에는 구름 한 점이 없었고, 산들바람이 살랑살랑 불어왔으며, 햇살이 봉홧불처럼 환하게 빛났다. 그리고 그날 밤, 집으로 돌아온 그는 세상에서 가장 사랑하는 두 사람이 살해당한 것을 발견했다.

난 어둠을 받아들일 거야.

강이 나왔다. 그의 걸음을 따라 강이 유유히 흘러갔다. 강물이 거센 바람에 흰 포말을 날리고, 갈매기들이 허공에서 계속 빙빙 돌았다.

그는 지난번에 앉았던 벤치를 발견하고, 그곳에 앉았다. 비가 공격적으로 그에게 부딪쳐왔고, 바지와 신발이 흠뻑 젖었다.

데커는 결코 누구에게도 인정하지 않을 것이었다. 어쩌면 그 자신에게조차도. 그는 두려웠다. 자신이 눈을 감는 날, 그의 완벽한 기억력을 한 장씩 넘겼을 때, 나타나는 유일한 것이…… 무無라면 어쩌나 하고.

그런 이유로 그는 지금 그 일을 하는 걸 피하고 있었다. 그건 어떤 비밀 무기가 아니라, 모든 사람들이 기대하는 답을 정확히 만들어낼 요술 지팡이였다. 과거 데커가 이루어낸 대부분의 성공은 단순하고 기초적인 탐문 수사에 기반을 두었다고 할 수 있었다. 질문을 하고, 증거를 찾고, 모든 조각들을 끼워 맞출 방법을 궁리하고, 진창 속에서 가야 할 곳으로 데려다줄 단서가 될 사실과 허구를 찾았다.

그는 이 사건에 대해서는 수없이 많은 시간을 생각했다. 지나치리만큼 많이 생각했다. 하지만 나온 것들 역시 너무 많았다.

그들은 도미니언 호스피스를 이용한 첩보망을 밝혀내고 그걸 무력화했다.

그들은 엘리너 대브니와 앤 버크셔가 내내 스파이로 함께 활동했다는 사실을 밝혀냈다.

그들은 내털리의 '도박 빚' 뒤에 숨겨진 진실, 월터 대브니가 그 일을 해야만 했던 동기를 찾아냈다.

그들은 왜 그가 앤 버크셔를 죽였는지 알았다.

그의 아내는 광대 옷을 입고, 앤 버크셔가 오고 있다는 신호를 보내주었다.

그들은 세실리아 랜들에게 무슨 일이 일어났는지 그리고 그 인형들 뒤에 숨겨진 비밀을 알아냈다.

그들은 다행스럽게도 재미슨을 구출하고, 스파이 조직의 일당들을 체포했다. 어쩌면 그들은 결국 그자들로부터 어떤 대답을 얻어낼 수 있을지도 몰랐다.

정말 모든 일들이 잘 되어갔고, 긍정적이었다.

하지만 월터 대브니가 왜 **앤** 버크셔를 후버 빌딩 앞에서 죽이기로 했는지에 대해서는 여전히 사실상 밝혀낸 게 없었다. 그의 부인은 그가 메시지를 보내고 싶어 했다고 말했지만, 데커는 확신하지 못했다.

그러고 나서 일전에 '**운동선수**'라는 단어가 머릿속에 튀어나왔던 것처럼 또 다른 단어가 튀어나왔다.

'**말 그대로.**'

그는 벌떡 일어나 아파트로 달려가서 마른 옷으로 갈아입고 재미슨의 상태를 확인했다. 그녀는 곤히 잠들어 있었다. 데커는 재미슨의 차 열쇠를 잡아채 그녀의 차로 가서 이 모든 일이 벌어졌던 곳으로 향했다.

가는 길에 그는 마스에게 전화를 걸었고, 그를 태우러 갔다. 가서야 알게 된 일이지만, 하퍼 브라운이 그와 함께 있었다. 그래서 데커는 마스가 묵고 있는 호텔에 차를 남겨둔 채 그들의 차를 타고 함께 그 장소로 향했다. 데커에게 그 모든 것이 일어났던 바로 그 장소.

"머릿속에 뭐가 떠오른 거예요, 데커?" 브라운이 물었다.

"수많은 것들요."

"자자, 그 말 말고 더 털어놓을 게 있을 텐데요."

"예전에 내가 당신한테 대브니는 뭘 할 때 '말 그대로' 행동하는 사람이었다고 말한 적 있죠?"

"네, 기억나요."

"그래서 난 그가 버크셔를 죽였을 때, 그 장소 역시 문자 그대로였을 거라고 생각해요."

브라운이 마스와 호기심 어린 시선을 교환했다. "이 대화, 이해가 안 가는데요." 그녀가 데커에게 말했다.

데커는 듣고 있지 않았다.

차가 막혔다. 사이렌이 사방에서 울리고 있었다. 차량 통제가 되어 뻥 뚫린 길로 자동차 행렬이 진입하고 있었다.

브라운이 데커에게서 시선을 떼고 마스에게 말했다. "난 정말이지 고위 관리들이 방문하는 게 싫어요. 교통 상황이 아주 고급적으로 엉망이 되거든요."

"텍사스 서부에서는 그런 걱정을 할 필요가 없어요." 마스가 말했다. "도로에서 미적거리기만 해도 정체가 되거든요."

브라운이 이 말에 말똥말똥 그를 바라보았다. "재밌네요."

차량 정체가 너무 심해서 그들은 결국 주유소에서 차를 멈추고 남은 길을 걸어갔다.

비가 조금 누그러졌지만, 여전히 끔찍하고 우울한 날씨였다.

브라운이 뒤집어쓴 재킷 위로 비가 흩뿌렸다. "자, 후버 빌딩에 다 왔어요. 이제 뭘 하죠?"

데커는 계속 천천히 대브니가 버크셔를 쏜 그날 아침 자신이 걸었던 길을 복기하며 걸어갔다. 그는 전에도 수없이 이 행동을 했지만, 지금 자신이 무엇을 찾아야 할지조차 몰랐었다.

가능한 한 아무것도 아닌 것.

아마도 아무것도 아닐 수 있는 것.

하지만 그는 특정한 목적으로 이곳에 왔었다. 강가의 벤치에 앉아 있으면서 그는 그것을 생각해냈다. 기억력이 특히나 더 잘 작동해서는 아니었다. 그보다 더 단순한 이유 때문이었다―경험에 의

한 직감이었다. 오하이오에서 형사 일을 하면서 그는 오랫동안 직감에 의존했다.

이제 완벽한 기억력으로 인해 그것은 더욱 쓸모 있어졌다. 그는 자기 앞에 놓인 모든 것을, 길 양옆을 모두 살펴보았다. 위, 아래, 왼쪽, 오른쪽.

그가 그러는 동안 브라운은 마스에게 말을 건넸다. "여긴 재미있는 동네예요. 당신이 여기서 살면 좋겠어요."

그가 그녀를 쳐다보았다. "초대하는 겁니까?"

"난 약속은 안 했어요." 그녀가 수줍은 듯이 말했다. "그리고 꼭 그래야 한단 기대도 하지 않아요. 하지만 난 당신과 함께 있는 게 즐거워요."

"집이 습격당한 후에 당신이 나와 거리를 두고 싶어 하는 줄 알았어요. 그런데 거기서 빠져나온 것 같아 보이는군요."

"음, 심각하게 숙고해봤는데, 내가 당신을 안전하게 지켜주면 될 거라는 생각이 들더군요."

그가 웃음을 터트렸다. "좋아요. **그런 말을** 여자한테 듣는 건 처음이지만 기꺼이 받아들이죠."

"음, 당신은 제대로 된 여자랑 어울려본 적이 없어서 그럴 거예요." 그녀가 톡 쏘아붙였다.

"당신 말이 다 맞아요."

왼쪽, 오른쪽, 위, 아래, 사람들, 장소들, 물건들.

데커는 눈을 감고 그날, 모든 장면을, 자신이 보았던 모든 것들을 팔락팔락 넘겼다.

좋아, 찾았어.

이제 그는 그 조각 하나를 대브니가 버크셔를 쏘았던 그날 존재

했던 다른 장면에 겹쳐 올려보았다.

그리고 즉시 깨달았다. 뭔가 다른 것을.

부리토 트럭은 떠났다.

보안 요원은 초소에 없었다.

길 건너편 건물 공사는 중단되었다.

하지만 마지막으로 여기에 왔을 때처럼, 맨홀 뚜껑은 교체되었고, 작업 현장은 치워졌다.

그는 후버 빌딩을 올려다보았다. 땅딸막하고, 추레하고, 무너져가고 있었다.

사용할 수 없는 화장실.

작동하지 않는 화재경보기.

콘크리트 조각이 떨어지는 걸 막기 위한 추락 방지망.

작동하지 않는 CCTV······.

그는 달리기 시작했다.

브라운이 그를 뒤에서 불렀다. "데커!"

마스가 말했다. "이봐, 에이머스!"

그들도 그 뒤를 따라 뛰었고, 쉽게 그를 따라잡았다. 데커는 모퉁이를 돌아 그날 그들이 있었던 길 바로 맞은편에서 멈춰 섰다.

"그건 뭐지?" 브라운이 그의 옆에 멈춰 섰을 때, 그가 약간 거칠게 숨을 내뱉으며 말했다.

"그 뭐가 뭔데요?"

그가 길을 가리켰다. "저거요!"

"이런, 저게 뭐라고 생각하는 거예요. 그냥 차량 행렬이잖아요."

"누가 타고 있죠?"

"누가 탔는지는 몰라요." 그녀가 더 자세히 관찰하다가 건물 쪽

대기를 둘러보았다. "자, 행렬 길이, 무장 상태, 지붕 위에 비치된 저격수, 귀에 무선 송신기를 꽂은 양복 차림의 경호원들을 봐서는 부통령이에요. 대통령이거나."

"그래서 '**그가**' 오늘 후버 빌딩에 있습니까?"

"때때로 그곳에 가곤 **하죠.**"

마스가 손가락을 탁 튕겼다. "아, 오늘 아침에 헬스클럽에 가서 운동을 하면서 텔레비전을 봤는데, 거기서 본 게 있어."

"뭘 봤는데?" 데커가 말을 잘랐다.

"대통령이 오늘 무슨 상을 주러 여기에 온대. 영국과 독일 사람들과 함께 뭔가를 한 것에 대한 거래. 영국 총리랑 독일 총리가 그 자리에 있던데."

브라운이 말했다. "우리가 백악관에서 만난 날 대통령이 말했었죠. 많은 생명을 구한 몇 가지 연합 작전에 대해 수상을 할 예정이라고. 보거트도 알고 있어요."

데커의 얼굴에서 급격히 핏기가 가셨다. "그럼 영국 총리와 독일 총리가 저기 있다는 거로군요."

브라운이 어리둥절한 표정으로 그를 보았다. "데커, 왜 그래요?"

그가 그녀에게로 몸을 돌렸다. "월터 대브니는 뭔가를 알았지만, 정확히 세부적인 것까지는 알지 못했던 것 같아요. 엘리 대브니는 그가 테러리스트들에게 강력한 메시지를 전달하려고 했다고 말했죠. 그녀는 그가 그들을 물러나게 하려고 했다고 생각했어요. 그녀의 말이 맞아요. 그가 메시지를 보내려 했다는 거요. 하지만 그 메시지를 받아야 할 대상에 대해서는 **틀렸어요.** 그는 우리에게 메시지를 주려고 했던 겁니다."

"무슨 메시지요?"

"말로 된 메시지가 아니었어요."

"어떻게 말을 안 하고……."

"말로 된 메시지가 아니에요. 그는 행동으로 말한 거예요."

"행동으로?"

그가 그녀를 보았다. "그는 후버 빌딩에서 '**저격**'을 실행했어요!"

브라운이 서서히 몸을 돌리고는 멈춰 선 행렬을 응시했다. 그러고는 후버 빌딩으로 시선을 옮겼다가, 다시 데커를 바라보았다.

그리고 그녀의 얼굴에서도 역시 핏기가 빠져나갔다.

"이런 세상에."

0 079

데커는 건물 반대편으로 질주했다. 보안 초소가 다시 비어 있는 걸 알아차렸다. 대통령이 방문했으니, 보안 요원은 안전 점검을 돕기 위해 아마도 안에 있을 것이라고 생각했다.

브라운과 마스가 다시 한 번 그를 따라잡았다.

그녀가 말했다. "데커, 우리는 뭘 하면 되는 거죠? 그자들이 대통령과 두 총리를 암살이라도 하려는 거라고 생각해요? 암살자가 이미 건물 안에 있다고 생각하는 거예요?"

"보거트에게 전화해요. 우리가 품고 있는 의심을 말해줘요. 멜빈, 나와 같이 가세."

브라운이 전화를 거는 동안 두 사람은 달리기 시작했다.

데커가 거리를 달려 올라가고, 맨홀 뚜껑을 내려다보았다. 그러고 나서 후버 빌딩을 건너다보았다.

"대브니가 버크셔를 쏜 날, 남자들이 이 맨홀에서 작업을 하고 있었어."

"그들이 뭘 하고 있었나?"

"몰라." 그는 눈을 감고 그날로 생각을 되돌렸다. "난 공사용 차량을 보지 못했어."

마스가 맨홀 뚜껑을 더욱 자세히 들여다보았다. "워싱턴 가스라고 쓰여 있는데."

"열어볼 수 있겠나?"

마스가 몸을 숙여서 뚜껑 꼭대기를 잡았다. "데커, 단단히 봉해져 있어. 봐."

브라운이 그들에게로 다가왔다. "경호 부대가 차량 행렬이 지나가기 전에 모든 맨홀 뚜껑을 봉인해놓았어요." 그녀가 말을 잠시 멈추고, 혼란스러운 표정을 지었다. "하지만 차량 행렬은 다른 골목을 지나갔어요. 경호 부대가 이렇게 해두고 갔을 리가 없는데."

"보거트와 연락됐습니까?" 데커가 물었다.

그녀가 고개를 끄덕이고 배가 아픈 표정을 지어 보였다. "데커, 보거트는 시상식 때문에 후버 빌딩 안에 있어요."

"젠장, 건물에서 대피해야 한다고 그에게 말했습니까?"

"당신이 **의심하는** 바를 말해주긴 했지만, 데커, 그는 시상식을 멈추고 그 빌딩에서 사람들을 대피시킬 권한이 없어요. 뭔가를 발견하면 다시 전화해달라고 하더군요."

"뭐요, 대통령이 죽고 나서요?" 데커가 말을 끊었다.

마스가 차분한 목소리로 말했다. "데커, 그날 다른 건 또 기억나는 거 없나?"

데커가 그에게 시선을 집중했다. "공사용 차량 한 대가 FBI 빌딩으로 들어가던 게 기억나. 그리고 보안 요원이 나에게 외부 CCTV는 작동하지 않는다고 말했어."

"또?"

데커가 후버 빌딩 맞은편 건물을 날카롭게 응시했다.

"일하는 여자 하나가 그 건물 안으로 뭘 나르고 있었어."

그가 그쪽을 가리켜 보였다. 그들은 창문 너머를 살펴보려고 했지만 안쪽이 두꺼운 테이프로 칭칭 감겨 있었다. 데커는 문을 흔들어보았다. 잠겨 있었다. 그는 뒤로 한 걸음 물러나서 위를 올려다보았다. "이 건물 안에 누가 있는 것 같진 않군."

"리모델링 중이네요." 브라운이 창문 하나에 붙은 표지를 가리키며 말했다.

"그럼 사람들이 여기에서 작업하고 있었다고 생각해요?"

그녀가 혼란스러운 표정을 지었다. "저격수가 저 안에 웅크리고 있을 거라고 생각해요? 차량 행렬은 다음 골목에서 지나가요. 여기에서는 쏘아 맞출 수가 없다고요."

데커가 말했다. "가스 회사에 전화해서 버크셔가 살해당한 날, 맨홀 아래에 뭐든 가설하는 공사를 한 적이 있는지 알아봐요."

"시간이 좀 걸릴 거예요."

"그냥 해요!" 데커가 말을 잘랐다.

데커는 전화기를 꺼내서 보거트에게 연락했다. FBI 요원이 응답했다. 그가 낮은 목소리로 말했다. "데커, 아까 브라운에게 말했는데, 난 대피시킬 **권한이 없어**. 시상식이 막 시작됐어. 하지만……."

데커가 말을 가로막았다. "대브니가 버크셔를 죽인 날, 그가 FBI에서 하기로 했던 회의가 뭐야?"

"뭐?"

"회의! 무슨 회의였나?"

"그게 왜 중요한데? 그는 분명 여기에 올 생각이 아니었어."

"하지만 버크셔를 죽이는 날을 **'그날'**로 골랐잖아. 로스, 그냥 대답이나 해줘!" 데커가 말을 잘랐다.

"좋아, 좋아. 대브니의 회사는 여기에서 일어나는 몇 가지 리모델링 공사에 자문을 해주고 있었어. 알겠지만, 건물 신축은 시간이 오래 걸리는 일이잖나. 그래서 그 회사에서 이 건물에 부수히 많은 시스템을 설치해야 했어. 보안, 전자, 다른 기초 시설들……."

데커가 전화를 끊었다.

그는 주변을 응시하고는 복도를 서둘러 달려 내려갔다.

마스와 브라운도 달리기 시작했다. 브라운은 귀에 전화기를 댄 채로 그를 뒤따라 달려갔다.

데커는 건물 외부 문 앞에 서 있었다. 손잡이를 돌렸지만, 잠겨 있었다.

브라운과 마스가 그에게 다가왔다. 그녀가 말했다. "데커, 대체 무슨 일이냐고요!"

"버크셔의 스파이들이 자기 남편을 합류시키고 싶어 한다고 엘리 대브니가 말했죠."

"하지만 그는 거절했죠."

"그는 그자들보다는 똑똑했어요. 그 비디오테이프를 만들었어요, 그렇죠? 그는 흥미를 보이는 척하면서 그들을 만났고, 그들이 어떤 것에 관심을 보이고 있는지를 살펴보았어요. 그들은 그의 회사가 FBI 빌딩 리모델링 작업을 한다는 것에 관심을 보였고요. 그가 버크셔를 쏜 날 참석했어야 하는 회의가 바로 그거였어요. 그건 그가 우리에게 보내는 두 번째 메시지예요. 공격 **위치** 다음에요."

"대통령이 목표란 말인가?" 마스가 말했다.

데커는 대답하지 않았다.

"그런데 그는 왜 버크셔를 쏘기 **전에** 우리에게 직접적으로 말을 안 한 걸까요?"

"그들의 정확한 계획까지는 모르고 있었기 때문일 거예요. 그리고 그들은 그 비디오의 존재를 알고 그걸 없앴죠. 그리고 그에게 모든 행동을 감시하고 있고, 그가 나누고 있는 모든 대화를 듣고 있다고 말했겠죠. 어쩌면 그와 그의 가족을 위협하고 있었을 거예요. 그가 자신들의 계획을 좌절시키면 모두 죽일 거라고요. 이런 방식이 어쩌면 그가 할 수 있는 유일한 방법이었을 겁니다."

"하지만 왜 그들은 그가 비디오를 찍은 걸 알고도 그를 죽이지 않았을까요?" 브라운이 물었다.

"그들이 그가 어떤 계획을 세우고 있는지 의혹을 품을 때까지 시간을 주지 않기 때문일 테죠. 그들은 그를 가까이에서 감시하는 게 좋겠다고 결정했을 거예요. 그가 다시 자신들에게 반격할 어떤 신호를 보인다면 그를 쳤겠죠. 그리고 대브니가 버크셔를 죽이려고 한다는 사실은 몰랐겠죠."

그가 마스를 보았다. "저 문이 차단용 위장막인 것 같지?"

마스가 미소를 지으며 고개를 끄덕였다. "저걸 한 대 치고 싶은데 말이야."

두 사람은 뒤로 물러나서 앞으로 뛰어올랐다. 270킬로그램에 육박하는 뼈와 살덩이가 문으로 빠르게 돌진했다.

문이 날아갔다.

두 사람은 바닥에 쓰러진 문 위에 널브러졌다가 재빨리 일어났다. 브라운이 급하게 쫓아왔다. 데커가 갑자기 앞으로 달려갔다.

건물 내장은 뼈대만 있었다. 케이블과 전선들이 천장에서 대롱거리며 매달려 있고, 한쪽 구석에는 발판들이 세워져 있었으며, 그

위에는 대걸레, 양동이들이 놓여 있었고, 작업용 벤치에는 자잘한 휴대용 기구들, 전기톱들이 늘어서 있었다. 작업용 임시 전등들도 몇 개 달려 있었다.

없는 것은 오직 하나, 일하는 사람뿐이었다.

"작업하는 사람들은 어디에 있지?" 마스가 말했다.

"대통령이 여기에 있으니까 철수시킨 거 아닐까요?" 브라운이 미심쩍은 투로 말했다.

데커가 말했다. "여기 있는 물건들은 다 위장용인 것 같아 보여요. 누군가 신경 써서 살펴볼 경우에 대비해서요."

"잠깐만요, 무슨 말을 하는 거예요?" 브라운이 말했다.

"알렉스를 납치한 그 여자 기억나요? 그 여자한테 우리를 죽인다 해도, FBI는 큰 조직이라서 그녀를 계속 쫓을 거라고 내가 말했었어요. 그 여자는, '앞으로 무슨 일이 일어날지 아무도 모른다'고 대답했었죠."

"별말 아닌 것 같은데요?" 브라운이 숨을 몰아쉬며 말했다.

"목표는 **단지** 대통령과 다른 두 정상뿐만이 아니에요. 그들은 그저 보너스예요. 목표가 상징적인 것일 수 있다고 그들이 우리에게 말했었죠? 후버 빌딩은 무척 상징적이죠."

"저 빌딩에는 1만 1천 명이 넘는 사람들이 있어요." 브라운이 소리쳤다.

"이쪽이요!" 데커가 고함을 질렀다. 그가 아래로 내려가는 계단을 가리키고 있었다. 다 같이 계단을 달려 내려가면서 데커가 말했다. "가스 회사에서 뭐라고 합니까?"

"기다리라고 말했는데, 별로 놀라운 일도 아니죠? 비지스 노래가 들려오네요."

계단 두 곳을 지나자 지하실이 나타났다. 이곳 역시 뼈대만 있는 상태였다. 그들은 주위를 둘러보았고, 마스가 입을 열었다. "이쪽으로 와봐."

두 사람은 마스가 있는 쪽으로 갔다.

한쪽 벽에 거대한 케이블을 감아놓은 꾸러미가 세워져 있었다. 데커의 키보다 컸다.

"여기에 왜 이런 게 놓여 있는 걸까요?" 브라운이 말했다.

데커가 케이블 뭉치 가운데 빈 구멍을 살펴보았다. 일반적이라면 그 자리에는 그것을 들어 올리기 위한 포크리프트가 삽입되어 있어야 했다. "뭔지 모르겠어요." 그가 팔로 그곳을 툭툭 쳐보고 더듬어보았다. "안에 뭐가 차 있어요. 콘크리트 같은데요."

"왜 그렇게 해놓았을까요?" 브라운이 물었다.

데커는 그 뒤쪽을 보려고 했지만, 꾸러미는 벽에 딱 붙어 있었다. "한 가지 이유가 막 생각났는데, 저 뒤에 뭐가 있는지 철저하게 가리려고 세워둔 것 같아요." 그가 대답하고는 마스를 보았다. "준비됐어?"

그와 마스가 꾸러미 한쪽에 어깨를 맞붙이고, 몸을 아래로 내려 밀기 시작했다. 꾸러미는 어마어마하게 무거웠지만, 두 남자의 힘도 그에 못지않았다. 청년 시절에 두 사람은 육중한 더미를 미는 데 일가견이 있었다. 몸에 멍이 들고 발이 바닥에 미끄러졌지만, 두 사람은 욕을 하고 땀을 흘리면서 핏줄이 튀어나오도록 열심히 꾸러미를 밀었다. 조금씩 조금씩 꾸러미가 굴러가기 시작했다.

마침내 벽에 뚫린 구멍이 모습을 드러냈다. 콘크리트 벽에 똑바로 구멍이 뚫려 있었다.

데커는 앞으로 길게 뻗어 있는 어둠을 노려보았다.

"손전등 없나?"

브라운이 휴대전화기를 들고는 손전등 앱을 작동시켰다. 그러고는 총을 꺼냈다. 데커 역시 총을 꺼내 들었다.

그녀가 앞장서서 나갔다.

마스는 데커를 쳐다보았다. "여기시 도대체 무슨 일이 벌어지고 있는 건지 알겠나?"

데커가 그를 응시했다. 그리고 마스가 그를 알고 지낸 이래로 그 어느 때보다 심각한 표정으로 말했다.

"멜빈, 그들의 대화가 끝났다는 건, 어쩌면 모든 게 끝났다는 의미였던 거 같아."

080

그들은 터널을 따라 내려갔고, 마침내 교차점에 도달했다. 위쪽에서 불빛 한 줄기가 비쳐 내려왔다.

브라운이 휴대전화에서 나오는 불빛으로 그쪽을 가리켰다. "맨홀 바로 아래네요." 숨 가쁜 소리였다. "맨홀 뚜껑에 뚫린 구멍으로 빛이 들어오고 있어요."

"우리가 거리 아래에 있다는 소리군요." 데커가 말했다. "길 아래쪽으로 가는 길이었어요."

"그 맨홀 공사의 이유가 이거였군요." 브라운이 말했다. "그 건물에서부터 여기 지하 매설로까지 연결해놓았어요." 그들은 서둘러 터널을 따라갔고, 마침내 또 다른 교차점에 도착했다. 돌무더기와 흙더미가 쌓여 있었다.

"여기에도 출구가 있어요." 데커가 말했다. "여기가 정말 이 매설로 끝으로 가는 길인 것 같군요."

그들을 그 구멍을 지나 다른 터널로 들어갔다.

"길 아래에서 이런 일이 벌어지고 있을 줄 누가 알았겠어요?" 마스가 말했다.

"길 바로 아래는 아니에요." 브라운이 말했다. "우리는 내내 사선으로 기울어진 각도로 내려왔어요. 지상에서 10미터쯤 떨어져 있는 것 같아요. 우리 위로 수십 톤의 흙더미가 있어요. 자연 방음 상태인 거죠."

"그래서 우리가 지금 대체 어디 있는 거지?" 마스가 바짝 긴장해서 주변을 둘러보았다.

데커가 브라운을 응시했다. 그녀가 불길한 표정으로 그를 뒤돌아보았다. "우리, 후버 빌딩 아래에 있는 것 같아요."

계속 앞으로 나아가자, 벽에 뚫린 구멍 하나가 더 나타났다. 그것은 그들이 있는 터널 **옆으로** 빠져나가는 유일한 통로였다.

그들은 조심스럽게 커다란 공간으로 들어섰다. 그리고 앞으로 나가 모퉁이를 돌았다. 또 다른 구멍 끝에는 벽이 가로막고 있었다. 세 사람은 즉시 그곳으로 다가갔다. 기침이 터져 나오고 숨이 가빠왔다.

"이건 대체 뭐야?" 마스가 숨을 헐떡였다.

"가스야." 데커가 재킷을 벗어 코와 입을 막았다.

그가 쭈그리고 앉아서 다른 공간이 나올 때까지 구멍을 기어갔다. 낮은 천장에 끝이 썩은 콘크리트 기둥이 열을 지어 있었고, 그 공간 한가운데에 돌무더기가 쌓여 있었다.

입과 코를 막은 채, 데커가 돌무더기 옆에 있는 구멍 아래를 내려다보았다. 도랑에는 파이프 하나가 노출되어 있었다. 독을 품은 기다란 뱀처럼 보였다.

브라운과 마스 역시 입과 코를 막은 채 그에게로 다가와서, 파이프를 내려다보았다. 도랑에서부터 쉭쉭 소리가 올라왔다.

"파이프가 부서질 것 같은데요." 브라운이 쉰 목소리로 말했다. "가스가 저기서 새는 것 같아요."

"여기에 경보 센서나 알람 같은 건 설치되어 있지 않겠죠?" 데커가 말했다.

브라운이 천장을 가리켰다. 흰색 돔 형태의 기기들이 몇 개 설치되어 있었다. "저기, 둘 다 있네요. 그들이 못쓰게 만들었을 거라고 장담하죠."

"그런데 저건 뭐죠?" 마스가 오른쪽을 가리켰다.

브라운과 데커가 그쪽을 보았다. 두 사람이 동시에 얼어붙었다.

꼭대기에 전선과 함께 원통형 철제 장치가 매달려 있었다. 스쿠버다이버가 사용하는 산소 탱크 같아 보였다. 그리고 그것은 파이프에 맞닿아 있었다.

브라운이 바로 입을 열었다. "폭탄이에요."

"타이머도 있어." 데커가 말했다.

불빛이 번쩍이는 디지털 시계의 시간이 줄어들고 있었다. 카운트다운까지는 4분이 남아 있었다.

"너무 작아서 별 파괴력은 없을 것 같은데요." 마스가 말했다. "특별히 여기까지 내려왔는데 말이죠."

브라운이 고개를 젓고는 기침을 했다. "폭탄은 그저 기폭제일 뿐이에요. 여기에는 가스가 가득 차 있어요. 폭발이 여기에서부터 시작되는 거죠." 그녀가 기둥들을 건너다보았다. "장담하건대 이것들은 내력벽일 거예요. 폭탄이 터지면, 가스에 불이 붙고, 이 기둥들이 날아가는 거죠."

데커가 덧붙였다. "그러면 후버 빌딩 전체가 그 안에 있는 사람들과 함께 무너져 내릴 겁니다. 그자들은 폭발물을 터트려서 빌딩이 무너지도록 계획한 거예요."

"폭탄을 꺼내서 이리로 가져오죠, 그러고 나서……." 마스가 말했다.

그가 폭탄으로 손을 뻗었지만, 브라운이 제지했다. "아뇨. 이 파란 선 보여요? 이건 가속장치예요. 이걸 끊으면 파이프에 부착된 타이머가 바로 0이 돼요. 그리고 꽝!"

"어떻게 그런 걸 알죠?"

"그녀는 군 폭발물 전문가야." 데커가 대답했다.

브라운이 말했다. "데커, 보거트에게 전화해서, 대통령을 여기서 내보내고, 이 장소에서 몸을 피해야 한다고 말해요. 당장이요. 여길 나가야 전화가 터져요. 가스 누출을 막거나 타이머 가속을 막을 수 있는 방법이 생각나지 않네요. 어쨌든 여기서 환영회를 할 순 없으니까요."

"하지만……."

"데커, 어서 엉덩이를 움직여요. 이건 내 직무예요. 가요! 대통령이 위험하다고요, 제발."

"좋아요, 하지만……."

"그냥 가요!"

"내가 당신과 함께 있을게요." 마스가 말했다. "내가 도울 수 있어요."

"당신도 쓸모없어요. 지금 데커와 가요. 나는 이 일을 끝내고 나서 따라갈게요."

"하지만 하퍼……".

그녀가 외쳤다 "젠장, 멜빈, 이제 내가 이 일을 할 수 있는 시간은 3분밖에 안 남았어요. 어서 나가요!"

데커가 마스의 팔을 잡고 끌고 나갔다.

그들은 홀에 도착해 주변을 둘러보았다. 마스는 브라운을 돌아다보았다. 재킷으로 코와 입을 막고 있었지만 터져 나오는 기침을 막지 못하는 것 같았고 숨도 헐떡였다. 그녀는 폭탄 앞에 쪼그리고 앉아 있었다.

그와 데커는 터널을 달려 내려갔다. 두 사람이 가스의 영향이 미치지 않는 곳까지 나오자 휴대전화 신호가 잡혔다. 데커는 보거트에게 전화했다.

보거트의 말은 단 한 마디였다. "알았네."

데커는 시계를 보았다.

마스 역시 시계를 보았다. "빌어먹을, 2분 남았잖아." 그러고는 데커에게로 시선을 돌렸다. "난 돌아갈 거야, 데커. 하퍼를 도와야겠어."

"나도 가지."

그들은 다시 터널을 달려갔다. 그들이 헤어졌던 장소에 가까워지자 가스 냄새는 더욱 짙어졌다. 그들은 일순 머리를 움켜잡고 휘청거렸다. 마스는 벽에 부딪혔고, 데커는 거의 바닥에 무릎을 꿇을 뻔했다. 머리가 지끈거렸다.

"어서!" 마스가 몸을 바로 세우며 외쳤다.

그들은 터널 안에서 휘청대다 발이 걸려 홀 안으로 쓰러졌다. 배가 아파서 몸을 뒤틀릴 정도로 냄새가 지독했다.

"하퍼!" 마스가 소리쳐 불렀다.

그가 전화기를 떨어뜨렸다. 어둠 속이라 어디가 어딘지 보이지도 않았다.

한참 위에서 우르릉거리는 소리가 들려왔다.

사람들이 건물을 비우고 있군, 어지러운 머릿속으로 데커가 떠올린 생각이었다.

그와 마스는 벌떡 일어났다. 잠시 앞으로 휘청거렸다. 그들은 이제 방향감각을 잃은 상태였다. 가스가 그들의 머리와 폐를 완전히 잠식하고 있었다.

"하퍼를 찾아야 해, 빨리!" 데커가 말했다. "우리가 의식을 잃기 전에!"

"저기 있어." 마스가 간신히 대답했다.

그들은 앞으로 기어갔다.

돌 더미가 쌓여 있는 곳으로.

하지만 하퍼는 흔적조차 없었다.

숨을 헐떡이면서 마스가 먼저 구멍에 도달했고, 데커가 뒤따라 왔다. 수많은 붉은 불꽃들이 타오르고 있었다.

두 사람은 움직일 수가 없었다.

몇 초 동안, 두 사람은 꼼짝도 하지 못했다.

전선 두 개가 장치에서 잘려 나와 있었다.

"하퍼는 어디 있지?" 마스가 숨을 헐떡였다.

데커는 재킷으로 코와 입을 막은 채 비틀대며 주변을 둘러보았다. 하퍼 브라운은 폭탄 아래쪽 60센티미터 정도 떨어진 터널 안에 쓰러져 있었다. 그녀의 몸은 파이프와 벽 사이에 끼여 있었다. 데커는 아래로 손을 뻗어 그녀의 팔을 잡고 끌어당겼다. 그 모습을 보고 마스가 구멍 쪽으로 뛰어들어 와 그를 도왔다. 두 사람은 힘을 합쳐 재빠르게 그녀를 잡아끌었다. 마스가 그녀를 어깨에 걸머졌다.

두 사람은 비틀거리며 함께 속도를 높여서 달렸다. 구멍을 빠져나온 그들은 터널 벽으로 뛰어들었다. 가스 냄새를 맡을 수 없는 곳에 이르러서야 멈춰 섰다. 마스가 브라운을 내려놓았다. 공기를 들이마시자, 머릿속이 맑아졌다. 브라운의 눈은 여전히 감겨 있었다. 그녀의 얼굴색이 파랗게 변해갔다. 그리고 또 다른 문제가 있었다.

"데커, 하퍼가 숨을 안 쉬어!" 마스가 외쳤다. 그는 터널 바닥에 꿇어앉아 그녀의 가슴을 두 손으로 누르며 심폐소생술을 시작했다.

"도와줘, 데커! 도와줘!"

데커가 그의 옆에 꿇어앉아 브라운의 코를 막고 그녀의 입에 대고 인공호흡을 시도했다.

"자, 자, 숨 쉬어!" 마스가 애원했다. "제발, 하퍼, 제발. 가지 마, 가지 마."

그가 계속 그녀의 가슴을 눌렀다.

그리고 데커는 계속 숨을 불어넣었다.

하지만 하퍼 브라운은 꿈쩍도 하지 않았다.

081

데커는 양복을 입고 타이를 매고 있었다. 머리는 다듬고 깔끔하게 옆으로 넘겼다.

멜빈 마스는 그의 옆에 서 있었다. 친구와 마찬가지로 격식을 갖춘 차림새였다. 두 사람 뒤에는 검은색 드레스를 입고 같은 색 스타킹을 신은 재미슨이 서 있었다.

데커가 시계를 보았다. "시간 됐네."

세 사람은 홀을 지나 내려가 강당에 도착했다. 강당은 사람들로 가득 차 있었고, 보거트와 밀리건이 맨 앞줄에 이미 자리를 잡고 있었다.

보거트가 고개를 들자, 그들과 눈이 마주쳤다. 그가 자기 옆의 빈자리를 가리켰다.

높은 연단 위에는 마이크가 설치된 시상대가 있었다. 그 뒤로 한쪽에 미국 국기가, 다른 한쪽에 DIA 기가 세워져 있었다. 뒤쪽 벽에는 DIA 마크가 그려져 있었다.

그 마크를 보자, 데커는 그걸 처음 본 날 브라운이 그에 대해 설명해줬던 일이 떠올랐다. 그녀는 검은색이 미지의 것을 나타내고, 불꽃과 독수리가 지식과 정보를 상징한다고 말했다.

그리고 지금 그것은 줄 수 있는 것이 별로 없어 보였다.

그들은 아직 미지의 사건들을 다 해결하지 못한 상태였다. 그렇지 않은가?

하지만 모든 것은 그 대가를 수반하기 마련이다.

DIA 국장이 연단 좌측에서 등장해 시상대로 걸어갔다. 그가 개회를 선언하고 몇 마디 인사말을 했다. 그러고 나서 연단 오른쪽에서 나타난 남자에게 마이크를 넘겼다.

참석자 모두가 즉시 자리에서 일어났다.

제복 차림의 사람들이 경례를 했다.

미합중국 대통령이 시상대로 걸어갔다. 프롬프터도, 연설지도 없었다. 그는 마이크를 조절하고 청중을 건너다보았다.

"후버 빌딩에서 일어난 일은 분명한 이유들로 인해 전면적으로 기밀에 부쳐져야 하는 것이 명백하지만, 오늘 우리는 많은 사람들의 생명을 구하겠다는 일념 하나로, 개인의 안전은 고려하지 않고, 위대한 영웅적인 업적을 수여한 애국심을 기리기 위해 이 자리에 있습니다. 여러분이 알다시피 이 훈장은 DIA에 일반적으로 수여되는 겁니다. 하지만 이 수상자가 구해낸 것들을 생각해보건대, 나는 우리의 수상자에게 개인적으로 막대한 빚을 졌다는 생각이 듭니다. 이 은혜를 갚지 못할까 저어됩니다. 몇몇 분들은 아시겠지만, 수상자의 이름은 이제 DIA 명예의 전당에 올라갈 겁니다. 그의 아버지와 가까운 곳에 말이죠."

앞줄에 선 마스가 손으로 눈을 가리고 고개를 끄덕였다. 데커가 그의 어깨에 손을 얹었다.

대통령이 말을 계속 이어 나갔다. "그리하여 엄청난 영예와 존경심을 가지고, 나는 하퍼 C. 브라운 대령에게 국방의 의무를 넘어선 무용과 영웅심에 대해 국가정보원이 수여할 수 있는 최고의 영예를 수여하는 바입니다."

완전 성장을 한 하퍼 브라운이 무대 뒤에서 휠체어를 밀면서 시상대에 나타나자 모든 참석자가 자리에서 일어났다. 휠체어에 앉은 채로 그녀가 대통령에게 활기차게 경례를 했다. 대통령이 경례로 화답하고는 훈장을 수여했다. 그런 후 훈장을 그녀의 목에 둘러주고는 그녀와 악수를 했다.

두 사람이 청중들에게 몸을 돌렸다. 대통령이 말했다. "하퍼 브라운 대령에게 국가정보 훈장을 수여하는 바입니다."

모두 기립박수를 쳤다. 멜빈 마스가 가장 크게 박수를 쳤다.

브라운이 청중들을 내려다보고, 손을 흔들어 보이고, 미소를 지었다. 뺨 위로 한 줄기 눈물이 흘러내렸다. 그러고는 그녀의 시선이 뭔가를 찾더니 데커에게 머물렀다.

눈가에 주름이 잡히도록 그녀는 활짝 미소를 지었다.

그가 미소로 그 인사에 화답했다.

그러고 나서 그녀가 그 옆에 선 마스를 쳐다보았다.

그녀가 그에게 윙크했다.

그가 활짝 웃어 보였다.

그녀가 눈길을 돌리자 데커가 말했다. "의사들 말로는 곧 완전히 회복될 거라고 하더군."

"정말 다행이야."

"그런데 왜 울었나, 멜빈?"

"이런, 데커, 하퍼는 정말 위험했다고. 구급대도 그녀가 죽을 거라고 말했잖아. 하지만 우리가 그녀를 구해냈지. 정말 아슬아슬했다고."

"알아. 하지만 살아났잖아, 멜빈. 그것만 생각하라고."

그가 재미슨을 건너다보았다. 그녀는 함박웃음을 지으며 계속 박수를 치고 있었다. 두 사람의 시선이 마주쳤다. 재미슨이 말했다. "하퍼가 오늘 아주 멋져 보여요, 안 그래요?"

"그보다 더 멋질 순 없죠." 데커가 활짝 웃으며 말했다.

"그리고 자네, 양복과 타이가 그렇게 나빠 보이지는 않는군." 보거트가 한마디 했다.

밀리건이 인정한다는 의미로 고개를 끄덕였다. "사실, 이제 좀 FBI 요원 티가 나기 시작하는데요, 데커. 당신에게도 복장 규정 좀 주입시켜야겠어요."

데커의 미소가 사라지기 시작했다. 그는 계속 박수만 쳐댔다.

* * *

데커, 마스, 재미슨이 도미니언 호스피스 앞에 차를 대고 내렸다. 마스가 상자 하나를 들고 있었다.

재미슨이 말했다. "내일 저녁에 하퍼와 저녁을 먹을 거예요. 잊지 말아요."

"이미 와인도 사놓았어요." 마스가 말했다. "그리고 하퍼는 이제 회복되어서 휠체어랑 작별했대요. 의사들 말로는 일시적으로 체력이 달리긴 할 거랍니다. 가스를 마셔서요. 그것 말고는 이제 다 괜찮아졌어요."

"그 말은, 멜빈 당신이 이제 그 지역으로 영원히 이사할 거란 말인가요?" 재미슨이 은근히 놀리는 투로 말했다.

"이미 그쪽 집 한 채를 계약했어요. 하퍼의 집에서 두 블록밖에 안 떨어진 곳이에요. 함께 조깅을 할 수 있겠죠."

재미슨이 말했다. "아, 내가 도와줬잖아요!"

"멋져요, 알렉스."

마스가 데커를 보았다. "자넨 어때?"

"내가, 뭐?" 그가 툴툴댔다.

"우리와 함께 뛸 텐가?"

"자네가 범죄자를 쫓아 뛰고 있으면."

다 함께 정문으로 걸어가면서 재미슨이 말했다. "이봐요, 데커. 몇 가지 물어볼 게 있어요."

그가 그녀를 보았다.

"대브니가 FBI에서 한 일이, 그 나쁜 놈들에게 FBI를 공격해야 겠다는 생각을 떠올리게 했다는 건 알겠어요. 그런데 그 정보가 정확히 어떤 거였어요?"

"그는 건물 기반 시설 공사 프로젝트를 하고 있었어요. 그 프로젝트 때문에 건물 구조 공사와 그 아래를 가로지르는 가스 파이프 라인 같은 것을 가설하는 데 필요한 고도의 기밀 정보를 알게 되었죠. 거기에다 길 아래와 후버 빌딩 아래의 미로 같은 터널 구조 정보도요. 그게 바로 버크셔 쪽이 원했던 정보였죠. 그들이 길 건너편 건물을 임대했다는 걸 보거트가 알아냈어요. FBI 건물을 감시하기 위한 목적이었겠죠. 그들은 대브니가 제공한 정보로 새로운 계획을 세울 수 있었어요. 지하 매설로에 연결된 시계 주위에서 일을 하면서 후버 빌딩 아래로 파이프를 연결해서 가스 파이프를 파괴하는 계획이었어요. 그리고 대통령과 다른 나라 정상들이 거기에 올 것도 알게 되었죠. 그들 모두를 함께 날려버리려고 한 거죠. 1만 1천 명의 사람들과 미국의 범죄 수사 기관 전부를 죽여버리려고 한 거예요."

그녀는 그의 말에 고개를 끄덕였다. "좋아요, 월터 대브니가 내털리에게 디즈니월드에 갔던 일에 대해 이야기한 것 기억나요? 대브니가 앰뷸런스를 타고 갔던 일 말이에요."

"네. 그게 왜요?"

"왜 그는 딸에게 그런 말을 했던 걸까요?"

"그가 인간이기 때문이죠."

그녀는 혼란스러운 표정을 지었다. "뭐라고요?"

"대브니는 자기 아내가 스파이였다는 것을 알았어요. 하지만 그는 고결한 사람이라서 아이들에게 그 이야기를 할 수 없었죠. 그리고 딸들이 엄마를 싫어하게 되는 일도 원하지 않았어요. 하지만 또한 그는 자신이 버크셔를 쏘고 자살할 거라는 생각을 하고 있었어요. 그래서 딸에게 너를 위해서 자신이 그런 일을 하는 거라는 이야기를 하고 싶은 마음을 억누를 수가 없었죠. 부인을 위해서가 아니라."

그들은 건물 안으로 들어가 홀을 내려갔다.

"이제 대브니 부인과 딸은 어떻게 되는 건가?" 마스가 물었다.

"엘리 대브니는 자발적으로 스파이 일을 그만두었지만, 꽤 오래 감옥에서 지내게 될 수도 있어요. 내털리는 보호관찰 상태에서 프랑스로 떠날 거예요. 그녀가 실제로 스파이 행위에 연루되어 있다는 건 밝히지 못했거든요."

그들은 안내 데스크에 확인을 하고, 조이 스콧의 방으로 갔다.

소년은 눈을 감고 침대에 누워 있었다.

동행한 간호사가 아이를 부드럽게 깨웠다. 아이가 눈을 뜨자, 간호사가 누군가 면회를 왔다고 이야기하고는 몸을 돌려 떠났다.

세 사람은 침대로 가까이 다가갔다.

"안녕, 조이." 마스가 말했다.

조이가 약하게 미소를 지어 보이고는 손을 들어 흔들어 보이려고 했지만, 손은 곧 침대 위로 떨어졌다.

"널 위해 가지고 온 게 있어."

그가 상자를 열어서 미식축구공을 꺼냈다. 그것을 소년 앞에 내려놓고 그가 말했다. "누가 너에게 사인을 해줬는지 봐봐."

조이가 축구공에 쓰인 것을 보았다. 두 눈이 점점 커졌다.

"내 친구 조이에게, 페이튼 매닝." 조이가 그 글자를 읽었다.

데커가 덧붙였다. "페이튼이 사인된 사진도 보내줬어." 그가 사진 액자를 들어 올려 조이에게 보여주었다. "이건 네 침실 등 옆에 놓으마. 언제든 보고 싶을 때 볼 수 있게."

그들은 의자를 빼서 침대 옆에 놓았다. 마스는 조이 옆에 공을 놓아주었다. 소년이 미식축구공 위에 손을 올려놓고, 매닝의 사인을 쓰다듬었다.

재미슨이 마스에게 속삭였다. "어떻게 한 거예요?"

"내셔널 풋볼 리그에서 뛰는 친구의 친구를 통해서요. 매닝이 조이의 이야기를 듣고는 여기에 와서 만나고 싶어 했다고 하더라고요. 아마 정말로 그렇게 할 거예요."

"와." 재미슨이 감탄했다. 그러고는 핸드백에서 책을 한 권 꺼내서 펼쳤다. "조이, 《해리 포터와 아즈카반의 죄수》 마지막 부분을 읽어주려고 가져왔어, 어떠니? 결말이 정말 재미있단다!"

그가 미소를 지었다. "좋아요."

재미슨이 책을 읽는 동안, 데커가 손을 침대 난간에 올리고 조이를 내려다보았다. 한 번 조이가 고개를 들어 그들을 보고는 미소를 지었다.

그리고 데커가 그때마다 그에게 미소를 되돌려주었다.

그는 몰리를 잃었다. 조이와 같은 나이였다.

그리고 그는 조이가 오래 살지 못할 거라는 걸 알았다. 소년을 처음 만나고 그리 오래 지나지도 않았는데, 소년은 훨씬 약해져 있었다. 아이의 신체가 조금씩 조금씩 그 기능을 잃어가고 있다는 걸 데커는 알 수 있었다.

하지만 지금 당장은 푸른빛이 보이지 않았다. 우상의 사인이 쓰인 축구공을 잡고 미소를 짓는 소년의 모습만 보였다.

데커의 인생은 복잡했다. 그의 미래는 어쩌면 더 복잡할지도 몰랐다. 하지만 지금 당장은 자신의 완벽한 기억에 대해서도 잊고, 불쾌한 방식으로 그것을 얻었다는 사실도 잊었다. 그는 적어도 잠시 동안은 가족을 잃었던 일에 대해서도 생각하지 않았다.

그는 자기 옆에 있는 두 사람을 응시했다. 자신의 친구들을. 두 사람은 그의 수많은 결함에도 불구하고, 늘 친구로 남을 것이다.

그러고 나서 그는 조이를 되돌아보았다. 소년의 눈은 감겨 있었지만, 손은 소중한 공을 꽉 잡고 있었다.

데커는 커다란 손을 뻗어 조이의 이마를 살며시 톡톡 건드렸다. 눈가가 젖어가고 있다는 걸 그는 느꼈다.

그러나 지금은, 지금 당장은, 모든 것이 괜찮았다.

* * *

데커는 '자신의' 벤치에 대해 생각했다. 하늘은 점점 더 어두워져갔고, 바람이 느껴지고 있었다. 강물은 그의 앞을 유유히 흘러갔고, 그의 생각은 질주하는 급류를 따라 소용돌이치며 휘돌았다. 그는 양손을 재킷 주머니에 찔러 넣고 눈을 감았다.

이때는 아직 놀라운 기억력을 얻기 전이었다. 그가 생각하고 싶어 하는 것을 떠올리는 데는 완벽한 기억력이 필요하지 않았다. 변화를 좋아하지 않는 한 남자가 앞으로 나아가면서 수많은 일들을 겪었다. FBI에서의 새로운 일. 재미슨과 함께 '집주인'이 된 것. 마스가 이곳으로 이사를 온 것. 하퍼 브라운이 마스와 관계를 맺으면서 그의 인생에 뛰어들어 온 것. 그는 재미슨이 FBI에서 계속 일하고 싶은지조차 알지 못했다. 그녀는 이곳을 떠나 다른 일을 할지도 몰랐다. 그가 아는 것은 그저 마스와 브라운이 결혼을 해서 떠날 수도 있다는 것이었다. 보거트와 밀리건은 인사이동으로 떠날 수도 있었다.

그리고 그것은 그에게 일어난 일이었다.

오하이오의 작은 마을에서 온 에이머스 데커는 워싱턴 D.C.라는 이 낯선 땅에 이제 막 뿌리내리고 있었다.

혼자.

다시.

그는 눈가를 비비고, 손을 주머니에 다시 찔러 넣었다. 조이 스콧과 함께 앉아 있는 좋은 순간은 환영할 만한 것이었지만, 이제 끝났다. 그는 말기 암 환자라는 게 어떤 건지, 거기에 자신을 이입할 수는 없었지만, 작은 소년은 그것을 견디고 있었다. 데커의 미래는 불확실한 것투성이일 것이다. 그는 그걸 알았다. 그의 손상된 마음도 언젠가는 변할 것이다. 그는 지금까지 자신도 모르는 사이에 다른 사람으로 변화해왔고, 미래에도 그렇게 될 것이다. 자신의 기억이 지닌 순수한 힘은 그 자신을 파괴하는 결과를 가져올 수도 있다. 다시 거리에서, 폐상자 속에서 지내야 할 수도 있다. 그는 다시…… 혼자가 될 수도 있다. 아무도 없고, 아무것도 없이. 불안한 마음이 쌓여감에 따라, 그는 눈을 감고 깊게 숨을 몇 번 들이마셨다.

그냥 계속해, 데커, 계속해.

"이게 필요할 것 같아 보이는데요."

눈을 떴다. 재미슨이 그 자리에 있었다. 그녀가 테이크아웃 커피 컵 두 개를 들고 있었다. 커피 하나를 그에게 건네고 그녀가 벤치에 앉았다.

"내가 어디 있는지 어떻게 알았어요?" 그가 다시 한 번 눈을 비비며 물었다. 하지만 시선은 그녀를 보고 있지 않았다.

"정보원이 좀 있거든요." 그녀가 미소를 짓더니, 커피를 한 모금 홀짝였다. "여기 꽤 예쁘네요."

"그래요?" 데커가 말했다.

그녀가 그를 응시했다. "생각이 많아 보이네요."

"평소랑 똑같죠, 뭘."

"당신에 관한 한, **평소랑** 같은 건 없어요."

그가 커피를 들이켰다. "그래서 멜빈은 여기로 이사 오나요? 그와 브라운이 사귀기로 한 거예요? 당신은 어때요?"

"내가 뭘요?"

그는 목소리가 떨리지 않도록 애쓰며 태연하게 물었다. "FBI에서 계속 일할 건가요?"

"당신은요?"

"내 인생에는 달리 할 게 없어요, 알렉스."

"당신이 생각하는 것보다 당신 인생에는 훨씬 더 많은 것이 있어요."

"그래서 당신은 남을 건가요?"

"당신이 남는다면, 나도 남을 거예요."

그가 이상하다는 표정으로 그녀를 보았다. "그렇게 간단히요?"

그녀가 고개를 끄덕였다.

"왜요?" 그가 물었다.

"당신이 그런 질문을 하다니 놀라운데요, 데커."

"무슨 뜻이에요?"

"내가 '**당신** 파트너'잖아요. 그게 그 말뜻이에요."

그녀가 커피 컵으로 그를 톡톡 두드리고, 뒤로 기대앉아 눈을 감았다.

데커가 그녀를 잠시 쳐다보고는 강으로 시선을 돌렸다.

이번에는 눈을 크게 뜨고 쳐다보았다.

〈끝〉

옮긴이_ 이한이

출판기획자이자 번역가로 활동하고 있다. 옮긴 책으로는 《창조적 괴짜를 넘어서》, 《몰입, 생각의 재발견》, 《New》, 《디지털 시대, 위기의 아이들》, 《킬러 더 넥스트 도어》, 《지옥에서 보낸 한 철》 등 다수가 있으며, 지은 책으로는 《문학사를 움직인 100인》이 있다.

죽음을 선택한 남자

초판 1쇄 발행 2018년 8월 10일
초판 6쇄 발행 2023년 2월 1일

지은이 데이비드 발다치
옮긴이 이한이
펴낸이 신경렬

상무 강용구
기획편집부 최장욱 송규인
마케팅 신동우
디자인 박현경
경영기획 김정숙 김태희
제작 유수경

펴낸곳 (주)더난콘텐츠그룹
출판등록 2011년 6월 2일 제2011-000158호
주소 04043 서울시 마포구 양화로 12길 16, 7층 (서교동, 더난빌딩)
전화 (02)325-2525 | **팩스** (02)325-9007
이메일 longest@thenanbiz.com | **홈페이지** www.thenanbiz.com

ISBN 979-11-5879-094-3 03840